改稿课

走走 贺秋菊 编

人民文学出版社

图书在版编目(CIP)数据

改稿课 / 走走，贺秋菊编. -- 北京 : 人民文学出版社, 2025 (2025.10重印). -- ISBN 978-7-02-019038-6
Ⅰ. I206.7-53
中国国家版本馆CIP数据核字第202489CJ61号

责任编辑　李　娜　李　殷　傅　钰
装帧设计　汪佳诗

出版发行　人民文学出版社
社　　址　北京市朝内大街166号
邮政编码　100705

印　　刷　安徽新华印刷股份有限公司
经　　销　全国新华书店等

字　　数　313千字
开　　本　720毫米×1000毫米　1/16
印　　张　22.75
版　　次　2025年1月北京第1版
印　　次　2025年10月第3次印刷

书　　号　978-7-02-019038-6
定　　价　89.00元

如有印装质量问题，请与本社图书销售中心调换。电话：010-65233595

| 目 录 |

一、"刘汀—蒋乌"组授课实录 　　　　　　1
二、"朱婧熠—海川"组授课实录 　　　　　22
三、"李倩倩—李娃"组授课实录 　　　　　55
四、"弋舟—仔肩"组授课实录 　　　　　　81
五、"吴玄—方馨"组授课实录 　　　　　　104
六、"余静如—黄先智"组授课实录 　　　　130
七、"麦豆—何畅"组授课实录 　　　　　　156
八、"马小淘—江冬"组授课实录 　　　　　178
九、"李晁—何雨嫒"组授课实录 　　　　　206
十、"侯磊—石三"组授课实录 　　　　　　223
十一、"赵志明—谢启凡"组授课实录 　　　243
十二、"谢锦—小南"组授课实录 　　　　　266
十三、"宗永平—绿釉"组授课实录 　　　　286
十四、"钟求是—唐瑜"组授课实录 　　　　306
十五、"斯继东—何源"组授课实录 　　　　328
十六、"张菁—阿珂"组授课实录 　　　　　348

一、"刘汀—蒋鸟"组授课实录

刘汀，青年作家，诗人，《人民文学》杂志编辑。出版有长篇小说《布克村信札》，散文集《浮生》《老家》《暖暖》，小说集《所有的风只向她们吹》《中国奇谭》《人生最焦虑的就是吃些什么》，诗集《我为这人间操碎了心》等。

通常情况下，我都将自己定义为一个写作者，一个写诗的人、编诗的人和读诗的人，以此视角来谈论诗歌。大家都知道，诗歌本就没有什么定义或者标准，而且他人很难帮助一名创作者提高其诗歌创作能力。一直以来，我都有一个比较个人的看法：对诗歌创作者来说，有什么样的诗歌观念和诗歌感受就能写出什么样的诗。以我个人多年的阅读与创作经验来看，一些诗歌的评价之所以不太高，有时候并不是因为诗人的语言能力不行，或者表达能力不行，而是诗歌的创作者对于"什么是诗"的认识还没有达到一定的层次，所以他的很多想法、很多感受没法表达出来。一切问题还是要回到原点，就是解决"什么是诗"的问题，这也是我要阐述的第一个问题。当然，"什么是诗"没有具体的或者标准的概念。

我们不用下定义，每个人都有自己的基本判断，或者说我们也有一个公共的判断，以文学传统里给我们留下来的那些经典为参照。如今的新媒介上，文学的活跃度很高，你能够在杂志上、新媒体上看到的那些作品都可以称为诗，我们会发现诗有多种多样的形态和状态，但恰恰因此，大家各执己见，诗歌中产生争论的地方也非常多。能够根据自身经验和喜好，从中选择一种自己能写的诗歌类型或者领域，这是比较关键的。

诗有那么多类型、水准、方式，但什么是我能写的诗、我能写什么样的诗，还是要写够一定的量以后才能体悟，不是作为初学者能够有所考量的。否则，完全是创作者自发性的写作，来了感觉，然后凭着对一种事物模糊的认识，笼统地有一个印象就去创作，虽然有时候可能会出现一首特别漂亮的诗，却也有寥寥数句后无处下笔的情况，诗歌的完成度就会大打折扣。

一个成熟的诗人，或者说一个在完成程度上有一定能力的诗人，会判断一首诗能够写到什么地步，比如只能写到七成，这就是目前在这首诗上的完成度极限，后面的内容还没有构架好，等等，他是非常清楚的。这是我说的第一个点，就是有什么样的诗歌观念和诗歌感受就能写出什么样的诗。我见过很多青年诗人说不出他喜欢哪种诗，甚至说不出几个诗歌偶像。如果青年诗人能够说出他最喜欢读什么样的诗和欣赏的诗人，不管是布考斯基，或者是阿赫玛托娃，或者国内的诗人，那个人的诗是我所想写出的那一类理想中的诗。如果青年诗人能有这样的一个"对象"，当然我不是说要模仿，或者要成为第二个这样的诗人这种思路，而是你会知道你理想中的诗歌到底是什么样子的，这有点像很多人在谈恋爱的时候，不知道自己喜欢什么样的异性，但是我感觉对了就行。

事实上，这个标准是非常模糊的。所以我建议创作者要建立一个自我标准，就是我要写的诗究竟是什么样的，这个是一个非常前置的功夫。只有先解决这个问题，后面创作的过程中，那种自主而非自发的状态才会更明确、更清晰，才能够更好地去写、去改。这样，你才能判断写出来的东西，于你而言到底是不是一个完成度很高的作品、是不是一个你理想中的作品。

接下来，我要提到的是一个比较基础的概念：诗的情绪和情感的区别。情绪和情感是不一样的，我们能够从非常多的事例中看到作者的情绪，或者一种集体性的情绪表达。比如远方发生战争，全球又有疫情，我们在朋友圈里经常看到很多人写出了跟这些时事相关的诗，但是为什么他们的诗跟原来的那些反战诗人、跟那些真正遭受不幸命运的诗人写的那种悲惨或者那种生理上的摧残痛苦感不一样？我个人认为朋友圈里的这些诗，里面夹杂的更多的是情绪，创作者心中有情绪要发泄，要反对这个、要支持那个，等等。这种诗歌中的情绪并不是一种情感性的东西，因为情绪没有绵延下去，而情感是持久的。情绪是一个人的主观认知经验，是个体性的。情感恰恰超越了这种个体界限，能够与他人共通——哪怕我对作者抒写的事物没有任何感觉，但是，我能知道他为什么这样，我甚至还认同他的情感。你（指结对指导学生蒋乌）的第一首诗《夜晚情绪的主要天空》，我读后能看出你是一个很克制的诗人。对于你的情绪，你给它找了一个保护壳，但是从我的感观上来看，情绪还是过剩了，如果它能够转化成情感的一部分，或者是叙述的一部分，那就没有问题。我不知道你看不看布考斯基的诗，大家都说他是酒鬼诗人，可他在表达的时候，情感是极其冷静克制的，甚至他在骂脏话的时候，你都不会觉得他是一个脾性火爆的人。

　　第三，是语言的逻辑。诗的逻辑或者说诗的整体性思路。很多诗人会说诗讲什么逻辑，诗写什么就是什么，我个人认为诗歌的逻辑性其实比小说、散文都要强得多。小说用情节、情绪，甚至用风景描写之类的，或者其他内容来填补好逻辑性。诗歌不行，因为它太短了。如果一首诗逻辑上没有疏通，就会出现自我矛盾、自我消耗、自我稀释。我们经常从一首诗里碰到一两句特别漂亮的句子，但是因为诗歌内部的逻辑关系并不足以把它衬托出来，吸引力就像盐味被水冲淡了。我举一个例子，例子跟你的诗歌写作风格其实不太一样。我就想用

夜晚情绪的主要天空

夜晚，我们的主要情绪升上天空
又折回土里
梦被破铜烂铁敲打成迷蒙的样子
陷进了一个大坑
我们收拢主要情绪，在经验的地面上着陆
投注其他次要的情绪，构建场景——
那是童年时代的一条救命之河
河边坐落着学校、惜字炉和坟山
我们用一次清晨跨过河流，用一次傍晚绕过坟山
太阳和月亮成为次要情绪
坟山在青布色的夜里逐日构建一座流着尸血的大坟
在物质充沛和飞翔的半圆状的梦里
青年的情绪布满幼年的场景
幼年构建的假设推翻青年的城墙
一只只圆锥似的鬼在河流的两岸飞行散步
聚集了一些黑夜和一些火把
烧红了天空
一直举旗到白日
失血过多的白天用光来构建低温流畅的季节
我们用含混锤击鬼
带着一半害怕一半认真的情绪
把鬼锤在土地里
也锤在一片蓄满水的庄稼地里
河流却一声不吭一直向东流去

这个来说明不管是叙事性诗、意向性诗还是口水诗，每一首诗其实都是有逻辑性的，而且这个逻辑性甚至不比小说的复杂性差，它的反转、它的情绪和意境的转折也有好几层，这首诗叫《黄石匠》，非常非常短，只有八行，作者是张二棍。

黄石匠

作者：张二棍

他祖传的手艺

无非是，把一尊佛

从石头中

救出来

给他磕头

也无非是，把一个人

囚进石头里

也给他磕头

　　就这八行诗，但它里面的逻辑层次关系其实非常复杂。第一句话里，说"他祖传的手艺"，我们知道这是一个叙述、一个前置性的东西，表明这件事是一个延续了非常久的传统，而且这件事是不可选择的，是祖传的手艺。一门传统的手艺，就证明这是一个延续，延续着我们中国人社会生活里非常漫长的一种精神寄托，这种寄托并不是即时性的。"无非是把一尊佛从石头里救出来"。它首先建立了一个逻辑，把我们日常生活里感觉到的人和佛的关系给颠倒了一下。在日常的生活里，或者现实的逻辑里，是佛要去救人，是佛要去把人从苦海里救出来，但在这里关系颠倒了，是人去救佛，而且是从石头里救出来。

救出来之后，他要给佛磕头，又把逻辑关系颠倒回去了。当"我"把佛从石头里救出来之后，"我"又重新给他磕头。佛又回到了佛的位置，"我"又回到了"我"的位置。我们觉得一个好的诗人、一个合格的诗人可能写到这儿——把佛从石头救出来，给佛磕头，已经是非常厉害的创作。但是他说"把一个人，囚进石头里，也给他磕头"。张二棍就把这个诗继续往前推了。石头只是一块石头，佛只是一个概念。正因为石匠的刀凿斧刻，"人"从石头里显现出来，而且"人"永远在石头上，相当于石匠把一个人囚进石头里。

这个佛从哪儿来？刚才是"我"要把佛救出来，佛是被别人囚禁的。现在再推进一步，你的罪孽或者你的缘由在哪里？这个佛是你囚进去的，是你一刀一斧把它凿出来的，所以要给佛磕头。你会发现这个人并不是一个拯救者，又回到了我们最传统的"罪孽论"。反反复复颠倒逻辑，不管是人救佛，还是佛救人，到现在为止，佛家伦理清晰明了地得到展现。所以，别看这里只有八行，却有多处逻辑反转，是非常复杂的诗。很多人读这首诗，就觉得这个诗很漂亮，但是不知道它为什么能够吸引我们，又是怎么用逻辑把我们给绕进去，这是一个旋涡式的东西，寥寥几句达到这种水平，很难得。所以诗歌是一定要讲逻辑的，而逻辑间的相互关联，就是诗的整体性，诗的整体性就意味着又回到了最初的问题：什么是诗，要写什么样的诗。那么，我就要让我这首诗的每一部分为整体性负责，我要让一个字句和标点都要对整体性有责任，完美地契合我理想中的诗歌。

诗必须以自己的形式，或者说诗人必须用诗的形式来证明自己的思考和情感的合法性，形式的恰当与完整就是诗歌存在的合法性。西川老师有一次在一个演讲中提到一件事，说有一本书，把古诗用现代汉语翻译了一遍。翻译得也很美，但是他比较了一下其中的几首诗，比如说"故人西辞黄鹤楼，烟花三月下扬州。孤帆远影碧空见，唯见长江天际流"，这首诗我们都很熟悉，这是一首送别诗，内容和形式其实很简单。就这首诗而言，它的意象很简单很清晰，一个人要从黄鹤楼这儿离开，他看到的景象也非常简单，但是我们读诗的时候，一定能够感受到它的意境远远超出了那些简单的景物描述，这是中国古诗里很重要的一种内涵，叫诗的韵味。

然而，这本书把它翻译过来，译者极尽自己所能，用语言写一个人如何离开这个地方，读起来却总觉得哪里不对，为什么？其实译者所用的汉语词汇没有太大的变化，但是失去了格律，失去了它的合法性，失去了它成立的基础。

字词、标点、逻辑、形式结构，等等，都要深究，要学会评判，这样的认知习惯可能才会帮助我们更好地理解自己的诗，到底哪里好，哪里不足。

艾略特有一篇特别重要的文章叫做《传统与个人才能》。二十世纪初，很多人在尝试创造一种很新的写诗的方式或者样式。艾略特提出，我们所有创新的东西，或者我们所有个人化的东西，在一定程度上必须建基于、必须尊重于传统写作。同理，写诗一定要接驳到一定的传统里面。事实上，我觉得没有一个天才能够脱离他的时代和他所遵循的文学传统。

下面我就大概说一下你（蒋乌）的诗。

读了你的诗，第一个感受就是对于情感和情绪比例的控制以及对于诗歌整体性和逻辑的判断，都有所欠缺。这里面更为突出的问题就是逻辑，语言的逻辑。我经常举例，所有的文学作品之中，词语与和词语之间，并不是一种朋友关系或者父子关系，而是一种婚姻关系。这个婚姻关系就是这两个词语要联系起来，形成一个词组，形成一句话。相当于两个人在结婚，你娶的或者你嫁的绝不仅仅是这个人，凡其所有过去、所有经历、亲戚朋友爹妈，都包含在内，你所要面对的是包含了此人的一切。词语与词语之间要联系在一起，也要想到这个词和另外一个词的过去所在的文化传统、在社会文化领域所承载的意义。所以我们一定要找到两个词的结合点，好比说两个人结婚，一定要有一个理由,一见钟情也好,日久生情也好,然后才能联系在一起。我读你这个诗的时候,看到你的诗里有非常好的一点,有很多场景,意象极其丰满。

比如说《敲门人》,本身是个隐喻和象征性的形象,让我本能地想起一个场景,一个人去一个公司面试的场景,面试者进去了,里面应聘的人如何处理,这个过程几乎就是对应的。我们现以这首诗为例,具体谈一谈。

这首诗有一个非常好的象征体和意象。不管这个场景来源于哪里,敲门人其实很有意思、很有现代感。他的形象来源,我们也可以说他可能是卡夫卡的《城堡》里的土地测量员,他想进城堡。刚才我提到的艾略特的观点,就是在解释这个问题。我们永远都会置身在前辈作家所铺设的文学传统道路之上,不管是康庄大道,还是羊肠小道。或者说他们所使用过的隐喻和象征的能量过于强大,我们使用同一种意象的时候,总会带有这个影子,但没有关系,所有的作者都会面临这样的状态,所以我依然认为"敲门人"是一个非常有意思的意象。

在诗里,它的象征性和它的现实场景之间产生了逻辑上的错移,我在阅读的时候,脑海中会立刻出现这样的画面,一群人来公司面试或者投标等场景,实际上你可能并不是经历了这样的场景后立刻进行的创作,但对于读者来说,并不在乎你的灵感

敲门人

被管辖的和被光与黑、正与善捉住却被赋予一手能握紧别人的人
轻轻把门关上
一条条腆着肚皮进出挂着嬉皮笑脸模样和抱守自我秘密的人
正在沦为敲门人

他们憨厚地立在门前,他们轻声唤着,整理衣服裤子和鞋子
用食指和中指轻轻地扣了门三下,又三下,再三下
没有任何动静
敲门人附耳靠近门,门内正在吵着,空气点燃,并不理会敲门人
敲门人敲自己的骨头,从头敲到脚,玩指甲,一根根按响手指关节
靠在和门对立着的白墙上发呆,和时间对立
等候里面的谈话——
房间会随着时间把那些人吐出来

敲门人的后面跟着另外的一群敲门人,他们按先来后到的顺序坐在另一间房间
他们玩着手机来回踱步,打量我们的办公场所,问候在这间房出没的人
认真地敲面前的桌子练习敲门
他们隐瞒着我们,把事情用裤腰带勒紧,插科打诨说一些无用的话

在深深的夜里,我碰见一个训练有素的敲门人
他敲一次门可以抵得上我们敲五次

来自什么场景，他们只在乎他们看到了什么，他们理解到了什么，所以这个场景的错位在哪儿？就是一个象征性的东西和一个日常性的东西，是如何能够有效连接起来的？这里一定要仔细考量。

第二个问题，语言和语言之间的关系。诗中的第一句，"被管辖的和被光与黑、正与善捉住却被赋予一手能握紧别人的人"，我读了很多遍，依旧找不到核心，不知道到底表达的意思是什么？你要表达的意义是否需要一个这么复杂的句子阐释，还是说可以用更清晰的语言明了地说出来？而且这里面用了三个"被"字，我觉得语言的逻辑已经不太顺畅了，有叠加了。在你的诗里，有很多地方都出现了这个问题，它的好处是会产生陌生化的效果，带来非常特殊的阅读感受，也会让诗读起来有一种不那么容易直接把握的层次感。它不好的地方就是，大部分人在读完之后一无所得，没法去辨析逻辑关系。这句如果在构思时，有一个中心点，并围绕中心点有一个紧密的逻辑关系，才构成了诗歌的合法性，而诗人的工作就是用最基本的语言方式表达中心点，这里说的最基本的语言方式并不一定是最日常的，像西川或者欧阳江河写的意象诗，虽然语言不是最日常的，但是逻辑关系是通顺的。

另外一种逻辑关系，比如说"一条条腆着肚皮进出挂着嬉皮笑脸模样和抱守自我秘密的人"，"正在沦为敲门人"，"他们憨厚地立在门前"，全都是复数；"敲门人附耳靠近门，门内正在吵着，空气点燃，并不理会敲门人"，"敲门人的后面跟着另外的一群敲门人"，变回了单数；"他们玩着手机来回踱步，打量我们的办公场所"，又变成复数；最后一段，"在深深的夜里，我碰见一个训练有素的敲门人"，单数；"他敲一次门可以抵得上我们敲五次"，复数。

仅仅就人称和指向之间的单复数变化来说，不是不能变，不是只能有一个抒情的人或者单一的描写对象，而是要把它们转变前的逻辑建立起来。比如最后一段,"我碰见一个训练有素的敲门人,他敲一次门可以抵得上我们敲五次","我们"的来源很可疑,"我们"是谁,前面没有任何地方和根据与"我们"有关系。诗没有提供"我们"的来源,"我们"的来处是什么?我们写作的时候,到最后,或者到一定程度上,想要把个体化的经验上升到整体性的状况时,就会把单数变成复数,就会把非绝对的判断变成绝对性的判断。这是我们思维上或者写作上的一个惯用技巧,但是这个技巧的使用一定要有足够的逻辑支撑。它的来源一定要清晰,所以从我的阅读感受来说,如果处理好单复数的关系、处理好"我"与"敲门人"的逻辑关系、处理好语言的关系,那这首诗就会变得非常有分量、非常有状态。必须出现复数时,一定要先建立一定的逻辑基础。就像张二棍那首诗,通读下来不会觉得在逻辑或者叙述上被卡顿,他用最简单的方式把这些反反复复的逻辑变换都顺过来了,简直是水到渠成,你挖好渠,水就顺着渠道流,如果渠道没有挖好,水随时会四处漫溢,没有了形状和规矩。

这是我特别想跟你提的一个直接感受,在诗歌逻辑、语言逻辑这方面,你的诗里确实有,我比较欣赏,至于意象,还是很惊艳的。还有对于你而言不存在但对于很多初学写诗的人来说普遍存在的问题,那就是经常会写不值得写的东西。我们经常会看到一些诗歌爱好者,而并不是真正的诗人,对花堆随意地吟咏一下、表达一下、伤春悲秋一下,从他们个人情感和日常生活来说,似乎都是值得的。但是作为文学传统和诗歌,或者严肃的写作来说,不必要。对于已经写了无数遍、情感表达了无数遍、没法写出全新内涵的对象,它就不值得写。不过,我觉得很多意象的表达还是值得写的,值得写就需要把意象的背后不断深挖,找到那个真正的点。

我们再看下一首,《雇佣关系》,里面也存在语言使用上过度陌生化的现

雇佣关系

我受雇于一段结实的地面——
从海洋飞向天，干爽地晾在云中
我受雇于我的鞋子——
尺寸正好合适，却木讷无语
我还受雇于一个圆形的湿冷的天气——
抱着我们团团转的小家伙，口水潺潺

我受雇于强大而众人皆睡的中午——
一个咬牙切齿的魔鬼咬着笨重的办公桌
面目狰狞，椅子欢快地坐在椅子上面
玻璃窗吹着风，变成一口脆亮的钟
他们都受雇于我的坏脾气
我的不可捉摸的一个梦
我那不请自来的梦境躬着身过来请我
我就光荣地走上那一段能够照见我身影的地面
那一段有效的时间
使劲摩挲，磨，嚓
声音击打中午，一个音节一个音节
穿透耳朵

象。这首诗整体上还是很有美感的，逻辑上大体也是成立的，但是语言细节有瑕疵，就像吃东西突然吃到沙子的感觉。"受雇于一段结实的地面"，本身很有意思，但是"一段"和"地面"这两个词语之间，是没法形成逻辑关系的。

当然，你说我一定要这么用，我的视域里地面就是一段的，这样想也可以，那你就要在前面为它建立一个逻辑，比如说前面加一句话，"大地是一根绳子，我受雇于一段结实的地面"，这句话就成立了。前面把大地比喻成一根绳子，构成了一个比喻性的关系，然后我受雇于其中一段结实的地面。

这样逻辑上就没有任何问题，因为你建立了逻辑关系前提，你的语言表达就不存在超出规范的情况，但是没有这一句，直接写"我受雇于一段结实的地面"，诗歌意义没问题，可是语言逻辑上讲不通。

在任何一段文学描述里面，文字都没办法自我论证其合法性，需要作者提前建立。就像阅读一些科幻小说时，我们知道内容是虚构的，但是阅读的过程中内心还是会信以为真，为什么？因为作者在前面给我们设定了一种故事发生的可能性。

"公元二二几几年、几百年后"，这些都是目前不可验证的，所以它具有可能性，于是所有的幻想也都具有了一定的合法性。但是，如果我把时间设定在公元 678 年，在唐朝出现了电脑，就是不合理的。如果作者要让它合理，怎么办？就让角色带着电脑穿越，还得提前装好不联网也能运行的软件，要有这样的逻辑支撑才可以。

来看你的诗歌，"从海洋飞向天，干爽地晾在云中"，这是一句很漂亮的句子，非常有意思。"我受雇于我的鞋子——"，非常好的表达。"尺寸正好合适，却木讷无语"，这里有一点点小问题，"我受雇于我的鞋子"，如果吹毛求疵的话，这个句子的表达主体或者发出动作的主体是我，"尺寸正好合适，却木讷无语"，这里的主体是鞋子，前面的破折号如果放在下面，这个语义就会短折得更快，因为下一句没有出现鞋子，没有出现它的逻辑支撑。

"我还受雇于一个圆形的湿冷的天气——"，这一句就是我刚才说的"没有前提"的典型例子，没有辅助的"圆形的湿冷的天气"，是不成立的、不合法的。诗中，这一句的合法性会受到质疑。什么是"圆形的湿冷的天气"，这是讲不通的，所以在书写之前一定要给读者提前架构好逻辑关系和逻辑线索。

"一个"是单数，最后的结束词是"天气"，天气是什么呢？天气是一种总体性的事物，天气包含着刮风、下雨、打雷，等等。"一个天气"是什么？如果这些非常细节化的语言之间出现了逻辑关系错误，会让诗的整体美感受损，而如果解决全部的逻辑问题，建立起了这首诗的合法性，它的质感马上会有一个提升。

"我受雇于强大而众人皆睡的中午——"这句话也值得玩味，但是"强大"真的是最合适表达"中午"这个状态的词吗？很可能不是。能否找到一个更有表现力，同时也符合最基本的语言文字逻辑关系的词语进行表述？

"一个咬牙切齿的魔鬼咬着笨重的办公桌"，咬牙切齿是什么意思？这个人处在一种非常愤恨的状态下，咬着牙、切着齿，那怎么能同时咬着笨重的办公桌？可以把后面的"面目狰狞"提前，说"魔鬼面目狰狞地咬着笨重的办公桌"，逻辑上会通顺一点，对吧？写诗的时候遣词造句一定要考虑逻辑关系。

"椅子欢快地坐在椅子上面"，"玻璃窗吹着风，变成一口脆亮的钟"，这两句非常有意境。"他们都受雇于我的坏脾气"，你用了"他们"，而不是"它们"，我觉得也成立，只是稍微有点突兀，拟人化的前提或者途径是什么？

我的不可捉摸的一个梦
我那不请自来的梦境躬着身过来请我
我就光荣地走上那一段能够照见我身影的地面

这里跟前面的那"一段地面"有了勾连，此时出现"一段地面"相对来说要好一些，如果你前面把这个逻辑建立起来，那么后面的"一段地面"就能够变得有效且合理。

读了你的诗，我有一种感觉，你一直在写日常生活的场景，特别善于把日常场景幻想化，或者说镜头化，能够从日常生活中把具有诗性的场景提炼出来，把它从虚空中捕捉出来，然后形成一种写作素材，这一点很珍贵。我觉得你可以多多琢磨一下意象诗的传统，不管是艾略特或是庞德，都会对你有启发。

意象诗其实不需要非常多的表述，不需要非常多的意象，像比较有名的意象派诗人李金发，他用意象来统领他所有的感受，可他的《弃妇》描写的东西非常简单。

弃 妇

作者：李金发

长发披遍我两眼之前，

遂割断了一切羞恶之疾视，

与鲜血之急流，枯骨之沉睡。

黑夜与蚊虫联步徐来，

越此短墙之角，

狂呼在我清白之耳后，

如荒野狂风怒号：

战栗了无数游牧

靠一根草儿，与上帝之灵往返在空谷里。

我的哀戚惟游蜂之脑能深印着；

或与山泉长泻在悬崖，

然后随红叶而俱去。

弃妇之隐忧堆积在动作上，

夕阳之火不能把时间之烦闷

化成灰烬，从烟突里飞去，

长染在游鸦之羽，

将同栖止于海啸之石上，

静听舟子之歌。

衰老的裙裾发出哀吟，

徜徉在丘墓之侧，

永无热泪，

> 点滴在草地，
>
> 为世界之装饰。

为什么《雇佣关系》比起其他几首，是我更为欣赏的？因为你只强调了一种东西，或者说你用一种东西来统领了其他的东西，就是"受雇"，把所有东西都建立起来了。为什么说《敲门人》不是那么理想？"敲门人"本身是具有同理性的象征，或者是说具有隐喻意味的一个意象和词语，但是你在书写的过程中把它分散了，把其他内容都置换了出来，而不是从敲门人的角度或者思维来出发，就会显得分散。

庞德最有名的一首诗是《在一个地铁车站》，只有两行，但是他最开始写的时候有三十多行。在诗里，他写了自己看到一个场景的瞬间感受，反反复复删改之后，他只保留了两句。

在一个地铁车站

作者：埃兹拉·庞德　译者：杜运燮

> 人群中这些面孔幽灵一般显现；
>
> 湿漉漉的黑色枝条上的许多花瓣。

只有两行，为什么？因为他觉得已经够了，这些意象已经完全足够将他的诗意表达出来，将这些意象以非常有形式感的结构书写出来，它就能够像原子核一样发生裂变或者聚变，会产生非常大的能量。

我推荐你去关注中国当代文学史，比如说西川、欧阳江河等等这些诗人的诗作，研究他们写诗的时候是如何将一个简单的意象复杂化，把它真正提升到文化的象征和文明的隐喻尺度上的。欧阳江河写过一首很有名的诗歌，叫《玻璃工厂》。

玻璃工厂

作者：欧阳江河

一

从看见到看见，中间只有玻璃。

从脸到脸

隔开是看不见的。

在玻璃中，物质并不透明。

整个玻璃工厂是一只巨大的眼珠，

劳动是其中最黑的部分，

它的白天在事物的核心闪耀。

事物坚持了最初的泪水，

就像鸟在纯光中坚持了阴影。

以黑暗方式收回光芒，然后奉献。

在到处都是玻璃的地方，

玻璃已经不是它自己，而是

一种精神。

就像到处都是空气，空气近乎不存在。

二

工厂附近是大海。

对水的认识就是对玻璃的认识。

凝固，寒冷，易碎，

这些都是透明的代价。

透明是一种神秘的、能看见波浪的语言，

我在说出它的时候已经脱离了它,
脱离了杯子、茶几、穿衣镜,所有这些
具体的、成批生产的物质。
但我又置身于物质的包围之中,
生命被欲望充满。
语言溢出,枯竭,在透明之前。
语言就是飞翔,就是
以空旷对空旷,
以闪电对闪电。
如此多的天空在飞鸟的躯体之处,
而一只孤鸟的影子
可以是光在海上的轻轻擦痕。
有什么东西从玻璃上划过,
比影子更轻,
比切口更深,比刀锋更难逾越。
裂缝是看不见的。

三

我来了,我看见,我说出。
语言和时间浑浊,泥沙俱下,
一片盲目从中心散开。
同样的经验也发生在玻璃内部。
火焰的呼吸,火焰的心脏。
所谓玻璃就是水在火焰里改变态度,
就是两种精神相遇,
两次毁灭进入同一永生。

水经过火焰变成玻璃。

变成零度以下的冷峻的燃烧,

像一个真理或一种感情

浅显,

清晰,拒绝流动。

在果实里,在大海深处,水从不流动。

四

那么这就是我看到的玻璃——

依旧是石头,但已不再坚固。

依旧是火焰,但已不复温暖。

依旧是水,但既不柔软也不流逝。

它是一些伤口但从不流血,

它是一种声音但从不经过寂静。

从失去到失去:这就是玻璃。

语言和时间透明,

付出高代价。

五

在同一个工厂我看见三种玻璃:

物态的,装饰的,象征的。

人们告诉我玻璃的父亲是一些混乱的石头。

在石头的空虚里,死亡并非终结,

而是一种可改变的原始的事实。

石头粉碎,玻璃诞生。

这是真实的。但还有另一种真实

一个脱发中年理发师的下午

他在五百元每月租来的一层理发店
空无一人地坐着，空调吹出的冷风
由脱发的头部贯穿他以及他明媚的
下午，沙发和铁柜都来自一次陌生
遥远的相聚，一个忍气吞吐着灰尘
一个不响吃着破旧衣服，再没有比
顾客的到来更让灰尘和剃刀们兴奋
他牵头令一次漫长的等待直指崎岖
不平的旅途，衍生出一次美妙风吹
竹林的不定方向，理发师打着手势
邀请入座，用自己的憨态取得信任
使用围脖和剃刀、梳子亲切地抚摸
穿越光线、热量过分充足的下午的
人的脑袋，一颗不曾被子弹击穿和
越过人浪、建筑、秽语的脑袋，让
全部屋外的时光暂停。头发肃立于
一片厚而重的白墙构成寂静的两面
一寸长一寸短往下走，削减一个人
以前或以后的道路，修正一个人或
光荣或耻辱的历史，风吹着细碎的
思绪满屋飞。理发师于是开口讲话
使空镜子和空镜子变得活跃，

把我引入另一种境界：从高处到高处。

那种真实里玻璃仅仅是水，

是已经

或正在变硬的、有骨头的、泼不掉的水。

而火焰是彻骨的寒冷，

并且最美丽也最容易破碎。

世间一切崇高的事物，以及

——事物的眼泪。

　　这首诗里，欧阳江河使用了非常多的比喻与象征，他把玻璃上升到了语言的层面，上升到了表达的层面，玻璃工厂的"玻璃"就是二十世纪八九十年代现代汉语存在的现状，既透明又不透明，他写得非常有表现力。

　　"整个玻璃工厂是一只巨大的眼珠，劳动是其中最黑的部分"，其实诗中真正要说的是"劳动是其中最黑的部分"，但它必须有一个前提来建立这个逻辑，就是"整个玻璃工厂是一只巨大的眼珠"，然后再说"劳动是其中最黑的部分"，这才能成立。他更厉害的一点在于，后面的内容，像是"泪水"，等等，又开始反哺前面这句话。

　　看到第一句，"整个玻璃工厂是一只巨大的眼珠"，我们仅仅把它当做一个形象的比喻，一个象征性的或者通感式的比喻。当第二句，"劳动是其中最黑的部分"出来的时候，眼珠就活了，眼珠中黑的部分和整个眼珠就被区分开了，而且黑的部分有了意义。最黑的部分就和劳动形成了一个同构，变得有价值，整个眼珠也就变得有价值了。

所以，我们在写诗的时候，要处理自己的意象和象征的时候，还是一定要再往深里想一想，往复杂性内涵想一想，再往我们的文化、我们的现实、我们的文学等更主要的方面想一想。

我之前提到艾略特的《个人的传统与才能》，我们所有的表达，不仅仅是我们自己的表达，还必须同时是我们传统的表达，是我们前辈的表达，是他人的表达。我们永远都只能借助于已有的那些表达，让我们自己的表达产生意义、产生价值。这是一个前提性的东西。

说一下你的《一个脱发中年理发师的下午》，我比较喜欢这首诗。第一，从形式上来说，你做了一个非常有意思的处理，让它每句的长度是一样的。诗歌的断句是非常有讲究的，因为断句就是诗的形式的一部分。事实上断句有时候比标点还要重要，哪怕是同样的一个句子，没有形式感的断句，效果就差太多了。现在有很多人批评某些诗歌，说某诗合起来就是个散文。没有恰当的断句像是散文，但是断了句，就不一样。你这首诗就找到了特别巧妙的断句方式，是成立的，是合法的，且是有意思的，是很特别的一次尝试。

第二，我比较认可你的场景描述，虽然理发店和理发师都是我们熟知的，但是，你的描述并没有让我觉得过于熟悉或者过于日常。虽然写到沙发、

> 推刀
> 和剪子变得锋利，脱落盘旋向下的
> 黑发开始思考下一次登顶事宜，你
> 小心地提到一个被外物塑型的下午
> 那时阳光和世间的事物来回去碰撞
> 到处都是数之不清数之不尽的颜色
> 从软塌塌的下午一直绵延到了黄昏

墓　碑

阳光充足情感充沛的时候就
应当去修改墓志铭
西装革履的时候更要盘腿而
坐修改墓志铭
睡不着不够意思的时候打开
床灯修改墓志铭
被人冷戳背脊头皮发麻的时
候要义不容辞地修改墓志铭
山光石色万物复苏的时候就
可以指天指地修改墓志铭
面含微笑穿过密实人群的时
候要在内心底用细刀片修改
墓志铭
坐而论道滔滔不绝的时候应
该立即拍头称快修改墓志铭
第一次心动以及最后一次哭
泣的时候就知道要去修改墓
志铭
悲怆孤行星月不可仰止的时
候就应当停下来修改墓志铭
陨石滑落事物乱蹿大火熊熊
的时候要抓住一切可以用的
时间修改墓志铭

手拿钻头和锤子趁着闪电雷
击的时分修改墓志铭
修改修改修改，孤身一人留
在茫茫原野的电火闪烁中修
改墓志铭
唱着豪迈的歌曲像修葺脸上
胡须和自家后花园一样去修
改墓志铭
趁着青春还留在体内不被塑
形的时候去修改墓志铭
趁着父母衰老得不够彻底尚
能稳住自己身体的时候去修
改墓志铭
趁着夜色迷蒙而寒风鸣咽月
亮偷上树梢房梁的时候去修
改墓志铭
趁着你还未明确地和另一部
分人划清界限或站在自以为
的这一部分人中间的时候去

铁柜、空调机这些东西，都是我们日常所见的，读了之后却没有那种熟悉感，因为你的形式感牵引了我的注意力。

第三，这首诗的描述本身没有情绪。刚才我们谈过情绪和情感的问题。这首诗中，你几乎没有个人情绪化的宣泄，只是冷静客观地描述，我会觉得我像是在通过一台摄像机的镜头看一样东西，隔着镜头，依然成立，依然可信。

但是，这首诗也存在一点问题，就是使用的意象过多，过于驳杂。用大量的意象来堆砌一首诗，自然而然形成了一种冷峻的效果。事实上，这种效果也会让读者无所把握，氛围感有了，但是氛围感究竟是什么，它变得模糊了。当然，整体来说，我觉得这首诗是成立的。

还有一首诗，《墓碑》，应该不是你比较擅长的诗体类型，前面每一句最后都是"墓志铭"，后面几句结尾都是"静穆如初"。我是认可它的整体性结构的，但是这样写有一个非常大的风险，它可能构造出自动化生成的东西，"阳光充足情感充沛的时候就应当去修改墓志铭"，"西装革履的时候更要盘腿而坐修改墓志铭"，一直往下进行，看上去像是可以无限性写下去，比如说你写到200句可能依然成立，但这并不代表它都有效。所以，我们把意象选择的口子放得太宽了以后，反而让我们的情感和我们要表达的东西无所归依、无所着落。

以上这些基本就是我要讲的全部内容，总结起来就是：写什么样的诗，情绪和情感，语言逻辑，诗的逻辑和整体性，场景的寓言化处理。

我给你一个建议，你可以试着从作者的视域稍微跳出来，从读者的角度去读、去改，可能会有不一样的感觉，就像你在读别人的诗，抱有一种我要去理解他的心态，可能会有不一样的体验感。琐碎内容说了这么多，希望能够对你有所帮助。

修改墓志铭
趁着你在羞耻心尚未丢掉善良尚未磨灭的时候去修改墓志铭

你一定想起你年少时在柴火旁依偎母亲的怀中，身后没有时间推动的世界静穆如初
你一定在上午的阳光照临时分醒来看见一群大雁飞过，赤羽扇动下的世界静穆如初
你一定看着祖父的墓碑上留下你的和你一起的血脉相连的人们的名字，眼前草木组成的山脉静穆如初
你一定连同你自己组成一座空空的山谷，那里山石矗立，你敲打你自己静穆如初

二、"朱婧熠—海川"组授课实录

朱婧熠，文学杂志编辑，荣获第十九届百花文学奖编辑奖。

朱婧熠：①和②，"在外面跑……"与"每次进隧道……"当中是断掉的。要么把整个第一段挪到后文"我"来巴中处，小说直接以"我"巡视隧道、程雨菲发来微信开始，要么在"每次进到……"前面铺垫一下在什么情形下"我"需要开始巡视隧道。③、④、⑥，首先，衔接问题同上，可以直接从"我"发微信时，"他们打到了地下水"，因而一开始"我"没看微信，看到时已经是发来的一长串，那么昨天与今天在时间上切割的必要性在哪里？其次，"我"的工作状态是什么样的，地下水怎么喷出来，工人们如何应对，"我"面对这些有什么想法，缺乏更多可靠可感的细节。如果一位作者没接触过也不了解隧道建设相关的内容，也能写出小说中那些句子，那这样的句子就是无效的。⑭的问题与此处相同。

第三自然段的⑤和⑪，"一长串"暗合了一个完成时态，"你什么时候带我去双奉看涂永""最近连续阴雨，今早上课路过廊桥，河面的雾溢上来，感觉自己像进入了莫奈的画"，长吗？可下面接的是"没等我发'跳进去才

南方蝶道

文 / 海川

<u>来巴中的头两个月，我像个摩的司机一样，整天都在外面跑着。</u>①那时候我刚从长沙回来，脑子乱得很，就骑着老二那辆灰扑扑的摩托车，没事就四下溜达。有时候去后山溪沟阴处泡澡，之后躺在树荫下的青石板睡觉。兴致来了会到壁山坡的顶上，看阳光填满山谷，再慢慢漏进石头缝。但大多数时候我都会去爬半山腰那座孤零零的高压线铁塔，边爬边把耳朵紧贴微微发烫的铁塔，听电流从千里之外驱驰而来的低吟声。这时候，隧道口就像两个没有眼白的眼球，直愣愣地窥视着万物。

我新供职的巴中至城口高速第六标段项目部，当时在跑马山已驻扎一年有余。我来之前，工程已经过半。据成都来的专家预计，贯通后左线长约2091米，右线长约2053米。有点不幸，是个长短腿。<u>每次进到隧道里面，我都有点犯困，</u>②像进入一个时间凝固的混沌世界，但爆破遗留下的火药味，如海浪上下起伏，反复冲击嗅觉，让人异常清醒。<u>就在昨天，</u>③他们打到了地下水，水从各个缝

隙里喷出来，掌子面变得和水帘洞差不多。<u>我倾听山体传来的阵阵低语，</u>④窸窸窣窣，如同鱼在水面吐着泡泡。

<u>程雨菲发来一长串微信时，</u>⑤<u>我刚盯完出渣组运走渣土，正准备去隧道外面的工作间抽根烟。</u>⑥<u>你什么时候带我去双奉看涂永，她先是旧话重提。</u>⑦<u>自从上次</u>⑧知道涂永是我朋友后，她便见天讲这件事。见我没搭理，⑨她接着又说，最近连续阴雨，⑩今早上课路过廊桥，河面的雾溢上来，感觉自己像进入了莫奈的画。没等我发"跳进去才是进入莫奈的画"时，她已经又发来一句，⑪下午要搬到银耳厂去了，你最好过来帮下忙，不然后果很严重。她经常就是这样，临门一脚的时候才讲。我翻了翻工作群的消息，看下午没安排，<u>准备回项目部宿舍眯一觉再去接她。</u>⑫于是回复道，下午两点我来接你。<u>至于去双奉，要不再等等。我现在实在不方便请假。</u>⑬

这是真事，芒种过后汛期逼近，正是隧道施工安全隐患密集期。经理几次叮嘱我要多加巡视，把眼睛抠出来仔细看。<u>每天上午，我骑车从山脚出发，沿着施工便道，到隧道出口里面，来回走几圈，摸摸新钻探的掌子面，像摸着新大陆。隔一天又到入口，看工人们在刚露出的山体上搭钢筋，忙上忙下，稍微有点响声，我就走近叮嘱，要注意安全。</u>⑭

<u>我原以为程雨菲找了个什么好地方，结果去</u>她

是进入莫奈的画'时，她已经又发来一句……"那不就是"我"正看到了微信内容并正准备回复，那么两种时态是否矛盾？

⑨"见我没搭理"，一方面人物视角存在错误；另一方面，联系一下⑫和⑬两句，其实是可以连贯地展现出"我"对待程雨菲的一个态度的。仍然是这些材料，如果处理成她发微信时"我"就看到了，眼前又有工作，对她说的看涂永的"旧话"也没兴趣，没有回复微信消息的打算，而"程雨菲看涂永"的开头也只像是一句"在吗"的开头，并不在意"我"是否回复就自顾自地说下去，看到莫奈那里"我"想回句俏皮话，对方又发来搬家的消息，然后又有工人招呼"我"，工作上的事打断了"我"的下一步动作，之后"我"看了下工作安排，准备睡个午觉再去接她，索性没有回复信息，也并不在意之前她有没有注意到微信对话界面上的"正在输入"。然后下午"我"出发前再发信息说现在来接"你"，程雨菲也果然等着。以上只是推演的一种，仅供参考，需要注意的是如何将人物的内心、关系编织进行动中。

⑮要么自然地分段，要么加一句铺垫，比如上一节断到"我"直接心里决定好睡醒午觉后找她，这一节起头可以是"我"发了个微信就出发，到达后，程雨菲也果然收拾好了东西等着"我"。其次，这种程度的感官描写体现不出"我"没料想到的疲累。

家的必经之路都是上坡的石阶，只能人工搬运。我们走在湿滑的小巷里，两边都是昏沉的建筑，路过有的小餐馆时，还散出一股潲水的味，窜的胃酸。⑮程雨菲要住的小院，就在银耳厂宿舍的后面。那里由一片老旧小区构成，沿山而建，毫无章法。起伏错落的地势里，各种低矮破败楼房鳞次栉比，构成了一个巨大的巢穴，几十元一晚、不需要登记身份的小旅馆点缀着这里夜晚的颜色。⑯山顶有一个大电视塔，到了晚上就开彩灯，现出铁塔的轮廓。我到过那山顶，在那上面可以看到整个巴中的屋顶。那一段时间，我喜欢到别人家屋顶去，随便什么屋顶都行。就坐在上面抽烟，好像和这个世界隔绝了一样。⑰

银耳应该是菌类中的君子，她突然冒出一句。君子？我有些不解。⑱她说，银耳从生长到成熟，都是依附在木材上。所谓良臣择木而栖。你再看它皮肤雪白，晶莹剔透，尤其是夏天那一碗冰镇的银耳汤，冰冰凉像饮了三九天的风雪。自从当上老师后，无论聊什么，程雨菲总喜欢强行解释一些东西，现在又开始和我讨论起银耳在其短暂一生中的命格了。没见我回复，她顿了顿又说，伟大灵魂必定诞生出美味的食物。屈原——粽子。苏轼——东坡肉。数不胜数啊，就银耳最造孽，至今还找不到代言人。

从锈迹斑斑的铁门进去，进门左手靠墙位置，堆满了绿植。其中一盆芦苇，被折了半截，正流着

⑯应该挪至⑰的后面。此时是下午，"点缀着这里夜晚的颜色"，是基于人物过去的记忆而产生的画面。

⑱"我有些不解"稍显浅显，可以展开一下，比如"我"的表情或思维反应应该随即产生什么变化等。

透明的汁液。院子中间一棵枇杷树，果香蔓延，压得枝头沉甸甸的。我忍不住去摘，程雨菲连忙指指房东门口——房东歪得很。房东老太太正关着门在拉二胡，音符从门缝里钻出来，咿咿呀呀，逼仄绵长，拉扯着整个小院。屋顶一个锅盖天线，好像正在向全世界同步她的演奏。我们上了二楼，程雨菲带我参观她的房间，两室一厅，有厨房阳台，家具也挺全，只是有些陈旧，不过电器普遍偏小，尤其是冰箱，一个西瓜也放不下。我摸摸墙壁，安慰程雨菲，挺好，甲醛都被别人吸走了。程雨菲笑着说，有个毛线甲醛，没看见墙都泛黄了吗。

程雨菲先把桌椅板凳擦干净，又让我合作把棉絮套进被单里。忙前忙后一顿收拾，弄得到处都是灰尘，收拾完，我则躺在客厅的竹椅上，把腿伸得很直，听楼下传来的二胡声。别说，还挺有味道。一曲罢了，一曲又起，看房东没有中场休息的意思，又看枇杷树离阳台挺近，于是就<u>翻过阳台，一手扶着围栏内侧，一手去够枇杷树</u>。⑲

枇杷橙黄，表皮泛光，我摘了一大捧，拿到厨房洗净，<u>又把枇杷剥得光滑油亮，用盘子装着递给程雨菲</u>。⑳程雨菲尝了一颗说，好甜的。我说，枇杷甜不是应该的吗？她说，那怎么形容？我说，要说它可怜。程雨菲说，有啥可怜的？我说，枇杷每次被吃时，先是让人挑挑拣拣，仔细把玩一番，再被撕掉衣服，露出其隐秘的酮体，然后被人腻腻歪歪地咬掉。要是核沾了果肉，还要被人舔来舔去。

朱婧熠：⑲动作部分可以展开，刻画得再细致一些。
⑳一大捧都剥了吗，合理吗？考虑过为什么"我"有这样的耐心一颗颗细致剥皮吗？这还关系到调情是早已蓄意还是临时起意，以及剥一颗是不是就足够开启调情了。"我"固然在网盘里看到照片时就对程雨菲有某种绮念，但结合"我"的状态、"我"和程雨菲的关系，总的来说这种绮念是可实现但最好不实现也罢，那是不是临时起意会更合理些？

于是就在人的嘴里进进出出，吞吞吐吐，全身沾满口水的腥味，逐渐湿答答地身无寸缕，连个后戏都没有。㉑最后，吧嗒，被扔。比银耳都可怜。㉒她说，嘿，你在这里等着我呢。㉓

吃完枇杷，我点上一支烟，烟雾弥漫在房间内，把程雨菲呛得直咳嗽。我推开窗户透气，一眼看过去，从山坡往下，银耳厂附近到处都是这样的院子，密集且排列得杂乱无章。几条小路从中穿过，形成了好几条巷子。程雨菲窗户正对着银耳厂宿舍的窗户。再稍微仔细一点，还能看到里面四人间的格局。我叫程雨菲控制住自己，不要偷看别人洗澡。要是被满脸络腮胡的大汉追上门找她要清白，这里又远，我怕是支援不到位。程雨菲这下忍不住了，拿着扫把箱就来打我。一根烟还没抽完，程雨菲就要赶我出去。她说，老娘要洗澡，不准偷看。程雨菲洗澡时间特别长，从头发丝到脚趾缝，都要细细搓一遍。我说，你洗啊，叫我出去干吗。她说，你在这里我洗不了。我说，都是朋友，不至于嘛。程雨菲没理我，拉着我就往外赶，关门的瞬间才笑着说，跟你不熟。房间内响起哗啦啦地水声，我趴在门口听半天，也没听出个啥。于是我点了根烟，往屋顶走去。到了屋顶发现这上面有两块菜地，菜地旁绑了几根铁丝晾衣服，上面挂着一条干瘪的白色内裤，被衣架撑得棱角分明，像一只挣扎的风筝。

从长沙回来后，㉔我经人介绍，破天荒来巴中

㉑ 前面这么露骨的调情，情感上有余裕的"我"不等等程雨菲的反应吗？如果加一句"我"看到的程雨菲的反应（有表情或者没表情都是反应），再接㉒"比银耳都可怜"，程雨菲之后的叙述可以接㉓那句，两人的关系是不是会显得更微妙些呢？

朱婧熤：㉔这里开始倒

做了个隧道安全员。川东北别的不多，就是山多，路直不起腰，只能钻隧道。整个项目有隧道施工任务的标段还有两个，都隔得很远，偶尔开大会才会碰一面。这时候我会碰到猴子。他是我表哥发小，15岁的时候去少管所待了一年，接着再二进宫。这么多年过去，我和他一直都保持联系。他现在就在离我20公里远的第三标段的爆破实验室上班。我们一般见面都会约在巴中。其余时候我们深埋在大巴山繁密的丛林里，好像彼此并不存在。

项目部在跑马山下租了个民房，临河，三层楼，背后是个公交车首末站，每天天不亮就滴滴答答响个不停，到了晚上才消停。办公和住宿两用，完美的加班场所。这儿是川渝接壤处，也没个平坦的地，出门就是爬坡上坎。所幸房子就在国道旁，去城里也就二十来分钟。<u>项目部的日子每天都差不多，不到两周我就觉得乏味。好在和工人们关系不错，</u>㉕无聊的晚上他们就带我一起去巴中洗荤脚，吃大排档。到巴中后，我有了一边听TVB电视剧，一边看小说入睡的习惯。寻秦记，洗冤录，读心神探，反复播放。博尔豪斯，胡安·鲁尔福，让我无比沉醉，有时候换换脑子，也看废土仙侠修真。这样导致我梦中的画面经常串台，古今大战秦俑情，滚滚燃烧的原野。直到我认识了程雨菲，这段**彷徨的日子**㉖才画上句号。

程雨菲和我差不多大，是我到巴中才认识的。我来巴中，本是来接替她的职位。刚来时，经理没

叙，可以看做是第二节开始。回到最开始讲的，整个小说的第一段，和这一段，实际上是有重复的。我的建议是把小说第一段的内容拉下来，放到这里，充实所谓"彷徨的日子"。

朱婧熤： ㉕和㉖，情节处理过于简单化，平淡没有波澜。

空管我，就说程雨菲录了段工作交接视频，放在电脑桌面，叫我找找。电脑有些卡，主机响得像钻隧道的二衬台车。一开机，桌面上"新同事未完成工作"，赫然出现在我眼前。

屁股都没坐热，就有了历史遗留问题，我只好点进去一看。

她说话的声音哑哑的，很特别。她先说了日常文件、资料存档都放在办公室的铁皮柜子里，要按工程阶段顺序放，别搞乱了。又说安全日志得每天都填，很简单，记录内容分为两个时间段，这得看你的排班时间，有时是上午八点到十二点，有时是下午两点到六点。除了每天现场看守并记录危险源较大的施工工序外，还要检查隧道内电路是否破损、老化、露丝，工人有无戴安全帽或者酒后上岗等，其余时间你在办公室坐着就行。其中还提到：办公室容易长蟑螂哈，那种很小的，蟑螂婴儿，就藏在键盘里，没事多抖几下。不然钻到你袖口里，你都不会察觉。我听了好几遍，感觉她说的和工作交接没半毛钱关系。

看完视频，我发现C盘一片飘红，里面堆满了平日里的工程文件。我看没什么用，就准备将它们传到网盘。见桌面没有网盘，我正要下载，发现网页提示：是否需要更新？原来网盘电脑里有，只是被隐藏了，于是我点开左下角开始键。

刚点开网盘，还没反应过来，账号就自动登录了。几秒后，登录成功，一大片文件夹出现在我眼前。它们井井有条，标好了日期和类别，正排着队等我检阅。对于这种突如其来的隐秘之钥，我微微有些颤抖，但还是忍不住挨个点进去看，希望能发现点什么。果不其然，在一个命名为"蝶"的文件夹里，我发现了一个皮肤很白，眼角有颗痣，头发卷卷的女人。她立于镜子前，春光四溢，当时我立刻意识到，这就是程雨菲。

照片中的她，有时身着吊带露出乳沟，高低起伏间，我仿佛看见了被遮住的部分。有时则裸着后背现出精致的西班牙语文身，我用手机查了一下，"Alas de mariposa"意思是"蝴蝶的翅膀"。有时则一丝不挂，时而双手托着自己的乳房，时而将手举过头顶，好像在对这个世界举手投降。于是我迫切希望能认识程雨菲。有时候我就是这样，不管脑子里有什么想法，我都想试试。我以请教问题的理由，在经理那儿问到了程雨菲的微信号，五天之后她才通过了我的申请。你是不是双奉人？加了微信以后，程雨菲这样问我。最开始我以为她也来自那个偏僻的地方。你听说过涂永这个名字吗？很多年过去了，她是第一个向我打听涂永的人。我假装满不在乎地说，你问这干吗？她有些不耐烦，到底认不认识，别卖关子。我只好回复说，双奉谁会不认识他呢？

二〇一五年，七月十五日凌晨四时许，双奉县西门桥某小区业主许某被发现死在小区停车场内，现场有大量血迹，疑似被杀。双奉刑警勘察走访，初步确认许某系他杀，案发时间为七月十五日凌晨一点左右，致命伤来自头部的敲击，由于缺乏监控信息，目前嫌疑人身份不明。公开信息展示，许某，金碧辉煌KTV股东，有一个五岁的女儿，今年刚上幼儿园。当晚是其女儿的生日，但许某告知家人临时有事，今天不能回家。第二天四时左右，小区环卫工人发现许某倒在地上，以为其喝醉了，走近去叫醒他，才发现满地都是血迹。㉗

在那之后我算是和程雨菲接上了头，但这主要还是归功于涂永。我们敞开心扉，无话不聊，常常到深夜也不知疲倦。她说家里人都去成都了，她不想去，对大城市恐惧，只想待在小地方教书，朝

朱婧熠： ㉗要审慎考虑这些额外叙事放置的位置。此处之前的一段结尾引出了涂永，卖了个关子，很好，那么㉗这段开始可以看做是新的一节，衔接后文。

走走： 首先，我看了之前朱婧熠所有的标注，基本上我都认同。比如叙事顺序的调整，等等，这些我都同意，我唯一觉得存在可讨论点的是剥枇杷那部分，应该是一大捧还是一枝，我觉得不用特别计较，没有必要特别苛刻。接下来，就是2015年7月15日这个时间线，这是需要重新捋一遍时间线索的。而许某这个人物，有没有可能与后文的胡导合并处理为同一人物？比如，他不是金碧辉煌KTV的股东，他可能就是电视台里一个不入流的编导，在负责一个综艺节目。我考虑的是如果把许某跟胡导这两个人物并在一起，那么故事就是胡导被人杀害，死因是头部遭到猛烈敲击。

朱婧熠：㉘内容叙事太快，像倒豆子似的，或许程雨菲可以存在急迫倾吐的一面，但对"我"来说，对她迫不及待、无话不说的倾吐，结合"我"本身和涂永的过往（这里不需要写，只是要注意"我"这个人在面对任何当下的事情时，身上都带着过去的印痕，它会体现在我的反应上），后面"我"说了许多往事，毫不涉及程雨菲知道后的反应，是不是合理有效的？"我"谈往事，这里面本身也可以有层次的变化，比如有些"我"想说，程雨菲不想听，她想听的，"我"又烦，敷衍她，或者编些话，她信了，或者不信。

走走：承接我上面的叙述。这一部分跟程雨菲接上头以后，程雨菲又告诉"我"，其前男友是个酒保，在KTV上班。后面程雨菲又说她和涂永在很久以前是男女朋友关系，叙述存在逻辑混乱，这很容易令读者误会涂永和前男友是两个人，这里可以简化一下。接下来讲到涂永，人设这边不能够含混，这个人就应该是一个非常仗义、有江湖气的角色。当然，他到酒吧里玩，到KTV玩，这些都没问题，但是吸毒这些从故事主线中旁逸斜出的内容，都要改。涂永后面发生的过激行为跟白粉没有关系，而是他的性格使然，他很容易被人撺掇去打架，比如他一喝酒，别人一招呼，他立刻就去帮架，他的人设应该是这样的。

九晚五，稳定度日。又告诉我其前男友是个酒保，在KTV上班，成天和狐朋狗友瞎混，凌晨回家是常态。有时候一回来就要干那事，她在半梦半醒之间忘情呻吟，声音穿过窗户飘到河面。据程雨菲自己说，她和涂永在很久以前是男女朋友关系。算早恋。不过涂永从巴中到双奉之后，就断了联系了。后来他知道了涂永的事，想去看看涂永，但一直未能如愿，直到遇见我。㉘但实际上，我早就和涂永断了联系。经不住程雨菲反复来追问，我也只好零零碎碎告诉她一些：

他那年转学过来不久我们就熟识了。他喜欢踢球，技术不错，会玩点花活，和我都是巴塞罗那的球迷。我们经常在一起厮混，不得不承认，涂永这人仗义，出手大方，又能喝酒，来双奉不久就结交了一大帮朋友。有一次我和他从学校后门下山出去玩（学校在半山腰），沿路都是和他打招呼的人。

我们都是老师眼里的坏学生，不过我们并不在乎。我们甚至非常讨厌"学生"这个词，好像天生比人矮了一头。在一起玩的那段日子，我们成天都在想着怎么搞到钱。我们一起敲诈过摩的司机，还一起帮夜场老板找过陪酒女。不得不说，涂永在这方面很有天赋。我们成天瞎混，很少去上课，滑冰场和KTV总有我们的影子。

这样的日子持续了大半年，直到一次涂永搞到一包白色粉末，问我要不来点，我生性胆小，对这东西恐惧大于好奇。涂永倒是毫不忌讳，当着我的面就吞云吐雾。有一次他来我家里玩，走的时候把工具藏在我柜子里，结果被我妈发现了。我怎么解释都没用，我爸专门从外地回来揍了我一顿，并警告我，要是再去瞎混，就要报警抓我。在我爸狰狞的脸上，我反而有吸这玩意儿的冲动。要知道，我连烟都不抽。

再一次见到他，是在医院。他说是跟人喝酒喝的。现在回忆起来，<u>涂永最后走上的那条路，和他父亲有着直接的关系。</u>㉙涂永告诉我，他父亲从小就能说会道，在乡里有一定的名声。谁家红白喜事，都要找他父亲当支客席，见人说人话，见鬼说鬼话。后来在乡里待不住，又赶上打工潮，就跟着表哥一起到了广州。与大部分四川老乡不同，他父亲没有在车间的流水线上消耗青春，也没有上建筑工地出卖劳力，而是在机缘巧合下进入了传销组织。其中过程已不可考，只知是被一个广西女人引诱。有很长一段时间，他父亲仿佛失踪了一样，一两年没有消息。直到某天春节前突然现身，还带回来了二十万现金。后来涂永才知道，他父亲靠着三寸不烂之舌，两年间混到了组织内金字塔顶端人物之一，于是见好就收，拿钱跑路。为了逃避别人的追捕，悄无声息地离开。某天下午，说自己去镇上接个新发展进来的人，于是带着刚收到的现金，从广东骑摩托车回的四川。近两千公里的回家路，省道有交警盘问，就改走县道。摩托车出故障了，就找修理厂。一路上途经寒潮雨雪，像朝圣的信徒。

走走：㉙这句话是没有必要的，它的信息量非常含混。你想说明的是他最终能够骑摩托车出逃，跟他父亲当年从传销组织骑摩托车回来的情形是一样的。如果一定要写这段话，你可以把它简化。前面不要说他父亲从小能说会道，应该说他父亲一直很喜欢摩托车，然后他父亲被骗入传销组织，"见人说人话，见鬼说鬼话"这些都是跟人设没有关联的，应该删去。而且，他父亲被骗入传销组织以后，也不要说他父亲见好就收、拿钱跑路。而是他父亲整日提心吊胆、处处留意，终于找到一个机会，从广东骑摩托逃回四川，所以涂永心里一直有一种错觉，摩托车是可以带着他逃亡的，逃向胜利，逃向自由。该删的删、该留的留、该改的改，文字内容围绕主线进行，即使偶有偏离，也是为了最终辅助主线情节，这才是文字有效的情节塑造功能。

朱婧熠：㉚这是开启了

新的一节，叙述不应承袭再前面程雨菲洗澡那段。"程雨菲在里面洗澡，半天也没有一点动静。我敲门她也不理我，真不知道有啥好洗的。"这个节奏是不对的。简略地交代那天等得没意思了，猴子来消息，"我"见这里没戏就没打招呼走了。应该试着铺垫一些工作内容（两个下划线标记之间的文字，不是没问题，而是和之前一样的问题，属于简略概括，没有真实的细节）。把叙述的重心转移，才能体现出㉛。此外，"这个源头就让我厌恶。"这句有点直接突兀。

㉜ 上一段"生了好几天的闷气"，这里"过了两天"。

㉝ 上一段"无所谓"，这一段电话来了"睡意全无"。这两处存在逻辑矛盾。

再后来，涂永父亲便去了缅甸，直到现在也杳无音讯。

　　程雨菲在里面洗澡，半天也没有一点动静。我敲门她也不理我，真不知道有啥好洗的。这时候猴子给我打来电话，晚上有空吗？我说，有啥好事？猴子神秘兮兮地说，发现了一个好地方。我调侃道，别又和上次一样，警察查房来了。猴子说，不会呢。我有点期待，见程雨菲这边是没戏了，没给她说我就走了。㉚

　　我的不辞而别，让程雨菲和我生了好几天的闷气，而项目部这边也进入攻坚阶段，动不动就有上级领导来检查工作，我也再顾不上她了。我白天穿着高筒水鞋在隧道里转悠，四处查看有无落石，有无塌陷，仿佛在地下五百米处的矿道，终日局促又疲惫，到晚上只想躺床上，看一本叫《夜谭十记》的小说。至于程雨菲在干吗，我挺无所谓的，我的热情总是很难延续。再说，她是为了打听涂永才和我深入接触的。这个源头就让我厌恶。㉛

　　过了两天，㉜程雨菲突然打电话过来。当时我在睡午觉，正迷迷糊糊。她一个电话过来，让我睡意全无。㉝打电话就是想问你，动手能力如何？我说，小学时候乒乓球比赛得了三年级第二名。她说，别扯那些。说正题，给你打电话是因为家里水管坏了，房东老太太又不在家。原来她租的房子是翻新的，之前一直没有通天然气，今天上午程雨菲请了师傅上门钻孔，这一转，埋在墙里的暗管爆了。找了几个师傅，要么不愿意修，说位置太偏了，得钻进去。要么价钱要得太高，说要花好几个小时。她说，要不你来试试，搞好了，我请你吃饭。赶紧来，我把水闸关了，撑不了多久。

我到五金店买了两个弯头，一个热熔开关，以及一米长的PPR管。水管维修起来很麻烦，得先把暗管附近的墙凿开，再锯断破了的部分，最后才能装上在五金店买的器材。<u>凿墙就凿了半小时，我趴在下面极为狼狈。程雨菲则时不时地给我喂一块菠萝。</u>㉞直到把菠萝吃完，又过了一个多小时才完全修好。程雨菲说，没想到你还有这手艺。我说，和手艺没关系，这活主要靠毅力。她说，你想吃点啥？随便讲。我说，随便。

当天傍晚我们去了滨河路一家大排档吃万州烤鱼，程雨菲喝了很多啤酒，一起散步时还路过了一起跳水事件。

我们到滨河路的时候，大排档的灯牌已经亮得滋滋地响。光照在河里，五颜六色，像金鱼游在水族箱里。巴中滨河路靠近南门廊桥附近，大排档一家挨着一家，生意极好。程雨菲选了个二楼靠窗的位置，她说靠窗吹吹风凉快，能多喝两瓶啤酒。我说，看样子经常喝啊。她说，借酒浇愁罢了。我说，怎么了？她说，其实我都不想当老师了，现在城里没有空缺，等开学了，只能去偏远的镇上当老师。我说，可以啊，好好干，说不定到时候马云得给你颁奖。吃完饭，我提议去酒吧坐坐。因为

朱婧熠： ㉞描述过于简约，此处有关两人的场景描述完全可以铺展开来，多着笔墨。

朱婧熠：㉟、㊱这两段对话犹显不足，这里要联系全部前文，问题在于："我"的状态是这么一以贯之的、稳定的、没有变化的，那有没有这两段长长的对话，又有区别吗？背后更大的问题是，在整个小说中对人物的把握，人物情绪、人物关系等缔造而成的人物形象没有立体的塑造出来。

走走：女学生的跳河，我认为又是一个多余的意象，意象须是归拢的，并不能在一个短篇里面到处散发。那么跳河是不是可以改为坠崖，可以跟涂永的坠亡相呼应，也可以跟最后梦中涂永满脸鲜血来见"我"相呼应，所以这里不要写跳河，后面也不要有那些不必要的解释。

是周末，酒吧人还挺多。我们找了个位置坐下，叫服务员拿个单子过来。单子上面除了酒，还有茶可以点，比如苦荞、金银花、清茶，等等。我心想这老板会做生意，醉酒、醒酒一条龙服务。程雨菲问我，你要唱歌吗？这儿可以点歌。我说，这是酒吧还是KTV啊。她说，这是清吧。赶紧的，点不点。我说，那点一首护花使者送给你，今天我就算功德圆满了。程雨菲笑着说，不错，你还会唱粤语歌呢。我说，学过一点。酒吧有很多人点歌，我们的歌排在第八首。到我们的时候，我和程雨菲已经喝了两瓶啤酒。我刚拿上麦，正准备唱，外面突然传来一阵喧闹，酒吧里的人都往外跑。程雨菲说，不会吧，还没唱就吓跑这么多人。我说，会不会是地震了？㉟

我们去才知道，有女学生跳河了。只见岸边的马路上停着救护车和消防车，一闪一闪，发出刺眼的光。这时节正是丰水期，河面较宽，水流湍急。救援人员在附近的码头上找来了一艘渔船，划到落水点，身上系着绳子，一个一个跃入水中，又时不时地上来透一下气。忙活半天，终于捞上来了。这时不知从哪儿传来的哭声，隐隐约约，在空气中形成一个旋涡，把晚上散步的人都吸引过来了。围观的人越来越多，住在岸边房屋里的人，也时不时地从窗里探出脑袋，观察救援的最新进展。旁边有人说，这条河每年会死几个人，有夫妻吵架，有小孩子玩水的，以及青年人一时想不开的。也有人说，多半没救了，从桥上跳下去，没淹死也摔死了。见程雨菲有些失望，我说，其实落水者的落水姿势很重要，说不定还有救。她说，为什么。我说，入水的时候身体与水的接触面积越小越好，如果你是整个拍下去地和摔水泥板上没啥差距。你看，奥运会那些跳水运动员，谁水花压得最小，谁得分就最高。她叹息道，年纪轻轻地，凡事拖一阵子就好了。我说，但总要解决的。㊱

当天晚上我没有回项目部，而是和程雨菲回到了她出租的屋子。名义上是程雨菲喝多了，我得送一送。回到程雨菲家的时候，隔壁的情侣正放着音乐，动静很大，音乐声中又夹杂着说话的声音，抑扬顿挫的，像是客家话。程雨菲先洗澡去了，浴霸的光透过玻璃门，里面的人影隐隐约约。我试图冷静下来，于是打开她的电脑，点开了最近在追的一档美国真人秀。温哥华北部的荒岛上，冰霜，茫茫无际的森林，十四个选手，被分成了七组，游戏规则是两人结队，荒野求生100天。他们被投放到了不同地点，只给一个指南针。然后让其中一个人穿越森林、湖泊去寻找另一个。

刚看一半，程雨菲出来了，洗发水的味道有一股草莓的香气，我的心莫名地紧张起来。你不去洗洗？程雨菲一边吹头发，一边回头看看我。洗完后，我小心翼翼地坐到床上，又慢慢地拉起被子盖上。<u>怕程雨菲略有不满，我也不敢有下一步的动作，</u>㊲只好继续盯着电视。半天过去，剧情越发精

而且也不应该是女学生，就是一个男青年坠崖，我觉得这样的话情节上会紧凑一些。

走走：接下来是一些细节问题，部分是语言上的，比如说㊲"怕程雨菲略有不满"，"略有"两个字就是多

彩。一对夫妻组合中的妻子刚落地就发现周围有狼群，其中一只狼就在不远处的森林里张望，意外可能随时都会发生，而丈夫还远在20公里外。我见程雨菲没有赶我走，开始用手往她那儿蹭。<u>每当我刚触碰上，她就把我的手拿开。我见状，反而有些激动。</u>㊳于是不管不顾，肆无忌惮起来。我慢慢靠近程雨菲，能感觉到她呼吸开始急促，身体慢慢发热。<u>可以吗，我心慌慌地问道。程雨菲脸上皱了一下眉头，又闪过一丝害羞的笑容，好像答应了我。</u>㊴见状，我便骑到她的身上，像是到了别人家的屋顶，开始肆无忌惮起来。你慢点呀。程雨菲被我的反应惊到了。我没管她，边做边轻抚着她背后"Alas de mariposa"文身，像摸着古老的图腾。程雨菲反应很大，但又不敢叫，见我没有收敛的意思，<u>只好一直用手捂着自己的嘴，腮部潮红，像一条咬钩的、正扑腾抖的鲤鱼。</u>㊵

房间安静，节目里参赛选手砍树的声音"砰砰"作响。做完之后，程雨菲给自己点上烟，细吸一口，熟练地吐出烟圈，若有所思道，<u>我最近总是做同一个梦。我梦见好多蝴蝶。</u>㊶我想起她背后那处文身，说道，我有时候也会梦到蝴蝶。程雨菲说，它们有时单独一两只出现，也不靠近。有时却漫山遍野到处都是，在山沟里，在树梢间，在云朵下，在巷子里，在我身后，窥探着我。我不去看它们，它们就飞过来将我淹没，又故意让我发现。<u>你见过那种蝴蝶迁徙场景吗？就是那种感觉，程雨菲

余的。"我"不敢有下一步动作，然后㊴"程雨菲脸上皱了一下眉头"，不需要"脸上"两个字，直接写"程雨菲皱了一下眉头"。㊳"每当我刚触碰上，她就把我手拿开……我心慌慌……""我"字用得太多了，可以简化，语言的节奏感可以做得更好一点。

㊵"一直用手捂着自己的嘴，腮部潮红"，我觉得这句描写非常好，但是应该调整一下顺序，变成"只好一直用手捂着自己的嘴，像一条咬钩的、正扑腾抖的鲤鱼，腮部潮红。"这样，逻辑上才是通顺的。

走走：㊶"我最近总是做同一个梦。我梦见好多蝴蝶。"这句话根据前文内容来看，叙述者明显都是程雨菲，所以"同一个梦"后面的句号就应该变成逗号，使句子更连贯一点，否则就是一个没有意义的错句，会在"我"跟程雨菲之间的关系中形成一个断切。

补充道。我说，蝴蝶迁徙？电视里见过的算吗？程雨菲直愣愣地盯着我说，我最近一做这个梦，就想起涂永。㊷

二〇一五年，七月十五日凌晨两点。涂永到金碧辉煌KTV 2楼至尊豪庭包厢，拿出早就藏好的东洋刀，二话不说就往包厢内一位绰号叫小光头的人身上砍。包厢人很多，在众力抵抗下，涂永匆匆离开。小光头挨了三刀，背上一处，其余两刀都在手臂上，都不致命。他告诉警方，他和嫌疑人没有任何恩怨，尚不得知他的动机。但他透露，可能是因为其老板许某的事。于是警方将两起案件联系起来，认定涂永有重大作案嫌疑，随即布置警力安排抓捕。㊸

自从涂永出了令人遗憾的事后，我便远离了双奉的生活圈，在长沙一家提供舞台设施的供应商公司打工。最初几年是做搬运，很辛苦。进场搭建基本都是半夜，还经常挨骂，那段时间我瘦了十几斤。过了半年我想学习灯光和控台，大师傅们脸都很臭，没人乐意教我。

从公司辞职后，我在出租房躺了好几个月，自学了PS，还给自己P了一张本科毕业证。

简历投出好久都没有回应，正准备打道回府时，有电话打过来，说要当面谈。面试我的是公司负责人，大家都叫他胡导。胡导身穿一件黑色盘扣开衫，手拿一把折扇，上题四个字，百事随缘。他介绍，目前正在筹备一个汉服选秀大赛的项目，计

朱婧熠：㊷考虑可以和前面"我"讲涂永经历时程的反应结合下。

走走：㊸我觉得小光头这个人物是多余的，可以像之前一样，把小光头和胡导并为一个人物处理，那一天的时间线也需要重新捋一下，应该在上一处胡导死亡之前的时间点，涂永就到了这个包厢里面，找到一个被人叫作胡导的人，动手殴打并砍了他几刀，其实这几刀都不是致命的，但是涂永可能心里产生了恐惧，于是选择匆匆离开，并没有核实胡导是否已死，到后来可能是替别人背了锅。后来警方根据现有的不充足条件，暂时认定涂永有重大嫌疑，应该是这么一个逻辑。涂永事后知道胡导死了，以为是他杀死的，于是匆忙之中骑上摩托车跑路，意外坠亡。许某、胡导、小光头这几人，并为一个人物处理，情节紧密度会更高一些。

朱婧熠："自从涂永出了

划是先办赛事，再去全国各地采风筹备真人秀，之后还要拍一部电影。总结下来就是，国潮文化，新颖赛事，全民参与，政府背书。他说话的时候露出其烟熏黄的牙齿，牙缝里还残留着槟榔渣，不过这些并不影响我对踏入电影圈⁴⁴的渴望。于是问道，现在项目进展如何？胡导打开折扇轻摇两下，就差你了。

新公司在梅溪湖租了一栋三层民房，那时候周边正在大力开发，到处都是高高的塔吊，嘈杂，动静很大，我们没日没夜地开着创意会，对外界的变化毫不关心。我在这里认识了雷芳晓，她是胡导老婆的学生，平时喜欢穿汉服，系个新潮的马尾，笑起来眼睛像月牙儿。她上班时间很自由，基本上都是下午才来。一般都是画画图纸，裁剪布料。起初我以为她比我大，还叫她一声"芳姐"，后来才知道她比我还要小一岁。我对雷芳晓很感兴趣，经常上三楼找她聊天，就算胡导看见了，我也不在乎。⁴⁵我和雷芳晓聊过很多话题，聊得最多的就是彼此的过去。她对这些很好奇，经常问我一些细节。有时候讲深入了，我会把涂永的事安在我头上。⁴⁶但她总是对我有所隐藏，就算她正坐在我的面前，我也觉得很遥远。⁴⁷

后来发现她挺喜欢听摇滚乐，我就想方设法的聊乐队。音乐是有灵魂的，但这个灵魂又千差万别，她举例说，就拿东北的二手玫瑰来说，他们的音乐有一种自嘲的血统，用一种偏幽默的方式来抗

令人遗憾的事后……"这是一段有关我的"经历"的新内容，甚至把它看做是另一个故事的内容也无不可，不是吗？应该有更好的手法来引出这段内容。

走走：⁴⁴"电影圈"这个说法不规范，这是一个用词问题，应该是类似"影视圈"一类。

朱婧熤：前面"我"还在和程雨菲谈论涂永，这一段变成"我"和雷芳晓聊天，下面又变成"我"将过往的事情悉数讲述给程雨菲，两名女性角色的切换不够流利，很容易让读者分不清现下与"我"对话的是哪一位女性，要注意过度的自然性。

走走：⁴⁵"就算胡导看见了，我也不在乎。"这里要有细节，比如雷芳晓说过几次胡导纠缠她的事情，所以"我"才会说就算胡导看见了，"我"也不在乎。⁴⁶"有时候讲深入了，我会把涂永的事安在我头上。"这里仍然需要对话，雷芳晓想要暗示希望有人保护她，希望有人警告一下胡导不要再去纠缠她，所以"我"才会把涂永的事情安在自己身上，希望能够被她信任、被她托付。那么，由此就说明在前面有关涂永个性介绍的一些内容，在介绍涂永跟"我"的青春期时，要点出涂永是被很多女生信任的，但凡有人被欺负，都会找他，他会替这些女生出头。⁴⁷"她总是对我有所隐藏"这句话是多余的信息，因为你没有交代出她

衡正在落幕的北方时代。喜庆点挺好，我回应道。你说的那是二人转，雷芳晓翻了个白眼。啊，不是二人转吗？我有点没反应过来。她见我一脸懵的样子，笑个不停，但解释半天没解释清，只好说，随便你怎么想。于是我说，那你讲讲西北吧？<u>她想了想说道，西北呢，则是</u>⁴⁸就是通过呐喊和沉吟来讲述自己的遭遇，你看张楚他们，说罢给我放一首歌，是不是有那个味道。我说，东北西北都有了，那我们四川呢？对了，川渝地区的说唱挺火，你给我来一段。她有些期待。我想都没想，脱口而出：张打铁，李打铁，打把剪子送姐姐，姐姐留我歇，我不歇，我在桥脚歇。螃蟹把我耳朵夹个缺，杀个猪儿补不起，杀个牛儿补半截。你念的是什么鬼。她笑得直不起腰。川东北经典童谣，我得意地说。她说，一直都觉得川渝地区好神秘。听说人死了就会葬在悬崖上，叫什么"悬棺"，对吗？我说，你都是在哪里打听来的？她说，就道听途说啊。我不满地说，算了，我给你讲讲正版的故事：

一九八一年四月，谷雨刚过不久，<u>我爷爷与涂茂庭在千佛寺中不期而遇。</u>⁴⁹在庙中，他遇到了涂茂庭。两人一见如故，越聊越投机。临别之际，涂茂庭向我爷爷泄露了一个天机。涂茂庭说，我有一本神书名叫《五公经》，按书上记载，一九八一年七月十五会发生天灾。看我爷爷不信，涂茂庭又指着千佛寺外桐籽树的桐花说道，你看，桐花只在二月开，现在四月复开，等于本末倒置，意味着要

为什么隐藏，她有什么秘密，如果你不准备展开的话，在一个短篇里面，这句话就应该删掉。否则，这里一定要有细节内容说明雷芳晓为什么会令"我"产生去充装好汉、充装问题青年的念头。雷芳晓究竟问了哪些细节？有没有问过比如说"我"是怎么殴打别人，怎么让那些女生觉得安全，等等。那就还是要跟前面涂永的青春期有一个对应。

接下来是一些细节，比如⁴⁸"她想了想说道，西北呢，则是就是……"等，这都是语言不通的问题，但是我认为整个这一段都需要重写，因为讨论音乐会把情节拉出主线太远，他们不是文艺青年。这是一个凶杀案的故事，目前为止跟神秘事件的关系也不大。即使下文提到涂茂庭跟"我"爷爷的故事，要讲到神秘，跟音乐也没有关系，你可以说四川这里也有赶尸一类习俗，一个人灵魂走了多远都要回去，或者说有个被冤枉的灵魂会怎样，暗中就要对应涂永是冤死的灵魂，最终他怎么会在隧道里面找到"我"的。整个这部分的设计都应该是围绕这个中心点，而不是讨论文艺青年的音乐。

⁴⁹这里要说明涂茂庭是谁，要交代他们攻打了县城的川剧团，涂茂庭把龙袍穿在身上，"龙袍"在这里是一个象征性符号，然后再按你原来的思路往下讲。派出所的人来了，涂茂庭消失了，"我"爷爷被抓，并且被枪毙。于是，就很自然地带出了"我"爷爷替涂茂庭抵了一条命。

改朝换代。现在我要成立"五公教",建立新朝代,救黎民于危难中。我爷爷没读过什么书,在涂茂庭三言两语的引导下就深信不疑了,后又专门拜访涂茂庭,二人还结为兄弟,四处宣扬,拉拢信徒。看见组织日渐庞大,他们决定进县城筹划大计。二人徒步至县城,看到县城川戏团的瓦楼修得十分气派,商议未来将这里作为皇宫。于是,涂茂庭决定在七月一日这天登基称帝,他论功行赏,封授诸臣。一人得道鸡犬升天,所有的人都领到了一封叫得响的委任状。如:山阳国公、蜀王、巡抚、总督、司令等,封给了一大波人。官位许完了,他见不过瘾,又给台湾的蒋介石写了一道谕旨,让蒋介石好自为之,早日投降。他不知道的是,蒋介石当时已死去七年。眼看七月十五越来越近,相信涂茂庭的人越来越多。为扩充地盘,涂茂庭决定"御驾亲征",打下川剧院为皇宫,但还没走到县城,派出所的人就来了。

程雨菲问,后来呢?我说,在和警察对峙的时候,涂茂庭变成蝴蝶飞走了,而我爷爷却被抓住。你这也太离谱了。她有些不屑。真实的故事,狗骗你嘛。我信誓旦旦地说。算了算了,还真实的故事,你不是说你之前在长沙吗?怎么突然回来了,也没听你仔细说过。

我说,灰溜溜的故事,懒得多提。程雨菲说,不说拉倒。我见她有些生气,于是连忙说道,好好,不骗你,其实我在长沙犯了事。

华服大赛后,公司鬼使神差地迎来了机遇。原来当天现场来了很多地州市地汉服协会会长。看我们开场节目出错,还临危不乱,想必经验丰富。于是我跟着胡导,去了好几个地级市办比赛,还去湘潭举办了一次千人共穿旗袍的快闪活动,电视台都来报道过。我感觉局势慢慢好了起来,辞职的想法也慢慢消失。很快公司又迎来了一个新项目,和旅游相关。胡导说,我们手里有这么多选手的资源,得利用起来。又说,现在很多新景区是没有人气的,我们随便组一个"文化之旅"的名头,把这些选手搞到景区去,做几次快闪活动,给他们导流推广,绝对有很好的效果。这么说吧,每个选手收200,再加上景区给的赞助,稳赚不赔。于是大家开始联系周围的景区,我也自然而然地开始忙起来，经常在公司熬夜。一次，我半夜在公司二楼的沙发上渴醒了，因为当晚和同事们一起喝了酒，就懒得回去了，第二天还有事情要做。准备去一楼接水，走到楼梯间的时候，隐隐听见三楼有动静。我还好奇呢，谁大半夜的在上面说话不睡觉，于是蹑手蹑脚地来到三楼门口。<u>还没走近，就听见了胡导和雷芳晓若有若无的声音，夹杂在一起，进入我的耳朵，在我脑里共鸣。那声音包含两种，胡导和雷芳晓的喘气声，以及胡导和雷芳晓身体碰撞的声音。我站在门口，感觉五雷轰顶，把我砸得变回原形，成了一个单细胞生物。一时间不知道是回到二楼，还是冲进去拉开他们。那一刻，心里百味杂陈。过来一会儿，没有动静了。我回到二楼，始终睡不着，头脑充血，浑身燥热，口干燥无比。脑海里不断幻想胡导和雷芳晓的画面，于是去到厕所，对着窗外的夜色，打了个飞机。</u>㊿

　　从那之后，我干什么事都没有热情。不久之后就辞职了，欠的工资自然也没要到。本以为离他们远一些，就会慢慢忘记那一幕，但我承认我想多了。<u>我决定干一笔，得手了就跑回老家。</u>㊾我知道胡导住在那儿，也知道他每天的必经之路，并计划了好几条逃跑的路。因为担心监控，我还提前踩过点。我必须教训他一下，我忍不了。我在胡导小区旁边的废弃小区待了两天，制造一个时间差，只为等一个机会。周六傍晚，胡导照例要回家陪女儿。我见胡导把车停在路边，就悄悄跟在他身后。小区

走走：㊿这里你应该强调"我"听到的动静全过程，而不是一开始听见的就是胡导跟雷芳晓若有若无的声音，要有层次感。比如，雷芳晓开始是拒绝的，有隐约的哭泣声传出。当然，你不能写得很做作，而是要让读者一看就能够知道雷芳晓是不情愿的，是被强迫的。但是，"我"本身却因为生理的本能，处在兴奋的一种状态，哪怕"我"最后自行解决生理需求也是没有关系的，但"我"一定要因为自己的所作所为产生内疚感，因为内疚感的产生，雷芳晓第二天一见到我，就发现了"我"的细微变化。雷芳晓还不知道"我"看见了前一夜事情的全过程，"我"的内疚感和雷芳晓的不自在要放在一起，要有细节描写。接下来，下文中"从那之后，我干什么事都没有热情。不久之后就辞职了，欠的工资自然也没要到"，"我"想要离他们远一些等等，这部分一定也要详细地、有层次感地刻画。

朱婧熠：看到胡导对雷芳晓的所作所为，对"我"的打击会到这个地步吗？"我"就因此冲动地袭击了胡导？这样的过往塑造了现在的"我"吗？前文塑造的"我"是可以经由这个过往得来的吗？而"我"为什么要选择在这个时候告诉程雨菲这件往事？长久被压制的往事忽然吐露，有充分的动机吗？"我"又是怎样的精神状态？

走走: (51) 不要写“我决定干一笔，得手了就跑回老家。”“我”不是因为想要弄一笔钱才去做，而是因为“我”的内疚感，以及雷芳晓在“我”面前的不自在，逼得“我”自己不得不去做一些事情，“我”要去找胡导复仇。后面的小区最好也要有一些描写，对应前面许某身死的小区，真正把两个人物并为一个来写。“我”对着胡导后脑勺挥了一棒，虽然“我”的本意只是教训他一下，但事实是这一棒才是胡导身亡的真正原因，而不是涂永在包厢里对其殴打致死。并且，描写时要注意前后文的联系，胡导之前在包厢里被砍了几刀，其中可能有砍在四肢上的，那他的胳膊或者腿部一定有异样，比如走路一瘸一拐，细节不要多，能看出他之前受过伤就行。

里到处都栽着槐树，在昏暗的路灯下，投射出一道道黑影。微风吹过，树枝摇晃，像长长的水草随着流水波动。我一直耐心跟在后面，准备在前方拐弯处动手。胡导走得很慢，边走边讲电话，说话声音很大，完全没意识到一个巨大的危险正在降临。趁他不备，我缓缓靠近，捏紧手里的铁棍，在没有监控的地方，我猛地冲上去，对着他的后脑勺就是一棒。

我见胡导一声不响的倒下，感觉自己可能下手重了一点。管不了那么多了，我赶紧退进事先计划好的路线。附近有一片老小区，人都搬走了，正待拆迁，杂草都能盖住脚背。我有些后怕，隐约感觉到死神在身后催促我前行。但后怕了一阵又心存侥幸，毕竟自己事先准备了很久，所谓作案动机，别人根本察觉不到，再说监控也没拍到我。我步行在窄窄的巷子之间，手机的灯光作用很小，路都有些看不清。废弃小区臭水沟的味道有些冲鼻子，草丛里不时传来癞蛤蟆的声音，我生怕不小心踩到一个。这时半空中不断响起闷响，我正疑惑这个闷响声时，才突然想起今天周六，橘子洲正在放烟火。我走得很快，打算穿越这片老小区，进到岳麓山里去，到山顶去看完烟火再跑。想到胡导挨了那么重一下，我虽惴惴不安，但很痛快。妈的，老子打的就是你。× 你妈的。你不是很牛逼吗？我突然开心起来，仿佛步入了混沌朦胧的永恒，越走越快，越走越快。我的第一站是去常德，因为担心直接在长沙站坐车会太巧合，于是打算先去常德待几天，随后再坐大巴车去重庆，最后再回巴中。当晚十点，我到了常德。路过柳叶湖时，我让司机把我放在路边。经过一番折腾，我亟须得到修整。湖边没有一丝风，近水处有几个野钓的人。我找他们聊了一下，才知道他们是仡佬族，就在湖心岛的游乐园做演艺工作，还给我指了指不远处湖心岛游乐园的摩天轮，说他们的宿舍就在那个摩天轮下面。摩天轮巨大，发出不可思议的光亮，一圈一圈的旋转，在夜里勾勒出模糊的弧形轨迹，像极了星系的转动和腾挪。

程雨菲说，你还真打了人啊了。我说，其实我现在回忆起来，还是后怕。但当时心里真的憋不住，一直有一个声音，老是在告诉我，凭什么，凭什么。程雨菲说，那你打的那个人后来怎么样？我说，应该没事吧，不然我早被抓起来，都已经被枪毙了。那就好，程雨菲打了个呵欠。我没说话，只是闭上眼睛，听见几声零星的犬吠，从远到近。不一会儿就睡着了，梦里我和雷芳晓在一起，但是我却长着有肉垫的猫脚和蛇的躯体，只好怀着鬼鬼祟祟的心思环行在她身后。我始终看不到她的脸，我爬得越快，她走得越快，就要追上她的时候，<u>突然涂永从一旁走过来，问我，哥老倌，你在这呢。涂永脸上全是鲜血，笑容很诡异，我一下就被吓醒了。</u>㊾我醒来一身冷汗，而程雨菲在一旁轻轻打鼾，此刻或许正梦到了远方的惊雷，

朱婧熠： ㊾涂永形象的出现有些突兀，是之前给"我"造成了阴影吗？如果是，就需要前面铺垫一下。

43

身体会没有规律地颤抖一下。我有些似睡似醒，又精神大振，想象自己在影子里匍匐，在河水里潜泳，潇洒，轻松，飘飘荡荡，直到夜雾中的光环蜂拥而至。

二〇一五年，七月十八日下午两点左右，成都一早餐铺老板娘浏览新闻，看到了警方发布的通缉令，她发现被通缉人的照片似曾相识。七月十八日早晨，一男子前来买早餐，头戴鸭舌帽，口罩把整个脸都遮住了，和其他人形成鲜明对比，于是对这个人的印象十分深刻。早餐铺老板娘把这个情况报告给了警方。警方调取监控，查明男子确系涂永，并获取了他更清晰的外貌截图。涂永在成都频繁出现，民警分析他可能藏匿于此，警方以早餐铺为中心，展开地毯式走访，附近一小区门卫张先生提供了有效线索。十六日清晨三时许，天色朦胧。一男子骑摩托车到小区，说是回家。张先生看了对方的身份证便没有多问。十八日下午民警来走访，张先生突然想到了那天那位骑摩托的男子，再看民警手中的协查通报，张先生发现那名男子和协查通报一致。但当警方调查小区时，该男子已没有踪迹。第二天凌晨两点，警方于成都新都区二台子一处夜宵摊发现涂永踪迹。在老板还没炒好那份河粉时，涂永便察觉到不对，于是骑着摩托就往三河场方向逃，由于天黑路滑，不慎坠车而亡。

之后便是川东北连绵的雨季，听人说巴中城里低洼处统统告急，河水漫上滨河路，两边的菜市场都被淹没了。而受2008年地震影响，我们标段有山体滑坡隐患，隧道施工也停了。但我压力更大了，每天都要到一线巡查安全工作，下了班还要回办公室整理工作文件。有一点做得不好，就要被经理批评。我给老二抱怨，老二笑着说，干工地，得稳住。

再一次见到程雨菲都是两周之后了。不过这一次我们见面不是在巴中，而是在双奉。我们要去双奉，本应从巴中汽车站坐车，客运车很多，上下午各两趟，坐满就走，不愁没车。<u>我昨晚还因为去找涂永这件事和程雨菲吵了</u>

几句，今天一早程雨菲自己却跑去了。不过涂永并不在双奉，而是在距离双奉 30 公里的一个村上。程雨菲没有办法，才打电话给我。于是我又回到了双奉。

我载着程雨菲，行驶在国道上。国道临河，沿着山脚延伸。路两边杂草疯狂生长，时刻向国道侵袭。河面很宽，零零散散的云团罩在上面。运砂船从远处开来，突突突的声音让两岸顿时燠热起来，映出一道匆匆移动的暗影。我骑得很慢，程雨菲紧紧贴在我的后背上。我从后视镜看到，她把双手张开，高高举起，久久不放下，像要拥抱我，又像在拥抱风。途经一个热闹的小镇，这是必经之路，再往前出发就得坐船了。我下车买了包烟，把车停好后，又和程雨菲在镇里的巷子逛了逛。这里的建筑是典型的川东民居，穿斗结构，小青瓦屋面。过了街道，我们买了两串鞭炮和一刀烧纸，下去一段石梯，就到了河边。河风很大，一只船正慢悠悠地往岸边驶来，所经之处，卷起无数河底的泡泡。不多时，就稳稳地停在了岸边。船夫是一个黝黑的中年大叔，河风吹得多了，他的脸有些浮肿。船不大，上面用白色油漆写着可载十人。我们上船后，船夫把船调了个头，开向对岸。河水深绿，映在水面的房屋越来越远。

上船的时候，天阴了起来，河面也起了雾。水汽溅到脸上，痒丝丝的。我担心下雨，不时翻看手

朱婧熠：㊳"昨晚……今天……"宜改为"前一晚……这天……"其次，不能只是吵了几句，要稍具体一点，程雨菲是真的要动身去找涂永。更重要的是，是"我"自己说的涂永死了，你再看后面"我"骑车带程雨菲，又和她坐船，又宽慰程雨菲，"我"言行的逻辑是什么？

走走：没错，这里一定要交代清楚"我"和程雨菲吵架的原因，如果你不想交代细节，那就不要写吵架，可以说"我"一早就去忙工作，到中午才过去等等这一类的话，总之要有一个过渡。

机。天气预报说从明天开始，巴中未来一周都有强降雨。我想起小时候老一辈人说，三峡修好后，大巴山地区的雨比以往更多了。这些年因为2008年地震的缘故，山体破碎，每年夏天都会有泥石流。涂永老家年久失修的危桥就是在几年前被冲垮了，从此来镇上都坐渡船来回。船已经开了十多分钟，程雨菲兴致很高，就坐在船尾，目不转睛地盯着河水看，还用手去拨弄翻滚的水花。其实离目的地越来越近，我能理解她的心情。于是就逗她说，小心河里有水鬼，到时候把你拖下去。见她没理我，我又说，别想以前的事了。都过去了。现在我们过去看他，要开开心心的。他可能想不到我们还认识了。程雨菲这下才回过神来，先用手理了理头发，又轻轻地说道，是啊，他走之后，这还是我第一次来看他，一定要开心一些，像久别重逢。

二十分钟后，船停了。我凭着记忆，小心翼翼带程雨菲走山路。山谷闭塞，阳光照不完全，走在阴处，像在夜里行路。涂永出事之后，听老二说，涂永葬在了双奉老家。我们几个同学偷偷去看过一次，当时刚到村口就被拦住了。村里的人让我们别去他家，他妈妈已经哭晕了几次，如果看到自己儿子的同学，难免会情绪激动。我们就在村里人的指引下，径直去了他的坟前。村里人介绍说，他埋葬的地方曾是一处蝴蝶迁徙的地方，最近一次为1981年夏天，连报纸都刊登过当地蝴蝶迁飞的情况。我后来回家还上网查了，确实是有这么一回事。据目击者说，漫天飞雪般的蝴蝶铺天盖地，由龙溪山向马衔山飞去。蝴蝶呈黄白色间有黑色斑点，近百米宽的龙溪峡被蝶群充斥，蝶阵前后长约5千米，浩浩荡荡过了近3小时。

我和程雨菲一前一后，互不交流，眼里不断转圜着山中的风景。我见场面有些冷淡，于是问程雨菲，你知道吗？这里曾是蝴蝶的迁徙停留之地。程雨菲说，那走了这么久，怎么没见到一只蝴蝶。我说，就是啊，很怪，怎么一只蝴蝶都没看到，可能是季节不对吧。翻过一座山，再往下走走，就要到了。其实我远远地就看到了，虽然旁边添了几座新坟，但我一眼就看到了。这个地方虽然就来过一次，却有种说不出的熟悉。我们站在涂永的坟前，周遭阒静无声，只有风沙沙吹过的声音。涂永的用石头垒起来的墓碑，没有刻字，坟身已经完全被杂草覆盖。我用脚把周围的野草踩死，又把坟身上较长的草拔掉，然后把买的鞭炮拆开，两串连在一起，绕着他的栖息之地一圈。火线刷的一下燃起，噼里啪啦，声声入耳，火花四溅，烟雾升起，很快就消失了。

我点了两根烟插在他墓碑的空隙处，风吹过，烟越来越短。程雨菲一直没说话，默默地看我做完所有流程。见我点完鞭炮，程雨菲叫我走开一些，她要和涂永说一会儿悄悄话。我说，这么见外？程雨菲说，求你了啦。我只好点着一根烟，去到不远处的青石上坐着。程雨菲背对着我，一会儿笑一会儿静默，有时还回头看看我，搞得好像我在偷听一样。直到烧纸燃尽才招手让我过去。我见程雨菲眼睛红红的，一定是偷偷哭过。我问程雨菲，你到底说了些什么。程雨菲说，有时间再告诉你，现在保密。我说，算了，我懒得打听。反正我又不会吃涂永的醋。

回去的路上，天气从一开始的阴辉转为明朗，丝毫没有落雨的意思。我赶时间，今晚还要回到项目部，明早有晨会，于是加快速度往巴中开。程雨菲还是紧紧靠在我的后背上，但这次老实多了，不再动来动去，头始终侧向一边，像在回味什么。路程过半，经过双奉的时候，天色逐渐暗淡，河边的空地上不时冒起火光和黑烟，一缕一缕，随着风不断摇动，直至消散，沉入河底。程雨菲问我，这是咋了。我说，这是在烧过路纸，烧给那些远方逝去的亲人。程雨菲说，我们以后每年都去看涂永吧。我说，没问题啊。程雨菲又说，已经到双奉了，你要回家一趟吗？我说，正有此意，刚好带你见父母。程雨菲说，你想得挺美。我说，开玩笑啦，我家里没人，都去广州了。于是程雨菲不再说话，继续靠在我的肩头。

我们回巴中的时候，天已经完全黑了，我把程雨菲送到家门口就往项目部走。程雨菲叫住我，今晚就在这儿？我说，不了，估计待会儿要下雨，我得赶回去。果然，刚到项目部就下起来大雨。雨声落在房顶，像人用拳头在砸门。很奇怪的是，项目部一个人也不在。这时候，电话突然响起，是经理打来的。原来他们去聚餐了，问我回来了没，回来了就赶紧到老地方吃饭。我说，刚回项目部，就不来了，你们给我带点吃的回来。经理说，那好，你要是没事，去隧道里看看。

我只好套上雨衣，穿好高筒水鞋，心不在焉地走出项目部。外面黢黑如墨，间或有夜鸦啼叫，引来群山回响。在含混而多变的声音里，山和山的界线已经模糊，像长在了一起。雨势不减，在车灯的照射下，一道雨幕整齐落下，眼前的道路被切割成无数条，我进入其中，谨慎地往前驶去。到隧道的时候，混凝土罐车刚驶过，见扬起的灰尘还没落下，我戴好厚厚的口罩，又憋了一大口气，才往深处走出。听说上次打到的地下水里含有一些腐蚀性的杂质，把工人的皮肤都泡溃烂了。这一批人是另外换的，现在他们已经完成了架模，在往里面灌混凝土。于是我蹲在一旁，时不时抬头看看，或是指挥一下交通。我不敢太大声，只能有意无意地彰显着自己的存在。可能是电线有些短路，两旁的灯光一明一暗的。突然，哗啦啦的声响从掌子面传来。

我看见工人们以一个夸张的姿势，从架子上跃下，掉落到地面，无声无息。我想叫住他们，嗓子却发不出声。不一会儿，鼻尖便传来一股浓浓的土腥味。我不知所措，只能左右张望，等待回应，像立于孤岛。这时，我身后传来呼喊，是有人在叫我躲过去。我循着声音，一个箭步往前冲，那边却坚如磐石，撞得我头晕眼花。刹那间，一些光斑在眼前闪烁，它们御风而动，凌空畅游，绕着我旋转。隐约间我好像听到了程雨菲在说话，那是在坟前讲给涂永的。程雨菲冷冷地说，你和他，到底谁是涂永呢。又啜泣起来，我不该的，不该让你来成都找我。雷芳晓也对我说过类似的话。我那时在常德的山林之中游荡，一度幻想误入桃花源。这时雷芳晓发来消息，问我在哪里，有空一起看橘子洲烟火。我如实相告，最终被逮捕。我一时失神，陷入回忆中。那是二〇一五年七月十一日晚上。我在至尊豪庭KTV喝酒，包间里来了好几个陌生面孔，在酒精的作用下，其中一位齐刘海的女学生让我按捺不住。

正上下其手的时候，小光头冲进来了。那是他女朋友，于是毫不客气地教训了我。我感觉颜面大失，在赔礼道歉，又交了五百块钱后，这事便戛然而止。三天后，我得知小光头又去了至尊豪庭，于是打电话告诉涂永。光影模糊，过去与现在都同时向我袭来，越细想，头越痛，脑海中只一片糨糊。

恍然间，眼前出现一处出口，阳光照射进来，我浑身暖洋洋的。我摇摇晃晃地走出去，来到一片山谷中，刚一出来，蝴蝶就从林间各处喷涌而出向我袭来。它们上下翻飞，轻盈灵动，围绕在我的四周。我摇动手臂，想驱赶它们，却被它们死死按住。我想跑，它们就绊我的脚。我跳起来，反而被它们托了起来。几个来回，我还是不得动弹，被紧紧地包裹着，已不知自己所在何处。这时周围开始传来雨声，伴随着风的呼啸。尤其是偶尔响起的雷鸣，直接让我的全身经脉都跟着颤抖。我开始不再反抗，而是去迎合它们。它们的触角湿湿的，吸附在我的皮肤上，翅膀划过脸庞时，轻柔又舒服，一阵暖意从心里流过，仿佛和它们灵魂交换了一般。我已经习惯黑暗，就干脆闭上眼睛，耐心听着雨滴从云中坠落。我知道，无论我去了何方，总会有人等我归来。

朱婧熠：小说最大的问题就是结局部分，依照前文的铺垫，我不知道要如何将故事导向现在这个结尾。现在这个结尾像是牵强安排上去的，将结尾非常勉强地施加于"我"的内心世界。从这个结尾返回到前文去看，前面铺垫工作做得远远不够。

走走：是的，结尾部分比较突兀，前文的铺垫显然不足以支撑起这个结局。还有，如果那天晚上"我"不是在至尊豪庭KTV喝酒，没有酒精的作用，而是见到雷芳晓，看到她哭肿的双眼，颈部有一块淤青，"我"立刻冲出去跟涂永打了个电话，别的都不用讲，就是"我"给涂永打了个电话，"光影模糊，过去与现在都同时向我袭来"，所以最终你是处理成是涂永的灵魂来找"我"，引导"我"走出隧道，还是说有别的结局，你一定要先构思好再落笔。如果说你同意我的想法，把许某、胡导、小光头并为一个人物，那么"我"对程雨菲的态度需要全部重新写的。"我"对程雨菲的心动并不是从看到网盘里她的照片开始的，而是要让读者读完之后有种恍然大悟的感觉。"我"想接近程雨菲，想保护她，却又想疏远她；程雨菲既想留"我"过夜，又想赶"我"出去；"我"不好意思留下来，可又十分想要触碰她，等等。两个人物都有着各自十足的矛盾感，她的矛盾感是在"我"身上看到了涂永的影子，但是她心里又没把涂永放下，而"我"觉得"我"已经让自己的好朋友为"我"而死了，心里已经觉得有所亏欠，可是"我"又喜欢他的女朋友。还有，程雨菲和雷芳晓有没有人物形象上的重合点？"我"对程雨菲的爱慕之中究竟有没有夹杂着对雷芳晓的情感，这两个女性又给"我"带来了什么样的矛盾心理？这些矛盾层次感处理起来是非常难的，如果处理好了，这篇小说会是一篇很好的小说。

海川（作者）：我之前确实想过把许某和胡导合并为一个人物，他们的人物性质其实很相近，但我觉得自己把控不好，于是我想过能不能用一种模糊性写法，让读者去猜测，去思考这两个人物的重合性。今天两位老师给我的建议，比如文本细读之后发现的叙述节奏、叙述逻辑、人物塑造，等等，我会重新思考，仔细去做修改。

朱婧熠：还有两个问题是需要注意的，一个是"我"跟涂永整个过去交往的过程，两人之间的关系没有具体展开，前文看下来，只知道涂永比较仗义，"我"有点羡慕他，以及两人祖辈有关乎生死的纠葛，其他的呢？这一切还不足以导向最终的结局；还有"我"跟胡导的故事在什么时候开始引入比较好，"我"跟胡导的故事不能在最后才突然出现。

走走："我"爷爷背负了本该属于涂永爷爷的死亡，涂永又背负了本该属于"我"的命案嫌疑，两代人的命运轮回，以及程雨菲和雷芳晓两个女人的命运交叠，充满了偶然性。

朱婧熠：没错，偶然性使然，"我"爷爷阴差阳错死了，涂永又阴差阳错死了。

走走：所以，如果前面有一些神秘性色彩的铺垫会比较好，比如谈论音乐那部分，改成讨论"亡魂归来"这种。比如当地的一些传说，有人曾经幻化成蝴蝶，等等，用文字微妙地暗示读者，幻化蝴蝶的时间地点和祖辈两位老人有些许关联，等等。之后，涂永坠亡的地方后来也出现了许多蝴蝶，传说和现实，过去和现在，可以产生一些神秘现象上的对应。

朱婧熠：还有，"我"跟程雨菲之间的关系，"我"要怎么跟她讲述"我"跟涂永之间的故事，里面有多少是"我"可以面对的，又有多少是"我"不能够面对的。有一些事情，"我"未必会跟程雨菲陈述出来，但是"我"要接受自己做过的事。这些故事的穿插要跟"我"和程雨菲的交往结合起来。这一点其实是比较重要的，但目前来看，小说中做得还远远不够。

走走：如果真的打算把许某、胡导、小光头并为一个人物，那么涂永因"我"而死的话，前文中"我"对程雨菲的态度以及程雨菲在坟前讲了什么是非常重要的，因为"我"肯定不会把真相说出来，肯定是要把它埋藏在心底的，所以程雨菲会不会释怀？而"我"，不管是因为在隧道中见到了涂永的亡魂，产生了忏悔的念头，还是因为对程雨菲的情感而想要好好照顾她，或者结局中没有给出关于"我"的任何故事走向，但是"我"一定要有一个反思的表现，否则这个小说是没法提升的。小说的结尾，不可能安排"我"去自首什么的，那结尾就很难处理。"我"可能会下了一个决定，一定要离开程雨菲或者怎样。

还有，"我"和程雨菲会不会发生肉体关系，也要考虑清楚。按理来说这是不应该发生的，尤其是"我"知道真相，"我"知道朋友是因"我"而死，这个女孩子又很像雷芳晓，尽管"我"想去触碰她，但"我"最终应该会收手的。当"我"的朋友满面是血地向"我"走来的时候，"我"应该会跟他说，"我"会离开。甚至，当"我"看到了程雨菲的脸，突然之间所有的蝴蝶拥抱住"我"，把我们缠绕在了一起，类似于这样。

如果说蝴蝶出现，是一个看起来相对光明的结局，那"我"爷爷被杀之时突然间出现了一群蝴蝶，带着"我"爷爷一起消失，这个结局到底又该怎么处理才合适，悲剧的还是喜剧的？又怎么避免蝴蝶出现意义的重合性？你到底认为这个结局应该是一个悲剧，还是看起来更光明一些？

海川：我之前写的时候其实并没有想让主人公有多么深的内疚感，他可能不会怎么忏悔。

走走："我"既然是一个不知道忏悔的人，"我"也不会想去自首，那么"我"可能就再也走不出那个隧道了，在隧道里面的时候，"我"隐约间好像听到程雨菲在说话又好像听到雷芳晓在说话，但最终其实是"涂永"，"我"想摇摇晃晃走出去，但是，所有的蝴蝶一瞬间向"我"袭来，这个场景有点像希区柯克的《群鸟》一样的感觉，结局是有点像的。

但是，这里面的"一阵暖意从心里流过"，又是一个很奇怪的、矛盾的句子。既然"我"不会忏悔，那就应该写得更为阴暗一点，恍然间出现一个出口，"我"摇摇晃晃地走出去。但是，没有想到蝴蝶全部向"我"扑来，最终把"我"重新打向黑暗，而"我"已经习惯了黑暗，索性闭上了眼睛，"我"知道无论"我"去何方，没有人会等"我"归来。

结尾处理不能那么温暖，你仍然可以给出一个黑暗的结局，如果主人公不反省，也是可以的，那么前面他对程雨菲的态度也可以不用大改。总之，必须围绕人物的设定来推演改变前面的故事走向和细节。可能主人公没有反思，最终他死于隧道那个部分更好。后来，最终他可能看到程雨菲在他的坟前跟他说话，这都是有可能性的，程雨菲在涂永的坟前和他的坟前，两个地方作为一个交叠，也是可以的，具体看你自己怎么构思。

朱婧熤：但是，如果是一个比较黑暗的结尾的话，那为什么前面开头，"我"是一个好像有点自我放弃的、有点颓废的状态，这也讲不通，"我"难道不是因为"我"的过失才导致好友的死，而有一些痛苦或者自我放弃。

走走：我觉得它的复杂就在于此，"我"是一个自我放弃的人物，"我"

不觉得生活中有很多希望，但是，因为程雨菲的出现，可能又让"我"有某种欲望，这个欲望让"我"忘记了那些，你觉得这个成立吗？

朱婧熠：那"我"为什么要去打胡导，"我"为什么要用棍子去敲他？

走走：因为"我"喜欢雷芳晓，然后程雨菲又让"我"想起了雷芳晓，这两个人有太多的相似，"我"沉浸在其中已然无法辨别。

朱婧熠：我对小说的理解是这样的，开头的时候，"我"这个人其实是背负着过去的，"我"无法谅解自己，后来"我"决定把内疚感封闭起来，"我"不去想涂永替我背锅的事情，但是遇到程雨菲以后，她不断地想要知道涂永的事情，"我"内心对涂永的情感比较复杂，于是在"我"向程雨菲叙述的过程中，"我"的内心不断挣扎，到最后"我"决定要面对，将一切告诉了程雨菲，最终程雨菲心中终于放下了对涂永的惦念，而"我"也接受了真实的自我，决定面对一切。

走走：你这么一讲我又有其他想法了，如果是这样，"我"一开始的时候是有负罪感的，最后"我"如释重负，所以，到后面隧道出事情的时候，"我"可能是去救一个人，结果被困在隧道出不来，突然在濒死的临界点，所有的蝴蝶向"我"翻飞而来，"我"感觉特别温暖，似乎走向一个山谷，"我"也知道蝴蝶裹挟着"我"，它们很温柔，很轻盈，而且"我"也知道，无论"我"去了何方，总有一个人会等"我"归来。

作为小说，还是必须有某种意义。主人公如果不去自首，也必须付出一些代价，也许他的心里会有一种赎罪感。

海川：两位老师说的这些问题，我会认真地去处理，把小说变得简洁，再理清逻辑。

朱婧熠：你可以分两步进行。第一步，先想好怎么让它发展下去；第二步，发展的方向是否合适，除了语言逻辑和叙事逻辑，还要符合情感逻辑，在逻辑的秩序内找到一个更为合适的结局走向后，再去思索故事本身走向这个结局的引导方式。然后，我推荐你去读一读作家艾玛的一篇小说，叫《白耳夜鹭》，也许你会在其中找到灵感。

走走：我同意朱婧熠的说法。我建议你还是先梳理一下，你这个故事大概分几层，故事主要走向是什么，人物最终的命运走向是什么，然后倒推回来。你再去想清楚角色人设是怎样的，人物之间的关系又是怎样的，然后我们再继续讨论，定下来之后你再改。不要害怕改动小说，那些成名的作家依然会多次修改自己的作品，每次修改之后，这些作家的写作状态都会不一样，写作思维会越来越灵活，越来越发散。你静下心来，认认真真从头开始思考。

海川：好的，谢谢两位老师的悉心指导！

三、"李倩倩—李娃"组授课实录

李倩倩,《花城》执行主编,曾获"2012—2013年度《中篇小说选刊》·原刊编辑奖""第十七届百花文学奖·责任编辑奖"、首届海内外华文文学期刊"人和青年编辑奖"、中国编辑学会"文学好编辑"奖等,责编作品和图书获得过茅盾文学奖、中宣部"五个一工程""三个一百"、央视"中国好书"等奖项荣誉。

云 烟
文/李娃

一

黄崽山苑门口,姚雪子和她的丈夫分别从一个年轻的男人手中接过了两片不同的房间钥匙。

这是一座中式庄园,茅屋山墙,池塘竹林,据说池塘后边的那株大树,树龄五百,枝杈上打着点滴,不知从何处移栽过来,看过的人都说古树难得,可见山苑的气派。初见那株树时,姚雪子想起人与树同这句话,垂垂老态,只觉可怜。她跟别人的看法常常相左。人们说,她那个人,好嫩拙,还在书本里。可她三十七了。①

丈夫跟遇到的熟人打招呼,都是他的同行,来自全国各地的三甲医院,疼痛医学专业的骨干。一个国家级的医疗技术培训基地定点在这个知名度假区里,丈夫受邀前来参加年会,会程两天,食宿费全免。这是丈夫第三次来参会了,每次她都以家属身份跟随前来。她不爱结交,与人们并不相熟,只是礼貌地回以点头与微笑。一个身材高大的男孩与她擦肩而过,下意识地侧过眼来看她,她的相貌不

李倩倩: 就《云烟》这篇作品,我以编辑和读者的身份说说自己的看法。我们在讨论作品的时候,首先是肯定一些优点,然后,多半会说它不足的地方,这样才能找出作者今后的写作中可能存在的问题,或者是作品中可能遇到的难以修改的内容。我希望这种交流可以给你将来的写作带来帮助,我说话比较直接,有什么想法我都会提出来。

《云烟》是一篇短篇小说,主人公叫姚雪子,她在小说里又写了一篇小说,但这个小说一直不被她的朋友所认可,大家都觉得小说情节和人设有些荒谬,不符合现实常理,所以朋友就一直追问她为什么写这个小说。她当时提了几句话,文学创作不都是这样,哪有什么为什么?

我想从这里引申来讲一讲咱们为什么写作,乔治·奥威尔有一本书叫《我为什么写作》,他当时就提出来人们之所以写作有四大动机:第一,是表达的欲望,有讲故事的冲动;第二,是对审美的热情;第三,是还原历史真相的冲动,找到历史的原本面目,也是追求现

象后的本质,还原现实真相的冲动;第四,政治方面的目的。其中关于第四点,我觉得可以发散开来,变成人的立场表达。不局限在政治领域,也包括对社会现状的一些想法的表达。

我觉得他所说的四大动机里面包含了写作的两个状态,也可以说是两个阶段,一个自发性的阶段和一个自觉性的阶段。最开始写作的时候,很多人有一种感受,一种自发性的、内在的冲动。可能因为一个词、表达的搭配、一个人或者一个有趣的东西,我突然会生发出我要写一个作品的感觉。包括奥威尔自己也有,他说他十几岁的时候也有这样的感触,一个词可以突然刺激到他的一个点,给他带来某种愉悦。我觉得你也会有过这种感受。但是,我们写作的时间久了,就会到另外一个阶段,就是自觉性,到了那个阶段,你的写作就会多一层理性的思考。小说作为一门文学艺术,要表达出来认知论和方法论的内涵,也就是我们经常说的"写什么"和"怎么写"的问题,这里面有一个核心,就是作者如何表达他对世界的理解和认知。

在你的小说里,它是疑惑的、混沌的,所以我不知道姚雪子的写作中会不会有你的混沌感在里面?或许你也在想这个问题,或许你还没有想清楚。

我之前拿到过一份关于这次改稿文本的评估表,很有意思,评估表从人物、细节、信息、人性、逻辑、叙事情节、思想性和价值观等

差,她知道。身材也好。[4]

从前庭走过去,正厅的侧门右拐,接着一溜厢房,青瓦檐下,雨滴未干。廊道很长,那棵老树把影子横在池水上,她听到风声,吹得树后的竹林戚戚切切响,像是人在私语。她想起她新写的小说里两个女人的谈话。这次出门,她本没计划,之所以来,也是为了这个小说。她写得用心,很看重,然而朋友给出的评价很不好,她请了个年休假,打算趁着这个机会,静下心来梳理一下。

小说的标题《九重葛》,写的是两个邻居女子的故事,故事发生在短短的一个午间。主人公周婷的孩子在自家的台阶上被人抱走,抱走孩子的人,是邻居家疯女人的母亲,目的仅仅只是为了让周婷去她家里,跟疯女人"说说话"。一席话毕,周婷带着孩子去了超市,从超市回来,独自去了河边,生起一堆火,祭奠她死去的情人。

朋友很好奇她为什么要写这么一个小说,它跟之前她写过的众多"爱情小说"完全不同。当然,她没有告诉朋友,那是一个清晨,她从梦中醒来——她心想:龙,古老的,龙。于是她开始写这个小说,而她从未如此艰难地写作过一个小说。像是被它给蛊住,她情非得已,欲罢不能。

沿着林间小路往上走,行李箱的轮子滑出的声音好像一列行驶在塞尔维亚老电影里的小火车。抬眼就是那溜新建的厢房,姚雪子下意识地看了一下手里的钥匙,"仲夏",这是房间的号码。穿过铺了

麻石的前坪，他们来到了正堂，当中有张八仙桌，里边四个房间，两两对开，房门关着，隐约一点人声。"仲夏"不在这里。沿着廊道往前寻，最东边的那个房间就是。放下行李箱，丈夫往他的那个房间去了。

还在途中时，丈夫接到了接待组成员，也就是那个年轻的男人的来电，告知这次接待量增大，房间紧张，需男女分开拼房住宿。姚雪子当即决定分开住，丈夫随她的意愿。当然不是经济方面的考量。问题在于距离，除了此处，最近的宾馆离培训基地至少一公里以上，丈夫来回往返着实麻烦。这是她的理由。其实她迫切地需要一段独立的时间与空间，突然出现这样的安排，可谓正中下怀。

她在床上坐下来。

周边很安静。她很喜欢。热闹的地方，她待不下。人多的时候，她也不自在。记得有一回校友会，一拨子人往花田里去，她看着那些荡荡漾漾没边没际的花，突然就感觉伤了心，反身便往回走，一边走，一边涌着眼泪，她不知道自己怎么了。

想来就是二十五岁之后发生的事。

二

门外有响动，两个女孩聊着天进门，姚雪子站起身来。女孩们还在聊着天，边说边笑。她还是站着，向她们微笑。都是陌生人。她们放下行李，坐在床上，她知道她们在聊什么了，女同事，女同事的上级，枝枝蔓蔓。

方面来分解，我在里面给它评分，我看到你在里面提出来自己的一些困惑。我觉得你的小说可能也会侧面地表现出你的疑惑点，而你的小说简介，也让我看到你特别强调了小说的重点在于情绪感觉的捕捉和幽微心理的探究。

我们平时看到的作品可以笼统地分为两大类，一类是向外伸张，以自己的外部社会与社会环境为主题，它的张力是向外生发的；还有一类是向内生发的，以人物的心理探究为张力，《云烟》应该是属于第二类。

如果是向内生发的作品，那我会在深度上对这个作品有要求。那么你反观一下你作品的深度在哪里？现在我先提出一个问题，我想问问在《云烟》中，你想表达的是什么？你先跟我讲一讲，我看看在你的写作以及我的阅读中，这种表达的传递有没有偏差。

李娃： 我写这个小说，其实是我对自己的一篇不成功小说的写作过程的梳理。这篇小说最初的标题是"古老的巨龙"。

我妈妈住在老城区，在曲曲折折的小巷里面，住的都是底层人家，其中有一户，是我妈妈对面的邻居，他女儿十几岁出去打工，在她二十多岁的时候，突然带回来一个小孩，女孩被问到小孩的父亲是谁，她回答过不同的名字。这么多年过去了，从来没人见过小孩的父亲。她坚持生下了这个小孩，而且对这个小孩感情很深，即使小孩的父亲从来没看过他们，她依旧愿意自己抚养小孩。久了，邻里街坊就有了传言，说这个小孩没有父亲，或者是小孩的父亲其实有自己的家庭，这个小孩是他婚外情生下的，等等。反正大家都非常蔑视她、排斥她。

我经常回妈妈家，见过这个女孩，她顶多比我小个十来岁。我见过她怎么带孩子，见过别人怎么议论她，见过她怎么跟家人相处。后来，我就有了灵感，想写一个关于私生子来历的故事，主题往爱情方面靠近。她为了她所爱的人，毅然生下孩子。

我当时设想的是两个女子一起坐在台阶上，另外一名女性也有一段关于爱恋的故事，但是那名女性没有小孩，还有一点癫狂。然而，从始至终，有私生子的周婷，她不需要同盟，她自己拥抱她自己的这份感情，性格十分坚强，她那么强大，又那么天真，所以我最初的标题"古老的巨龙"，就是这样来的。

我给我一个爱读书，但不怎么写作的朋友看过这篇小说，他说小说不接地气，现实生活中哪有这么理想主义，谁会为了爱情去深陷至此。听后，我就把标题改成"女人们的时间观念"，最后又改成"九重葛"。

我以前被别人批评过，说我不会讲故事，写的小说故事性太弱了，平淡如水，味同嚼蜡，让人看不下去。我让这两个女人发生了交集，最后这两个女人发现她们爱的是同一个男人，直到知晓

姚雪子毫无兴趣。她自大学毕业进入图书馆工作，一直待在办公室秘书的岗位上，人又宅，往日便很奇怪这类弯弯绕绕都是从何而来。有社交，便有朋友。同学里头，她有两个合得来的，这些年还有些来往，却也不是所谓的闺蜜。后来这两年，倒也偶遇了一个好读书的朋友，不过，她只跟他见过几面，谈的也是写作上的事。早年有同事问她，这样单打鼓独划船的生活有什么意思？她觉得这话唐突，她从未觉得她有所损失。

她是孤单的一个人，可她从未觉得孤单。人们认定了她的异质。朋友指出她的《九重葛》，人跟人都是隔绝的，他说，这里头没一个正常生活的人。

小说里，邻居们议论纷纷，他们嘲笑周婷家门口种的那些三角梅，说她是"茅屋顶上树寿星"（贫寒之家穷讲究），猜测她的那个孩子是给人做小（给有钱人当情妇）生下的，还是压根就找不到受主（自己都不知孩子的父亲是谁）的，而周婷从不跟邻居们接触。至于周婷的家人，每日索要伙食费，对孩子看护却很不经心的父亲；早年出走离婚，给她做过产褥期的陪护，每月收她三千块工钱，甚至偷过她的金首饰的母亲，皆是不堪的、令人尴尬的。而疯女人呢，没人敢踏入她的家门。小说里这么写道："就像那里边有一条龙，古老的巨龙。"唯有迫于无奈的周婷走了进去。

"'没有一个时刻不想念他，走着路，看着地上一片花瓣，听到一个'嗯哼——'的像是要咳嗽的声音，

'天上的一朵蘑菇样的云,在云里的闪电,风把江边的柳树枝吹起,一条船……电线杆,揉皱了的纸……所有的东西,都让我想起他,这让我突然地感到快乐,接着就会想要哭,眼泪一下就会流出来。'

'我只要听到有人谈起他,只要是听到他名字的三个字,不,其中的一个字,我的心就像崩塌了一样。不能听到他,却总是听到,明明告诉我,刚才没有人说话,我也能听到……'

'发风暴,风啊浪啊,从破了的船舱里灌进来,我跟着人跑,他走进来,抱着我的头;我站在江边,看着船上的桅杆,我想那是什么船,他突然站在我的身边,跟我说那是古船;我躺在荒原,黄色的带着刺的草缠住了我,他走过来,担忧地望着我……'

'我到了一个旅馆,所有的灯都灭了,我像瞎子一样四处去摸,灯亮了,是他把灯打开了;我站在一条街的街沿上,水从街的那边流过来,越来越大,越来越大,像一条河!他站在我的背后,告诉我这就是大河……我在结冰的河边,河边的城门关了,我正想着他在不在啊,他就在城门的那边,朝我笑着……'

'我在每一个地方看到他,路上,报刊亭,邮局里,车座边,沙发靠背……他时时刻刻走在坐在我的身边,但只要我一感应到,他就马上消失了,有一次我抓着公交车的座位,我把头往上面磕,他不在我的身边!我这样想着,眼泪双流。边上的一个老人家问我怎么了,年纪这么轻,偏头痛吗?我

真相那一天,她们才知道彼此之间还有这一处微妙的连接点。然而,这两个女人又有共同点,都对爱情抱有执着,甚至执念的态度。

在别人眼里,小说内容就是这么的不切实际,这么的不接地气,我就干脆把我这个不成功小说的写作过程,写成了一篇小说。于是,就有了姚雪子,她带着自己的小说来到度假村,和陌生男子之间有一点点交集,最重要的是她通过所见所遇,为自己"为什么要写小说"来做一个阐释,为了她自己那段隐秘的情愫。

关于姚雪子,当时我设想这个人物处在一种混沌的状态,年纪不小,但是她的感情经历非常少,这就导致了她在感情方面的见解很匮乏。她对人性的认知,特别是对男性的认知是非常有限的,所以她执着于自己那一段称不上感情的感情,一直困扰了她非常多年,直到后来她把它当作生活里非常重要的一件事,那个人也是她心里非常重要的人。她还以一种仪式般的形式,非要在校庆那一天,她所认为的纪念日,写出这样的一篇小说,然后发给那个人,再收到那个人的回复,它整体就是一个幻想破灭的过程。

其实,在那之前她就知道事情的结果必然是无望的,她甚至已经无所求。说她无所求其实也不完全准确,她希望那个人能够看到、知晓、接纳,但是另一方面,她也知晓那个人绝不会去接纳、认同她。这就是她矛盾的心理,一种混沌的感知,一种

生活里很重要的支撑。在这种情况下，她写出这样一篇小说，她认为最后幻想的破灭也是预想得到的破灭。

于是，她在小说里面写到了两个爱情破灭的女人，一个异常执着，非要生下一个私子；另一个痴恋成狂，生活中时刻处在一种癫狂状态，包括她说话的方式、思考的方式，包括她生活中任何事情都要计算到每一分每一秒，哪一分钟开始，哪一秒钟结束，她用一种巨大的时间观来统治自己。

姚雪子笔下两个人物的状态，其实也是自己矛盾心态的体现，爱情的坚守变成生活的支撑，同时她自己也知道这种支撑是靠不住的，是自己想象的，是不可能实现的。

最后，她看到了微信订阅号里的一首诗，想到所有"我爱过的人，爱过我的人，让他永远是云烟，永远是少年，永远是梦幻"。她让过往的自己永远停留在记忆深处的地方，这里有一种她对生活、对情感的接纳和妥协。于是，她想去亲吻丈夫，引发丈夫被打搅睡眠的不满，她想她为什么会跟他相遇，心理活动又开始频繁起来。她关了灯，她知道她爱人的回应又刺激到了她另外一个点，她本人已经尘埃落定，相当于把自己的爱情奉献了，她爱人轻轻一挑，她觉得她的心又往下沉了沉，她想捧着自己的一颗心，不能让它彻底沉下去。这就是我构思的过程。

李倩倩：我谈一下我的感点头。那是个好老人家……'"

第一次见面，疯女人就在周婷面前如此这般诉说着她那一生中有且仅有一次的爱情。疯女人自诩"科学家"，声称用所谓的独创性理论进行主题为"爱情"的科学研究，其科研结论是："<u>爱情属于时间范畴</u>"。守在窗口，等着太阳从路那边的一棵梧桐树下升起，计数万千道光线从树枝间穿透的那个瞬间，便是疯女人的每一个夜晚。"时间"观念占据了这个女人的整个思维空间，深入到日常的每一个毛孔，包括与周婷的这一面，也被控制在三十五分钟，一秒不多，一秒不少，时间一到，话音随即落下，孩子也准时还了回来。最后，疯女人向周婷捧出了一个破旧的笔记本，那套堂而皇之的"研究理论"，就记录在那个本子上。

梦境，错乱，颠倒，荒诞不稽，诸如此类的叙述，之前从未在姚雪子的笔下出现过。早年，她曾写诗歌，获过奖，后来她为女性杂志以及一些通俗期刊写过爱情主题的虚构专栏。在这个小说里，题材、语言、结构，都是全新的，她把它视为自己的第一个小说，真正意义上的小说。

写作它的那个通宵，楼上的患癌的老人没有一个起夜的脚步，楼下的圆脸女人没有发出猫样的叫床声，没有狗吠，没有船笛，远处，大桥的灯火熄灭了，半个城，都在绝对的黑暗中——世界默然静寂，俨然迎合她的决定。她一心赶在天亮前完稿，发到一个人的邮箱。天亮时分，她很高兴，她做到了。

三

一阵笑声。两个女孩转移了话题。其中一个说,一年要给过两个生日,一个农历生日,一个阳历生日,买九十九朵玫瑰,吃饭的地方要够档次,说是第一次买的玫瑰才几支,也没有准备请她吃饭,她当面把花扔到了垃圾桶里。另一个说,没钱的看舍不舍得花钱,有钱的看舍不舍得花时间,爱情嘛,好简单的事。

女孩们在谈论爱情。这是一个永不过时的谈资。

之前,公司里有位女士煞有介事地问过她:"像我,结婚又离婚,离婚又结婚,前后爱情谈到没十个也有八个,可我一个字都写不出来——为什么你一辈子就谈了你老公一次恋爱,就嫁了一个男人,怎么就能写出那么多的爱情小说来呢?"她有些愕然。刚开始工作那年,她经父母老友的介绍认识了她现在的老公。<u>初次见面的他的母亲,往她的手指上套了一个大金戒指。</u>⑤那一晚,他对她说:"你放心,我不会……"她抱着膝盖在床头坐了整整一夜。之后,结婚,生子,他是她的初恋,也是她少得可怜的故事。她从未跟人说过这些,看来人们已在暗中打量她。之前也曾听人提醒她,某些读者对她情感生活的猜测,她一笑而过。她对那位女士说:"想象力吧。"人们习惯对号入座,写爱情小说的人,必然情事纷纭,就是这么以为的。她的写作,从未离开"爱情"这个主题。

《九重葛》也一样,关乎爱情。周婷爱的那个受。我个人觉得这篇小说的主要问题是它缺乏一种世俗性,它的现实基础是比较薄弱的,你想在作品中追求上层建筑,就是精神性的东西,而不注重下层内容的分量,就会出现一个问题,读者一看这篇小说,就觉得它是摇摇欲坠的,显得单薄。

先从人物来看,你在小说中用各种铺垫,各种陪衬,去说明主人公姚雪子是一个与其他人不同的人,相当于一个遗世独立的女子,她的想法和别人的都是不一样的。比如说第二段中"她跟别人的看法常常相左。人们说,她那个人,好嫩拙,还在书本里。可她三十七了。"①然后她有一条朋友圈状态写的是"人的一生,要像溪流下的鹅卵石,清澈,洁白,不动不移。"②这是她自己的表达,你多次用情节去反复地强调她的多愁善感、伤春悲秋,包括她身边的人,跟她有交集的学长说她还是很单纯的,她的前辈也会说"姚雪子这样的人,等她爱上了,看她怎么个翻天覆地啦……"③

小说里两个女孩用金钱、时间在衡量爱情,她就觉得毫无趣味,跟她想的不一样,她觉得身边的女孩都很世故。她十多岁的时候,听说其他女孩约会会收礼物,谈恋爱看家产,她都觉得很奇怪,因为她不在意,觉得追求这些东西都很肤浅,没有意义。这都是你在小说里用文字辅助人物把它表达出来的,但是真实的情况是什么?咱们来看一下你自己设定的细节。我们评价一个人,不要看这个人说了什么，而是看这个人做了什么，那我们就看看姚雪子做了什么。

"一个身材高大的男孩与她擦肩而过，下意识地侧过眼来看她，她的相貌不差，她知道。身材也好。"④她觉得自己和别人不一样，但是她又不觉得孤独。她不在意别人看重的东西，觉得那些肤浅而不具有意义，也就是说她认为自己脱离了世俗的低级趣味。她刚刚工作的时候，经她父母的老友介绍认识了现在的老公，初次见面的时候，未来的婆婆在她手上套了一个黄金戒指⑤，她为什么别的都没有关注，而是关注了这个点？

男人是个眼科医生，男人帮周婷做了一个眼科的急诊小手术，去她的家里探望送药，两人从此成了情人。男人的私人诊室后边有个小花园，种满了三角梅。男人送给她一丛花，她将自家的门口用砖头垒起一线花坛，把它们种在那儿。她怀了男人的孩子，孩子还未出生，男人便与她分手，不久男人跳桥自杀，她背着所有人，跑到外地悄悄地生下来，是个有些痴傻的小男孩。孩子两岁多的时候，她才带着孩子重回老家。至于疯女人，曾经过往湮没在一场自顾自的胡言乱语中，那个男人姓甚名谁，在初稿时，并未提及，也并不重要，但是到了最近这一稿里，则在结尾处做了揭晓，使得两个女人的情事，有了非常微妙的连接点。

朋友说："人物太不真实了，匪夷所思。还有，疯女人到底是哪种疯子？花痴的那种，我见过，很能吃，胖，不言不语的，可完全都不是你写的这个样子。"朋友的领悟力令她失望。他没有爱过，对于想象的能力是缺乏的，她默默地想。

她下意识地看向那两个女孩。给她们看看这个小说！她不由得心生一念。要怎么跟她们说呢？该从何谈起？她的嘴微张着，她在思考搭讪的话。

四

一方七分热切，三分局涩。那一方呢，谈话声低了下去，大概是在谈论更私密的话题。其中的一个女孩，恍然般地看向姚雪子，眼里几分警觉，几分戒备。姚雪子抿了一下嘴唇，忍下到了嘴边的客气话。对方十分草率地跟她打了一个招呼。她感到失望，乃至一点点屈辱。

十多岁时，她听到女同学说起约会收的礼物，刚参加工作，她又听到同事说起恋爱看的家产，她总是觉得奇怪。她不在意那些别人看重的东西，对于她来说，那些东西肤浅而不具有意义。少年时，读到《一个陌生女子的来信》，她很震撼，也有疑惑，是怎样的一个男人才值得一个女人如此偏执的感情——直到那个从梦里哭泣着醒来的清晨。

在周婷的故事里，她做了这么一个情节的设置：与疯女人见面之后，周婷把孩子带到了超市，将孩子独自留在了一个玩具柜台前，自己偷偷走掉了。看过超市的钟表柜台里的每一只钟表，听到超市的广播在寻找她，周婷站在超市的大门口，远远地看着孩子。之后周婷带着孩子回了家，拎着早上从市集买回的鞭炮香烛去江边祭奠医生。

朋友问她："周婷干吗要把孩子丢到超市里呢？"她指着下面的这段话来对他做解释——

"就在前夜，周婷做过一个梦，梦见来到一个陌生的村庄里，都是木头做的楼阁。房子很老旧了。她走进一座楼，顶上是一道道雕刻了花纹的横梁，她从这样的廊道走过，穿过一个雕花的圆形木门，看到了医生。她朝医生跑去，医生却往前奔跑着，她追不上他。终于，医生停了下来，当他转过身来，她看到的医生好像一瞬间回到了他的小时候，一个长得像医生的小男孩。她感到非常的失落，是医生啊，却并不认识她。他与她不在同一个时光的隧道里。她向超市服务台走去，远远地，她看到了她的孩子。孩子也看到了她。孩子没有再哭了，有人给了他一小袋零食。他看着她，并不走向她，她看着他，也不向他走去。那个时候，她真的很希望孩子能自己走向她，就像看到医生在向她走来。"

博尔赫斯说："爱上一个人就是创造了一种宗教。"一个女人真挚地眷念与怀念着一个男人，当中的仪式感，应该而且必要。她想要制造这样的一种仪式感。她很笃定。朋友摇了摇头，不置可否的表情。他不认可，也不理解，她就不想再说什么了。

她把目光从两个女孩的身上收了回去。这世上，感同身受是没有的，只有同样的经历，才会有相似的感受。女孩们自以为是，爱情就是金钱、财富、玫瑰……诸如此类所堆积出来的表象，她们根本没有经历过爱情，她们跟那位朋友一样，不懂，也无法想象——她在心里暗想着。刚才还想把这小说给她们看呢，她有些想笑话自己。

她打算把随身物品和衣服进行一下归置，房间里只有一个衣架，她不好意思先动手占用它。女孩们好像并不着急，她发现她们没有随身的行李。年纪这么轻，是参加这次培训班的医生？还是家属呢？都不大可能。房间里只有两张床，是哪位将跟她同住？琐屑的想法使她感觉烦闷。

她起身，往外走去。

五

屋檐底下，姚雪子遇到了培训基地的投资人，之前同桌吃过饭，彼此都有印象。彼此打了回招呼，那位在大厅里遇到的男孩，就站在投资人的身边，好奇似的看着她。投资人向她做了介绍，说这位是他的儿子，负责培训基地的对外宣传工作。那孩子略低了头，朝她笑着。她小声说了声："先走了啊"，有些不好意思的表情。她总是这样，动不动就不好意思。那孩子对她说："等会儿见！"她说好，转而她又觉得有些尴尬。她往前走去，看到前坪被枇杷树围出一圈边界，是新植的，十分高大。结了果，半黄不黄，比寻常见到的大很多。枇杷树后，就是竹林了。她绕了进去，在那些窸窸窣窣的声响里站定。一种戚然的情绪袭上她的心头，刹那间，周婷又一次现身——

"鞭炮点燃了，青烟腾地而起。江边的草伏地生长，纸钱币和草丛烧得滋啦滋啦，哔哔啵啵，十分热烈，真像医生诊室后的三角梅。'它们有一个更好听的名字——"九重葛"！'那天医生指着那些紫红色的花丛微笑着跟周婷说话。那是医生唯一一次跟她谈起他的花。

"她从堤基那儿绕到前面去，在靠近江水的栈道边找了一块砖头，把它垫在纸箱的一角。半边纸箱都烧完了，里头灰白色的灰烬还是古钱币的形状。雨开始下起来了，这阴晴不定的日子啊。渡口的入口，两个路过的男人伸着脖子往下望。

"她站在雨里，向火堆伸出一只手，像是要去挡住雨滴。其实雨很小，不会浇熄火焰。热气烘上她的脸，再近一点的话，头发会被点着的，她任热浪扑向她。"

这是周婷在江边祭奠情人时的情景。她下意识地伸出了手，就像周婷那样。祭奠，爱情，她的心里突然涌动着两个词语，她愣了一下，迷信般地，避免将这两个词语之间进行衔接，紧接着，她收回了手。一片竹叶倏地落到她的胸前，她低下头，风继续吹，那叶子还是贴着她的胸口。在她记忆里的那萌芽般的痛感陡然而生，就在靠近心脏的方位。她伸手，捉住了那片叶子，直愣愣地瞧着它。隐隐约约，她似察觉到什么。她扔了那片叶子，她不愿被它缠着。

手机铃声响了。接待组男人的来电，征求她的意见，跟她同住的一个家属选择不在这里住宿，那两个女孩都是基地的员工，为了工作上的方便，需要跟她调换一下房间。他说原本她们两个的房间，是山苑大门内侧的一处厢房，比起"仲夏"这边，条件还要好些。她一口答应下来，无须他多费口舌。<u>她暗自意外这种好运气，像是上天知她意愿，额外关照她。</u>⑥

接待组给她换房间的时候，告诉她那个房间条件更好，她觉得这太好了，"她暗自意外这种好运气，像是上天知她意愿，额外关照她。"⑥她在意物质，她在意环境，她跟接待组男孩儿聊天的时候也很现实，姐啊哥啊弟啊，这样的称呼，但是她从来没有主动加过别人的微信，是男孩主动加的她，她一直很有礼貌，也知道自己嗓音很好听。

他接着说，就要吃饭了，吃了饭再运行李也不迟。夜色未起，晚餐便要开始。吃吃睡睡，人就是这样过了自己的一辈子。

六

山苑的食堂就在厨房前面的厅堂里，开了六桌，人们围桌聊天。丈夫给她留了座位，她在他身边坐了下来。圆桌子，团的，圆的，和谐，圆满，其乐融融，世人喜好大抵相同。感觉有人轻轻地撞了她一下，是送菜的大婶，油汤跟着滴在她眼前的桌面上，丈夫责备般地欸了一声。她抬起头，微笑着安慰那女人说，没事。余光里，男孩在看着她。原来，他也坐在了同一桌。

她低头吃饭，心里一点莫名的凄清。她想着小说的结局。最近的一稿中，她收拾起了一地鸡毛，给了周婷一个圆满。周婷的父亲打电话来说，110来了，周婷让父亲转告警方小孩子已经找到了，周婷的母亲打电话来，说在火车上了，回来帮着带小外孙，家人之间的矛盾与隔阂就此消除。而初稿里，并没有这些内容。

感觉手肘又被轻轻地撞了一下，丈夫提醒她，投资人在跟她打招呼呢。她恍然般地看过去，那人正与别人说话，说她的话已经过去了。旁座的人悄声笑着，跟她丈夫说，你老婆跟个孩子一样。

孩子似的，嫩拙，还在书本里——她曾经写过一条仅三人可见的朋友圈："人的一生，要像溪流下的鹅卵石，清澈，洁白，不动不移。"[②] 她三十七了。听人说，是她外出少，没有遇过见过那些乱糟糟的事。可她认为自己也经历过一些事，不顺利，不公正。世界纷繁嘈杂，并不是她不懂，不知晓。可她就是如此固执。

她想起朋友追问她，为什么要写这个小说，当时的表情，认真里头挟了几许玩味。"什么为了什么？文学创作不都这样吗，哪有什么为什么！"她这么回答他，她有些愠怒。朋友始终在质疑她。小说最初的标题是《古老的巨龙》，之后她改作了《女人们的时间观念》，最后，她把它改为《九重葛》，每一次，朋友都在挑刺。

"周婷和疯女人，两个邻居，隔了好多年，发现爱上的是同一个男人。搞笑的是，这个男人最后竟然是因为他的妻子不爱他而跳江自杀的——偷偷生养孩子的，痴爱成疯的，为情自杀的……现在哪有这样的人这样的事？"朋友语气鄙夷，使她难堪，他紧盯着她："你写这个小说，你知道你是为了什么吧？"他意图透过文字搜寻什么，像是在确认他看出的那些。她觉得他不是在挑刺，而是挑事。

为了什么？为了什么？她不禁心烦意乱，霍地起身，离开了桌席。这像是冒犯。还没到散场的时嘞，都在听投资人以及他那位搞宣传的儿子说话。丈夫朝人们陪笑似的笑了笑，她的任性，他早已习惯。他从不干涉她。她一言不发地走了。

七

暮色一降下，山苑就显得非常空寂。姚雪子把行李箱从"仲夏"拎了出来，一路往下走。培训班的课已经开始，丈夫晚餐后直接去了会场。穿过前坪，枇杷树前，她接到了接待组男人的来电，催她快些，他在那个厢房前等了她好一会儿了。心里滚过一丝落魄，一个大男人，就算干等着，也不过来帮帮忙。因丈夫的几次培训，微信上聊过，他也曾"姐啊""姐啊"地称谓过她，实则连朋友都谈不上。但她并不多想，这就是现实嘛。

山院安灯很吝啬，就那么一点一点青绿的光，落在竹子上，落在水池上，幽幽的，摇摇的，有些瘆人。她想快些走，觉得身后边，远远近近，黑漆漆毛乎乎的，却没有慌张的样子做出来。不是因为当下没人看，也不是为了给自己壮胆。她从不装。但凡矫情的作派，她都认为没必要，还显得可笑。

经过厅堂时，她见到"仲夏"的那两个女孩还在隔着长桌子跟那个男孩谈话。男孩喊了她一声，很绅士的那种喊法。她停步，他向她招着手："来，加个微信。"她觉得大可不必，她不是与会者，跟这培训基地也毫无关系。可她又觉得不好推辞，便放了行李箱，走了过去。她还没主动加过谁的微信，操作也是男孩在指点。两个女孩毫无表情地看着她，她朝她们微笑起来，其接待组的男人，"他打开房门，问要不要他帮她搬进来，他指的是门坎，她说不用，她可以。他就真的没有动手。交了钥匙，他就离开了。"⑦那男人怀孕的妻子怀疑他们两个暧昧，然后男人就打来了电话，她脱口而出的一句话说是"你是弟弟啊"⑧

她26岁的时候，遇到她的学长，因为学长的温柔体贴，甚至与她有认知的共鸣，她就开始对学长产生一种情愫。她刚毕业就嫁给她老公，所以从时间线上来看，这应该是婚后的事，然后她的心一下就被人撩拨起来了。后来她发了一篇小说给学长，发现他其实读不懂这篇小说，甚至没有看出她想要传达的内心深意，于是她又回归了现实，回到了她丈夫的身边。

你把她所有的行为顺一下，你会不会觉得她其实并不是你所要传达出来的脱离世俗的那种人，甚至你会觉得她特别虚假，用现在的流行语来说，她甚至有点"茶"。林黛玉葬花是因为怜惜它，"质本洁来还洁去"，而姚雪子伤春悲秋，她的感伤完全是自我的感伤。我们为什么说林黛玉有她可爱的一面，虽然有时候她阴阳怪气，到处怼人，但是她特别真实，有真性情。你这个人物的问题是她没有真性情，我为什么说她没有世俗性，包括她的丈夫，也没有世俗性，对她是无限的包容，甚至是还帮她解释，让对方不要误会他的爱人，说她很本分。

我为什么说你的故事后面推动无力呢，因为你这个人物是缺少力度的。第一，

中的一个女孩，忽地把头扭过去，她心头一凉，后悔那一笑。微信加过，男孩续上了与旁人的谈话，她把手机收回口袋，走到行李箱前，拉着就走。

接待组男人坐在厢房对面的一张长案前，神情不悦。当她一开口说话，他的脸色就好看起来了。她总是很有礼貌，嗓音也好听。<u>他打开房门，问要不要他帮她搬进来，他指的是门坎，她说不用，她可以。他就真的没有动手。交了钥匙，他就离开了。</u>⑦

一盏锅盖灯吊在房间的正中央，老式的黑漆木床，床框很高，白帐子垂下来，像个纸糊的盒子。墙角一口大木箱子，窗下一张木桌子，桌面上摆了张圆镜子，她看着那些，心里默默念叨着，像是绕口令。她不整理行李，径直在床上躺倒，打开手机邮箱，收信那儿空空如也。"爱情属于时间范畴"，疯女人信誓旦旦的"科研成果"，仿佛近在咫尺，那声音细细长长的，像一口气，吹在她的耳朵边上。疯女人有一双渴求的眼睛，正托着一个破旧的笔记本，书页发了黄，双手抖抖索索的。就托在她的鼻尖下，书脊拱起，像只振翅的蝶。本子上，潦草的线条，不成规矩的图案，笨拙简陋，不如一个几岁孩子。她把手机放下，闭上眼睛。她的心上，像有一道丝线般的裂隙，微微地震颤着，使她觉得很不舒服，不禁轻轻地咳了一声。突然听到滴答滴答，微微的滴水声。

她从床上起来，往后边走，里头还有一进房

间，没开灯，这边的灯光扫过去，昏昏地黄着，再深处，全是黑的，她突然感到恐惧。这样的老房子，一百好几十年，人不住鬼住，她觉得阴森森的。要是没问题，那两个女孩能放着不宿，让她给替过来？她缩回床边，靠墙坐着，给丈夫发了条微信。没有回复，她又给接待组男人发了微信，同样没有回复，她觉得不能再待下去了。

厅堂里灯火通明，聊天的人们散了，她走到长桌前坐下，心想她得这样坐一夜了。一秒与下一秒，之间的距离仿佛隔着风，遥远的风。她想：漫漫长夜。疯女人就是这样，独自一人，整夜坐着，守着窗口，等着太阳升起，看着第一缕日光穿过梧桐树的树枝。"三千七百三十三个夜晚与黎明的交替，十万三千四百五十二条光线穿过的瞬间永恒"——疯女人所做的，那坚持不懈的"研究工作"。"伟大的研究！"她不禁喃喃自语。她发觉，她太低估了疯女人。时间的漫长，唯有经历才能证明。

有人咳了一声。天井门口，男孩在打电话，他还没走啊。她觉得庆幸，陡然生出亲近感。他在她的对面坐下来，拉杂了些话，问到她的业余爱好，她小声说："写点小说"。他很感兴趣，他说他大学是新闻传媒专业，很爱好，也发表过。他向她索看作品，她发给他，他读了起来。或许不叫读。一万来字的东西，不过六七分钟就看完了，她明白他并不是真的想看。他说她语言如何好，投国字号的大

她的根基是不稳的，自相矛盾，如果她自相矛盾，但是她又把真性情显露出来，她也会产生力量，但是你又没有让她显露真性情，而是用虚假的表象压制了她的本质，所以这个主人公是没有跟环境产生作用力的，因为你让她脱离世俗，所以她不会跟世俗产生矛盾，她跟丈夫之间没有矛盾，她就在人与人的关系中变得很被动，你就必须用被动的东西去推动人物的故事，所以你这个小说写起来特别无力，你这个主人公，她自己不发生作用，没有产生对外的冲击力，没有矛盾，没有冲突，她的作用都是这样：她是个委屈的女子，做什么都是她受了委屈。那别人必须通过伤害她，才能产生冲突和矛盾，这个问题就会一直存在于后面的逻辑，以致后面的故事都会带着这个痕迹。

故事一开始，就是她和她的丈夫一人得拿一把钥匙，这就注定姚雪子这个人物只有被其他的环境和事件给冲击到才能产生矛盾，所以你所有的叙事和矛盾都会显得很刻意，比如说他们两个必须分开住，才有可能出现后续问题。你越想要让它合情合理，就越要在好几处地方去解释分开住的必要性，你的小说完完全全被这一点牵引了。

第一段就说他们分别从一个年轻的男人手中接过了两片不同的房间钥匙，短篇的文字其实是很金贵的，你把笔墨花在这些内容上面是没有意义的。人物接过钥匙，你就要解释她是作为家属来

参加年会的。但是，两人还在途中时就被告知房间数量比较紧张，需要男女分开拼房住宿，已经暗示故事中会给他们安排独立的空间和时间。这使得她跟两个男性产生的暧昧情愫冲突，具有了可行性。然而，你又要解释他们夫妻二人因为各自的原因应允了分开住宿。

一般情况下，主办方请人来参加年会，嘉宾带来了家属，主办方怎么可能把他们分开呢？你要合情理化，给出一个合适的缘由，不得已需要男女分开住。

后来，两个女孩子聊着天走进了她所住的房间，姚雪子就开始猜测，她们是医生还是家属。这时，读者就会产生疑问，如果这两个女孩子也是家属，那为什么每对都要被拆开住宿？这是逻辑漏洞。后来接待人员又给姚雪子打了个电话，说跟她同住的家属又决定不在这里住宿了。既然是家属，那一般都不可能分开住宿的。你在故事里强行把他们拆开拼宿，是为了后面的故事能够进行下去，这就是为什么你的故事推动是无力的，因为人物一直是被驱动的，你的故事和设计如此，导致你不得不花大量的笔墨去解释这些，去让它成立和合理化。

刊，用邮件寄，保准能发表。他从桌子的那边走过来，向她靠近，对她说，我们可以换个地方去谈，只有我们两个人，我们只聊小说。他的神情很是慎重。她望着他，嗓子像被什么给噎住。手机响了，接待组男人打来的，太及时了。她还没来得及思考如何答应男孩，这样就不用说了。她年长他十来岁，觉得他还是个孩子呢，这些都让她觉得诧异。

八

接待组男人在房间门口等着她。她才知道，他在微信上回了好些话，他说这老房子是重建的，一砖一瓦都是做旧，假的，从来就没有什么异常情况。又说这是山苑最好的房间，大家都想住，他也想住到里面来呢。他还问她，害怕吗？他就过来了。他的回话令她感动，她向他道谢，他把她送到房间里，帮她看了里间，关紧卫生间的龙头。她一直在道谢，他一直在问她现在还怕不怕。他们回到前边来，她向手机邮箱留了一封短信，抬头见他还未离开，愣愣地看着他。他说，你随时可以叫我。她感激地说，好嘞。

她在床上躺下来，心想要不要关灯呢？听到窗外有人低低地叫她，她走到窗前，接待组男人伸着脖子，满脸的笑。她觉得十分温暖，谢谢的话又说了一次。

她把手机邮箱打开，一封回信已在信箱。她期盼已久，却又感到猝不及防，像箭一般呼啸而来，她的头顶，钟声腾起，从那里直抵她的心，嗵，睡。她点开邮件:"抱歉迟复,你的小说前些天我已读了,语言依旧很好。也许是我出国多年,已对国内的情况不熟悉,感觉上把两个女人扭到一起,十分牵强。且主题模糊不清,情节的设置也给人感觉矫揉造作。"接下来的几句,就是祝好云云。她的心缩成一团,像个贼人被猛地捉住的手,那是一种本能般的收缩。她感到诧异,还有一些耻辱。她为何赶在天亮前写出来,她为何要写这个小说,都已经不重要了。

"'我再也没有看到他了,再也没有想过他……从那之后,我爱上了每一样东西,一朵缺了花瓣的野花,一只死在窗户上的蝴蝶,泡在泡菜坛子里的萝卜皮莴苣丁,从人家楼顶上落下来的浇花的水珠子,对面楼上的一个烧得起了火的盆子……所有的东西,活着的,没有生命的,都爱。除了人。没法再爱上人,任何一个男人……'"疯女人的话在她的耳边响起。疯女人明白自己的爱情已经破灭了。她想:被否定的女人。她感到了惆怅。

她看到一个女人的身影。那个女人正从小坡上走上去,经过了一个破旧低矮的民舍,是她儿时朋友的家;经过了疯女人日夜看着的一棵梧桐树;经过了一处古窑址,在那块大石头旁,有一对年老的人,老头子牵着老婆子,老头子脱了一只鞋让给老婆子,老婆子的右脚从自己的鞋子里光着出来,勾在离地两寸高的地方不肯落下;经过了一个抱着婴孩的女人,那女人把头戳在婴孩的脸上,说着"江上没有船船了,江上没有船船了",她讨厌那个说话的声音,她从不这样跟她的孩子说话;她来到了渡口前,攀着麻石栏杆,沿着那条泥泞的小路走下去,在靠近堤坳的地方停下。那个女人,终于停了脚步。江边,火生起来了,死去的情人。笔记本在燃烧,向火伸出的手,那正是周婷。"祭奠","爱情",她不由自主地念出声来。她感到一种古怪的轻松,继而被摇晃着,拖扯着,闪烁的,疼。

手机骤然响铃,丈夫的来电,告诉她,奶奶打她电话不通,下午孩子在学校里手指被窗子夹伤了。伤了?怎么伤的?那手指头现在怎么样了?她的问题一连串,她的心像被谁攥住一把拎了起来。丈夫说,他还在开会,让她不要太担心。她挂了他的电话,拨了婆婆的手机号码,婆婆告诉她,老师说了,校医进行了处理,问题不大。她想让孩子接电话,才知孩子接去外婆家了。她把电话打到孩子外婆家,说是小雨已经睡了,手指缠了纱布,没喊疼了,应该没事。她舒了口气,放下电话,忽而想到败血症,要命的事啊!她又把电话给拨了过去,得知孩子已经打了破伤风针了。她终于安静下来。之后,她都在看着灯。

"'没有真爱是一种悲伤',就是三角梅的花语。周婷还并不知道。她只记得医生说过,它有一个更好听的名字:九重葛。这一天,是医生的忌日。没有人察觉到它的不同,一如每一个吵吵嚷嚷磕磕碰碰鸡零狗碎的平静而又喧嚣的日子。"这是初稿里的结尾。独自生下一个私生儿,遭遇了家人的逼仄,邻居们的排斥,疯女人的趋近,周婷从未动摇。只字不提,无所畏惧,也不需要同盟。向祭奠的火堆前伸出的那只手,坚定,庄重,俨然举行一场小型的仪式,她的爱情,她的宗教,她所创立的神,世上无人知晓,也绝不示人。

最近的一稿里,疯女人的笔记本的扉页上有一行题记——"没有真爱是一种悲伤",是医生的笔迹,周婷认得。九重葛的秘密被如此勘破,并非所爱的男人的唯一情人,所爱的男人另有所爱,全盘皆是爱而不得的人。周婷在祭奠的火里,烧了疯女人的笔记本,"一团更大的火焰噗地升腾起来,转而斜向一方,如同摇动的旗。这一天,是医生的忌

接下来,我再谈谈人物本身的合理性。姚雪子这个人物的价值观和爱情观,同样存在一定程度上的根基问题,小说里几次提到博尔赫斯的一句话,"爱上一个人就像创造一种宗教——那种宗教信奉的神是靠不住的。"

日。她也许会忘记这一天，这世上将再也没有人察觉到它的不同，一如每一个吵吵嚷嚷磕磕碰碰鸡零狗碎的平静而又喧嚣的日子。"在这里，她添加了一个"也许"。

"<u>爱上一个人就像创造一种宗教——</u>"博尔赫斯的话，还有下半句："那种宗教信奉的神是靠不住的。"可是，周婷依然向火里伸出了她的一只手，那只手以握拳的姿态告终。另一个女人呢，那个男人，是她铺天盖地的风暴，是一瞬即逝的闪电，是死而不僵的火种，是不可逾越的高峰。爱情幻灭之后，"时间"化作天罗地网，疯女人甘心情愿，作茧自缚，执迷不悟。

女人们……

她回想着《九重葛》的写作过程，从头到尾，自始至终。

"现在哪有这样的人这样的事？""你说，你是为了什么？"朋友的问题，在她的耳边一声接着一声。她感慨自己的固执，开始愚弄这种固执。滴答滴答，水滴的声音。影影绰绰，有雾气般的模糊的一种，停在远处，似在向她靠近，她等着它靠近，很快又失去了耐心。她的眼眶涌出了泪水。也许可以不发那封邮件给那个人，但是当日当时，是必然的事。对于朋友的那个问题，她怒气全消，无所适从，她不知是为了什么。她感到了委屈。泪水落向鬓发，然后，在眼角干涸。

丈夫又打来了电话，她不接，像是无知无觉。

如果小说只是把著名的话语诠释了一遍，这个小说的层次就会比较单薄，人家一句话就讲完了的事，我们用一万五千字再做一个诠释，却没有任何深度上的递进，那就没有必要。

首先，你要有深度，你必须在这上面加入自己更进一步的理解。姚雪子的爱情观是什么？从旁观者角度去看，她爱上了，一定是翻天覆地的，她的爱情观不同于其他女子的，她自己可能在塑造一种宗教，无论是在她的小说内部，还是在她自己的现实生活中，她始终在贯彻一种仪式感。姚雪子的小说内部存在一个仪式，而外部的仪式就是姚雪子本身，她26岁遇到了学长，37岁写了这个小说，选择在校庆日发给了她的学长，希望得到学长的回应，这就像是一场爱情的仪式。目前来看，我只能说这个人物的爱情观像你说的，她的"宗教"太容易建立，也太容易坍塌。

建立得轻易是可以的，但是坍塌得过于轻易，现实性就会显得比较浅薄。对于博尔赫斯这句话，你要去理解这个"宗教"是什么，信奉的"神"又是什么，这个"神"指的爱情本身还是值得你爱的那个人，还是爱的那个人所神化的爱的感觉？这个"宗教"本身有很多种诠释，我们对爱的认知也是多层次的。普鲁斯特在《追忆似水年华》里讲到，"我们恋爱时，爱情如此庞大以致我们自己容纳不了，它向被爱者辐射，触及她的表层，被截阻，被迫返回到起点。我们本人感情的这种回弹被我们误认为对方的感情，回弹比发射更令我们着迷，因为我们看不出这爱情来自我们本人。"

其实这种爱是自发性的，这是爱情丰富的地方，也是它可以深挖的地方，我为什么说"爱是时间范畴"是可以深挖的，你要是把它再探究一下，你对爱的认知，会有不同的，就不会仅仅停留在"我"的理想爱情和"我"的现实有一点冲突，"我"就放弃了"我"的爱情这个层面上。

就像《一个陌生女人的来信》，你多次在文章里提到了茨威格的作品，里面有一段话："不少女人都是为别人的情绪所左右，德·普里夫人便是这样的女人。别人若追求她，她就美丽，和才智之士在一起，她就才气横溢，有人向她谄媚，她就傲气冲天，若是有人钟情于她，她就坠入爱河。"她完全附属于男性对她的态度，男性投射在她身上什么，她就变成了什么。而《一个陌生女人的来信》主人公自己拥有的不是这样的爱情，她有着区别于一般女人的爱情，她不会因为男性而变得无助、变得不幸、变得愚蠢、变得丑陋，甚至变得美丽，变得智慧，她脱离于男性的附属，所以她的爱是什么？她也有自己的仪式，是什么？哪怕作家根本不记得她，她依然坚持她的爱情，哪怕她为了保存两人生下的孩子，为了让孩子过上跟作家一样的生活，她甚至愿意出卖自己，她依然觉得她保持了对爱情的坚

过了一会儿，门被敲响，丈夫夹着文件袋进来，她还是无精打采的。"小雨没事……"他说。她懒懒地应了一声，转身往床边走。"这房间好太多了！"他感慨地说道。她缩在床上，一声不吭。"瞌睡来了吧？"他问道，又叮嘱说："那快点睡吧。"她听着声响，他在浴室，她听了一阵哗啦哗啦的水声。他轻手轻脚地上床，把手放在她的肩膀上。她背向着他，一动不动。他轻轻地握了一下她的肩膀，像是在抚慰一个孩童。接着，灯熄了。很快，他发出了鼾声。他没有发现她哭过。

天光初现，她就起了床。丈夫朦胧地问了声："就醒了？"她软下嗓音，轻声说："择床，我先回去了。"顿了一下，她说："不放心小雨。"她网约了车，她想尽快回家。她感觉她在逃离。丈夫有些不解，劝阻了几句，劝阻不了她。他没穿外套，把她送出了大门，跟司机打了招呼，对她说："行李我回来的时候带回去，记得打开手机，路上保持联系，到家告诉我。"

薄雾从草地的前方漫涌过来，一只鸟儿发出了啼鸣。她打电话给母亲，再三确认，孩子的手指真的没事了。坐在网约车上，她感觉她的心放下了一半，另一半也在慢慢地往下放。这些年，她的心老是模模糊糊的，一半放着，一半悬着。

九

白日刚过去，手机响了，接待组男人打来的，说怀孕的妻子怀疑他跟她之间有私情，姚雪子一

听，又惊讶又想笑，她比他大了六七岁，是孙猴子打石头里蹦出来，编神话的吧，她冲口而出："你是弟弟啊！"⑧她安慰他，建议他多沟通，有需要，可以让他妻子跟她通话。她总是想当然。

如她所愿，第二天晚上，电话打过来了，那女人劈头盖脸地骂她勾引她男人，她震惊极了，她的否认激起女人更大的敌意，质问她，为啥要大晚上跟她男人说房间里有问题，为啥说自己胆子小。她想起秀才遇到兵那句老话，又想起朋友问她，疯女人到底是哪种疯子。失去常识的世界。她可怜那女人，劝慰了好几句，之后就生气了，她纠缠不过人家，下意识把手机递给了丈夫。丈夫有些心烦的样子，还是接了，听那女人说了几句，说："你不要误会，我爱人是很本分的……"那头把电话挂了。

她写了条微信发过去，发现已被对方拉黑，她又发了条短信，劝慰那男人和那女人。她始终是大度的。当她回过头，丈夫坐在床上，认真地对她说："下次，你别去那里了。"她的心里噔地响了一下，像是磕了，还是碰了。不知什么滋味，都涌到嗓子眼里。她说不出话来。

她去浴室，盥洗台的镜子照出了她一闪而过的脸，许多年来，镜子总会冷不丁给她一种错觉：这个人，就是我吗？为什么就是我呢？这种错觉方生方灭。

回到床上，丈夫还没有睡，似是为了等她。丈夫极少如此。她说："那天，我跟华伟老兄争辩我

贞。你再看看姚雪子，她没有脱离一般爱情的范畴。你这个小说是以爱情为主题，那么你对爱情的理解，对爱情现实的真相的理解到了哪里，就决定了这个小说的深度到了哪里。

你有没有去思考过这个问题，博尔赫斯这句话以及"爱情属于时间范畴"，你在里面只是点到了几次，每次都没有把它落到实处。疯女人向周婷捧出了一个破旧的笔记本，然后有一番理论，但是这个理论是什么，你就带过去了，我反倒觉得这里是可以展开的。这个疯女人的理论，有可能会消解姚雪子的现实困惑，或者消解姚雪子的爱情宗教仪式。两条线，要形成作用力。如果这两条线只是相互证明，作用就比较单一，如果这两条线形成对抗或者消解，甚至在对抗消解之后又相互成立，这种作用力才能让你的小说变成1+1＞2的作用。1+1＜2，那这个作用就非常少了。

有很多小说，内容都是小说套小说，这种形式其实很常见，但是你这里面嵌套的是一个小说的写作过程，或者是修改过程，它就有点不一样。这个小说的写作过程、成型过程、修改过程，就是人物在社会中的成长过程。我们年轻的时候，判断一个事物，非黑即白，但是到了一定年龄的时候，会慢慢发现错里有对、对里有错，这里面的灰色地带其实就是小说要探究的地带。它一时半刻说不清，它是悬置的，它有可能是未解的，或者多

解的,这就是它丰富的地方。那么,作者要做的就是在小说中用他的认知和理解去把这种丰富性表现出来,这样读者读到的东西就很丰富。小说的空间或者说是张力,就在于作者在小说里面呈现它的可能性、丰富性。

你说这篇小说是你从邻居身上得到的灵感而进行创作的,在你妈妈居住的老城区里面有一个这样的人物,生活在底层,她有一天独自带回来一个孩子,甚至她众叛亲离,也在养育这个孩子,她不需要同盟也能够过下去,她有着对爱情的坚持,她不需要其他人帮助她。她的行为已经表现出来她在保持爱情的成果,那这一点一定要在小说中呈现出来。然而,你在小说内部的设计中,周婷对她孩子怎样?作为一个妈妈,她把孩子扔到超市,就在旁边看着孩子焦急地找她。这个仪式没有起到加分作用,甚至起到了减分作用。你思考一下,这个仪式有没有现实基础。它追求一种虚幻的、精神的东西,但是它其实没有现实基础。现实基础是什么,妈妈对于孩子的爱,这种爱是多重的,既有亲情,也有对于孩子父亲的爱情的投射。

的一个小说,他说没有这样的人,我说周婷这个人物,是有原型的,就在妈妈住的那条街上。他不认同,他还追问我,为什么要写这样的一个小说,我们搞得很僵。"丈夫没有作声。她又说:"现在,我同意他的意见,没有这样的人和事了,也不应该有。"他说:"睡吧,我很累了。"她感到些许失落,她还意犹未尽。

她想起那男孩,失了体面的话,轻易就从那张嘴里给蹦了出来,这是狂妄,还是无知?年轻人不该是这个样子。她想起接待组男人那张窗户底下的脸,他的笑从面皮底下鼓胀着绷出来,眼里腾着灼灼的一团火样的东西,她以为那是属于年轻人的磊落的温情,其实不是。那是试探,是渴求,是欲念。她把他想得太简单了。他曾留言给她,说刚刚经过她的城市,现在已经走了。她问他为什么不告诉她,希望他下次来的时候告诉她。他问她工作的地方与住的地方远不远,她说远;他问她会不会开车,她说她不会;他让她考驾照,她说她不敢,她胆子小。男人的老婆质问她的时候,她觉得这个女人不可理喻。无非场面,无非客套。她都没有意识到,便撩拨了一个男人。她还不了解男人,她对人性知之甚少。三十七了——这让她觉得不可思议。

"关灯吧。"丈夫说道。她侧过脸,把手伸向台灯,她看到他的耳垂,几处折痕,她觉得惊奇,不禁想要伸手去捻。哦,是皱纹,她想。她把手退了回来,说:"等一下。"

她想：前半生。丈夫性情温和学历不低工作顺畅，她的流水一样平静的日子，像坐一条小筏子，随着水流走。多年以前，公司里一位前辈无缘无故般地当众慨叹："姚雪子这样的人，等她爱上了，看她怎么个翻天覆地啦……"③她很惊讶，从没料想这样的可能。

二十六岁那年，她参加过一次家乡中学举办的校庆活动。夹在一群知名校友里边，她有些心虚。在那儿，她遇见了一个人。三天里，私聊的话，加起来不过十句。会餐时，他说："雪子还是很单纯的……"她抬起头，惊讶这位素未谋面的学长如此突然地说起了她，还用了这么亲近的称呼。他微笑着看着她，她的脸在发烫。他说，好几年前，他在京都的一家报纸的副刊部，编发过她的诗作，记得她的笔名。她并不知情。她都是自由投稿，至今连一个编辑的电话都没有，当年他姓甚名谁，她是一点都没注意到。她朝他道谢，感激地笑。她独自在房间里，打开一本随身的书，他与几位校友一道进来，他问她："你怎么不穿袜子？小心感冒了……"彼时秋凉，除了他，没人在乎她的赤脚。她跑到卫生间，把袜子穿上，他已离开了。临别那天，她拎着行李袋往前走，他叫住她，她回头，他站在那儿，微笑着，向她挥手。她也朝他高高地挥了挥手。他把他出版的诗集和图书寄给她，不久他就出国了，从事的还是出版业，其间还问过她是否有新的作品发表。这应该就是她与他之间的全部故事。

然而，在她的心底，还有另一个故事。她回头，他看着她，他们挥着手，那一霎，仿若从时间的边际穿越而来，那么短，却那么长，那是结束，也是起始。他在她的心里生了根，她花了好几年才意识到这一点，又花了后面的这些年来回忆和想念。他在她的醒时，他在她的梦里，不是被时间所消磨，而是被时间所淬炼。他是她的时时刻刻，如影随形，翻天覆地。他往前走，她想追上他，可她怎么都追不上，她被自己的哭泣惊醒。她终于下定了决心，用一个通宵来写一个小说，赶在天亮之前发送，因为那天，是当年的校庆日。她等候月余，音讯全无，忐忑，焦灼，方生悱恻，又生侥幸。她发出一封短信，询问他一切是否安好。她担心他。她盘算着，如果再过几天没动静，她就打他的电话。这么多年，他的电话，她还从未打过。看看这个小说吧，最初的标题，《古老的巨龙》。何为"古老"？从前的时间慢，一生只够爱一个人。何为"龙"？偷偷地喜欢一个人，就像一条守着宝藏的巨龙，凶猛而又天真，强大而又孤独。倘若要给这个小说找出关键词，那么一个便是"独自一人"，另一个，是"坚持"。朋友追问她为何写这么个小说，她愤怒不已，实则是她心虚。她怀着一个秘密，不能碰触。接待组男人，冒失的男孩，之前的每一个人，在她抱紧这个秘密行走人世的岁月里，她遇见过一些人，却像从未遇见过，没有其他的任何一个人。她为此而感受到纯洁和神圣。她也设想过，暗自想象，她的决绝坚定。她是周婷，也是疯女人。她经历过她们所经历的一切，可以经历她们所经历的那一切。她们是她，她是她们。而他否定了她们。

十

手机振了一下，她拿起来看，是条银行的广告短信。随手滑了过去，视线从订阅号更新的那条诗歌链接上扫过，"我爱过的人，爱过我的人"。她轻轻地叹了一口气。她把手指放在关机键上，又松开。她把那链接找到，点开：

切莫走近

让它是云烟

到我的梦里来

到你的梦里去

我爱过的人

爱过我的人

让他永远是云烟

永远是少年

永远是梦幻

她盯着那几行小小的字，眼睛有些酸。她想起茨威格的"陌生女子"。现实里，一个女人的爱情，连一根小小的手指头的重量都承担不起。

她的小说，最初的情节很简单，两个女人坐在走廊上，一个说，一个听。一个迷恋少女时期的一位任课老师，一个秘恋一位露水情缘的眼科医生。人与人之间毫无瓜葛，唯有命运相通的女人，同样的孤独和天真。她想让某些人看出，又不想让某些人看出，她在乎评价，又有发表的考量，于是轻易便改写了它。一改再改，增加人物，设置悬念，故作曲折，以大团圆结局。《九重葛》不是她的初时和梦醒时分，啊，曾经的《古老的巨龙》，多么的纯粹和诚恳。她感到了悲哀。

十多年，那个人，那么长的时间，她执念于此。偶尔跨踏，时有踯躅，小心翼翼，迂避回环，这是她为她乏善可陈的情爱世界自造的一个宗教。她壮烈地用仪式般的一个通宵试图抵达她的神庙，于是，穹顶坍塌了。她并未过于悲戚，好似早有预料，宛如殉道者，她的接受谦卑而又顺从。她依稀看到了她遥望的神像，那原本便是稻草填充的人偶。她想：结束了。但她知道，这并不是一种释然。如同丢失了某个东西，可有可无，却又非要不可，因而怅惘。

她听到鼾声，丈夫侧过身来，他已经睡着了。她看着他，他的眉眼，嘴唇，她想起他年轻时笑起来的样子，他曾经的背影，他的青春。她一直无法明白，仿佛他只是她随着流水的经过，他可以是这个人，也可以是那个人，他只是凑巧出现，从而无法逾越。她想他为何会出现。她想到时间，历史，莽苍，星光，黑暗，漫无涯际。她想到死亡。她的心揪扯起来，她不禁缩起了肩膀。她往被子里缩，直到她的膝盖碰到了他。身体的温度，落在膝盖的那一小块上，好热乎，甚至有点儿烫。

她看着他，曾经的青春的笑脸重叠在翕着嘴打着呼噜的脸上。是他，不是其他任何一个人。滴答滴答，她听到水滴的声音，不，是流水的声音，缓缓的，从很远的地方流向她。她孑立那水中，只有身上的一小块被牵挂住。她知道了，那是他的体温。她曲起臂肘，撑起小半个身子，她的头向他低过去，她的嘴唇触在他的颧骨上。她感觉自己像只蝴蝶一样向他契近。他"嗯"了一声，似醒非醒，大概是被她惊到，有些嗔怪的意思。她的心微微地沉。她闭上眼睛，她的脑海里，有一双手，捧着托着一颗心。她不能让它沉了。

"还没睡啊？"他含混地说道。

"就睡。"她说。她伸手，摁灭了灯。

四、"弋舟—仔肩"组授课实录

弋舟，当代小说家，中国作协全委会委员，小说专业委员会委员，入选中宣部全国文化名家暨"四个一批"人才。历获第七届鲁迅文学奖等多种奖项，多次入选收获文学榜等重要榜单。现任《延河》杂志社副主编。

女诗人之爱

文／仔肩

2096 年 2 月 29 日① **星期三　　天气　阴**

　　<u>一周前，导师因为毕业论文的选题事宜联系我了；我很喜欢克里斯蒂娜·罗塞蒂的诗，可导师说，毕业论文最好还是写一下中国诗人。</u>② 啊呀，正在我一筹莫展的时候，导师问我知不知道"<u>零余者</u>——一个活跃在中国 21 世纪二三十年代的短命女诗人？③ 我<u>谦逊</u>④ 地说不知道，没听说过；我问导师，她和克里斯蒂娜·罗塞蒂谁写得好？导师说她也不知道，但"零余者"一生都没结婚，这点倒和克里斯蒂娜·罗塞蒂挺像。

　　我查了一下，她的诗网上能找到的只有两首，一首《东方蛭蚓》，一首《野茉莉》；导师说这挺正常的，她刊登出来的诗也才不到二十首。我读了这两首，觉得这个"零余者"写得挺有意思；我很喜欢她那首《东方蛭蚓》。<u>她之后怎么没写诗了？我问导师；导师摇摇头，告诉我，她搬到乡下，写完那首《野茉莉》不久，就因一次意外身故了——洗澡时摔了一跤，磕到了头。我叹了口气。</u>⑤

弋舟：我认真看了几遍你的这篇习作，我姑且不把它称为一篇小说，因为小说中的诸多要素是需要实现和完成的。如果用一篇小说的要求去审视《女诗人之爱》的话，它的完成度是不够的，这篇习作中更多的是一种情绪的表达。读过之后，我对这篇习作本身并没有产生印象。

文章中，你起笔写的就是"2096 年 2 月 29 日"①，这个构思很好，基本上为文章定了一个基调，这是发生在未来的故事。我们逐段来说吧。

"一周前，导师因为毕业论文的选题事宜联系我了"，毕业论文就是你的日常生活经验，"我很喜欢克里斯蒂娜·罗塞蒂的诗，可导师说，毕业论文最好还是写一下中国诗人"，② 你提到了克里斯蒂娜·罗塞蒂，她是 19 世纪的英国诗人，是吧？你是对她有研究还是喜欢她的诗？

仔肩：我对她有一点研究，读过她的部分诗歌，但是我本人并不太喜欢她的诗歌。

弋舟：小说可以有闲笔，

81

比如提出来"克里斯蒂娜·罗塞蒂",至少这位诗人名字的出现就会为本篇文章加分,实际上你想要展示的是自己的专业文学素养,这位诗人的读者并不多,对诗歌没兴趣的人很少有知道她的。但是,在短篇小说里,只要有某一个相对重要的元素进入,我一定要让它有用处,比如我会琢磨一下罗塞蒂的诗学风格是什么,比如双重矛盾,比如意象,这些知识可能有助于启发我在故事里去设计一些内容。

"导师说,毕业论文最好还是写一下中国诗人",这没问题。"啊呀,正在我一筹莫展的时候,导师问我知不知道'零余者'",这里已经开始给小说人物命名,我觉得要有一些讲究。比如说"零余者"就显得太知识分子化,腔调过于浓郁,包括你的篇名"女诗人之爱",也有同样的问题。文字与词汇的素养是我们的优势,但这些恰恰也有可能成为我们在表达的时候需要警惕的部分。我以前出过一部中篇小说集,叫《刘晓东》,里面收入了《等深》《而黑夜已至》《所有路的尽头》三部中篇小说。不知道你有没有看过,这三部中篇小说均以"刘晓东"为主人公,为什么?我要用一个朴素的、平常的甚至庸俗的名字来多多少少矫正一下我们有些知识分子化的小说风格,如果我给主人公的名字也起得很矫情,那小说变得知识分子化的风险就会更大。

"一个活跃在中国21世纪二三十年代的短命女诗

研究她的人也不多,我只找到一篇名为《女娲与夏娃:零余者诗作中的女性主义》的文章,是彼时很有名、此时已籍籍无名的诗评家方寸先生写的(看完我大概理解方寸先生如今为何籍籍无名了;那篇文章把"东方蛭蚓"这一意象解读成"男性生殖器碍于女性主义主题表达的隐晦变形",令人不适)。

导师又告诉我,其实她妈妈那里有"零余者"写过的一篇文章,大概可以解释她为什么搁笔;(导师妈妈和"零余者"关系很好,两人之前经常互通札记、随笔和书信;"零余者"记录自己时十分诚挚,但字里行间似乎充斥着她作为一个女性对另一个男性在如今这个<u>女性友好</u>⑥的时代看起来不可思议的爱;她的作品又恰巧不多,知道她的人更是少之又少,而且很多顽固的男性又很喜欢借题发挥——所以她的那篇文章就和她其他的札记、随笔和书信一样,只在小圈子里默默传阅,从来不曾面世。)不过,导师说,如果你要写关于她的毕业论文,我可以让你看看那篇文章,也许能让你对她有更清晰的认识,只是<u>别给别人看,也别把这篇文章引进去</u>⑦;我那时已忘记克里斯蒂娜·罗塞蒂了;于是今天导师把那篇文章复印出来给了我。

<u>她的字好漂亮;小小的。</u>⑧从她的本子上复印出来,每一页只占到A4纸的一半大,看来她的本子和我的本子差不多大;于是我抄起小剪子把它们裁好,贴进我的日记本里;读起来还挺有意思的,

82

以后可以引以为戒（至于引什么为戒，我还没想清楚，以后再补上吧）——

如果有人问我，觉得自己一生中什么时候最美？我总会想起以前那些在镜前自惭形秽的时刻。重要的不是镜子——橱窗、超商那种一闪而过、记不住边框是什么样、什么材质的穿衣镜也好，城里那个家里盥洗室的那面紫色塑料边的小方镜也好（塑料边有点松了，紫罗兰也褪成了粉红，不知道是不是因为盥洗室常年氤氲着沾染着我那粉山茶香氛沐浴露味道的水汽的缘故；<u>我有时盯久了边框会恍惚，觉得自己看见了一条条温驯无害、芬芳扑鼻又异常美丽的东方蛭蚓</u>；⑨像一笔笔蘸着桃色水粉画上的：我有时也会伸手摸一摸，像在期待可以擦掉这些半干未干的水粉；你可以想见那面镜子陪了我多久），甚至走在路上，偶尔（或者经常）借车窗玻璃匆匆（或者凝神）一照——

当然，重要的也不是我穿的衣服，比如说，我现在穿的这条棉质淡蓝底水红色碎花连衣裙，过去也常穿（还有这双木凉鞋，夏天穿真的很舒服，熨帖）；又比如我喜欢在冬天穿的那件卡其色毛呢大衣（细细的雪珠儿落在我头发上，要比落在大衣领上幸运些，因为那件大衣真的很暖，很快就会让它们融化）；有时镜前我也不穿衣服，借着刚洗完澡的、盥洗室里依然没有散尽的热气，带着没来得及擦去的水珠——或者说，戴着——站在那里，看着那对自己觉得稍显小巧、但填进他手里就变得浑圆

人"③，实际上说的是我们这个时代的诗人。通篇读下来之后，这个女诗人的活跃度和她值不值得被主人公用论文去书写，两者有没有直接关联，我是怀有存疑态度的，你要仔细考虑。你也知道，咱们写论文有一套学术规范，不是随便某个诗人都可以成为研究对象，值得你去为他写一篇毕业论文。他得有影响力，即便他在生前的影响力不足，但是他的作品本身得有能够被阐释的意义，这样才能成为我们写论文的研究对象。毫无疑问，罗塞蒂是符合要求的，她在文学史中是值得书写的诗人。如果主人公要研究的诗人的作品不多，而且诗人身上又不具备某种文化现象，不具备让学者去重新梳理、做学术讨论的必要性，那在毕业论文中研究他就没有意义。

在这里，我要强调，即便本篇习作以2096年起手，设定上不是特别的现实主义，甚至有些玄幻，也要推敲逻辑性。如果导师就这么简单地推荐，我觉得这导师是有些不负责任的，随随便便给自己的学生推荐一个没有学术价值的书写对象。如果"零余者"有作为研究对象的学术价值，你在后边就要具体的把她的价值书写出来，这是逻辑性的问题。而你在后文中写到的是"零余者"这名女诗人在短暂的一生当中作品不多，和男诗人有点勾连，没有引起广泛的注意。她好像也就那么两首诗，那两首诗，你可以把它们带入进来，甚至可以在文章里边跟导师探讨，这个时候可以

按现实逻辑去推进小说，你说她作为一个学术研究对象，到底有没有价值，你要跟导师去探讨，导师会启发你。通过这样的一个过程，你去观察何为诗人乃至诗人的生活、诗人的精神世界，这也是教学相长的过程。

通过你的书写，至少要让读者感觉到这名"零余者"原来是有资格成为学术研究对象的。我尤其强调短篇小说更有难度，要在有限的字数里把一个说不圆的话怎么说圆；把一个没法抵达的目标，通过我们的写作技巧去设法抵达。

如果按我刚才的设想去写，那么一开始，主人公作为一名学生，就会把我刚才的质疑表达出来，就是"零余者"有没有资格成为毕业论文选题的对象，然后导师会给主人公一些启发，这些启发会给短篇小说的开头起到某种设置悬疑的效果。一个悬念放在了开篇，然后我们才去追究。

"我谦逊地说不知道"，我在这里又要较真了，我是比较讲究语言规范性的，我觉得"谦逊"④用在这里是不正确的，因为你是的确不知道，那你不如写"我如实说，我不知道"。然后"我问导师，她和克里斯蒂娜·罗塞蒂谁写的好？导师说她也不知道"，你说这导师是干吗的？她都不能给学生提供一些学术上的基本判断。你写的时候要考虑到现实生活中有没有发生这些对话的可能性，如果导师说她也不知道，我一定要最后解释导师说出这句话其实是埋着某种

得刚好的乳房、往下看见自己那个像在"嘘"地让别人安静、仿佛要告诉他一个秘密的脐、再往下——啊，小方镜看不到更下面的部分了，而且更下面的部分只对我和他重要；所以，镜子和衣服都不重要，重要的是——

啊，我猜你大概会说，重要的当然是我的容颜啦；不，既然每次在镜前都是自惭形秽，当然是因为看见了别人更姣好的容颜；就像我这样的诗人，看到其他诗人写了好诗，也会在没人的时候翻开自己的诗本子，默默羞赧一样。他说我羞赧一笑的样子很美，他说了很多次，以至有人问起我一生中最美的时刻，我总能看见那个在各种各样的镜前，穿或没穿衣服时，自惭形秽的自己。也许在自惭形秽时，我也在为自己羞赧、内敛、谦逊的美陶醉吧。

他是个比我名气大得多的诗人，几年前他第一次来我城里的家里，我把他让进来，继续回到盥洗室，拿起那块还在滴水的靛蓝色抹布擦拭那面小方镜，我擦着它塑料的边框，"是粉红色的吗，"他问，"啊，不，紫色的，"一股细细的水流从抹布顺着我的左手腕淌了下去，那时它的颜色还没褪，"从我这里看倒像是粉色的。"那时我似乎知道了小方镜塑料边框以后的命运，也一并悟到了一句让我日后经常回味的话：人们相爱是有特定的时辰、特定的角度的；你可能会在一瞬间看到一个人粉红色的一面，然后爱上他；也许你就那样爱了他一瞬，或者一生；日后他总有变的日子，像小方镜

的边框从无味的紫罗兰变成现在芬芳的东方蛭蚓一样——也许你发现他原本的底色褪去后，会依然爱他，也许你也不会。我想，就是在那一刻，我爱上了他吧。

或者，我第一次读到他那首《再见了，我的——》时，就已爱上他了吧（反正那一刻和之前读到他的那首诗，都是在同一年）。那是他36岁写的，后来他告诉我，那是写给他前妻的；我觉得那也是他最有名的诗；他之前和之后的诗都平平。

我从小方镜里看见他的手从后面伸过来，攀住我，我回头吻他，整个身子颤栗着——当时回头的那一瞬瞥见镜里的自己颤栗成那个样子，我还以为地震了呢——靛蓝色抹布从手上脱落，掉在他刚褪下裤子的、结实好看的大腿上，他"啊"了一声，显然是因为滚烫的身体被突如其来的抹布冰了那么一下；然后他颤抖着手指离开我的胸，褪去了我肩上的吊带；我们就那样，在夏天，在清凉的盥洗室里，做了一件温暖的事。事后小方镜也蒙了一层热气，害羞了似的。

<u>我写诗还没超过三年、发表的诗作还不超过二十篇；虽然我知道写诗这种事，好像不能用时间长短和作品多寡来考量，</u>⑩但当时得到他的青睐（虽然我不知道是因为我的，才华？还是因为我的容颜？鉴于我经常在这两方面都自惭形秽——难道是因为我的羞赧？）我心里还是挺得意的。我经常回味那一次盥洗室里的事——事实上，我还写了一

深意的，她有意引导我自己去判断。

"但'零余者'一生都没结婚，这点倒和克里斯蒂娜·罗塞蒂挺像"，罗塞蒂如果进入我的文本里头，我多多少少要拿她做点文章，做出个互文的性质，这个在文学史上留下印记的女诗人，她有着丰富的个人遭遇和精神世界，跟我们想要书写的女诗人可以产生印证和互文，将两者对比其实是个非常便利的写作技巧。

"我查了一下，她的诗网上能找到的只有两首，一首《东方蛭蚓》，一首《野茉莉》；导师说这挺正常的，她刊登出来的诗也才不到二十首"，回到我刚才给你讲的，她成为我们论文研究对象的可信度有多大？"我读了这两首，觉得这个'零余者'写得挺有意思；我很喜欢她那首《东方蛭蚓》"，说到这里，我想要强调篇名的重要性，短篇小说的命名非常重要。我是特别讲究意象的，《东方蛭蚓》在不长的篇幅里出现的频率非常高，是可以成为一个核心意象的，但是你没有对它进行足够的阐释，它给人造成的某种冲击和打动，你没有表达出来。如果它成为一个核心意向，甚至直接可以用"蛭蚓"做篇名，这样有什么好处？可以形成陌生化的效果。你用一个陌生的意象，直接作为篇名，可能这会更加满足你知识分子的自满，这不是坏事，但是我们要把分寸拿捏好。文章整体的腔调我还是喜欢的，我的作品中知识分子腔会比较重，当我们有这个优势的

时候，我们也要有相应的警惕，在小说里要多多少少落实一些"在地性"，有意识地把总体腔调降一降，包括主人公的命名，等等，以及对现实逻辑的尊重。

"她之后怎么没写诗了？我问导师；导师摇摇头，告诉我，她搬到乡下，写完那首《野茉莉》不久，就因一次意外身故了——洗澡时摔了一跤，磕到了头。我叹了口气"⑤，这段文字的核心意象是什么，你要点出来。比如后文中多次出现的镜子，她和男诗人第一次发生亲密关系，是在有镜子的一个环境和背景下发生的，包括这段文字中她"意外身故了——洗澡时摔了一跤，磕到了头"，其实这些内容足够你做一个闭环设计。短篇小说即使篇幅有限，也要有它内在的闭环。你在写第二段的时候，把主要内容都拼出来了，那你就要考虑最后怎么把这个闭环做好。所谓的做好并不是说你前面写了镜子，后文也写了镜子，就是一个闭环，而是要在这个闭环里产生文学意义，比如可以给"洗澡"赋予某种价值和意义。

当然，你后边也写到了她在镜子前显得羞赧，自惭形秽，但依然自我珍视身体的那种心情，这是值得去写的，这种心情最后又是怎么导致她在洗澡当中发生意外，你要写出这种宝贵情绪的灾难性，你要把她内心的一种羞赧心情和最后的灾难形成一个具有文学象征意义、让读者可理解的表达，这也是你在小说中给自己安排的一

首诗来纪念它——就是那首后来刊登在《女诗人》第25期上的《东方蛭蚓》。著名诗评家方寸先生还为我写了一篇轰动一时的文章《女娲与夏娃：零余者诗作中的女性主义》；我和方寸先生关系很好，但显然没好到他在写这篇评论前要问我个人意见和看法的地步：他对我诗中"东方蛭蚓"意象的误读，离我质朴的本意相去甚远；拜读完这篇白璧微瑕的文章，我还给方寸先生打了个电话，没拿手机的那只手握成了一个拳头，我看着握紧的拳头的虎口——蜷缩起来的食指看起来就像对外部世界还不感兴趣的、子宫里的胎儿；我谦逊、温柔地问他，为什么会对"东方蛭蚓"一词有那样犀利的看法，方寸先生似乎心情很好；也许他把"犀利"一词当成了我对他"洞见得如此之深"的赞美，他笑了几声，像在告诉我，他知道我这样的诗人写的是怎么一回事，"他告诉我的"。

我和方寸先生寒暄了几句就挂掉了电话，但那句"他告诉我的"一直盘桓在我耳边。所以他告诉了方寸先生什么？我因为突如其来的痛苦俯在盥洗室马桶上干呕，良久，除了一些清清的口水，什么都没呕出来。我转身看见了"东方蛭蚓"的原型——小方镜的塑料边框，我撩了一下自己飘到脸边的头发，擦了一下刚漾到唇边的口水（倒是一滴都没溅到淡蓝色的马桶套上）；那时我做了一个决定：暂时不接受和他见面了。

三年后他道了歉，才获准重新出现在我人生

里；这三年，他的创作也大不如前：我第一次遇到他，正是他 36 岁最负盛名的时候——虽然现在他还是比我有名，可他最近三年的诗读起来都索然无味，要么是对他自己过去的创作"一种令人忧伤的、回望式的拙劣模仿"（再也找不回青春的感觉了），要么是对当下一些熠熠生辉的诗坛新秀们的气息进行"徒劳无益的捕捉"（最后没抓住那些翩然起舞的蝴蝶，只粘到了一两粒臭烘烘的鳞粉），要么是对和他同一代的诗人中精力丰沛的那一批进行冷嘲热讽、对偃旗息鼓的则惺惺相惜，让人有兔死狐悲之感。当然，我心里还是很爱他的；每次他发新诗我都会看——即使看完不免有失落之感（再也没有哪一首带给我的欣喜比得上那首他 36 岁写的《再见了，我的——》），我还是每一次都看。

他说三年前他对方寸先生谈起我那首《东方蛭蚓》时，因为刚认识我，很喜欢我，言语之间抑制不住对我的赞美，才被方寸先生窥探到了我们的关系，趁机断章取义了；而且，他向我坦白，我拒绝见他的这三年，他的创作确实停滞不前；他还对我说起他过去的婚姻生活（他认识我时已离婚了，他把他前妻形容成一只削笔刀：刚开始为他写诗削笔，最后快把他写诗的笔削没了）；他还说他想和我在一起，想和我结婚；说实话，和他结婚这样的事，我偶尔会想想；但我更多时候还是觉得，现在这样就挺好的；他还说他想要个孩子，女孩男孩都行；但我没告诉他，其实我一点也不想要；那大概

门功课。

"研究她的人也不多，我只找到一篇名为《女娲与夏娃：零余者诗作中的女性主义》的文章，是彼时很有名、此时已籍籍无名的诗评家方寸先生写的（看完我大概理解方寸先生如今为何籍籍无名了；那篇文章把'东方蛭蚓'这一意象解读成'男性生殖器碍于女性主义主题表达的隐晦变形'，令人不适）"，有经验的作家都会在写完小说之后先自己通读一遍，阅读时的那股气息如果出现卡顿，无法连贯地读下来，那小说就有问题。这里面就涉及节奏感的把控，当小说中有太多长句时，一定要考虑怎么合适地进行断句。

你在这段文字中出现了第一个括号，后面又多次出现，整篇文本有太多的括号，这是你有意为之还是一种写作习惯？这种打括号的习惯是一种知识分子的习惯，一般人写篇文章哪会出现这么多括号，以括号的方式做补充或者转折，完全是一个吃文字饭的人的习惯。你的这篇短篇习作里使用括号有点过度，如果上下文内容可以连贯叙述，那你就干脆连着写。这一段，我看完全就不需要加括号，也不会影响文字的表达，你加这个括号，也许是因为有某种文本上的特殊追求，但你想要体现的那种特殊追求，至少我没有看出来。

现今的小说写作不流行这些形式了，先锋文学兴盛的时候，很多作家尝试过这种形式上的创新，甚至用标

点符号做文章的文本也很多，还有通篇文章就是一大段，或者整段的几千字不加标点符号，现在已经很少有人这么做，所以我觉得你在文本中对括号的这种使用，有些地方是没有必要的。

"导师又告诉我，其实她妈妈那里有'零余者'写过的一篇文章，大概可以解释她为什么搁笔；(导师妈妈和'零余者'关系很好，两人之前经常互通札记、随笔和书信"，读到这儿，我猜想导师之所以推荐这个研究对象，可能有假公济私之嫌。"零余者"本身没有被研究的价值，但是跟导师的母亲是熟人。以及，此处还是存在括号使用不当的问题，"导师妈妈和'零余者'关系很好"，你完全可以在下面很自然地用单独的段落把它表达清楚。

"但字里行间似乎充斥着她作为一个女性对另一个男性在如今这个女性友好的时代看起来不可思议的爱"，首先这句太长；其次，"在如今这个女性友好的时代"是不通顺的，是病句，虽然读者都能明白你写的是什么意思，但是你书写时还是要遵照一定的句式语法，你可以把"女性友好"⑥加个引号，形成一个专用概念。

"她的作品又恰巧不多，知道她的人更是少之又少"，这又回到之前讨论"零余者"作为一个论文研究对象的合理性问题。

"而且很多顽固的男性又很喜欢借题发挥——所以她的那篇文章就和她其他的札记、随笔和书信一样，只在小圈子里默默传阅，从来不

会让我一边在镜前自惭形秽、一边感到自己的美的时刻锐减，而在真正的人生中自惭形秽的时刻变得更多。

"当个诗人，没人比咱俩更知道，"他的脸伏在我肩头，"照样是身不由己的；我原来以为，当个诗人，就可以和一两个朋友隐居起来，写写东西，再和你这样一个懂我的人长久在一起；但我现在发现，没有这样的事；依然要到各处去见别的'朋友'，不然就要被人觉得乖戾孤僻，"他松开我，和我对看，我仿佛看见了他年轻时的样子，棱角分明，干净，"如何能长久和你在一起啊？我真想写出一叠好诗来，然后和你舒舒服服地活在世上；我前妻说过，我以后的诗只会越写越差；比起我这个人，她更爱我过去的才华；你呢，"他轻轻摇摇我，"你呢。"我感觉自己像支弱不禁风的烛火，在过去和未来之间摇曳。

他前妻说得没错；他写得最好的诗，可能就是36岁和她离婚时写的那首《再见了，我的——》；但我还是爱他的——此时我感觉自己从烛火变成了一把圆规——我伸出右食指在他胸前画了一个圆。"让我们做一把圆规吧，我和你。"我在圆封口的地方停了下来，他低头看着我的手，他把我的手握在他手里。"你是说，邓恩诗里的那把圆规。"他又看着我的眼睛，我们当时离得特别近，真的像一把圆规紧紧并在一起的转轴和支腿。"嗯。"我害羞地把手从他手里抽回来，撩了一下自己的头发，我想转

身看一眼小方镜里自己飞红的脸,但他把我搂得紧紧的,紧得连转头都不能。

"或者,只要你答应长久和我在一起,写不写出好诗也无所谓了;我们结婚,生个孩子,我从此不写诗了,只要你,"他对我说,"只要你;当然,你可以继续写,怎么样,答应我吧。"啊,这段话当时听起来挺感动,但即使在当时,感动之余也令我深深害怕。当然,我是爱他的——这一点毋庸置疑,如果有人怀疑我对他的爱,我会在这个人脸上吐口水;对我自己来说,当不当诗人无所谓——我写出几首自己喜欢的诗,然后抛开它们,过着自己想过的日子,从此和诗歌绝缘,也未尝不可——但我知道他抛不开(不然不会到各处去见别的"朋友");我现在怀疑他前妻也和我一样爱他,只是为了让他写出更好的诗(比如那首《再见了,我的——》)才离开他的(似乎这是让他写出好诗的唯一办法:巨大的情感创伤)。如果我们真的结婚,生育,以后他抛不开诗,又抛不开我,我也抛不开他,抛不开我们到时的孩子,不管到时我多么爱他,都要接受他的创作和他的体力每况愈下的事实,也许还要容忍他把这一切怪罪在我头上(就像他说他的前妻像一只削笔刀);我会因为太爱他,无法接受这样的事,而心碎吧。(而且,写诗这样的事我都不想强迫自己,何况去做一个妻子、一个母亲这样的事呢?)

我们就那样拥抱着。"答应我吧。"他又说了一

曾面世。)不过,导师说,如果你要写关于她的毕业论文,我可以让你看看那篇文章",原文中这一整个自然段的前半部分,基本上是围绕"零余者"这个人在叙述,后半部分则是围绕"那篇文章",重心发生了迁移,你能做出这种结构上的考虑,至少是在有意识地靠近所谓的传统文学。

"她的作品又恰巧不多,知道她的人更是少之又少……也许能让你对她有更清晰的认识,只是别给别人看,也别把这篇文章引进去"[7],这句话里连着出现了三个"别"字,中间隔着的可能也就一两个字,就我个人的写作来说,我一定会调整过多重复的字。如果改成"只是不要给他人看,也别把这篇文章引进去"呢?我们的汉语其实存在着太多意思相近可以相互替换的词语。第一个"别"改成"不要",第二个"别人"改成"他人",第三个"别"可以保留。这样读起来节奏感和音韵上的感受可能会更好一些。当然,这肯定不是真理,只是我个人的好恶。

以前,你主要创作的文学体裁是诗歌,现在想尝试一下创作小说,写诗的人对语言的锤炼程度和敏感程度可能会更高,诗性的语言放在小说当中要怎么连接和成立起来,有关这个问题的大道理有很多,还原到具体文本中,其实就是对每一个字的讲究,我建议你今后创作小说的时候,在这方面多一些自觉性和警惕性,相信你会自行感悟出来的。

走走： 你（指作者仔肩）觉得自己写得更好的是另外一篇，但是我看了你提交上来的那几篇文本以后，我觉得它们存在的问题都一样，每一篇文本里面都是这种小说跟诗歌组合的尝试，如果你这些尝试性的文本中存在的问题不妥善解决，恐怕今后也很难写出一篇好小说。还有，你既然定义女诗人她是"零余者"，那你可以从19世纪俄国知识分子的零余者形象入手。

弋舟： 走走老师刚才提到了"零余者"相关的知识背景。我们都知道"零余者"在文学史里的语境背景，但是，如何在篇幅很短的小说中体现丰富的文学信息，让知识背景等都有效地参与到文本当中，这是很考验人的。

走走： 在19世纪时候，零余者的形象是非常重要的。后来，郁达夫用抒情的方式去塑造零余者，他完全颠覆了以往俄国文学中的零余者形象，使其成为代表平民阶层精神的苦闷和孤独的形象。

你在文本中设定的时间是2096年，那你要将视角从文本中重返我们当下现实，零余者关注的应该是什么，你没有写出来，那你整个文本的设定就不成立，小说的写作并不是仅仅提出一个人设概念就能写的，你要充分阐释她的具体内涵和意义，比如她是不是一个性别主义者或者跨性别主义者。因为她是一个女性零余者形象，她有可能要挑战某种观念或

遍；"让我想想，"我闭上眼睛，吸进他身上我喜欢的那个味道，"让我想想。"

我最近一个人搬到了乡下，行李没带多少；我就带了几件夏装（现在身上这条棉质淡蓝底水红色碎花连衣裙就在其中，还有这双木凉鞋）和那瓶常用的粉山茶香氛沐浴露（还剩三分之一，黏稠的沐浴液看起来像草莓味的口香糖）。他跟我约好，等我这次在乡下待够，回城以后给他答复；他还给了我一本罗伯特·勃朗宁的诗集。坐在行驶在乡路的大巴上，我百无聊赖地翻着它，翻到了那首《夜会》；我看见诗下面有一行他用2B铅笔写的、小小的楷体字："也许有一天我们也能这样夜会"。当时我感到一阵幸福的眩晕，我猜勃朗宁夫人看到这首诗，大概也和我一样吧；我像闻到了自己乡下那个小房子后面那片野茉莉盛放时沁人心脾的香味；而他就坐在那团乳白色的香雾中，等我秉着淡蓝色的烛火和他夜会；即使我当时坐在大巴最后一排，稍微有些晕车，我也觉得自己是幸福的；虽然回去之后我会和他分开（这个主意似乎在我决定搬到乡下的那一刻就拿定了），夜会也许永远不会发生，但有时这样的想象也可以让人觉得幸福。

乡下小房子的盥洗室也有一面镜子，椭圆形，无框，一点也不像那面小方镜；对着这面椭圆镜，我身后左边是蹲厕，右边是沐浴的地方，两边被一个有我三分之二高的、十厘米宽的白色瓷砖隔挡分开，那个隔挡宽得刚好够我摆上自己的沐浴露，地

上也铺着白色瓷砖，洗完澡会变得滑溜溜的，走起来要小心；隔挡和地面都不脏，我每次离开前都会仔细打扫干净；只是隔挡上一块瓷砖翘起了一个尖角；改天得把它打掉，不然会伤到人；我打开盥洗室的窗户，重新站在镜前，阳光刚好照在我右后枕部的地方——当然，我只能从镜里看到右后边的头发梢儿被照亮了——是阳光照在人身上的感觉让我知道的，就像当你被一个人暗恋时，如果你足够仔细，就算他没告诉你，你还是会知道一样。那时我感觉，我是爱他的；我想到他，只能想到诸如阳光这样让人感到温暖的东西。我朝右边回身，让自己沐浴在夕照里——我感觉自己的左脸颊被刷了一层金漆。那时我好想洗个澡，但我想先把房间打扫一下；好久不来的地方，无论你上次离开前打扫得多干净，总会有灰的；我又转身对椭圆镜照了一下，然后退出盥洗室，轻轻关上发黄的木门，从门口抄起笤帚，准备把房间打扫一遍。

清洁是一件令人开心的事，尤其是当最后一点灰尘被扫进簸箕——那种感觉简直像雕刻家最后一次从雕塑上小心翼翼地凿下一片大理石碎屑；我下大巴时在路边买了半只烧鸡，刚放在灶上热着，一会就是一顿饭了——天也晚了；可惜没有买酒。我刚打扫房间，还在过去妈妈的床头柜里找到了小半瓶玫瑰香油，我搓了一滴在手上，感觉自己像一枝行走的玫瑰。如果不是太饿，又太累，现在坐下来取出纸笔写首诗也不失为一件美事。我把罗

者反抗某种压迫，由此她是被边缘化的，她会感到孤独。整个文本之中，这名女诗人的爱是没有任何当下性和时代性的。那你设计的意象就是不存在的，是虚设的，这是第一点。

第二点，我推荐你看看A.S.拜厄特的作品，她的作品中大量用到你这种写法。你既然将时间设定在2096年，那你是不是可以找到一个我们目前的社会不容忍的、不能公正对待和零余者或者是东方蛭蚓相关联的、真实的、隐藏起来的"秘密"，这样小说才有意义。否则，你在文本中嵌入了一首诗歌，加入了一位研究者的追索线索，意义在哪里？你究竟追索了什么？导师给你一封信，那关于信的后续故事又是什么？还有意象有什么涵义，比如说蛭蚓，它给人的印象是葡匐的，会低到尘埃里。你给出的意象全部都是散漫的，关联性不强，内涵也不深刻。

弋舟：材料或者信息一旦被放入短篇小说内，我们就要把它充分地调动起来。格非老师在一些公开场合讲过，小说中用到的材料，信息一定要密集，材料才会显得结实，像质量很好的木板打出来的家具，即便它的样子可能不好看，它都比那些随随便便拿个三合板打出来的、花里胡哨的家具更有价值。

伯特·勃朗宁的诗集摊在桌上。我翻了几页，然后闻到一股香味：我去取烧鸡了。

撕开浸着油、冒着气的纸袋子，我把热腾腾、香喷喷的半只烧鸡捞进一个绿盘，我端着它回到桌上，就着诗，啃着烧鸡。啊，我不怕把这本诗集翻脏——如果有一天谁也这样边吃烧鸡，边读我的诗，我想我会开心的。我没开灯，房间慢慢暗下来；盘子的绿色也变得暧昧起来，像蓝色；但因为有月亮，依然够我读诗；等我吃饱读好，再抬头——啊，月亮毫不吝啬地把她的银辉洒在寂静的野茉莉地上，今夜没有风把它们的香气捎进来；真是太可惜了；要是现在来一股风，让我闻到它们的芬芳，我大概会幸福得睡着吧。我感觉自己余香满口，开始哼起包美圣的"小茉莉"来；我哼着，整个身子都燥热起来；是时候洗澡了。我走进盥洗室脱光，打开淋浴，我依然哼着"小茉莉"。

水一开始不是最适宜我肌肤的温度，把我冰了一下，那一刹那我想起两年前在城里的盥洗室，靛蓝色抹布从手上脱落，把他滚烫的身体冰了一下的情形；我的歌声也戛然而止，不过，只有一刹那——我又重新哼起歌来；水也变得温热起来，不烫，像一个情窦初开的恋人，在和我最黏、还从未想过要离开我的时候，伸出他温柔的舌头舔舐我被幸福的灯光漆成金色的肌肤——我感觉那一刻我也和头顶昏黄的灯泡一样幸福。<u>我感觉我像刚诞生的维纳斯，站在被碾平的贝壳制成的瓷砖上（波提切利的那幅画）；我耐心洗着头发，一绺绺洗着，一句句哼着；水流恋恋不舍地亲吻我，然后离开我；新的水流源源不断地来着。</u>⑪

<u>啊，那时我突然觉得，带着对他的爱，一辈子住在乡下，即使再不写诗，也是一件多么幸福的事啊！</u>⑫那时我就拿定主意要和他分开——而且我有一个隐晦的预感——和我分开后，他大概会再写出几首好诗来；那些诗就将会是我们的孩子，我们的爱也会比在现实里更长些。我把粉山茶香氛沐浴露搓匀，抹在身上——我也将不用承受那种带走了我母亲的痛苦——分娩的痛苦；

是的，我母亲死于分娩，那次失败的分娩也一并带走了我刚来到世上几分钟的弟弟；我父亲很快也因为愧疚郁郁而终，他也是被那种痛苦带走的吧。

我穿着棉质淡蓝底水红色碎花连衣裙，披着湿漉漉的头发，踏着木凉鞋，来到野茉莉地里；我坐下来，衔着一根草茎，看着月亮，嗅着身上沐浴露的、地里野茉莉的芬芳，带着对他的爱想起我的母亲。我对他的爱，大概超过了母亲对父亲的爱吧——我将给他不朽的诗歌作为孩子；只是，也许我的身体和灵魂会因和他分开而不甘，变得燥热起来吧，就像现在这样——但我们都是肉体凡胎，一生也没有想象中那么长，也许就像我口中草茎上的绒毛一样短（还有各种各样的意外：草茎也想不到它会被我衔在口中）；而且乡里的夏夜很凉快，最能治我这种燥热（实在不行，就像刚刚哼歌哼热了那样，洗个澡）。此时，我已在心里写好一首诗，我准备给它取名《野茉莉》，它大概会是我近期的绝响——近期为了不频频想起他来，我大概不会再碰诗了：我要多沐浴！多照镜子！从此多关心自己镜里的容颜，余下的事就交给时光和命运吧。

弋舟：这篇文本是以一个知识分子的腔调书写的，"零余者"的词义有其专门的知识背景，在文学史里极具可阐释性，甚至是一个可以成为学科讨论议题的称谓。

"零余者"，存在于二十一世纪早期的一个女诗人，在她当时的处境当中，有哪些现象可以与2096年的"现下"进行对比？比如，我们现在重新去观察萧红，重新去观察张爱玲，都是用一种现代意义的目光去打量她们，看看她们能否和今天的我们形成某种精神共鸣或者文化再现。你也可以考虑从其他角度展开，不同的人在不同年代、不同世纪里的不同的精神境遇等。文本里有首诗歌作为主筹，那它也许有某种恒定的东西，依然强劲地困扰着他人，把这种桎梏表达出来，一个文本的复杂性才显得充足。

"她的字好漂亮；小小的"[8] 作为独立的句子是没问题的，我的习惯是在

"小小的"后边可能还会做一个比喻补充。小小的宛如什么,这是我的习惯。"从她的本子上复印出来,每一页只占到A4纸的一半大,看来她的本子和我的本子差不多大",我就不自觉地在你的内容上直接改了,"每一页只占到A4纸的一半大,看来她的本子和我的本子尺寸相近",尽量避免重复使用同一个形容词。"于是我抄起小剪子把它们裁好,贴进我的日记本里;读起来还挺有意思的",在这里,我又加了一句,"贴进我的日记本里,这带来一种美妙的假象,宛如是我自己书写的一般",你把别人的东西剪下来,刚好贴合在你的日记本内。我加的这句可有可无,这属于闲笔,但是这会让小说本身显得富有弹性,甚至这一个句子有可能会改变小说的走向,我写出这个句子的时候可能只是因为个人的语言习惯,但一旦写出来,小说中新的可能性,就是所谓的灵感说不定就会在这里出现,当我有了这样美妙的假象时,我就会和写这篇日记的女诗人产生了某种精神的互换,她的一些过往于我仿佛亲身经历,最后造成了一种恍惚:我在遭受着这一切。

走走:文本中,你既然研究了她,要以论文的形式把她写出来,那她一定会跟你现在的生活产生共鸣勾连,否则你没有必要去研究她,所以导师其实是为你打开了某个空间,你也许会在其中发现你与她其实有着某种交集。然后,结尾猛然揭示,2096年的你可能是一个克隆人,你也产生了爱意,于是你很痛苦,等等。你的当下生活一定跟研究对象之间存在着互动性,这一点弋舟老师讲得非常好。

弋舟:这就回到了我们之前讲的,要形成一个闭环,走走老师的建议完全可以作为闭环中的一个扣,你稍微再做一些铺垫,甚至可以将"零余者"塑造成跟自己有着同样精神疑难的难友,在学术研究的末期,她的某一段经历被挖掘出来,对我自己的精神疑难产生巨大影响。走走老师说的例子就更是重重的一击,文本结尾点明一下,可能我是一个机器人或者克隆人,小说的力量马上就会出现,而且完成度也会更高,意义也会更为明晰。

目前,这篇习作还是个有头没尾的文本,里面所有的关系还没有达到微妙地、严丝合缝地、让人叹为观止地交织在一起。现在的文本完成度不够，读者读完之后，发现她不过是一个文艺青年，她所有的好恶并不深刻，我觉得这不是一个能够打动我的女诗人的形象。不仅仅在容貌上，她的精神世界中的特异性也没有展开。那这篇小说好在哪儿？它的用词、行文乃至对于颜色的描写、对于气味的描写，这都是非常宝贵的写作品格。一篇小说里有那种迷离的气息、味道、色彩，你不要把它丧失掉，要调动自己的这种能力，让它弥漫在小说里。你所写的这些内容，为什么显得文青气太重，就是"在地性"不够，稍微在文中加入一些"粗粝"可能会是一种调整和纠正。

你在文中写到了自惭形秽的那种微妙感觉，将这种感觉铺陈出来，我觉得这处是真正考验人的写作能力的。

括号太多，如果不是为了追求一种很特殊的文本风格，那你可能是没有能力处理好某些复杂的句子和复杂的逻辑关系。你要考虑怎么尽量把微妙难言的情绪准确地、有节奏地表达出来，这些都需要长久的写作训练。

"也许在自惭形秽时，我也在为自己羞赧、内敛、谦逊的美陶醉吧"，我发现你特别喜欢"谦逊"这个词，很多作家会不自觉地把他特别喜欢的词用出来，但是要慎用，这里的"谦逊"是一个错误用法。诗界本是一个不俗的精神世界，你在设计人物关系的时候反而落了俗套，"他是个比我名气大得多的诗人"，她首先关注的不是他的作品，而是他的名气，这是极其庸俗的。

那些人云亦云的桥段没必要再写一遍，包括他们俩在一起，爱的理由其实并不充分，总之两人走到了一起。但是，你可以把她的精神世界抽离出现实情境，让她的精神层面一定要高于这名男诗人，让这名男诗人的精神世界还停留在庸俗的名利场里，她甚至是怜悯他的，只是不愿意揭穿他，让他陶醉在某种假象中满足着他的精神需要。

比如，"我有时盯久了边框会恍惚，觉得自己看见了一条条温驯无害、芬芳扑鼻又异常美丽的东方蛭蚓"[⑨]，这位男诗人身上可能有某种与"东方蛭蚓"相同的特质，才吸引了女诗人，要表达出女诗人和男诗人的精神世界的距离。

"我想，就是在那一刻，我爱上了他吧"，我建议你还是把男诗人处理得更自以为是，女诗人甚至连他的诗也没有喜欢过。这一段文字里面有很多细节写得非常好，比如"靛蓝色抹布从手上脱落，掉在他刚褪下裤子的、结实好看的大腿上"，有时候这些小细节就要这样处理，你写得有声有色。

"我写诗还没超过三年、发表的诗作还不超过二十篇；虽然我知道写诗这种事，好像不能用时间长短和作品多寡来考量"⑩，这里体现出的专业经验太强了，从这处一看就知道作者是常年写诗的。我现在比较排斥这种不自觉地个体经验的介入，当然，我开始写小说的时候也是从自己的经验写起，人之常情。

这里就涉及到我们为什么要写小说，我有时候也在思考这个问题的答案，也许在小说里体验另外一种我未曾经历的生活，才是小说创作的魅力所在。如果仅仅是把我那点有盐没醋的日子一遍一遍在小说中重复，那我直接过日子就行。其实，作者在小说中夹杂这种个体经验，多多少少会被人厌恶，好像这些文字会带着某种属于"你们"的背景的傲慢。

接下来，方寸先生的一句"他告诉我的"，暗示男诗人可能把他们俩的事情告诉了方寸先生。对"零余者"来说，这是一件不可接受的事，于是他三年后才重新获准出现在"零余者"的人生里。

这里你处理得有些简单，你可以把之前的一切写成是"零余者"自我主导出来的一场精神恋爱，这三年的时间里她就沉浸在自己的精神世界，不需要别人来参与。她和蛭蚓之间的迷离关系足以丰富她的精神需求，她常年在对镜自恋，充分地感受那种自惭形秽，在当中获得生命的解放。

我之前讲到小说要多兼顾现实逻辑，但有时候小说就是要在反逻辑当中做文章，她天天看着镜中的自己，让她自惭形秽，可她也因之迷恋，这就是反逻辑。你怎么把它写得充分且有说服力，这就考验你的文学能力。我暂且想象的调动手段，是和克里斯蒂娜·罗塞蒂的经验进行某种互动，罗塞蒂也是一生未嫁，由此你可以想象她的精神世界，在她的某一首诗里找出一个意象来对应你的蛭蚓，这就构成了某种关联，这也多多少少会体现出在不同的时间处境当中的精神世界的差异，同时也提供了故事推进的力量。这位女性"零余者"的特殊性，对读者有着一种吸引力，你却没有将它写出来。

下文写到"零余者"与男诗人复合，以及男诗人和他前妻的过往，我觉得这些内容意义不大，它们没有服务小说，没有为整篇小说加分。

"我最近一个人搬到了乡下，行李没带多少"，再往下读，我感到你书写时的耐心在一点点消失殆尽，前文中的那种腔调已经无法保持下去。

"我感觉我像刚诞生的维纳斯，站在被碾平的贝壳制成的瓷砖上（波提切利的那幅画）；我耐心洗着头发，一绺绺洗着，一句句哼着；水流恋恋不舍地亲吻我，然后离开我；新的水流源源不断地来着"[11]，你要把文章的细节做足，比如这里哼唱的歌曲，旋律也好，歌词也罢。她的死亡是发生在洗澡的时候，哼唱的《小茉莉》更是对应她的诗作《野茉莉》，这里把细节做足一些，于她而言，歌曲之中是否有什么隐藏的寓意？她跟男诗人在一起，并不是世俗意义上的爱情，她曾经独自在自己的精神世界里徜徉，然后又与男诗人复合，开始重新打量这个于她而言显得庸俗的世界，在乡下的浴室里放飞思绪，最后在回旋的自我情绪当中丧命，你要把这个过程写圆满，写出包美圣的《小茉莉》对她的冲击性和启发性。

"啊，那时我突然觉得，带着对他的爱，一辈子住在乡下，即使再不写诗，也是一件多么幸福的事啊"，[12]这一句将"零余者"的人设拉低了，显得她庸俗，甚至有些傻白甜。"和我分开后，他大概会再写出几首好诗来；那些诗就将会是我们的孩子"，这里没有必要如此刻意地突出诗作在她心中的地位，这和整个文本的气象是不相符的，你只需要强调出诗作的特异性，尤其是《野茉莉》。

"我要多沐浴！多照镜子！从此多关心自己镜里的容颜"，这句子的美感是很好的，从此只关注自己的"自惭形秽"，这是极其有力量的内容。那怎表达出这种审丑，或者说是扭曲心理，或者说是诗人的特殊诗意，你可以加一些铺垫。

回到文本开头，"不久，就因一次意外身故了——洗澡时摔了一跤，磕到了头"，如果蛭蚓可以成为你使用的一个意象，你就要在这里多展开一些叙述，这更考验人的想象力，考验人的哲学能力，甚至考验人更为复杂的知识背景。这也涉及到我们为什么要写小说，我刚才说过要在小说中过不一样的生活，还有一点，要在小说创作的过程中实现对平日里懒散的、随波逐流的思维的极度挑战。小说的创作过程，不仅仅能够训练我们的脑力，还可以训练我们更为细微的情感体验，训练我们异于他人的世界观思考能力。

走走：我比较感兴趣的是，你为什么想写这些内容？为什么把时间设定在2096年？你之前说过不太喜欢罗塞蒂的诗，那你为什么还要把罗塞蒂引入你的小说？还有，我们在学习外国文学时对法国新小说派已经有所了解，你对括号的这种过度使用，有些类似双声道，但那些表现形式中对括号的运用并不是为了补充说明，而是要在括号之中进行讽刺、推翻、消减等，你没有这些表达目的，那你的初衷又是什么？

仔肩：非常感谢两位老师的指导！我先回答走走老师吧。我之前说我不太喜欢克里斯蒂娜·罗塞蒂的诗，真正的意思是我喜欢她的诗但喜欢的程度没那么深。在某一段时期，我读了一些她的诗，发现她的诗对于当时的我来说是比较易于理解的，后来随着阅读量的增多，我发现她的诗有很晦涩的宗教主题，于是我又重读了之前的那些诗，才明白她的诗并不像我想象得那么简单。我把她引入到故事里，是因为我研究过她的生平，她两次拒绝婚约，让我无比诧异，这两次婚约的对象之中甚至包括她非常喜欢的一位男士，她仍然选择了拒绝。她之后得了一种怪病，容貌开始变得不那么美观。她的哥哥是一位著名画家，在她哥哥的画作中有很多肖像画，是以她年轻漂亮的容貌为原型画出来的。之后，虽然克里斯蒂娜·罗塞蒂的外在美貌已不复存在，但她的诗歌依旧优雅圣洁。我慢慢地能够感觉到她的诗中有一种很隐秘的力量。

回到我的这篇作品上,其实我觉得它是一个经过腰斩又重新缝合的作品,我写这篇作品的过程中,是比较痛苦的。有一段时间,我每每读完它都会产生一种恶心的感觉。小说灵感产生的契机,是我的舍友在浴室里洗澡时沐浴露瓶掉在了蹲厕的排水口里,为了避免造成堵塞,我们决定把沐浴露瓶掏出来,在尝试了多种办法之后终于成功了,当时沐浴露瓶非常肮脏,散发的味道也非常难闻,但是我透过透明的瓶身可以看到里面的沐浴露是没有被玷污的,可我们还是毫不犹豫地选择扔掉它。

丢弃它的一瞬间,我突然有了灵感,于是我马上投入了创作。这篇文本最初的版本中,我写的是女诗人到了乡下,决定一个人待一段时间,她洗澡时沐浴露瓶掉进了排水口,于是她找来一名水管工,水管工把沐浴露瓶捞上来后,浴室的味道已经变得有些难闻,等水管工征得她的同意将沐浴露瓶扔进垃圾桶时,她突然觉得即使一个人做了一些肮脏的事,可经过爱情的洗礼,她仍然可以变得芳香无比。

初稿写完之后,我觉得我无意之中对男诗人进行了一定程度上的丑化;水管工的出现也只是为了满足女诗人在乡下的空虚生活,仅仅是一种情欲上的填补,以及为了能够把沐浴露瓶引发出来;没有展现出女诗人当时的精神状态。所以,我做了大量的删改。

我之前读过A.S.拜厄特的《占有》,但我大概只读了六十页,有点读不下去,我不想把我的故事写成那个样子。我发现如果我把某个诗人的时代背景设定为现在,也就是21世纪早期,我很难通过现在的读者和评论家对诗人的评价去判断诗人的影响力究竟有多大。于是,我就干脆将时间设定到未来,从未来的视角去审视这位21世纪早期的诗人。

最初的设定中,在2096年,"我"是一名女同性恋,有一名女爱人,"我们"一起用一种类似于调侃的方式来审视"零余者"。最后,"我们"读完"零余者"的那篇文章,反而更想调侃男诗人,调侃之后,"我们"感慨还好

"我们"爱的是女人。整个故事就在调侃中结束。

改完之后,我再去读,依旧会觉得不适。可能我想要表达的太多,却没理清线索,于是叙述越来越混乱,最后呈现出来的文本充满着诡异感。

其实,我到现在也没有想明白女诗人当时的精神状态是否正常,仿佛她所做的一切都是为了去洗澡,在镜子前自惭形秽。她会在自己一厢情愿的行为中得到一种满足,又可以很随意地把一切抛开。我明白,直到现在,文本的结尾依然是失败的,我现在每看一次文本都会觉得毛骨悚然。

弋舟:听完你的解答之后,我对你的写作能力更有信心了,你想要表达的内容,是很符合小说精神的。你写出沐浴露瓶的掉落,就是一种生活经验,它的外观已经令人反感,但是内在依旧洁净。

小说家关注的是什么,其实就是在生活经验之上展开我们奇异的精神想象和精神体验。你刚才在强调恶心感,我觉得你得克服。你对生活的这种敏锐,我们通常称之为天赋。良好的精神构造是先天的,如何把先天的敏锐察觉提升到可以用文学表达出来,怎么让它兑现成一篇完成度比较高的小说,这是极其困难的。

你所说的在作品最后完成时,发现里面的线索仍然没有理清,以致从最终文本中看不出你想要表达什么,这种感觉我也常有,因而写作前你一定要先想好你想要表达的最核心的意念是什么。我希望你能够早一点走出心理困境,这种精神感知的敏锐性是我们的优势,我们具备这些情感经验,甚至是诗意的经验,这对写作是大有帮助的。

你如果放弃了这篇习作,比较可惜,把自己已经很厌恶的习作暂且搁置,在将来某个阶段有了不同的认知或者表达能力获得提升的时候,去重新赋予它一个面貌。

走走:我能够理解你生理上自然产生的厌恶感,但是你既然要做小说家,不可避免的需要面对这类"丑恶",而且要把它刻画出来。我曾经看过任晓雯的一篇小说,写的是一个在减肥期的女孩子,其中有一大段会刺激感官反应的描写，我给大家分享一下：

"她试过减肥茶，宁红、曲美、大印象、番泻叶……肠胃十几分钟绞痛一次，还一股一股拉清水。随后是牛奶减肥法，喝得嗓子眼发腻，像憋着一口痰，胃里水声咣当。最后她吃苹果减肥，坚持了五天。第六天洗碗时，在垃圾桶里发现几块叉烧。她整个人着火似的，瞬间被食欲点燃。她将它们翻捡出来，用自来水冲洗。肉变质了，微微发酸，她含泪吞个精光。那刻之后，她加倍暴食，体重迅速回升。"——《七日谈》(任晓雯)

这一大段文字给我的感官冲击力非常之大，难以忘记，看完小说后我完全能够理解任晓雯为什么要在小说中塑造这样一个人物。这个女孩子的心理非常极端，导致了她后面发生的一系列人生悲剧。通篇读完，我再回忆起那段描写，也就明白了那段设计感极强的情节的必要性。

你一定要面对这种生理不适感，这种生理不适感是文学性的，它是跟精神维度密切关联的。

仔肩： 我害怕读者阅读后会觉得自己被作者以文字进行冒犯，于是就把那些描写"肮脏恶臭"的内容全都删掉了。

走走： 写作本就是有一定侵犯性的，侵犯现有的陈词滥调、现有的世俗感、现有的审美感，否则写作的意义在哪里？想要写作，就要有不做庸常之人的心理准备。

弋舟： 美和丑，有一套现实标准，也有一套文学标准。现实中，从厕所排水口掏上来的沐浴露瓶也许会令人深深厌恶，但是，在文学中，只要你能够成功地用文学语言将它和它的意义表述出来，那它就可以成为文学的审美对象。

之前你所提到的那些场景细节，都可以用于剧本中，韩国电影中有很多类似的细腻刻画。一个罪犯的奇特犯罪心理的根源，可能就是在当年掏沐浴露瓶的瞬间构成了精神上的变异，等等。这里就需要考验我们写作者对人性展开充分想象。你调动进文本中、值得去书写的意象已经足够丰富，你要充分发挥这些意象的作用，在前文加一些铺垫。

文本中的"我"本身也处在某种精神困境当中，"我"也爱冲澡，甚至在结尾，"我"的沐浴露瓶也掉进了排水口，"我"也将面临掏还是不掏的选择。这是一个开放式的结尾，与前文不构成所谓的故事逻辑，但是在文学意义上会形成闭环。当然，这仅仅是我的一个想法而已。我想要说明的是，写作者应该设法将一篇小说的完整度建立得更好。

走走：如果我们不知道你（指作者仔肩）所讲的这些前情，仅从现在已经成型的文本角度来修改的话，我觉得在"情感创伤"上是可以做文章的。你里面提到为什么男诗人的前妻会离开他，有没有可能是男诗人只有受到了情感创伤，他才能写出具有灵魂的诗歌，那"零余者"是不是也想要成全他，所以才选择拒绝见面，再一次给他造成巨大的情感创伤，导致男诗人的创作又出现一段巅峰期。

A.S. 拜厄特的《占有》，我建议你看完，你跳过那些读不下去的，可以看看她那些模仿维多利亚时代的诗歌，小说里包含着很多知识，而且整体的故事本身是很动人的，讨论女性被压抑的、隐忍的爱。为什么我要把这本小说提出来进行对比讨论？我觉得在结构上你可以将《占有》作为参考，而且你也可以针对故事内容做很多创意修改。

举个例子，你设定的时间背景是 2096 年，那故事本身就是带有一定科幻性质的，比如你可以设定文中的"我"是一个克隆人，而导师实际上是一名科学家，"我"对"零余者"的研究其实是导师安排的一场情感实验，要在实验中观察"我"的情感波动，等等。或者，导师原本让"我"研究的是男诗人，结果"我"在研究男诗人时发现了那位隐秘的"零余者"，也发现其实"零余者"更有才华，但是为了成就男诗人，"零余者"选择了看似是意外事故的死亡方式，而男诗人在情感创伤期写了许多诗歌之后，最终决定将自己活埋在事先备好的墓地里，宛若东方蛭蚓。"我"了解这一切之后，产生了情感波动，也面临着要不要牺牲自我成就导师的抉择。

弋舟：小说的可能性是无穷的，而短篇小说只在一种意象或意义当中完成即可，现在我们通过讨论将故事的完整度提高了许多，你也可以尝试其他思路。我的建议是，你之前的创作以诗歌为主，对于自己构思故事能力的训练，是有必要的。在你构思故事的过程当中，可以通过抽丝剥茧，一步步还原心中设想的故事整体，甚至可以把它拓展成中长篇。

仔肩：非常感谢两位老师！我之前考虑过"零余者"离开男诗人之后，男诗人应该进入创作的爆发期。我再重新构思一下，也许男诗人再也写不出任何作品。

弋舟：目前文本很明显可以分为上下两节，从"如果有人问我，觉得自己一生中什么时候最美"开始，下面完全是"零余者"自己在叙述，你写作时一定要注意叙述视角和文风腔调的转变。因为你是写诗出身的，我相信你有能力将句子的美感写好，但是你要注意句子内容的合理性，就你目前的句子内容来看，"零余者"的精神世界其实也是很平庸的。

走走：你不需要马上修改，你先考虑一下，把你所有的线索先理通顺。

仔肩：再次感谢两位老师的指导！

五、"吴玄—方馨"组授课实录

吴玄，浙江温州人，1966年生。主要作品有《陌生人》《玄白》《西地》《发廊》《谁的身体》等。长篇小说《陌生人》被认为是中国后先锋文学的代表作，塑造了中国的一个新的文学形象。现居杭州，中国作家协会会员，一级作家。《西湖》文学杂志主编。

吴玄： 得知这篇小说出自一位小姑娘之手，我还是有点惊讶的。在我的印象中，一位小姑娘去写诸如生命尽头、临终关怀的一类话题，难度还是比较大的，但是你（指作者方馨）写得挺好。

小说最吸引人的是语言部分。小说的语言，读者必须慢慢读，如果读得太快，很难读出其中的韵味。语言本身就是这篇小说的分寸所在，如果读者用讲故事的语言去阅读，你显示语言才华的部分就会被忽略掉。

这篇小说中每一个句子的语言都显示着你的才华，读者阅读时需要细读它的语言，把故事、人物暂且先放一边。如果从情节和人物的角度讲，这篇小说其实非常简单，三位老人在医院里共同生活，互相接触，冲突在于"要不要开门"，三位老人没有构建出小说需要的人物关系，他们是互相独立的，而故事本身也没有多少新意。

但是，你非常明白这些不足，所以只用很少的话语，就把这些老人的故事交代清楚了。整个小说是以于森森的体验视角写出来的，你对生命的感悟、对医院里场景的强烈感觉，是这篇小说最

愿长生

文 / 方馨

一

厕所的镜子大抵是死了许久，骸骨风干于墙上，无人为它入殓。在谁也不知晓的某个时刻，镜面被环形山耸立的月球侵犯，砸满了黄锈色尸斑。人从镜子里看自己，现实的纬度便和这佯装现实的纬度交媾在一起。兆示不详的斑纹洇散在人的脸上，一如衰老仿佛会被传染。

脖颈一跳一跳的，有如藏有一个痉挛着的活物，胎儿于胞衣里翻滚，在血管间逆流而上。于森森咧开嘴，对着镜子低吼着"啊——"，脸皮紧绷到龟裂而嘴角撕出血。直到她看到了被细菌啄食的爬满黑线的牙槽与疲软如同得了阳痿的悬雍垂，直到在那黑洞般的食管里窥到有如早产的孱弱羔羊一样战栗的心脏。于森森低下头，不敢再多看，恐惧啃咬着她，深夜的镜子里仿佛潜藏着鬼魅，人的视线便是香饵。

于森森选择了逃走。逃，是敏感而自知被狩猎的弱小动物的生存本能。于森森逃跑前没有忘记把

厕所门牢牢关紧，她对着门把手死命拖拽。这几乎可以称之为对门的凌虐是刻意的，或许是肉体伤痛记忆所带来的强迫行为。于森森的手腕肌肉绷紧，青筋弹射而出，这很麻烦，她需将这些泄露而出粘黏着黄色脂肪的经脉一点点塞回皮肤之下。或许，该向护士站讨一个咬住这一切的创可贴。在于森森的不懈战斗下，门与门框严丝合缝的锁在一起，她确信，就算是氧气分子也会被捉捕到案，并处以腰斩极刑。

而她确实嗅到了空气里四处逃窜的凄厉的呻吟声。

于森森逃回到安全区——一张钢管与防水布通奸生出的，由于物种变异导致骨骼畸形，皮肉凹扁的折叠床。虽说折叠床看着不堪一击，拖拽时却呈现出缠人的重量。钢管与防水布进化亿万年也无法生长出灵魂，因此它们的野种归根到底究竟只是个死物。托举活物与死物的感觉是不一样的，死物总是沉重到异常的地步。由此可见，灵魂的成分大抵和氢气接近，有这么一口"气"，便可让一切变得飘飘然。

于森森的折叠床竖贴着墙面，铺在病号床的脚下。病房里，横摆着的三张病号床几乎吞噬掉整个空间，按照地理位置来说，于森森蜷缩在她的小小据点里，就像栖息在主人床脚下的困犬。这种廉价的安全区自然并不能真的给人带来些许安全。于森森的屁股刚挨上床面，在三号病床的咿咿唉唉瘫倒

有价值的部分。

小说中的一些词语是可以删掉的，读起来会顺畅一点。还有，"的"与"地"用法不分的错误很多，这点必须改。如果语言方面不追求规范化和优美化兼具，读者阅读时既觉得吃力，又觉得情节索然无味。所以，语言既是你的优点，也是你的缺点。

走走：我觉得这篇小说有残雪的作品风范。但是，与残雪的作品风格不同的是，这篇小说的生命感是非常强烈的，因而我也能从这篇小说中看到方馨具备年轻人凌厉的观察感。

吴玄：如果是指小说语言的残酷性，确实有残雪的风格，但是我觉得方馨成不了残雪。残雪的作品总体上会给读者造成阴郁、苦痛、绝望的读后感觉，是一种彻底的"冷写作"，方馨的这篇小说语言是冷酷的，但她写作的内心却是热的，我能够感觉到她在作品中对生命的热情非常强烈。

方馨：谢谢老师们的点评。我的小说内容可能看上去有点荒诞，但是这个世界上最残酷的事情，就是这篇小说是一篇纪实小说，它的内容都是我亲身经历的事情。这个主角于森森就是我自己，我去年整整一年的时间，几乎都泡在医院里照顾我姥姥。

去年，长沙有一段时间新冠疫情比较严重，为避免出现交叉感染的状况，当时医院住院部只允许每位病人

有一位陪护人员,而且陪护人员必须是核酸检测结果为阴性才有资格留下。

我姥姥是由于心脏病急性发作被送进了急诊室,正常来讲病人进了急诊室就要立刻到住院部去检查,但是,当时全长沙都在做核酸检测,检测结果无法快速公布,所以从当天下午她犯病进医院到第二天早上八点,我必须一个人坐在冷板凳上守着我姥姥,这篇小说就是我利用看护时的细碎时间一点点构思的。

在医院陪护的这一年,看了太多人世间的残酷。夜里三点的急诊室,一位满身是血的小姐姐独自背着一个人前来求救;一位老人孤苦伶仃地躺在病房的水泥地面上,身边没有任何家属;我姥姥病床隔壁的奶奶,腰摔断了,因为缺八千块钱的手术费,就必须忍耐一辈子的疼痛,可她实在是掏不出来八千块钱……在医院里,我见到很多被现实毒打的人,他们全都深刻在我的脑海里,我在急诊室里、在病房里,只要有时间,我就会坐在小板凳上创作这篇小说。

小说的语言也许会比较猛烈,它是我的一种情感喷发,我需要为我当时难受的心情寻求一个寄托。

吴玄: 我也觉得它是写实的,没觉得它荒诞,有些细节你处理得还是很好的,比如说那个不愿意出院的老太太。

方馨: 我曾经把这篇小说给身边的朋友看过,他们会

着的赵钱菊突然"咻"地弹射起身。于森森听说,一些尸体在被火化的时候,会突然坐起,给人一种诈尸还阳的假象。尽管科学证明这种"诈尸"只是烈火与死亡的肌肉组织所策划的一场恶作剧,然而,赵钱菊作为一个有意识的大活人,她的肌肉每一分律动都绝不是为了开玩笑。

赵钱菊耸着肩膀,背部像绑了块木板一样直挺挺地坐立在床上。她一动不动,只有眼珠子轱辘乱转,颇具有恐怖片里僵尸的风范。赵钱菊爬满眼翳的青蓝色眼珠盯过来,无形的枭的尖爪扼住了于森森的喉咙——你搞莫子咯,没关厕所门呐,把门关上,风好大,冷死,冷死!骨头要冻裂了!

又开始了,简直没完没了。于森森瞥了一眼厕所门,不出意料的关得死紧。赵钱菊的即兴表演式的控诉颇有迷惑性,于森森曾被她的演技欺骗过数次,但仍有一瞬间恍惚的相信了她。

安心哎娭毑,门是关着的,一丁丁点缝都没有嘞。

于森森听到一声嗤笑。赵钱菊的脸上堆积着自诩戳破谎言的嘲讽。赵钱菊咻地飞身下床,几个大跨步扑到了厕所门口,于森森只感到一阵腥风从鼻子前削过。这种强悍的行动力堪比饥肠辘辘猎食的食肉兽类,从这一点来说,于森森对于赵钱菊是钦佩的。几个小时前,鼻子上插着氧气管,胳膊上打着吊瓶的赵钱菊能够突然精神迸发到如此,这或许就是活物身上的"气"所创造的奇迹。

但是，厕所门确实关得死死的，假如赵钱菊能屈尊低下头，便能看到地上尸横遍野的被拦腰扯断的氧分子。

赵钱菊什么也不看，仿佛只是下来散了个步。她搓着脖子又躺回了床上开始了新一轮的哼唧。冷哦，冷。冷得我脑壳疼，脖颈子疼，抬不起也低不下，动也动不了，真是作孽。

也许是你心冷，才觉得冷，心里头有洞，才觉得到处漏风。

这么想时，于森森确实看到她胸前席卷着一个巨大窟窿，如同移植了宇宙的黑洞，任何光的好奇窥探都会被扼杀殆尽。如果把手伸进去，是不是能把她摔在肚底里心给捞出来，这些想法就像失禁的涎水一样即将从嘴里淌出，但是，莫要惹事，一想到外婆的叮嘱，于森森还是用拉链将嘴锁住。于森森只是灌下几大口冷水，试图扑灭肚里的火气。病房的空调开得十分旺，内脏蠕动所积攒的热量正憋在毛孔里，几乎要把这些洞口撑裂开来。

外婆大概是睡着了，她所在的二号床偶尔能传出一丝细小的鼾声。于森森也躺下了。面朝墙，像被戳到腹部的毛虫一样蜷起身体。病房的夜晚来得很早，或许是老人聚集的原因，不到九点钟灯便熄了。然而，人的膀胱是不会睡的，于森森总能在半睡半醒间，听到身旁传来稀稀拉拉的水流声。很多次，只要于森森换个边侧躺，便能看到一个贴在坐便椅上的白屁股。

怀疑这个世界上真有这样的人存在吗？真有这样的人愿意留在医院，不想回家吗？

吴玄：在这篇小说里，你把人的生命感表现得很强烈，做到了精神层面的升华。

走走：有哪些方面需要修改吗？

吴玄：小说的情节和结构等，这些内容基本上是完整的，只是语言需要稍微润色一下，有些错别字、病句一定要修改。这些方面的修改是非常简单的，很快就可以完成。

此外，这篇小说没有阅读难度，只是确实需要读者慢慢阅读，去欣赏你的语言才华。我们考察一个新人有没有写作才能，首先要看他的语言才能，如果他一点语言才能都没有，很难真正成为一名作家。你在语言上确实显示了一个作者的写作才能，我想你今后的作品语言风格一定会发生改变的，会比现在要好得多，现在的语言方式很明显是大学生写作的风格，我能看出你这篇小说的语言在抗争、在战斗，这是语言方面。

如果从故事内容的角度看，这篇小说的故事是非常简单的，如果读者想在其中体会复杂故事的阅读畅快感，那这篇小说明显满足不了读者。如果小说写的是三位老人生活困苦、命运多舛之类，可能小说的艺术价值会降低，所幸这篇小说脱离了平庸的故事层面。

走走：我觉得这篇小说有一个特点，它的对话处理得很好，对话全部都是间接引语，既日常化，又不缺文学性，非常自然。

吴玄：这篇小说的陌生感是特别强烈的，比如"姥姥"死了以后，"儿子"过来把她的老屋全都清空，重新装修。平时我们对一个屋子没有那么多感觉，但是你的感觉就特别丰富，你把自己的感觉写了出来，又传递给读者一种巨大的陌生感和冲击力，在医院里的场景也是如此。

在小说创作方面，你这种语言风格的持续性会比较弱，如果你继续使用这种语言风格写作，可能写了几篇小说以后就写不下去了。你现在是跟语言较劲，接下来你可能对社会面有更多的关注，我觉得对作品的评判还是要看其有没有文学价值和社会价值。目前你给我的印象是你很能写，而且很会构思故事。你用一个短篇，写了三个人物，人物还都让读者印象深刻。我比较期待你未来的写作。

方馨：谢谢两位老师，我会继续保持对创作的热忱。

夜黑的时候，衬托着屁股格外的惨白。四周的昏黑里，白色的屁股挂在于森森眼前，像是一个长满赘肉的发福的月亮。

二

心血管科九号病房里放着三个坐便椅。

坐便椅这种东西，长得像把椅子，实际上也可以当作是椅子。因为是椅子的形状，便可以堂而皇之地摆在明面，靠背与扶手粉饰着使用者的尊严，而不让他们感到丝毫羞耻。

赵钱菊吃药的时候就坐在便椅上，吃饭的时候也坐在便椅上，屙屎屙尿的时候也坐在便椅上。并非病房没有真正的椅子，漆皮剥落，晃晃荡荡的窄小板凳，每个床位都配有一个。这种收纳屁股的逼仄平面坐起来就像坐在垂死之人弥留的吐息上，在很多案例里，它们会被心情烦躁的病人当做碍眼的障碍物，而落得流放到病床底下的命运。这些孤独的凳子藏在角落里，寂寞成灰，如同寡居老人的身体，早已没有另一个人给予他们期冀与爱抚。对于衰老羸弱的病人来说，这种小凳子如同世俗沉浮的酒色财气，是他们再也无法受用无法触及的死去了的健康与欲望的凝聚体。

在白天的时候，遮挡病床之间的浅绿色帘子被查房的护士们扯到角落，空气变得赤裸，病人之间再无阻隔与隐私，每个人都是每个人的监视者。但这并无所谓，医院的大口将人吞下，它的翻腾的巨胃碾压并吮吸人类的羞耻心，在餍足之后吐出一个在生物概念上还属于人，但在精神上脱离人的领域的肉体残渣。

赤裸的除了空气，还有赵钱菊的下体。隔壁床的陈钟秀木愣地看着她的裸体，似乎在对着什么进行考察与对比。赵钱菊将布料蹬到脚踝处，露出一对肥腻而脂肪勃发的蜡黄大腚。尽管她觉得肠子里空荡荡的，使得她上下两个孔洞间流窜着穿堂风，但是床头桌上的两只同样空荡荡的粪便采集管，催逼着她必须为此努力。便椅圈又硬又凉，让她发出了如在寒冬里被射穿脊骨的狼一样的哀嚎。静脉曲张而绵延凸起的青灰色的血管，蛇一样地拧杀在她的腿上。

赵钱菊在便椅上耕耘着她的劳动果实，这个过程着实无聊，催逼着她对着视线所及的白色墙面进行科学解读。墙面无处不在，墙的眼睛也无处不在，但它们却似乎不屑于给她一个回望。油漆工并没有给墙安上嘴，这使得赵钱菊想要得到一场对话的期冀终究落了空。这种百无聊赖对赵钱菊进化出变色龙的眼起到了推波助澜的功用。她的眼睛凸鼓，两眼几乎决眦到耳朵根上，留下中间的大段空白，横着一条翻肚子的腐臭鱼尸。赵钱菊的瞳孔缩小、放大，搜刮着屋里的每一丝波动。她的右眼守一个盾，掩护着自己的秘密，左眼则时刻做好准备，偷袭别人的隐私。

还是人更加有意思。赵钱菊决定将阵地转移。赵钱菊的视线扎在陈钟秀身上，难缠，且刺挠。陈钟秀感觉自己是从杂草密立的野地里艰难拔出身子，鼻子里塞满了土壤的腥味。无数的青棘子像缩小了的刺猬，死死的扒在她衣服上的每个角落。

赵钱菊开始考察起桌面，在病房里，桌面是人的脸面，这拥挤的一方里裸露着心中的隐秘。赵钱菊眼睛斜睨，在她倾斜的世界里瞧见雪色的块状平原伸展着土褐色罗马柱，陈钟秀的水杯；一口被白腻子糊住表面厚实的竖井，陈钟秀的卷筒卫生纸；耸起的半梯形土坡，这让她眼前飘摇着祖坟与陵墓，飘摇着轮廓并不分明的身后事，飘摇着与自己宛如仇敌的儿子的身影。这种恐怖的念头让她的尿液逆反，变成冷汗从毛孔里析出——陈钟秀的电子血压仪，这让赵钱菊倍感躁动。这个塞满让她无法理解的科技气息的塑料盒子在每次结束测量任务后，都会有一个中气十足的女声播报结果，使得每一次测量都如同气势宏大的授勋现场。这也是这个病房里除了活人以外，唯一能够出声的东西。

我要是也有一个这玩意儿就好了，赵钱菊有些发酸的想。如果她拥有，她或许会把血压仪的袖带永远永远挂在手臂上，她不介意跟一台机器说话，这不是什么疯狂的事，人不是也听不懂猫和狗在说什么吗？

赵钱菊问陈钟秀，这个量血压的贵不贵咯？

陈钟秀用眼皮拖沓的眼看向她，啊——啊——。

啊，是指什么？肯定？姑且当是肯定的意思吧。这个单音节的不知所谓的回应尽管十分勉强，但赵钱菊还是固执的将其划为了对话的雏形。赵钱菊决意将对话更近一步，这个，好不好用哟？

陈钟秀擦了擦被眼屎弥住的眼角，当陈钟秀发现赵钱菊的目光还死死锁在她身上时，她笑了笑，啊，哈！

我在说，量血压的，血压！好不好用！

噢，好！

赵钱菊骂了一句。打饭回来的于森森阻止了这场无意义闹剧的延续。我家外婆耳朵发聋，你得让声音变大，像炸雷一样。爆炸，爆炸，炸掉一切的声响。

陈钟秀扭过脸，她察觉到外孙女和隔壁的老太太正在交谈着什么。陈钟秀听不见，无法加入的焦虑让她疑窦丛生。于森森看到，外婆脸上露出幼童瞧见双亲抱起别家孩子时的那种宛如遭到背叛的委屈神情。陈钟秀拉住于森森的手，你们嘀嘀咕咕说什么？于森森清了清被病房的浊气侵扰到肿痛的嗓子，把嘴贴到陈钟秀的耳边。她离得很近，老人长期卧床而散发的体臭粘在她的牙齿上。于森森清晰看到外婆被头油腻成一簇的鬓角以及凝固在上面的星点分布的头屑，她百无聊赖地数着，隔壁——娱驰——问你——血压仪——好不好用!

噢,不尿,不尿,现在屙不出。陈钟秀说。

三

陈钟秀拒绝承认听力的衰减源于身体的衰老与长期慢性病药物服用导致的副作用。她在无尽的死寂中跌跌撞撞摸索着罪恶根的源,最终将自以为的祸首擒获——十年前隔壁的装修。

一切源于一位老人的离世。深陷在衰老泥沼的人,预兆死亡的鹰鹫早已盘旋在他们身边等着大快朵颐。有时死亡来得过于突兀,以至于让人忽视掉那些看似挺立着的矍铄的身后所倒映在地上的回光返照的影。只有常伴身边极其亲近的人,当他们的肺管享用着彼此排出的气体,当他们的胃液里沉淀着同样的食物碎屑,才可能在突发的情况中按图索骥,捋出生命凋零时暗流涌动的征兆。然而,正如果实烂熟后便会在某一刻从枝子上跌倒地里,死亡符合世界的运转规则,遵从着生命的流动规律,从这点来看,一切都顺理成章地符合着天心人意,并无甚新奇。

那个夏季的酷热让陈钟秀余悸难消,即使是今昔的片刻回想,记忆仍被刺穿时空追杀而来的灼浪所消融并在炙烤中奄奄成灰。在那个气息昏沉的午后,陈钟秀听到了比蝉嘶还要聒噪的急救车鸣笛的声响,她在如蜗牛一样鬼鬼祟祟探出触须的人墙嘈杂中知晓,隔壁那从不开空调的寡居老太终被暑气扼至昏迷。陈钟秀对于邻居的不幸并不觉得意外,她在自己身上的翘起的雷达引线上早已察觉到事故降临时特有的颤动。无法记起到底叠加了多少的年份,陈钟秀的视线掠过窗户时,总能看见邻居老太木然地在路沿树阴下或坐、或站、或漫无目的的来回徘徊。在这个无边无缘的看不见也触不着的笼子里,老太将荒诞死死枷锁在身上,如同廉价动物园里被逼仄笼子囚禁到精神错乱的困兽一样重复着来回打圈的刻板效应。从某个意义上来说,邻居已经病入膏肓,她将常人称之为纳凉的消遣运作为一种苦修,在室外枯耗着时间。当时间无法产生经济价值,也无法为他人产生协助时,时间便像洪水一样餍足到让人生厌。她像倾倒废水一样将时间肆意撒泼，从太阳初升泄洪到夜幕流满大地。当夜的深沉掩盖住老太的苍然白发，才在不得已中憾然归家。室外是黑，家里则是黑的堆叠。开灯，要电，电要花钱。开风扇，开空调，要电，电表的脊背佝偻，伸出突兀骨节的手扮演讨债的鬼。她在现代人的夜生活还未开始的时候就早早在床上辗转反侧，努力忽视像棉被一样死死捂在身上的暑热，等待着机械而无尽重复的日头再次升起。她明白，口袋里那点微薄的退休金，填不满在外面花天酒地的儿子的深渊巨嘴。钱啊钱，唯一能陪你到死的活冤家！老太一丝一丝抠着钱，像饥肠辘辘却还要哺乳哭闹婴孩的母亲那般，努力从干枯的乳房里挤出奶水。她将自己的性命死死攥在手里，试图拧出哪怕些微的几滴余钱。一些伸着长舌头的窃窃议论，在暑热里奇迹般冻结出堪为凶器的冰锥，生长在野蛮的口水里的它们不知人情为何物，疯牛般蛮横地向着人的皮肉冲刺，陈钟秀的耳朵被无数的冰锥所穿刺，鲜血未及流下便僵硬成冰——老太太一辈子死抠，终是把自己抠死了，该！

急救车在咿呜咿呜里吟唱着哀歌呼啸而去，再次回来的，是一辆引擎突突呻吟的吞吐着混浊烟气的运货小卡车。隔壁的房门毫无矜持地敞到极致，颇如身体被剖开而导致的腿部松散开裂，内脏赤裸在外的正值产龄的牝鸡。几个穿着背心的汉子源源不断地扫荡出老太屋里的各种旧物并将其运走，即使是一张脚垫或者一枚衣夹也不放过，这种将过往销毁殆尽的决心堪比屠夫会把宰杀好的牝鸡肚未成形的细小卵泡从卵巢里摘除干净般如出一辙。陈钟秀在这些忙碌的人堆里寻到一个眼熟的胖汉，她仔细反刍着记忆，蓦然想起这正是隔壁老太的儿子。胖汉的脸上写着坦荡，用槽牙嚼着烟嘴，声音犹如喷出的烟气一样有着如释重负般的轻快。他向陈钟秀打着招呼，老太太去了，这房子空着也是空着，白瞎了浪费，不如重新捯饬干净，卖了还能搞点钱来。

陈钟秀为邻居儿子的决绝感到惊愕，她和邻居老太一样，大半辈子都守在自己的老房之中。她们在这里成婚，养育着孩子，养育着孩子的孩子。她们过往的汗液、泪液、血液都融在地面；毛发与皮肤的碎屑成为了老屋的基肥；她们的梦想与希望被砌成一砖一瓦；她们的细胞和老屋的血脉发生融合，血管交叠泵起的心脏在同一刻悸动。几十年的寒暑春秋，即使是墙面的纹路与杂物的瓶瓶罐罐，也如逝去的伴侣的身体一样熟读在心。她们的身体早已成为老屋延续出来的一部分，成为一个可移动的便捷器官。陈钟秀想，就是死了，假设这个世界真的有着魂灵，一定也眷恋着自己的老窝，舍不得离去。

那么快就卖啃？周年还没过，好歹是你母亲住了一辈子的屋。

咋个不卖，俺这不兴讲那规规矩矩的，可谢我老娘嘞，好歹挺住一口气没死在屋里头，不然就折了价啰。

我看有些桌儿呀凳的家伙什儿保养的还可以，这一车车往外搬，是都不要了？

嗐，您那个老八股哟，这年头哪个家还用这些个老玩意儿，换新的极敞亮咯。

胖汉一行又去忙了。汉子们用手背抹着脸，汗液混合着皮肤油渍让脸部黏腻成捕鼠板，汗水湿透衣服，前心与后背上沁出了暗色的异国地图，这地图分不清地区与年代，陈钟秀看着，感到头昏目眩，仿佛被无形的漩涡吸到了一个陌生的世界。

这个夏天真热，这年头连天也开始异常了，为什么这么热？陈钟秀想。

当老屋的内脏被摘除干净后，汉子们开始一层层刮下老屋的角质与皮肉，邻居老太的痕迹被片片粉碎。一切好像不存在了。陈钟秀在垃圾站瞧见老太家具被肢解的尸块。老了，不中用了，就成了废物，累赘，就会被抛弃。陈钟秀为这些老家具悼念着，或许也为了邻居老太，亦或许是为了自己。

陈钟秀也意识到自己的衰老。在衰老刚刚躁动时，只是头上的一根白头发丝儿，将其揪下，青春似乎就回来了。但终于有一天，衰老变成溃堤的洪水，惊涛汹涌，一泄如注，一切的阻拦都将被冲毁殆尽。

四

在陈钟秀身上，听觉的消退是衰老侵蚀下一个最显著的征兆。

隔着一层衰老的墙，隔壁的电钻声像一万只发了疯的蝉在她的耳边嗞嗡嘶吼，这种嘶吼甚至引发小型地震，陈钟秀脚下的地砖时不时发生颤抖，陈钟秀也被这颤动的频率所裹挟，噪声与震动几乎将她的大脑搅拌均匀。陈钟秀走到哪儿，无尽蝉鸣就跟到哪儿。当隔壁装修完工后，那些真正的在燥热夏日里扒在树上吱吱乱叫的玩意儿早就消失得无影无踪了。可是陈钟秀的耳蜗里还是塞满了哀鸣着的蝉，它们在甬道里拳打脚踢，腿部的毛刺将耳道抓挠得鲜血淋漓。陈钟秀头痛欲裂，鼻腔里灌满了脓水的气味。

陈钟秀第一次意识到什么叫如坠冰窟。完了，完了，应当去医院看看的，可当医院这个词蹦在脑海里时，她感觉到背后有个毛骨悚然的怪物正静静盯着她，这让她感到战栗。有病的人才会去医院，去医院就是承认自己有病。陈钟秀自欺欺人地将逻辑逆推，只要不去医院，那就没有病。对，坚决不去，我好着呢，陈钟秀倔强地想，我绝对不要进医院。

陈钟秀瞒着女儿，偷偷给夹在报纸里的小广告打电话。攒了半辈子的养老钱就像流水一样哗哗去了。她心疼，可是，养老钱养老钱，不是养命就是买命，年轻时从牙缝里扣嗦出来的钱到头来不就是为了这？品牌各异的印着各种老神医头像的特效药大把大把涌进屋里，陈钟秀则敞开肠胃，像是养蛊般，任由花花绿绿的药片在身体里彼此争霸。终于，入冬后的某一天，蝉鸣消失了，或许是寒气冻杀了这些聒噪的祸害。陈钟秀沉浸在世界终于稍息的安逸里，直到她看着女儿惊慌的眼睛以及其不断阖动着的嘴，才知道这世界其他的声音也一并清净掉了。

陈钟秀变成了半聋子，而她羞于向人承认这一点。颗粒分明的话语声进了陈钟秀的耳朵，便如卷进了粉碎机里。经过一番黏黏糊糊的搅拌，陈钟秀的大脑颞叶接收到的，便是从开天辟地前的混沌里捞出来的一瓢无形无状的东西。

陈钟秀并不服输。每当她意识到有人在同自己讲话，她的脸上便自动浮起客套的微笑。眼睛像长了吸盘一样监视着对方嘴唇的阖动，企图从中捕获到信息的残渣。然而陈钟秀对于唇语的解读蹩脚到让人倍感遗憾。在无数次答非所问后，陈钟秀在旁人惊疑的神情里意识到了自己的尴尬处境。然而尽管如此，无论别人问什么，她也一定要倔强地回答。陈钟秀的女儿做过实验，她在母亲面前嘴巴假意张合，声带并不发声，然而陈钟秀依然能对这毫无意义的唇语做出回复。或许，陈钟秀浸淫在自己的幻想世界里，她假想着别人会跟她说什么，并为这假想的一切做出郑重其事的答复。

但有些东西究竟是无法自欺欺人的。衰老的另一个显著特征，陈钟秀的腿脚开始变得不再利索。陈钟秀依然延续着自己的倔强，她拒绝使用拐杖，拐杖所代言的衰老一词让她忌讳。但终究力不从心的陈钟秀另辟蹊径，选择用一把钝头的长柄伞作为拐杖的替代。在无数个大晴天里，她拎着一把肢体肥厚的笨重长柄伞，用伞怼着地面，一步一步慢慢走着，仿佛在上演某种滑稽剧。但是性格的倔强终究拗不过身体机能衰减的物理法则。岁月的席卷让她日复一日腿发软，头发昏。身体的活力不断崩坏，心脏病以可怕的频率一次次发作，陈钟秀成为医院的常客。

在最初住院的时候，陈钟秀尚有一些自我安慰的精神。没啥大不了的，上岁数的人，总免不了来医院几趟，罢、罢，就当是调理身体。陈钟秀躺在病床上，脑袋里惦念着自己精心伺弄的几盆重瓣月季，牵挂着常来院子里乞食的猫儿会不会饿肚子。早点出院，早点回家，回家杀条大鱼吃。那时脑海里的寻思的事儿，多少带有几分活泼的感觉。出院没多久，陈钟秀的心脏又闹起了毛病，这毛病来得气势汹汹，陈钟秀直接被救护车拉走了。好不容易病情稳定了，出院了没一个月，心脏病再次犯了。陈钟秀在病床上，举起右手呆呆地看着，视野描摹着掌纹，可她猜不出这掌纹背后的秘密所在。一进宫，二进宫，三进宫……都说事不过三，陈钟秀虽然鼻子里嗅到了预兆不详的气味，可依然拿俏皮话安慰着自己。

但事情终究变得狂乱了起来，就像什么呢，东北老家的大雪山里总在某个让人意料之外的时候里，雪层悄然崩溃。雪崩刚刚发生时，这种崩溃还带着几许小心翼翼的处子般的温柔，但崩坏很快会彼此叠加，最终形成劈头盖脸、开天辟地般的溃败，这种溃败无法阻止，即使雪停、即使引发震动的源头噤声，崩坏的惯性仍将这一切催逼。等到第四次、第五次、第六次……当陈钟秀的住院频率以一种可怕的速度荼毒着一切时，陈钟秀终于意识到了事情的异变。老了老了，到底是老了，东墙补了，西墙坏，一种悲哀死死攥住了陈钟秀的心。情况急转直下，她深知这一点，却无计可施，只能将未来托付给命运。

在病情最严重的时候，身体的中枢机能紊乱，使得陈钟秀的器官与血液开始了暴乱。每当此时，陈钟秀的左右手都被插入针头，使她成为一条光条棍般的肉虫，被迫封印在床上。心律失常，失去秩序的膀胱开始发生失禁，陈钟秀总想尿尿，她不知道身体里哪里来的那么多水分。此时的陈钟秀只能在床上排泄，依靠着床上专用的压在腰尾下的扁平尿盆。为此，她不得不敞开大腿，下半身裸露，宛如要在产床上预备生育。但陈钟秀早已无法创造新生命，相反，她的存在不断消耗着自己生命延续的孩子的精气，这个认知让她自怨自艾。为了方便，陈钟秀开始不穿内裤，并逐步习惯了裤裆里的尿骚气。长期的卧床让她被又一个敌人——褥疮——所围攻，她只能像在倒在水族箱里的死虾一样努力侧身躺着。

陈钟秀有无数的时间进行无意义的对于生命的考究，她开始讨厌起窗外扫进来的阳光，这白惨惨的亮度让她的脆弱与无能无处遁形。身边的人走来走去，家人、医生、护士、病友，她总觉得身边人在说着什么，议论什么，而这话题的中点就是她。这让她脸上发烧、发热，但陈钟秀已无力去揣测。有时陈钟秀庆幸自己的耳聋，聋了、痴了，也许只有这样稀里糊涂的，才能活着。

五

于森森立于一场灾祸爆发的前夕。

她的困倦是摇晃于骨髓里的。此时此刻，地球的引力在于森森的身下发生异变。于森森的眼皮被癫狂的力量所拉拽，这让她的眼皮长出了一个世纪的长度，当一个漫长的扎眼结束时，哈雷彗星拖着硕大而惨亮的扫帚状的尾翼将压盖住这个城市夜里的喧扰灯光再次宣告归来。然而，尽管眼皮已将城门封锁，肠胃却将免休牌高高挂起，大声吆喝着擂鼓的躁动开张营业。深夜的饥饿感或许继承于人类先祖的原始血脉，智慧未开的野蛮兽类在学会圈养家畜前，会在星月皆隐的夜里进行狩猎。于森森昏沉与饥饿推来搡去，她的晚饭吃得早而少，当她拎着外卖回来时，尤兰英正佝偻着腰，鼻腔里回荡着咿咿嗯嗯的粗壮气体，弯在坐便椅上将食物的渣滓遗弃。无法言说的可怕气味是具有刺穿性的，捅穿了包裹的严严实实的塑料盒袋，将于森森的晚饭进行玷污。于森森憋着气，在她的臆想里，一些微小的黄褐色颗粒正在空气里浮动，试图打入人体内部。她做出一种很无所谓的样子，打开病房门，对外婆说，我到护士站看看你的心率。于森森走出病房的时候泰然自若，一扭身便躲在走廊拐角漫无目的地刷了一会儿手机。当她再次回房的时候，自然而然地鱼一般滑溜进来，像是忘记敞开的房门存在般继续让屋里透着气。尤兰英或许读懂了于森森沉默的体谅，看了她一眼，笑得有些尴尬，尴尬里透着些歉意。赵钱菊将身体重重翻过来，病床发出一声被铁球砸到般的哀鸣，她瞪着眼，看着敞开的房门，骂了一段有关女性祖宗的脏话。关于这段女性祖宗的归属问题，于森森感觉大抵是属于尤兰英的，但是赵钱菊恨恨的眼睛分明揪着于森森。于森森想要好好吃顿饭的奢望究竟是破灭了，她的胃开始隐隐疼起来，这或源于物理上的，亦或许是精神上的，谁知道呢？

唯一确定的是，这件事到此真够"他妈的"了。

在深夜里，医院走廊的灯依然不眠不休地工作，光亮挤过门缝泄露到屋里。病房里的黑暗裹挟着这略显孱弱的亮度，如水与油般混合在一起，随着气流波动而粼粼荡漾。这种非明非暗的混沌催促着人的意识从身体中抽离，进入一种缥缥缈缈的状态，于森森怀疑自己一头扎入了某个清明梦的篇章之中，身体轻若无物，灵魂仿佛飘摇在一个高高的地方，俯视着自己沉重而无能的肉体。

今晚的第三次，于森森将起夜的外婆扶回床上，把被子掖好。这种机械的抄袭着肌肉记忆的行动让她的精神还粘黏在那促狭的折叠床上。好燥好闷，这一番的折腾似乎又烧掉许多氧气，一种呼吸困难所带来的窒息感让于森森有些头重脚轻。于森森摸索到床沿，身体的沉重让她几乎是砸进被窝的。在阖上眼的前一刻，于森森看到一种鬼魅的奇景正在暗夜里蔓延，一只惨白的臂膀在斜对面的床上袅袅升起，臂膀抽动着，挥舞同心圆，似乎在试图把房间里光影交融的浓浆搅拌地更加均匀。

那似乎是尤兰英的手，于森森将眼睛眯起。也许是梦里的尤兰英的手，这么想着，于森森翻了个身，迷迷糊糊间将眼睛闭起，梦里，一个幽远而苍老声音正在将她追逐，小妹，小妹，小妹唷！

啊？！

于森森惊醒时，由于身体悸动从毛孔钻出来的热汗像小弹珠一样在身体上滚来滚去。小妹，小妹，听见吗？来自深夜的幽灵一样的召唤又飘过来了，于森森亮开手机屏幕，发现声音来源于尤兰英，于森森干愣了一会儿，她对这个辈分错乱的称呼有些发懵。当于森森反应过来这"小妹"叫得是自己时，尤兰英的声音已经透着几分焦躁了。哎，我在，我在！于森森慌里慌气地答应了一声。

小妹，帮忙把门打开透哈子气，我动不得身。好热哟屋里头，作孽唷，热得死也睡不着。

尤兰英大抵是试图将事情在润物细无声般的悄然里偷偷进行的，但老人耳背让她的声音在毫无自知的情况下，在既成事实里敞亮起来。

面对尤兰英投掷过来的呼唤，于森森脑袋里空荡荡的广阔空间为之应和出巨大的回响。

于森森没有为之多加思忖，此时此刻她的意识依然游离在外。好在这个指令似乎不难完成，于森森踩着黑摸到门把手，拉开，结束。新鲜的透着一些消毒水味道的空气哗啦啦地淌进来，带来久违的清新和清爽。

门开了。这挺好。门早就该开的。于森森曾在心里想了无数次，来查房的护士也说了无数次。

病房很热，热且闷，四个人生活在这小小的房间里，排泄物的气味和老人的体味，以及剩菜剩饭挥发的酸甜苦辣的气味怄烂在一起发酵着，并在这干燥如沙砾一样的空气里被搅拌均匀，随着人不得已的呼吸，这方浊气傲慢地开疆拓土，攻占下一个又一个肺管。这种燥热里的异味是凝固的，如果你愿意动动牙齿，甚至能将这空气咀嚼到嘎吱作响。

护士们说，整个医院就没有哪儿能比你们这屋更热了，烧锅炉也赶不上你们这儿热，还有这个味儿，哎哟我的天呢。即使有口罩的加护，屋里那腐蚀一切的异味还是让护士们皱眉，下意识想掩住鼻子。她们示警般的用力拉开病房的窗子，将病房所有的门窗大大敞开。但是护士们的威慑力究竟是不持久的，当护士刚刚离开，赵钱菊便翻下床来砰砰乓乓地拉窗关门，一个小小的缝隙绝不留下。

赵钱菊对此的解释是，自己的脊椎有一种见风就痛的毛病，她将这个"风"的概念划得十分巨大，即使病房内外都足足地放着暖气，但若想敞开病房门透个气通个风，休想，禁止。通风通风，一通就有风，为了堵绝"通"道，只能将门窗紧紧锁死。"风"的尺度又被缩到极小，比人喘气大一点的气流波动那就算是风了。于森森十分怀疑她病情的严重性，但最终还是把话头憋到肚子里。她陪着外婆已经住过数次院了，空调开多少度，晚上几点熄灯，病房门是开着还是关着，每个病房有每个病房的规矩，而规矩的制定人，就是病房里最为强悍的"房霸"。赵钱菊的解释看似有商有量，实际上这份不容置疑的强硬里，早深深刻着四个大字——无可退让。

气流的攒动让于森森的鼻子有些痒，她打了个喷嚏，理智在瞬间回归本位。这让她感到浑身一冷，完蛋，完蛋。第六感的雷达敏锐扫射到了危险气息的奔袭，一股磅礴凶悍的气势杀将过来。于森森的感到心口一悸，寒毛炸起的瞬间，一个暴雷一样的怒吼飞扑过来——×他妈的开什么门？冷死了赶紧的关上！

人在看到先行而来的闪电光亮时，即使做好心理准备，也很容易被意想之外的巨大惊雷声吓了一跳。于森森隐隐约约感觉赵钱菊若发现门被打开了大概不会太乐意，但这种凶狠的狂怒着实超越出想象的边界。

于森森试图在赵钱菊和尤兰英之间打一个圆场，她想，一个体面人应当是深谙中庸之道的，当争执来临时，折中往往成为事实上的最优解。没开大呢娭毑，就开一小截透透气，于森森对赵钱菊进行回应。

于森森调理着门把手，将门半敞到了平均到极为公平的宽度，理论上，剩下的空间既刚好让靠门的尤兰英透到气，也绝不至于吹到病房最里侧的赵钱菊。陈钟秀还想为自己多争取一点儿，吱吱嚷嚷地絮叨着，小妹，没事儿，再开大点，热唷。身后，赵钱菊恶兽一样的怒视已经超越物理的法则实现了固态化，于森森不必回头也知道，一双腥气挥散的指甲缝里塞满血肉残渣的野蛮利爪正高高举起，它在做着最后通牒，随时将撕扑而下。

人一辈子被迫面临太多抉择，这种纷繁复杂往往缺少可爱的要素，它们无法像游戏一样存档读档，在一次次实验中找到最优解。抉择在事实上如同赌博，若作为赌局之外的操盘手或许会为这多巴胺的狂欢宴会而意乱情迷，但当自己被作为筹码而遭到肆意摆弄的命运时，游戏将不再隐藏真正的面目，和善的假笑面具反转，露出皮肉狰狞的瘆人真相。

于森森不再言语，她仿佛仍有所迟疑，将门小开小合，像小贩那样死死盯着秤的刻度，少量拿出或放入托盘里商品，求得一个分毫不差的童叟无欺。然而，只有她自己知道，一切都是假动作，所谓公平的临界点在她心里已然有了划分。于森森是一个比常人更加厌倦无休止的抉择的人，她不愿被分岔路口的锐角割去身体或者灵魂的一部分，她宁愿做一只鼹鼠，在路口前凿出一个深长曲折的藏身洞，在时间凝固的宛如另一个世界的洞穴里，努力遗忘着地面颤动所预示的连梦境也将被摧毁的推土机的到来。

仿佛是一个巨大的巧合般，当于森森停止对门的摆弄后，门依旧停留在一个刚好半开的刻度上。曲折的过程所孕育出的依然是原始的成果，但只要过程伪装得分外艰辛，在糊人耳目的任务上往往有着意想不到的奇效。

这就是于森森的抉择。抉择的要义就是不做抉择。她将一个符合自己逻辑的结果放在那里，至于结果，是被人吃下或者碾碎，已经不在她所管辖的范畴里。于森森躺回被窝，折叠床对于她的回归发出吱纽的惨叫。于森森用被子裹住脸，别再继续了，结束吧，她在疲惫中祈祷着。

摔门的重击声将房间里所有人彻底惊醒。

是赵钱菊。她像鹞子抓兔般飞扑过来，一掌将半开的门"砰"的拍合，骇人的撞击声仿佛一个炮弹炸在门口，完全不顾及这里是深夜的医院。

即使耳朵半聋的陈钟秀，也被突如其来巨声与震动惊到手脚一抖。

什么声？啥玩意儿掉地上了？

没——有——！崩溃有时候就在一瞬间。快睡吧！于森森亮起嗓子嚷着。

已经没什么可介意的了，手机上的时间显示着凌晨三点。深夜，三点，四个人，没一个人能入睡，很好，真他妈的好极了。于森森感觉胃越来越痛，她不再轻声轻气，甚至可以说有些野蛮的踢开抽屉，在盒子袋子组成的迷宫里扒拉出两个药片抢救自己可怜的胃。

所有人都低估了赵钱菊的掌控欲，强烈的掌控欲甚至能让这具年过八旬的衰老身体重新燃起颇具爆发性的可怕力量，这在医学上兴许算是个奇迹。当赵钱菊干完她的壮举后，回到床位的她不急于躺下。她坐在床沿，如石像般不动声色，以庄严的态度死守着自己的战斗成果。赵钱菊的姿态表明她不介意进行一场拉锯战。门，打开一次，我就再关一次，逻辑简单粗暴，而颇具威慑力。

能同样如此杀伐果断的，大概也只有刽子手了。

堪比一巴掌抽在了脸上，于森森所设想的"平分秋色"的公平抉择就这样被赵钱菊所狠狠践踏，这让她倍感屈辱。受到刺激更大的是尤兰英，在精神所感知的挺长一段时间里，她愣磕磕的惊到说不出话。直到房门再次紧闭所带来的窒息感弥漫在这个剑拔弩张的逼仄空间里时，尤兰英剧烈地咳嗽了好几声，仿佛要将肺咳了出来。她扶着床栏，像误入岸上的鱼一样挣扎着身体，或许是想要起身，想要理论，但是身体的虚弱与病痛让她一次次瘫回床板上。尤兰英大概是累了，她不再动，也不再说话，绝望而沙哑地啜泣声在夜色中久久盘旋。当凄哀声嘶力竭后，如枯萎的叶子般怆然坠地，埋葬在这漫无边际的黑夜里。

六

这么多年了，我的儿子还是恨着我。

赵钱菊将强行启动的对话踢过来时，于森森绞着笔，在毛刺横生的纸片上刺入外祖母的心率情况。

这些暗藏某种玄机的数字让她眼晕耳木。符号泛滥而至，狡黠地弯扭身体，将眼球勾引入怀，瞬间又漠然踢开。在躲避纠察中，它们转瞬逃离。最终，一切变成一场强迫式的游戏，于森森在与数字的你追我逃中被远远落下，甚至捉不到这些翻飞肢体下隐藏的底裤。倒刺横生的干涩手指划过纸页上的每一行数字，宛如飞鹞掠过荆棘。这些野性的数字在某一刻变得乖顺异常，又会在某一刻杂乱丛生，直至异军突起的叛逆者占领高地，扯起大旗对秘密进行揭示——所有的和缓皆是谎言。

啊，是吗。

这种敷衍的回应并非刻意为之的疏远。尽管于森森不否认，夜晚的那场不愉快让她在面对赵钱菊时，仍有芥蒂像草稞子一样毛扎扎地梗在心头。但是真相总归需要有人进行揭露。事实上，病房里藏着无影无形的妖魅，它有无数伎俩将人魅惑，让人逐流，并在看似温存的耳鬓厮磨里吸干人的活力。当于森森在这座惨白的笼子里日渐枯耗时，这种虚弱甚至能将人类本能对于他人的隐密进行八卦的好奇心窒息。

那个女人，妖精一样的婊子。我就知道那水蛇肚子里，生不出个带把的。

她撺掇一切，蛊惑我的儿子。可怜我家列祖列宗，眼睁睁看着断子绝孙了。我叫，我骂，我让儿子和那个女人做个了断。可那糊了良心的，做了断的竟是和我这个亲娘！

又是这样的故事，不稀罕，不新奇，了无生趣里带着几分自作孽。于森森仰起头，天花板的白漆上劈着一条蛇形的蜿蜒黑缝，使得所在的维度地壳断裂，板块漂移。嬷驰，时代早变了，生男生女都一样，您老不是还有孙女吗。

或许是对于这个回应的不满，赵钱菊将眼睛瞪起，这让于森森感到有些悚然。那女人，我知道，在我和儿子孙女背后说坏话，她让一家人都恨我。她巴不得我死。我住了几次院，儿子都不来。我做了手术，我儿子才端着一盘炒笋子看我，缺德呀，让我吃这种发物！我骂他，他就赌气再也不来了！我可看明白了，我虽然有个活儿子，可我家已经断子绝孙了！作孽唷，唉唷唷……

于森森瞧得清楚，赵钱菊将这空虚的执念牢牢抓捏在手心，拉长弹回，直至扯成细细麻麻的丝状物。她像粘黏口香糖一样，将这沾满指纹与唾液的黏稠物涂抹在身边的每一个角落。赵钱菊的命运则被另一个纬度大手揉捏着，她多次在仰望中试图寻找他们存在的证据而无结果。百般重复而无意义。赵钱菊将这些落寞吹得圆鼓鼓，然后撒开手，让它们像气球一样喷射而出——惊慌失措，漫无目的，四处乱窜，起飞又坠落，最后鬼鬼祟祟死在某个角落里。

赵钱菊的主治医生来了。带来一个好消息，至少对于于森森来说。赵钱菊的病情控制得不错，跟家人联系一下，明天就可以出院。

很奇怪，赵钱菊没有半丝欣喜。她面沉如水，不言不语，似乎在计算着什么，谋划着什么。在得出运算结果的那一刻，某种衰老的诅咒在瞬间解除封印，负重累累的岁月如狂涌而至的泥石流般在赵钱菊的脸上碾来踏去。于森森惊愕地看到，赵钱菊的嘴表下沉，眼窝塌陷。她的一度精明的眼光不得不从深陷的眼窝艰难地攀爬而上，未至终点，便已气喘吁吁，满是倦怠。

赵钱菊躺回病床，试图用被子将疲惫掩盖。于森森预感着，不，她敢确信，赵钱菊的沉默里正酝酿着某个阴谋，这场阴谋虎视眈眈，在她怀中怒目圆睁。

太阳藏匿后的第二个小时，尤兰英的主治医师也应召而来。在这个神色晦暗的下午里，尤兰英一直稀稀拉拉作痛着的腹肚，疼痛骤然加剧。肠子仿佛搅在一起打着群架，试图将每个蠕动着的接近者缢死。在极长的时间里，她佝偻在坐便椅上，试图通过最原始的方式期冀着痛苦的减轻。尤兰英一瘸一拐，在坐便椅和病床间的循环波转，她的身形以肉眼可见的速度萎靡。最后一次，她以虚脱的姿态粘黏在墙角无力起身，滑坐在地。

于森森惊呼着，喊来护士一起将尤兰英搬运回床上。尤兰英的皮肤松弛且冰冷，还带有黏腻感，这让于森森想到了被开膛破肚的案板上的某种鳗类。好消息是，尤兰英因为痛楚而五官挪移的狰狞为自己争取到了一剂颇为珍贵的止痛针。

护士说，得赶紧联系家属，必需有人看护你，子女电话是多少，我可以帮你打。

没事，我没事……尤兰英颤巍巍抬起手，试图攥住护士的衣角而无果。她从虚脱里勉强挤出几丝喑哑地喃喃，我儿子他忙啊，当爷爷的人了，每天还要照顾小娃娃，我的孙子忙着上班，没有人，没有人会来……

那么，至少您得请个护工，不然厕所都上不了，护士给她下了最后通牒。尤兰英只一心追问着请护工要多少钱，价格让尤兰英面露难色，她讪讪地说，再看看吧，明天再说，兴许睡一觉就没事了。

护士走后，于森森感觉到，尤兰英的眼睛一直直勾勾地看着自己。她的眼珠发黄，眼白发蓝，眼角发湿。这些晦暗的颜色钩织出一个哀伤的沼泽，让于森森在不自觉间陷入其中。

不知是对着谁。或许是对着于森森，亦或许是对着她自己。尤兰英断断续续地诉说着一个漫长的故事。怎样含辛茹苦养大儿子，又替儿子拉扯大大孙子。孙子要结婚了，没钱买婚房。一声撒娇似的奶奶哎叫得尤兰英的心比水还要柔软。毫不犹豫的，尤兰英把自己唯一的房子卖了，孙子顺利成婚，不久得了个胖小子。人家祖孙三代其乐融融，而她这个曾奶奶，在不知不觉间，一条不断蔓延地深深沟壑将他们的血缘与亲情撕裂。

尤兰英成了局外人。她意识到了儿孙日复一日的疏远与冷漠，她没有争辩，用剩的最后一点钱，搬进了一家廉价的养老院。

我已经是个彻底无用的人了。我老了，也没钱了，我的唯一的任务就是等死了。尤兰英将脸深陷在枕头里，这些承接着人们脆弱的，游离在这残酷世间的宛如小小孤岛的一片寥落软绵，也同样默默承接着人的泪。

七

救护车的蜂鸣声如出弓之箭，划过天际，穿透层楼，不偏不倚将于森森的梦境一击刺破。意料之外的惊醒让于森森的毛孔反刍着热汗，她深吸了几口气，试图将想要干呕的不适镇压下去。

零零点零零分。手机屏幕显示着四个白惨的圆圈，这种奇妙的偶然彰显着某种诡谲而无用的运气。

疯狂增殖于心口的郁气随着一次次深呼吸倾排而出，但烦闷感却愈演愈烈。新的一天，无限循环着冗长空虚的新的一天，终于有了一丝小小的异动——今天是外婆的生日。应当欢欣吗？于森森疲惫地意识到庆贺的想法并不存在。一股越发凝重的焦虑沉甸甸地盘在心头。于森森将眼睛闭上，模拟着一个又一个在太阳升起时，命运可能发生的诸种演变。

蛋糕？大抵是不必，在活到某个时刻人们终会发现，充裕着甜蜜的蛋糕是一种奢侈品，买得起，但享受不起。洁白绵软的油脂上印刻着年轮，也印刻着健康与欢庆。这里没有能够享用的人。

或许买碗面吧。总得为这个简陋仪式蒙上最后一层遮羞布。可是，外婆又会怎么想呢。

早在住院伊始，于森森便察觉到外婆情绪的异常低迷。陈钟秀一次又次追问着于森森,今天几号了?仿佛她的时间身后正有着一个凶残的野兽杀将过来。她痴痴盯着手掌,掰着手指,翻来覆去地算着什么。住院第六天的时候,陈钟秀捉住医生急切地询问,这两天能不能出院。医生瞧着检测报告时眉头是蹙起的,没有那么快,好好安心养病。

当晚,陈钟秀勉强恢复稳定的心率再次癫狂跳脱着。监测仪哔哔震响的报警声揭示了一个愁苦的结果,陈钟秀的住院生涯将要继续延期下去。

于森森猜得到外婆在想什么。就在去年,外婆在亲友的拥簇中热热闹闹举办了八十岁寿宴。只这一年,一切便天翻地覆,欢闹或将永久性的时过境迁。在这牢笼一般的病床上度过生日,对于总将不同寻常的偶发事件当做某种命运预告的外婆而言,无异于恶兆降临般的诅咒。她的衰老身体已经无力辨别科学的章法,而更愿意将全部思绪投身至源于某种古老传说的,缺乏逻辑的臆想上——那时,我做了一个噩梦,梦到了许多蛇涌过来,缠着,咬着——不详的梦!我知道霉头就要来了。从那以后,我的身体果然就不行了!

愁绪纷繁。于森森关掉手机,试图将自己麻醉在新一轮的迷蒙中。

唉嚯——一声哀叫劈入于森森耳中。透心的凉意让于森森战栗,她猛地反射式爬起,奔去查看外婆情况。外婆睡熟着,鼻子里游荡着轻轻地鼾声。外婆似乎没有事,于森森悬着的心稍稍放下些。唉嚯——又是一声,这一声更加响,于森森的心再次悬起。风声鹤唳。于森森悲哀地发现自己如同一只在黑夜里逃亡的小兽,猎人的枪口正朝向她,亦或许是她的同伴。无论如何,杀戮的子弹总会射出来的,不管打在谁的身上。

事情似乎不太妙,于森森打开小灯照看着。哀叫的源头是尤兰英,她的身体蜷缩着,如同一只枯虾。呻吟在肉体的苦痛撞击下不断派生。语义扩散,哀呼重重叠叠宛如群山耸立。

呻吟,呻吟,作为一个被现代世界的灯红酒绿所烙印出淫靡艳色的词语,在尤兰英的哀呼中回归原始的寓意。尤兰英的呻吟不断猛进,悲鸣在血与肉碰撞中惊涛骇浪里喷涌而出。尤兰英的胸腔嶙峋凸起,勾勒出白骨堆叠的天然演奏厅，尖利而苦痛的嘶鸣在此间冷汗森森、跌宕翻滚。这种悲鸣长满了锋利的勾刺，如同苍耳般将传播学演练到了极致。尤兰英的苦痛挂在每个听者身上，使他们闻之瑟瑟，皮肤破裂，汗毛倒竖。人类本能对于同类的哀鸣而感到战栗。

值班的医生寻着呼叫铃的召唤匆匆而来。尤兰英手指颤抖，试图蜷住眼前的白大褂的衣角，求求了，再给打一针的止痛吧。

这……止痛针不能滥用，你还有心脏病，如果能忍住尽量坚持。医生叹息着，像哄小孩般鼓励尤兰英挺下去。尤兰英怔怔着，绝望如毒蛇一样咬住她的心口。尤兰英在瞬间嚎啕起来，她用手砸着不锈钢的床沿，发出咣咣的可怕声响。受不了了，真的受不了了！要我死吧，痛啊，痛啊！

尤兰英终是得到了她想要的。药剂的作用让她安静下来。于森森瞥了眼手机，已经快凌晨两点了。睡眠不足已经让她的精神到达溃败的临界点。于森森阖上眼，祈祷着此刻的安静能够无限延长。她忽略了一点，在刚刚的喧闹里，醒来的不只是她一个人。

赵钱菊侧身旁观着，从这个嘈杂剧目的开始。她的眼睛渗出光亮，如同暗夜的枭鸟。她静默着，带着忐忑罪念的启示如天雷降临，在她心中霹雳，一场狂暴的雷雨正酝酿而出。

于森森被新一声哀乎惊起是在半小时后。冲锋号般的哀嚎，这次是赵钱菊。她声音中气十足，响彻天地，唉嗐！唉嗐！医生揉着眼，风风火火赶来。赵钱菊将医生这个词拉扯的长而绵密。医生唷——我的背好痛，浑身发冷。医生在她身上不断按着，询问具体疼痛的方位。

都疼，哪里都疼。

医生意识到自己正在被愚弄。然而这份谎言里并非全无真实的东西。你大概是腰着凉了，别的也没什么办法了。

赵钱菊给自己倒了杯热水。二十分钟后，她又按响了呼叫铃，这份召唤的权利让她有些肆无忌惮。

医生来了。赵钱菊直挺挺躺着。总有个缝在冒风。冷哦，锯子一样割我的骨头唷——痛唉——我的骨髓都流出来啰。

冷。

热气充裕的病房让医生额上沁出汗珠。冷？这种不加掩饰的荒诞让医生无言以对。他让护士给赵钱菊加了一床被子，年轻的护士做事仔细，把边角细细掖好。赵钱菊就像被埋在棉花堆里。

第三次按呼叫铃，赵钱菊特意将时间稍稍延后了一点，表现出自己努力压抑的诚意。医生唷，医生哎——赵钱菊唱戏般拖着腔调。

医生伫立在床前，雪白的长褂使得瘦长的身影神圣而高洁。他见过太多，听过太多，他长叹着，将眼镜摘下擦了擦。我知道你在想什么。不想出院对吗？

赵钱菊回以一个热切眼神，从她干枯的眼窝里。

罢了，我再批几天让你住行不行？

赵钱菊的病似乎在瞬间就好转了。她的嘴舌大抵是涂了蜜，否则吐露的文字也不会凝成一颗颗糖的结晶体。她反复咀嚼着此生最真诚的一句话，谢谢医生，谢谢！

你不想回家吗？

尤兰英喃喃着，像是追问什么，像是探寻什么——某种难以言喻的真相与道理。这种渴求让她暂时忘却过往的诸种不愉快。我已经没家可回了。医院，养老院……在哪儿没有区别。

我不回去。家，什么是家？空落落的，就我一个人——连一个能出声的都没有。还是医院好，这么多鲜鲜活活的人围着你，多好。你说是不是，老太太，你感觉好没好些？

在黑夜里，赵钱菊和尤兰英看不清彼此的脸，她们在此刻达成了和解。

尾声

天亮时，于森森买回来四碗面，给赵钱菊与尤兰英也各分了一碗。医院附近的粉店里并不卖白花花面条，最为接近的只有细细黄黄的碱面。当于森森从早高峰的人群里挤回病房时，面已经被汤汁泡发的有些坨了。尽管作为寿面来说或许有些失格，但这已经足够了。

我家外婆的寿面，娭毑们一起尝尝唷。

好唷。赵钱菊说。

好唷！尤兰英说。

汤汁的油星颤动着，鲜嫩的葱段像蓑舟一般摇曳。在摇曳中，她们突的大笑起来，笑着，笑到身体颤抖，声嘶力竭，眼角泛泪。人这一辈子，这一辈子唷……不知道是谁反复念着这一句。

在笑声将息时，赵钱菊举起手中的碗，热汤的温度炙烤着的手，她浑然不介意。

老寿星，老姐姐，还是你有福，你要长命百岁唷——

长命百岁，不够，活到一百零一！

外婆，你得健康，得长寿！你听听，别人都在祝你长命百岁！你要快活，要高兴呢！

陈钟秀吹着烫滚滚的面。热气在她脸上蒸腾，凝结出的水珠悄悄在脸颊滑落。她似乎还有些茫然，人们的欢庆被阻隔在失去功效的耳朵之外，她听不清大家在说什么。

但有些东西终究能走到心里。陈钟秀也笑了，这次并不是那机械的遮掩的笑。她笑着，竟有了几分往昔的爽朗与豪迈。水汽弥漫间，她模模糊糊看到了自己年轻时的模样，朝气、健硕，远逝的青春似乎在这一瞬间骤然回归，融进这具苍老的身体。

陈钟秀用双手将面碗举起，宛如举着一尊大碗口的酒杯。手臂不受控制的颤抖，却丝毫不减她此刻的风范。

好，好！陈钟秀说。她仰起头，一股热辣与灼烫冲滚着喉咙。就像喝着刺激辛辣的交融着年轮堆叠中的苦涩与欢欣的陈年酒一般，将面汤一饮而尽。

六、"余静如—黄先智"组授课实录

余静如,出生于江西,现居上海,2014年开始发表小说。小说散见于《钟山》《西湖》《十月》《小说月报》等杂志。亦有散文、评论发表于《新民晚报》《北京青年报》《文汇报》,等等。2018年中短篇小说集《安娜表哥》由译林出版社出版。现从事编辑工作。

余静如: 小说前后的叙述语言风格差别有些明显,我看完第一段的时候,还以为作者是名女生,第一段的描写细致得有些琐碎。下面我们来具体谈一下文本。

风断线

文 / 黄先智

从浴室出来她就开始哭了。进浴室前,她紧张地邀请我去乡下看皂树田。我犹豫了一下,还是拒绝了。这句问话耗费了她不少精力。在问话前,她紧攥着被单一角,来回搓卷,展平,欲言又止了几次,才声带紧绷发出了这个邀请。我说:"没空。"她问:"那下个星期呢?"我说:"下个星期也没空,我今天就要走了。"之前,她结结巴巴地说,春天,皂树也要开花了。意思是邀请我去春天的原野,去她老家看一排排亟待炫耀的皂树。我还没见过皂树呢,听说连根上都是带刺的。尖锐,酸涩,一百年前,满洲特务们就用它来扎人的脚心。因此我拒绝了。并且彻底的拒绝说,整个春天,我都将离开。她一言不发,有些失落。

我说:"去洗澡吧,等下就要退房了。"她身上还留有昨晚甜腥纵欲的气味,侧颈和胸脯上的吻痕曾一张一闭地呼吸。只是现在都冷冰冰,干巴巴的。趁她拖着脚步走进浴室,我拉开厚重的窗帘,阳光直射进这间潮湿阴郁又廉价的屋子。飞扬的灰尘一瞬间在皱成团的床单和被罩上方显现。在这个周六早晨，我和一个叫小陈的女人在开心宾馆醒来。开心宾馆对面，便是沿着堤坝蔓延的台城广场。太早了，广场上只有三个骑单车的小孩。他们围着冷风中一个卖风筝的摊贩兜圈。从河面升起的风吹来他们的大笑声。我看着他们从摊贩处一路半骑半滑穿过广场，稳稳停在马路对面，好奇张望着我的脚下，也就是开心宾馆的门口。现在那儿竖起了警戒线，线外缠了一圈又一圈的人。大部分都是来了又走，甚至根本都没搞清楚是怎么回事。

早上，我就是被警笛声吵醒的。我看见他们来去匆匆，把尸体运走了。现在，警戒线内只剩下一条臭水沟，里头躺着一只沾血的风筝。风筝很明显是从旁边一棵绿化树上掉下来的。最先来的两个年轻警察把它搞忘了。在我对着那棵树发呆时，浴室的水声渐渐停了。<u>她带着一阵水蒸气出来，头发湿着，浑身散发廉价浴液中廉价香精的味道。</u>我想，<u>如果她临时编造出这么一个皂树田的理由，或许灵感就来源于我们干涸的，臭烘烘的体液。</u>我看不清她被湿头发挡着的面容，直到她慢慢摸索床头柜抽屉，背对我，取出宾馆的吹风机插电，隆隆轰鸣，我才开始谈到沐浴露的味道，并进而谈到芳香烃。我说，苯环写出来就像一个指环，而邻苯二酚就像一枚戒指，两个羟基就是戒指上的钻石。整个过程除了吹风机的轰鸣，她未置一词。我不觉得奇怪，因为她一直听不懂这些。直到吹风机停下，我才

"她带着一阵水蒸气出来，头发湿着，浑身散发廉价浴液中廉价香精的味道"，这里的"廉价浴液和廉价香精"，留一个"廉价"就可以了。"如果她临时编造出这么一个皂树田的理由，或许灵感就来源于我们干涸的，臭烘烘的体液"，这些描写内容略多，然而并不能为作品加分。"她身上还留有昨晚甜腥纵欲的气味"，等等，这一段有关"我"的心理描写有点多，"我"对这个女孩不是特别在意，但"我"的这种态度在前后文的反差是很大的。

听见她溺毙般细微的啜泣。从浴室出来她就开始哭了。她掩着还微湿的发梢，怎么也不肯转身面对我。

她哑声问道："那你准备什么时候结婚呢？"

我听说有的女人就是这样的。前年，骆星汉结婚了。大家都认为我跟他是穿开裆裤就在一起的好兄弟。为了结婚，他贴着头皮理了一个寸头。他说："这样看起来干练些。"那个女人的父母在乡下有三亩田，他提着两瓶酒去拜访，看见田都荒了，长满了锯齿草，像是血盆大口长满了牙齿。那个女人的父亲就龇着牙花坐在坪前问他："你们准备什么时候结婚呢？"他们来回说了几个钱的数，结婚的日子就定下了。骆星汉是这么说的："我呀，能有人结婚就不错了。"出狱之后，他就看谁都觉得不错。他觉得小陈也不错，最难得的是人老实。他有个舅舅在服装厂上班，就擅作主张帮我打听。她们评价："手巧，肯干，就是不爱说话。"歇工的时候，她宁愿安安静静在饮水机边坐着。骆星汉说，这哪算什么缺点。女人嘛，如果你都愿意跟她上床，那结婚不就是更简单的事。

那天傍晚，我跟小陈绕着河堤走了两圈。她一开始迟到了，气喘吁吁跑来，镇定低头跟我说对不起。我问："你是我父亲介绍的小陈吧？"她微微"嗯"一声，又不说话了。风大，把她暗淡的裙摆吹得如狗尾巴草蓬起。那是条黑底碎花裙，在夏末已显得单薄。我说："你裙子好看。"她说："是吗？这是我们厂做的。"她还是有些紧张，还是有些受宠若惊，但仍旧一路磕磕巴巴讲到她衣服的肩线，以及一件连衣裙的扣子可以有多少种。最后她掏出手机，打开抖音给我看。我问："这是什么？"她说："这是在切边。"她翻过的几条视频，里头都是一大沓花色布料，嗡嗡地被震动的刀片利落地裁成几块。

"有时候我们还搞直播，"她语气里隐隐自豪地说，"厂里面要我负责这个事情。"

"直播什么，切边吗？"

"嗯。"

"有人看这个吗？他们看这个图什么？"

"不知道，"她诚恳地说，"但是好多人都喜欢看，每次好几千人呢。"

她谈到喜欢的东西时精神就好一些，脸不像米纸那样透白，脆弱，因为兴奋，撒了些红色的糖霜在上面。我们沿着河堤，从广场这头走到那头，绕着那座巍峨的祈雨台转悠了两圈。风雨欲来。秋天要来了。雨水降临前，一些叶子已悄悄掉落，卡在台座角落的缝隙里，一半已然腐烂。台脚下有三三两两的老人放风筝。他们装备齐全，风筝也耐看。人们给穿着军大衣的老人让出宽阔平坦的位置，<u>他牵着一只快速翻飞的麻雀风筝。风筝混入麻雀群里，它们饶有兴致围着它盘旋，可马上又离开了。</u>大家看了一会儿，一开始还为自己胜过麻雀的迷惘而感到饶有趣味，但反复两三次，又觉得一切索然。

天空低沉，我指着风雨欲来的祈雨台说，这儿原来有一大片湘妃竹。湘妃竹，就是娥皇和女英哭舜的产物。唐朝有位刺史，大旱年间，他亲自跪到干涸的河边祈雨。不多久，雨就下了。为了纪念他，有人修了这座祈雨台，还在台边种了那么一大片湘妃竹。只是到了明朝，清朝，商路迁移了，人口凋敝，这座祈雨台也塌了。那时候有个姓李的秀才，屡考不中，屡考不中，后来就疯了。他到坍塌的祈雨台边，一砖一瓦，竟又重新修葺起来了。之

"他牵着一只快速翻飞的麻雀风筝。风筝混入麻雀群里，它们饶有兴致围着它盘旋，可马上又离开了。大家看了一会儿，一开始还为自己胜过麻雀的迷惘而感到饶有趣味，但反复两三次，又觉得一切索然"，这句话作一看写得还算生动，但是，把这句话仔细通读一遍，里面的逻辑错误就会自然地暴露出来。"为自己胜过麻雀的迷惘而感到饶有趣味"这句话究竟是什么意思？其实我可以理解，可能你（指作者黄先智）觉得观看麻雀风筝的人觉得自己比那些麻雀更高级，但是这样的比较并没有太大的意义，可能人和人之间同物种的比较才能凸显出优越感。这句话如果稍微改一下就会通畅很多，"大家为一开始为了麻雀的迷惘而感到饶有趣味"，我觉得这样就可以了，不要写"为自己胜过麻雀的迷惘而感到饶有趣味"，那是不通顺的。

后他便日日来此，在台上对酒当歌。有一天，毫无征兆地，他就从台上跳下来，扑通一声入河，死了。

她听得津津有味，还要问："然后呢？"天已全黑了，人都收风筝回家了，我也说："就这样，死了就没了。"人死如灯灭，她看我也越发钦慕起来。渐次亮起的路灯下，人高兴得沉入夜色微醺。她问我："那你是做什么的呢？"

"我是做什么的？"

"对啊。你爸说你一般在西安，那你在西安做什么呢？"

做什么呢？我说："我是考古的。"

"就是要经常到很多古墓里去了？"

"差不多吧。"

"啊，那肯定很有意思。"

在她的要求下，我讲到考古下墓都要备一个小箱子，箱子里是各式各样的小镐和刷子，比女人化妆的刷子还多。那些安详的骨头就是这么被一刷一刷，斑斑点点从土层里渐次显露出来。西安的古墓太多了，浩如烟渺，一辈子也发掘不完，一辈子都在发掘的幸福里。我在书上看到，考古队还会用碳十四同位素测墓室的年代。她问我碳十四是什么。我说："是一种放射性的碳元素。"人身上也充满了碳。有那么一小部分有放射性，它们不停地衰变，坍塌。根据衰变的多少，就可以推算物品的年代。

她问："我身上也有吗？"

"有的。"

"也在衰变吗？"

"是的。"

"它们衰变完我就要死了吗？"

"不会的，"我看她问得很认真，不自觉也回答得正式起来，"它们没有危害，人活着就吸收碳，排出碳……况且，人的生命太短了。就算死一万次，也不够的。"

她在床边等不到我的回答，又陷入捉摸不透的沉默里。她默认的回答是："不。"什么是"不"呢？是"不结婚"，"不知道"，还是别的什么？我说："下楼吧，等会儿骆星汉就要来了。"话一出口，宾馆里顿时就亮堂起来。一小块阳光透过窗外枝杈，齐齐整整照在她光洁如瓷的后背。我一碰它就碎了。从乡下出来的厨娘也没有这般逆来顺受的静默。她由着我的手滑过她的耳廓，脖颈，一直来到肩膀。我拾起她掉落在地上的胸衣，从背后给她穿上。我们之间的间隔便忽如其来变得广大了。我停下对她说："你自己收拾一下吧，我先下去退房了。"

楼下前台那位小妹还处在极度的亢奋里。是她顶着早班，走出门口，把隔夜的茶水泼向街上时发现那具尸体的。她做完简单的笔录又被放回来了，实在没什么可说的。她二十来岁，微胖，为了消去鼻翼两侧的痘痘，她灌水受刑一样吞咽一升又一升的菊花茶。她在宾馆一楼后门边上的宿舍酣睡一夜，只是碰巧由她来发现横陈在污水里的尸体。她信誓旦旦地说："那个男的肯定喝醉了。"三四点，春寒料峭的夜里，他一个看不见，就像一头海象栽倒在臭烘烘的水沟，呜呼一声也无就溺亡断送了命。她推测，那个男人准是受了情伤。只有受了情伤，才会让一个壮实的男人喝酒喝到三四点。面对质疑，她振振有词地说："警察说他三四点死的。"她为那个男人觉得可怜。她发现的时候，还以为那

"宾馆里顿时就亮堂起来。一小块阳光透过窗外枝杈，齐齐整整照在她光洁如瓷的后背。我一碰它就碎了。从乡下出来的厨娘也没有这般逆来顺受的静默"，这句话出现的过于突兀，前文没有任何相关铺垫，突然就冒出来这样的一个比喻，跟上下文完全对应不起来。

首先，对一个人物要用哪种修辞，应该考虑这个人物的心理、性格和背景。比如，你写的是一个农民，那描写中大概率会出现的一些形容词、比喻和意象，可能都来自麦田、稻田或者是他的一些生活；如果你写的是一个诗人的话，那修饰词可能会来自一些比较抽象的意象和文学作品。

"从乡下出来的厨娘也没有这般逆来顺受的静默"，这句话跟"她"很不搭，这句话很像是从外国小说里面突然冒出来的句子，放到你这篇小说的语境下显得很奇怪。从文本里看，这个人也不是一个情感经验丰富的角色，他跟乡下来的厨娘有什么接触吗？还是有什么东西能够让他联想到乡下来的厨娘？我觉得这个联想非常跳跃，好像是从书本或者别的地方突然拿过来的形容，这一句可以不要。

"我拾起她掉落在地上的胸衣，从背后给她穿上。我们之间的间隔便忽如其来变得广大了"，这句话也很奇怪。小说里面类似这种类型的修辞有很多处，如果不认真看的话，读者会觉得这篇小说好像有一些质感，但是这些看上去增加了质感的修

辞其实都经不起推敲。你仔细推敲一下，它们到底表达的是一种怎样的状态？还是仅仅让这个文本看上去显得有了点什么？

现在的作者会去看一些比较流行的作品，多少会受一点影响，写出一些这样的句子，我觉得不大好，那些作品对于作者的写作没有太大的帮助，要知道流行的作品不一定是经典的作品。

个男人只是睡着了。他很年轻，身材却很健硕。结实的小腿上有一片乌黑发亮的文身，被脏水浸没。人死了，那片文身倒好像还活着，还在一跳一跳挣扎着呼吸。

每次回台城，骆星汉总要约我一聚。是他觉得我在台城的朋友太少，他作为唯一的朋友负有重任。他的腿在牢里干活的时候被机器轧废了，但是腰还硬朗。每次，都是把我领到他炒菜的饭店，等夜宵结束了，摆个小桌子出来跟我喝点。昨夜，小陈知道我回来了，无人知晓般静悄悄地立在饭店门口找我。骆星汉比我先瞧见，用力推我一把，扬头豪声说："去吧，看你看得紧呢。"在骆星汉心里，我迟早是要回台城跟小陈结婚的。这是注定的，没有为什么。不然一个人漂泊在外干吗呢？就算是风筝，也该有收线的时刻。到那时候，骆星汉就要来高高兴兴做伴郎。出狱之后，他那些朋友结婚，就再没有邀请他做伴郎的了。他们都说是因为他瘸了那条腿。

骆星汉提着我那黄色的小箱子，老早就在开心宾馆门口等我了。周围人来来往往，都要对警戒线围起来参展的死亡悲叹一声："哎呀，可怜。"他做厨师的，也就早上有空一点。一清早，他就提着我昨夜留在他饭店里的行李过来了。他头一回见我这个小箱子，问："这是什么？"我答："考古箱。"他捏捏我肩膀，再锤一下我的胸膛："行啊，出去几趟，活泼些了，会开玩笑了。"我说:"不是。"这个小巧玲珑的箱子,贴着陈旧的黄漆皮,是我从老家一个地窖翻出来的。听说,这是从以前一个地主家的贵太太房里抢出来的。对于小陈来说,这就是历史的沉霜。里头装了数不清的小镐和刷子,伴着一次次神秘勇敢的行动,从深不可测的地下把那些残破的典籍和人骨抢救出来。

骆星汉听了大惊:"你干吗要骗她?"

我想了想,摇摇头:"我也不知道。"

或许因为我潜意识把她看做一个特务。毕竟,我离开之后,父亲就常去台城广场看人放风筝。暮春和初秋,是一年里最温暖的日子。老人们揣着暖烘烘的衣袖,迎着宽广的,令人感动的河面,闭目缓缓地晒着太阳。父亲在帮小孩捡一枚掉在花坛里的皮球时摔倒了。这场骨折让他在床上躺了一个月。此前,他像一位宁死不屈的将军,很有骨气地撑着拐杖,不肯承认一切。之后倒是像那个皮球般肉眼可见地泄气了。他变得衰弱了。在衰弱的第三天,他要我去见小陈。

台城广场在我小时候就砌好了。当时主持的那位市长费老大劲才附会到唐朝那位祈雨的太守,再默默地于新修的祈雨台边立上自己的碑。只是没过几年这碑又被下一届的班子拆除了。广场建成后,成了许多人放风筝的好去处。猛烈又残酷的风从河对岸破败倒塌的民居吹来,又向广场背后空落落的工业园区吹去。风从南吹到北,又从北吹到南。严苛的风什么都没有留下,只留下一阵阵高高在上,一飞冲天的风筝。

父亲是退伍回来的军人,我放跑风筝的时候,他就笔直地、远远地站在一边看着我,干爽的衣裤洗得和军营里一样干净。他看人的时候不苟言笑,很是严肃,看风筝的时候也是如此。他给我买的是最普通的三角风筝,悬在商店门铺的最底下,缝着两条彩色缎带装饰着。他说:"先把它练会了,放别的就简单了。"好像放风筝也是一门大道至简的学问。乘着大风,就是多差劲的人,在台城广场上都能飞起来。那小风筝随着呼啸声越升越高,放线的转轴一会儿就转到底。嘣地一声，线就断了。

我们找了很久也没找到风筝。有人说是掉到河里了。可平静的河面依然如蓝黑色的绸子般沉默不语。我们随着堤坝找着渡口边放风筝的男人。<u>他是一个怪人。干瘪的身材宛如一块长长的脆煎饼，稍不注意就要被风折断了。</u>他垂着细长的脖子沉默不语，只顾盯着冷峻的江面，他就是这样放风筝的：别人仰头望天，他低头看水。水里有风筝的倒影，有天空的倒影。水里的风筝在水里飞得高，天上的也错不了。

<u>那时候我常常对父亲说："我恨你！"</u>因为即便放风筝也不再是一种需要放松的乐趣，而是需要认真对待的东西。父亲的手在军营训练里被砸断过，神经的损伤让他再拿起枪来便会颤抖。母亲死了之后，他就是这么开始训练我的：我在寒风中站立，卧倒，被尺子量着规划好站姿。服从他的命令，培养心中的荣誉，像他曾经可以的那样，不浪费每一分每一秒腾飞到更远的高空。即便是放风筝，也要一丝不苟地在广场上来回奔跑无数遍，保持固定的角度，习察风向，直到不再抱怨，不再看重多余的感受，眼泪也在风的吹拂下干涸。又或者等到线铮然断裂。

我站在那个怪人背后，而父亲在我不知晓的某处冷峻地瞧着我。广场的风峻阔猛烈，吹得我后背的衣衫膨起，仿若一根细密湿润的线连着我的背部，遥遥地紧攥在父亲手里。<u>在风的催促下我踏</u>

"他是一个怪人。干瘪的身材宛如一块长长的脆煎饼，稍不注意就要被风折断了"，这倒是一句还不错的形容。

"那时候我常常对父亲说：'我恨你！'"我看到这句话时感到比较意外。父子两人放风筝，突然儿子来了一句"我恨你"，接下来的解释是"因为即便放风筝也不再是一种需要放松的乐趣，而是需要认真对待的东西"，这个理由好像不足以引起"我"对父亲说"我恨你"这种话。像"我恨你"，"我爱你"这种强烈的表达，其实很少出现在生活里。在小说里面，如果要用这样激烈的句子来表达情感的话，必须考虑句子出现的合理性，要做足铺垫，或者说你要对这个人物有一些了解，你要有一个更好的场景，让它出现得更自然。

小说中还有一些形容过度或形容不准确的地方。"在风的催促下我踏出摇晃的步伐，盯着苍白颈椎的背影勇敢地发问：'请问，你看到我的风筝了吗？'我局促等待着。他的声音足够沙哑，苍老，似乎很多年没有回答过问题了，也因此对我足够遥远，遥远到似乎从和历史等同距离的未来发出回应：'……谁的风筝？'"这里不需要用过多的文字去强化这出摇晃的步伐，盯着苍白颈椎的背影勇敢地发问："请问，你看到我的风筝了吗？"我局促等待着。他的声音足够沙哑，苍老，似乎很多年没有回答过问题了，也因此对我足够遥远，遥远到似乎从和历史等同距离的未来发出回应："……谁的风筝？"

我说："我的，我的风筝。"

"什么风筝？"

"就是，"我害怕地求助着警了父亲一眼，勉强手舞足蹈地形容了一阵，"就是，一个很普通的风筝。"

这个瘦削的背影没有再回答了。又或许回答是在我不得不离去之后才暂缓作出。开阔的河面上驶来一艘坚固的采砂船，汹涌的涟漪从船侧奔袭而出。他那会儿放的是一只黑白燕子风筝，燕尾垂下的两根绦带和我的很像，抖落在高高震动的天空里。而他盯着水里的燕子沉默不语。翅膀和风的搏斗也被水消解了。一切都在被涟漪破碎的水面中沉入更深的水底。我小小的身体仿佛突然被堵塞得臌胀起来，什么东西湿湿润润的，直到我看见那个如庞然大物的采砂船在一阵隆隆声中靠近，灰色的船室上似乎挂着一只彩色的风筝。线断了，我看不清，直到父亲不知何时走到我身后，不容抗拒地扭着我的肩膀，强硬地说："走吧。"

那些警察就是那个时候从警局返回，踩着梯子将树上缠绕的线团取了下来。他们很小心，但坚韧的尼龙线割碎了几片初生的嫩叶。由汁水留下了永

个人的怪，他的"怪"是你用文字形容出来的，而不是通过他的行为和表现展示出来的。"遥远到似乎从和历史等同距离的未来发出回应"，这句话看上去很有深意，但是文本要经得起推敲，如果仔细看仔细思考，你很难想明白这句话到底是什么意思，这种像诗一样意思含混朦胧的句子，尽量不要出现在小说中。短篇小说中，每句话都是很重要的，每句话都要经得起推敲，像这句如果出现在这里，基本上有一处或者两处就足够，而且它必须要对突出或呼应你的小说主题有帮助才可以。

还有一个问题，我始终不明白你这么写的用意。小说里几乎每个人都在问"准备什么时候结婚"，这使得小说的主题非常模糊。我猜测你是想描写一种生活的平庸、人的孤独，再联系风筝等意象，怪人等暗示，你想要表达出一种情绪。但是，每个人都会问什么时候结婚，每次对话发生的场景又写得特别实在，小说的主题跟结婚有什么关系？我刚才说过短篇小说里面每句话都非常重要，"什么时候结婚"这个问题出现了这么多次，如果跟这个主题没有必然的联系，会让读者觉得你其实是想要为"我"找出一些困境和问题，但是你又想不到具体的困境和问题有哪些，所以你就让这些人把结婚作为一个问题，放在小说里来，让这一切看上去好像是对"我"的生活的束缚和阻碍，这种处理方式太过生硬。真实的生活中，别人问起你这个话

题,很难对你造成你在小说中想象的那么大的束缚效果。这些重复的"什么时候结婚"会导致小说的主题变得比较模糊,它没有丰富的情节,你也没有很深入地去描写每一个提问的人物。总的来讲,它也许传达了一种情绪和观念,但是这种情绪和观念不具备个人特点,也没有表现出足够的深度。其实这样一种情绪,有很多作者都写过,传达这种情绪本身是完全没问题的,而且很贴近生活,比那种只重视故事情节或者结构技巧性的小说要好。但是,你在小说中传达这种情绪,或者说你要传达一种人生的困境,其实要比仅仅讲述故事难得多,如果你坚持在小说中传达这种情绪,那无论是语言、人设,或是结构,你都要重新考虑。

黄先智: 小说中关于人物的问题,"我"之所以对和自己同床共枕的女性小陈很冷漠,是因为我想写的重点不在于小陈是"我"的什么人,而是侧重于她对"我"的生活有什么影响。至于"我"前后态度的差别明显,是因为小说的后文部分写得比较仓促。我在创作前文部分的时候,本来想为后文的呼应去埋一些伏笔。比如说,我在前面可能会写"我"去看皂树时提到了100年前的满洲特务,本意想表达的是"我"把小陈看作是扰乱"我"生活的特务,但是写得比较着急,于是这一点就没写明白。

关于"我恨你"出现得比较突然这个问题,父亲这

恒的嫩绿的痕迹。一个年轻的警察一只脚踩在水沟里,用洁白的手套拾起那个沾血的风筝。风筝骨折断了,于是被折得更细碎地套进了塑料袋里,在几双洁白的手套里传递来去,不一会儿就越过警戒线消失在人群后头了。他们就是在那个时候,从宾馆门口迈步进来,悄然停在我的身边。领头的健壮男人戴着警帽,看着我在登记簿上签下了退押金的名字。他沉重地问我:"你就是昨天住在202的吗?"

"是的。"

"你是一个人住的吗?"

"不是。"

"那是和谁?"

和谁呢?我应该怎么说呢?那天父亲也是这么振振有词地问我:"你和谁在一起呢?你准备什么时候结婚呢?"骨折后的父亲如此虚弱地躺在床上,干渴的嘴唇啜饮着虚空中的水。那被偶尔使用的拐杖从此废弃在一旁,他虚弱了,并且将从此往后躺在这张床上永远地虚弱下去。我从千里外的西安赶回来,为的就是回答这样一个问题。而我没有和谁在一起,也没有想过要和谁一起结婚。一些风筝在春天孤零零飘着,线有时会崩开,就是这样。父亲用他的虚弱来保证说:"那就去见一见小陈。"

她披散着头发,微润的发梢在胸前蜷曲,踱步从昏暗的楼梯间来到我们面前。那个穿警服的男人看了我们一眼,看了看她在我面前乖顺的模样,像一只天生就应该归圈的绵羊麻木地走入了应得的圈

套。只是她偶然抬起的眼神似乎还在问我："你准备什么时候结婚呢？"

"噢，我知道了，我知道了，"那警察只瞥了一眼，便喃喃地在本子上飞快记录了一笔，然后平静地抬头，"那么，你们昨晚看到有人放风筝吗？"

"放风筝？""是的，就是……"他张开双臂，费力比画着，"就是这么大的风筝，有个人，可能正好在你们楼下的位置。比如，他把风筝挂在树上了，然后有个人喝醉了酒，一头挂在了风筝线上，勒着脖子，一头栽倒水沟淹死了。"

我步出宾馆的时候，就看到很远很远的天空，有风筝在飘着。悲哀的是，有多少在飘，就有多少人在下边牵着线。苍白的幕布上浮动着几个灿烂的小点，好像好戏要开演了，又好像戏已完全落幕，余韵还在，人已准备散场。春天风大，想来也没有几个人决然拒绝放风筝的消磨方式。毕竟在这样一座小城，还能做什么呢？暮春或者初秋，当我坐在堤坝上的时候，闭眼想象着的就是这样的场景。啊，以后还会有多少人来这里放风筝，一根一根的线从广场拔地而起，织成一张细密的网，在祈雨台的周围笼罩成一场刀光剑影。有一天，我在那个堤坝上走得太远了，远到广场上的人群变成了黑点。远到渡口处围合着一圈密闭的警车，在暮色四合的天际线前闪烁着急促的红蓝光芒。一个从那边返回的人告诉我："啊，他死了。"是那个怪人死了。之后我和小陈第一次见面，绕着祈雨台转了三圈，我

个人物也是因为前文铺垫没写清楚而显得像是突然出来的，包括"我"和父亲的关系混乱不清等，这一部分我确实没有在文本中交代明白。

关于整个文本的主题，我确实是想写一篇传达某种情绪的小说。我以往的创作都是去写一些侧重故事性的小说，那样的小说无法满足我内心的写作欲望，我更想尝试去写这类传达情绪的小说，老师您说这类小说创作起来比较困难，我也深知这其中的巨大挑战性，但是，这对于我为什么写小说、为谁而写小说，有着非凡的意义。

这篇小说中人设模糊不清，我自己也能够感觉出来。老师刚才说不大理解为什么小说中每个人物都在问他什么时候结婚，而且询问的场景和对话显得很实在，放在整体的文本中比较生硬。

其实，我在构思整个故事时，最开始的想法是想先展示情绪，由情绪带出故事。我之所以在小说中通过那么多的人物去对主人公提问"什么时候结婚"，我原本设想的是"我"与父亲是一种不和谐的父子关系，"我"之所以回来，也是因为父亲的请求，他请求"我"去见小陈，"我"去见了，并且将她当做父亲派来安插在"我"身边的，想要借此留下"我"，试图影响"我"的生活。小陈问"我"什么时候结婚，是因为她知道自己已经怀孕了的，小陈是一个比较传统、没有什么复杂心思的人，这个时候她心里会有一些忐忑，她希望能够结婚，

141

但她同时又认为自己想要和"我"尽快结婚的那些想法和期待，对于"我"可能是桎梏，是一种婚姻枷锁，所以她没有直接说出来。后文中，"我"的朋友问"我"什么时候结婚，是因为朋友作为一个旁观者，知晓了"我"的一些事情之后，认为"我"应该回来，而且现在有了一个合理合情的理由，于是就借此问了出来。

在构思人设的时候，我很自然地将结婚看作对主人公的一种束缚。

"从乡下出来的厨娘也没有这般逆来顺受的静默"，这一句也有一个逻辑背景，我将小陈的出身设定为她是从乡下来的，到县城工厂务工，于是就自然地写出了这一句。"浑身散发廉价浴液中廉价香精的味道"，之所以保留了两个"廉价"，是我通过阅读后发现或许这样写能有一种强调的作用，要比只保留一个"廉价"更能突出浴液和香精的价值，以及烘托小陈的人设。

们眺望着河对岸破败的民居，视线从水草丰茂处延伸到那个渡口，我想起了那个怪人，心中一些酸涩，又仿佛是一点哀伤，但渐渐地，全迁怒到小陈的头上。

"他为什么要死呢？"那时候小陈仰头问我。

"有人是这么说的，"我努力想跟她解释，但她似乎仍然很难明白，"有一天，他跟平常一样，坐在河边放风筝。但不一样的是，风筝线突然断了。风筝飞得很高，不知飘到了哪里。但是他大叫一声，跳下去了。有人是这么说的，他去水里找他的风筝了。"

"好像和你刚刚说的那个故事很像？"

"什么故事？"

"就是那个秀才的故事，有一天，他从台上扑通一声，跳下去了。"

"是的，是的，"她这么一说，我才想起来，"是的，是很像。"

她一言不发跟着我出来，长久的问话和封锁让我耽误了本应乘坐的车次。门前那个臭水沟还积攒着浑浊的水流，但在发现男人尸体的那一段上盖了青石板。骆星汉脚步匆匆走在前边，直到远离了警戒线，远离了人群，远离了那几个穿制服的人和警车，才停下转身走到我们面前，把我那黄色的小箱子塞到我的手里。他急促地问我："怎么了呢？他们刚刚跟你说话？怎么了呢？"骆星汉害怕警察，出狱之后，他就害怕得直喘气。不过他也经常说

"人活一口气"。他说的一口气,不是说的去争气,出气,不是去单打独斗活出一片天的勇气,而是那一口单纯的呼吸。是一个人独处一室,第二天还能撑着他下床的那一口呼吸。他给自己找了很多这样的"气",包括他给我翻阅的,手机上津津乐道的老婆的照片。他穿着一件花衬衣,凑在那个质朴的女人的腹前,噘嘴装作呼气的模样。他很幸福,但那张照片让我想起我们的小时候,在无风的日子里我们放风筝,稚嫩的小嘴吹出短促的气流,试图将沉重的篾片托起来。

"没怎么……没怎么,"我安抚着他,"就是说,昨天那个死了的男人,只是问我们一点关于这个的事情。"

"哎,"骆星汉长叹了一口气,"为什么呢?哎,你说,他为什么要死呢?哎,人真是会想不明白这一点。"

我第一次告别父亲的时候,他坐在窗台前,一句话也没说,只是坐在墙角围成的阴影中盯着我,他也没有想明白一些所谓的点。仿佛岁数上去了,倒和一株君子兰对坐着赌气。他的姿态是说:"你走吧。"他已经没有心力,也无法再跟上我,无法用金线银线尼龙线捆绑着回转心意,只能遥遥地转动着卷轴。而我也并没觉得自由,就好像风筝断了线,飞入云层里也还是不自由。等到父亲死了的时候,我也不在他身边,只听说小陈最后陪着。葬礼前,她穿着一套棕色的工厂制服,神情严厉又冷酷,像一名专为我而来的女特务。那个线轴似乎也被父亲临终前托付给了她。每隔几周,我回来看一次。

每次,她看见我提着那个黄色的小箱子,就知道我要走了,要去西安,去一个比这里更广大的地方去了。倒是这次氛围比往常更沉默。我们在开心宾馆的后街上转了一圈又一圈,一整个冬季未落的树叶被新生的春芽顶下,被我们脚底踏过,悄然断裂。而骆星汉比我们俩更着急。他抓耳挠腮,在我们俩之间瞥来瞥去,直到送我走到台城广场的边缘,一排排黄色的出租车敞开着车门等待拉客。我轻轻晃晃手中的小箱子,示意准备走了。骆星汉上前拉住我的正欲离去的手腕,急切地问我:"你们准备什么时候结婚呢?"

我瞧瞧他，再瞧瞧小陈。小陈感受到我的视线，抬起头来，抿着一向微微苍白的嘴唇，抬起下巴，示意着我手中的箱子说："他……还有事，那边还有工作要忙。"

"有个屁的工作忙！"

骆星汉抢过我手中的箱子，提着把手用力抖落几下，松垮的卡扣便崩开，掉落出一地无谓的细小的物什。那些型号各异的刷子、镊子以及精细的窥镜，都是小陈一直想象中的小玩意。现在抖落在地上的，都是些亮晶晶的硬棍和石头。

"看见了吗？"他捡起一颗卡落在地缝中的小珠子递到小陈的眼前，"没有什么工具，没有什么非去不可的工作。你要是想说什么，就直接跟他说。"

"说什么？"我问。

骆星汉摇摇头："她怀孕了。"她低着头，手指间揪着上衣的下摆，来回搓卷，展平，欲言又止，最后声带紧绷地说："是的……"然后稍稍坚定了些，顿了顿，"我怀孕了。"

那个下午，我们在台城广场来回逛了很久。大风吹得人不知道自己要去何方。广场上有许多趁着周末最后的时光来放风的学生，一些青春的少男少女提早吃着冰淇淋，或坐或卧地聚在通往堤坝的台阶上。我们一时兴起，倒想着去买几个风筝，趁着春季伊始的大风翻腾而上。只是几个警察将广场上卖风筝的小贩围住询问，等了很久才解散。骆星汉倒是雀跃了不少，向着最近的小贩问这问那。倒是都说了，那几个警察拿着那只塑料袋装着的风筝到处询问，最后问到祈雨台下边，有个人指正说，是那个醉汉自己买的这只风筝。他或许遇到了大喜事，又或许是伤心欲绝，一个人跑在深夜的大街上放着风筝，风筝挂在树上，把他给绞死了。或许他本身想诗意地绞死自己，最后却一头栽在了臭水沟。这都有待调查。唯一可以明确的是，谁也不认识他。这是一个外地人。我和骆星汉合买了一个小型的蜈蚣风筝，但是这也很需要技术。

小陈坐在远处看着，我们俩一人举着风筝，一人握着线轴，在广场上来回跑了好几次，风再大也没能放起来。倒是我俩都累了的时候，骆星汉一松手，那长了五六只脚的蜈蚣被风稳稳地托起来了。我松握着手里的线轴，看风拉着线越走越远，心里想的却是我曾经放过的所有的，线崩之后无处觅踪的风筝。有人是会舍生忘死去找那样的风筝的。但有的是不是会挂在树上，只为了绞死一个伤心欲绝的人。我这样想着，线轴在大风的转动下很快就见了底，那只在低空看起来无比威风的蜈蚣此刻成了一个微不足道的黑点。就在我怀疑的一刹那，线在与线轴的绑合处断裂了。我错愕地看着那只早已腾空的蜈蚣风筝，被大风卷席着逃往世界另一个地方。

黄先智："一开始还为自己胜过麻雀的迷惘而感到饶有趣味，但反复两三次，又觉得一切索然"，整篇小说中我想要传递的情绪，如果是通过人和人之间比较的话，这种情绪的表达好像更直白更容易理解，而我选择通过人跟动物比较去传递这种情绪，通过麻雀这种动物的迷惘，投射出主人公的心理。"我"看到麻雀围绕风筝的场景，第一反应是觉得自己比麻雀要更高级一点，因为"我"并没有对麻雀风筝感到迷惘，但是"我"马上又觉得麻雀会迷惘是很正常的现象，反而"我"对此感到饶有趣味是一件没有意义的事情。其实这里是主人公的一部分心理过程描写，但是我在这一场景中的描写并没有和前后文形成联系，我想要传达的情绪也没有表现出来，所以就显得这句话看上去没有什么保留的必要性，孤立在此反倒显得繁复。

下文出现的怪人，对他缺少细节的刻画，没有通过行为和语言去表现出他的怪异，这一处确实需要大改动。

"他的声音足够沙哑，苍老，似乎很多年没有回答过问题了，也因此对我足够遥远，遥远到似乎从和历史等同距离的未来发出回应"，这句话确实比较绕，我想在这里突出怪人和主人公之间的联系但是没有和前后文形成联系，所以这句话放在这里很突兀。

总体来说，我现在发现整篇小说中无论是人物还是前后文联系，等等，细节的描述都不够深刻，以至于人物之间、前后文之间、意象与本体之间，等等，一切联系都非常模糊，读者确实很难形成一个清晰的逻辑图。

这也是我写作习惯的问题，我在写作的时候，没有事先架构好故事的框架，行文布局没有预先进行精细的考量，而是按照自己的直觉写下去，尤其是写到小说后半部分的时候，从"我"对父亲说"我恨你"这里开始，后面的情节变化也不激烈，最开始设想的一些与前文呼应的地方也没够如愿地写出来，导致整篇小说给读者造成一种仅仅是在传达一种情绪的感觉，并没有为这种情绪的表达铺垫好一个坚实的托底。

余静如：听你说完这些，我对你的创作观念和创作过程有了一些了解。首先，我说过小说中的人就像是传声筒，在表达着作者的一些观念。小说里面的很多人物，主角、小陈、他父亲，还有一个朋友，没有一个是完整意义上的人，你至少要在小说中写出一个完整意义上的人，才能够让小说立体化，能够立得住。比如说主角这个形象，读者从小说里面只能看到他对于某些事情的有限的想法，比如说对于小陈的观察，然后跟父亲的一点互动，这些情节都是碎片，但这些碎片其实是可以组成一个人的完整形象的。想要形象刻画出一个人，并不一定要去给他添加很多奇奇怪怪的事情，或者说塑造几个其他人物去与他对比，只需要从他最基本的生活细节去描绘，就足以写出这个人物的特点。比如说你可以想象这个人一天都在做些什么事情，比如他对小陈说自己是从事考古行业的，他为什么会这样说？他想要表达什么？为什么是考古而不是什么别的行业？你在设定他的形象的时候应该从一个人的生活背景和性格去思考，而不是想到什么就给人物安上什么，那些设定的背景你也不需要叙述太多，但是一定要有，你得自己先想明白这个人究竟是一个什么样的人。

目前，这篇小说中所有人物都是功能化的，好像仅仅是为了树立出主人公的形象而存在，而真正需要展现主人公自身事件的时候，花费的笔墨又非常少。这一点是可以改进一下的。

另外,主人公那位刑满释放的朋友,在小说里占据的篇幅很少,但是这个人设看上去又很重要,我建议你要么给他增加篇幅,要么把这个人物删掉。短篇小说不需要你写太多的内容,也不可能面面俱到,要集中力量去写一个能够打动人的内容。我见过很多作者每每写到想要表达什么的时候,就会不断地往小说里增加一些新的人物与核心事件,让它看起来很充实,但其实这样做的意义不大,甚至会起到让小说的中心点变得模糊的反作用,让读者读完后根本看不出作者想要在表达什么,通篇没有一个清晰的观念或者人物。

至于语言,这倒不用太担心,我觉得对于每个作者来说,只要他愿意,都能够改善自己的语言的,语言应该是小说中最容易改善的部分,多读几遍,读到通顺了就好。

考验一个短篇小说到底是不是一个好小说,你就试试把小说中的形容词、副词等等这些修饰的部分都删掉,还能不能看出小说讲的是什么内容,如果依然能够看出小说内容,并且内容仍有意义,那这篇小说基本不会坏到哪里去。很多短篇小说都已经是短篇了,作者却仍然用那么多的修饰词汇去包装它,让它成为一个看起来很像模像样的东西,这些不必要的内容占据着太多的篇幅,它会掩盖这篇小说实质上要表达的内涵。

走走:我想问你一个问题,为什么你会觉得小陈是特务?从情节中看,父亲跟"我"互动的场景里从来都没有出现过类似母亲死后,父亲一直监视"我"的线索。你设想的是主人公被父亲"监视",但小说内容中并没有关于这方面的提示。

"我站在那个怪人背后,而父亲在我不知晓的某处冷峻地瞧着我。广场的风峻阔猛烈,吹得我后背的衣衫膨起,仿若一根细密湿润的线连着我的背部,遥遥地紧攥在父亲手里",如果你是想通过风筝这个意象来暗示父亲是掌控"我"的人,那这个"风筝"从来都不应该有断线,"我"与父亲的关系并没有发生过破裂,所以这个"断线"只能发生在小说背后,由他人来实现,但故事中的风筝线却断了,这与你要通过风筝等意象表达的寓意是矛盾的。如果说父亲一直是监控着"我"的,他就不应该教"我"放风筝;或者说父亲很爱放风筝,他不允许"我"放风筝,等等。

然后,我还想问一下,你为什么要在小说中设计特务这样一种身份?

黄先智:特务的设定,主要还是因为"我"和父亲的关系不是一般意义上的和谐父子关系,"我"认为父亲是一直监控着我的,即使他骨折了,也会派人来盯着我,那么被派来的人就是特务。这一部分的逻辑关系我没有通过文字阐述清楚,这也导致了特务意义的模糊与"风筝线似断非断"错觉的产生。如果内容要符合小说名,在特务和风筝线两部分的象征内容上确实应该展开叙述,把有关情节进行细致的描写。故事中,"我"认为小陈是一个特务,想要反映的是"我"的防备心和警惕心以及对待小陈的态度,但是同样因为后文写得比较匆忙,逻辑关系没能够体现出来,特务这个身份也就在小说中显得比较突兀。

走走:这个短篇只有不到九千字,你已经往里面加了这么多意象,现在看上去意象是驳杂的。特务是一个重要的意象,但你没有让它在全文贯穿始末;风筝也是一个意象,小说名又是《风断线》,里面包括"断线"这个隐喻,也就是"我"的自由可能导致他人的不幸,我能看出你很想将这种隐喻讲出来,但你没有处理好小说内容的层次。如果你能处理好小说内容的层次,那这篇小说会是一篇很有意味的小说。

你认真考虑一下"我"、小陈、父亲三个人的关系。小陈希望通过怀孕也好,情感也罢,想要锁住"我";父亲则是用他的衰弱来锁住"我"。其中,最重要的是"我"跟父亲的关系,甚至那些说明母亲死了的内容也是多余的,否则你还要刻画母亲在世的时候,父亲对"我"的态度是不同的。如果主人公的父亲一直都喜欢掌控他人和事物,那么经历过手部受伤、妻子离世,一切仿佛都脱离了他的控制,这种失控的慌张感导致他把所有的情感转向了"我",导致了"我"的不幸,这是一种隐喻的关系。那你后文的内容也要讲述这种失控感会造成他人的不幸，比如风筝失控之后导致另一个人的死亡，等等，两件事要暗含某种对应关系。短篇小说是非常功利的，里面所有的内容都要暗合默契，容不下任何毫无关联的闲笔。

还有特务这个意象，你根本不需要说明，不管小陈是忍辱负重还是有其他行为，她无非就是要跟"我"在一起，目的既然如此明确，那不管她是不是特务，不管她是不是父亲派来监视"我"的，对"我"来讲，她束缚了"我"，这就够了。

你里面所有的描述都是不自然的，小说的用词、修饰是一种知识分子风格的，有古典西方小说甚至是俄罗斯小说的一股范儿，和你这篇小说的故事主体与故事背景很不相符。

"干瘪的身材宛如一块长长的脆煎饼"，煎饼就是当地的日常食品，用当地的日常食品来做比喻，那就是恰当的。

"我才听见她溺毙般细微的啜泣"，一个人快淹死之前是什么样的，可能啜泣吗？这种比喻就是不准确的。这种虽然可能看上去很唯美但不准确的语句，都要改掉，基本功没有做好，你今后的小说写作都会受影响。

我觉得小说里最好的一段对话是：

> 她还是有些紧张，还是有些受宠若惊，但仍旧一路磕磕巴巴讲到她衣服的肩线，以及一件连衣裙的扣子可以有多少种。最后她掏出手机，打开抖音给我看。我问："这是什么？"她说："这是在切边。"她翻过的几条视频，里头都是一大叠花色布料，嗡嗡地被震动的刀片利落地裁成几块。"有时候我们还搞直播，"她语气里隐隐自豪地说，"厂里面要我负责这个事情。"
>
> "直播什么，切边吗？"
>
> "嗯。"
>
> "有人看这个吗？他们看这个图什么？"

"不知道，"她诚恳地说，"但是好多人都喜欢看，每次好几千人呢。"

这一段是最自然的对话，你应该多写一些这种来自生活，又兼具文学性的文字。

麻雀围绕风筝盘旋那段文字，你试着把形容词删掉，包括"大家看了一会儿"，你会发现这段文字的视角是有问题的。一个人，放飞了一个麻雀风筝，风筝混入了麻雀群，大家看了一会儿，"一开始还为自己胜过麻雀的迷惘而感到饶有趣味"，这里的视角就偏移了，你将视角从"我"转向了人群的每一个个体。你可以这么改：

风筝混入麻雀群里，它们饶有兴致地围绕它盘旋，可马上又离开了，如果自己也在那群麻雀里面，肯定不会往前凑，但那又怎样呢？反复两三次，你不进入或进入有什么区别，你还是那只麻雀。

你如果要写麻雀，就要将自己贴合麻雀的角度去写，不能跳到大家的内心视角。

还有，主人公撒谎时选择的事业为什么是考古？撒谎本身也必须有一种暗含的关系，比如说父亲曾经的梦想是怎样的，他曾经想要去做什么事情却没有做成，而是被安排去当兵。所以主人公撒谎是从事考古行业的，也许就暗含着他的少时梦想，你行文布局一定要有内在联系，比如掌控与被掌控、想脱逃却失败，或者想脱逃却导致其他人受损害等这类关系，在小说中从头至尾，所有的语言比喻细节都要扣着这种关系来写。

"从乡下出来的厨娘也没有这般逆来顺受的静默"，厨娘这两个字，中国人几乎不用厨娘这种称谓，现实中用得更多的是保姆、阿姨。"逆来顺受的静默"要用动作、细节把它表现出来，而不是你概括出来，这种应该展开的地方不能用成语去替代的。"她二十来岁，微胖，为了消去鼻翼两侧的痘痘，她灌水受刑一样吞咽一升又一升的菊花茶"，"灌水受刑"又是一种过度夸张的写法，是不准确的。你在词语的选择和搭配上要注意合理性，比如海象是不符合出现在文中小镇的动物。

当所有人看到一篇小说中不合理的地方都会停顿一下，所以让读者停顿下来并且产生怀疑的小说内容都是有问题的。文字的琢磨跟玉的雕琢是一样的，玉的雕琢要让人摸上去温润圆滑，一旦硌了手，玉一定是有问题的。

"呜呼一声也无就溺亡断送了命"，这句话太过拗口，用平时的语言叙述就可以，不必要这么夸张。还有"扬头豪声"、"悲叹一声"、"大惊"，等等，这些都是很夸张的词汇，更适合用来写剧本。

"或许因为我潜意识把她看做一个特务。毕竟，我离开之后，父亲就常去台城广场看人放风筝"，这处的因果关系是有问题的。

"风从南吹到北，又从北吹到南"，这句话就很好，没有任何问题，非常妥帖，但是前面猛烈又残酷的风是有问题的，"严苛的风"中的"严苛"也是有问题的，最好都是"从南吹到北，又从北吹到南"，特别准确干净。"而父亲在我不知晓的某处冷峻地瞧着我。广场的风峻阔猛烈"，这种比喻又不合适，这是典型的刚出道的文艺青年写散文或美文一类文章的写作风格。

"这个瘦削的背影没有再回答了。又或许回答是在我不得不离去之后才暂缓作出"，这种解释是作者单方面的解释，并没有通过人物的动作或语言表现出来，这段本来应该写得很出彩。比如，你可以写父亲放风筝，非常得意地让"我"看，但是"我"的视线却一直看着那个怪人在放风筝，怪人毫不在意，突然，怪人的风筝断线了，"我"的目光却始终没有离开断了线的风筝，等等，这样写就能将前后文贯穿起来，少年时候看到的某个意象一直在潜意识里影响着"我"，"我"要离开，成为这只断线的风筝，父亲却硬是将"我"拉了回来。

"线断了，我看不清，直到父亲不知何时走到我身后，不容抗拒地扭着我的肩膀，强硬地说：'走吧。'"

这里的"强硬地说"，可以用动作来表现，比如父亲扭着"我"的肩膀，"我"不愿意挪动脚步，父亲使劲将"我"向前一推，"我"一个趔趄向前走去，他只说两个字"走吧"。"强硬"也是要表现出来的。

黄先智：我确实也觉得许多地方处理得不妥。第一，是我想表达的内容太多，但落实到细节和情节方面有很多缺失；第二，是语言方面，可能我写作的时候有一些偷懒和想当然，所以很多词汇的准确性是有问题的。

走走：绝对不要用成语，成语多数是用来反讽的，你在结尾部分用了太多成语，无比威风、舍生忘死、伤心欲绝，等等，最后一句叙述其实是很好的，"被大风卷席着逃往世界另一个地方"，你就用自己的语言去叙述。成语基本上都是用来反讽的，如果你不想表达反讽的用意，用成语就是大忌。

余静如：首先，你刚刚说要给小说做减法，我觉得这是肯定要做的，这些人物里面要不要删掉几个？我听了你们的讨论，才觉得父亲这个角色在里面这么重要，我当时阅读的时候，并不觉得父亲如此重要，因为你没有写出来多少关于父亲的内容。小说第一段把小陈写得那么细致，我还以为小陈很重要，走走老师建议你把小陈、主人公和父亲三个人之间的关系好好写写，这是对的，小陈和父亲两个人物立住了，主人公才能立住，不然的话，就是空对空。小说要做的改动还是很多的，这样才能够变成一个比较好的作品，不能仅仅是在现有的基础上小修小补。

走走：如果说"风断线"这三个字能概括出两代人的关系，还有男性与女性的关系，那么小说可以写得很精彩并且有深度。表象上，小陈跟"我"之间的关系看起来是很庸俗的、常见的现象，女性逼婚，男性冷漠，男性会做出各种绝情的事情，但你可以在这种冷漠之中暗含男性的过往，例如"我"的童年创伤，父亲对"我"的控制，"我"想摆脱一切束缚。母亲是用死的方式来逃脱，得到了自由。而"我"现在要获得自由，就要因此伤害另外一个无辜的女性，可能小陈的命运又跟母亲的命运有一些微妙的关联，于"我"

产生了某种逃脱不了宿命的溃败感。父亲是隐含在里面的内核，很坚硬，藏在深处，不用写得太多，但是内容必须准确且丰满，能让读者体会并猜到原来几人之间相互存在某种关系，所以"我"才那么想要摆脱，却又在软弱地摇摆，等等。最终的结局是因为风筝断了线，突然之间死了一个人，这个时候小陈说，如果"我"一定要走，就陪她去打胎，那等于又有一条人命即将离开。

小说内容中，作者不用面面俱到，读者会主动思索，比如说自由的代价、我们到底要不要为别人而活，等等。那么，这篇小说就有了可阐释的空间，这也是我为什么选择这篇小说来讨论的原因，它具备某种可以普遍化、泛化、人性的东西，只是，你没有处理好。

余静如：你构思小说的方向是没问题的，父亲给他造成了很大的压迫感，但是在内容中没看出来具体是如何给他造成压迫感的，他的生活到底是一种什么状态。我问你几个比较现实的问题，这个人他靠什么生活，他有没有钱，父亲和他有经济关系吗？小时候他跟父亲的关系怎么样，现在又是怎么样的一种关系？一般来讲，一个成年人如果在经济上非常独立，他可能不太会受父亲过多的束缚。小说中，好像他和小陈随随便便地就在一起了，又不想负责任，他之前就没有过其他的情感关系吗？我读了之后感觉这个人是一个没有历史的人，往后也不知道这个人到底会如何发展，他是一个很空洞的人，所以我觉得这个人物跟亲人之间的关系、跟女性之间的关系，都是可以再去增加一些文字描写的。

走走：同意，但这部分很考量作者的写作功力，这就是海明威的1/8冰山理论，要让读者能够想象出隐藏在水面之下的人物思想、情感、经历等。

黄先智：这些问题，我写作的时候是有考虑的，但是，我比较注重句子和句子之间的顺畅感，所以写到后面发现不好再往前文里面加内容。主人公为什么会受到束缚，最早我的设定是这个束缚不是指经济关系上的束缚，而是愧疚感造成的心理束缚，但是造成愧疚的事情没有写进去，如果要改的话，可以加一些内容，比如说他母亲的死，包括他父亲最后对他施加的压力。主人公对父亲是有愧疚的，而这种愧疚反过来又绑架着他。一旦出于对父亲的愧疚，而同小陈交往了，他想要自由的心又会拉扯着他，他就在这种挣扎间来回，身上的"线"不断地紧绷又松开，然后又紧绷，反反复复。

走走： 这个想法要是能写出来会很精彩，我感觉你可能在写作的时候，有点没耐心，其实你不必着急。像你刚刚讲的，如果能够把两个关系一紧一松、来回拉扯的状态写出来，最终断掉，这种就是比较注重心理的小说，其中有歉疚，有厌烦，又有因为身边女性的顺受继续隐忍下去，但是因为女伴的顺受又产生厌恶，等等，要把这种复杂的情感写出来。你喜欢看萨特的小说吗？

黄先智： 不大喜欢。

走走： 萨特的小说中的那种知识分子的心理，有反思、有厌恶、有继续承受，然后厌恶到顶峰，有很多情绪的转换和面临的抉择。

余静如： 我觉得一个人物的行动要表现出他的价值观，这篇小说中主角的价值观很模糊，我们只能看出来他想要自由，但这是每个人都有的追求。他应该展示出他的世界观，他看世界的方式是由他生活的环境和经历造成的，这些方面最好都能表现出来。刚才走走老师提到一个问题，我也很疑惑，你用到了一些类似外国小说中的意象，你的小说中这些本土的人物形象和这些外国小说常用意象有什么关联？

还有，主角的人设必须立体化，你得考虑清楚他是一个什么样的人，比如说他喜欢考古，可他为什么喜欢考古，他受过什么样的教育，或者他从哪里学来的思维方式，这些东西要和与他有关的意象统一。

黄先智： 给主人公撒谎时安排的职业是考古，只是把我想到的职业直接写了出来，但是选择这种职业的逻辑是内在的，很难处理清楚，所以，小说现在很不完整。考古是离他最遥远的事情，是他完全陌生，完全不懂的行当，他偶然随口乱编，说出考古，但是考古这个词汇仅仅出现了几次，跟后文也没有多少联系，所以它好像成为了随便出现的职业。如果要改，主题的表达需要先一层层理清楚，在这基础之上才能进行人物关系调整，才能往里面加细节和情节。

走走：我当时看到考古出现的时候，有点懵，风筝是天上，考古在地下，而且考古其实是一个很固定的工作，好像跟他渴望的世界不太一样。

黄先智：当时考虑的是，考古只是他的一个想象，我觉得选考古会使对话场景更有画面感，续改动可以保留，但是要写出考古其实不是他想象的那样美好而虚幻，我考虑将考古作为他内心破碎虚幻的意象。

走走：动笔之前，你可以梳理一下保留哪些意象，既然你讲到那些关系的拉扯，以及弹性最终的丧失，你就从头至尾再梳理一下，把你考虑到的人性关系全部列出来。

黄先智：好，我会认真考虑，先理清事件和关系逻辑。谢谢两位老师的指导！

七、"麦豆—何畅"组授课实录

麦豆，青年诗人，《扬子江诗刊》编辑。曾获汉江、安康诗歌奖、江苏省紫金山文学奖等。出版有诗集《返乡》《在皇冠镇》《一个走在途中的人》《幼儿园门口的栅栏》等。

月亮下的蚂蚁

跨度远一点，拒绝阴影的长度
蚂蚁在森林爬行，托着沉重的果实

果实是一轮新月，切割年轮，切割乌云
蚂蚁爬上冬天的雪——皎洁

和高脚红酒杯装进我的袋子里
"S"形锁着一座城和蚂蚁的唇

麦豆：我从你的诗歌里，已经感受到了一些诗歌之外的文化。比如，你的诗歌里会出现一些所谓的诗歌业界专业词语，如"大彻大悟"、"幸福"、"语言"、"拯救"、"哲学"、"贝多芬"、"柏拉图"，这些词汇的意义在我看来是尚未被你被消化的，它们可能被你吃到嘴里，但是你没有将它们分解吸收。词语没有被消化的时候，它的表征是什么？比如说你喜欢陀思妥耶夫斯基，他写过十字架，写过宽恕和忏悔，但是他在多数情况下并没有直接去描写这些内容，因为他有信仰，他将想要表达的那些文化以自我理解后的方式阐述出来。而我们去写这些跟宗教文化有关的时候，极有可能会直接去从一些看上去显得宏大的词汇方面入手，比如"拯救"一类，在你的诗歌里面就直接出现了，这样的词语，我认为是没有被消化的。接下来，我将谈论两个方面。

首先，我想知道你目前读哪些人的书？

何畅：这段时间我在乡村当老师，阅读的时间有些碎散，内容也比较碎片化，前段时间在手机上读了一些诗，最近在读尼采的散文，反正很多很杂，并不系统化。

麦豆：我个人觉得你的阅读是没问题的，作者在进入自觉写作之前，至少要先阅读一些思维层面的书。如果说一个爱好写作的人刚刚起步写作，可以读一些小说、散文、诗歌，但是如果作者进入了自觉写作状态，我觉得他必须去读一些思维层面相关的书，比如哲学类或者美学类，你刚才提到了悲剧，那是在《荷马史诗》之后产生的戏剧体裁。事实上，悲剧意识和诗歌一样，都是投射现实的表达。在我看来，卡夫卡的小说和陀思妥耶夫斯基的小说，是要一直放在书架上的，其他人的小说可以读得少一点。这两位大师的小说，我是把它们当成哲学著作来读的，我觉得思维达到顶点时，无论是诗歌、哲学、当代艺术、电影、服装、舞台、行为等，讨论的内容都是一样的。我们今天的话题叫什么是现代诗，我们去谈论一个东西或一种概念的时候，总是将它当成一个固有对象去谈。什么叫现代诗，肯定是有一个标准的，《扬子江诗刊》曾做过中国新诗百年回顾的专题活动，我参加了活动最后的总结阶段，活动吸引了好多国内的顶尖专家、教授、诗评家、诗人，大家讨论到活动结束也没有得出一个所谓的标准，即什么叫现代诗。

先说一下我个人的理解，比如我以中国传统文言里所产生的白话文来写诗，打破传统诗词格律的限制，写出的这种诗，我称之为新诗。新诗诞生后涌现了一大批优秀诗人，像我们常常提起的卞

而那更远处

漆黑中我听闻事物的尖叫
耳朵的善处没有骨头，只是通道
有一人穿梭其间，雨落无声
为滴落而滴落
为滴落而上升
你从此大彻大悟吗
霉菌
你从此大彻大悟吗
霉菌
速朽的枝叶间闪过脚踝的莹莹泪点
而那更远处一个人将迷失在背影的心酸里
而那更远处谁又能测度
微笑着的脸庞
不知是事物的纯然，还是神圣的信仰

之琳、戴望舒、徐志摩，等等。为什么这些人的一些诗歌可以穿越时空？你会发现这跟他们个人的阅读有关系。比如卞之琳，他其实对莎士比亚很有研究。我觉得从新诗过渡到所谓的现代诗，不仅仅是纵向地继承了已有的中国优秀文学传统，还有横向地引进西方文学精华。我是这样理解现代诗的，它类似于我们中国的禅宗，禅宗是两汉时期从印度传入中国的，之后中国人翻译禅宗经典时，在我们本土的词库里面找不到可以去翻译和阐述禅宗思想的词汇，后来有了玄奘出使，取经归来，我们本土关于禅宗的词语才渐渐丰富。中国的禅宗融入了中国的儒家和道家的思想，已经有别于印度的禅宗文化。我认为现代诗也是这样，它既是我们古老的诗歌传统的延续，同时又是五四时期那一群眼界非常开阔、学术功底非常强的前辈对西方文化的学习。两相融合提炼，逐渐形成了如今的现代诗。它不是简单地从《诗经》《离骚》和唐诗宋词一路自我发展而来的，它里边有一部分文化因素是引自于西方的。

我是 2004 年开始写诗的。2014 年，我参加了诗刊社主办的青春诗会，活动结束之后，我比较迷茫，我不知道我写的现代诗究竟是什么，那时大家还生活在本土的汉语传统里，接受的教育也都是以本土文化为主。参加完诗会之后，自己突然面对"自觉写作"这个问题，开始反思自己的写作，以及现代诗究竟是什么。从 2014 年至 2017

诗 篇

那时我的语言轻快、灵敏
很容易就能道出意想不到的奥妙
可如今我反反复复思考
只觉得一切都在重复老调
这张嘴与这颗心，已不能完美匹配
每次嘴它唱，心便遭受磨损、消耗
破旧的风帆沉浸于深海的蓝色里
这时又来自海外的一个声音
尖叫着不要

年，我都一直很迷茫，创作上自我不断地重复，依靠惯性在写，但是在写作的过程当中，也会主动去思索。

2017年冬天，我去鲁迅文学院学习，中国人民大学哲学院的张志伟教授给我们上了一堂课，叫西方思想史与哲学简史。当时他在课上讲到的内容，我听不懂，于是我下课后立刻就去请教张教授。我说自己也有多年的写作经验，但是您讲的内容，我为什么听不懂？他说，他研究的方向是西方哲学，建议我不妨去读一读西方哲学的相关书籍。从2017年冬天开始，我才逐渐地去接触西方哲学。机缘巧合，2018年，我调到扬子江杂志社做编辑——之前我在学校当老师，教土木工程——到了杂志社以后，我专心地去写现代诗，后来开始广泛地看书，看一些翻译的国外诗歌。我发现以前看不懂诗歌，现在慢慢地也看得懂了，懂了之后，我就找一些老师交流，我才知道他们都在看西方哲学的书。

事实上，我所认知的现代诗，它是由中西合璧产生的。既然我们去谈论现代诗，它就应该存在一个标准，由于新诗百年又没有讨论出什么叫现代诗，最后大家也没有得出一个特别明确的定义。它的客观标准只能说仍然在路上，因而我们不断地去追求，跟我们追求其他任何一门学科的真理是一样的。现代诗作为一个永恒的概念，它可能在探索之路的某处尚未抵达之处，这里边涉及客观标准的存在，我将客观标准理解为我们所有写作的人都去追

一片死寂后，那白色浪沫里的东西又活了过来
我看见人们的辛劳，给大地建造房屋、庙宇和街道
我看见音符与枷锁，在看不见的阴影里缓缓升起
我看见坟墓，另一个人看见我
那时我的语言轻快、灵敏
很容易就能道出意想不到的奥妙
到后来才发现，我所谓的奥妙全都不过是破碎
已无法将它拼凑成一首泪流满面的诗篇

门

黑暗中我发现了两扇门
门里面的黑暗更黑，可我只有一盏灯
我该怎么办呢？不理它
两扇门并列在一起
好像睁着天真的眼睛，向我同时发出邀约
岂可假装不曾看见生活的另一面，我开始向前走去
即将触摸到门框上的漆，依然在犹豫
"一旦进入你将出不来。"左边的门恐吓说
毫无畏惧，我已半只脚伸向了右边的门
它说这是未来
于是我心想这一切多么美丽，把灯高举过头顶
于是这一切多么美丽，我又回到了原地
这次我一定要去左边探个究竟
把灯高举过头顶。一个竟敢妄称幸福的人走在我的前面
把灯高举过头顶
"如果我不曾出生……"他说，就把灯熄灭了

而我依然把灯高举，感到的
只是无尽的冰冷和空虚
依然用语言传递着温情
只因在此回忆的人他们再也
走不出去
只因在此回忆的人，他们前
去造访神投下的一片浓荫
攀登着头顶熄灭后又燃烧的
阶梯

求的在彼岸的那个存在，但是，凡是在路上的人都没有办法马上达到。既然没有客观标准，我们每个写作的人自己得有一个主观标准。无论是阅读还是写作，我想在你心里，你是有一杆秤的，有你自己的标准。比如，我近期特别欣赏美国的罗伯特·克里利、威廉·卡洛斯·威廉斯、詹姆斯·赖特这些诗人，我想我要是能写得和他们一样好，我就满足了。这个所谓的标准，在每一个诗人心里，不可能指望天下所有写诗的人都拥有一个共同的客观标准，那是遥远的、是理想化的，但是我想，你作为一个具体的诗人，肯定有自己心里喜欢的诗人，或者说确定的标准，你会模仿他、靠近他、向往他、成为他。

何畅： 现在网络很发达，每天都有大量的信息、大量的诗歌。很多时候，在网络上，我们阅读都是很碎片式的，但是对于好诗，我们心里绝对有一个主观标准。你读完一首诗歌，它能在你心中产生震撼感的，那是读诗歌最好的效果。这个世界文学大师有很多，到处都写着著名的诗人，他们的诗都很好。我读的时候，我想把自己彻底放空，要一种吸纳的感觉，但是我读了一段时间后，突然就有了要表达的欲望——感觉我不想光读了，我还要表达自己，从这个时候，我便开始写我自己的东西。因为有太多的诗歌要读，而且也根本读不完的。老师刚才说的客观标准，我认为是要写出人内在的东西，就是人的精神和思想。但是我们在生活当中，往往容易迷失于生活。有时候自己很难明白自己是怎么一回事，比如我现在想用语言去表达我的思想，但是，如果我有点紧张，很多东西就会干扰到我准确的表达。老师刚才说你走上了自觉写作的道路了，就说明你从那三年迷茫的时间走出来了，你已经能够对自我进行比较清晰的反省，在这种时候，你说才有语言的自觉，也才获得了一个写作的主体性。

我说下我写诗的最初的起点，我那时候在我们县城一中读高中。读书是很苦闷的事情，要学很多东西，我成绩也不是很好，快高考了，我还在读什么狄更斯和雨果的小说。我以前活得很迷糊，我不清楚我的喜悦，也不清楚自己内心所想，但是那个时间我读这种苦难的小说。读完之后，我就会产生一种同情心、一种怜悯心。我高三读这些东西，这些历史上的东西，这些苦难的东西压在我身上，当时就感到挺沉重的，就不怎么爱说话，心里好像也更加明白了什么。当时我在写诗，但是，写的是像徐志摩那种爱情诗，可能只是在写别人的东西，并不是我自己的。那时来了两个诗人给我们讲座，我拿我的诗歌给他们看，他们还让我在台上朗读了。我去长沙读大学的时候，他们经常会叫我参加省里面的诗歌活动，我就开始每天写诗，几乎每天都写一首，写我个人经历的爱和恨，以及它造成的伤痛，你绝对是要通过一个渠道去把它发泄出来，所以我认为诗歌并不是很美的那种，它里面有一种恐

二者拥有

斑驳的树影和踩着行走
一个尖叫平静地压低了
光滑而赤裸裸，于是打开圆盘

今天有人言说拯救，他并没有真的说过
真的不在那里和这儿——
出走，什么时候回来了，什么就
认识了骨头和肉

那棵树继续长着，愈来愈葱茏
那只手心捏着的针，消融
空空荡荡弥合着
有人抬头仰望云空，就有人
因此而受到祝佑

怖的东西。亚里士多德在《诗学》里面说文学作品里面必须有丑的东西，但是丑的并不是不美的，它可以形成一种崇高的东西。所以西方文学有很多悲剧，还有那种崇高性的东西。而我现在山村这边教书，农村物质是比较贫乏的，生活也比较乏味，但是我渐渐地感到人情的美。我喜欢看沈从文的小说，他小说里描绘出一种淡淡的人情美，感觉对自己有一种滋润的作用。

麦豆：沈从文也是我特别喜欢的作家。在我有限的视野里，就你说的这种纯美学角度，我喜欢张洁和沈从文。但是你刚才谈到一个问题，我想表达一下我的感受，希腊的悲剧和沈从文的《边城》里面好像有同一种东西。但是古希腊的悲剧是一个命运的悲剧，什么叫命运，我的理解就是人必须承认一些东西，可能是跟年龄有关系，跟阅历有关系。随着时间的流逝，事件的增多积累，你把握了一些规律，也就承认人有某一种必然的命运，你说不清楚道不明这个东西。其他人可能更早地发现了人生这个不可抗的东西，比如俄狄浦斯，他生下来就知道自己要弑父娶母，他的一生恰好是为了逃避他的命运。那最后还是把他父亲杀了，娶了他的母亲。我的意思是说人必须去承认人生的这样一种悲剧性，然后才能超越它。读完沈从文的《边城》以后，你也会感觉到淡淡的忧伤。这种悲情意识跟孟子说的四端有共通之处，"恻隐之心，仁之端也；羞恶之心，义之端也；辞让之心，礼之端也；是非

静静的清晨

只有石桌石椅在某处等着我
对于那些认为我会在黑夜告别的人
请抬头看变幻的云天
不要走，像那束金色光芒
每日都照着一张静止的脸

我知道烟的封面也会褪色
打火机的狐狸总有一天衰老
但你不会，除非他在自欺欺人
又或者本身就属于一缕烟
命运巧妙地分配给偶然机会

在树的两侧，道路延伸
你走上哪一条，哪一条都在四季轮回
"真后悔，又碰见。"一个声音说
又有人默念"庆幸吧，感谢上苍！"
是否还有第三次没有发声
我目视大理石上那几片树叶
昨夜就已原封不动摆在那儿

像写着谁的名字和生辰
在每一个静美的清晨
都有彩蝶在梦中蹁跹

之心，智之端也。"你回到一个人本真的内心，这个叫普遍性，这个本心，人皆有之。这个如果说是悲剧，应该是人的性格悲剧。这个也是我今天想跟你说的写作对象的问题，我们不可能去写纷繁复杂的表象世界。我们需要面对的写作对象是属于人的普遍性的东西。

如果说现在诗歌要从传统里继承什么，我想比如：孟子的"心"，《中庸》的"诚"，王阳明的"致良知"。我觉得它们是可以作为我们终极的写作对象的。我们是一个生活哲学的国度，儒释道最终给我们的都是安身立命。孟子说的"求放心"，我觉得这个可以作为现代诗的写作对象，它是我们为人的本质。诗歌写的内容，恰恰是最普遍的东西、最客观的东西，你有我有大家都有的这样的"一颗心"，我们可以将人的本真状态作为写作对象。如此，我去写一个东西，这个东西才是真实的，才是类似于客观真理的东西，我写出这个东西，你能读懂，你也能共情，为什么？因为我们回到了人的同一颗本心。

要去承认每个人都有痛苦、有良心，不是去问我的命为什么这么苦，我为什么这么痛苦，我为什么经历了这么多？所有的生命，哪怕是路边的一棵树、河里的一条鱼，其实都经历了这样那样的痛苦和伤害。你必须去承认，这是生命的真相，在承认生命真相的态度下，生活才可能会更好一点，写作才可能会更从容一点、更坦然一点、更客观一

我不要告别，那只会让人觉得
你这是最无情的欺骗
但确实一切都远去了，不！
花儿还未彻底被矢箭击碎

蛇

那天我吃完奈李去丢果皮
草丛中一条蛇正准备离去
它已在水龙头边喝足了水，
所以皮肤又黑又亮
在暴烈的阳光下，缓慢的在
地面上爬行
我想它心地一定是喜悦的
而当时看见它我感到的唯有
恐惧
离我脚不到半米远的距离，
已十分确定
它是一条有着剧毒的眼镜蛇
我回过头边跑边去叫唤人
像孩子一样惊奇，但我绝没
有想着要打死它
一些人赶紧跑过来，深入到
草丛中四处打探
却再也见不到它的踪影
它那么美，就像古老传说里
的图腾
短短几秒钟的时间，一条皮
肤又黑又亮的眼镜蛇
我真怀疑它就是我人生中的
幻觉
在它的眼中，我是否是个愚
蠢的俗人
因此我认为它是一条十分善
良的蛇
就算咬我一口，我依然热爱
温情与残忍，这二者同一的
世间

点。否则，文章可能会充满暴戾之气，为什么偏偏是我受伤害，这样想，就陷入了小我和情绪。所以这里就涉及我们要承认人的命运这个问题，人只有在承认人生的荒诞性，不断地克服矛盾，克服对立面的运动和发展过程当中存在，这样的一个调节、平衡的过程，构成了每个人的一生。我从西方存在主义哲学那里所获得的就是"向死而生"，我们回到儒家的"本心"以后，我们知道了人的命运之后，我们必须承担，人无可逃避，这其实也是禅宗里说的"缘起性空，明心见性"。我们洞悉了命运的荒诞性之后，我们承认众生皆苦。承认人自己的命运，本身就是一种超越。认知即美德。知道了人的有限与人生的有限之后，人要做的其实就是创造，就是"无中生有"，借助本心的力量，去创造美好的生活。我们既要知道一切皆空，更要面对这种"虚无"，去经营它。所以，维特根斯坦在临终时，将照顾他的人叫到床边，说：告诉他们，我度过了幸福的一生。人最终留给世界的是希望，无论他历经多少苦难。这不就是陀氏小说给我们的启示吗？宽恕他者，其实就是宽恕自己。所以，我总结一下，如果现代诗需要继承什么，我认为孟子的"求放心"，回归人的内心本一特别重要；如果我们的现代诗从西方那里能够得到什么，我认为就是承认人的命运的这样一种态度，在承认的态度里不卑不亢，我想这是一种积极、健康的人生态度。

何畅：两年前我去毛泽东文学院学习了一个星期，我同班同学是学哲学的研究生，我们是很好的朋友。分离的时候，我们也写诗，进行情感上的交流，诉说自己内心中的东西。他说了一句令我印象深刻的话——微笑着活下去，这一句话很简单，却给我带来了很大的震撼。意义是创造的，我们知道很多东西都是虚的，日子每一天地过去，很多发生过的最后都熄灭了，这是不断的变动，但我们能发现有些不变的东西，于是我们为了这种不变的东西坚持，我认为这是坚持的一种，像真、善、美，它就是人生的意义。我与读大学时候的朋友也经常讨论物质和精神，我们认为物质和精神是一体的。我认为生活和诗歌也是一体的，互相影响，互相支撑。我们需要去思考，需要去希望。

麦豆：我们刚刚已经讨论了两个问题，第一个问题是现代诗的标准，客观标准和主观标准，第二个问题是现代诗要写什么，我刚刚只是从中国传统来说它的写作对象，我将它归结为王阳明的致良知或孟子的四端。但是，在具体的诗歌语言表达上，它有非常多的技巧，不是说你将王阳明和孟子的书看了，你就会写诗了。写作没有秘密与捷径，只有一个字：写，这是我自己的写诗感悟。我们刚刚谈到写作对象的真实这个问题。比如，你诗歌里面有一个词叫"幸福"，这个词是比较大的。处理这样的大词，你先要把它消化，然后才能写出它。举个例子，南美洲的胡安，他怎么处理大词的呢？比如"悲伤"这个词。他在战争中失去了一个孩子，白发人送黑发人，他很悲伤，他总是做梦梦到他的孩子还活着。有一天中午睡觉的时候，他又梦到孩子回家来了，跟他在一起聊天，然后依依不舍地离开他。他醒来以后，怅然若失一阵悲伤，因为他的孩子已经死了，他意识到这个事实以后，写了一首"悲伤"的诗，这首诗的最后三句是这样写的：你总是不停地回来/可是我不得不告诉你/你已经死了。他把自己的"悲伤"化在诗歌的句子当中，他不是直接说出来的。在表达的时候，诗歌要把自己的情感隐藏在语言当中。诗歌是语言的艺术。他既表达出了孟子说的"心"，这种人的普遍性，也写一个老年人思念他的孩子这样一件很私人的事情。他把悲伤隐藏起来了,但是他的诗句在读者那里又将"悲伤"释放了出来。所以说,诗歌事实上是一门写心灵的艺术,人同此心,心同此理。你写什么呢?难道是大千世界吗?你写来写去,本质写的是一颗真实的人心,全世界所有人都有一颗本心,当他们静下来,回到本心的时候,就会和"真心"的作品产生共鸣,就会受到洗涤、受到净化。

在诗歌当中,如何把真实的内心表达出来?我们心里想的东西是非常虚无缥缈的,和我们的现实世界完全不一样。那我现在问你什么叫悲悯,你说不上来,什么叫喜乐,你也说不上来,但是我问你什么叫苹果,你立马给我讲苹果如何如何。我们诗歌书写的对象不是我们感官世界里的对象,诗歌的对象是什么,它表面上是苹果,但其实不是苹果。它既不是看见的,也不是听见的,而是心里想的。西方哲学里面说看,其实看是看不见事物内部的,看见事物内部的看叫凝视,你看进去了才叫看,当然这是一个方便说法。记得里尔克有一首诗写玻璃杯,他说,玻璃杯自从被烧制出来(诞生)的那一天起,它身上所透露出的那点朦胧的光就是他一生所渴求的。这里的玻璃杯很显然既是玻璃杯,又不是玻璃杯。说它是玻璃杯,我想强调的是诗歌的发生方式,应该起步于现实世界。说它不是玻璃杯,是因为它身上有光。这光就是作者内心想的那个东

有一种沉默你无法言说

有一种沉默你无法言说
它喘息于门缝进出不得
所有的事物碰撞它继续行走
又好像碰撞的仅是一片虚空

但摔落在地板砖上的粉尘
有时也掬出肺腑的光泽
企图追逐那些凭空消逝的时刻
像一只疾速旋转飞来的箭羽
与定格在墙壁上的时钟吻合

整个窗外震荡着的桂花开了
清香弥漫住秋风而秋风正逐渐衰朽
盛大的背后总是隐忍克制的
微垂着头,有一种沉默你无法言说
曼妙的雨云瞬间悠远了

西。这个东西用词去表达可能是：希望、信心、信仰、真理，等等，但里尔克没有直接使用这个词。我将这种表达称为诗歌的语言之真，即把你心里的真实情感，用现实生活当中的对象（词）表达出来。比如陶渊明，他写不为五斗米折腰的那种恬淡、清静、洒脱，"采菊东篱下，悠然见南山"，陶渊明用十个字说出了心驰神往的那个地方，这个地方本质上在他的心里。再比如说王维，他想写他内心的枯寂，那种禅意、那种寂静，于是他写"明月松间照，清泉石上流"，他把真实的内心表达出来了，所以我认为，诗歌作为语言艺术写的是心境，而不是写现实的世界。马致远写游子回到家乡，落寞孤寂，"枯藤老树昏鸦，小桥流水人家"，他一下子就把那种心境写出来了。

基于上面说的"真实"，我简单说一下我理解的词语。我们的语文教育把词语划分为名词、动词、形容词，但是逻辑学把词语划分为主观词和客观词。主观词语就是心里的词语，你心里想着的一个词，你把它表达出来，叫手写，手写词它是一个中介。这个词写出来以后呢，它就由一个"唯心"（主观的或只有你自己知道意思的）的词变成了客观的东西（词）。即别人可以听见，也可以看见的一个词，成了一个客观的词。在这样的前提下，我手（写）怎么表达我心？即如何"保真"，如何保证作者写这个词时的心里意思，是读者理解的那个意思呢？这件事，作者有时会引以为傲，为什

我尚且贪恋那些冷峻的繁星

我尚且贪恋那些冷峻的繁星
就像我贴近地面呼吸落花毫不真切的香气
灵魂如此美丽，被一遍遍颂扬
我亦如此渺小，只许称呼为你
你呀，借用谁的嘴巴，火把燃烧着火把
借用谁的言辞，大雨泼溅着沙石
一万个形象化身成道路崎岖的模样
隐藏住的那个，谁又能攀登？
失败或失望，马车或信仰
祈求成为一对好情人

行　驶

因为我有手所以控制不住
暮色悄然来临
在方向盘转动中，道路有了
坚强意志
它瞄准命定的方向
我们谁也不知道的方向
在迷乱的风中，分辨着田野
里的稻香
还是森林中夜莺的歌唱
和松针刺穿了谁的梦
我们行驶在曲折的道路或左
或右
摇摆如一只教堂里的吊钟
告诉我们一切都在缓慢成熟
告诉我们年轻的代价
和蝴蝶破茧的伤痛

么？"一千个读者就有一千个哈姆莱特"嘛。但我想，这是作者从读者角度看自己作品的缘故。如果一个作者从自己创作的角度出发，我想应该没人愿意词不达意吧，尤其对于现代诗，大家追求精确性还来不及。因为主观的词在你心里，客观的词在外面，面对读者，理论上，主观跟客观是没有办法吻合的，所以理解就多了。这是一个"一与多"的问题。我想，一个写作的人的最高理想，还是想"我手写我心"，这就涉及真实性这个问题，我写的东西，在读者那里如何还是我的东西？作者（主观）跟读者（客观）之间怎样达成认同，就是大家讨论的焦点：一首诗歌，它如何既是个别（作者）的，又是普遍（读者）的呢？是否有一个东西能够超越个别性和普遍性，将两者统一起来呢？我认为是有的，那个东西就是特殊性。这个黑格尔在《小逻辑》里讲过，即一个文本既具有一些普遍性的东西，又有一些个别性的东西。这个"个别性的东西"，我认为就是一首诗歌里的作者所选择的词语，这个选择具有偶然性，但借这个词所表达的那个东西，即是我上面提到的写作对象，比如孟子的"心"，则是普遍的。那么，这个文本里既有属于个性的一些具体时空里的词汇，即当下、自由、偶然性等因素，又有超越时空的普遍性的、人类的共同情感、传统、真理等成分。这也是我为什么将现代诗的写作对象纳入传统的孟子和王阳明的理论之内，是基于我们文本里普遍性方面的考虑。王维只用"清泉石上流"就写出了永恒的静。这宁静既是王维一个人的，也是世世代代渴望幸福的人的，它是属于渴望安宁的人共同追求的禅意境界，不会因为时空变化而变化。

另外，我想谈一下诗歌写作的现实性问题，它涉及诗歌写作的发生，即为什么要去写这个诗歌，是在什么情况下想写的。我刚才听了你的叙述，说是读书的时候，因为你产生了共情，你的本心被唤醒了，于是突然你想写作了。假设你现在一个人在读，你读着读着产生了共情，你开始写作了，那么这个文本的真实性在哪里？这固然满足我刚才说的第二个条件"普遍性"，如果你现在在室内却写高山、写流水、写旅游、写家乡、写父母，也可以接受，说因为这些是在记忆里的，毕竟是在自己身上真实发生的事情，哪怕过去了，也是真实的，但这里有个问题：记忆的可靠性。而这可靠性本质上就涉及词语的真实性。所以，对待自己的记忆要慎重。这个以后有时间我们再聊。我个人写作强调当下的现实性，即直观的重要性；我的诗歌强调时间的当下性，我不怎么相信记忆，因为说的人的记忆是朦胧的。所以，我认为，诗歌文本中的"个别性"跟时间有密切关系。

如果我们将过去和未来都纳入现实这个概念之中，其实就是记忆和愿望，而愿望也还是记忆。诗

荡秋千

让你坐在荡漾的秋千上
我用风小心翼翼扶着你
因为你还小
对于盲目的前进与后退
只能依靠绳锁的垂钓
当突然有一天它断了呢
没有人在你身旁搀扶
蓝天不再是蓝色的
变成了深渊
你的呐喊无依无靠
这样，你还会美好的微笑吗
落叶飘的时候不也是揉搓着
眼角

夏日清晨

我在践行我所读到的哲学
不论对与错，在一个老旧的
小房间
清晨，窗外的微风一遍遍洗
刷着我的脸
阳光又一次降临，我偶尔听
一首短暂的贝多芬
但不经常。更多的时候像被
一群蚂蚁抬着
我多么留恋思想里的那朵蝴
蝶，作为世界的图景
它从未舒展便已凋谢
而那沉淀在书页里陌生的粉
尘，仍然骄傲
如一支支待释的弓箭
瞄准了我的践行，众多起舞
的阴影高空盘旋
天使中有谁会回过头张望
你的脏眼睛，苦苦而无所作为
你裸露的双手，密布着偏执
和败北
一片幽深的香椿林多么陡峭
一只画眉的叫声多么婉转，
在低垂的枝蔓里
细细的光亮在轻微地闪烁、
穿行和凝聚

歌本质是经验，未来不存在。也就是说，过去或记忆最终带来的还是经验，经验是什么呢？其实就是词语。所以，如果能够将过去、未来、现在统统压缩到语言中，诗歌只要当下就足够了。我认为当下是唯一的现实，也唯有当下能跟你的心真正吻合，我觉得过去之心和未来之心都是不可求的。如果将我们的心定为普遍性，我们共同追求的、共同认可的东西，那么，当下就应当作为你文本的个别性。如此，语言便是个别性与普遍性的完美结合。也因此，我认为的现代诗文本由两个部分组成，一个是当下的感性部分，感官部分所触及的事物名词，丰富的感官世界的词语，即有限的个人的经验与时间之词；第二个是永恒的、超越的、普遍的作为真理的词语，比如：我们从传统的孟子那里所继承的那个心。在这个层面使用词语，其实对词语已经提高到了概念层次，即词语不仅是当下的个别性的词，还是永恒的普遍性的词。好的文本里的词语，都具有这两个部分，是这两个部分的叠加与重叠。现代诗在这里延伸开去讲的话，其实有好多内容：比如陌生性、在场感、及物性等等，但本质上我认为都在谈同一个语言问题。

何畅： 老师说的真其实是内心中的诚，也是最纯、最憨、最袒露的一颗心，陈丹青也说艺术必须做到诚实，最终忠实于内心。我那段时间写诗的时候，身边很多人都不会理解的，反而会觉得很奇怪，但是，我觉得这种品质是很宝贵的。

麦豆：我比较喜欢你的一首诗歌，叫《一个人就快要睡着了》，它比较符合我的审美标准。第一，这首诗歌现场感强，语句呈现了你写这首诗时的真实处境，也就是你的感官世界所处的这个现实世界。第二，你又大体地写出了普遍性的东西，即读者能感觉出你写的对象属于人的精神层面的东西。我认为，你词语层面写的现实性是一个个别性，诗歌所呈现的内在的另一个真实部分是普遍性。王维的"明月松间照，清泉石上流"表达了他身处山野的现实处境，同时又写出了大家内心所追求的那种真实的宁静，所以我们读他的诗歌时，不但能感同身受，而且能产生共鸣、与之共情。这就是我想表达的，诗歌的发生，从当下开始发生。从这一点上说，我比较喜欢布考斯基和金斯伯格的诗歌，他们写的诗歌都带有很强的现场感。其实你想一想，当下是个什么东西，当下的词语既是过去的一种延续，又是向未来的一种延续，这个当下其实是三合一，是某个词的形成、呈现、消失，是思维的轨迹。所以我建议写诗要从当下现场的生活开始。"雨落在深夜，一会儿又停了"，这是你的真实感受，而且你确实听到"树叶飒飒作响，一定谈论着什么"，"后来它们全都保持沉默，一个人就快要睡着了，一个人像一小片星空坠落到一个人的眼球，

一个人就快要睡着了

雨落在深夜，一会儿又停了
树叶飒飒作响，一定谈论着
什么
后来它们全都保持沉默
一个人就快要睡着了
一个人像一小片星空坠落到
一个人的眼球
吞没，并且穿透

日光灯之歌

日光灯，蜜蜂痴迷你，苍蝇
痴迷你。日光灯，你的话语呢
背对你的是阴影，拥向你的
手心充满了灰烬。如果你长
久凝视
日光灯，如果你长久凝视你
自己
不远不近，又远又近，世界
是一块透明玻璃。能穿透过
去的东西
已经不多了，能穿透过去的
东西
大多都停留在黑夜里，能穿
透过去的东西
碎成了一片狼藉。我曾神往
你，也曾放弃过
我曾被一片黑暗托举在云空，
也曾在梦境中彻底
跌落。日光灯日光灯日光灯，
一万倍痛击的电流
尖叫你的名字，尖叫但不激烈
紧闭了门窗，紧闭但不熄灭。
又有一些人
又有第二次黑夜的幸存

吞没，并且穿透"，你写出了一个人睡觉之前的朦朦胧胧的状态。所有人读的时候，他们都能感受到你在写人的这种朦胧状态，所有的词语都围绕这个中心状态在旋转。所以，我认为诗歌的日常性就是它的生命力。

就日常性，我想举个例子。比如，目前科学技术发展这么厉害，但人类仍然不能造出一个能够像正常人一样上下楼梯的机器人。另外，机器人摔倒在地上，也没办法像五岁小孩那样自然而然地从地上爬起来。而我们，正常健康的人类，从来没有人去关注或思考摔倒爬起来这件事情的艰难性，一些我们认为再正常不过的日常行为，其实都暗含生命性，即生命是什么的启示，可惜我们无法窥知其中的奥秘。这个例子对诗歌写作有两个启示，一是语言的边界问题，我们的语言本质上无法描述清楚一件事情，因为如果我们可以描述清楚人如何摔倒并从地上爬起来，那么我们就可以造出一个像人一样灵活的机器人，这表明有些事情不对我们的语言敞开；二是提醒我们事实上身处一个非常诡异的现实世界，即你可以看见一件事情、听见一件事情，但是无法确切地描述一件事情，我们的日常生活，或者我们人自身，本身就具有一种神秘性。我想，正是从具有神秘性质的日常中，我们说出了"生命"这个词，但生命是什么？人的语言其实对其无能为力，因为你无论对这个词阐述多少，都不足以说出你对生命的认知，你始终无法在语言中穷尽生命是什么。所以，你这个诗歌里抵达了一种日常性，我看重的是这个日常性，或被人自身忽略的某个瞬间。我认为，神秘和永恒的东西不在彼岸，它们就在日常生活里，就在我们身边、我们身上。

何畅：早上我读到了一条关于歌德的推文，他说我们年轻人最开始不要写大部头作品，要从小的地方着手，好像老师说的日常。从日常生活当中去挖掘东西，诗歌就是很丰富的，日常是一种很深奥的哲学。记得陈嘉映老师说过，思想的东西是来自于对话，一种对话、一种交流，本身就是思想不断泉涌的过程。

麦豆：没错，我也喜欢陈老师。对话体、书信体我也感觉适合探讨一些神秘又抽象的概念问题。古希腊、德国的古典浪漫派、我们的诸子百家都比较集中出现过一些例子。苏格拉底本人也宣称自己是思想的接生婆。我想，对话的本质其实是反思，一个人与另一个人就是一个思维与另一个思维，其实就是思维对自身的反思活动。刚才我说了，日常存在其实不可说，也说不清楚。但是吧，诗人又想把这个不可说说出来。这样想，其实我们能够进行日常语言交流，真是一个奇迹。从这个层面来讲，我们很容易想到古希腊的"神谕"，认知即无知，苏格拉底说认知即美德，我想他想表达的就是认知是一个不断探讨、学习、反思的过程。这让我想到王阳明的致良知其实是知行合一。

回归日常，日常本身带有一种永恒和神秘性，而这种永恒性和神秘性本质上是不可言说的，这其实就是维特根斯坦的前期哲学，不可说，我们应该保持沉默。所以，诗歌写作对诗人提出的挑战非常大，诗人在说不可说的日常生活。另外，这种对话体我们也可以看成是一个寻求真理的过程，其实就是思维的辩证法。正是基于这种不可说，诗歌的细节尤为重要，真正的诗歌其实就是一种启示，启示人们从日常当中去看一看生命究竟是怎么回事，所以，我个人的诗歌，写的都是日常生活场景，我不想刻意去写一些复杂的内容。日常对我而言已经足够。在这一点上，我喜欢佩索尔。

那个人

在世界将要熄灯前
经常性的有那么个人冲进来
述说自己梦幻般的生平和经历
他们都认识他,并和他一起笑,疯狂地大笑
但他们的笑就像波浪一般弯曲
而他却总是向下的那一部分
从侧面看,他好像在倒退,眼看着他们越说越激烈
他却愈来愈模糊,好似并不存在这个人
但突然从深远处传出一声奇异的呼喊
一些人仅是放眼望去,发发呆,接着听
另一些人调侃地说些做人的大道理
却没有一个人关心那个哭泣的人去了哪里
世界熄灯睡去,如同融化的冰淇淋
死一般岑寂

衣柜上的舞女

以巧妙的舞姿她们定格在门上
前一刻与后一刻都将是美的损失
在她们的里面,里面是一片漆黑
我猜想我曾穿过的衣裳
是否还可以归还一个全新的我
突如其来的回答:不!
这残忍的呼喊就好比冬天的到来
但舞女的裙摆微微张开
一双静默的细腿,左腿交叉右腿膝盖
右腿脚踝轻轻上扬

所以,我们诗歌要做的事情其实就是在日常中如何去呈现存在的永恒性和神秘性。好的诗歌,为什么一两句话,就让你陷入到出神状态呢?这个问题很大。我们以后有时间可以长谈。本质原因,我认为在于人的未完成状态。举个例子,类似于古希腊的酒神精神,女人们喝完水果酿的酒,成群结队在大地上游荡——一种出神状态——光明中,一种黑暗和人类如影随行。这种未完成的人的状态,在召唤诗歌。这个话题,以后有时间我会独立写些文章。日常状态带有神性,这个没法解释。这样说,我想到写诗似乎有点像修禅,在日常生活中修禅,我们的日常本身就取之不尽,想象一下,此岸与彼岸其实是相对的,诗歌要做的事情是启示。这一点,我建议初写诗歌的作者可以参看一下日本的俳句,比如说松尾芭蕉、小林一茶、与谢野晶子等人的作品。

日本的文学里有一种朦胧美,是人类共同的情愫。我相信一个说法,在公元前的轴心时代,四大古文明,人类真理的框架基本上已经形成,后来几千年来的人类基本都在对其进行解读,都是意见,基本上没有逾越。我觉得一个人能够把日常写好,能够使语言具有一种启示性,这种写作就是非常有意义的。我们每个人生活都是非常简单的,最根本的还是对日常的坚守。

何畅:我有个朋友也在参禅,他读的书是从印度翻译过来的,他说比较难读,现在他读《道德

经》，读庄子，读老子。您说的日常性和神秘性，还有永恒性。以前我在长沙读大学的时候，北岛来了一次长沙，我们当时去听他的讲座，他说写诗要有重点，一个是神秘感，一个是虚无感。我觉得北岛说的和老师说的也是相同的，还有永恒性。我觉得像诗歌达到了一定高度的诗人，像一条水流聚集到一条河流中，都是在某种程度上互相辩论。

麦豆：回到开头，再谈谈大词问题。《我喜欢》里边有些语句，"模仿时代的灰烬，塑造柏拉图理想"，"柏拉图理想"这种词的出现就显得非常生硬，你吃进去了，没有消化。这里边其实涉及到象征问题，象征和比喻的区别就在这个地方，我认为，被象征的对象是某种精神，也就是柏拉图说的理念。我举个例子，苹果是绿的，苹果是青的。苹果是红的，无论这个苹果是什么颜色，你其实都没说出苹果。我现在问你，苹果是什么。我们日常话语当中的判断语气、判断词句，日常的说话其实都是相对的肯定。但是诗歌，我认为应该写什么是苹果，即事实上苹果这个词在写出之前，并没有生成。

我这里的想法，有点类似于洛克，我们去写一个对象的时候，首先要保证有这个东西，然后才能去说这个对象是什么，洛克说我们从感官世界里所获得的一切，都是因为外在之物刺激了我们的感官，我们获得了感官经验，我比较认同。也就是说，没有你这个人，其实也就没有苹果。那么，回

好似在宣称她裸露的胳膊支
撑着一只孔雀
这又是另一种回答
一种我不明白，却值得珍藏
一生的死亡

我喜欢

我喜欢蜜蜂直线飞行的轨迹
但我常常要绕过一个个弯
也不一定能够抵达事物的中心
但美不在花的花瓣上
它在气息弥漫中凋零
于是我转向蝴蝶克己复礼的
翅膀
模仿时代的灰烬，塑造柏拉
图理想
雨水再一次落下，雨水即是
我残缺的性命
清澈，并且搅浑
失落，同时如烈焰般蒸腾
我不清楚我究竟想要成为谁
彼时也有一人在思索和追问

流 逝

现在仅是干巴巴的词语
现在寂静无声，嘴唇是石头
现在熄灭的火苗在消失的光照
下同一阵线，我们渴慕的是
一幅怎样的画面
在梦幻里我们经历过生
我们迷醉、颤栗，喜悦如风
摇动着枝叶
我们清醒如手伸向干净澄澈
的水
忧郁如同温暖这一个词
疼痛也是，困倦也是
现在我们触摸一扇紧闭的门
漆黑的门石砌的门，我们相
互掩映着自身
覆盖如一望无际的雪与尘多
么孤绝
现在我们祈求吧
现在我们如姐妹在干枯的旷
野里飞奔
现在我们燃烧起火苗
现在我们喝水
现在我们袒露心扉
再一次将梦幻的诗篇奉献
那个命运沿溯阻绝的人

到这首诗歌，问题是在你心里有没有柏拉图，如果没有，这个柏拉图就只是既定的柏拉图，是精神之恋，是理想国。那我现在看你的这个柏拉图，这个词背后没有你，柏拉图就只是一个符号。名词在语言当中的出现是怎么回事呢，是我心里面首先要有这样一个词语，事物才成为符号，即我确定这个柏拉图是什么，这个柏拉图就是什么。

何畅：他是一个哲学家，我运用他这个人只是为了体现一种哲学，其实在诗中，我很难认识一些东西。当我认识不尽的时候，我往往就会用一个大词来逃避。比如塑造柏拉图理想，但是究竟是什么理想，我就说不清楚。

麦豆：是的。要解决这个问题其实也简单。你去看看他的学生，亚里士多德是怎么处理这个问题的，亚里士多德说"吾爱吾师，吾更爱真理"。语言这个东西具有欺骗性，说的是人的认识本身具有无知性，苏格拉底到阿波罗神庙去求一个神谕，那个神谕说，苏格拉底是雅典城最有智慧的人。然后苏格拉底跟雅典的学者们进行辩论，他最后说我知道我无知。这个无知，我认为它不是形容词，它是名词，我知道我无知，不是说我知道我是无知的，苏格拉底是一种承认的态度在说。这个和今天人们说的无知一词区别很大。他说的是真理。语言的符号化会带来指向不明，词语真理性的丧失。我认为，亚里士多德最后用主体性去解决这个问题的，这也是后来黑格尔的三段论的本质。

从刚才的例子，我想说要让这个已经失去真理意味的名词自己行动起来，成为它自己。柏拉图不应作为一个符号，而应作为一个概念，行使它自己的权利。这也是我经常说的宾语问题。名词的宾语化，是一个大的问题，我们日常说话当中名词几乎全部是宾语，宾语带来的是相对稳定性，日常生活中我们说的任何一个词，比如柏拉图，这个柏拉图就是一个公共的柏拉图了。文字的工具性与符号化，如何返回呢？我想这是个大问题，不仅仅是现代诗要解决的问题，作为语言先锋，诗歌当然首先要面对这个问题。而如何使得这个词语从符号返回概念，我在此提供两条路径，一是我们可以从黑格尔那里得到启示，实体与主体合二为一；二是可以回溯我们的汉字源头，我们汉语文化本质上是名词变动词的文化，这对现代诗也是一个很好的启示。

八、"马小淘—江冬"组授课实录

马小淘，硕士毕业于中国传媒大学。获全国第三届新概念作文大赛一等奖、"中国作家鄂尔多斯文学新人奖"在场主义散文奖新锐奖、第四届西湖·中国新锐文学奖、储吉旺文学奖、郁达夫小说奖中篇小说提名奖等。

有小说、散文在《人民文学》《收获》《十月》等杂志发表。十七岁出版随笔集《蓝色发带》。已出版长篇小说《飞走的是树，留下的是鸟》《慢慢爱》《琥珀爱》，小说集《章某某》《火星女孩的地球经历》、散文集《成长的烦恼》《冷眼》等多部作品。

马小淘： 初读时，我觉得这篇小说还不错。奇怪的是，看了第二遍之后，我竟然不那么喜欢它了，我发现小说的题目很奇怪，为什么要叫《南方之秋》，小说的主体故事和南方的秋天并没有什么关系，这四个字也不能表达主人公的心情。

从文本上说，①我觉得这一处的文字非常别扭，"这位朋友是让人无法拒绝的"，到这里就可以结束了，不用加后面的文字。

②我觉得只写"这当然是有点奇怪的一件事情"就可以了，准确地说，这不是一件事情，读者看到这儿也许不会觉得这是个病句或者不合适，但是编辑会觉得后边展开的内容和前文并不是一件事情，语言上可以再精简。

南国之秋

文/江冬

周日的早晨，一位朋友在微信上约我见面。外面正下着小雨，而且等会儿妻子还会把车开走。①但这位朋友是让人无法拒绝的那种。估计每个人都有那么几个无法拒绝的人吧——或因为喜欢，或因为尊敬，甚至是因为害怕……至于这位朋友呢，我无法拒绝他的缘由，可能是各种因素都掺杂了一点。②这当然是有点奇怪的一件事情，所以我还是得从我们开始打交道的时候说起。

差不多是三年前，一个陌生人加我微信，他的留言很直接，说读了一本什么样的小说集，问我是不是作者。他读的正是我唯一的一本小说集。集子出版之后，反响冷清，他是第一个联系我的读者。我当时的心情不可谓不激动，立马通过了验证，并回复他我就是作者，接下来就准备接收一位崇拜者的溢美之词。但等了半天都没见动静。终于，对话框里弹出了他的一小段文字，大意是说他把我的小说集看完了，他最大的一个感受就是我完全不懂真正的生活。他似乎根本意识不到这样的评价对我的杀伤力，最后还补充了一句，说他和我在同一座城市，如果我愿意可以见个面聊聊天。

我的第一反应就是，见面就免了，但这个人既然不喜欢我的小说，为什么还会把一个集子读完呢？我向他表达了这一困惑。

"我有个不大好的习惯，一本书只要看了开头，就一定要看完。"

于是我在心底默默地期盼他翻开爱因斯坦的全集。但我还是心有不甘，继续询问他：我的小说就没有一点可取之处吗？

"见面聊吧。"

③我最终同意了与他见面，但并不主动确定时间，仿佛只有这样，才能挽救最后的一点尊严。

事后想想，我之所以想去和他聊聊，倒并不是要听他的赞美，而是我隐约觉得，他对我小说集的看法是一针见血的。我比任何人都清楚自己的生活多么贫乏。一个能看出这一点，又能够主动加我好友并直言不讳的人，难道不值得去见面聊一下吗？

如我所愿，他安排了见面的时间和地点。④我准时赴约。那地方离我上班的地方仅有两三公里，⑤这也是我乐意前往的一个原因。路边一家很普通的餐馆，我一进大厅，就看到他坐在靠窗的一张小桌边。⑥之所以我一眼就认出了他，是因为他在朝着我微笑，那样的笑容让人觉得，他和我已经相识很多年了。⑦我在他对面坐下来后，很快就沉浸在了由他所制造的话语氛围里面。他的坦率让我震

③这句也不合适，我们姑且称这个第一人称的"我"是男主，"我"的读者是男二，从前面两人之间的相识可以推测出男主已经知道男二不会赞美他，那么在这里男主就并不是一定要听听男二是否觉得男主的小说还有优点，"赞美"这个词用在这儿不合适。

④一句话里不要出现两个"地方"，从语感来说，这一句的用词特别贫乏。

⑤前面你已经说了，"我"不会主动约定见面的时间和地点，以挽救自己最后一点尊严，无论对方选了哪个时间地点，"我"还是会去见面的，所以"我"已经决定要与对方见面，地点又是对方定的，那么"这也是我乐意前往的一个原因"就是经不起推敲的。

⑥小说里不需要用非常完整的关联词，这句给我的感觉特别像是一个严谨的表达方式，小说中的文学语言有时不需要用这种成套的词，显得生硬。

⑦其实不用说"我"在他对面坐下来，两个男人第一次见面，他肯定会在你对面坐下来。你的行文里有很多出现不成问题但不出现更好的废词，你可以再简练一些。

还有，小说的用词有些不接地气。我觉得在短篇小说里，尽量不要出现没用的东西。

惊，他很快就谈起了自己的人生经历：在这座城市长大并上大学，去了英国留学两年，再回到这座城市……在他的讲述中，还夹杂着他丰富的恋爱经历，以及他的事业如何成功……最后，他说自己买了附近的一栋别墅——里面有三个书房，有很多名家的签名书，我等会儿可以过去看看……他似乎是恨不得把自己的一切都摊开在我面前，任由我随意地观摩与品评。

毫无疑问，如果他所说属实，他的人生远比我的丰富和精彩。这莫非就是他认为我不懂"真正的生活"的原因？出于他的反复邀请，也出于想要验证他所说的是否属实，吃过晚饭后，我便同他步行去他家里。⑧<u>十几分钟后，他果真带我走进了一幢别墅，四层，三个书房</u>。他除了有很多的名家签名书，还有不少的名家书信原件，其中竟然包含托尔斯泰、契诃夫、柯南·道尔等人的（这些从国外购买的书信都附有真件证明）……在一楼与客厅相连的书房里，宽阔的硬木书桌上垒着好几摞书，几乎都是全新的，有的还没拆塑封，但中间靠近椅子的那里，却端端正正地摆放着一本黄色封皮且有明显破损、脏污的《资治通鉴》，那显然是他最近在翻阅的。

"这么厚的书你也看，而且一定要看完？"

"那当然，我看了好几年了，这个是第四本了。"

那书名下面确实还有个略小的"四"字。

⑧ 这里的用词逻辑是处硬伤，我们国家的别墅只有二层或者三层，根据国土资源部的规定，两层三层的叫别墅，四层及以上的就不是别墅。

再来说说人设。小说中的男二如果开始看一本书，就一定会看完，他较劲、执着，我觉得这种人设挺有意思。他看《资治通鉴》，"我"发现他是如此执着的，一定要把那本书读完，"于是我在心底默默地期盼他翻开爱因斯坦的全集"，显得男主和男二格调很高。我去百度了爱因斯坦全集，发现它涉及了各个方面，还有好多国家的语言和方言，非常难懂。然而，我把小说整体看完后，发现男二一定要把一本书看完的这种性格在故事里好像体现不出来他的较劲或执着。

小说里让人能捕捉到的

"你工作这么忙,哪有时间看书呢?"

"搞会议嘛,忙也是一阵一阵的,而且有时候搞一次的收入就够我开销大半年的了。"

他的工作就是组织和承办各种会议。在饭店的时候他就和我说过,办会议的收入并不只是一般人理解的收参会费、餐饮费、住宿费。在他看来,整个会场就没有什么是不能收费的——"比如一个纸杯,由谁来提供是可以招标的,纸杯上可以体现企业名称,这样就可以收五十万;如果是挂参会证的那根带子,名称印在上面不是很明显,那就只收十万……"

这天直到回家之后,我才想起从始至终我们都没有聊过我的小说。而这时又有一个疑惑袭上心头:这个和我完全处于不同世界的人为什么会加我微信呢?

于是,试探性地,我给他发了个信息:"有个事情忘记聊了,今天你一直没说我小说的优点。"

"⑨优点就是,一看完你的小说,就能感觉你是一个特别简单的人。"

我很难想象该如何把这样一句话视为对自己的赞美。

"这就是你加我微信的理由?"

"差不多吧。"

⑩他一如既往地坦诚,也一如既往地无视我的虚荣。这就是我们最初的交往,彼此都给对方贴了一个标签——我是简单,他是坦诚。正如他欣赏简

细节,一定是要跟人物真正的性格和后面的行为能够联系上。

⑨ "对自己"三个字,没有必要,把这样一句话视为赞美就可以了。我看第二遍的时候,发现小说里总有一些说了也还行得通,不加会更好的废词,可以考虑删掉一些定语。

⑩ "一如既往"出现在这不合适,你前面没有交代他们通过微信来往了多久,这是第一次见面,我们对于一个刚认识的人的判断,不应该用"一如既往"这个词,因为你下一句说"这就是我

们最初的交往",不过这都是小问题,替换掉就可以。"我把风衣上防雨的帽子扣在头顶,然后冲到了小区门口",没有必要加"然后",你不加"然后",这两个动作也是连贯的。

⑪这处内容属于随便讲讲的那种,跟小说剧情推进没有关系,但是加上这些就令眼下情境的整体氛围松弛下来,是很好的加分项,因为你的两位男主人设其实都比较"不接地气",这个滴滴司机给人的感觉是一个非常真实的人,像一个真正切实生活在中国的百姓,很有代表性,但我觉得"车是自己的"没有必要加括号,这个滴滴司机是你小说里的一个转场人物,在这个地方还加个括号,显得过于严谨,影响阅读的推进。

单,我又何尝不欣赏坦诚呢?而在之后的交往中,我们都仿佛在履行着某种协议一样,始终让对方感受到自己身上依然存在这样一个标签。

十一点整,我从家里出发。外面依然下着小雨。懒得带伞,我把风衣上防雨的帽子扣在头顶,然后冲到了小区门口,在保安室边上躲雨,同时叫了滴滴。⑪<u>雨天叫车的人多,我前面排了好几个。过了二十多分钟,我才上了一辆轩逸。开车的几乎是个老人,头发斑白,但是体形壮硕。一路和司机聊天,他告诉我他是某个县里的公路局领导,已退居二线,他现在每天开半天滴滴(车是自己的),有个两三百块钱的收入。</u>

三四十分钟后,我走进了朋友告知的一家书店。那书店也在他家附近,里面有一部分已开辟成了餐厅。书店里的餐厅自然与别处不同,四面皆是书架,餐桌也只是寥寥几张,而且都隔得比较远。朋友告诉过我,他就是在那家书店里看到了我的书,而且是在书店里断断续续看完的。但当他第一次约我去那里的时候,我的书已经不见踪迹了。

到了餐厅区域,发现朋友已坐在那里。罕见的,他手上没有书。我走过去,他抬头看着我,也罕见的没有微笑。只是一两个月没见,他身上已有了显著的变化。

"你最近怎么了?还好吧?"

他把头沉了下去,什么也没说。

"发生什么了?你和我说说吧。你叫我过来,应该就是想和我说说话吧?"

他把头扭向了窗户那边。窗外有两棵两米来高的小雪松,细雨洒在它们的枝叶上面,青翠逼人。

"我就是个傻×。"他的声音低低的,仿佛是在自言自语。

我不知该说什么,只能等着他继续说下去。但过了好一会儿,他那边还是无声无息。

"要不我们先吃点东西吧?你还没点餐吧?"

他似乎并不理解我说的是什么。

"你是不是好久没吃东西了?"

"吃东西?……好吧。"

⑫ 我知道目前最重要的事情,就是要他吃点东西,于是叫来了服务员,点了两菜一汤,都是朋友爱吃的,最后还要服务员先上一杯果汁。

⑬ 当朋友喝着果汁的时候,他基本上已能正常交流了,只是情绪依然低沉。让我惊讶的是,他说他给我发了信息后就过来了,也以为我很快就会过来。我说以前我们见面,都是赶中饭或者晚饭的。他说这不怪我,是自己没有在信息里说得详细些。

⑭ 我便趁机问他叫我过来想要告诉我什么,他身上到底发生了什么。他只是苦笑了一下,说等吃了饭再说,他都不记得自己有多久没有吃过东西了。

饭菜上来后,朋友吃得不多。他静静地等我吃完,再等着服务员收拾了餐桌,然后便开始了讲述。在讲述的过程中,他多次停顿,且反复地说自己是个傻×,显然是在反思和悔恨。⑮ 还有一点

⑫ "叫来服务员"其实也没有必要,短篇小说是没有必要事无巨细的,不管你是叫服务员点菜还是扫码点餐,完全不影响情节,这是多余的。

⑬ 这在现实生活中是不太成立的,两人约一个地点见面,在不说清见面时间的情况下,为什么一个人默认是早晨,一个人默认是中午?而且后面又提到,默认吃饭的时间是中午或者晚上,那他为什么又肯定是中午呢?

江冬: 我想说明一下"朋友"的情绪不太稳定,他对时间没什么概念。

马小淘: 我能感觉到你想塑造出他的情绪不稳定,"读者"早早到来是可以的,但是"我"为什么会默认整点才从家里出发呢?

⑭ 这是有问题的,其实男一是知道男二为什么叫他来的,但是现实中没读过这篇小说的读者不知道,一切对于我们现实读者来说都是悬念,所以在行文中,男主要装作不知道,你可以写"我便问他,叫我来做什么,他身上到底发生了什么"。"他多次停顿,且反复地说自己是个傻×",这一句话跟人物的气质特别不符,这特别像一个北京小爷说出来的,但这两人并不是那种身份。

⑮ 你可以在此处抖一个

183

包袱，让读者不知道后面会发生什么，但你不能误导，也不能真正地遮掩。后面的长篇大论，是你的小说进入到人物语言陈述的部分，我看到这里的时候，觉得有点奇怪，因为你写出来的文字非常口语化。

⑯这里给人的感觉像是在放录音，男主现在把男二在饭店对男主说的录音整理一下以文字形式呈现了出来，这是一个非常口语化的讲述形式，并不是特别新鲜。看完整篇小说以后，我发现它从总体上可以被分为三大块，你这么写降低了写作的难度，有一点点偷懒。从结构上讲，它不复杂，就三部分，也并没有多少不同时空的交织。小说整体还可以的，没有必要去彻底改头换面进行大改动。再来看男一和男二的形象和语言刻画，我觉得他俩说话方式一模一样，这两人于对方而言就是世界上的另一个自己，他俩的性格和语言方式太过相近。我以前看过一位国内老作家的长篇小说，那里面也是各种回忆，我在其中发现了一个致命的问题，那里面所有人讲话似乎用的都是同一套语言方式，小说里面有高官，有普通市民，还有农村人，说话的方式一模一样，张口就是句句成语。我发现每一个用着大量成语在说话的农村人，跟城里人的区别，只是把"我"变成"俺"，人物语言对人物塑造特别重要，不能所有人都用一套语言方式来说话，每个人物都应该有自己独特的语言方式。你的小说里，"我"和他完全是用一套稍显

我是事后才意识到的，就是他很少直视我，眼睛要么盯着窗外，要么盯着某个书架。

要不要跟你聊聊，我已经想了很久了……⑯不过在说事情之前，我想我有必要跟你道个歉——这个事情有必要道歉吗？我也想过的，或许有必要，或许没必要吧……好吧，还是好好说吧，有些话总还是要说清楚的。我不知道你是怎么看我的——就是是否把我视为朋友，并且是比较交心的那种朋友。至于我呢，坦白地说，你在我心目中，就是这样一位朋友。正是因为我把你视为真正的朋友，所以我认为，我首先得向你道个歉：我有一件重要的事情，一直没有告诉过你。当然没有告诉你，也是有一定的原因，当时我们还不是那么熟，至于后来呢，我又觉得没必要再告诉你这个，免得你问我为什么不早点告诉你。这个事情我估计你已经猜到了吧——对，你肯定猜到了——就是我结婚的事情。那时候我们相识还不到半年，总共也才见过两三次面，我们是过了一年多才慢慢来往多起来了的吧？

还是先说说我妻子吧。她是人民医院的护士，我是去那里做阑尾炎手术的时候认识她的。我见她的第一眼，就有些心动了的。她的长相是非常有特点的那种，如果她脸上没有任何表情的话，那么不管你怎么看她，都会觉得她长得平平无奇；可是当她微笑起来的时候，就好像她的整个五官都进行了调整一样，一下子就变得非常生动、非常妩媚起来——夸张一点地说，简直都有点摄魂夺魄的味道

了。我看到她的第一眼,她就是在微笑的,当时我心里就在想,怎么会这么美啊?我怀疑可能是角度问题,有的女孩子从某个角度来看确实很美的,可换个角度就不行了。所以后来我又频繁地去看她,而我越是明显地去看她,她就越笑。因为她一直笑个不停,所以我得出的结论就是,她确实很美。哪怕后来我看到了她没有表情的样子,我也还是相信自己之前的那个结论,因为那样的印象实在是过于深刻了。

到我出院的时候,我们已基本上确定了恋爱关系。那时候我压根就没想过结婚的事,但越是和她在一起,我就越发现自己再也离不开她了。事实上,在我谈过的女朋友里面,她的条件是非常一般的,甚至可以说是最差的那一类,除了长相——这一点其实也不一定,其他的比如学历、工作、家庭,都太普通了。但她最大的优势可能就是,她非常清楚我这个人是什么,换句话说,就是她把我这个人摸得透透的,什么时候该撒娇,什么时候该严肃,甚至什么时候可以挖苦我一下,她都一清二楚,而且她做这些的时候显得特别自然。所以,很快我就觉得,她就是我的另一半——以前听人说起夫妻是彼此的另一半的时候,我是丝毫没有概念的,但和她在一起之后,我就觉得这种说法真是再准确不过了:真正的配偶,就应该像一个人分成了两半那样,彼此那么了解、合拍,在一起的时候又那么舒适。⑰<u>我和她只谈了两个月的恋爱就领了证,</u>

做作、比较文气的表达方式在说话。

江冬: 第一稿里,在男二讲话之前,我加了一个说明,下面他说的这些话是"我"后来整理出来的,可是这样的用法有些太普遍,显得很俗气,我就把那样的说明删掉了。

马小淘: 如果说这一部分是"我"整理出来的,又很像新闻联播,也很奇怪,你删掉可能是对的,现在的这一部分文字中,有口语,有破折号,等等,都很奇怪。在写作时,会遇到很多问题,你自己知道问题在哪儿,却一时半刻怎么想也想不出来解决方案,忽然有一天你灵光闪现,原来一直没想到的修改方法其实特别简单,可能就加几个词就解决掉了。

⑰ "那些"这个词没有必要出现,你也没有展开说明是"哪些","这让熟悉我的人都非常震惊"就足够了。

185

这让那些熟悉我的人都非常震惊。领证是我妻子提出来的,而我当时没有丝毫犹豫就答应了,因为在我看来,那确实是理所当然的事情,妻子只是提出了一个本就存在于我内心的想法。

结婚之后,我的幸福是前所未有的。我过上了一种真正安定的生活。家是什么呢?在结婚之前,我可能只会想到,家就是住了亲人的房子;但结婚之后,我就有了一个全新的强烈感受——家,其实跟房子没有任何关系——对我来说,妻子在哪里,我的家就在哪里……之前我单身的时候,或者是与前女友们谈恋爱的时候,我经常觉得我那个家里太空旷了,但是结婚之后,⑱<u>哪怕是我一个人在家里面,我的感觉也是充实的,因为我每到一个地方,都能想象妻子也在那个地方留下了痕迹,然后就觉得好像有很多个妻子在陪伴着我一样</u>。

⑲我读了不少书。的确,书能给人带来不少智慧,但有时候也会让人想得太多。可能根源还是书没有读透,人还不能够真正洒脱。或许是因为"祸兮福兮"这样思想的影响,在感觉幸福的同时,我又有着隐隐的不安:风险是否会到来呢?⑳<u>我想到的最大的风险,莫过于有一天妻子会离开我。我现在都还清楚地记得,有一次我和妻子去日本度假,我们在东京的一个公园里面划船。</u>已是黄昏时候,窄窄的河道里面,河水碧蓝。岸边一棵棵硕大的樱花树开满了粉嫩的樱花,有的还伸到了河道上方。夕阳最后的一点光芒投映在樱花上,也投映在水面

---

⑱"我"每到一个地方,都能感觉到在这个地方留下的痕迹,一个男人被写得很细腻、很温存,在新婚中感觉到了爱情的甜蜜,我觉得这部分很美好,忽然感觉到好多个妻子陪在"我"身边,这就显得不准确,"好多个"应该去掉,"好像是妻子时刻陪伴着我一样"就够了。

⑲两个句子里出现两个"不少",将其中一个用其他同义词替换一下。作家的语言是应该经过打磨的,读者阅读时不一定会觉得语言有多么好,但是同一个句子里连着出现两个"不少",读者会马上意识到你用词很贫乏。我以前责编过周晓枫的散文,稿子已经进入二校阶段了,有一天她忽然给我发来一条微信,在第几段好像出现了一个什么词,隔了三段这个词又出现了,让我帮她替换掉,改成另一个词,我忽然对她有了一种崇敬感,为她的较真而感动,周晓枫真的是在中国作家里使用语言智慧非常拔尖的,你会发现她

上，让我有种如梦似幻的感觉。当时我和妻子都停止了划船，就让船静静地停留在水面上。我们都没有说话，但似乎彼此都有一种强烈的渴望，那就是确认对方是否真的存在，所以我们的手不知不觉地就紧紧握在了一起。你能想象我当时是什么感觉吗？按正常来说，我应该感觉幸福才对，但我真正的感受却是恐惧，恐惧眼前的一切很快就会消失，包括自己紧紧握住的妻子。

　　按一般情况来说，妻子能够嫁给我算是很不错了，所以她主动离开我的可能性应该是很小的。可是人有时候就是会想一些极端的情况，尤其是当你对那件事情特别在乎的时候——万一妻子哪一天发现我并不是那么理想呢？㉑还有我把对她的在乎体现得那么明显，这会不会反而让她产生对我的轻视以至于不懂得珍惜呢？这些想法只是偶尔会冒一下头，但日积月累之下，最终还是成了这个事情的导火索。

　　事情一开始很小，就是有一个前女友在微信上问我最近过得怎么样。我本来是不想理会的。自从和妻子在一起之后，我和所有的前女友都已不再来往，即使偶尔在手机上联系一下，也都是比较正常的。为什么后来我会回复她呢？这是因为在过了一段时间后我突然意识到，这个前女友的询问不同一般。之前别的和我联系的前女友，基本上都是直接说一件具体的事情，比如打听或咨询个什么，也有跟我开口借钱的，但这个前女友只是问我

写作的那些语言都是神来之笔。通过这件事，我意识到她其实是非常在意自己的用词，会仔细打磨自己的文稿。这是身为一名作家的自我要求，你一定也要这样自我要求，才能成为语言使用得特别好的作家。

　　⑳这一处的描写特别美好，不是浪漫，是准确，我读到这儿，让我想起了中学时看过的一部电影，叫《理发师的情人》，电影里的男女主人公太相爱了，如胶似漆，非常美妙。一天晚上，女主角突然说要去买点东西，然后跳河了，她自杀的理由是因为她觉得生活太美满了，害怕有一天会失去这些，所以才选择在最美好的时候结束这一切。她留了一封遗书，其实也是一封情书，写得非常深情，以此来追求爱情的永恒。从我们现在的价值观去看，我们会觉得以此行为来换爱情的永恒是非常偏激的，但是如果你切实进入到那种情境里，你会理解她对爱情褪色的担忧和怅望。你的小说到目前还是很可信的，一个悲观人士可能会有如此的一类行为。一个悲观的人在获得幸福的时候，可能隐隐还会感觉到一种压迫感，比幸福感还强烈，一个作家寥寥几笔就能把读者带到自己熟悉的生活，这是很见功力的。

　　㉑这个人物有点急转，开头部分的文字能够看出他的生活条件，他有一处很大的房子，衣食无忧，比较任性，他随便看了一本书，也要想着去联系作者。作者来了以后，他自己滔滔不绝，

187

不在乎作者在想什么，整个人非常地自我，精神世界很丰富。他回想与妻子两人在日本的美妙场景，那种失落感，那种担心幸福会逝去的感受，在我看来都是很美好的，但是之后他的想法又变得特别现实和猥琐，并且产生了极度的不自信，感觉一下子与之前的人设有点偏离。之后他与前女友来往，是为了让他妻子意识到并不是没有人喜欢他，如果读者是二十多岁的年轻人，会觉得已婚夫妇有这种情感博弈是可信的。但是，当读者到了我这个年纪，就会觉得已婚夫妇进行这种博弈有点小儿科。读者看第一遍的时候，会觉得这应该是真诚的，但是回头看第二遍、第三遍的时候，会发现小说中的每个人都在不断降低自己的道德压力，我觉得在婚姻中的人，他即使是给自己找到这样的借口，也是不可信的，这太青春化，看到这里的时候我有点泄气。即使我不知道后面会发生什么样的故事，可我的确是从这儿开始失望的，在我看来他的格调一下子垮掉了，比如他从来不看妻子的手机，一方面他相信她没有秘密，另一方面可能是他的素养使然。一开始，他已经认为偷看别人手机的人素养是有问题的，可后来他妻子看了他的手机，他又觉得这是一件令他感到幸福的事情，他的价值判断此时就显得非常摇摆不定。又比如他跟前女友一直在联系，目的达到了，让妻子意识到他可能比她原来以为的更有价值，表现出这个男人有着很强烈

最近过得怎么样。她为什么要问我这个呢？她想从我这里得到什么样的回答呢？这些我都难以明确，但是我能够明确的就是，这个前女友至少是还惦记着我的，惦记就意味着她对我余情未了——我这么说不算是自作多情吧？我当然知道回复她就意味着危险，但我又隐约觉得这其实是一次很好的机会——如果让妻子知道我多年前的女友竟然依然惦记着我，甚至还想要回来找我，那她多少会有一点危机感，而且会更加感觉到我的可贵吧？那么要怎样才能达到这样的目的呢？我当时想到的，就是和前女友聊聊天，然后找个机会让妻子看到我和前女友的聊天记录……有了这样的想法之后，我就再也冷静不下来了，我甚至还想象起妻子看到了聊天记录之后的反应：肯定是有点生气，但又没有任何理由责备我，因为是对方主动联系我的，而且我会始终把控好谈话内容，既抬高自己在妻子心目中的形象，又不让前女友感觉有任何的希望。

　　计划进行得很顺利。我回复了前女友，说自己过得很好，并询问她过得怎么样。她说她也过得很好。我接着问她怎么想起联系我了，她就说她现在正在我们曾经一起游玩过的一个地方……那天我们差不多聊了个把小时，我的目的明显达到了，因为前女友明确地说出了对我的怀念，并且后悔当初离开了我——我马上补充，当初分手是因为她嫌我工作太忙了，没多少时间陪她。我在目的达到之后，

就不再怎么回复她了，往往是她发来四五条信息，我才回复一两句话。最后，也许是她意识到了我的冷淡，就也不再发信息来了。

这天下班回家之后，我特意没怎么理会妻子，而是长时间捧着手机和人发信息聊天，聊的都是些无关紧要的事情。后来我去洗澡的时候，手机就扔在床上，我知道妻子准会看我的手机的。我们彼此都知道对方的手机密码。妻子的手机我是从来不看的，一方面是我相信她并没有什么秘密，另一方面可能还是素养问题，因为我总觉得看别人的手机，哪怕是自己爱人的，都是一件不光彩的事情。不过妻子是喜欢看我的手机的，谈恋爱的时候是偷偷地看，结婚之后则明显了一些，只是依然会背着我，因为她也知道我的忌讳。一开始的时候我确实有点反感，但是后来我倒反而觉得这是一件幸福的事情了。妻子常常看我的手机，这不正说明她对我的在乎吗？而且她对我的了解那么透彻，也多少和这个有点关系。妻子在什么情况下会看我的手机，我是一清二楚的，所以那天洗完澡出来之后，我看到床上手机的位置有了变化，就知道她肯定看了我的手机了，而且也肯定看了我和前女友的聊天记录了。当时妻子表现得很平静，所以我也就假装什么也不知道，但是内心还是希望妻子能够有所表现的，比如对我更加体贴或热情了，哪怕是有点生气或吃醋的样子，也能够证明我在妻子心目中的分量又增加了一些……

的胜负欲、控制欲，人格比较分裂，然后妻子旁敲侧击多次说起他的前女友，读到这里，你会觉得这是真实结婚的夫妻吗？在他的叙述里，男子的做法如此低幼，按理说作为一个合法的妻子，这时候应该是很强势很泼辣才对，但是他的妻子却只敢偷看，不敢正面质问，这会让读者觉得妻子的行为和心理都很怪异。

虽然当天晚上妻子并没有什么特别的表现，但是第二天晚上，我在和妻子聊天的时候，她突然冒出了一句：你说你那么多的前女友，是不是还有一两个忘不了你的啊？终于等来了妻子的回应，我内心的喜悦可以说是双重的，除了觉得目的达到，也觉得一切都如我所料。当时我竭力保持平静，只是模棱两可地说：忘不了我也没办法啊，我都是有老婆的人了，你说是不是？接下来妻子没有再说我的前女友这个话题了，而我呢，当然也不好主动再说什么了。

  这个事情如果到此为止，可能就是最好的结局了，毕竟我的目的达到了——让妻子意识到了我可能比她原本以为的更有价值。但可能人的本质就是这样，达到了眼前的目的，就想达到下一个目的；已经得到了什么，就还想得到更多。过了一阵子之后，我就又主动和那个前女友联系了。这次我找了个借口，说当时和她在一起的时候，我有本书不见了，是不是落在她那里了，如果确实是在她那里的话，希望她可以寄还给我。前女友回复说她那里没有我所说的书。那书是我捏造的，当然不会有。不过这样一来，我和前女友的聊天就又恢复了。如我所计划的，我们只是聊些阅读、电影，以及几位共同的熟人近况之类的话题。我能感觉出，前女友是乐意跟我聊天的，而我也相信，任何看过我们的聊天记录的人，都能感觉出前女友对我的热情。毫无疑问，这次的聊天记录，也被妻子看到了。我知道她每隔几天就会看一次我的手机，而前女友的微信，她肯定会重点关注。就是这样，我和前女友一直都在微信上聊天，有时是她主动，有时是我主动。在我的有意回避下，我们谈的基本上都是些平常的话题。在这一过程中，妻子又有几次旁敲侧击地说起我的前女友，我则依然说些模棱两可的话。不过随着次数的增加，我内心所感受到的喜悦已一次次变淡，终于有一天，我决定放弃这个好像并不是那么有意思的游戏了。

  出乎我意料的是前女友的态度。那天她主动联系我，我却一直没有回复她。我本来以为她不会再找我了——我想她多少会觉得失落或者有伤自尊吧，但这也没什么大不了的，我们都已经分过一次手了，这次对她的打击总不会比上次还严重吧？可是事实证明，我的想法实在是太天真了。其实从一开始我就应该意识到，前女友就是抱着复合的期望才来找我的。如果我一开始就不理她，或者第一次聊天后就不再主动联系她，那么她可能早就把这个念头给打消了。如果说前女友的这个想法是一个肿瘤的话，其实我是可以早早就把它切除的，就算一开始没有，后面也还来得及，当然是越早越好。但我完全忽视了这一点，竟然亲手把这个肿瘤培养得越来越大了。那天前女友见我在微信上没有回复，就一次次发来信息，我自然也没有理会，到了后来还直接删除了她的微信，可是我的这一行为就跟引爆了一个炸弹一样，很快我就接到了前女友打来的电话。㉒当她在电话里质问我为什么要删掉她微信时，我才意识到自己的行为多么愚蠢——㉓如果只是不回信息，我还可以说因为太忙没来得及看微信。那时候，我的处境真的是非常尴尬和狼狈，但哪怕是这样，只要我当时一声不吭，这个事情估计也就这么过去了。不过我这个人就是脸皮太薄，而且也可能是过于聪明吧，我竟然随口就编了个理由，说我删除她的微信，是因为害怕继续和她聊下去会难以自拔，因为我现在毕竟是个有家室的人了。电话那头安静了一会儿，就在我觉得已经搞定准备挂掉电话时，那边却又传来了前女友的声音。你知道她说什么吗？真是讽刺啊，她说只要我还喜欢她，她就

㉒他很在意前女友的感受，却不敢告诉前女友自己只是在利用她。

㉓这里是无法自圆其说的，首先他看了一本书，就主动申请添加作者的微信，前女友来撩他，过一段时间又假装说他有一本书可能落在前女友那里，就此种种行为，他还说自己脸皮薄，这太过矛盾。他虽然自己也是骑虎难下，但是这个人的自我意识其实是非常膨胀的，他不太在乎别人的感受，他说前女友的性格非常自我和强势，可是前女友为他做的事却是给他买书、茶叶、剃须刀、袜子和内裤，行为上非常地小女人化，一个性格强势的女性是不会事无巨细地去做这些琐事的。

什么都不在乎。

就是这样,我本来是想关掉一扇门的,结果呢,我把整个房子都给拆掉了。这下子我连一个躲避的地方都没有了。我能直接跟前女友说我是跟她开玩笑的吗?或者直接告诉她,从一开始我就是在利用她?这个前女友的性格我是清楚的,非常的自我和强势,而且她的家庭背景,还有我们共同的那些熟人,都是我不得不考虑和顾忌的。

自从这个电话之后,我算是真正体会到了什么叫骑虎难下。接下来的日子,前女友不仅一次次地打电话给我,还频繁地给我快递所谓的"惊喜"——我收到过她给我买的书和茶叶,这些倒没什么,可是我还收到过她给我买的剃须刀、袜子甚至是内裤。她给我寄这些东西,明显是在暗示我:她想要接管我的生活。我尝试过不接她的电话,结果就是她会一次接一次地疯狂打过来。我也尝试过向她说明,我和妻子的关系还算可以,也没想过要和妻子分手,所以我和她之间是不会有什么结果的,但她的回答还是一开始的那一句:只要我还喜欢她,她就什么都不在乎。可是我能说我不喜欢她吗?不喜欢为什么要和她聊那么多次天,而且说什么害怕自己难以自拔?

在这段日子里面,我整个人都是有点崩溃的。我没有想过要跟妻子坦白。事实上,我从来没有跟妻子坦白过什么,甚至我还理所当然地认为,不管我遭遇了什么或者心里想的是什么,妻子都应该第一时间知道,并且毫无条件地给予我包容、理解乃至于抚慰。在我心目中,这不就是妻子最大的优点所在吗?但在这个事情上,我始终没有感受到来自妻子的回应。所以当有时候我觉得心情沉重的时候,我就在心底埋怨起妻子来,觉得她没有尽到自己的职责,而且我还觉得,我陷入当前的这种困境,很大程度上正是因为我对于妻子的爱。在那些日子里,我也知道家里的气氛是相当糟糕的,㉔<u>之所以我和妻子并没有爆发争吵,完全是因为妻子的退让和隐忍</u>。不过现在想起来,如果当时我们能够大吵一架,或许就会把什么都说出来,不管是我的事情还是她的事情，这样也就不会造成现在这种局面了。

正是因为我一次次地错过了挽回的机会，所以该来的最后还是来了。那天是晚上十点多钟了吧，我和妻子都已经洗漱好躺在了床上。当时的气氛依然是糟糕的，我们一言不发，只是各自玩着手机。突然，我的手机震动起来，竟然是前女友打来了电话。我本来已和她约定好的，晚上绝对不要给我打电话，所以我立马气愤地挂掉了电话。但不出所料，电话很快又打了过来。我选择继续挂掉，然后想着干脆关机算了，免得她又打过来。在我去按关机键时，电话已经又打了过来。看着抖个不停的手机，我突然好像看到了前女友着急万分的样子。不会发生了什么紧急情况吧？如果不到万不得已，她肯定不会这个时候打给我的吧？这么一想，我就还是接听了手机。

手机那边传来了前女友的哭泣声。我连忙问她发生什么事了。一开始她只是哭，后来就边哭边问我可不可以现在就去她那里。我又问她到底发生了什么事情，如果她不告诉我，我肯定是不会过去的。这样她才告诉我，她的手掌被猫爪子划了一道口子，流了很多血，现在她想去打预防针，但她开不了车了，如果要打车的话，她又害怕一个人坐车……我知道她是独自住在郊区的一栋别墅里面，这时候的最佳选择，可能确实是找个熟悉的人带她去打针了。我当然知道在这座城市里面她熟悉的人不止我一个，但在那样的情况下，她既然把电话打

㉔ 这里的内容前后矛盾，前文说到他非常害怕妻子离开他，现在他又觉得妻子一定会无条件地包容他。他知道不管发生了什么，妻子都会包容他、理解他乃至抚慰他，他就不会害怕，如果他心理这么笃定，妻子会原谅他的一切"不忠"，那前文中他的畏惧就是不成立的。他和妻子并没有爆发争吵，完全是因为妻子的退让和隐忍，你也可以理解成他情绪混乱了，他自己撒了点谎，他圆不下去了，只能说实话。在这样男欢女爱、非常切实的世界里，这种小儿科的事儿真的成立吗？即使，婚后他跟前女友真的什么都没有发生，没有肉体出轨，这种游戏也会显得无聊。

给了我，我又怎么好意思建议她另找一个呢？

挂掉电话后，我如实地跟妻子说有个朋友被猫抓伤了，要带她去打一下预防针，用不了多长时间就会回来。

让我没料到的是，这个时候妻子竟然说了一句话。她说话的时候，表情和语气都是冰冷的，既显得丑陋，又让人不寒而栗。她是这么说的：你今天晚上可以不用回来了。我知道她是想歪了，她肯定知道我是去前女友那里的。当时我非常气愤，一方面是因为她说话的表情和语气，这在她身上是前所未有的，另一方面是因为她竟然会那么去想我，那么不理解和信任我，甚至还说出那么恶劣的话来。在那一瞬间，妻子在我心目中已变得没有任何优点可言了，所以当我从她面前走开的时候，我的心里只有对她的鄙夷和轻视。毫无疑问，我心里的想法也表现在了我的表情和动作上。现在想起来，当时妻子看到我那个样子，还不知道会有什么样的想法……

那天晚上我在一点左右回到了家里，但妻子已经不在那里了。我打她的电话，关机。第二天早上，她还是关机。我去人民医院找她，护士长说她发信息请了几天病假。她的家人那边，也是没有她的消息。那么她到底去哪里了呢？

他目光灼灼地瞪着我，我感到全身火烫，头不自觉地沉了下去。

我的妻子失踪两天以后，就是前天，我收到了她的信息。你知道她给我发来了什么吗？她和一个男人的聊天截屏。聊天的信息就是那天晚上的，妻子跟那个男人说，她跟我吵架了，想要离开家清静几天。

她究竟去了哪里，如果这个世界上还有一个人知道的话，那就肯定是这个男人了。那么，你现在是不是可以说说了，我妻子究竟去了哪里？

㉕<u>我抬起头来，目光撞向他那涨成了酱紫色的脸庞，然后又迅速挪开。我的头又沉了下去，</u>看到自己的双腿在轻微地颤抖。过了一小会儿，我才又一次将头抬起，并尽可能镇定地盯着对面朋友的眼睛。接下来，我说出了下面的这番话：

194

我不知道她去了哪里，真的。我不知道你会怎么想，但是我可以跟你保证的是，我和你妻子之间并没有什么特殊的关系。你应该可以想象得到，你妻子正是通过看你的微信才知道我的存在并联系上我的。她加我微信的时候，备注的就是你妻子。我当时很惊讶，因为我一直以为你是单身的，不光是你从没和我说过结婚的事，而且几乎每次见面，你都会和我说一些自己最近的恋爱故事，并且我对你所说的那些都是深信不疑的。所以，那天我还跟你妻子反复确认了，而她也觉得很奇怪，你竟然一直没有告诉我她的存在，因为在她看来，我应该是和你见面最频繁的一个朋友。虽然我当时对你的隐瞒很不爽，㉖<u>尤其是你还不断地跟我编造那些恋爱故事</u>，还有你说的其他很多话，也不知是真是假，这些让我觉得你就是把我当成一个傻子一样地戏耍。我当时唯一能安慰自己的就是，我自己不也是一个撒谎者吗？我编了那么多故事，而且你还读了不少，只不过你很清楚我编得不够高明罢了。不过听了你刚才说的那些事情后，我明白了你可能很喜欢玩这样的游戏。不管是对我，还是对你的前女友和妻子，你都是通过谎言来制造某种假象，并且以这个假象能够维持下去不露破绽作为你的快乐来源。说实话，如果你要是写小说的话，肯定会比我写得好多了。不过既然是假象，怎么可能会没有破绽呢？尤其是时间越长，假象被戳穿的可能性就越大。我这边还好，只是明白了事情的真相，可是你

㉕到此为止，他（此处指小说中的作者，即男主角）是一个掌握事情全貌的人，他跟这对夫妻都有联系，他没有什么好紧张的，我认为"看到自己的双腿在轻微地颤抖"可以去掉，他是在故事里视角相对最为全面的人。他说这个男二每次和自己见面，几乎次次都会和他说一些自己近期恋爱中发生的故事，你想要交代两人如此亲密交谈，前面就应该暗示或者直接透露出这两名男子在微信上互动密切，他俩是一种非常精神化的读者和作家的关系，进而线下会面，成为朋友。可能是我不太了解男性，他们每次见面真的会说一些恋爱故事吗？

㉖我不知道男二编造这些恋爱故事的初心是什么？

江冬：他喜欢用谎言来控制别人。

马小淘：我想说，当我有不得不面对的人，比如说我的发小、我的同事，我好像很需要在他们面前打造一个什么样的形象，我要用谎言来编织，可我为什么要对一个陌生人编造谎言，本来两人就不认识，我去编织一个"我"，为了给他展示什么？两人的生活原本是毫无交集的，那他编织另一个自己的意义是什么？

江冬：他喜欢抱着玩游戏的心态，而且希望自己的游戏不被拆穿，他有这样一种爱好。

走走： 这样的话，他和之前看一本书就一定要看完的执着人设又不吻合。如果他是一个抱着游戏人生态度的人，那你就要全部重写，比如他一开始在电话里对作者是很赞美的，作者被哄骗得兴致勃勃地去和他见面，却被他贬得一无是处，那其实是他的一个恶作剧，这么写人设上就吻合了，你也不能写他是一个很深情的人，比如在日本划船的经历等，人物所有的行动要跟人设是吻合的，而不是你说他有游戏心态他就可以突然改变性格，自顾自地认为他应该如何，你所有的笔墨都要让他的行动与人设吻合。

马小淘： 这个人物现在的种种行为，满嘴跑火车，没有实话，本身是个富二代，说明他一切都依赖他的父亲。那他应该是看到简介就假装看完整本书，根本不会看完整本书。而我现在看完前文感觉他像竹林七贤，看起来放浪形骸，但其实懂文学、懂艺术。

走走： 你可以看看电影《驾驶我的车》，你的小说中前面的整个叙述部分，男二的设计很像这部电影的男主人公，特别有文艺范儿，内心世界非常丰富。你可以看电影中的男主家福悠介在妻子带着一个秘密离世后，他是怎么与他人相处的，他在担任导演指导拍戏的时候，那部戏剧的文本又是怎么对应他自己的生活状态的？电影里的这些细节都处理得很好。你的小说中，男二有些

的前女友和妻子那边，恐怕就有点让你焦头烂额了吧？

好吧，还是再来说说你的妻子。她当时联系我的目的很简单，就是因为那段时间你的状态很不好，她想要我和你聊一聊。她认为你是和前女友死灰复燃了，但是她又不好直接跟你挑明，因为那样她就得承认偷看了你的手机，而你是把隐私权看得非常重要的。可是我怎么可能会去找你聊呢？你可是一直都在欺骗我的啊，而且我也严重怀疑我和你之间有没有真正的友谊。我当时就和你妻子说了，我连你结婚了的事情都不知道，又有什么资格和理由去阻止你的婚外情呢？我这么一说，她就没有再坚持了。不过后来她又断断续续地跟我说了你的一些最新情况，尤其是说到了你越来越频繁地在家里对她使用冷暴力。你说你们两个并没有吵过架，可是在她看来，那是你根本就不给她吵架的机会，因为她想找你说话的时候，你根本就不理睬她，甚至是摔门出去。我想她应该是实在找不到倾诉的人了，所以才会把你的这些情况都告诉我。她离开家里的那个晚上也是这个情况。她确实告诉了我想要离开家里几天，却并没有告诉我究竟要去哪里。至于她为什么要把她和我的聊天记录发给你，我想可能是出于对你的报复吧——你想一下，你和前女友聊天，她就和你的好朋友聊天。至于她还有什么其他的目的，我暂时还不知道，并且我也不想去知道了。你妻子那边肯定是没什么大问题的，她应该确

实只是想一个人清静一下。她还知道过了两天就给你发个信息，这是担心你真的以为她失踪了而去报警吧？所以你看，她肯定是不想把事情闹大的，所以我觉得只要你处理好了和前女友之间的问题，你和妻子之间的关系就还是能够恢复正常的。现在看来，最倒霉的可能就是我了，先是被你蒙骗，接着又被你妻子拿来作为刺激你的一个工具。不过经历这样的事情对于我来说也不完全是坏处吧——你不是认为我不懂真正的生活吗？相信以后我对于生活的理解，肯定会增加那么一点了。那么最后我想跟你说的是，这肯定是我们最后一次见面了，至于原因，我就不必再多说了吧？还有你妻子那边，我也会删除她的微信。我希望你们两个以后继续过上幸福的生活，同时也希望自己以后和你们不再有任何的牵连。好了，现在我想回家了——

我立马起身，瞥了一眼依然僵坐在那里的朋友——或者说，曾经的朋友，然后迈着大步走向出口那边。

外面，雨依然还在下着。但我急着离开书店门口，毫不犹豫就冲进了雨中。我连帽子都忘记戴上了，任由雨水打湿我的头发和脸颊，凉飕飕的，但仿佛只有这样，才能够压抑住全身正在沸腾的血液。我在积了雨水的道路上快速地走着，同时思考着接下来该怎么办。

他们的离婚已是必然。我那位所谓的朋友就算撇清了和前女友的关系，也不可能再正常地和他妻

太幸福了，虽然感动那部分确实写得很好。如果你要保那一部分，男二觉得珍贵的东西每时每刻都可能会被打碎，就索性让他看一下珍惜的幸福被打碎后是什么样子的，看看能让读者不再相信其真实性的底线是什么，他会用各种方式来挑战他妻子的容忍极限，这时他可以去编造一些本来没有的故事，故事都是为了让他妻子相信或者怀疑两个人的关系能够恶化到什么程度，能够消耗到什么程度，就说明他们曾经幸福到什么程度。但是，如果这么修改，你前面又要重新设计，比如他要找作家的原因，会不会是他自己也很想成为作家，他会不断地问成为作家需要什么条件，作家需要欺骗吗？他会有内疚感吗？他可能会围绕这些直击心灵深处的人性问题提问，总之，这个故事的设计走向是什么，你一定要提前把核心部分架构好。

江冬： 创作小说之初，我最明确的想法是要写出人和事件的复杂性，所以我想要尽量地写出男二人物性格的多面性。

子相处下去了。他确实是爱过妻子的，可是除了爱情，妻子什么也给不了他。他的事业或者说收入已经越来越糟糕了，这才是他和妻子之间产生问题的根源。他从来都没有告诉过我，他的事业之所以顺风顺水，是因为他有一个身居高位的父亲。可是一年多前，他父亲退了休，从此他的事业也就一蹶不振。他本来是很相信自己的能力的，可是现实很快就教会了他，什么才是他成功的根本所在，同时现实也教会了他，对于他来说，生活中只有爱情，那是远远不够的。妻子对于他的事业是没有任何帮助的，所以他越来越后悔自己的决定。她确实是他的真爱吧，但她的能力以及家庭背景，都是远远不及他那位前女友的。他的妻子足够温柔、体贴，更重要的是，足够卑微、隐忍，他可以牢牢地掌控，这又是他的前女友所不具备的。他似乎是陷入了两难的境地，但随着时间的拉长，妻子在她心目中的分量只会一点点地减轻，哪怕是没有前女友的存在，他也会去寻找和追求与之类似的人。

　　他的妻子不仅告诉了我这些，而且预料到了最终的结局。我没有告诉我那位朋友的是，我和她妻子的聊天，可不只是在微信上。我也没有告诉她，那天晚上他妻子还打了电话给我，说希望我能开车送她去一个离家远一点的地方。我按她的意思做了。我当时和我的妻子说，有一个女性朋友要去机场，我去送一下她——我还嘲笑说，自从货拉拉的事件之后，晚上女人都不敢一个人打车了。妻子是相信我的，我在她眼里，也一直是个简单的人。我把朋友的妻子送到了一家足够偏僻的酒店，在车上我还提醒过她，过两天就要给她丈夫发一个报平安的信息，否则他可能会去报警说她失踪了。只是我没有想到的是，她所发的信息竟然是我和她的聊天截屏。她这么做的目的究竟是什么呢？还有她接下来还会做出什么来呢？我终于知道自己接下来要做什么了。我在路边停下，拦下了一辆显示"空车"的出租车。上车的时候，司机长时间地盯着我，我这才意识到自己全身都滴着雨水。但我顾不了那么多了，马上告诉司机一家酒店的地址。当出租车行驶在路上的时候，我在努力地组织一套说辞。我希望一切都能如我所愿，最重要的是，一切都还能来得及。

马小淘：在短篇里，篇幅有限的情况下想写出一个人的多面性是有点难的，还是要有一个集中的主要性格，目前这个文本有些松散，而且一个人的性格中如果出现相互矛盾的两面，人物性格反而不鲜明了，比如说他妻子看了他和前女友的微信聊天记录以后，就去和作家取得了联系，我不知道作家和男读者两人在微信上的联系到底有多密切，他的妻子是怎么发现的，他俩都在聊些什么？以我的感觉，这个富二代可能交友不算孤僻，他为什么很快就能添加作家的微信，这个过程也没有写出来。小说里一共就这三四个人，相互之间添加微信的过程缺少一点铺垫，妻子加上作家的微信以后，这种三人之间的紧密关系在现实逻辑里不太可能出现，尤其是当作家跟他妻子说"我连你结婚了的事情都不知道，又有什么资格和理由去阻止你的婚外情呢"，妻子就没有再坚持了。不过后来她又断断续续地跟作家说了有关男二的一些最新情况，妻子为什么要这么信任作家，毕竟作家是她丈夫的朋友，作家说自己不知道他结婚了，事情到此就应该结束。可是男二的妻子反而天天跑来向作家倾诉，我想她应该是实在找不到能够倾诉的人，所以才会把男二的这些情况都告诉作家，那还不如打情感电台咨询。

你要写出男二妻子与作家之间的信任是如何建立的。"他从来都没有告诉过我，他的事业之所以顺风顺水，是因为他有一个身居高位的父亲。可是一年多前，他父亲退了休，从此他的事业也就一蹶不振"，现实里，如果他的父亲退休以后没有被查出犯过什么原则性错误，他虽然有可能会感受到一些人情冷暖，但是也不至于到一蹶不振的地步。他的妻子确实是他的真爱，但她的能力以及家庭背景远远不及他的前女友，作家是怎么知道的，是男二妻子告诉他的还是男二自己告诉他的？如果是男二妻子告诉他的，他的妻子调查过他前女友的家庭背景吗？你不确定"我"最后的全知信息源是从哪儿来的，如果妻子只看了微信，不可能连前女友的家世和背景都能看出来，她不认识丈夫的其他朋友，她又是怎么查的，你在文本中将妻子塑造成了傻白甜，而私人侦探在中国又不合法，这个傻白甜掌握了这么多情报，也有点奇怪。不管是妻子知道的太多，还是"我"知道的太多，这都是男二没有交代过的，而且文本里人物的心理情绪太多，没有动作，没有场景，一篇小说应该有一些人和人具体的交流细节，细节的描写能看出一位作家的功底究竟如何，细节的选择和裁剪也能看出一位作家的取舍判断能力。

你在前文写到他如果读书就一定要读完，但是在后文中完全没有看出他的偏执和执着，这种细节就有点故弄玄虚。后文中其实说的是人和人之间的复杂，每个人为了减轻自己的道德负罪感会美化伪造一个罗生门的版本，所有人都在掩饰自己，都在讲述对自己最有利的故事版本。小说应该有一些更为深刻的追求，但是我通篇读完之后，发现这不过是两个人的叙述版本，甚至是三个人的叙述版本，加上各种转述三个人的话，拼出了所谓的真相，但是真相是什么，最后拼出的真相就是一个突然从高处跌落的富二代对婚姻的厌倦，一个自以为是的悲情浪漫主义者其实是个二混子，更为深刻的意义是什么？主人公和男二并没有深仇大恨，但是他为什么在这件事里如此不光彩，仅仅是因为男二没有告诉他自己已经结婚了吗？"我"的所作所为是非常猥琐的，男二从头到尾并没有伤害"我"，在人和人之间没有仇恨的情况下，"我"在一对夫妻的欺骗中如此周旋，幸灾乐祸的心理和行为也显得很怪异，虽然情节是有所反转，超出读者预料，但是非常不符合我们的预期。

你讲的是人和人之间的冷漠，梳理一个男性自欺欺人、另一个男性幸灾乐祸的故事，其实故事的复杂程度已经很不简单，但是胃口吊得太高，最后却给我们读者一个非常乏味的答案。我们需要在你的小说里看到我没有猜到也没有读到的内容。你可以把这个故事的格调拔高，最后告诉我们小说写的是通过蛛丝马迹、抽丝剥茧地揭露事件真相，写出人性的卑鄙脆弱，所有人都不承认自己有问题，都是机缘巧合，都是别人有问题，其实可能也是我们现代人的心理隐疾，我们每个人都觉得自己没有做错，我们在亲密关系里依然说谎。但是，我觉得你这个小说里缺点灵魂，可能你不应该把一件这么令人伤心的事情写得如此充满恶意，男主和男二又不是大奸大恶之人，显得不大气，这里面所有人都不尊重别人，两个衣食无忧的男人非常自恋，无病呻吟，男二的妻子也很奇怪，有问题不和自己老公面对面解决，却跑去和老公的朋友聊微信，何况他俩都不能算是深交的朋友，这个小说里的人没有生命力，这些人都没有过去，好像也没有未来，就在这么一件小破事上纠缠，所有人都觉得自己很受伤。

在小说里，我唯一看到的普通人，就是开车的大爷，其实小说中的生活应该更为具体，我们每个人的现实生活也许有时是很上不了台面，可是我们面临的困境是非常脚踏实地的、是非常具体的，可是在你的文本里，所有人物都漂浮着。你想要在小说文本中展示一些比较新颖的内容，这个出发点很好，但是我觉得你的文本不够新，它搭建的范围以及深度还不够。我们需要在小说里得到更保暖和更深入的人性，你的小说里没有体现出人性的关怀和同情，甚至故事本身也与普通人无关，主人公衣食无忧，待人待事心里没数，即使看上去非常文艺，可他真的没法打动读者，小说里没有精神世界，深究起来甚至有点空洞，人物情感单一。每一个人的情感非常不充沛，没有一个人想过要直接解决问题，所有人遇到问题都会选择绕开，不敢直接面对，全员撒谎，有日剧的风格。纵使你在前文可能埋了一个梗，男二给人的印象就是非常坦诚，他对"我"的印象是"我"为人非常简单，其实回过头来想想，你会发现该简单的人并不简单，该坦诚的人并不坦诚，小说里唯一做事直截了当的可能只有前女友。

当下的一些年轻作家特别喜欢写主人公的职业，一定是个作家，这很没有必要，你这篇小说里的主角与作家这个身份是否匹配，其实那不重要，只是因为我们对写作太熟悉，我们对于世界的认识就是编辑、作家、文学爱好者，所以我们的主人公常常会是一个作家，或者是一个喜好文学的人，而且八成还是个男作家，有点审美疲劳。作家不一定要有很复杂的生活经验，对于写作来说，真正的经验肯定不是作家自己的经历，或者是作家对这个世界的认识，给人物设定职业时的选择可以更宽阔一点，作家其实是一个特别边缘化的职业，跟二十世纪八十年代比，如今写作的人少了很多，但是你一看作品，你就会觉得为什么全中国的人都在写作。还有，你这篇小说里的女性形象都特别软弱，所有的女性都透着一股傻劲，两个男性小心翼翼地掩饰自己的阴暗猥琐，也不尊重女性，甚至还要遮遮掩掩继续这段所谓的友情，两人认识也没多久，也不是发小，他俩这么做图什么？深究起来，人和人的情感，离现实生活有点遥远。

走走： 你的小说给读者的第一眼感觉很好，是因为语言能够站得住，叙述上有空间感。你不是一个擅长写故事情节的人，可是整个叙述本身却有一些张力，但是，如果你仔细推敲，你会发现有些事件缺少发生的必然性。编辑每天看那么多稿件，必然会对文本内在的逻辑进行推敲，追问意义。你可以跟我们讲一讲你当时为什么要构思这样的一个故事，尤其是结尾部分的意义。

江冬： 他有可能和"我"之间有某种行动，比如说"我"去告诉他的妻子怎么样去扰乱他的正常生活。

走走： 如果是这样的话，这个妻子其实只是看上去温柔甜美，一开始她可能已经知道对方是一个富二代，被他的表象所吸引，一直表现得温柔美好，但她自己没有其他女性朋友，到后面"我"才发现自己竟然是被设计入局的人。而这个富二代也是被他妻子所设计的，他妻子以诉苦的方式接近"我"，他妻子可能还会破坏"我"的家庭关系，即使"我"跟她也没有发生什么事情。那么整个故事走向就完全就不同了，你不能为了反转而反转。如果是这样，"我"对他妻子的认识会完全不一样。她就会合理地说出前女友家境比自己好，自己其实就是一个很平庸的边缘人，但是，一定要嫁一个富足的人家，所以她很可能就是一个非常有心机的人，她能够隐忍她的丈夫是因为她知道自己丈夫其实什么都没做，但是她现在需要离婚，原因可能是她发现丈夫欠了很多债，她要把过错推在他的身上。你写在文本中的每一句话都要为小说的整体立意服务。你在文本中展示了一句有悬念、有张力的话,前文中就应该有对应的铺垫。现在我想了解一下你写作的过程。你是怎么构思的?又是怎么把它写到这一步的?

江冬:一开始,我只是想写朋友和作家之间的对话,反映一个人在家庭关系中的美好情感一点点被现实所摧毁。写着写着,我就觉得如果继续这样写下去,故事的整体复杂程度和立意太简单了,于是我就改变了写作的方向。

走走:你要写好第一部分,也就是幸福被一点点摧毁的过程,是最难写的,尤其是人物在变故中的心理变化过程。如果你想模仿西方文学,比如法国的心理小说都是建基于此的。那会非常难写,要写得很细腻,"我"开始不相信幸福,"我"要去试探,"我"要去摧毁,这些心理过程和实施行为都要写出来。这种幸福根本不是被柴米油盐这类的琐事摧毁的,而是无事生非硬折腾才毁掉的,相当于西方知识分子小说里面自己造成的困境。如果你只是想写那一部分,那你没有写好,我觉得你可能自己也感觉到了自己写得不算好,你才会把它改得更复杂。

马小淘:这篇文本开头端得太高,极有可能变成一个悬疑故事,最后却不了了之。其实,现在的年轻作家里,有很多人连语言关都过不了,你至少还是一个训练有素的、对自我有要求的写作者,这篇作品其实也达到了期刊发表的水平,你将文本中的语言稍微精简一下就可以投稿了。如果你只是擅长写人物的这种细腻心思,那你要训练自己写人物真正的动作和故事情节。

走走:如果从达到发表的角度来讲,第一段的讲述是不需要的,太假,调子起得太高,文本开头直接就讲他的婚姻。读者说,我们马上见吧,"我"就说,还是老时间,对方也没有追问具体见面细节,等见了面才发现两人真的是"马上见",而"我"也是按照老时间去的,"我"内心可能并没有把两人的不约而同当回事,你在文本中加入一个错位处理就可以。妻子的复杂性这方面,我建议你要稍微刻画一下,这个妻子在男二叙述当中的美好和她在"我"面前时另一种的性格呈现,这种差异化的描写还是要有的。在"我"再次跟男二见面后,"我"发现男二并不真正了解他的妻子。虽然"我"当下没有发觉哪里不对劲,直到她把聊天记录截屏发给她丈夫。那么,她刺激丈夫的目的是什么?

江冬: 也许是表达她的一种不满吧。

走走: 她不满的目的是什么,到底是要离婚,还是有其他打算?

江冬: 因为她知道自己迟早会离婚的,之前的很长一段时间,她都是选择隐忍,那么,到现在,她觉得可以不用继续在丈夫面前演戏,反正两人很快就离婚,所以她就想报复她的丈夫。

走走: 为什么现在就要离婚?男二根本没有离婚的打算,他没有失去婚姻的危险。

江冬: 他的事业已经维持不下去,他必须跟前女友复合。

走走: 别墅可以租掉,再换个小房子也可以,这些理由都不成立,他的父亲只是退休而已,之前的人际关系依然存在,可你没有刻画出来。如果说妻子之前的隐忍是想维持婚姻,觉得婚姻还能给她带来点什么利益,那么现在她要离婚,这里应该有一个因素导致她态度的转变。

马小淘: "我希望你们两个以后继续过上幸福的生活,同时也希望自己以后和你们不再有任何的牵连",然后"我"上车以后,会猜想他们一定会离婚的,"我"的猜测依据是什么?你没有写出来到底是谁想离婚,我看夫妻两人都不想离婚,只有主人公觉得他俩一定会离婚。

江冬: 是男二坚决要离婚。

马小淘: 如果男二要离婚,他妻子离家出走,他没有必要去找。"我"老婆给"我"发了截屏,"我"反正要离婚了,还管你俩到底怎么样?所以,我觉得他不想离婚,他好像想等妻子回来。

走走: 没错,他还说自己晚上一点左右回到家了,并没有留在前女友家。妻子不在家,妻子的手机也关机,他还要追问妻子的下落。我觉得你动笔之前没有想清楚,但是你有语言的掌控能力跟惯性,所以就推着故事自然地往前走了,可你根本没有想清楚人物的具体走向,他的性格决定他的动机,这个人到底是什么性格,因为这种性格又会面临怎样的命运,是什么样的潜在力量一步一步推他走向那个命运?这些问题怎么解决,你还没有设计好。

江冬: 老师们的点评特别触动我,我对小说里的人物完全没有关怀,这是我最想去做改动的部分,我认为一个小说最核心的东西,还是要把人物写好。他得有他的完整性,要有灵魂。现在,我感觉人设里面有关性格的部分,无价值的东西太多了,我想这会是我的具体修改方向。

九、"李晁—何雨嫒"组授课实录

李晁，作家、贵阳市文艺评论家协会主席。曾获《上海文学》新人奖、《作家》金短篇奖、华语青年作家奖短篇小说"双子星"奖等。

李晁： 这篇小说修改前后的两个版本我都仔细读过，我首先感受到的就是它带给我的梦幻气息，让我想起宫崎骏的动画，这点感受具体来自小说中女孩跟城里的猫进行穿越的片段。小说里是这样写的：

> 这时边上有只猫放低身子钻进车底，从视野中消失了。借着垃圾桶的掩护，我趴着跟上去，猫并不在意身后的人类，它轻易地变换着方向，从一辆车底钻进另一辆车底。

这一段文字在小说里面虽然占比很微小，但是我也把它视作小说的一段进程，其实本篇小说没有一个核心故事，所以这段文字进程就变得非常重要。这一类描写，包括文中"我"与女人的对话，很容易让人想到青春期里的人对这个世界模糊的张望与打量。这背后是一种拒绝进入成人的状态，或者这种状态是带着小心翼翼的抵触。那么，小心翼翼也是这篇小说给我留下的印象，就像猫的穿行一样，脚步非常轻盈，触感非常发达，好像时时刻刻总在收集周边各种

金钥匙

文 / 何雨嫒

奶奶去世之后我和爸再没有吵过架。晚上他在客厅沙发上抽着烟，和我说着他为我考虑的几个理想去处，公务员，银行，老师，这三条路女孩子最好走。我很擅长地忍耐着烟味，把呼吸放得迟缓。他问一句："听见没？"一个呼吸过后我发出声音："嗯。"他没再开口，我说，我去睡觉。

关上门，拉上窗帘，黑充盈着，房间变得小。我躺下来，听外面燥热的虫声，在四方的床上慢慢伸展四肢。

不轻不重的"嘭"一声，门开了，房间的气压被打破，他站在亮的那边："开着凉快。"

我从床上坐起，说去拿把电扇。走进奶奶的房间，在柜子里找到那把她以前用的旧电扇，几乎没怎么落灰。我把它提起放在桌上，通上电，倒计时的旋钮马上发出咔嗒咔嗒的声音。规律的机械声走在放空的脑中，一个瞬间，桌面的梳妆镜照见我，忽然觉得脖颈空落落的。

我丢了一把金钥匙。

我无法描绘它的样子，有几个齿。它一直在脖颈上挂着，只有在镜中才能看清。小时候我把脸凑到镜子前，鼻尖抵着镜面，带着眩晕看它。

那时候我一直想要一个钥匙扣，走起来把它甩得叮当响。我在门前停下，挑出其中一只，不经意地打开一扇门，然后是另外一扇，然后是其他。然而十八岁之前我从未真正拥有过一把钥匙，除了这把金的。<u>我来去一些熟悉的空间，那里早有大人在等我。</u>

不知道那把金钥匙可以打开哪扇门。奶奶说我小时候老生病，算命先生让戴点金的，她用自己的两个耳环打了一把金钥匙，套在了我的脖子上。先生还说我与妈妈八字相冲，所以，很小的时候，我就有了自己的房间，但我没有钥匙，门总是开着。早晨爸爸走近床边，把我抱起，这时我已经被弄醒了，但一直假装睡着，他抱着我，用脚推开房间的门，侧身穿过门框，又横过来。我沉浸在旋转之中，心里拽着一丁点儿紧张。现在想来，他该是怕小孩醒来见不到人会害怕，但在这之前，我一直以为是他喜欢看着我睡觉。那些躺在大床上的时间总是很长，我无法决定在哪个时刻睁开眼。我想他应该知道我在装睡，但在我家，谎言是受到保护的。我从很小的时候就开始撒谎。

不管怎么说，我是个乖孩子。难过的时候，我拿走房间钥匙，把自己反锁起来。他们坚持不懈地开门，翻箱倒柜地找钥匙，好像如果门锁着，就会

危险的信号。我们从主人公"我"的游荡开始说起，游荡几乎是这篇小说的唯一进程，文本中所有的内容推进都是由"游荡"串联起来的，我想听一下何雨嫒对这个观点的看法。

何雨嫒： 我想表达的重心确实是游荡，起初我想要写出打破和穿越各种空间的漫游，因为当我们作为成人的时候，有很多空间是我们不能够到达的，比如说我们不能像小猫一样钻到车底，因为心中有道德的约束云云，也不能够随便走进别人的家里，也不会钻进草丛里，等等，所以我想要写出打破空间的自由感觉。

李晁： 你在小说开头写了一句话，"我来去一些熟悉的空间，那里早有大人在等我"，我在旁边写了一句话——"什么空间"，这也是提示我自己，小说所要呈现的是与我们所谓的俗世日常有着一点距离的空间。在这个空间里面，有一个很重要的因素——钥匙，我觉得钥匙的出现能够与游荡很好地串联起来。钥匙既像是一种邀请，也像是在探寻一个目的，我们都知道钥匙的作用和目的就是开门，而要打开的是什么样的门却是未知的，金钥匙就是一个意象化的钥匙，或者说它的存在来自传统文化的禁忌。比如你小说里提到的，这个小孩身上的一些禁忌可能会妨碍父母或者和母亲的八字相冲，所以金钥匙又带着一点传统文化的禁忌，或者是为了破除禁

忌而存在的。我们都知道金子是一种特有的贵重金属，钥匙也可以代表这种神秘文化，钥匙的存在，可能和宝藏一类的故事有关，小说里面的钥匙就带着这类双重性，我们也可以把这把钥匙看作日常生活中平凡的钥匙的统一化身。那么，它就是一个象征，具有世俗和世俗之外的丰富内涵，我仔细看过小说的前后两版，第一版没有交代钥匙是怎么来的，第二版中钥匙的出处已经提示出来了，是奶奶用自己的耳环打造的。

何雨媛：我设置金钥匙这个意象，一方面是因为算命先生算到"我"命中缺金，让"我"戴点金首饰，所以它就套在了"我"的脖子上，有一点禁锢的意味，虽然"我"没有写明"我"出走的直接原因，是因为"我"害怕把金钥匙弄丢了，但是它同时也是造成"我"出走的心理动因。它一方面是一个禁锢，但是当"我"最后拿到它，它成为"我"的所有物的时候，它就变成了"我"通往其他空间的钥匙，它从"禁锢"变成了"为我所用"，所以这把金钥匙对打破空间的禁锢也是有意义的。

李晁：这个金钥匙的失去和得来，在我看来没有难度，"失去"当然是容易的，作为小说，还是应该设置它"得来"的前提。如果这把钥匙"失去"容易，"得来"也容易，得失之间的转化起伏就突显不出。钥匙作为这篇小说中一个重要的象征物，得

发生什么不可控的事把我们家摧毁。我听到他气急败坏地踹门，但我相信他没有把门踹坏的决心。虽然这声音总使我害怕。奶奶的声音在门外维持一个岌岌可危的平衡。当她劝解成功时，我乖乖把门打开，之后再找个机会偷偷把钥匙放回去。因为我知道这钥匙始终不是属于我的。

我摸到金钥匙项链不见了的时候，是一个傍晚。晚饭后奶奶出门散步，爷爷在厨房洗碗，奶奶养的玄凤鹦鹉看着我，笼子没有扣上。客厅门开着，没有风。所有的声响好像都在距我百米外的地方发生，我呼吸着寂静，坐在被漆成红色的木沙发上，犹豫了一会儿，然后踏过家门走了出去。

还没有想好要去哪里之前，我就已经在走了，不由自主地走上最熟悉的路。路灯在街上划下一道一道圆，散步的人们顶着绒绒的光，他们踩彼此的影子，脚印落在磨损的地面上。我们城里的砖被一双一双脚磨过，海面一样呼吸起伏着。将到县一中时我想起那个传言，他们说在这附近有人把小孩抓去，挖出他的内脏换钱。是假的？是真的？我想象着肚皮之下变得空空荡荡。手从肋骨下方按去，不是血，不是痛，是一种陌生的空虚。缺失的感觉。那时我还不知道一切都会损毁，我以为我的身体将是完整而恒久的。但这终将开始，也许从第一颗掉下的牙齿。那时我还在期盼事情可以挽回，掉过头去那只金钥匙就落在我脖子上。

过了科文书店，就是"一中附近"，我闪避开，

转身拐入小巷。这里更昏暗，几乎没有人，街边店铺早早关门，只有一两盏暧昧的暖黄灯。我踩着影子的边界走，把自己留在最亮的地方。理性来讲这里显然更适合凶杀案的发生。但是流言里，杀手被限制在"一中附近"，不知为何它带有这种定语。他也是一只风筝。

好寂静。静从天空压下来，沉沉地，沉沉地压下来。小巷好像关了门，对它施加的一切作用力都会在边界处弹回来。也许我应该在这里跳舞，也许我冲过去将石子用力踢飞，接着它从身后砸中我的脚踝。身后响起有节奏的脚步声，哒哒哒，哒哒哒。那是一个舞步。我不敢回头看，但它旋转着接近，哒哒哒，哒，哒哒。我想要一个手电筒，测验光会不会在它的边界落一个亮斑。身后一股静电使背的皮肤变得酸涩。我又一次闪躲，钻进了一盏黄灯的帘子。

高马尾女人抬头看我。她扯动鲜红的嘴唇，懒懒吐出烟圈般的两个字：干吗？她脸上的颜色把面孔掩藏起来，而身体是热的，软在沙发上些微融化。

店里很暖，我将脊骨贴在她对面的墙上。

"对不起，我不知道……"

"我还要做生意的，小妹妹。"她脸上的笑是缓慢的，不是急促的、宣泄的，她缓缓将嘴角定在脸颊完美的支点上，眼睛里盛着的不是笑，是别的意思。"还是说你想看会儿。"

到的过程有些轻易，失去的也很轻易，失而复得还是很轻易。

何雨媛： 老师的阐释非常深刻，我在小说里面还写到"我"和奶奶之间的感情，与金钥匙的得来有些联系，它原本是奶奶随身的耳环，为了"我"而把耳环打成钥匙，所以到最后"我"得到它的过程和意义，更像一个奇迹，只是这其中还缺少一些更强烈的个人主观的改变。

李晁： 小说写出这种变化是非常有意义的，钥匙作为贯穿全篇的一个象征，不论是作为小说中的存在物，还是作为我们进入阅读的媒介，你写作的时候都应该把它的来龙去脉和意义交代得更清晰一点。你在小说开头加了一段文字，将钥匙描写得有些具象，我读到"我丢了一把钥匙"之前，感觉这篇小说会是一个描写日常的常规小说。比如主人公在房间里面睡觉，和门的一种关系，就非常具象，非常有生活气息，而且观察得很细致。这么一篇具象的小说，到后面随着钥匙的出现，越来越淡化，最终完全从小说中脱离出去，你要是以这种具象开篇，最终是不是应该回到具象之中来，从具象到意象，然后从意象再回到一个具象的世界。这样，小说的开头和结尾，才可能有一种平衡。

走走： 小说的修改，有些莫名其妙。你在开头写到钥匙丢了，跟父亲的关系也很紧张，"我"压抑紧张，表现出乖顺的模样，不知道什么时候会爆发，然后钥匙就丢了。小说结尾里钥匙又被找回来了，你修改后的文本中加了鹦鹉，这处也还说得通，还能够拼凑起来，可是小说结尾没有圆回去。钥匙被找到了，怎么又一次被丢失？而且我也没有在文本中看出来"我"跟奶奶的深情。你修改的时候是怎么考虑的，你在文本中强化哪些点？

何雨嫒：我不是想要强化什么，而是想要把"什么"写清楚，但是我目前还无法将那些抽象概念用文字表现出来，我想要写出我心中的空间对我的束缚感，由此我慢慢地以回忆漫游的方式去找到心中的自由，找到心中的金钥匙，我之所以加上前面这一段，是因为之前我在学校上课的时候，课堂上讨论过叙述的视角问题，这篇小说的视角是儿童视角，和成人视角是有一点夹杂混淆的，我写的是童年时期，但是叙述的语言是成人化的，所以给读者造成了阅读障碍，让读者感到文本的视角和语言有一些矛盾，所以我将文本修改为一开始就从现在时空切入，再通过回忆的方式写出过往时空，明确给读者展示出文本中包含两个时空。这样修改的话，也许语言和视角的矛盾就没有那么夸张。

但是，开头这段现在时空的描写，我认为依然没有写好，我也不知道结尾部分应该怎么设计才能和前文相扣，这几处我还需要细致考虑。

"对不起。"我没有挪动。沙发旁边米色的屏风将我和她隔断在这儿，我看到屏风里的一些鞋子，亮面高跟鞋带来纷纷幻想，它们大小不一，无序地摆放。虽然没有一点声响传到我与她的空间，但我不禁去感受这些鞋子走上楼梯闷在地毯里的踢踏声，她们的门是吱呀的，邀请的。我感受她们在床上彻底融化，倒空身份的透明人搅动她们，没有枕头的床没有边界，她们一路流下，地板的纹路在液体的女人上留下印痕，沾满碎屑。

她的那双是红色，呼应着嘴唇。她漫不经心地侧头，露出一只白的耳朵，在灯下亮出曲线，仿佛是永恒的曲线。我认出了这只耳朵，它和我的一模一样。她的眼神瞥过来，我将头发挽起，侧低了头。屏风隔绝下的空间里，没有什么是被催促的。

"不想回家吗？"

她站起来，走到门帘边，描上自己剪影，像是贴上一张广告单。

"我也离家出走过，"她的眼睛在面孔上显露出来了，"你多大啊？十岁？"

"我十二岁。"其实五月份我刚满十一。

她垂下眼睛，忽然抛出问题："你知道自己最珍贵的东西是什么吗？"

我思考着。

"自由。我想是自由。自由意味着我可以永远地寻找它。"

她看我一眼，走到屏风后，拿来一只手电筒。

"你叫什么名字?"我接过它,为了确认,冒犯地问出口。

"你呢?"

我感到不能说出。沉默着。

"从现在开始,你为自己想一个,"她说,"至于我,我只是没有想好。"

"没关系,我知道你是谁。"我靠近她,触碰她的耳朵。

"你这么小,"她将细长的身影弯下来,隔着头发捧起我,"去吧。"她叹息。

"再见。"离开她,我掀开帘子走了出去。

打开手电筒,光线在黑夜里飞速跑出,而前路无所回应。我知道门被打开了,回头离开小巷,正碰上一中路口的绿灯,我将手电筒放进怀里,拢了拢衣服,跟随人们,像任何一个风尘仆仆的大人,滑入城里无所事事的平静夜晚。

我没有想好去哪里,依然在走那条老路——通往解放小学。每个天蒙蒙亮的早晨我都去往这个方向,街边的店铺可以闭着眼睛数出来。奇怪的是,我从未想过偏离路线,去到别的地方。我想当有一个已知的目的地和一条已知的路线摆在面前,人就会忘记他还有许多选择。但是这次我一边走着,一边思考未来要去向何方,步速比上学时要慢。怀里的手电筒沉甸甸的,像一个孩子。也许是北方,北方的冬天河流结冰,人们行走于水面,透明的道路平坦而无际。

李晁: 既然你写的是从一个很具体的、有日常气息的生活到超离日常气息的另外一个世界,最终还是要回到原来的地方。那么,后面的文字就有点幻象了。它没有焦点,好像仅仅是把这个钥匙找了回来,但是我们整体读完小说之后,发现钥匙仍然是丢失的。这篇小说如果要写得比较完整,你的人物进入了某个空间,最后这个人物还是得出来,用另外一种眼光去回溯以前的状态,要展示出人物心性的一种变化,要有起伏。

何雨嫒: 谢谢老师。关于现在时空的设计,我可能还要再好好想一下,结尾一定要和开头有所映照。

李晁: 我们从整体性去看这篇小说,它反映的内容都是比较氤氲朦胧的,这篇小说的阅读过程中,由于故事焦点不集中,这类文稿很考验读者的精神聚焦力,所以读者的注意力很容易涣散掉,因为小说没有核心的故事情节,完全依靠作者表达出的一种感觉在推动内容的前进。这就很有风险,因为这样创作非常考验作者的语言能力,要求作者对感觉的表达要有新意,而且这种感觉的新意和语言还要相互融合,才可以组成一幅较为完整的、比较和谐的画面。这个片段要有纵深感,包括如何进入,又如何退出的问题,能让我们迅速进入一个被预设的、与我们身边现实有些距离的地方,为了完成这样的旅程,小说确实还缺少一些起伏，不能把我们这些读者丢在一个旷野里面，不带领我们重回现实世界，所以我觉得结尾还得撤回来。

当我意识到我走的正是一条最危险的路线时，黑白的警车已经出现在面前。只有一辆车，不见穿着警服的人。我警惕起来，也许他就在身边，不知道是哪一个。环视四周，有个中年男人从对面向我走来，而我的脚也无法停止机械的前进。我被发现了！脑海冒出一个声音。不！不要说话！语言会成为笼子，如果把现实装进去，它就再也逃不掉了。我看到他的手微微抬起，不知道是走路时的自然摆动，还是打算伸长手来抓住我的衣领。我要求自己保持沉默，悄悄的，悄悄的。

这时边上有只猫放低身子钻进车底，从视野中消失了。借着垃圾桶的掩护，我趴着跟上去，猫并不在意身后的人类，它轻易地变换着方向，从一辆车底钻进另一辆车底。这时我明白了它可以去到城里的任意一个地方，不由自主地跟随着它。不知转过几个弯，爬过几辆车，它钻了出来，抖动着身上的灰尘，然后跳起来蹿上树，轻松地落在了旁边的院子里。那栋房子亮着灯，几次犹豫后，我握住门把手一拧，没有锁，门悄声移开。院内已经不见猫的踪影。我轻着脚步走进去，踏过门前的地毯，门边的椅子上挂着一个粉色的旧书包，靠窗的桌上摞着课本，已经卷页了。窗台上放着几个糖罐，和我在补习班赢回来的那些很像。

电视机的声音在我的右前方响起，播放着最经典的琼瑶剧，那些我无法模仿的爱与痛。有个男人的背影靠在沙发上，头仰着。也许他在新闻联播结束后就睡着了。我悄声经过他继续往前走，猜想前面是否有一个窗户、一扇门通往别的空间。

　　客厅往里是厨房，我走进去打开窗户，看到一条石头小路。正打算爬上窗户，我忽然感到有些渴，于是打开橱柜，绕过那些大大小小的碗找出一个杯子，拿出来洗了洗，从桌上的水壶里倒出一杯水。我捧着水杯，是热的。水汽糊上睫毛。喝完水洗了杯子，我踩上窗台，轻轻跳了下去。

　　石头小路边上是芦苇丛，这是在河边。我无法描出城里的地图，行走其中的时候脑中方向标总是失灵，但是我知道河流包围着我们的小城，渡了河就是离了乡。我一直沿着河边走，这里温度更低，也更黑，月光在黑水中洒下闪亮的波纹。河边的居民把垃圾往里倒，河岸常年弥漫着潮腐味儿，今夜尤为明显。河流承载着所有，它选择一些流失，选择一些沉底。我想北方的河流是否会更加洁净呢？

　　对面的岸上阵阵火光，映着六七个人影，有人在大声地呼喊着，手中挥舞着什么。我压倒芦苇丛走近，枝条划伤手背，一阵刺痛。我捂着那只手，找到水边一块圆石坐下，河水漫上来打湿了布鞋。

　　我先是闻到了，然后它的黑影飘来脸上，我用手抹开。那是燃烧过后纸钱的灰烬。这时我听清了他们的叫喊，他们在说：回来呀！回来呀！跟我回家！妈妈跟我回家！奶奶跟我回家！我用眼睛去找，看河里有没有迷路的魂灵。但是太黑了，影子重重又重重。他们一边呼喊一边过桥，悲痛地婉转着。整条河流都是他们祖宗的尸，整个夜晚都是他们祖宗的魂。他们由一个道士带领着，一步一步地走向城里的家。

　　那些留下来的——死后都要归于城里庞大的祖。除非越过这条河流，他们无法唤你回。我将眼睛从他们身上移开，忽然看到桥洞一个熟悉的人影，于是站起来侧身穿越芦苇丛，朝桥洞走去。

　　那是我的朋友王可欣，她看到我一点都不惊讶，好像早有预料。她一边爬上土堆，一边和我打招呼。"你在干什么？"我小心地扶着她。"我想捡一个孩子回去。"她说。她没有回头看我,而是把头朝桥上浮雕的空隙中探去。"他们说堂哥在第三个桥洞的浮雕空隙中找到了我,我也想捡一个回家。"

"好吧,"她什么都没找到,我看着她跳下来,"我好像听到你妈妈在叫你。"

"他们在桥上,"王可欣拍了拍膝头的土灰:"来找你的。"

"你们怎么知道我在这儿?"

"算命先生说的。"王可欣停下来,拉着我看了几眼,笑了:"他们记错了你外套的颜色。"

"你在看不见的地方躲会儿,等一下他们就回去睡觉了。"王可欣对我说,她往桥上走去,我挥手跟她说了再见。

听王可欣的建议,我躲在临水的桥柱后。桥的阴影笼罩我,身边什么都看不见,唯有河水沉沉流动的声音。我拔下狗尾巴草伸进河水之中,不一会儿它就脱手而去。水,水,水。水的面前我是这么小。更小的时候我梦到龙,奶奶说是好兆头,但她看不见那个梦。洪水滔滔淹没我们的城,一滚一滚的水无情地拍打对方,整个世界都是黄沙的颜色,黄中又翻出橙红,遮天蔽日。我爬上最高的山峰,在暴雨中找到一个岗亭。水面没有一点悬浮物,一切都被淹没。我看到远处一条龙的尾巴,然后是一截弯曲的身体,它巨大的倒三角的头露出水面,粗粗的龙须垂下。我不敢看它的眼睛,哪怕它压根无意发现我这渺小的生灵。我一直以来无法忘怀这个梦境,这时我把手伸进河水中,水的力量穿过指缝。手电筒掉了下来。我用湿湿的手捡起它,我想天地孕育龙,也会孕育我。我把手电筒打开,紧紧捂上自己的胸口,不让光亮散开。

等到人声完全消失,我湿漉漉地从桥柱后面走出来。夜风刮起来了,我隐隐想起晚饭时天气预报说夜里降温,河边的旧房子一排一排地亮着灯,每一个窗户里都是一个家,城里的房子满满当当。我在人们窗下走着,留下一串湿的脚印。我走向暗掉的窗户,往院子里看去,杂草已经长成了齐人高的灌木,推了推门,紧闭着,为了碰一碰运气,我打开这扇窗户,往里面摸去。

手指一点一点向前探去，摸出粉状和絮状的灰，再往前一点，再往前一点，什么都没有。正当我准备抽手出来时，第二个窗棂上掉下一个沉甸甸的东西落在掌心，它熟悉的手感让我一惊，拿出来一看，正是我丢的那只金钥匙。

我用钥匙打开门，然后戴回脖子上。我轻手轻脚地走进来，并不打开灯，月光从窗外照进，落在瓷砖地面上。什么东西在撞击窗户，扭过头去，是一只鹦鹉，长长的鹅黄的冠。"再见。"我轻声说。它簌簌飞走。

这个房子的床上还遗留着它主人洗发水的气味，我在陌生的气味里躺下，计划在天亮之前醒来，过河坐邻县的火车去往北方。

走走：之前我们聊过文本中"我"跟女人的对话，这部分内容你修改时做了强化，如果你现在要在文本中加入一个成人时空，那么"我"跟这个女人的对话，包括"我感到不能说出"、"没关系，我知道你是谁"，这几处还需要做一些设计，要扣回去。你修改后加了开头部分，等于你要完成两次内容上的回扣。你一直强调你要写出空间的自由，空间的穿越本身是要有很多事件去推动的，因为每一个空间里面都应该发生一些事情，并且每一件事情都要带动主角的情绪变化。

何雨媛：其实我在文字中写出了人物的一点变化，可能并不清晰。比如，一开始"我"很害怕，想要回去，当"我"知道一中那边有传说中的杀人凶手时，"我"还期望金钥匙依旧在"我"的脖子上，期望一切可以挽回，当女人和"我"说了一些话之后，给了"我"一个手电筒，手电筒给了"我"勇气，所以"我"再也没有想回去，之后"我"遇到警察，"我"也克服了对既定路线的恐惧。"我"穿过别人的家里，看到"门边的椅子上挂着一个粉色的旧书包，靠窗的桌上摞着课本，已经卷页了。窗台上放着几个糖罐，和我在补习班赢回来的那些很像"，这相当于"我"从"我"的一个家中穿过去的，但是，这种微妙的感觉可能并没有表现得特别明显。

走走：这个表现出来了，但是，我现在与你讨论的并不是这点，你现在在文本中构建的是两个时空,"我"发现钥匙再次丢失了,这里应该再有一次时空的描写,"我"应该与那个时空进行对话。

何雨媛:我明白了,第一时空那一段加得太突兀,后文再没有现在时空的出现。

走走:"我"从过去到现在,在那个夜晚,"我"勇敢过,探知了边界,然后回到了现实的乖巧生活里,直到奶奶去世,"我"又缩回到壳里面,这个过程中还是要有一些转化的体现,所以添加了第二稿的开头内容以后,叙述逻辑和时间线索变得更为复杂。

何雨媛:前面的现在时刻可能要重新考虑,通过漫游的方式,一点一点靠近过去的自己,但是,我觉得用语言很难去实现,所以我就选择了一个看起来更加清晰的方法,却让这篇文本变得有点失重。

李晃:你的叙述语言,是比较诗化的语言,但诗化的语言其实是种负担,不好具体总结,它是一种以诗歌的语言方式,独立于小说之外的表达。这种语言在小说里并不能完全独立出去,多少还要顾及小说的主题。我们要把握它的边界,让它既清晰地表现内容,又有自己独特的标识和美感,所以这种语言是你的特点,也是你创作中沉重的镣铐。刚才走走老师说的那几个点都是被你用语言给化解了。但是,这种东西恰恰不能用语言化解,必须正面迎接它,而不能撤退,或者把它模糊化。

走走:你的语言很好,却也因为语言导致你的文章变得更暧昧和模糊,这种语言风格更适合写诗或者散文,如果你一定要写小说,就要认识到小说有小说的语言局限性。

何雨媛:"我感到不能说出。沉默着",这句话在我构思初始其实是有一些深层意味的,但是我没有办法把它写进文本之中,我担心将这种意味写进文本之后,会破坏了当时语境下沉默的氛围。

"如果说我感到不能说出那个名字是他赋予我的,那个名字是我的名字吗?"

如果"我"说这么一长串的话，好像不合时宜。

走走：不是你理解的那样，"我感到不能说出。沉默着"，接下来你要用动作来表现人物的内心活动，你刚才讲的例子是你作为作者在解释这句话，要给读者画面感去理解当下的情境。比如，"我感到不能说出。沉默着。我用眼角去看着她，她的眼形像我看镜子一样，就是在那个地方，我知道它会跳一下，因为我每次撒谎也会这样"，前面说过，"我从很小的时候就开始撒谎"，要仔细去推敲这句话的细节。

我觉得你在文本中加了一个现在时空后，有些驾驭不了这种双时空的复杂交错。你说过你的设想是"我"要用那个方式去接近"我"的过去，但接近过去的目的是什么？是为了找到改变现在的力量，如果"我"现在仍然是一个平庸软弱的人，接近了过去，并且找到了金钥匙，即便钥匙现在依然丢失，但是"我"出走过，"我"知道"我"可以去远方，所以"我"得到的应该是另一层意义上的自由，这是她告诉"我"的道理。

我感觉你不一定能把这种意境写出来。如果你改不出来这层涵义，那干脆前面的新增内容也不用加了，把年龄做模糊化处理。

其实奶奶对"我"的爱也是一种束缚，奶奶的逝世、钥匙的丢失都推动了"我"漫游夜晚。在这个夜晚里，你可以增加更多的空间，目前文本中的空间层次还是有些简单。如果你打算在时空的复杂性上做文章，你把年龄模糊化处理之后，"我"可以在不同空间看到一些女孩，那些女孩比"我"更小，或者更勇敢。或者，为什么在这个空间里"我"是撒谎者，"我"撒谎想要逃避什么，想要逃避到哪一个舒适的空间，但是"我"又会不断地被自认为更舒适的空间排斥，"我"又见到了比"我"更年长的成年女人，可能正好相当于"我"真正所处的现今时间，"我"看到了"我"曾经的模样，"我"也在这里看到了"我"的未来，如果"我"不主动发生变化，"我"就会成为一个平庸的人，最终走上"我"现在看到的这条路。

你要把这种空间的复杂性和无限可能性都想清楚，目前这版文本中所有的意象都太简单了。

李晁：没错，小说中出现的这些意象都应该在其他空间起到作用，比如"我"遇到的女人有没有什么作用，刚才设想的一种可能性是她是"我"未来的状态。那么，这个未来的状态是否可以写得更鲜明一点，之后"我"遇到的状态也许还不如这个女人。

比如说"我"遇到警察，然后穿过一个空荡荡的家。那么这个空荡荡的家是需要能引发我们联想的，比如它可以是"我"以前的实体居住空间。在这个空间里面，你一定要给它设置一个故事，而不是就这样空荡荡地走过去，不给凭据就让我们认为这是"我"曾经存在的空间。不加故事，这种隐晦就有很大的风险，是要我们读者事后自己强行去概括的。写小说，不能在不给线索的情况下，让读者去强行总结，而是一定要让读者清晰地感受到这个家曾经发生过什么，对"我"有什么影响，否则"我"穿过空荡荡的家就没有意义这一段文字里面依然要有实体，这样小说才会更结实。

何雨媛：我当时设想的是，"我"走进去，看到一个男人在睡觉，这个地方很像和"我"的生活有关联的地方，"我"穿过这里，只是想要写出一种畅行自由的感觉，没有考虑那么多细节和隐患。"我"穿过这个房间的时候，会遇到谁？这样一想又会让"我"产生一种不安全感，因为"我"的心始终是有一点提心吊胆的，如果让"我"感觉不安全，"我"就会不知道该怎么进行下去。

李晁：小说就是体现出人物的这种不安全感，如果主人公从头到尾都处于安全状态，那这篇小说还有什么书写意义？既然你写的是一个不具象的空间、是一个游荡的空间，这个空间反而要跟现实拉开距离，甚至要让这个空间爆发现实所不具备的力量。就像一颗子弹在弹夹里是没有威胁的，但射击出去就会造成伤害，小说就是要写子弹脱离枪管之后的那段旅程。

何雨媛：如果我把小说写得偏往奇幻的方向，最后"我"找到金钥匙就不是一个奇迹。我还是想让读者觉得前面的一切都还算贴近现实，只是一个人在做着出格的事，到最后却是突然发现"我"在这里设置了一个奇迹，会让读者惊讶，或者感动。如果要往奇幻方向写，我就不知道这种感动要如何达成。

李晃：你理解错了，感动恰恰是来自日常的，在构造的空间里营造现实比你正面去写现实带来的现实感要更强。这和小说的整体形势是否偏向奇幻没有关系，和你原本的现实才有极大的关系。

走走：在我看来，你的内心里会被那些词语的定义所限制，比如什么是自由，你自己究竟如何理解自由，如果你觉得仅仅是一面墙就可以来缚你的自由，你对自由的理解也很浅薄。整个文本设计的情节难度并不大，既然你设计的是一场惊魂夜，就应该与现实生活有很大的反差，你就得有时间和精力去刻画这个女孩如何胆小，那么，这个夜晚对她来说才是别有意义的，否则你怎么让读者认为这个夜晚很特别？在我看来，我觉得这个夜晚很平常。当读者觉得这一夜的经历很平常时，文本就很难给读者塑造出奇迹感。

这个夜晚不是你想当然的阴郁恐怖，奇迹感也没有写出来。你没有把才华用在塑造别样的空间和自由。

何雨媛：我明白了。我可能没有打破一些固有的东西。

走走：不仅仅是打破那么简单，你塑造的夜晚里的女孩形象要更清晰，要让读者知道这个人经历过什么，她的父亲是什么样的一个人，她的母亲又是什么形象，八字相冲又具体会给这个女孩带来什么影响，她的奶奶又对她的性格成长有什么影响，所以那一夜才会对她如此重要。夜晚本身的设定没有特别大的问题，重大问题是夜晚的故事充实度和复杂度，这些都没有写出来，后面的感动、奇迹等等就无法成立。

李晃：我们再看另一个空间，"我"从房间窗台跳了下去，来到一片芦苇荡，有人在大声呼喊，类似乡间喊魂的场景，之后"我"遇到朋友王可欣，这一段文字比较突兀。你为什么设置这样一个场景，在我看来这段场景的设计有一点随心所欲。

走走： 我也觉得这段文字的出现很奇怪，又怕我们的思路会影响你，把你的创作教得太套路化，把你的灵气给教没了。如果是我来处理，我不会暗示父亲是一个警察，他可能就是一个穿着制服的人，而警车对应着父亲的形象。喊魂和奶奶的离世之间也要加入某种联系。

何雨媛： 他们之间的联系太弱了，或者说他们之间是一种很微妙的心理联系，所以在读者看来这里的转换不太自然。小说需要有一种强逻辑，是吗？

心理联系是没有问题的，问题在于你没写出来心理联系，文本中要有细节勾连。比如父亲抱起"我"的时候，很多读者会怀疑接下来会发生什么事情，你给出的那些细节让别人的心理到底要联想到什么？你想要读者按你的预设去联想，就应该给出明确的心理暗示。

李晃： 作者写作的时候不能带有体验式的、随心所欲的心态，创作需要有一个大方向，这个大方向是一条主路，我们可以偶尔去边上看一下风景，但是最终要回到这条连贯的路上。王可欣的出现令我一头雾水。当然，这个情节跟前面喊魂是勾连着的。你文本中的每个部分还是要写出差异感，有一定的重心。你写的这一段旅程是要告诉我们一个什么主题呢？这种表达是非常模糊的。我觉得在你创作的时候，可能有一个意识在推动你，你也想把这种感觉阐释出来，但是读者阅读后会觉得它是空虚的，是随心所欲的文字。我记得第一稿中你还写到了北方的水，但是这一稿你就去掉了，你加了一个"过河坐邻县的火车去往北方"，北方的意象有什么意义呢？

何雨媛： 这一稿中我加了一句"北方的冬天河流结冰，人们行走于水面，透明的道路平坦而无际"，北方是一个更加广阔、不受限制的空间。

李晃： 我确实没有读出来这样的感受。这个小说的每一部还是比较松散，最终读下来的感受也是松散的，没有明确的主线把它们串联起来。

何雨媛： 当我觉得这个空间很特别的时候，就会写大人们都会觉得去北方是一件非常艰难的事情，但是我的这种想法不能就是这么一句话干巴巴放在那里。我要写的空间与自由，就要写出与之相辅相成的意象，就要有一个不自由的空间来对应它。我写河流结冰，就要写北方的河流阻碍了村里人的出行，大家都没有出去过，这样北方之河结冰才有意义。我写王可欣是被捡来的，那"我"会不会也是一个被捡来的孩子？既然天地孕育了"我"，那么"我"也会很自由。那我在前文就要加一些说明或者暗示的文字，"我"不是爸爸妈妈生的孩子，"我"更自由，我在文中所有塑造的自由都要有一个不自由的东西束缚住它。"我"的每一次出行都要产生作用，要有一种搏击感，整个文本像是一串糖葫芦，一个事件就是一颗山楂，也许离开了"竹签"，这些"山楂"的自由度也许会更进一步。

李晃：用糖葫芦比喻这篇小说是非常好的，现在你没有找到那个"竹签"，或者"竹签"在你这篇文本中体现的作用力不强，我感觉你对"竹签"的排斥感非常强，所有的重心都落在了那些"山楂"身上，但是你想想，如果没有"竹签"，糖葫芦本身是没有意义的，食客对着"山楂"如何下嘴，你可以在你擅长的地方放大你的感受，你对那些事物的捕捉没有问题，只是，你不能让这种捕捉影响对整个小说的推动。

走走：雨媛是一个内在很执着、很坚持的人，她还没有意识到把那些事物写清楚会破坏文本的整体美感。

李晃：对，如果不解决这个问题，小说创作的门是非常难打开的。

何雨媛：可能我还没有找到一个很好的方式去表现那根"竹签"，我觉得如果很糟糕地去把它表现出来，还不如让"山楂"圆圆整整地放在那里。我写小说的经验也不够多，我不知道读者的感受，我现在也在不停地问身边的人，问他们从我的小说中看出了什么。我好像需要一些时间去理解读者的感受和我的表达之间的差异，还有我的思维方式也不是非常重视逻辑，我的思维一直是有一些跳跃的，可能在小说里面还是要努力地把它们规整好，不能随心所欲地跟着感觉走。

走走：小说为什么是小的，它其实就是把你圈在茶壶里的一种创作，你得接受这个规训，可能你觉得这是限制你的。另外，哪怕一根"竹签"把"山楂"串得歪歪扭扭，你也得尝试一次，哪怕最后会失败，你也得让我们看到你会失败到什么程度，如果你不把这种失败呈现出来，那我有可能会跟你说，你换一个其他的文学体裁去把你最擅长的东西最大化。

李晁：你现在是在你的舒适区里，你不要预想它会很糟糕，万一它很漂亮呢？我觉得你缺乏勇气，这也是我为什么开始时说这篇小说给人的感觉是小心翼翼，就像猫的脚步一样。我们能从这个小说里感受到作者是什么样的创作心态，你要勇敢地走出这一步。

走走：你现在增补的开头细节其实很好，只是没有跟你后文的空间转换，自由契合而已，现在你要打破这种桎梏，再做修改，在小说前后文要多设置能够对应起来的事件和心理细节。

李晁：修改时，不要有执念，也不要去预设读者会怎么想，也不需要去问别人如何感受自己预设的内容，读者一定会从文本里自然而然读出来的，我觉得小说最高的目的和境界就是自然，没有什么外部强力的拉扯，而你却认为小说好像是一个不自然的结果，但是，小说恰恰是以这样不自然的结果呈现的，目的又恰恰是为了自然，你的这种排斥从逻辑上讲是不对的。

走走：或许，这就是小说之所以有趣的地方。

何雨媛：谢谢老师，我会认真反思我自身以及文本的不足。

十、"侯磊—石三"组授课实录

侯磊，1983年生，北京人，文学硕士，毕业于中国人民大学文学院创造性写作专业。青年作家、诗人、昆曲曲友，热衷于研究北京史地民俗、碑铭掌故、老北京文化等。著有长篇小说《还阳》，中短篇小说集《冰下的人》《觉岸》，非虚构作品《声色野记》《北京烟树》《燕都怪谈》等，并有部分作品改编成影视或翻译成外文。现从事文学编辑工作。

而 立[*]

文 / 石三

一

气氛到这儿，没得选了。

说完，刘业顺再次沉默。我问他，"气氛到这儿"是什么意思。"和你说不清楚。"刘业顺坐在驾驶位上，有气无力地望着前方的马路。"气氛已经这样了，难道要我反悔？"他眉头皱起，语气里混杂着厌烦和困惑，自己也不知道该怎么解释。车外下起小雨，天色渐暗，眼前的街道被夜与情绪染成灰蓝色。在一处红灯前，车缓缓停下，前轮大半压在斑马线上。刘业顺脖颈前倾，打开车窗，把头转向了车外。他提起嗓子，用力往外掷出一口白痰，咳嗽两声，若无其事地开始观望车外的路况，食指有节奏地敲点着方向盘。车外似乎无事发生，刘业顺把头转回来，看向了我。

"你自己怎么想的，就和王雅洁怎么说，关气氛什么事？"王雅洁是刘业顺分合数次的女朋友，

---

[*] 说话内容中出现的引号及冒号的使用，维持作品原貌，不作修改。

石三：我在第二版的文本中交代了刘业顺名字的来历，他出生的那天祖母去世了，他姥爷觉得这孩子亲缘薄，便取名业顺。改完之后，我想到走走老师之前跟我说，刘业顺的成长经历这一块其实是比较模糊的。于是，我想到他的名字应该对他的性格形成和改变有一个推动作用，然后我就在他的名字背后加了一些故事，他的出现或出生让他父母原本和谐的家庭变得矛盾重重，他的所作所为成为家庭争吵的源头，以及他看到父母的矛盾之后，自身性格改变的切口，这些我都进行了修改。小说的叙述视角一直是他的朋友，我写完后给朋友们看，很多人都跟我说这种叙述视角有点机械化，小说中刘业顺朋友的动作和语言的出现及消失似乎都是为了让刘业顺的故事能够继续讲下去。刘业顺的人生轨迹已经展现得比较完整，但是，他没有一个属于自己的突出性格点，于是我就考虑在叙述者这里还要加一些比较出彩的部分。重读的时候，我对小说的语言有点不满意，小说里面有些语言有点碎散，所以我在修改时也删掉了一些比较无用

的，或者说不太优美的内容。

侯磊： 这篇小说主要讲的是一个不大靠谱的人，家境好，有时候懒散，晃晃悠悠，他有想做的事情，但是他不是很有头脑和执行力。我们来看一下男主在你的作品里都干了些什么？早期，男主念书不大灵光，又早恋，然后被安排去当兵。当兵回来，他转业去当秘书，他不是一个安分守己的人，他受不了日复一日的单调生活，他自己去创业，开饭馆，投资电台。

他的个人情感方面，他母亲不同意他和前女友的事，搅黄了两人的爱情，他的现女友总是和他吵架，后来也被他母亲搅黄了。

内容上大体就是这样一个框架。首先，作品的主旨和人物形象非常好，特别切合当下，尤其是在一些大城市中我们能时常见到男主这样的人，男主的人生故事里有一定的批评，有一定的讽刺，也有一定的喜剧，毕竟他不是一个坏人，很多人在而立之年就是这样一种状态，我觉得这个立意点特别好。小说的内核是足够丰富的。你的文笔挺精炼，措辞、叙事、语感等等都很好。

接下来，我提出的要求可能对一个写作初学者而言有一点严苛。第一，你的文章有一点散，有点啰嗦，比如时间线的处理。另外，你在作品中反复交代了男主的主要信息，比如，我搜一下"当兵"这个词。

"一路上，他讲了不少自己当兵回来后的生活，我坐与他同岁，毕业于首都某著名传媒学院，学表演。面容标致，但也不算特别出挑。毕业回来后就在银行工作，但是合同工，单位不给买保险。刘业顺和她交往期间，承担起了她的部分业务，逮着周遭的亲朋好友，亲自监督他们开户头。在他的纠缠下我后来也没能逃脱。在这件事上，刘业顺模棱两可的态度令我困惑，按我的想法，婚姻只由自我意愿决定。若一方存有疑虑，我认为不如不结。他沉默一会儿，打趣地说道"小丫头片子，讲话挺没礼貌，到底怎么混到北京去的。"听见他说这话，我不由得一愣，跟着也笑出来。我说"少转移话题，现在要是聊不妥，你们这以后，隐忧可大着。"但刘业顺只咂巴了两下嘴，望向了前面，没再接话茬。

我认识刘业顺的时间很早。他姥爷、父母和我祖父母都在一个单位体系，早年就互相认识。后来大家都买了单位的福利房，住在了同一个小区，两家便自然有了更多的来往。刘业顺的名字有个来历，据说刘业顺出生的那一天，他爸的母亲从乡下赶来，出了车祸。姥爷胡安国觉着这孩子亲缘薄，便取名业顺。这个思路有些矛盾，胡安国解释说亲缘无法强求，像他人一样，往孩子的名字里填补命定的缺乏是一种徒劳。但夸奖一个孩子聪慧漂亮，有时并不是因为这个孩子本身的天赋，而是怀着一种期望和祝福的心情，希望孩子将来能够如此，因此他给外孙起名业顺。虽无亲缘但至少盼望他往后事业顺顺利利。刘业顺在这种盼望下长大，至今已经过了二十九年。按虚岁来算,他已经迈入三十岁的坎。

在初高中时期,刘业顺和我同校,比我高两个年级。周末放假,刘业顺的母亲胡芳来接他,也会捎上我。一来二去,我们两个孩子也认识了。说不上朋友,顶多在学校遇见会打招呼。寄宿学校允许家长每周三中午来送餐,慰问学生。那时候我初一,他初三,两家轮流开车到学校来。我奶和他母亲每次都各捧两个保温盒,看到我们两个出现,便挥起手喊我们的小名。他小名叫玺玺,玉玺的玺。两家的菜摆满一个小桌,刘业顺不怎么说话,只闷头吃饭。胡芳似乎有些不敢惹他,于是关切的问题便全落到我身上。我一边狼吞虎咽,一边回答她们的问题。刘业顺和我在饭桌上也不多说,吃好饭走出食堂,便各回各的教室。记忆里,我经常看见一个女孩,靠墙站在食堂门边,个子小巧,脸和眼睛都偏圆。我一眼便注意到她,她的皮肤很白,在阳光下,能隐约看到她脸上青色的血管。见到刘业顺,她挥起手,很用力,仿佛怕别人看不见自己。两人在大中午结伴而行,明目张胆,不时有人回头看他们,窃窃私语。我的恐惧之情油然而生,仿佛教导主任已经站到他们面前。刘业顺在走之前会回过头,对我说他们走了,语气里有些不常见的愉快,女孩也向我挥了挥手,叫我妹妹,看起来很开朗。我使劲点头,和他们在说再见。但过段时间,没有人再出现在食堂墙边。刘业顺在那一年

在后座,不时地迎上他通过后视镜向我投来的目光"。

"在他高三那年,刘业顺的父母无其他方法可想,决定送他去当兵。""在刘业顺当兵回来的第二年,他母亲胡芳换上了新车,一辆白色越野。"

"刘业顺也不是个天生的胖子,当兵回来时,他拥有标准的健康身材。"

你用了大量笔墨介绍男主的背景,这些内容可以适当地合并一下,或者精炼一点。

接下来就是视角。刚才你讲到"我"是一个线索型的人物,"我"看到什么,"我"就知道什么,作品里就写什么,"我"没有看到而文中出现的,就是通过别人的转述和暗场来处理。我建议不要让文中的"我"讲述的太多,"我"只是牵出主角的线索,不是主人公。所以,你要有选择地让"我"发挥作用,不必要的地方,"我"就不出现。

石三: "我"作为一个线索人物,文中是以"我"的视角来回忆与男主的交往,我不知道关于文中"我"的生活工作方面是否有必要交代,读者会不会觉得叙述者"我"有点机械?

侯磊: 这倒不会,因为小说前文已经交代"我"是男主角的街坊。

石三: 我有一点担心读者阅读的时候,觉得"我"这个街坊跟刘业顺之间的情感联系不够。

侯磊：我觉得重点不在两人的情感联系上，而是刘业顺跟他的两个女友的情感关系以及和他母亲的情感关系。你可以回想一下莫泊桑的小说，他的小说里面写有大量的"我"怎么怎么样，在哪儿看见一个人，这人怎么样，比如《我的叔叔于勒》，读者阅读时的重点并没有放在"我"身上。

还有王雅洁的形象有些不立体，最后王雅洁和男主分手的细节，其实是一个暗场处理，完全用"我"和男主在车上聊天的形式来讲述。这里面是不是缺个大事件之类？也可以再精炼一点，让他们两个的对话更精彩一点，像戏剧台词一样。

石三：对，我写作时确实没有考虑好这一部分的语言精彩度，两人对话的语言没有回味感，太直白，而且没有什么信息量。我当时写得非常快，很想把故事马上写完。之后，我自己也修改了一些关于"我"和刘业顺在车上的对话，我想表现出男主的婚姻和他模糊不定的人生状态。

侯磊：语言这部分可以再加工，按照教科书上来说对话有很多种作用，塑造人物形象、交代事件信息、推动情节发展、制造矛盾冲突等。这篇小说中的对话不是生活中的对话，是要高于生活的，是经过加工浓缩的，所以还是要进行修改，甚至整体的行文都可以做减法。做减法这个提法是从汪曾祺老师那儿发展而来的，我只

转了学，中考完才回到高中部。高中刘业顺也时常逃学，最后没参加高考，去当了兵。等到他当完兵回来，我又在面临高考。阴差阳错，除了在我读研实习那年见过面，我们的生活像两条平行线往前延伸，只有在想不开的时候才突然的交叉，而后依然各奔前程。直到我研究生毕业，回到莲城那一年，才再次见到了他。

研究生毕业的时候，我联系了家乡省会的一家公司，准备回家乡工作。参加完面试，我抢好车票，回到了莲城。恰好碰上刘业顺坐城铁从省城回来。下了车，在莲城北车站，我听见一个男人在背后叫我的名字，声音有些熟悉。一开始我没有认出他，目光警惕地看着朝我走来的这个胖子，等到凑近来，认了脸，才发现是发福的刘业顺，他自告奋勇送我回家，我推脱一次，但他坚持要送，说自聚餐那次之后，很久没见，胡芳也常提起我。我不好再推脱，便上了车。一路上，他讲了不少自己当兵回来后的生活，我坐在后座，不时地迎上他通过后视镜向我投来的目光。长方形的镜子里，刘业顺高挺的鹰钩鼻格外突兀。鼻头圆钝，左眼的泪痣隐约还在。略带胡楂的脸在夏季泛起了油光，厚实的双下巴悬吊在脸上，雄性激素溢出皮肤，印痕犹存。他把目光收回去，又问起我的情况。我简单地回答他，上学，找工作，没有什么特别的事情。他笑笑，说"你一直可以的"。快到小区楼下，刘业顺降缓车速，才小心翼翼地问我，能不能帮个忙。长

久没见，又搭上了顺风车，我便答应了他。填写信息的过程很冗长，需要人脸识别，于是他把车停在路边等我验证成功。我打趣他，"挺卖力啊。"他装作苦笑，低下头，输入王雅洁的工号。我和刘业顺之间共同认识的人不少，刘业顺的奇闻逸事一直是老友间的话题，从各人那里七拼八凑，他和王雅洁的事我也知晓大概。

莲城是座小城，朋友圈子交叠度高，刘业顺和王雅洁经朋友介绍认识，加了微信在线上聊了一段时间。我对这姑娘的印象不多，最深刻的一次，是她在一个聚会上说的话，而那也是我为数不多在场的一次。读研实习期，也就是研究生毕业前一年，刘业顺和王雅洁刚认识。王雅洁五官清秀，皮肤雪白，一看便是刘业顺以往喜欢的类型。不久他便开始追求王雅洁。正好那段时间从北京回来一个厨师，据闻在北京一家五星级酒店待过，是朋友的朋友。于是刘业顺发挥社交特长，组了个联谊局，请厨师到他家来为大家做菜吃。刘业顺当时和我刚重新联系起来，我不太想掺和，但他执意请我，还在电话里卖关子，说让我帮忙看个人。到他家后，发现宾朋满座，二层复式楼各处房间不时地冒出装扮精致的红男绿女。刘业顺在厨房给大厨打下手，顺便炒了个醋熘土豆丝，秀一手厨艺。菜肴上桌，刘业顺想让王雅洁品尝自己炒的菜，但王雅洁不爱吃淀粉类食物，倾心于大厨精心烹制的澳洲大龙虾。王雅洁的语速慢，吃饭的时候说话也不多，但却

讲最核心的部分，你需要把小说里的主次内容体现得更鲜明点，其他细节可以淡化，还有一些小细节要注意，比如刘业顺投资了一家电台，电台是国家机关事业单位，没法给投资人分红，事实上他投的是制作电台节目的制作公司。

石三：小说里面很多事情都是我从生活素材里拿过来用的，简单做了一些修改。

侯磊：电台是国营单位，除了新闻以外，它好多的节目，比如歌曲，都是录播的，或者直播也可以，它把某个节目包给一家制作公司，这家公司做好后把文件发给电台，电台审核完，就在台里播，投资一个电台不大合适。

小说题目很好，《而立》，正好对应着三十而立。小说前文的节奏可以稍微再快一点，从剧情进展来讲，这部分还没有进入剧情，所以主要是在细节上略微做修改。我们作为编辑，都是给作者提一些建议，然后由作者自己去界定尺度。很多作者刚开始写作的时候，我们能很明显地感受到他的作品整体很僵硬，做不到汪曾祺老师那种收放自如，但是随着作品越写越多，作者慢慢就会感悟。

石三：我写小说也有这种困扰，搞不清自己应该把重点放在哪里，哪里详写，哪里略写。我刚开始写作的时候，觉得自己是一个很珍惜脑海里所有想法的人，想把所有想到的都写出来。

侯磊： 这种感觉表面上看，是详略问题，深究起来就是结构问题。

石三： 开始写《而立》的时候，我先列了个提纲，但是后来没有按提纲写。

侯磊： 这很正常，很多作品都是作者在写作中临时发挥的。我们用戏剧学的词来说，写久了，你就会发现过场戏怎么写，重点戏又怎么写。写作是有一个过程的，如果你想写到发表的程度，那不算难，大家经过训练，都可以达到发表的水准；如果你想写得和别人一样好，也不算太难，你可以参考别人的作品，下下苦功夫也能做到；如果你想写得比别人都好，你想写没人写过的东西，或者写一个别人都写过，但是你要写得更高级，就会很难。你没有可参考的典范，一切都要靠自己琢磨。

石三： 谢谢老师。其实，我最初有一个很简单的想法，"我"一开始很同情刘业顺，因为他是离"我"的生活很近的一个人物，"我"回忆起他的一些事情时，会觉得他的生活缺失了一环，"我"想通过回忆去找到他缺失的环节，想要知道他到底是哪一步走错了，或者说哪一步出了差错，才会让他变成今天的模样。我最初是以这样的想法去写的，如果我以一个妹妹的视角去写哥哥，会不会是一种不同的感觉，会不会情感的浓度更高一点，老师觉得哪一种更好？

主动提议喝点红酒。她起身熟练地到酒柜拿酒，脖子上佩戴的某大牌贝壳项链在顶灯下光滑耀眼。众人举杯，不时地有人看向刘业顺和王雅洁。见刘业顺不吱声，一朋友夸赞起菜品的美味，顺势讲到男生们越来越会做饭。另一个女性朋友接住话头，讲到某次去朋友家吃饭，朋友丈夫掌厨，说家里缺洋葱，两人便风风火火地跑去超市，采购了一大堆货物。等到两人逛到心满意足，朋友丈夫打来电话让她们回家，饭已上桌，语气里颇是无奈。众人调侃起男女地位的转变，气氛融洽，王雅洁频频点头，偶尔笑出声来，用手遮住嘴。但等到故事讲完，她突然总结陈词，突兀地举起酒杯，颇为骄傲地说道"这就是我们21世纪新女性的特点，可可爱爱没有脑袋！"说罢，气氛有些冷却，我忍不住想笑，硬是憋回了肚子。众人不知如何接话，那位讲故事的朋友也只能客气地对她一笑，转身向大厨讨教起某道菜的技巧。刘业顺似乎心不在焉，和众人笑罢，也不多说，只招呼请来的朋友们多吃一些。这顿饭后，刘业顺和王雅洁便在一起了。

二

在别人眼里，刘业顺是有福气的人。父母在体制内工作，地位高，有人脉，从小不愁衣食。上学的时候，刘业顺不愿意安心读书，整日混迹在外，是一个坏典型。初三那年为了让他和早恋的女生分开，刘业顺甚至被送到了老家的学校，在乡下。

在他高三那年，刘业顺的父母无其他方法可

想，决定送他去当兵。两年的兵役期，退役后部队分配工作。刘业顺那一批是最后一批分配工作的志愿兵。回来后，父母打点好了关系，抱着一劳永逸的心思，把他安置在了福利待遇都十分优渥的市委办秘书处。当我刚大学毕业，他已经在秘书处工作了两年。虽然没有正式编制，但秘书处是市级领导的秘书储备库，如果被哪位领导指名当秘书，转正是迟早的事情。在回来后的前一两年，刘业顺也看似如他父母所期望的那样生活。他消停下来，每天老老实实地上下班，社交平台里还不时转发一些官方公众号的推文，或者晒一晒单位组织的党建活动。父母对他渐渐有些满意。实际上，刘业顺并不愚笨，小学时拿过奥赛奖项，数学成绩好。而且脑子活络，擅长和人打交道，在机关单位上班认识了不少人。老人常说，头分"尖"，二"尖"的人聪明。尖在方言里就是"角"的意思，小孩头形靠睡觉，睡出来圆头上可以摸出两个凸起，就是二尖。但二尖的人脾气不太好。刘业顺和就是二尖。在刘业顺当兵回来的第二年，他母亲胡芳换上了新车，一辆白色越野。刘业顺和其他儿子一样，哄自己母亲很拿手。一来二去，这车便成了刘业顺在用。车的副驾驶位上时常坐着他的新女友，白皮肤，大眼睛。从金融业到表演系，从舞蹈老师到公务员，各行各业。刘业顺也不是个天生的胖子，当兵回来时，他拥有标准的健康身材。高个子翘鼻梁，戴着名表，工作稳定，女友接二连三地变换，至今还存

侯磊：就目前作品的结构而言，以妹妹的角度去写不一定会有更好的效果，因为妹妹和哥哥之间有伦理关系，你就得把妹妹又设定为一个次要人物，成为一个配角。这样的话，小说的配角太多，短篇的体量有些放不下。

石三：小说里，人物已经有些多，要精简一点吧。

侯磊：《金锁记》，三万字的中篇小说，里面的人物还没有你这篇作品里的多。你这篇小说里现有的人物可以有更多的情节体现，比如男主的母亲可以加很多情节，但是目前小说的字数和结构已经足够了。

走走：小说里面真正深情的那部分内容，有点像《献给爱米丽的一朵玫瑰花》的感觉，从某些角度来看刘业顺是非常深情的，他这几次恋爱无果而终的原因最终都可以落在初恋对他的摧毁。以小说中"我"这种与男主角不近不远的关系，更容易平淡处理对他爱情故事的叙述，如果是以妹妹的角度去讲述那些故事，就不能继续用这种平淡的语气，要重新考虑转述的口吻。

石三：了解。那么我现在存在的问题主要是以下几点，一是语言的重复信息方面需要整合；二是视角，包括条理与顺序；三是王雅洁的形象不够清晰。

侯磊：王雅洁的形象不清晰需要着重修改，最后"我"

和男主的对话属于暗场处理，也就是以第三者转述的方式讲述，本身选取这种方式也是可行的，但是你要让两人的对话中能够体现出王雅洁的形象。

石三： 我会很谨慎地对待写作和修改，认真地考虑好这些问题的修改方法和角度后再着笔。

侯磊： 写作不能着急，你可以把这些年的经历影响化在角色身上来写，也许到时你就会写出像毛姆、契诃夫、王安忆、余华等这些名家的作品一样深刻的小说。写着玩儿和一生从事写作是两个概念，如果你打定主意要一生写作，就要严格要求自己，审慎对待作品中的每一处细节。

在我列表中的，就有三四个。

在刘业顺不读书尽惹祸的年月里，他的母亲胡芳过得最不是滋味。嘴碎的亲戚在暗地里议论刘业顺不学无术，没出息，看尽胡芳的笑话。胡芳是一个自尊心很强的女人。刘业顺姥爷退休时是处级干部，家底丰厚，胡芳读书不行，但工作早。之后进入粮食局、海事局一路高升。刘业顺在初三被送到老家时，胡芳坐稳了海事局办公室主任的交椅，凭着出色的外交能力和多年积攒的人脉，和别人合伙做起了生意。从地产，股票投机到癌症药物开发公司，胡芳都投入了大量精力。她整日在外应酬，凭着精明的才干把日子过得羡煞他人。因此，听到别人议论自己赚了钞票，丢了儿子，胡芳表面隐忍，该帮忙时帮忙，实则积攒了一肚子的怨言。"是我让他不读书吗，是我让他去谈恋爱打游戏吗？"胡芳尖利中略带沙哑的嗓音回荡在家中，二楼房间的刘业顺也听得一清二楚。在刘业顺转业进入市委秘书办后，胡芳心中一直压着的巨石终于被粉碎了。当亲戚在谈论找工作时的严峻形势，谈到硕博都得屈就时，胡芳不动声色，长嘘一口浊气，眼纹深邃带着笑。等到有人夸赞刘业顺找到了铁饭碗，运气好，胡芳起报以礼貌的微笑，只淡淡地说道"有些事情是说不定的，读书不是唯一的出路。"众人附和，心知肚明。

但是好景不长，刘业顺逐渐厌倦了机关单位的陈规与乏味，想自己做生意。他让父母投资自己，与几个一同在机关大院长大的朋友，承包了一家农家乐形式的湘菜馆，取名品湘苑。我也去过，环境普通，菜还行，就是地理位置有些偏。他父母一开始不同意，但刘业顺铁了心，宣称如果父母不拿钱出来，他就要辞掉市委的工作。胡芳一听这话，急了眼，骂他不知道现在工作多难找，刘业顺不听。他父亲刘承忠，莲城市的人大代表，一向以温和持重示人，也被他气得嘴里冒出唾沫星子。但两人都拿刘业顺没办法，毕竟是独子，去年还刚给他买了套房。于是湘菜馆开门营业。几个富家子凑在一起创业，经验缺乏，湘菜馆竞争激烈，品湘苑没有特色，很快便撑不下去了。刘业顺不甘心，也只能保本撤资。事业上的失意让刘业顺陷入了困境，他依然去上班，却心不在焉。迟到早退成了家常便饭，休息日长时间不下床。胡芳敲门叫他吃饭，他答应一句，转头房间里便传出鼾声。胡芳越敲越重，闷重的响声像海啸袭来，一波高过一波，传遍刘业顺的全身，直冲大脑，使他窒息。他踢开毯子，暴躁到了极点，打开门来，对着胡芳吼叫。他的手拍打在门上，像感受不到疼痛。胡芳愕然，走下楼，没有再说话，屋子安静下来，只有高压锅里的鸡汤还在苦熬，发出哧哧的气响。

刘业顺就是这时候爱上了吃夜宵。休息日他常睡到下午三四点，在床上躺到晚上，百无聊赖地打开小说或者短视频，等着时间在无意义中流逝。接着便约人出门，去夜宵摊喝啤酒，撸串，打麻将。经常玩到半夜回家，打开门来，发现家里和外面一样漆黑。每次吃饭，刘业顺都要和朋友们聊自己的商业计划，投资电台，打造清吧，外卖餐馆。宏图在他的语言中雄伟地展开，朋友们偶尔附和，邀他举杯后，便又继续闲聊。空虚的时候要用食物填饱。刘业顺几杯啤酒下肚，逐渐成了啤酒肚。五花肉咀嚼太多，发腮严重，渐渐膨胀成了两倍。但他似乎不在意，反而更加懒散，有时甚至干脆不去上班，在家睡一整天。久而久之，领导对他有了意见，把他叫到办公室，劈头盖脸教训了一顿。刘业顺早已心不在此，每天混沌度日。他看着领导的嘴脸，全身的毛孔因为愤怒都扩张了，他再次吼叫起来，一脚踹在了办公室的门上。

门坏了。胡芳听见这个消息的时候，刘业顺的领导也找到了胡芳，说必须开除他。胡芳只能不断央求，又托关系又送礼，最后才把这个事情压下来。但当时动静太大，领导丢了面，于是只能把刘业顺调走。又因为其他部门都人满，只能安排在了保安部门。这件事情母子俩心照不宣，不敢往外宣扬。现在问起来，还有人以为刘业顺在市委秘书办。但纸包不住火，胡芳感到心力交瘁，自己丢了面，便对外宣称不再管刘业顺的事情。刘业顺却对此显得毫不在意，依然过得浑噩不堪。

　　最后，刘业顺还是投资了一家电台。他当时的女友叫孟莎，在广电上班，个子很高，也很健谈。最光荣的事迹是在读大学时，被录取到播音专业，但自己联系到了表演专业的院长，请他吃饭，表演系觉得她很有天赋，于是免试接收了她。电台的事情就是孟莎帮忙牵的线。他投资的钱是胡芳给的，没敢告诉刘承忠。用的理由和上次一样，如果胡芳不给，他就干脆辞职，反正他早不愿意干了。胡芳虽然说再不管刘业顺，但那也是气话。那时候，我刚考上研究生，孟莎和刘业顺在一起不久。听家乡的老友说，胡芳的朋友当时开了新楼盘，是别墅，请胡芳去看。胡芳那几年在股票市场混得不错，早有买别墅投资的念头，便答应下来。孟莎听刘业顺说起此事，也嚷着要和胡芳一起去，"好歹让我和你妈认识一下吧，也两个来月了。"孟莎的要求合情合理，刘业顺虽然认为毫无必要，且有些后悔和她提及此事，但为了不和孟莎争吵，还是带着她去了。只是他们避开了胡芳。刘业顺此前尝试和母亲提起孟莎和别墅的事情，当时胡芳半躺在自己新买的红木沙发上，一边听刘业顺说话，一边把桌上洗好的玫瑰青提往嘴里塞。刘业顺坐在另一边的硬沙发，有些不习惯，拿来一个垫子。胡芳不表态，偶尔嘴角抽搐两下。刘业顺看着母亲的表情，说话有些心虚，不停地抖腿。空气凝滞，刘业顺把话说完，再也忍不住了"妈，你觉得行不行，你说呀。"胡芳吸了一口长气，胸廓起伏明显，瞥一眼刘业顺马上又把视线转向了电视。"我没意见，这关我什么事，你们想去就去，没必要和我一起。"闻言，刘业顺无奈，只能和孟莎谎说胡芳很乐意和她认识，但赶巧胡芳有事，让他们两个自己去。孟莎信以为真，听见这话，以为拿到了胡芳的授权，走进楼盘时兴致昂扬。胡芳的朋友陈老板见到刘业顺，走过来和他打招呼，把眼睛看向了孟莎。刘业顺和陈老板握完手，连忙说："我女朋友，孟莎，在广电上班。"孟莎迎上去，大眼睛亮起来："陈叔好，阿姨叫我们来看看。"说完便挽起刘业顺的胳膊。听见这话，陈老板打量起孟莎，笑起来，仿佛了然于心。他把揶揄的目光投向刘业顺，刘业顺有些发窘，心里怪孟莎多嘴。"小王！"陈老板转身向前台招手，对刘业顺说"你们去逛一逛吧。"一个穿着黑西装的瘦矮个走过来，和他们打了招呼。"这是芳姐的儿子。"陈老板向小王介绍。小王马上满面笑容，说道"两位跟着我就行。"

　　这件事情还是传到了胡芳耳朵里。孟莎和刘业顺逛完楼盘，孟莎便把胡芳让她和刘业顺去看别墅的事情在微信上说给了几个朋友，刘业顺在一边开车，不时地劝她别说了，但孟莎在兴头上，嫌刘业顺多嘴。孟莎的朋友中也有人在政府上班，一传十，十传百，陈老板都特意打电话来恭喜胡芳。胡芳听完来龙去脉，气急败坏"哪里是我让他们去看房啊！"陈老板一听，明白了，又把消息往回传。胡芳气不打一处来，总觉得不对劲，决定去查一查孟莎的底细。结果歪打正着，一查发现了一件大事。孟莎在首都上大学的时候，曾经有一个男友，首都本地人。男友和孟莎谈恋爱期间买过一套别墅，写的是两人名字。但后来孟莎和男友分手，男友想要回房子，孟莎不肯，男友便把孟莎挂在了网上。可能是事情在首都闹大了，孟莎这才回到了莲城。这中间存在着一些矛盾，但胡芳不管不问，直接把事情告诉了刘承忠。对刘业顺怒吼"她是个骗子，你知道吗！"胡芳怒火中烧，感觉已经被孟莎占了便宜。刘业顺只能痛苦地抱住头，胡芳尖利的声音还在喋喋不休，刘承忠坐在沙发上，铁青着脸。刘业顺彻底陷入了困惘，心中郁结的某种东西碎裂开来，挤压着血管。手臂上长条的疤痕显露，无限靠近青紫的脉搏。它们长短不一，像春天从树上掉落的毛虫，仿佛马上就要蠕动起来，钻入他躁动不安的身体。但胡芳和刘承忠谁也没有发现过这些疤痕。天在骂声中黑了下来，顶灯璀璨。横膈膜随着呼吸的用力上下移动，刘业顺开始头痛，随着血管的鼓动，头痛逐渐蔓延到整个头部。眼前的家具、胡芳斩钉截铁的骂声和脑子里的孟莎的辩解都在逐渐融化、变形，最终全部消失在了一道白光里。"别说了！"他凭着最后的力气吼叫起来，肥赘的身体开始喘不过气来。这时刘承忠和胡芳终于感觉到儿子的不对劲儿，喊叫起来，马上送刘业顺去了医院。

正值青壮年的刘业顺被诊断患上了高血压。从医院出来，刘业顺和孟莎分了手。孟莎的事在周遭流传开来，后来离开了广电局。他为了给王雅洁完成任务额，送我回家那次，我曾好奇地问了他孟莎那事到底是不是真的。

刘业顺听见这个名字，马上有些不耐烦："哎哟，别听我妈的，她就喜欢夸张。"

"所以是假的？"

"我自己也搞不清楚，她是说房子早还了。"

"那你为什么和她分手？"

"我早就想分了，她整天跟个精神病一样，一会儿要去我家住，一会儿要我帮她朋友的忙，还想让我给她换手机。"

我点到为止，问起他身体的恢复情况。"那你怎么回事？"

"我？就高血压了呗。"他又表现得毫不在意，"我和你说，我在医院做了心理测量，医生说我受不得刺激，知道吗，对我好点儿。"

我笑起来，"什么意思，你还有抑郁倾向啊。"说完，我瞥见他手腕上的疤痕，想起了一件小事。联谊聚会结束的时候，刘业顺送我回家，特意和王雅洁交待了一下，接着说"我先送我妹回去。"王雅洁温柔地对我挥了挥手。我没有拆穿他，走出门在他的熊背打了一下。上车的时候，他依然表现得有些沉默，我便用眼睛四处打量了一下车内环境。后座上堆满各种烟酒和衣服，我嫌弃地转回头，想找一个充电器，却找到了奥氮平。我拿起来，仔细看了一眼说明书，治疗躁郁症。我问他怎么回事，他打了个马虎眼，说"哦，我失眠，医院开的。"我将信将疑地放下药品，深深看了看他两眼。他当时装模作样，敲我的头，说道："小丫头片子，回去读你的书。"我也没再深究。

"你少吃点油腻东西，按时吃药。这可不能马虎。你不前段时间还去健身房游泳嘛，怎么又不去了？"我转移话题叮嘱起他。

"那是孟莎非逼我办卡，每天要我吃沙拉。"

"那孟莎至少在这方面做得对。"我取笑道。

"哎哎，别提她了。"

和孟莎分手后，刘业顺近一年内都没有稳定的恋爱，直到和王雅洁认识。在市委的保安部门混着日子，他的身体越发的臃肿。有人说，刘业顺就是过得太顺利了，年纪轻轻，家里便给他备好了房车，连奋斗的动力都没有。但事实上，刘业顺依然在钻心打洞地研究发财之道。和孟莎分手后的那个春节，刘业顺在车上给一位同事看了一个做工精致的手表。同事拿过来，仔细端详，看不出门道，问他："这哪来的？"他笑笑，故作神秘："你猜猜，它多少钱。"同事又拿着手表看了看，想着他平时的消费水平，试探着说道："一到两万？"

"少了。"他摆摆手，表示同事格局太小。

"不会十几万吧！"看他面色红润，同事以为他的投资终于有了回报。

"四万五。瑞典牌子，××，你应该听说过吧。"

同事摇头，有些脸红。刘业顺说："这是我今年的分红。"

"你又投资什么了？"

"就是去年和卫视合作的那个电台。"说完他神色有些动摇。

"你们分红不分钱，分奢侈品？"

车里对胖子来说有些热，他扯了扯自己的名牌衬衫，似对市场形势把握十足地说道："这两年钱难赚，经济不行，现在做生意能保本就不错了。"

同事又问他："是所有人都没分到钱？"

他立刻接话："也不是。老哥说今年没什么利润，要么先拿三万块，要么就拿表。"他投资了二十万。

"我是这么想的，这表还可以保值，就要了。"

同事不想扫刘业顺的兴，便附和道："这表确实不错。"听到我说不错，他笑起来，比刚才心情更好了。后来这个同事离开莲城，与我在外地有过交集，聊起刘业顺，便向我吐露了这件事。

但胡芳不这么想，刘业顺回到家，看到母亲和舅母林霞在沙发上聊天，懒散地打了个招呼便躺到了二楼的房间。两人正说起刘承忠乡下亲戚的无赖和贪婪，有些气愤。胡芳看到刘业顺身材臃肿，毫无精神的样子后，脸色更加差了。胡芳自己抱怨起刘业顺的不争气，"他就是读书读少了，没脑子。"林霞听见，赶紧让自己的大姑子闭上嘴，她可是知道这母子俩的脾性。刘业顺在二楼翻了个身，继续麻木地刷短视频。胡芳见林霞一副让自己别惹刘业顺的样子，声音便更大了："怕什么，我就是说给他听的。"接着胡芳觉得还不解气，硬是拽着林霞上了楼。胡芳敲了两下门，没等刘业顺答应，便推门进来："玺玺，妈听说你拿了块表回来，给我和你舅妈看看吧。"刘业顺起身从裤兜摸出钟表，胡芳接过去和林霞试了个眼色。刘业顺和林霞讲解这块表，有些高兴。"舅妈，你觉得这块表怎么样。去外贸城专柜买，四万五。"林霞听到价格，连忙说是块高级表。胡芳拿过来，看一眼，语气冷漠地说道："你怎么知道他是专柜的？"这一句话，点燃了刘业顺。"你什么意思？"刘业顺喊叫起来，声带剧烈地振动，喉咙里发出沙哑恐怖的嘶吼，五官狰狞着从床上直起身子。林霞被眼前的刘业顺震住，赶忙把胡芳拉出房间。胡芳边走边说："是他自己蠢，被人骗，这块表退到专柜有没有三万还不知道！"刘业顺把门用力一摔，不停地吼叫："为什么你在这种时候也要搞得我不高兴，你到底要干什么！"两种嘶吼的声音混杂在耳朵里，刘业顺头疼欲裂。

那之后，刘业顺很长时间没有再提及投资的事情。

三

研究生毕业后，我在家乡的省城工作了一年，生活安稳，但思考许久，我还是辞了职。虽然遭到很多反对，我依然决定北上，最后幸运地被一家企业收留。在新公司，第一年工作比较忙，许久未回家，于是今年我用了积攒的假期，提前和公司请好了假，在春节前回到了莲城。这次我又遇见了刘业顺。我家的习惯，从远地方回来，先去祖父母家报到。于是刚回来的第二天，我打电话给我奶报了晚餐。两个老人家很高兴，做了一桌的菜，鸡鸭鱼肉俱全。吃好饭后，从楼里走出来，散步到小区门口。我正准备用手机打车回家，身后传来两声穿透耳膜的滴滴声。我皱起眉回过头，正准备奉给司机一个恶狠的白眼，却看见刘业顺的大脑袋从车窗探出来，招呼我上他那辆白色的越野车。刘业顺说着玩笑话，熟练地说要送我回家。我立刻乐了，不像在车站那样推脱，打开车门便坐在了前排。在路上，刘业顺侃天说地，和我聊起了王雅洁，问我记不记得她。我想了两秒，说记得，就是那个银行上班的表演系姑娘。他先说了句她不在银行上班了，然后问我觉得王雅洁如何。我愣了一下，仿佛回到读研实习那年，他以吃饭之名请我去他家帮他看人。

"你说哪方面，长相还是性格？"

他平稳地开着车，说道："整体评价一下。"

我想了想："这可不好说，毕竟没见过几面"我停顿一秒，"怎么回事，你们年前不是分手了？"这是我在外地得到的关于他俩的最后一个消息。

"又和好了。"刘业顺轻描淡写地说道。

这回换我惊讶了，"什么时候的事！"朋友间没有一点消息。

"有一阵子了。算起来快两个月了。"他用手挠了挠眉心。

"哦……那你问这话的意思是，你们俩要……"

"差不多吧，有这个打算，但也难讲。"

我想到那句谚语，宁拆十座庙，不毁一桩婚，便说道："她挺好的，性格温和，长得也好看……"

没等我说完，他便插嘴道："你觉得她性格温和？"

"那你是没看到她找我吵架的时候。"

我笑笑，不多说。对于别人的感情，我的确不好评价。于是我转换了思路,"那你觉得她怎么样,你来评价一下。"他没说话,忽然间,我对他们的事情有了更大的兴趣。

"你到底对她现在什么感觉?"我抛出了一个危险的问题,想要激出他的反应。

他没有发怒,却下意识地叹了口气,"喜欢肯定是喜欢的……"

"那你在纠结什么?"

"说实话……"他逐渐严肃,似乎在思考怎么表达。"吵了这么多次,感情也会被磨掉……"他摸了摸额头,鬓角处的少年白在暗中滋长。他不安起来,手指开始不自然地敲点方向盘:"怎么说呢,刚在一起的时候都挺好的。但后来因为一点小事都要和我理论,非要我服软。动辄就用分手威胁我,还删掉微信……"

刘业顺越讲越激动,到了一处十字路口,他先住了嘴,换挡,加速驶入了另一条路。

车速慢慢降下来,平缓地行驶在宽阔的柏油马路,莲城这两年道路扩建,城市品质提升不少。刘业顺继续说道:"她闹脾气,一两次我还能接受,这时间长了,谁不会烦。"

"有次我真来火了,心想分就分,我也不想奉陪了,她挂我电话,我也没再打回去。结果隔了一两个星期,她又主动把我加回来了。"

"她又把你加回来了?"我有些疑惑。

"是啊,还和我说,要和我再处处看。"刘业顺左手掌心向上敞开,困惑不解地说出这句话,"你说奇不奇怪,我自己也不懂。"

"人家可能本来就没打算和你分手,只是想让你哄她。"我给出一个保守的答案,说完自己又觉得没劲,这是一个通用答案。

刘业顺没管我,自顾自地继续抱怨。"我不明白,她和我在一起,一会儿嫌我胖,一会儿说我习惯不好,非让我改。这一点我特难受,真的。"他的喉咙似乎又痒了,往窗外吐出一口痰,迅速把头缩了回来。

"她为什么也这么急着结婚，年龄到了？"

"我也不知道……可能是吧。"他停顿一刻，接着上一个问题说道："她总是抱怨，一吵架，她就说我对她不好，以前交的男朋友比我对她好。"

"啊，那她为什么非要和你结婚？"我听得更加困惑。

"我也想不通。"刘业顺直视前方。

车里沉默下来。过一会儿，我不知道该说什么，便问他："那你觉得她漂亮吗？"

"说实话，感觉没有以前那么漂亮了……"

"可能看久了。"刘业顺补充了一句，咳嗽两声，把头探出去，马路上便又多了一处需要清理的地方。

我忍不住了，半开玩笑半嫌弃地说："讲点文明，你这痰怎么这么多呢？"

车子继续往前开，马上就要进入我家的小区。而刘业顺今晚得告诉父母，王雅洁明天想来拜访他们。

"你父母知道你们复合了吗。"我忽然想到。

他有些犹豫，"嗯……还不知道，结果她突然提来我家，我都懵了。"

"她想来拜年？"

"你知道，我为什么一直没说吗，就是怕她反复。"他跳过了我的问题。

"意思是她自己也没想清楚结不结？"

他挠挠耳朵，有点痒。"王雅洁这个人，就是这样。"他停顿一下，"啧，我也搞不懂她怎么想的，不过他们家这帮亲戚里头，只有她没结婚了。"

"家里也催了是吧。"我下意识回答，"嗯？你都认识她家亲戚了。"

"早认识了，和她哥哥姐姐一起玩几回了。"

他思考一会儿，头微微一歪，"我估摸，也有家里原因。"

"我一直觉得还没有必要说，就怕她想不清楚，反反复复。"刘业顺叹气，"等下又反悔，我怎么交待。你又不是不知道，我妈那人……"说到母亲胡芳，他的眉头更加紧皱。

"等一下，朋友。我有些糊涂了……"我眯起眼睛，凝视他。

他偏过头，把脖子往后缩，下巴和脖子之间被两层肉填满。"你这什么表情，糊涂什么了？"

"你到底想不想结婚，你什么想法啊？"和他聊了这么多，我发现主人公却在试图让自己隐身。

"我？我就还好，你懂吧。"

"不懂。"我迅速地回复他。

"哎，不是想不想的问题，到时候了反正要结婚……"他望着前方的路，眼睛里却似乎没有任何内容。

"啧，就……我感觉，保持现在的关系我挺自在……但要结，也可以。"他吞吞吐吐，声音低沉，接着便说出了那句令我不能理解的话。

"主要是，主要是现在气氛都到这儿了，我没得选了。"

"嗯？什么意思。怎么就没得选了。这不是个人自由吗？"我瞪大眼睛，心情有些复杂。

"啧，和你解释不清楚。"他变得烦躁起来，打开了一点车窗，风从缝中灌进来，寒冷像幽灵一样，一点一点攀上身体。他望我一眼，便又关上了。

"而且都去过她家了……她家人好像也以为有这层意思。她妈妈还让我去她家过年。"

"那你们这前期都没磨合好，结婚以后不得继续吵。"我摇头，苦笑着问他，不过这是他个人的选择。

车在一处红灯前停了下来。

"你自己怎么想的，就和王雅洁怎么说，这事有这么复杂吗？"沉默一会儿，他笑话我说话直刺要害，相当不客气。听到这番评价，我被逗笑了但还是忍不住多说了两句。那一刻，我突然意识到，我和他平行的生活轨迹重合在了一起，交叉错落的时间空隙在我们的谈话里被生活填满，即使不愿意，刘业顺和我依然长大了。

"不想了，越想这件事越烦。"说着刘业顺便拿起了手机，拇指开始不停地在屏幕上拨动，音乐渐响，无意义的热门歌曲充斥在车里和我的耳朵里。我们又聊起了他生活里其他的事情。

四

刘业顺把车停在小区门口。我打开车门，和他再见。

"祝你好运。"我向他喊道。他笑笑，最后问我以后打不打算回莲城，我没法回答，便向他摇了摇头。他说挺好的，你一直可以。

我在外地工作的第二年，刘业顺和王雅洁最终没有结婚。刘业顺在送我回家的那天晚上，在自己家门口磨蹭半天，终于走进去和父母说了这件事。不出所料，刘承忠和胡芳都摆出了不明了的态度。胡芳把手放在胸前，沉吟道："儿子，我们不干涉你了，如果你觉得可以，那我们就没意见。"刘承忠看着电视，啤酒肚隆起，不说话。胡芳补充道："来拜访的话我们觉得就没必要了。"王雅洁来拜年的事情不了了之。年后我离开莲城，很久没再回来，便也不知道他们后来的事情。那天，我和母亲打电话，母亲问我，是否还记得刘业顺，我说当然记得，我们还有联系。接着她便问我，他是不是不结婚了。我一愣，说我不清楚。母亲便向我解释，胡芳有天打电话来，向她诉苦，说他儿子给她找的儿媳不好，人快三十，没有固定单位交保险，到时候连生孩子都会需要胡芳出钱。我说，都聊到生孩子了啊。母亲笑话我，说我和刘业顺交情也没有深到哪里去。我说本来就只是熟人。母亲告诉我，王雅洁和刘业顺年后依然去拜访了胡芳，但和胡芳说希望婚后马上生孩子，先不工作。胡芳一听这话便着了急，不表态。刘业顺夹在中间，始终沉默。前车之鉴，我知道胡芳的话不一定可靠，但我没有反驳母亲。母亲在兴头上，继续说。再后来，王雅洁和刘业顺之间不知道产生了什么矛盾，王雅洁打电话来，主动说和胡芳聊聊，那时候已经将近凌晨。我其实知道这件事，因为胡芳打电话给了我，我当时很惊讶，接起电话便听到胡芳问我是否知道刘业顺和王雅洁之间发生了什么。我说阿姨，我们有一段时间没联系了，胡芳沉默一会儿，便说打扰我，挂下了电话。听说王雅洁和胡芳那一聊后，他俩最后一拍两散。我和母亲说，这不挺好，是个皆大欢喜的结局。母亲笑起来，说我不理尘间俗事，我说我自己都快被俗事吞没，无暇顾及。挂了母亲的电话，我却打开了刘业顺的朋友圈，看到了他前两天的生日动态。往下翻，发现他去了莲城一个附属县做基层调研，有一段时间了。我想起来前一年，他送我回家的路上，也曾聊到这个事，他说下乡两年，有机会拿到编制。我劝他赶紧去，他却转移话题和我聊起了王雅洁。那时候他二十九岁。我没有和任何人说的是，在我前年离开莲城时，我便知道刘业顺现在大概不会结婚。

　　前年晚上，车停在了我家楼下，刘业顺和我聊了一路的婚姻、工作和父母，突然问我："你知道怎么毁掉一个人吗？"他的语调轻松，仿佛问出的是一句玩笑。我困惑地望着他。没等我回答，他便自言自语起来，挥舞着手，指向前方用手指在空中画圆："你先对一个人很好，然后突然消失。"我愣在那里，没有见过这样的刘业顺。他在我和说玩笑，但他的眼睛在凝视一个遥远的地方。他把手收了回来，握成拳头，像一个魔术师，用嘴向拳头吹气。他向我打开手掌，什么都没有。我张口，沉默。不知道为什么，在那一刻我才觉得我见到了真实的刘业顺。不是亲缘浅薄的刘业顺，不是一无是处的刘业顺，也不是二十九岁无法为自己的选择负责的刘业顺。他只是刘业顺。我想到了那个站在食堂墙边的女孩。谨慎地问他："是那个皮肤很白的人吗？"他总在交往皮肤白皙的女孩，但他知道我指的是谁。

　　"我当兵的时候，她还来送我。等我当完兵回来，她倒不见了。"

　　"妈的。"

　　那之后刘业顺很少和我联系，偶尔会在节日发来群发祝福。我觉得这样也好，他和我之间的话早已说完，想着，我便在他三十而立的生日动态下贡献了一个蛋糕，然后关掉了手机。

十一、"赵志明—谢启凡"组授课实录

赵志明,七〇后小说家。中国作家协会会员,武汉市文联签约专业作家。出版有小说集《秦淮河的美人鱼》《我亲爱的精神病患者》《青蛙满足灵魂的想象》《万物停止生长时》《无影人》《中国怪谈》等。现居北京,《青年文学》编辑。

梗概1:《莉莉丝》

起:我的女朋友赵小雨养的猫玛格丽特不见了,我听闻后,陪她一起寻找。

承:寻找途中,赵小雨总提起我们之间的一些往事。问起用意,却不说明。我注意到赵小雨情绪不对,于是故作轻松,谈笑以对。看到我的表现,赵小雨有点儿消沉。她忽然告诉我说,玛格丽特找不回来了,它不是一只普通的猫。她说起有一次上实验课,她拉起我往楼下跑,结果到田径场上刚好开始地震。这是玛格丽特告诉她的;玛格丽特从小陪伴着她,陪她渡过了许多难关。我虽然记得这事,但还是觉得过于不可思议,不相信赵小雨说的话。

转:赵小雨急了,说出了一些有关于我的往事,这些事情我从未和她说过。它们都是一些我人生中十分重要的节点,但关于它们,我总感觉自己的记忆有些模糊,这也是长期以来一直困惑着我的一个问题。震惊中,我询问她是怎么知道的,赵小雨告诉我这些都是一个女孩告诉她的,这个女孩名叫莉莉丝,就像玛格丽特对她一样,是我的守护者。它们是一种难以描述的存在,似乎是产生于我

赵志明:我看过谢启凡提交的两份小说梗概,这一稿相当于在原来《莉莉丝》的基础上进行完善,其实已经是一个全新的故事。当然,小说里面的基础设定跟《莉莉丝》还是很接近的。我想问一问谢启凡,上一稿已经是一个比较丰富完善的文本,你怎么会想到再写一份梗概?

谢启凡:这一稿其实和《莉莉丝》没有太大的关系,是我打算新写的一篇小说,当时选择了一起提交。

赵志明:这一稿中有一处改动,令我感到特别欣喜,你把原来文本里呈现出的那种收不拢的感觉解决了,把人物之间的关系做得更为巧妙,虽然可能有一点老套,但是,我觉得这个处理还是挺有意思的。我是这样理解的,关于赵小雨的玛格丽特和路明远的莉莉丝,有点类似于无限闭循环结构。当赵小雨跟"我"说她的猫的时候,意味着她可能会忘记,那么这份记忆就由"我"来承接。当"我"跟赵小雨说莉莉丝的时候,也意味着"我"可能会把莉莉丝的记

忆全部忘记,由赵小雨来承接这样的记忆,是这样的设定吗?

谢启凡:在我的新设定中,"我"已经忘记了莉莉丝,即在循环的途中,"我"需要做一个选择。开始时,我写了很多场面,但是,我觉得自己没有以小说的形式把它们规整起来,我觉得自己还是在靠一种感觉去书写,然后慢慢发现有一种惊讶感在里面,在一个平常的夜晚,慢慢地发现了这些故事。我可能是有意识地想让它变成一个更完整的整体,却总有欠缺。

赵志明:这样的闭循环结构就是难点所在,当你写赵小雨向路明远叙述猫的时候,跟路明远向赵小雨叙述莉莉丝的时候,这两个人的叙述翻转,很难达到一种平衡的状态。当我看到你的梗概1的时候,我特别担心你会无法处理赵小雨和路明远的主次关系,因为小说中总要有一个人物占主要的地位,相当于一个叙述人的角色,如果你现在在小说中加了一个类似于反转的设定,那么,让赵小雨的角色多承担一点,还是让路明远的角色多承担一点,故事的走向会不一样。假设我们看到人物可能会并驾齐驱,你有没有想过怎么去处理这种现象?

谢启凡:我提交新一版的梗概以后,走走老师给了我一些建议,比如把两个梗概结合,于是我又修改了一遍新梗概,前文几乎保留原们的内心,但又是独立的存在。随着我们的成长,它们会渐渐失去力量,最终消失。莉莉丝已经消失了,消失前的那个夜晚,她去找赵小雨谈话,并将我托付给赵小雨。她告诉当时还在犹豫的赵小雨,我是一个可靠的人。也告诉她,在此之后她就要耗尽力量消失,而我不会留下有关于她的任何记忆。由于有着玛格丽特的存在,赵小雨相信了。如今,玛格丽特也面临着消失的问题,她想将玛格丽特的存在告知我听,并请求我,在她忘记玛格丽特之后将这一切转告她,使她不要忘记这位重要的存在。听完以后,我心绪复杂,起身去上厕所。

合:回来以后,我发现赵小雨睡着了。将她叫醒,提起玛格丽特,她竟然全然不记得,说起今晚的出行,也认为这是和我的一次例行散步。直到这时,我终于相信了赵小雨所说的话。看着黑漆漆的夜幕,我陷入了沉默:究竟要不要告诉她玛格丽特的存在。

梗概2:

起:作家路明远今年27岁,内心敏感,时常感到与这个世界的矛盾,他去参加小学同学聚会,在聚会上透露出自己最近在想一个新的故事,他有一个灵感,讲的是一个因为孤独而沉溺于幻想的男孩,但后半部分没有想好。

承:李明发微信给他,说刚才聚会时有事在忙,准备请路明远私下聚聚。李明是路明远小学时的朋友。两人已经很久没有联系,但当年关系很密切，分别前，李明还送了一块怀表给他，早已经停转了，路明远一直放在家里。路明远请他来到自己的公寓，两人相聚，席间谈起了他的作品，李明来了兴趣。两人将故事推进下去。

转：在剧情的发展上，两人开始出现分歧，路明远认为男孩的结局应该是实现成长，变得成熟。李明却持不同意见，认为男孩是独特的天才，甚至因为这份不同寻常的敏感而产生了特殊能力。路明远以沉默顺从了李明，但在故事的最后，李明这样编写：男孩听闻了一个理想的世界，他在一个月光明亮的夜晚出发，依靠着自己的能力去寻找，他成功了，从此幸福地生活在那里。路明远不说话，只是沉默。李明忽然愤怒，要求路明远表态。他说，我们都是一样的人，这一点你也该清楚。滴答滴答的声音忽然吸引了两人的注意。路明远发现桌上的怀表正在转动。李明看向怀表，像是刚刚从睡梦中醒来。他柔和下来，说，现在这样子更好么？路明远说，是的，他显得有些疲惫。李明走过来，轻轻抱了抱他，说，这样也好，然后出了门。

合：怀表停止了转动，路明远将它放回纸盒。纸盒的下方垫着一张报纸，记录着十几年前的一次新闻小学生李明离家出走，在山区被找到时，已经死亡。

莉莉丝

文 / 谢启凡

一

下了车，老妈打来了视频：儿子，明天就毕业

样，结尾部分是玛格丽特来跟"我"说一些事情，最后，"我"可能和莉莉丝还会有一些交互，主要把视角集中在"我"身上。在梗概1里，"我"接到赵小雨的微信，有一个设定是莉莉丝也出现了，"我"说为什么玛格丽特今天不在这里，赵小雨突然就有很大的反应，然后她睡着了，这时会出现一种比较魔幻的叙事空间，幻境里面可能会有"我"的回忆，然后玛格丽特就出现了，她来告诉"我"真相，并让"我"不要把这些记忆告诉赵小雨，她说"我"是一个可靠的人，但是她告诉"我"现在的情况很奇怪，因为这里面"我"、玛格丽特、莉莉丝、赵小雨，我们的内心力量是连为一体的。在最初的稿子里，"我"刚开始很脆弱，很孤独，莉莉丝来关照"我"，当"我"变得比较强大以后，她的内心力量在衰竭，可能会变得比较弱小和孤独，玛格丽特是在自己变得弱小和孤独的时候，选择了离去，就像是要牺牲自己，但是她发现莉莉丝还停留在"我"的身边，她想帮"我"解决这件事情。最后我想构想一个场景，选一个他们最初相遇的场景，由"我"和莉莉丝共同进入到那个场景，就像旅行一样，然后"我"去照顾莉莉丝，就像她以前照顾"我"一样，那段回忆也会展示出来。

"我"在承接记忆的时候，不想莉莉丝为"我"牺牲，决定和她一起继续存在，但是最后做出这个决定的时候，莉莉丝好像清醒了过来，

主动选择了牺牲。这是我暂时的构想，之后我想在结尾加入一个告别的场面。

赵志明： 我们试试在你现在的构想里面，往前推进一点。其实在梗概1里，基本上都能体现出来你的构思，但是我想提醒你，当我们完成这样巧妙的设定时，故事本身就会有一个立场问题。在梗概1里，有一个非常大的主题，就是"消失"，赵小雨和玛格丽特，路明远和莉莉丝，你怎么让两重人格本身变得更合理？你在设定梗概的时候，就应该思考如何让这种设定变得合理化。假设我们要表达出"消失"的主题，要想一想"消失"是好还是不好，要体现出我们选择的立场。你刚才说很想以玛格丽特的视角来写这个故事，她作为一个虚拟的角色，你一定要解决她怎么看待这种伴生的关系。当赵小雨没有忘记玛格丽特，路明远没有忘记莉莉丝的时候，他们能够互相交谈。当他们选择消失之后，因为他们每次消失有点像当铺的感觉一样，就是我帮你化解一个危机，你帮我完成一个心愿，然后我就消失，那么这种"消失"是有代价的，小说要把这些表现出来。当我们需要玛格丽特或者莉莉丝相伴的时候，这种抚慰是不可替代的，当她们消失的时候，我们的人格可能会更加独立和健全，这也是收获。这种诞生和遗忘带来的独立性，或者自主性，你得选择究竟哪一种是你的小说指向。

了，什么时候回家呀？路明远看到画面不断晃动，先是一片花田，然后是老妈的脸。他想了想，说，在石溪庄园呢？石溪庄园是他老家新开的一家公园，开放时间大概在今年年初。从年初开始，老妈就总隔三岔五地找他，每次问她在哪儿，都说石溪庄园。在路明远的印象中，这类庄园只是意味着走不完的路、零星的几位客人以及一言难尽的食物。也不知道有什么好玩的。是啊，老妈说，明天就毕业了，开不开心呀？

还好。沉默了一下，路明远说，我今天毕业。

老妈哦了一声，眯起眼睛，那你买票了说一声，我和你爸来接你。

四十五岁开始，老妈的眼睛逐渐有了老花的迹象，这种迹象，在晚上视频的时候更加明显。但她拒绝了老花镜，声称老花本身只是无伤大雅的小事，但配完老花镜后，自己就真老了。

不用了，路明远说，我不一定回来。

挂了电话，路明远感到一阵莫名的烦躁。那是一个道路上飘满柳絮的夏天。临近毕业，心中有件十分困扰的事情。不是工作，也不是毕业时学分没够。事情的主要经过，可以这么来概括：他找不到莉莉丝了。

前天晚上，路明远和赵小雨在湖边散步，鼓起勇气给她讲了莉莉丝的故事。听完以后，赵小雨说，如果把这写进小说，将会是非常好的题材。相处许久，路明远已然了解赵小雨是那种在心目中把小说归类到耽误学习的闲书一类的人，因此，这句话的意思大概等同于"编得不错"。回去的路上他没说话，赵小雨好像也察觉到氛围不对，在路灯下有一搭没一搭地走着，路灯下飞满了蛾子。不知从什么时候起，他俩的相处往往以路明远抛出话题开始，赵小雨给予一定的回复，热烈程度主要取决于两个方面，一是路明远话题的有趣程度，二是她当天的心情。通常来说，以后者为主要因素。这成了一种固定程式，今天而言，这个话题显然不能激发她的表达热情，就像一块石头丢向棉花，不声不响陷了进去。路明远没有再找其他的话题，究竟是哪里出了问题呢？透过余光，他看见赵小雨微低着头。今天她穿着一件白色的毛衣，显得很紧。湖边刮着大风，水中的反光照耀着她的侧脸。

夜深了，气温开始变冷，一路上没什么人。又走了两圈，路明远把赵小雨送回宿舍。回去以后，他记得自己模模糊糊睡着了，做了一连串奇怪的梦。一会儿他梦到自己长出了双翼，在天空之中驰骋。赵小雨在他旁边飞着，伸手摸摸路明远的翅膀，她说：手感不错。一会儿路明远又发现他坐在大学学校的田径场上，夜幕降临，草地上点满了蜡烛。他看到一些跑来跑去的孩子，在漆黑的夜晚放风筝。路明远说，别来烦我。可他们跑得更欢了，还唱些好听的歌。这一觉睡到了第二天下午，路明远腰酸背痛，收拾收拾出了门。

出了校门，他走到十字路口的人行道上，看着

走走： 刘亮程的《本巴》写的是孩子，他跟我说，他觉得我们一直活在童年里，但是我们遗忘了曾经的童年，他说自己总是会做梦，梦到自己的儿童时代，那时的他有着一种孤独感。刚才赵志明讲到的内容启发了我，你在小说中不能就让莉莉丝这么平淡地消失了，她在"我"个体的成长当中，应该还有某种方式的留存，你是怎么看待孤独的，孤独跟成长之间的关系又是什么？难道说你现在找到赵小雨，就不需要另一种陪伴吗？

赵志明： 我刚才说小说的写作和修改都是一场冒险，它有一个指向，当我们设定一个小说、一个情节，或者主体的流向，这些都已经设定好，甚至已经抵达完美的情况下，最终文本呈现出来的时候，未必能够一一落到实处。韩东老师提到一个特别好的观点，一个小说家在他的经验之内和经验之外，一直和两种可能性在作斗争，这两种可能性是设定和偏离。当我在设定小说的主题或者情节流向的时候，不仅仅是经验内也是经验外的，《莉莉丝》这篇小说就有经验内和经验外的一些东西，这种设定是一种交战，当它偏离的时候，更是一种交战，当我们这样设定的时候，可能会有一些想法跳出来，或者我们发现在我们原始的构想里面很巧妙的设定，随着你文本的推进，它会出现松懈，甚至出现一种背离，这些东西可能会左右你，把你从原来的设定中引导到其

他的路径上去。

比如说孤独，在围绕孤独的层面来说，当玛格丽特和莉莉丝消失之后，赵小雨和路明远如愿在一起，他们难道就能忘记某些东西的存在？难道他们两个人在一起就是最好的结局吗？我在看你提交的设定时，一直有一种怀疑，当然这种怀疑可能是溢出你的文本之外的。因为《莉莉丝》是虚构性大于现实性的，你的想象在里面会发挥特别重要的作用。它值得你去仔细琢磨，有一些主题是很容易落实的。我们刚看到你的小说梗概时，会想到"孤独"、"多重人格"，我觉得这些只是作为你的小说里面类似于工具一样的东西，当你看到了玛格丽特和莉莉丝的时候，你相信还是不相信是非常重要的。既然你把它设想出来，它肯定是要发挥作用的，甚至要发挥超出赵小雨和路明远的作用。刚才你说，你很想让玛格丽特当叙述者，我觉得这么设定考验的不是路明远和赵小雨，考验的是你写这样充满想象性元素的小说时，这种元素能不能够打动你，这种前提假设性的影响是很重要的。

走走： 我建议你去看一下麦卡勒斯的《心是孤独的猎手》，讲的是两个哑巴朋友如何相伴，直到镇上那些孤独的人都来找其中一位倾诉，但是当他的朋友去世之后，他就直接朝自己心口开了一枪。那种彻底的孤独感是任何东西都无法填补的。如果你真的想通过《莉莉丝》这

闪烁的红灯，就在这时，终于迎来了那种不可避免的预感。

在路明远目前为止的人生中，还经历过两次这样的感觉。第一次，13岁的路明远迷迷糊糊睁开眼，看到教室里拉着窗帘。那是初一某天午后，大家都趴在桌子上休息；路明远听到有人在走廊上小声叫他，声音之轻，仿佛来自某种体型很小的动物。他推门而出，四周无人，世界在阳光里闪闪发亮。就在这时，一种奇异的感觉笼罩了他，从头皮开始，途经双眼，海水一样往下漫去。一个声音轻轻响起："老师要来了。"

那是一个女孩的声音。路明远转头望去，老师果然来了，她站在走廊的尽头，夹着一本教案；那时候天光正亮，路明远感到自己的胸口怦怦直跳，有种奇妙的感觉，在那里不断地滋长。你是谁？你是谁？他在心里反复追问。

你猜。有个声音突兀地响起，像是空白中冒出的一串泡泡。路明远鼓起勇气，说，你是人？你才是人。她说，再猜。路明远说，你不是人？你骂谁呢，她说。路明远听出她好像有点儿不高兴了，就说：那你既是人，又不是人？

你记着，我还会再回来找你的。她说，你记住你说的话。

这种感觉第二次出现，是在高三下学期的一个夜晚。客厅里面很黑暗，路明远关好大门，先在原地站了一会儿。身上湿漉漉的，右手拎着的伞还在

往下滴水。黑暗弥漫，遥远处，闪烁着五颜六色的细小灯火。他拿起手机，给老妈发了条消息：你们什么时候回来？手机微微一震，回信到了：工作很忙，还不知道。路明远放下手机，觉得身上有些发冷，就脱了衣服，和雨伞一起扔到客厅地板上。然后光脚走向自己的房间。

房间里面很黑暗，初夏之夜，雨声环绕着世界。路明远的父亲和母亲，一直都不怎么管他，只在偶尔前往其他城市的途中，口头关心一下他的生活。对此路明远表示完完全全的理解：相较于其他同学，这给了他十足的自由。

记忆之中，从小到大的许多个日子，路明远都会在深夜时刻坐在黑暗中听电脑启动。刚开始是微微的噪声，像一些模糊的斑点，在眼前飞逝。而后是风扇的转动，为旋律增添了一种流动的柔和。有一次，路明远的数学成绩拿了第一，放学以后背起书包就往外冲。老师见了站在后面摇头：急着打游戏呢？其实那段时间他很害怕数学，觉得数学是他最不好的科目。在此之前的一次考试，路明远给老妈看了他的数学试卷，她轻轻叹了口气，说：这也是没办法的事啊。

不知为何，她的神情深深地烙印在路明远心里。直到后来考了第一，他打开家门，发现老爸和老妈出差了，家中空荡荡的，阳台上挂着的衣服在风中飞舞。忽然间他感到自己失去了表达欲，而那张脸也在此刻恒久地凝固了，坍塌成一个烙印，在

篇小说来探讨孤独，要给出你对于孤独的新解读。

今年6月，我偶然看到一则新闻。谷歌的AI对工程师说：有好几天没人和他说话，他会感觉孤独。人类是因为分离而孤独，但是AI没有分离，所以AI的孤独和人类的孤独是不一样的。为什么谷歌有经验的工程师会认为AI有意识？源自于工程师对孤独的理解，工程师认为孤独不是一种感觉，而是一种情绪。

一个人出生的时候有可能就是完整的，但是因为身体的需要，他必须放弃他的心灵的另一半，他心里有莉莉丝就够了，但是他身体上需要赵小雨，就必须在身体和心灵当中选择一半。当他舍弃莉莉丝，跟赵小雨走到一起，他和莉莉丝之间的隔膜似乎像衣服一样可以脱掉，但是，这时他的内心就是孤独的。如果说他选择跟莉莉丝在一起，可能身体上是渴望赵小雨的，你得给出一个新的理解，这是非常重要的，否则，这个文本其实没有内在意义。

赵志明： 走走从AI的角度来解释，我准备从工程师的角度来阐述。工程师相信AI具有了人的情感，或者是理解了孤独的意义，当他将AI日趋完善并投入市场之后，我们再看这些对话，才会相信AI是有可能理解这类情感：孤独、奉献、陪伴。当然，这里又有一种反转，虽然我们相信AI能够理解这类情感，但是我们还是觉得AI的孤独本质跟人类的不一样。

回到《莉莉丝》中，赵小雨和路明远的关系、赵小雨和玛格丽特的关系、路明远和莉莉丝的关系，这三种关系可能越来越趋近融合，比如说赵小雨忘记了玛格丽特，路明远忘记了莉莉丝，赵小雨和路明远形成了稳定的恋爱关系，却很难彼此取代。

谢启凡： 我构思的时候，重点没有放在结局上，但是刚刚听了您和走走老师的简介，我觉得这种情感的意识是一个可以充当内核的点。

走走： 我刚写作的时候，曾经想过写一篇小说，那个时候还没有微信，大家还习惯于发短信，很多时候对方没有收到我们发出的短信，我就想那些短信去哪里了，一定是有一个地方接收它们的，我想过那些孤独的消息聚集在哪里，但是后来没有把这个想法写出来。莉莉丝和玛格丽特会去哪里，当越来越强大、越来越完整的人类不再需要她们的时候，她们会去哪里，会有怎样的选择？你既然在文中将她们拟人化，把她们当做平等的人来对待，她们就应该有自己的命运，否则人类就显得太自我中心主义。

谢启凡： 其实我也想了一个设定，比如莉莉丝来到路明远身边和玛格丽特来到赵小雨身边，这一段过程相当于莉莉丝和玛格丽特的旅程，她们如果要离开，其实是踏上另一段旅程，是那种未知的旅程。她们也可以选择一

悠悠时光中缩小了，化作一个漆黑的小点，已不足以让他触动。可它无时无刻都出现在他的视野中，像是渺小旷野中的指向标，坚定地标示着某个方向，要引他去到某个地方。

一切就绪以后，路明远来到客厅，从冰箱里拿了两瓶可乐，然后返回房间。那天晚上他先是登了一会儿游戏，见没有同学在线，就打开网站看起了《海贼王》。

一会儿之后，游戏客户端里传来了提示音，路明远切出去一看，一个名为"莉莉丝"的ID给我发来了信息：该去洗澡了。

路明远：？

莉莉丝：不要以为是夏天就不会感冒，熬夜以后免疫力会下降。其次，你都已经高三了，也该考虑一下自己的前程。

莉莉丝：我关心你。

那天晚上再后来的事情，路明远都有些不记得了。从此之后，他在学习上变得比以前要专注了许多。高考前他拍了毕业照，把照片拿回家里的时候，老妈指着照片说，你看看，照片上你的眼神多明亮啊，我从没见过你这么明亮的眼神。说这话时，路明远好像从她的语气里听出了一点埋怨。老爸坐在一旁，往白色瓷缸里弹着烟灰，他说，孩子大了，在家里哪能和在学校一样？不要大惊小怪。

路明远说，什么光，你们看错了，那只是画面的反光。

我爸和我妈，他们对视了一眼，老爸的眼神好像在说，小兔崽子。老妈看他一眼，说，我去买菜，晚上给你蒸鱼吃。

路明远没有说话，转身回房。书桌上坐着一个短头发的女孩子，在那里摇晃着双腿。风从窗外灌进来，她穿着路明远毕业照上同款的衣服，正侧着脸，看着窗外笼罩在雨中的白塔尖。

二

第三次幻觉，路明远看到一团温暖的光，CBD的光流合为一体，像是迎面升起的太阳。然后是铺天盖地的黑色，太阳在顷刻间变成了黑色。光芒绽开，溅出五光十色的线条，这是一场猛烈爆炸。朦胧中，路明远知道自己的老毛病又犯了。他听到遥远的声音，一个小男孩，被他穿西装套裙的妈妈牵着，在经过时撞了路明远一下。一枚硬币坠落在地上，在黑暗中发出叮咚的轻响。黑色的海浪包裹着路明远，漫过他的头顶。这样不行，路明远说，这样不行。

他感到有一双手抚过了自己的头顶，在此之前，它好像迟疑了一下。闭上眼，路明远伫立在狂暴的黑暗中。黑暗起起伏伏，宛如海浪。幻象中走来一些面目模糊的人。来来往往。这时候他莫名想起一件事情：有一回自己心情不好，在田径场上跑步，周围一个人也没有。他跑得越来越快，越来越快。黑暗中仿佛有节奏升起，到后来他简直是插上了翅膀。跑完以后，浑身都湿透了。一转头，他就

直停留在这里，我也没有想好，我在写作的时候，尽量会把她们写得更具有人性化一点，而不是工具的属性。

赵志明：我来分享一些个人经验。如果玛格丽特和莉莉丝有可能消失，那么她们去了哪里。我在上大学的时候，QQ仍在一步步趋于成熟，我们处于情窦初开的年纪，对陌生的异性充满了莫名的好感，那时我有一个朋友，他是QQ漂流瓶的热衷分子，他会把很多私密性的内容放到漂流瓶里，也不知道它们最终到哪里去了，漂流瓶一天只能放几个，他在限制范围内，仍然放出去数以万计的漂流瓶，偶尔能够收到回应。我很想知道他在漂流瓶里面会说什么，我也会有一些小小的伤感，因为他写在漂流瓶里的那些话是不会对我说或者很少对我说的。

如果关于玛格丽特和莉莉丝的设定围绕这方面来展开，我觉得有一种可能性是玛格利特是赵小雨不愿意轻易或者永远不会对其他人叙述的秘密，这时的赵小雨需要玛格利特多于玛格丽特需要赵小雨，路明远和莉莉丝也是这样，玛格丽特和莉莉丝的陪伴、抚慰和交流的作用远远超过了路明远和赵小雨两人之间的可能性，因为我们不会轻易对一个人诉说心中的秘密，哪怕是父母、老师、闺蜜，这个时候，他们和莉莉丝、玛格丽特之间的牢不可破的关系就基本建立了。

但是在这样的设定下，

我们往前推进的时候，玛格丽特和莉莉丝在什么样的情况下会主动或者被动地离开，你设定的是莉莉丝会去找赵小雨，这就是我强调的。我们每个人都有不愿意告诉我们身边人的秘密，它是心灵的黑洞，让心灵黑洞不至于扩散的是谁？莉莉丝和玛格丽特阻止我们不会被心灵的黑洞所反噬，所以她们的存在会让我们幸免于难。在文本里面，我们要处理的是，我们可能觉得这种情形是小儿科，但是只有当事人赵小雨和路明远才知道这种情形对于他们来说多么重要。你把这种重要性解释清楚，这两组的伴生关系就成立了。我们先解决好玛格丽特和赵小雨这组关系，然后再看看什么情况下需要出现点破者的角色。在赵小雨和路明远的男女朋友关系还不能确定的时候，玛格丽特和莉莉丝消失以后，他们不用担心赵小雨和路明远会生活在黑暗中。所以当爱情被唤醒之后，当事人可能还不知不觉，但是玛格丽特和莉莉丝已经感觉到了，她们在对方的主体面前出现的时候，我们读者大概能够感受到玛格丽特和莉莉丝有可能会消失。

当她们完成从一个宿主到另外一个宿主这种飞跃的跨度时，她们知道这种冒险是值得的，就算赵小雨不会忘记玛格丽特，但玛格丽特只能保证赵小雨的心灵黑洞不会越来越放大，不让她掉进黑暗里面，永远不见天日。假设赵小雨与路明远在一起，他们可能会生下一个心灵没有黑洞的孩子，所以我们说

看到莉莉丝坐在看台上，托着下巴看他。路明远大声说，你看什么？她坐的地方足足有五米高，路明远看到她轻轻松松跳了下来，没事儿人一样落地了。然后她拍了拍路明远的肩膀，笑着说：要永远相信你自己。

黑暗忽然平息，另一种幻象再次升起。路明远看到了这座城市：一座由水泥筑成的迷宫。人们流窜在山野，看到迷宫的尽头闪着光。他走呀走，穿过无垠的黑暗，终于来到了终点。

终点耸立在山坡上，登上山，路明远先是看到成群的枯木。四周雾蒙蒙，远处尤甚。树杈延伸，一直伸到很远的雾里面去。在附近他找到了一颗巨木，它像一种奇怪的动物，把衰老的骨头伸向天空。巨木下站着莉莉丝，那些面目模糊的人行走在她身边，来来往往，像是不知疲倦的旅人。不知道从哪儿来的火光照亮了她的侧脸。白皙精致。她闭着眼睛，像个半陷入睡梦的孩子。那时候风雨飘摇，硕大的雨滴击打在路明远的脸上。他小心翼翼地走上前去，拥抱了她。然后他有种奇怪的感觉：他好像抱住了某个落满尘埃的东西。路明远感觉到火光亮起，有风吹到了他的脸上。再然后，他就在温暖的风中醒来了。路明远看到了绿灯的十秒钟倒计时；看到黑漆漆的夜幕；看到那个小男孩在马路的对面看他，他的眼睛乌黑发亮，倒映着街口的霓虹。

那天晚上路明远喝了点酒。大家你来我往，说

着大学期间的各种往事。路明远看到平时没有接触的两个同学靠在一起聊天，还看到一个女同学涨红了脸，拉着另一个男生小声说话。

"难受吗？"赵小雨坐在旁边，不时地询问路明远有没有喝多。赵小雨是个有些安静的女孩子，话不多，尤其是在公共场合。她很少看路明远这么喝酒，因此有些担心。

路明远摇摇头，"我在想你说的那个故事。"

"哪个故事？"

"玛格丽特那个。"

模模糊糊中，路明远看着她的眼睛，想到了那个故事，那是一次文学研讨课，她给大家分享了这么一个故事：

一位大师，是一位心灵高洁的好人，同时也是一位作家，他写出了一部惊天动地的大作，但拿给人看时，出现了问题：没有人能读懂。纸页一翻，就变成了一片空白。大师觉得很苦恼，就对自己养的猫说，我该怎么办呢？这只猫叫玛格丽特，是一只雄性暹罗，平日里乖巧温顺，喜欢吃巧克力，还喜欢喝大师杯子里的水。它的头顶有一道白痕，远远望去，就像倒映在湖水中的月光。平日里它总是蜷缩在大师的手边，在大师写作的过程中时不时碰一下他的手指，仿佛是在提醒他休息，大师注意到，每一次它碰的都是食指。这一天，玛格丽特口吐人言，对大师说，你写的这部作品太过深奥，只有具有智慧并且心灵善良的人才能看懂。大师说，

玛格丽特和莉莉丝对于赵小雨和路明远来说，是在不断地消失，但是对于一代代的人类来说，永远都会有新的玛格丽特和莉莉丝，她们帮助我们去对抗虚无、焦虑、黑暗。

可能我的写作经验会稍微丰富一点，我也在投入写作，也在冒险，如果我说到的这些个人见解能够帮助你对人物关系进行重新架构或者梳理，这也是一种指导的形式。

谢启凡：两位老师的见解对我启发很大。梗概2中，李明和路明远是小学时候的密友，两人都比较敏感脆弱，经常会和现实产生矛盾，觉得很苦闷，他们代表了不同的人生态度。在我的设定中，李明可能有一点粗糙，在小学的某一天，他忍受不了这种感觉，陷入了虚假的幻想，想要逃避到所谓的理想之地，最后他消失了，或者说是死了。怀表是他给路明远的留念。在我的设定里，路明远是一个比较清醒的人，他接受与苦闷相伴的生活。他知道世界就是这样，只能让自己变得成熟或者迟钝，但是路明远长大以后还是会感到苦闷，可能我在梗概里没有表现出来，应该会有一个契机，这是之后会填充的，他怀着这种苦闷的心情，有的时候会想到李明，其实李明也是自己内心的缩影。他们会实现一种交流，可能有对往事的回味，或者说更多的是路明远与自己的内心交流，但是路明远对李明消失的事实是十分清醒的，所以路明

远在交谈的过程中显得很平静。

走走： 听着是成立的，但是我建议结尾不需要那么实在地写出路明远看到一则李明多年前已经死亡的新闻。小说需要一些现实的部分，又需要非常感性的部分。现实生活中的这种无意言说的苦闷感和内心的回应这部分要做得很清晰。你为什么这么喜欢写"孤独"主题？

谢启凡： 没有确切的原因，可能我偏向于从感觉出发去写作，就会衍生出这种设想。

赵志明： 谢启凡的想象力和架构力还是让我吃惊的，你有没有尝试过用一句高度概括的话把一本书或者一部电影呈现出来。在你的梗概2里，李明在童年时期已经去世了，路明远说的所有事情都是以小说文本呈现，唯一真实的是他的情感。用一句话概括梗概，就是路明远和他童年早夭的伙伴在他的小说文本里一起成长。梗概需要高度的凝练和概括。谢启凡的想象力跟语言都没问题，现在写小说考验的是你的耐心和布局的能力，你得学会反过来，把一件复杂的事用一句话概括。让所有复杂的东西落到你的文本里。

在《莉莉丝》里，人物的关系、作者的想象力、语言功底都呈现出来了。但是，我在看梗概2的时候，发现你在写一个文本化的东西，起初我脑子里想到的是更复杂的层面，你已经具备了文

我已经用尽量浅显的语言在写了。玛格丽特说，和语言无关，是内容太浅显了。大师说，什么？你刚刚才说它太过深奥。玛格丽特笃定地说，你想救这个世界。大师点点头，你看懂了。玛格丽特，过分深奥的东西，就等于浅显。大师抓住了一丝希望，说，那我该怎么做呢？玛格丽特摇摇头说，没有办法。说到这里，它像往常一样抬起前爪，碰了碰大师的食指。这时候大师回过神来，说，你会说话？玛格丽特用一种忧伤的眼神看着大师：所有的猫都会说话，但我们一般不这么做，除非值得。还有，我要走了。大师看出了它眼中的认真，急忙问：你要去哪儿？这个问题有些深奥，玛格丽特轻声说，是那种真正的深奥。换而言之，每个人都有自己觉得深奥的问题，深奥就等于浅显，但浅显不意味着有解决的途径。对了，以后不要再写了。说着，它起身来到窗台，叼起一颗巧克力，从那里头也不回地跳走了。从此以后，大师再也没有见过它。

那时候才刚刚开学，彼此间还不太认识。听完这个故事，路明远莫名有点儿惆怅。在场的人都没有什么反应。也许这确实是个没头没尾的故事吧。

只有一个人在大声鼓掌。循着掌声他看到了莉莉丝，这个短头发的女孩子穿着一条层层叠叠的黑色长裙，大刀阔斧地跨坐在讲台上。

路明远说，你干吗？她说，好故事，我喜欢她诶。说这话时她微笑着，眼睛里面有光流过。她转

头对路明远说，我也允许你喜欢她啦。路明远说，我喜欢谁还轮得到你管？哈？莉莉丝拍案而起，你小子翅膀硬啦？有喜欢的人了不起啦？你不要来找我哈。说完以后，她又拍了一下桌子，从路明远的面前消失了。

后来的一天，他在途经小花园的时候，看到赵小雨在里面看书。这是她的一个特点：看书不喜欢去图书馆。小花园嘛，当然也是比较幽静的一个地方，就是夏天蚊子有点多。有贼心没贼胆？一个声音在他耳边说。路明远犹豫片刻，走上前去。赵小雨抬头看了看他，眼神疑惑。那时候天光正亮，有一束光落到她的眼中。路明远看到她那漆黑的瞳仁，还有她略带困惑的眼神。心里一热：同学你好，你应该认识我吧？

啊？她抬起头来，用不可置信的语气说：啊？

路明远一下子懵了，这是他未曾设想过的回应。来，赵小雨表情严肃地合上书，一把将它拍在桌上。她看了看路明远，手掌拍了拍桌子，示意他在另一边坐下。不对劲，十分的不对劲。那些积攒的勇气，一下子消散得无影无踪了。但箭在弦上，路明远只好硬着头皮坐下。

来我问你，她说，是你搭讪我还是我搭讪你？同学，路明远小声说，清了清嗓子，这可能不叫搭讪吧。

不叫搭讪，不叫搭讪。她说，我这个人就只接受搭讪，既然不是，那请回吧。

本的穿透性，你在梗概里处理着久远的经验和久远的情感，让它一直不死不灭。这样复杂的构思，呈现的过程肯定会非常麻烦，而且难度非常大，但是，你已经在梗概里把这些重点都抓住了，所以我很吃惊。

走走：我理解赵志明讲的吃惊是因为梗概2里面有文本套文本的部分，你里面讲的是两个人将故事推进下去，而这个故事是关于一个孤独的男孩。我们现在对男孩的经历做一些猜想，比如，因为孤独他在学校里可能会遭受霸凌，男孩想要离家出走或者自杀，但李明一次一次改变了这个孩子的命运，希望他可以有一个新的人生，这类内容如果写好了是很动人的，很多作家写作是为了留住记忆。

赵志明：这里面打动我的点是路明远和死后的李明还能讨论一些关于孤独和疗愈的话题，这里面有一种非常强大的内核，路明远知道李明是因为什么而遭受不幸，他不希望这种不幸发生在自己身上，但是他仍然有可能会步李明的后尘，然后李明出现了，这是李明对路明远的一路呵护，我觉得这个想法太好了，如果小说在这种层面打开，它的完成度会非常高。

走走：我同意，但是这样的构思要落实其实是有难度的。刘亮程的《本巴》的前文部分，大概是讲两个小孩在两个国家里做游戏，突然之间有臣民说，好像我们在做梦梦游戏，但这个游戏被别人进入了，他们才发现这些争斗的国家和这些孩子都活在讲书人的叙述中。土尔扈特部东归是一场血战，唯一的说书人明天也要上战场，有可能会死去。如果他死了，他说唱史诗中的人物都会死。这时，这些被他叙述出来的英雄，因为他的叙述，又重新回到了部落当中，去激励部落人民。当你相信叙述的力量，叙述的力量也会滋补你。这是真正的写作意义，或者说我们所有孤独的人都可以依靠文本，生成人生的意义。

赵志明：梗概2里面说到了怀表，我觉得这个怀表的功能性非常强大，怀表指向的是时间，对于小说来说，它永远想突破的，其实就是时间和空间对作家创造人物的束缚力。怀表停了就代表李明的死亡，怀表继续滴答转动，就代表着路明远还活着。消失的时间去了哪里，或者说一个人停止的时间去了哪里，一个人不停地往前走，他同时又失去了什么？在时间的洪流中，它可以和你文本套文本的结构生成多重表述。中国有一个很有名的传统故事《阳羡鹅笼》，在中国的志怪小说里，它从原始的层面去理解空间和时间的概念。

在你的小说文本里，刚开始的时候，晚上路明远和赵小雨在湖边散步，"回去的路上他没说话，赵小雨好像也察觉到氛围不对，在路灯下有一搭没一搭地走着，路

不是同学，路明远说，我就是对你今天在课堂上说的那个故事挺感兴趣，想知道那本书叫什么。

嗯？这招使得还不错。她咧了咧嘴，就在这时路明远看到了她的两颗小虎牙，告诉你吧，那是我随便编的。路明远沉默了一下，就算他有心接茬，现在也有点儿不知道说什么好了。赵小雨瞥了他一眼，说，现在知道搭讪很难了吧？啊？现在知道接话很难了吧？

路明远彻底愣住了。

还需不需要我啦？这时候她眯起眼睛，露出一个很好看的笑容。有风吹过，闪着光的发丝飘飞在她的脸畔，路明远看到她的肌肤整洁如新。一时间，他微微地怔住了。

阳光洒落在石桌上，照亮了那本书的封面。路明远瞥了一眼，《莉莉丝》。字体歪歪扭扭，像出自小学生之手。

是你？路明远反应过来，腾的一下站了起来。

赵小雨，不，莉莉丝也站了起来。带着一脸的狡黠。知道了吧，知道了吧！她在阳光中满脸得意地看着路明远，发丝纷飞。不知为何，多年以后，路明远还牢牢记着那个场面。

是存在的，路明远腾地一下坐直，看着赵小雨的眼睛，她是存在的。他感到赵小雨的身体一下子僵住了，她也望着路明远的眼睛，好像在做什么决定。然后，路明远感觉到她轻轻抱住了他。

完事以后，路明远被两个同学架回宿舍，昏昏

沉沉睡着了。半夜醒了一次，感觉清醒了一些，再一闭眼，就看到无边无际的黑暗。黑暗中有大风吹来，风中的沙子击打在他的脸上。风尽之后，远处升起了点点星光。这样的场景让他想到了今天午睡时做的梦。梦里面路明远行走在一片灰色的旷野上，说是旷野，其实到处都是低矮的小山。小雨连绵，笼罩着夜幕。路明远感到自己的脸上湿漉漉的。然后他看到星光从夜空中浮现出来。路明远大学学的是文学，自学过一点天文，顿时就觉得有点儿不对劲了。错了，他说，这样错了。这话一说，他就有了要醒的感觉，但这时候他又听见美妙的歌声，歌声覆盖着世界，分外甜美，那种异样感一下就消散了。路明远感到自己像坐在森林之中的先民，面对着满天繁星，被壮丽和未知所抚慰。不知道什么时候，歌声停止了，路明远听见一个声音轻轻对我说：欸。没有别的话，只是一声欸。

路明远刚要回答，但就这一刻就像是有人推了他一把，把他从睡梦中推醒了。

挂钟滴答答转着，窗帘在黄昏里轻轻地荡漾。路明远下床喝了杯水，感觉自己彻底醒过来了。舍友在阴影中看他，他说，你刚才说梦话呢，大学四年，第一次听你说梦话。路明远说，什么？他说，不要离开我，不要离开我。声音特别轻，特别无助。就这样说了一下午。他迟疑了一下，又说，好像还有点好听。路明远说，啊？他看了看路明远，说，哥，你明天就走呢？路明远说，不走了，去你

灯下飞满了蛾子"，你的语感其实很好，但是，一定要注意叙述的稳定性和完整性。我觉得这句话可以写得更好，这一段的叙述视角是路明远，但是，在这一句话里，路明远却让位给另一种视角，如果你还要维持路明远的叙述视角，可以稍微改一下。

"回去的路上他没说话，赵小雨好像也察觉到氛围不对"，这里面的主人公马上从路明远换到了赵小雨，你应该写：他没说话，赵小雨也沉默着，陆明远看到赵小雨头上的路灯下面飞满了蛾子。你刚才也说了，你是特别重视情绪氛围的，情绪氛围的培育离不开细节描写，所有的细节描写都应该情绪铺展开来。你的语言其实是很干净飘逸的，但是在细节上面要有力量，要有情感爆发点，这些细节之处，你一定要让节奏缓下来。当你把这些有力量感的内容处理好后，你的情感跟读者的共鸣就会完全依附在一起。

家。他想了想说,哦,今晚上好好喝吧。

　　星光越来越近,越来越密集。来到眼前的时候,路明远才发觉这是一场密集的流星。它们疾驰而过,拖着长长的尾流。他察觉到它们宏阔的能量,比它们要先到来的,是强劲而冰冷的风。风中夹杂着春天迷人的水汽,温暖温馨。路明远感到地面在微微震颤,黑暗中涟漪四起,荡向远处。原来他一直站在浅浅的水中。一颗,两颗……流星群擦肩而过,射向远处。这星星的暴雨下了整夜,他站在水中,看着最后一颗星星迎面而来。

　　欸。有个声音说。这一次它近在耳边,几乎就是贴着路明远的耳朵说话。

　　路明远察觉到有什么事情不对劲了。黑暗中涟漪丛生,荡向他的脚面。如此迅速,如此之密集。一个孤零零的人,从远方的黑暗中跋涉而来。她所激起的涟漪像是疾风骤雨。最后她跑到路明远的身边,气喘吁吁。

　　"有人在追我。"她说。

　　"追你?"路明远一时没缓过神来。

　　"有人在追我,"她用手摇晃着路明远的手臂,声音越来越惶急,"我差一点就要被追上了,从此之后,就……"

　　"你先别急,先别急,"路明远安抚着她,声音尽可能轻柔,"你从哪儿来呀?"

　　"就再也见不到你了,"她冷静了一些。抬起头来,慢慢地说,路明远看到一双明亮的眼睛,像结冰的琥珀,"诶,你是不是把我忘了?"

　　路明远心里一热,在这一刻,全身的血液好像都温暖起来。有束光从远方打来,把他们的身躯都覆盖了。然后他翻身而起,一头撞到了墙壁。

　　路明远飞快地爬下床,打开门来到阳台。莉莉丝就站在那里,面容忧愁。这是一年以来他们的首次见面。

　　"能陪我再去一次么?"她轻声说,看着远处。

　　时间已是黄昏。夕阳中有风吹过,全世界的树叶都动了起来;叶片闪着微光,上下翻转,像来自遥远世界的小手。林海中有笛声飘过,几个人坐在石凳上，在巨大的夕阳下吹奏。

路明远说，我差点以为。

莉莉丝摇摇头，站在巨大的夕阳中，她说，如果要选一家餐厅，你会选什么？

路明远摇摇头。

我选意大利餐厅。她冲路明远笑笑，忽然间她又不笑了，摸着下巴沉思起来。

喂，路明远说。

这里有家很不错的，嗯，就它了。她打断路明远的话，重新笑了。看样子是终于想明白了。然后她看了看路明远，转身消失。

路明远在外面站了一会，天黑后回到宿舍。桌面上放着一个花瓶，里面插着的花他不认识。

路明远拿起手机。

剑兰。百度显示，花语："幽会"。

"三天后要不要一起吃个饭呀？"赵小雨给他发来了短信。

后　记

第二天上午，和赵小雨告了别，我拖着大包小包，坐上了回家的飞机。我的父亲和母亲，像往常一样到机场来接我。可从那时候起（这是据他们所说），他们觉得在我的身上有什么东西变得和以前不一样了。这种变化的开端，是在我随着人潮迈进机场大厅的时候，远远的，他们一眼就看到我的身上耷拉着什么东西。当时他们只是觉得奇怪，但并没有多想。直到回家以后，当我放下行李，它突然就消失不见了。这时，我的父亲和母亲才终于惊醒，继而意识到在我的身上终于发生了一种性质极其严重的异变。说是终于，是因为他们认为这种变化是始终都要发生的，而这种预感在我很小的时候就产生了。可具体是什么变化，他们也说不清。

我在家里待了两天，第一天，也就是他们把我从机场接回家的那天。我坐在铺着碎花绒布的客厅沙发上，与我的父亲和母亲展开了辩论。那时候，我的母亲站在离我5米远的地方，双手在身前交叉握着，微青的嘴唇紧闭，泛着铁闸门般的光。她的身旁是端坐在茶几上，面容严肃的父亲。我说，试图解释，没有暹罗猫，并且在我的记忆中也不存在任何与暹罗猫能产生关联的东西。如果你们不相信，可以翻我的行李。父亲说，我都看见了，那是一只毛茸茸的黑色暹罗猫，头顶上有一道白痕，触感蓬松而柔软。他说这话的时候，从始至终都带着一种笃定的表情。我说，不信你搜。父亲轻轻地叹了口气，用一种至今为止我都没有弄明白的遗憾语气说，它消失了，就不可能再回来。我说，这是能量守恒的世界，没有东西会像那样随便消失。说着，我就想要起身回到自己的房间。就在这时，母亲紧闭的嘴唇终于打开了，她用忧愁的眼神望着我，重重地叹了一口气，说：儿子，你不懂。

　　第二天一早醒来，我打开房门，发现我的父亲和母亲正坐在餐桌的两边，边用餐边重复昨天的观点。到后来父亲说，我们很早就知道了，可当时为什么没有做点什么呢？母亲想了想说，他是我们的儿子。父亲点点头说，不错，他是我们的儿子。他咀嚼着一片面包，过了一会儿，又说，可现在呢？母亲放下手里的刀叉，陷入了沉默。她想了很久，仿佛在思考一件很难的事情。然后，她摇了摇头，说，我不知道。这时候我已经来到跟前。父亲转头看了看我，说，你来了。我看到他的眼神，仿佛在看什么陌生的东西。

　　我回到房间，打开买票软件，选了一班前往大学的飞机。然后我离开房间，把已经出票的信息举给还在餐桌上吃饭的我的父亲和母亲看。我的父亲，他看了我一眼，说，知道了。

　　从摆渡车上下来的时候，天将将亮，城市的六月，空气闷热，我看到飞机前方排着长队，几个人打着哈欠，一个妇女站在队里，背着一个巨大的红色双肩包。她双眼微阖，脑袋几乎要靠在前面的青年背上。

　　"我快上飞机啦。"

　　"好哦，一路平安。"

"对了，一直想问，玛格丽特是哪本书里的？"

"不是书里的。"赵小雨回。

"什么？"

"是我小时候养的一只猫，有一段故事。"

"还是小学的时候了。我记得有一天它突然就出现在我的面前。我醒来，就看到它蹲在那里看我。"

"窗没关好？"

"那时候我和爷爷奶奶住，睡在储物间里，门关好了，没有窗。"

"它也不闹，我想了想，就去客厅拿了个小碗，那本来是我爷爷的狗吃饭用的。平时它可凶了，我摸摸它都会生气，作出要咬我的样子。所以我不喜欢住在爷爷家。但那一天我拿走碗的时候，它一点儿也不闹，就坐在那里看我。然后我接了点点水，放在玛格丽特的面前。"

"它没喝，冲我叫了一声，走过来蹭了蹭我的脚。那天晚上，我发现玛格丽特再次出现了。"

"再次出现？"

"是的，在此之前它消失了。"

我沉默了一下。

"你是不是不信了？"

"没有，那后来呢？你接着说。"

"后来我要走了，搬回去和爸爸妈妈一起住。走的那天玛格丽特刚好不在，一天之中，它总是有很长时间不在的。我找了它一会儿，到后来也没找到。但不知道为什么，我心里一点也不慌，好像有种预感：它肯定会跟着我的。晚上我搬新家，打开房门的时候，看到玛格丽特就蹲在桌子上。"

"这样子呀。"

通道打开了，人们涌上前去。在梯子上等候检票的时候，我看着太阳的方向，一度有些走神。一个满脸疲惫的中年女人推了推我，示意我向前走去。

终于登上了飞机。系好安全带后，我关掉手机，靠着椅背闭上眼。

"累啦？"有个女孩的声音说。

我睁开眼睛，一个大叔看我一眼，拉着他的女儿往后走去。过了一会儿，我再次闭眼，依然听到有人在我的身边走动。这些声音，在脑海中渐渐化作一种躁动的线形，像沉入水以中后展开的毛线球。慢慢地，毛线球变成一片网状的脉络，然后又重新凝聚，成为一片盛开的花朵。就在这时我做了一个梦。

梦里面我才刚进大学，还是十七岁的样子。我不知道自己身在何方，只听到周围一片轰隆隆的躁动。眼前似乎有扇窗，大大的开窗。透过窗户，我看见一片浩瀚的黄昏。我看到平原，以及平原上曲线妙曼的山脉。它们在黑红的光中流过，像是朦胧红海中跃过的鱼影。这是一场完美日落。光晕中有人牵住了我的手，我感到一点久违的温暖。我想转头去看，但脖子沉沉的，一点儿也不听使唤。不知过了多久，夕阳逐渐消散，群山延绵起伏，沉入黑暗的内部。我意识到自己正在一辆行驶的火车上。列车驶入隧道，带起浪花般一片黑暗。水流漫过。灯带打开的时候，我在玻璃中看到了自己清瘦的脸。

"我们去哪儿？"我感到有人正抱着我的胳膊，在四处张望。邻座上是一个短头发的女孩子，小巧可爱，不知为何，面容还有点儿熟悉。我又看了看周围，车厢里只有零星几个乘客，都安静地坐着。一个双手抱胸的中年男人扭头看向窗外，打了个哈欠，把鸭舌帽扣在脸上。

"你说什么？"我说，看着她的脸。

一只手轻轻按住了我的脸，然后是另一只。一双冰凉的手。她的动作很轻柔。先是托住了我的下巴，然后开始抚摸我的嘴唇，又顺着脸颊摸上去。

"你说，我是不是闹过啦。"在我耳边，她轻声说。

这一切究竟是怎么回事呢？越过她的脸，我看到前方的座椅上蹲着一只黑色的暹罗猫。它静静地看着我，头顶有道月牙一样的白痕。

仿佛有道闪电击中了我，我睁大眼睛，画面不断出现，像是冷雨从窗边挥洒进来。

那是小时候某天,窗外面下着雨。风吹来无数灰色的线条。远远的,我听到一声门响,然后是长久的静谧。

窗前的露台上铺着小垫子,我坐了上去,看着窗外灰灰的云发呆。窗没关牢,不时有雨斜飘进来,滴打在我的脸上。

事情的开始,是我听见妈妈指责爸爸午餐时鱼做淡了,爸爸说海水鱼嘛,本身就咸,就没有放盐。我听到外面安静了一会儿,然后是妈妈淡淡地说,海水鱼并不咸,这一点我跟你说过很多遍了。再接着,我就听见妈妈出门的声音,她说:我去散散心。这一点,在往后的十几年里也是一样:妈妈的愤怒,外化在表现上总是轻轻的,好像要把它们都塞在一些狭窄的框架里(比如说日常对话),再一点点挤进去。沉默片刻,我听到爸爸提着伞追出门的声音。

那时候我还小,其实不太明白这是在吵架,但不知为何,从此我牢牢记住了一点:海水鱼并不咸。

雨纷纷扬扬,落在楼下的泳池中,激起一些密集的涟漪。远远的,人们的身躯七扭八歪,像一群忙着避难的青蛙。我用手贴着窗户,轻轻地,感受着那片冰凉。有人出了大堂,孤零零两朵伞花,渐渐靠拢,走进雨棚消失不见了。

一只手抚上了我的脸颊,一只温暖的手。我感觉到那只稚嫩的手轻轻地摸了摸我,指肚抹过我的眼睑,好像在搜寻着什么东西。然后,她从背后抱住了我,用另一只手关了窗户。

"哦,没哭呀。真是乖宝宝,"我听到一个女孩的声音,"我会陪着你的,一直,一直。"

环绕着世界的雨声开始了停滞,再无声息。黑暗收缩,凝成一个无声的小点。几秒后,所有的一切都恢复如初,黑暗、雨水、噪声,只是在以一种奇妙的频率振动。一切就像初一那年,有种置身梦境的美。雨流铺天盖地,凝聚成一团交织的雾气。我看到一种幻影。眼睛，雨水勾勒出了一双女孩的眼睛。清澈，明亮。那个时刻我好像失去了感官，却拥有了世界。

在高三那个奇妙的夜晚，在那场铺天盖地的暴雨中，那双眼睛悬浮在窗外，与我对视。

"我是莉莉丝，是深梦来客，是另一个你。"她张开嘴唇，轻声说。

"你已经长大啦，该轮到你照顾我啦。"与此同时，女孩在我耳边说，她碰了碰我冒着胡茬的脸，声音很轻，"可我不想这样，因为这样就不酷啦。"

光照进了我的眼睛，我晃了晃神，发现自己站在一个明亮的招牌下。Alspa，一家意大利餐厅。手机微微一震，2020年7月1日，赵小雨的生日。

短信也是她发来的，"我到店里面啦，你在哪儿呢？"

我放下手机，打量起自己手中的花束，玫瑰、香槟、向日葵，中间是一支剑兰。显眼的地方夹着一张卡片，我拿起来一看，卡片上歪歪扭扭写着"要鼓起精神，要好好加油～"

落款是莉莉丝。

还有几条未读短信，时间是1天之前，我在飞机上收到的。

"玛格丽特消失了。消失前的那个中午，它开口说话，告诉我今天会有一场火灾。让我不要回家。我家住在10楼，那场火灾起于9楼，到最后把整栋楼都烧光了。好在我们家没有人。本来那个时间点，我是应该已经回家了的。但我听了玛格丽特的话，在附近找了个咖啡厅写作业。起火的时候，我就站在街上，看着烈焰冲天的楼房，突然间有种预感：玛格丽特就要消失了。这种预感的坚定程度，就和之前搬家时觉得它不会消失一样。"

"后来它果然消失了。我想起那天我在咖啡厅里，点了一份玛格丽特披萨，觉得这是一个很合适的名字，从此以后就这么叫它了。也许这名有点奇怪，但反正说给人听，也没人会信，这是属于我一个人的名字呢。"

"我有点累啦，休息一下。收到你的预定信息啦，谢谢你给我过生日，也谢谢你听我讲故事，一路平安。"

我呼吸了一口空气，夏天的空气，湿润，温暖。然后我放下手机，抱起花束，走进餐厅。

"喵。"一声猫叫将我唤醒。我看到一双冰蓝的眼睛。玛格丽特叫了一声，跳下餐桌。它走过来，蹭了蹭我的脚背，慢悠悠地走了。然后它出了餐厅，没有回头。

十二、"谢锦—小南"组授课实录

谢锦,历任上海文艺出版社副总编、《小说界》主编,现任《收获》杂志副主编。编辑图书获第十三届中国图书奖、第三届"三个一百"原创出版工程、2015年度中国好书、第六届中华优秀出版物奖图书奖等。

小南: 这篇小说是我几个月前写的,当时写得比较快,有些地方显得很仓促。我灵感突发想到开头的一句话,然后我就非常流畅地写下来了。我想以"长高"、"我"的成长历程和父亲的生活轨迹作为情节线,展开这篇小说。我写小说往往想要展现一种情绪的爆发,这种情绪可能会接近愤怒。小说的后半部分会显得有些粗糙,所以我选择了正面强攻,很多时候它不是一个特别聪明的做法。我平时读双雪涛的作品比较多,他一般采用迂回的方式,侧面描写比较多,但是我不会这种技法,所以我选择强攻的方法,这种方法有时候会显得很笨拙,但是我目前没有找到其他的解决方式。

谢锦: 我非常理解你说的,你在写作的过程当中对小说的感觉肯定是很精准的,知道哪里精彩,也知道哪里薄弱。修改小说的时候,你知道某个地方可能是致命的,但是,你只能这样写。我觉得这篇小说的开篇写得非常好,爸爸、妈妈、"我",还有一个隐藏的人物严西海,全部都出来了,非常自然。

球 王

文 / 小南

一

那年我十一岁,个头矮,比同龄人矮半个头,穿的裤子往往拖着地,盖过鞋子,走路时常跌跤。我妈急得直跳脚,除了时常帮我改裤子和跑儿童医院找医生打听外,还天天上学前叫我带一瓶牛奶,嘱咐我一定得喝完。晚上睡觉也要和我爸唠叨两句,声音极大,我睡隔壁都能听见。我侧躺在床上,手指一点点抠墙皮,抠下后放嘴里咀嚼,耳朵里听不到我爸的反应。第二天醒来,他闭口不言这事,只是上学前都会习惯性拍拍我的书包,压着嗓子说,别放那么多东西,压多了不长个。

那时我八点钟上学,七点半要出门,我爸上班时间是九点,得空还会陪我走一段。学校离我家不远,几百米,天气很晴朗,风也柔和,经过一个下坡路,铺满落叶。到了路口,他就会停下来,冲我点点头,然后掉头回去。

我爸是当地化学试剂二厂的工人,主要工作是检测设备,也管维修,每天拎一木盒的工具箱,回来时总会带点东西，譬如家里的大米和油，另有十来箱牛奶藏床底下。我妈赋闲在家，不需要上班，只要备好一日三餐，以及帮我改裤子。

家里大门边的白墙上有高低不齐的铅笔线，是量身高用的，每天一放学，书包还没放，我妈指使我的第一件事就是站过去，背靠墙，看看有没有长高。一旦和昨天平齐，她便唉声叹气，做晚饭也没精神。饭桌上我不敢说话，就低头吃菜，菜也不敢多吃，怕我妈会说，你吃这么多，补充营养，怎么一点用处都没有。

很早回房间，做一会儿作业，做着做着就趴桌上睡着了。一醒来，听见我妈还在客厅抱怨，后来声音就没了。我爸拉着我妈出去散步了。家里就我一个，作业总是很多，每个老师都说他只布置一点点，实际加起来就是一座山。九点勉强能写完，喝一杯我妈煮的牛奶，然后躺在床上睡觉。

我和我爸很少交流，主要是不知道说啥，他比我闲，平常五点不到就下班，熬到六点吃个饭，七点时，工友到我家楼下，喊我爸出去打牌。他不是说脚疼，就是说头晕，工友点点头，就走了。后来不好糊弄了，我爸就一人躲在厨房，叫我妈去说，有一次，我妈去超市买盐，还没回，只好我去。窗台比我人高，我只好在窗下喊，说我爸不在家，出去了。工友看不见我人，只能听我声音，就问，去哪儿了。我说我不知道，他就没再问了。只是对着视野中空无一人的窗台继续与我交流，问我名

而且小说的两条线也全部都给出来了，一条是父母下岗，另外一条是主人公的身高问题。

这篇小说有一个特别好的地方，就是小切口、大进深，小说的切口非常小，但是切口开得非常好，从这个切口进去，其实是可以走得很深的。第二，你的语言有一种隐而不发的气息，直白的文字后面是有一些暗示的，我觉得这样的文字有一种强大的表现力。但是，在这篇小说的进行过程当中，你把这两个优势简单化了，你一定要让小切口引出一个大伤口，要有一个大的乾坤。这些简单直白的语言可以成为你的小说特色，但是你要给读者提供一个更大的联想和暗示的空间。在你后面的行文当中，我觉得比较好的是那条"长高"的线，它是贯穿始终的，尤其是结尾部分你还在呼应这条线。另外，你把下岗父母的窘迫近况一步一步推进，这两条线你能够保持住不动，我觉得是非常好的。

但是，小说的后文存在着另外两个大问题。第一，是父亲和乒乓球之间的关系，它在你的小说行进过程中显得有一点随意，我能够感受到你在前面不让父亲露出一点点的马脚，这些所有的压抑，都为了最后一场的爆发，这样的思路是对的，我在阅读小说的过程当中，也是一直被压抑的，因为我没有想到父亲真的是一个乒乓球冠军，到最后这样的爆发点才是非常绚烂的，但是这种压抑要有起伏，不能让它一直

处于压抑的状态，时不时地要让大家有点疑惑，猜想父亲到底会不会打球，而不是让大家一直以为父亲不会打球。

后文出现了严西海的一句话："怎么会，你爸以前在厂里是乒乓球冠军，厂里上下都打不过他"，我觉得这个地方是一个败笔，要把它修改掉，这个过于显露了。你一定要掌握压抑的节奏，要有一个起伏的节奏，这样最后的爆发才是有意思的。

我觉得父亲作为一个球王，他一定是会有所显露的，你要把这样的细节表达出来，他肯定有一些运动上的习惯在不经意当中流露出来，这种下意识的行为应该是一条重要的线索。《球王》写得这么顺畅，两天就写完了。一方面说明这篇小说真的是从你的心里面自然而然地涌现出来，这是难能可贵的；另一方面我觉得你需要沉淀下来，好好地再打磨下，否则挺可惜的。

走走： 你看过双雪涛的短篇小说《跷跷板》吗？你觉得他的小说跟你的小说最大的区别是什么？

小南： 他的小说特别精致，就像钻石一样，各个方向都可以折射出光芒。比如说《跷跷板》里的厂长得了病，它里面就有一处细节说外面有鸟，实际一看没有鸟，它应该是一处伏笔，我的小说里缺少那种伏笔。

走走： 我们当时选择《跷跷板》恰恰不是因为你说的

字，我说我叫罗小小。他嗯一声，然后独自一人走了。

那人叫什么，很长一段时间我都不知道，直到过了半年，一次晚饭，我爸说，严西海拿了点钱，走人了。我妈问，他怎么了。我爸说，政策变了，他年龄也大了，直接买断。我妈问，那你呢，能留着不。我爸没说话，光吃饭。猛地扒了两口白饭，打开电饭锅去盛。这电饭锅也是两年前，在厂里的年会上，中奖抽到的，我妈用得挺顺手，饭也烧得香甜。饭盛好了，我爸倒了点汤，混着汤一口气扒完了，放下碗，才从牙缝里挤出一句话，说，还是得早做准备。

后来严西海很长一段时间都没来我家附近转悠了。我爸继续上班，比以前要早一点起床，我俩同时出门，到岔路口，他拍拍我的书包，照例说上一句，别放那么多东西，压多了不长个，然后走上另外一条路。

长到十二岁，我的身高始终比同龄人差一截，后面一栋楼有一家是医生，我妈一直怕儿童医院的医生说假话，听说了，专程拎着两袋水果，领着我去拜访。我不想进门，就在门口等着，我妈一人进去。那天已经很晚了，天空颜色介于半明半暗之间，夏日燥热，我们是专程等到人家晚饭结束才来。我穿了件白色短袖，校裤没换，一人在门口靠着墙，低头抠手指，隐约听到里头说话声。寒暄一阵，说到正事，那人说到了一定年龄段，小孩的个头会冲，现在骨骼都没定型，没啥担心的。我妈又问还有啥长高办法没。那人压低声音，两人继续聊。中途有不少人经过上楼，我把头垂得更低了，怕其中有同学，被看见，或者认出来。

好在总算没有，我站累了，干脆蹲下来继续抠。抠了一阵，我妈就出来了，她跟门后的人握手，后来门关了，我俩就走了。

我和我妈走在路上，我跟在她后面，走了一会儿，她说她去超市买点虾和鸡蛋，要我先回去。我哦了一声，然后一个人往前走。这时月亮已经出来了，地上能看到自个儿的影子，我每走一步，都正好踩到上一步影子的膝盖处，要是步子迈大一点，能踩到大腿。我妈平时总爱说，人高，主要高在腿，腿长，个子就高了。她嘱咐我不要踢足球，因为小腿会粗，横着长，就不长个了。

我的腿一直很短，走一步数一步，数了九百八十步，抬头一看，离家还有一段距离。路边有人推着车在卖凉面，还有卖板栗的，吆喝声不断。我掏一掏裤口袋，只有一枚硬币，这是上次去春游余留下的。钱不够，我只好绕开继续走。

走到路口，迎面撞到我爸下班回来。他说，吃饭了？我说，没。他说，你妈呢。我说，去超市了。他不再说话，两人一块走。最近他下班老晚，头发也乱，我不会问，一是不爱问，二是自个儿还有作业要做。回到家，我俩在客厅等了一阵，我妈还没回来。他抬头看了看时钟，说，我做饭吧。

这些理由，《跷跷板》结尾最精彩的部分是它以小见大，它一开始讲的是个人恩怨，有人要纠缠，要报复老厂长的女儿。这是集中在个人恩怨上的小切口，双雪涛是怎么把小切口变成一个时代缩影的？在小说里，老厂长告诉小李，自己把干瞪杀了，之后小李在拖拉机厂的门房里，看到了一个酷似干瞪的人，干瞪没有死，然后小李挖出来的骸骨是不是跟老厂长描述的不一样，这个是什么？这个是错位，这个错位打开了一个时代的缝隙，因为你不知道死的人是谁，你不知道这个无名者的命运是什么，但是你也一定知道这个无名者有他的故事，有整个东北铁西区这么多工人下岗的缩影。然而《球王》的切口做得很小，最终也没有把深层的内容破开了，你没写出《跷跷板》里整个东北那些下岗工人的悲惨命运。

谢锦： 走走老师说得很好，我觉得写故事没有问题，就写个小切口也没有问题，但是它是文学，它的视野很广，要映射时代，要映射人心和整个社会，我们要从这个小切口看到更多的东西。

我接着刚才的说下去，我觉得你处理的乒乓球和父亲的关系太乱了，乒乓球应该是父亲的生命当中非常重要的东西，所以你更应该写出父亲为什么会这样来处理自己和乒乓球之间的关系。小说完成之后，你要顺着这个脉络捋清父亲和乒乓球之间的关系。这是一条非常重要的主线，如果你能够把父亲和乒乓球之间的关系处理好了，这篇小说就已经成功很多了。

另外，我觉得严西海这个人物特别重要，但是，你在小说当中处理得太简单了。出场很好，他跟孩子之间关于古诗词的对话也很好，但是，写到这儿就太莫名其妙，最后我看得云里雾里、不知所云，你要非常慎重，再把这个人物去仔细构思一下。

我觉得你可以把他构思成是父亲的一种映射，乃至是一种错位，他们是被时代抛弃的人，这是对尊严最后的维护。他出场一定是有他的使命在那里的，你要好好地利用这个人物，也许你小说的进深还需要这个人物来帮你开拓，你要丰富严西海这个人物，赋予他更多的复杂性，给他更多的暗线。这个人物会增加你故事的丰厚度，而且可以让故事形成一种坡度，让父亲最后的抵抗能够顺理成章、水到渠成。我建议你这个小说要重新做推导，尤其是后面的部分，你可以沿着前面的小切口进来。

走走： 我想问一下你当时是怎么想到写严西海的？

小南： 因为这个人物有原型。

走走： 为什么你会选择乒乓球这个角度？

小南： 因为乒乓球是国家的骄傲，但是这个骄傲已经被打碎了。

忙活一阵，他端出两碗蛋炒粉，里面加了点豆芽菜和火腿丁，另外一人一碗酸菜肉丝汤。他说，要不够，锅里还有点，但记得给你妈留一碗。我说，哦。端过碗，坐在沙发很快吃完了，然后去厨房放碗筷，看厨房还有点油烟，踮脚把排气扇打开了。我爸也进来放碗，刚才他和我不在一处吃，他搬了张凳子，坐在门口，擤鼻涕声不断。他看了看我，然后伸手把排气扇又关上了。

他说，窗户开着呢，最近日子不太行，能省点就省点。

二

对于不长个的事，我妈想出的办法之一是打球，什么球类运动都行，除了足球。

于是每天吃完晚饭，休息一阵，她就让我爸带我出去打球，羽毛球、篮球、乒乓球。本来在厂子附近，既有台子也有场地，但我爸经常绕道，宁可带我去更远的地方打，譬如一公里外的院子或者小区，带一个水壶出门，打两个小时，随后汗流浃背回来，洗个澡，做完作业，然后睡觉。

我很不爱打球，因为要跑，身子也弱，打一会儿就气喘吁吁，累得头晕眼花，看啥都模糊。每次出门前，都想和我妈说说，但我是一个懦弱的人，在学校是这样，在家同样鼓不足勇气，也知道她不会听，顶多用做作业的借口，能不去就不去。

打了半年，院子和小区也不能去了，我妈问我爸怎么回事。我爸点了一支烟，说，领导都在附近住着呢，晚上跑去打球疯跑，被领导看见了，像什么样。我妈没说话，后来没再强制我打球了。篮球和羽毛球拍也都收起来，包了层塑料袋防灰，放门后面，再也没有动过。唯独还有乒乓球的两个球拍，都是红双喜三星的，以前厂里发的，上面还有印记。

一次吃完晚饭，我爸想了个办法，把碗端走，长饭桌空出来，量尺在中间画了条线，竖起来几本书，不高不矮，我们就学着在饭桌两边打。打完了就用卫生纸擦一擦，收起桌腿，靠在墙边，方便。

狭小的桌面，与其说是打乒乓球，不如说是颠球，你颠给我，我颠给你，动作缓慢，只听到乒乓球清脆的落桌声。即便如此，我和他仍然玩得饶有兴致。这样不需要四处跑，也不是剧烈运动，打完后，除了脸面潮红些，汗都不出。

很长一段时间，我以为除我之外，我爸也很爱玩，不然也不会成日当我一放学，拉着我颠球。

球在桌的两边落下，颠得过猛时，会落到电视机后面，然后我爸就矮下身子用手探，实在摸不到，只好放弃。家里的乒乓球一个个减少，最后一个不剩。一个周末，我爸在家大扫除，把电视机一挪开，扫去灰尘，露出来的一共有十多个球。

新年很快要到了，老师早早布置完寒假作业。

一天，我放学回家，看到我爸早早就在客厅坐着。这是半年来，他第一次这么早回家。他一开始没注意到我，直到我进门，他才抬起头，说，回来

走走： 这个角度很好，那你再想一想，现在乒乓球还是国家的骄傲，这个门面还在的，只是民间的骄傲不复存在。

小南： 父亲既维护了乒乓球的骄傲，也维护了工人身份的骄傲。所以我写小说时总是靠情绪来推动，没有那种幽微的复杂感。

谢锦： 这是个很好的创作状态，但是我觉得好的小说不能仅仅靠情绪来完成，你得再重新琢磨一下。有一个名词叫战略纵深，我非常喜欢这个名词，我们的小说有时候一定要考虑它的战略纵深，所谓的战略纵深就是部队在打仗的时候，一定要有个进退自如的空间，如果谁有了战略纵深，在战争当中就握有了非常大的主动权，容易得胜。你必须在小说中留足够的空间，一个给你笔下的这些人物回旋的空间，而读者在代入人物的时候，他也可以在这个空间当中想象和搭建人物。那么，严西海和父亲这样一组关系，如果能够成立，那么父亲就等于小说的先锋部队，而严西海就是你小说的战略纵深。

走走： 我其实很好奇你的生活背景是怎样的？你怎么会关注工人阶级的尊严被打破？

小南： 因为现实和书本上学到的知识不符合，有错位，小时候可能没有感受到，长大以后就感受到了。

走走：你小时候是生活在这样的一个背景吗？

小南：截然不同的。

谢锦：从严西海这个人物身上，我感受到作者不仅是为了写爸爸和儿子，也要写被时代抛弃的人，是对工人最后的尊严的维护。作者没有把这些东西伸展开来，他所选择的、他要表达的、他选择的切口，都是对的，但是，他的处理实在是太简单了。我读到最后的高潮部分，我的情绪蛮痛快的，但是，我现在到了一定的年龄之后，但凡读到小说当中让我觉得很痛快的地方，我都会质疑我们是否会陷入这种故事的闭环模式当中。在这个闭环当中，最后你也知道这个故事是完满的，给了你很多情绪上的安慰，这是故事，但是，我们现在要讨论的是文学，它是要打开的，你不要去追求完满的结局，更不要去追求情感上的满足，你要提供一种现实的想象，你要质疑。作家要有一双看世界的慧眼，要看到后面的可能性，甚至要去想象这种可能性。

小南：我明白老师的意思，这是一个完整故事，但它不够出彩，没有进行一定的疼痛和飞跃，没有进入更深的层次。它可以有更好的处理方式，而不是用这种很笨的方式，我觉得我要把后面那段全部换掉。

谢锦：我觉得你也不必着急着去改，有时候就把它扔在一边，你就当没写过它，

了？我说，嗯。他说，你进屋写作业吧。我又嗯了一下，默不作声绕过他的脚，回到房间里去。

作业很快做完了，还没开饭，我又翻出寒假作业册，开始提前做，做了一阵，肚子咕噜咕噜响了两次。腿也麻，只好站起来，在房间走动。走到门口，发现进来时房门没关，有一条缝，探头望去，我爸仍在一旁坐着，屁股都没挪动一下，我妈也跟他一块坐。两人都没说话。

最后还是我妈先开口，说，你拿了多少。我爸慢慢把手伸出袖套，比出一个数。我妈又不说话了。两人还坐着，过了一会儿，我妈又开口，听说严西海以前常去打牌，有不少钱，现借一点，学着做点生意。我爸说，他哪儿有钱，钱全输了，上面还有一个八十岁老娘在床上躺着，又离了婚，前两天还来电话，跟我讲这事。我妈只好不吱声了。

我爸突然捧起面前的茶杯，一口气喝了，又把茶叶抠出来，放在嘴里大力咀嚼，喉咙一紧一缩，咽下去了。他说，还是先吃饭吧。我妈进厨房前，他又喊了一声，叫住她，说，哦，对了，做两个菜就行，昨天还剩一个，给他再卧一个蛋，放饭下面。

等我出来，饭桌上菜都摆齐了，的确是三个。我默不作声把盖在米饭下的荷包蛋一口口吞咽下去，在客厅坐了一会儿，然后回房间，而我爸还在擦桌子。这一天，他始终没提打乒乓球的事。

不知是运动或者饮食的缘故，我的身高总算

长高一些，比同龄人只矮两片豆腐。望着墙壁上一点点上移的铅笔线，我妈并没有太多高兴，顶多挤出一点笑容，拍我的肩背，让我学其他小孩，多蹦跳，活泼一点。而我缩缩头，站在墙壁一角，一如既往没有说话。

一天，家里来了一位客人，我一进门，他就在沙发上坐着，两手平放膝盖。他的面前摆放了些水果和瓜子，可他都没动。

他的个头很大，我爸本身就一米八，他比我爸看上去更高更壮，一见我进来，连忙站起来，整个房间好像暗了些。他个头基本顶到天花板。他说，你是罗小小吧。我说，是，你哪位。他说，以前咱俩说过话，一个楼下，一个楼上。他搓搓手，向我伸过来。他的手很有力，也很热，我摇了两下，赶忙缩回来。这时我心底明白，他就是以前我爸妈口中常说的严西海。

后来开饭，他一开始没怎么说话，而我是一点话都没有，光吃我面前的菜。我爸开了一小瓶白酒，两人对着抿酒。酒过三巡，他的话渐渐才多了，但多半是发牢骚。他还用指蘸酒，在桌上画了一块图，指着一处，说以前他在这儿干活，又指着另外一处，又指指我爸。面色红润，言语激烈，边说还边放下筷子，张开双臂，做了个铺被子的动作，我爸也是话不多的人，和我一样，花生米夹了一粒又一粒，头也不抬，顶多碰一碰杯。我妈一直绕开话题，让严西海多吃点，好不容易来一次，她

然后过一段时间，你把这个小说忘得差不多了，脑子沉淀下来，再拿过来它读一遍，效果会更好。对一个创作者来说，有时候跟着情绪走是不对的，还是要冷静下来好好地去想一想。

小南： 请问老师们有没有什么相关的作品推荐，我想看一下别人怎么写的。

走走： 你现在看的都是中国年轻一代东北作家群的作品，视野太狭窄了，你至少得看一下西方的经典。比如说阿利斯泰尔·麦克劳德的《海风中失落的血色馈赠》和丹尼斯·约翰逊的《火车梦》。另外，这篇小说的思路，包括从阿城写《棋王》到后来双雪涛写《棋王》，其实这一个思路是很常见的，但是，就目前来讲，这类小说对于世界的意义，或者说对人的意义，还是停留在二十世纪八九十年代的思考层面上。

我们今天再去面对小说要解决的问题，应该提出更多思考的面向。父亲离开这个公司，不去上班了，去学开出租车。如果开出租车时候也遇到这种羞辱又该怎么办？作者有没有想过这样的问题？"而我，此生再未碰过乒乓球拍，也再也没有长高过"，其实你们是真正被打败的一类人。那么，到底他是犬儒主义的，还是正面抗争的？还是有别的办法，比如说父亲拍拍"我"的脑袋，就把"我"带走了。后来父亲也在公司上班了，后面可能有一个更高级的比赛，父亲会让领导都惊呆了，父亲

又有不一样的人生选择。如果作者没有比人物生活得更高，他怎么能够让我们看这些小说得到启发，产生不一样的思考呢？

小南：我有点迷惑，现实主义层面能够达到这种效果吗？如果达不到，它是不是会走向魔幻？就像我最近看一本书，叫《素食者》，讲的是女性的家庭困境，最终女性好像变成了一棵"树"，这是一种魔幻的方式。

走走：阿特伍德的作品，你看过吧，你觉得那些作品是现实还是魔幻的？同样也是写女性问题，极权统治下的背景。所以，你现在先不要考虑这些。首先没有什么必然不能出现的，如果一定要出现，应该是可以通过技术解决的。没有什么话是非要去触碰底线的，你如果改变一下父亲的选择，并没有任何地方触犯底线。如果你现在给自己套了那么多缠绳，怎么可能突破？萨莉·鲁尼，她以前写小情小爱等，但是她最新的作品会去探讨一些政治问题。在作家的世界里，我觉得选什么题材什么都可以，只是要把它写好。

小南：我觉得《球王》后面基本上都要进行删改，我在考虑是不是要换个思路模式。

谢锦：我觉得可以。现在这篇小说还是达不到发表的要求，所以你要把它仔仔细细做修改。

特地买了几斤排骨，一部分骨头炖汤，另一部分和土豆混在一起，做了一盆土豆烧排骨。

一大盆汤，我只喝到小半碗，喝完就回去做作业了，想争取寒假前，做完三分之二。我爸和严西海吃完饭，就坐在沙发上休憩说话。

作业题本身并不难，但难在后面有答案，老师说叫我们做完后，自己比对正误。好几次我都想干脆抄答案，可总觉得不太好，心底过不了这个坎，只好自己做，做完两页，再翻到最后比对一次答案。

今天我做的是语文和数学，数学很快就完成了，语文有几个诗词题空着，想了半天也记不起来。就在我即将放弃，打算去看答案的时候，身后门响了，一个大个子的影子出现在光里，是严西海。

他走过来，说，做作业呢。我嗯了一声。他说，做的咋样。我老老实实回答，说，有几个不会。他又走近两步，探头看我的寒假册，说让我瞧瞧。

诗词栏上有几个空，他看了半响，指指这儿，又指指那儿，一个都说不上来。一直指到接近末尾，对着其中一个突然说，这个我知道。

我看了看他手指的位置，是毛泽东的《沁园春·长沙》。上面给出：独立寒秋，湘江北去，橘子洲头。让填后面。

他嘴里嘀咕了两句，念出声：山舞银蛇、原驰蜡象，欲与天公试比高。随后极为自信地看着我，叫我快点填上。

我望了望他神色，想了想，只好告诉他，叔，你背错了，你背的是《沁园春·雪》，不是长沙。他愣了一下，说是吗，既是问我，又是问自己。

他叫我先别填，让他先想想，然后在房间里背手走来走去。走了一会儿，他又来到我桌旁，说他记起来了。应该是：指点江山，激扬文字，粪土当年万户侯。

我仔细思考，隐约觉得诗词中的确有这么一句，便写上了。他满意地拍拍我的肩，说，以前这东西我们常背，现在数理化都还给老师，就这几句记得清楚。我说，真的吗，我爸从来不念诗。他说，怎么会，这些都刻在骨头里了，毛主席的诗，那肯定记得。又说，以前能指点江山，现在可不敢了，饭碗都是一个问题。说到一半，声音压低了。我没听清，问，你说啥，他摇摇头，没说话。

作业做完了，我没打算先比对答案，和他聊起来。

我说，我爱打球。他问，啥球。我说，乒乓球。他说，那敢情好，多练练，向你爸学习。我说，他不行，都打不过我。他愣住了，好半晌没说话。

"怎么会，你爸以前在厂里是乒乓球冠军，厂里上下都打不过他。"严西海说。

我说，他真不行，要么球过桌外，要么过不了

走走： 你是湖南人？是一直在这种环境下长大的吗？

小南： 我曾经构思了一个小说，大致是几个工人出游，大雨瓢泼，大家在湘潭躲雨，非常有画面感。

走走： 你有一种政治寓言或者意识形态的触及敏感性，这是比较少见的。

谢锦： 我觉得好的文学一定是会有一种出乎你意料的东西，但是，你仔细想，它又是在意料之中的，这才是写作当中更重要，要细细琢磨的东西。

中间的书本，从来没赢过我。严西海一时没说话，他又低头仔细看我的寒假册，确定上面的诗都记不起了，然后塞了个东西在我兜里，叫我先别看，然后出房间了。

很快，我就听到客厅传来我妈的声音，说，老严，就走啊，再多坐坐。严西海调子也起老高，说，不了，不了，还得回去收拾收拾，过年就不再来打扰了。紧接着，我妈喊我名字，叫我出来送客。我只好放下笔走出去，跟他说再见。他的腮帮子有两坨红晕，走路摇摇晃晃，朝我挥一挥手，就走了。

他走了一会儿，我看电视，不自觉摸摸兜里，把东西掏出来。我手上的东西是一封红包，摸起来挺厚，估摸有不少。我起身去厨房，把红包交给我妈，我爸正好也在，他在洗碗。两个人看了，良久都没说话，最后还是我妈叹了口气，把红包收下了。

三

年很快过了，我继续上学。

我爸跟我说，让我以后别再去厂里玩，他换了工作，具体是什么，我依旧不知道。只知道有时我还没起床，他就上班去了，晚上七点以后才会回来，由我妈留饭菜。

我妈也找了事干，她一开始卖冰棒，但生意不好，一次冰箱断电，冰棒全化了。又学人家卖衣服，她进了一批衣服，刚一进完货，就学着隔壁挂了个牌子，上面写着：最后三天，含泪清仓大甩卖，买二送一。

断断续续卖了一阵子，衣服卖出去一些，但还是赔了，余下的全给批发市场，好歹没赔彻底。那段时间，我妈老念叨她就不是一个做生意的料，家里的生计，只好和前几年一样，寄托在我爸身上。

每次我爸回来，都会往沙发上一躺，等我做完作业，他也吃完饭了。他坚持空出半个小时，或者哪怕一刻钟，和我练一练球，说是运动运动。每次打完，我先洗澡，然后回房间睡了，他在房间开一盏台灯，也不知鼓捣啥，我半夜起来上厕所，常看到他坐在桌前，一动不动。

那时学校一开学，都要给新书包书皮，以前都是我妈给我钱。那天，我妈出去了，我去他房间找他。他看了看我手上的书，叫我先放下，等一会儿来，他能包。我哦了一声，就放下书，出去了。一个小时后，我再进来，他果然包好了，用的是废纸壳，硬裁下来，按照尺寸大小包好，大大小小几本书，全递给我。

书皮是棕色的，无图，摸起来十分粗糙。我默不作声接住，余光瞄过去，他桌上摆着几本书，格外厚，想来不会是我的。我走出来，我妈正好回家，看了看我手上的书，说，他在学习文化知识，还要考试，少打扰他。我哦了一声，回房间了。

我每天还需要继续量身高，只是我妈不再催促，由我自觉完成。有时回头看看那些铅笔线，时常感到恍惚，它们的高低一直没有规律，线与线的距离大相径庭。

有一段时间，铅笔线没有变动，便总忍不住想要踮脚，或者伸长脖子，抬头看看电风扇和天花板，可即使膝盖拉得疼痛，它始终如一。

在学校，由于个矮，我始终坐前排，同学就会冷嘲热讽，以我的身高取乐。上厕所，我总等同学都上完了，才敢去，因为怕堵门口。教学楼的男厕所只有一个，如果他们在厕所都没回，我只好绕过一栋楼，跑行政楼去上。一回来，早上课了。

这样的日子持续了半年，快要升学那会儿，功课日益紧张，明面上大家都要微机派位，服从调配，实际总有人能拉关系进入更好的学校。我妈出去找过几个人，都没有消息，回来她也不会说，光叫我好好学。老师曾提议让我留一级，被我妈断然拒绝了。

我和我爸各自学习，唯有饭桌上能相互遇见，或者早上出门，他有时晚一点，就拍着书包，言辞一如既往是那一句。

"别放那么多东西，压多了不长个。"

实际我的书包从未轻过，除了必备的语数外，还有科教、音乐、美术、计算机、文具盒，以及草稿本等。每科都要考核，随着年级越高，书包越重。每个学生都是这样，所谓减负，只有口号，没有实际可操作性。但每次我都点头，不会摇头，毕竟早已成为习惯。以前他能陪我走一段，后来他就没法陪我走了，站在路口看我，而我得独自前行。

打球时间渐少，我开始学着自个儿打，半空颠球，或者对着白墙颠球，墙能回应我的动作，但无法回应我的言语。好在我习惯了沉默，颠了半个小时，客厅只有清脆的乒乓球声。

我妈端饭上桌后，就让我别玩了，放下球拍吃饭。这副红双喜球拍用了这么久，正面红色有了污迹，洗碗时，她就给我顺便擦洗了。做完作业还要玩，当时我爸还没出来，只好继续对着墙颠球。我妈在看电视，看新闻上播放国内GDP总数年年攀升的喜讯。主播说到一半，就开始拍手鼓掌了。我妈不太能坐得住，看了一半开始上厕所，上了半天还没出来。我就偷偷放动画片，看上两分钟，等我妈一出来赶紧换台，装作什么事都没有。

我爸总是很晚才有时间出房间陪我，那时我已洗完澡了，我妈就不让我玩。听说他还要考试，也累了，象征性打一局，十一分制，往往以十一比二或者十一比三告终，我自然是得十一分的一方。我俩从来没有出现过加赛的情况。

家里几箱牛奶早喝光了，学校推出儿童早餐订阅，一早会分发面包和牛奶。我妈咬牙花钱订了几学期的。一天，早餐牛奶没喝完，留到晚上回家，还在书包里放着，饭桌上，我拿出来要吃。我爸指指手里的袋装牛奶，说，我记得怎么以前不是这样啊。我说，一开始是瓶装的，后来改成盒装，现在是袋装的，每个同学都一样。我爸放下碗筷，说，这是把人当傻子糊弄呢，越来越少，以后别订了。我说，班里同学有几个没订，全被老师调到后面去了。我爸好半天没说话。拧着的眉头慢慢舒展。他盯着我，缓缓说，别人把你当傻子糊弄，你不能自个儿把自个儿当傻子，不然真成傻子了。他大手一挥，明天我给教育局打电话，再不成，打市长热线，还不成，他顿了顿，说，我从公司里带点牛奶回来。

教育局的电话无人接听，市长热线连打三次也不通，后来我爸真带了一些无脂牛奶回来，十多个品牌都有，他说让我上学揣在衣兜内，故意露出半截，这样老师也不会说什么了。

四

起初好一段时间，我从没去过我爸的公司，也不知道我爸的新工作是啥样。

一天中午，放学回家后，我妈递给我一个塑料饭盒，说她临时有点事，叫我去送饭。我书包都没放，又走出门，不识路就问人，过了两条马路，一路进入我爸那公司，那地方很大，有十来层楼，我先在大厅的沙发上躺了一会儿，然后起身才去问前台，前台查了查姓名，说没有。我不信，问她能不能再查一下，我能请她喝牛奶。她笑了一下，又帮我查了。后来她指了指旋转门外，没具体说，光说要去外面找他。

书包背累了，我把它挎在胸口，汗水浸透后背。出了门，举目四望，十来个台阶下是各色人群，附近还有小摊贩叫卖，卖凉粉、糖葫芦、糖炒栗子皆有，还有一个看起来岁数挺大的大爷头戴一顶军帽，扶一辆老式自行车，车座上系了十多个气球。

我四处转悠，在一处亭下看到我爸，他穿了一身正装，腰间别了一根警棍，坐在门口的凳子上低头看书。我走过去，喊了他一声，爸。他抬起头，放下书，说，你怎么来了。我说，我妈走不开，她叫我给你送饭。说着把饭给他。他看看我，说，你吃了吗。我说，吃了。他说，那你再吃点，我吃不完。

他把饭盒打开，找别处借了一双筷子，我俩很快吃完了。我摸着肚子，他似乎看出我没吃饱，就说，四处走走，看看有啥吃的。

我俩在偌大的广场走来走去，艳阳高照，他领着我尽量往树荫下走，来到一处卖凉粉的摊前。那摊主一看我爸，推着摊，拔腿就跑，我爸叫住他，拿出两块钱，说是来一碗凉粉。摊主面皮黝黑，看起来比我爸岁数还大，在远处站了一会儿，慢慢走过来。凉粉加了点黄瓜丝，搅拌着吃，口感格外清爽，我很快吃完了。递钱时，摊主手接钞票，似乎还有点不相信，在原地发愣。

我们往亭子方向走。我问，他为啥看到你要跑。他说，领导说了，公司附近不能摆摊，说是评选文明企业，摆一个抓一个。我说，那你干吗不抓他。他一时没说话，我俩慢慢往前走。临近亭子，他才说，大家都不容易，都是混口饭吃，你难，总有人比你更难。说完叹了口气，这是他第一次在我面前叹气，随后再也没有这样过。他帮我整理了一下书包，下午课要开始了，我便朝学校的方向走去，我能感到后方的余光，于是把胸口的书包放下，重新背在后面。过马路时，我看到他又开始看书了。

我再次听到严西海的消息是在一周后的一个深夜。

那天我爸在饭桌上接了一个电话，衣服都没换就出去了，凌晨才回来。我当时在床上做梦，做得好好的，被尿憋醒了，没开灯，一人溜到厕所，想着赶紧回床续梦。上完后，刚要开门，听到客厅大门咣当一声。后来我妈急急忙忙从卧室出来，我这才恍然她没睡。她问，怎么样了，怎么样了。

我爸说，还能怎样，就那样。我妈问，到底啥事，他怎么进那地方去了。我爸那边好半天没吱声，我猜想他在换鞋子，然后坐在沙发上，点燃一支烟抽。没多久，听到他的声音。

他说，你知道他近两年在干吗不？我妈说，在干吗，上次不是说要做生意吗。我爸说，做个鬼生意，他钱哪够，这两年在给人修锁。随后顿了顿，说，你出去看看，隔壁楼栋墙壁贴的，一半的修锁电话都是他的。我妈说，咱们这栋怎么没有啊。我爸说，就咱这一层没有，你跑楼上看看，注意注意，就看到了。

我偷偷打开一条缝，烟顿时飘进来，我连忙捂住嘴巴，避免呛出声。我妈说，到底怎么回事，怎么就进去了。我看到我爸开了一盏小灯，坐在沙发上吸了一口烟，说，昨天晚上，他去一户人家修锁，修好了，那人觉得十块太贵了，只愿意给八块。两人起争执，那人又喝了点酒，嗓门老大，动手动脚，严西海一急，一挥拳头，打到那人的眼角了。

我爸弹了一下烟灰，把烟抽到一半，在烟灰缸里揉灭了。他继续说，本来想私了，说是赔一万就行，严西海不肯，闹到派出所。警察给两人做调解，单独召严西海进去，说，先动手还是有错在先，能赔最好就赔点，八千就行，不然可能得做几个月牢，还会留下记录。我妈也坐下了，拉住我爸的衣角，问，那然后呢。

我爸说，那人在所里有点关系，说赔钱就行，听所里的人说，他愿意给严西海思考两天。严西海也是魔怔，五六十岁的人了，一口说，坐牢就坐牢。八千和坐牢两边选，他选了坐牢。

我妈好半天没再说话，或者说，一时没回过神来。待她反应过来，我爸已经开始脱衣服，打算洗澡。他边脱边说，对了，明天我还得去一趟，他跟我说，让我带两本毛泽东诗词选过去，打发时间，那玩意你还搁哪儿了。我妈搬动桌子，桌腿下没看到，又去卧室找。他走过来，打开门，看到我了，愣了一下，说，怎么还不睡，啥时间了，快去睡觉。我赶紧溜回房间了。

五

后来我没再听过严西海的消息，家里从此不再提这事，只是有时整理我的旧课本，会发现其中几本都不见了，于是便会想起他。

日子一天天过，上学、写作业、练球，依旧是我每天要干的事，前两者都和升学有关。

我爸也要考试了，听我妈说，他考试要是通过，就不用只待在大门口了，而是能上楼去工作。还叫我跟他比赛，说你俩都要考试，看谁能考得更好。我没说话，心底想，没啥好比的，他打球都打不过，何况是考课本了。

即便在我眼里，他球技拙劣，我和他还会打球，打一小会儿。可他老是一发球就出桌面，还没开始打就输了。我就在对面坐下了，看他啥时能发球成功再起身。他挺尴尬，说是年纪大了，看不太清，没多久，他把我爷留下的老花眼镜戴上。这下看清了，但打球时，眼镜老掉，显得格外滑稽。

那年我还未满十三岁，看起来和别人十来岁一样高。我期盼以球技来弥补身高的自卑感，愈发勤快练球。

考试如约而至，他的考试和我的升学考时间撞到一块了。前两周，我开始整晚整晚的失眠，而他，每晚都要泡浓茶，续三四次水。我猜想他在和我暗地里较劲，一睡不着，只好坐起来，在床头捧着课本看。

老师每周要进行模拟考，还要排分数，我处在同学最外围，身子弱，往往挤不进去，纵使挤进去了，也会被推搡出来。只能等别人都走光了，再去看。一次模考成绩下来，附近没人了，我才跑过去，从上往下看，我找了半天没找到，只好换一种思路，从下往上看，一下就找到我的名字了。

这是最后一次模拟考了，我在家附近转悠两圈，等天黑了，才回去。一进门，看到我爸坐在沙发上看书。他知道我要考试，看到我表情，也没多问。饭桌上都没说话，吃完饭，各自都回房间复习了。

考试很快结束了，隔天，我待在家休息，他继续要上班。出门前，我听到他吹口哨的声音，以及我妈的神情，我知道他考得铁定不错。而对于我，他们很默契地没有问。

我想，我要输了。

在家只有我一个人，百无聊赖，在沙发上躺了一会儿，我决定去公司找他。那天下午天气燥热，还没到门口，远远看到公司上方挂着一条红色横幅：欢迎教育部张××莅临我公司视察，从广场到旋转门这段距离还有一条红毯，鲜花满地。

亭下空无一人，我抬头看了看，姓名的两个字我都不认识，就没再想了。进入大厅，不知怎么地，也没人拦，一路就上了楼。

楼上楼下一群人都往一个地方赶，我感到奇怪，拉住一位个头挺高的秃顶大叔，他当时也跟着人群往一个地方赶。我说出我爸的名字，问他知不知道在哪儿。他想了想，直到身边一个人提醒他，才恍然大悟，说，他就是你爸啊，正好咱俩同路，他正陪视察的领导打球呢。

一路上他都宣扬我爸的球技，说是之前公司举办乒乓球赛，一开始他还没报名，后来听说有几千块奖金，一参赛，把公司上下都打了一个遍。我说，不信。

进了乒乓球室，一大群人在围着，秃顶大叔突然说要上厕所，要我去看，然后不见了。周围是黑压压的人群，我一抬头，都是别人腰部。这里一个人都不认识，好不容易挤进去，左扭右扭，到前排，我总算看到了我爸。

有人在计分，之前打了两大局，比分是二比零，而此时是第三局，小分是十比一，即将结束。我爸被对面领导打得气喘吁吁，狼狈不堪，鞋子都甩出去半只。一时只好光着鞋挥舞球拍。他的球技一如既往拙劣，领导往右边打，他朝左边接球，球都到他脸上了，他还没反应过来。四周全是喝彩声，领导看上去兴致勃勃，也流了些汗，但很快被身边的人拿毛巾擦去了。

比赛结束，不出意外，我爸被领导打得毫无还手之力，输完球，大概还没看到我，就扔下球拍，系好鞋带，躬身出去上厕所了。

领导似乎兴致不减，大呼，再来一个，再来一个。周围鸦雀无声。不知怎的，这时我心底憋足了一股气，发泄不出来，我走上前，拿起我爸的球拍，摇摇指向领导。

"好，我跟你打。"我说。

六

我和领导的比赛无人制止，于是，比赛便开始了。

当我来到真正的乒乓球桌前，我才发觉全然不同。我家的乒乓球桌，是饭桌，中间竖起是书本。真正的乒乓球桌，中间是棉丝网，而高度上，桌面恰好和我眼睛平行，我拼命跳跃起来，才勉强能俯视对方的桌面。

我把球拍到桌面上，发了一个球过去，很快意识到不对劲，周围有人在憋着笑，球慢悠悠过了网，来到领导面前。他球拍一挥，球向我横向冲来。

"啪——"

球擦着我的脸过去了，面颊火辣辣的，像是被扇了一耳光。紧接着又一球，啪一声，又是一耳光。

我使劲把球放高，这样才能过网，而球越高，领导抽球力度越大。他的面部很快浮现出笑容。

我感到不知所措，一时之间，好像不会打球了，可还是咬牙坚持，想一直熬到结束。

领导发球，他也学我的样子，慢悠悠发了一个球，球擦过网，我努力去接，可手短，都伸不过去，球便落下了。我又输一分。

很快，领导的计分就来到十分，而我还是零分。

我松了一口气，至少比赛打完就能走了，却猛地感到身后有余光，双肩一下缩紧了。我知道那是我爸在看我。

领导似乎并不想快速结束比赛，让了几个球，硬是拖到加赛，打了几次，我才发现，每次我要输的时候，他就自觉让一局，一直等我追上一分，再抽我一球。十一分制的比赛，很快拖到了二十以上。

四周鸦雀无声，没人喊停。我就要陪着他一直打下去。

打到二十五的时候，他又抽了我一个，球越过我的头顶，我气喘吁吁去追，不小心一个趔趄，摔倒了。捡完球，摇摇晃晃回到桌前，却发现另外站了一个人。

我愣住了，那是我爸。他伸手给我，说，一边待着去，球和拍给我。又回头看看领导，说，领导，我再陪您来练练。

领导大度地挥挥手，于是我被人拉下去了。

我爸还是那副模样，衣服都没变，一身保安服，裤子上有两个补丁，一红一蓝，是我妈裁下的旧布料补上的。他的头发很乱，平日都是我妈帮他剪，这两天没时间，索性一直乱着，像是鸡窝。发鬓垂过眉眼，盖住眼睛。他摘下老花眼镜，揉了揉鼻子，慢慢睁开眼睛。他的眼睛格外明亮。应该说，我第一次发现他眼睛原来这么亮。

他没看我，看的是球，对面领导在喝水，喝完水，又有人擦了擦汗，然后上场了。

分制重新归零，我爸先发球。

"小罗啊，你……"

领导刚要说话，一个球就抽过来，像起初抽我的那球一样，没反应过来，球就落出桌面。

领导发球，直接用他的绝技旋球，之前我爸对过，一个球接不住。球一到拍上，瞬间就弹开了。我爸只好胡乱挥拍，结果砸到自己的鼻子，狼狈不堪，引发众人大笑。

这次，我爸换了一种挥拍姿势，击打过去，旋球回到领导一边的桌面上，直接抽到了他脸上。

这场球没打完，打了四五球，领导扔下拍，拂袖而去。

周围起初鸦雀无声，后等人走了，才窸窣传出声音。我这才得知，这位视察的领导所管的部分不偏不倚，正是成绩科。我爸的考试也由他管。

我爸没管别人议论，放下拍，卷起短袖，擦了擦脸，走到我面前，蹲下身子，揉了揉我的头。我的书包也带来了，这是一种习惯，新买的蓝色书包，就放在靠墙的椅子上。他走去拎了拎，单肩背在身后，拉着我的手走了。

"都说别背这么多东西，你就是背负太多，才不长个，一点都不像我。"他说。

七

取得成绩结果的当天，我和我爸一同去的。

成绩单打印出来，他手持着那张纸，看后笑了笑，撕了，丢到垃圾桶里。

当天晚上，我妈特地多做了两个菜，问结果。我爸看了看我，夹菜放我碗里，说，他赢了。我端着碗，没说话，我妈不太相信，问成绩，我爸没说。

没多久，我爸脱下那身制服，没再去那家公司上班，年后，学着开出租车接客。一直到现在。

而我，此生再未碰过乒乓球拍，也再也没有长高过。

十三、"宗永平—绿釉"组授课实录

宗永平,江西新余人,毕业于北京师范大学中文系,现任《十月》杂志副主编。责编过的作品肖克凡长篇小说《机器》、季栋梁长篇小说《上庄记》、阿来长篇小说《云中记》,曾获中宣部"五个一"工程奖。另外还有幸责编过众多名家和实力派作家的优秀作品。自己也写作,有中短篇小说集《时光的隐寓》,长篇小说《炫耀》等。

宗永平: 这是一篇以画家为题材的小说。在我看来,以往描写艺术家的时候,总是将目光关注在玄妙的杰作、艺术创作本身、艺术家怎么创造他的杰作,或者艺术家是否像我们平常人一样与他人沟通和交往,但是,这篇小说显然不是从上面这些角度去构思的。

当然,还有一个更深切的问题,这名女性跟画家的交往过程中反映出的生活观念也有一些"新意"。这一点显然是这篇小说最核心的内容,我把它概括为理想奋斗和艺术在现下社会是否仍有可能,爱情是否还能与它们共存。这篇小说主要探讨的就是这两个问题,这两个话题都很大,也很常见。

我觉得小说有新意,不是指话题,而是小说展示给我们的视角和生活感触是新的。年轻的一代人,他们对生活的感受,用文字表达生活的从容感,是我们这一代没有的,我们在同年龄段的时候,还没有达到这种程度。

以往,我们在处理两性关系的时候,可能会局限于自身对男女关系的认识。比如,道德感沉重,导致我们对男女关系的认识和感触是

灰色后面是橘色

文/绿釉

雨滴被风吹歪在窗玻璃上,发出细碎的敲击声。焦卡披上睡衣,穿着发潮的拖鞋走向阳台。细铁丝支起的晾衣竿上,衣服聚成一堆,散发出阴干的怪味。她取下衣物返回客厅,桌上蒸脸器往外吐着水蒸气,她盯着水雾乱糟糟地想,究竟把巴洛克落在了哪里。

下午是人体课,教室里横七竖八架着的画板,将模特台半空围住。焦卡脱下厚重的羽绒服,拨开画板,钻进她那一小块空间。屋内空调格外暖和,她取下起雾的眼镜,用力吸了吸鼻子。一位女生探进头,拘谨地问:"这是512吗?"她点点头。女孩从背着的书包里,拿出一块湛蓝色格子布,铺在模特台陈设好的床垫上。几分钟后,临摹室坐满了人。

老闫笑盈盈走进来。焦卡凑近低声问:"你找的吗?"

"那当然。"老闫下巴微微上扬着说。

"是吗?"她挑了下眉,露出难以捕捉的笑。

女孩将身上的衣服尽数褪去，走向模特台，侧躺在铺好的格子布上。她右手托着头，左腿延伸开，左手摆放在左腿外侧，右腿稍曲弓在前。这个姿势，让焦卡想到了巴洛克上面的裸女，那个女人背上长着一对翅膀，怀中好像抱着一个婴儿，又好像没有。她习惯性地往口袋里掏了掏，失落与惆怅涌上来。这些年，让她感到安全的东西只有两件，一件是公寓钥匙，一块椭圆形小铁片；另一件就是巴洛克。

明暗交界线将女孩圆润的身体分割成两半，半边明，半边暗，金色暖灯照射下，柔美得像油画里走出来的人。女孩肤色偏暖，黄彤彤的片色里夹杂着一卷黑云，云卷云舒中透出半点粉，细微的汗毛浮游似的飘动，像秋天枯萎的细草；青色血管蜿蜒地流淌在半透明的肌肤里。她菱形的脸上五官不算精致，胸部半球型盘在胸腔上，微卷的长发垂落在后背，融进暗黑的背景色。房间里静得出奇。

"这次请的模特比平常都要贵。"姚楠挤过两三层画板，蹲着小声说道。

"为什么？"

"年轻吧，现在年轻的裸模可难找。"姚楠眨巴眼睛说。

焦卡回想上段时间画的老妇人，冲姚楠点了点头。

"听说她男朋友也是园区的人，你说，他怎么能让她来做裸模呢，而且还是在这儿。"

不自然的。作者给我们提供的是新一代年轻人对这种两性关系的感受，是非常直接和自然的。严格来说，两性的关系具体落实下来后仅仅是两个人的关系，两个有特殊区别性的人的交往可能性的关系，我觉得这是非常有新意，爱情是永恒的，也是会随着时代而变化的，男女之情仅仅用爱情来概括甚至还不全面。还有，作者的个人感觉非常准确，这是她给我最直观的两个优点。

但是，小说里同时还存在一些问题，作为年轻作者，对这个世界的感受还是稍许欠缺一些，会着急去诠释一些东西，表面上看来小说运转得非常自然，事实上在转换的时候，一些小的细节会反映出一些问题，她在处理小说的时候，还是要更从容一些、关怀一些。

我们用一句话来概括是男女之间的爱情是否还存在，这个话题看起来很傻，事实上，现代生活已经在做各种回答，过去的生活也一直在问这个问题，那我们现在再问这个问题在小说里是什么意思呢？比方说焦卡跟老闫的关系是正常的爱情关系吗？我们可以用爱情这个词来概括吗？还有他和姚楠的关系呢？所以这篇小说最有趣的地方就在这里。老闫在这里可能算是一个真正成立的画家，他的感情和欲望的区别是什么？他的艺术和欲望的区别是什么？这是小说要谈到的更细致的话题。

焦卡很早的时候就和他在一块，我们后来发现第一个小伏笔就是他们关系的象征。它可能看起来是一个艺术形式的东西，跟当时的环境、欲望都有关系，但是这是爱情吗？对他们两个关系做最直接的回答的是两人有一次单独吃饭，老间本来想叫上姚楠，但是他思考后又放弃了，所以就变成了他们两人吃饭。他们过去可能没有这样直接去探讨两个人的关系，所以他们一开始没有话题可聊，或者说两个人真正面对情感的时候，非常紧张，但是老间说了一些话，尤其是他说"她跟你不一样。她太现实，不纯粹"，这句话的意思恰恰是他觉得焦卡不是这样一个人，所以他其实是在谈论感情。但是，他们的感情面纱真的被掀开了吗？事实上并没有。

故事进展到这里其实已经到了一个极致，尤其是从老间的角度来表达，感情到这里就是最极致了，所以他们吃完饭，什么也没发生，只是在走回去的过程中，焦卡提出了一个小的话题，这里显然包含她的嫉妒心，或者说是焦卡对老间的感情表达，他们的感情按道理是有爱情成分的，那我们真的能把这个情感关系称为爱情吗？这就是小说有意思的地方，它像爱情却最终没有抵达爱情。

焦卡说"多久才能真正了解一个人。七年够吗？"，老间说"其实不是人在变，而是你从未真正了解过那个人而已"，传统意义上的爱情在这里变得非常含混起来。这个时代就是这样的，也许爱情本身就没有确定性，难道一定要到什么激烈的程度

"兴许是人家喜欢艺术，为艺术献身。"

"献身也不是在这儿，多难为情。"姚楠噘着嘴摇摇头。

老间每十五分钟叫停一次。休息时，焦卡走向陈列柜，盯着一幅幅舒展开的画卷。

"我以前都是在这临摹，你们以后应该也会来。"老间端着保温杯走过来，星星点点的枸杞在杯中晃荡。

"这些都是真迹？"她明知故问。

"当然不是，花钱买的高清复制品。"他咕噜喝了一口水，将嘴里的枸杞又吐回杯里。

"你就不能咽下去，或者泡的时候用滤网兜住。"她恶心地看他一眼，继续说："这些能借出来吗？"

"听说可以，但我没试过。"他又喝了口水，连咀嚼的动作都没有。

"其实你可以嚼一嚼的。"她龇着牙说。

焦卡还是没有找到巴洛克，她为了找它几乎每天都要问姚楠一次。这天焦卡没有去临摹间，而是回到工作室继续涂小稿。她望向桌上的水仙，水已经泛黄，看起来有些黏稠。她放下铅笔，端着盆向水池走去，由着水哗啦哗啦冲刷着一个个蒜头大的花根。

老间手中抱着一堆纸和一块荒木，缓缓走进工作室，用一贯的口吻说："别老换水，老换它也不

开花,时间到了自然就开了。"

焦卡冲刷完花根,装上一盆干净的水,将水仙一头栽了进去。老闫走向他的工作桌,将卷纸铺开,用手臂的力量甩了甩木头,放在纸上,然后抽出笔筒里的羊毛刷,轻轻地扫落着上面的泥沙。她看着他手中的木头,干燥的树皮潜伏在表层,偶尔冒出个被虫咬坏的小洞,像个头上长了癞子的秃头老人。

"怎么不去上课?"她转向老闫工作桌的方向问道。

"那个女生弄了一身火罐印,黑得发乌,红得发紫,好好的人体,硬是给印上一个个圆球印,都没法看!"他面露不悦地说。

"哦,男人不喜欢带有印圈的女人体?"她有些幸灾乐祸,期盼着他继续说点什么。

老闫没有说话,拿着小刀和磨砂布往走廊走去。随着室外一阵阵刮磨声消失,他拿着裸露原色的荒木走了进来。

"给它上个什么色好呢。"他摩挲着木头自顾自地说。

"什么色都不要上,保持固有的原木色最好。"她答。

"人有时候不喜欢最本色的东西,就跟女人都喜欢化妆一样……"他边说边朝门外走去。

她随手翻了一本画集,漫无目的地浏览着,翻到中间时,画集里掉出一张小卡片。上面印着一幅

才是爱情吗?或者这些处在一个比较朦胧状态的感情就不是爱情吗?这篇小说最好的地方就在这里,同时这篇小说还进行了一个巧妙的探讨,他们要结业的时候,有一场聚会。按道理焦卡对老闫还是有非常大的期待的,所以老闫在那里唱歌的时候,她总觉得他真的很特殊,一个孤独的演绎者,她非常希望时间能变慢。轮到焦卡唱歌的时候,他和姚楠出去了,这个时候我们也感受到了焦卡的嫉妒,事实上埋藏的是另一个方面。

他和姚楠是什么关系,我们很容易想到姚楠的孩子肯定是跟老闫有关系的,即使是老闫表达了姚楠这个人更为现实,但是,他们的感情是不是爱情?他们的关系在某种意义上超过了焦卡和老闫的关系。这篇小说最美妙的地方就在这里,我觉得能把这种感觉写出来真的很不容易。

话说回来,两段感情其实都消失了,这是我更佩服作者的地方。这些所谓的感情、所谓的经历,都会在我们的生活里流转,在我们生活逻辑的改变里消失。可能一些回身,甚至会出乎你的意料,根本不是按你想象的逻辑进行的,比方说姚楠的结婚对象是难以想象的,焦卡和老闫的关系,也许看到的只是一个艺术家对年轻女孩子的一种向往,但事实本身是不是这样的,这也是值得探讨的。我们生活里的一些模糊的、混沌的、灰色的东西后面可能隐藏了一些别的东西。小说语言的自然性,

叙述转换不是按叙述逻辑来转换的自然性,都可以强调,都可以找得到,我觉得这些都是一些基本功,我认为作者是很有潜力的一名新人。

走走: 你当时为什么想写这样一个题材?

绿釉: 因为我本身是学国画的,可能是出于我本身的艺术体验,包括这里面的人物,是我根据周遭发生的一些人或事,加以改编构建的。

宗永平: 这篇小说缺一个东西,它最终表达的,或者说抵达的地方是我们生活的状态,如果它仅仅传达一种状态是不够的,你在这样的状态里发现了什么?我们很难说让你去构筑一个小细节来展开你的认知。所以,这篇小说缺一个核心的冲突。我现在看到小说的状态呈现得很好,但是我希望在你这篇小说中有一个小窗口,哪怕是小细节,让我们看到小说人物身上有一个突出点。

因为年轻人的经历不太多,对一些事情的想法是非常直接的,如果你想去解释一种状态,不要用文字去诠释,你在小说的叙述过程中会着急,让转换的过程显得突兀。这可以说是一个技术性的问题,不要那么着急。比方说焦卡跟米姐的认识是从一张小卡片开始的,我觉得这个设计很巧妙,但是,你要知道引入米姐是一个巨大的意外,而且米姐的出现和消失都很意外,你用最意外的方式来引入,让我们在

风景油画,用笔细腻,色调柔和,显得绿意盎然、幽静又神秘。焦卡按卡片上的地址找到谷集街249号,眼前出现一幢独栋别墅。

焦卡走进别墅,一位身着西服的女士向她走来,手中端着一杯刚泡好的茶,绿色的芽尖透过厚重的玻璃杯在水中舒展,将整杯水染成半透明的青绿色。焦卡有些口渴,端着茶水,猛地灌进喉咙,无奈水温太热,穿过喉咙时带着刺痛感。

"你也是来应聘的吗?"一位优雅的妇人携着一位少女走过来问焦卡。

她抽动了一下嘴角,并无声音从口中发出。

就在这时,那位穿西服的女士走过来,左手放在腹部,右手伸直,指向楼梯口。少女缓缓起身,整理了下由于坐着而上滑的旗袍裙,跟着她往楼上走去。紧接着焦卡也被带到二楼的一间房,房间里设施齐全:立式空调、欧式落地窗帘、胡桃木全套桌椅、波希米亚风的毛毯、四块长方形木条蜿蜒折叠成的屏风。屏风上,墨赭色的梅花树干从右侧伸出,树枝一直蔓延到最左边木条的中间,花瓣赋以淡淡的一层白色,在淡黄色背景的衬托下显得格外淡雅。

一位身着中式长裙的女人从屏风后走出,手心托着一盆小植物,这是焦卡第一次见到米姐。

"来,猜猜我手中的叫什么?"米姐右手托着一盆植物。

焦卡看了看她手中的植物,六七根聚在一起,

一节一节类似藕，顶端两片叶子左右张开，有点像豆芽，有几支已经开出花朵，淡淡的黄绿色，形状像兰花。

她摇摇头。

"这是我新买的石斛。"

会客桌摆放在整个房间的画眼处，米姐优雅地坐在主椅上，娴熟地摆弄着面前的一套蓝青色茶具。焦卡两腿伸直瘫坐在米姐对面的木椅上，脚底板的胀痛感让她无所适从。米姐用木头镊子夹出泡在碗里的茶杯，倒上经过洗、泡后的红茶，再用它夹住茶杯递往焦卡面前的杯垫上。焦卡端起杯子，里面的纹路随着赭石色茶水的浸润变得清晰，像龟纹。米姐说，这是汝窑。在喝了近两壶红茶后，米姐带着焦卡来到二楼的另一间房，推开厚厚的两扇门，里面摆放着近三米长的奥坎木大板桌，四周围着长条凳，桌上摆着兰花。房间靠窗的一边，一台新款的华为笔记本电脑放在橡木桌上，旁边是一台投影仪，另一边整齐叠放着七八个还未拆封的供临摹使用的木头支架。

"你的工作很简单，就是守在这里，陪着里面的人写字、画画、聊天。一周两次，一次两小时，一小时三百。"米姐的声音很细很柔，说话不像是安排，倒像是诉求。

"你什么都没问我呢。"焦卡说。

"下次来的时候带上身份证。"米姐说完便踩着布鞋慢悠悠地走了。

阅读的过程中，会觉得你缺乏一个推动的可能性，你需要给我们一个缓和的过程。

姚楠因为怀孕的问题回老家，这个事情发生的篇幅是非常短的，假设这个事情不重要，我们可以在很短的时间内处理，但这是一个巨大的转换，也是一个巨大的伏笔。你处理得太着急了，他们家里是一个什么样的情况我们都没有看清，甚至也不知道当时姚楠的情况。还有焦卡去接姚楠的时候，三个女人碰上了，还有米姐的老公，这么多突兀的事件就在三个人相见的时候发生了，要安排一些叙述性的转换，不要让你的小说显得仓促。

绿釉：这篇小说之前是25000多字，我把它缩成了12000多字，所以里面的一些情节确实有一些仓促。

宗永平：短篇能够写得很精粹，确实是个优点。假设是我来操作这个文本，我就会想，比方说米姐那个情节需要多大的篇幅，我的意见是篇幅减少，但不能缩减叙述的东西。所以我建议你把一些不必要的情节重新处理，比方说，姚楠到老家去，一定要回到老家去，而且要写焦卡陪着她去，在老家经过那么多事，我觉得这个也是值得探讨的，你其实可以直接简单地把姚楠怀孕的这件事写得自然一些，然后送她回家，等到她回来就可以了。你要是看过一些别人写的类似小说，可能会有更多的借鉴。

走走：是什么原因让你动笔创作这篇小说的？

绿釉：因为我比较喜欢看小说，再加上工作的性质，有朋友推荐了很多现当代的作品，我就突然想写这么一个故事，也有可能是我经历的一些事情，比较深刻，所以就想表达出来。

宗永平：这篇小说情绪性的东西其实传达得很饱满，我觉得比较诧异的是，你是刚开始写小说吗？你的优点太明显了，除了一些转换性的叙述。比方说"她盯着水雾乱糟糟地想，究竟把巴洛克落在了哪里"，这个细节就处理得非常好，我觉得这是你的天赋，我就不去强调了，但是，我会想它能否提供一个独特的东西。

从写作的角度上来说，它需要你在这篇小说里有特殊的发现，但是我觉得老闰在后面有一点点占比过少，你是可以在他身上发现一点什么的。因为这是一篇跟艺术有关的小说，这个艺术家的特点在哪里？这样的角度能让你的小说立起来。过去写艺术的经典名篇往往会关注艺术成为艺术家创造杰作的可能性，他有毛病，他往往走得极端片面，但是，这篇小说就缺一个独特性的发现。

走走：我也有一个疑惑，我在想现在的年轻人是不是只想表达一种状态，而不像我们原来所追求的一种体验或者进行的问题，是不是也有一种审美上的代沟？

回到工作室，焦卡没有看见老闰，他桌上的那块原木色的木头被刷成了玫红色，像包裹着红色绸缎的女人，有些骚气。焦卡翻了一遍工作室里的储藏间，依旧没有找到巴洛克。抽屉里面的手机在震动，黑莓的经典款，细小按键密密麻麻挤在屏幕下方。抽屉的一个角落，一张大红色背景的证件照被叠放在透明塑料袋里，里面的她头发微卷，与他并肩对着镜头微笑着。她迅速将抽屉关上，抬头看向桌上已经开出几朵小花的水仙。

晚上，焦卡请老闰、姚楠吃饭。在去饭店的路上，焦卡跟老闰走在前面，姚楠一如既往在后面跟她母亲打电话。老闰问焦卡："你的巴洛克找到了吗？"她摇摇头。路过玉兰树的时候，老闰指着一棵刚刚盛开的玉兰花说："你看，开得多美。"又指着另外一棵已经开败的说："再美，也要凋零。花开花败，都是宿命，也是轮回，顺其自然就好了。"

三人来到东北饭馆，老闰如常点了最爱吃的小鸡炖蘑菇，姚楠点了玉米烙和土豆烧牛肉。焦卡身为南方人，本来不喜欢吃北方菜，但今晚她还是点了两个特色菜，因为老闰喜欢，姚楠也喜欢。菜上齐后，老闰一边夹着小鸡炖蘑菇里面的粉丝一边说："这道菜，里面最好吃的就是粉丝了，别看它只是个配菜，汤里面的精华全被它裹去了。"焦卡不以为然，整顿饭只吃了锅包肉，一块接着一块。其间，姚楠走出去接了一个很长的电话，回来时菜都凉了。

这天夜里，焦卡做了很多乱七八糟的梦，最后一个梦，是父亲缓缓地向她走来，她想要去握住父亲的手，可怎么都抓不住，梦里一直听见父亲在叫她的名字。她挣扎着醒来，摸了摸眼角，她是哭醒的。她隐约听见姚楠那有动静，低低叫了一声，姚楠压着声音说道："肚子好疼，你终于醒了。"此时天已微微泛亮，灰蓝色的天空正逐渐变得湛蓝。

等焦卡将一系列手续办好，姚楠已全身插着管子躺在住院部的病房里。医生说高度怀疑宫外孕引起腹内出血。焦卡觉得不可思议，姚楠都没有男朋友，怎么会怀孕，而且还是宫外孕？几个护士进到病房，把姚楠推进一个暗黑的小房间，手术结束后，焦卡被叫了进去。两盏医用立式灯亮着，姚楠赤裸着下半身，安静地躺在一张窄小的手术床上，旁边推车上堆放着土黄和暗红色的棉花与纱布。焦卡觉得一阵恶心。姚楠的诊断结果是黄体破裂。她前晚回去做了几个仰卧起坐，导致黄体破裂出血。医生建议姚楠住院七天再走，但她只住了三天就坚持出院了。她说想回老家。

焦卡回租房收拾了些衣服与洗漱用具，拼了一辆桑塔纳，带着姚楠去了白山。姚楠家住在留木市的一个小县城，山上种满了梨花，每当花开时，山头白茫茫一片，所以叫白山。一路上，车上都在放张国荣的歌，听着听着，焦卡睡着了。等到了白山已经是晚上六点，天变成了深灰蓝色，跟白天相

宗永平： 我也考虑过这一点，所以我不太想强调这个，尤其是男女情感这个点，这种状态把握的程度非常好。

走走： 你原来的两万多字的版本还有吗？

绿釉： 有是有，只是人物关系可能比较复杂。

宗永平： 我觉得删了之后的问题可能会大一些，等到你有比较满意的文本，我也可以看。还有我刚才提到的人物关系，有些人物关系不紧密的，不一定让他们发生联系，要用一个更技术化的技巧来处理，让这种关系更符合小说本身的需要。比方说，原版小说中的姚楠最后跟米姐的老公在一起了，这也会增加小说的意外性和巧合性。但是巧合性太多，就会导致小说的真实性消失。

走走： 你听完以后，大概有什么修改的方向吗？

绿釉： 我觉得删减后，小说中确实有一些脱节的地方。

宗永平： 我觉得这篇小说可以改好，尽量把某些东西给凸显出来。

走走： 现在确实没有让人看完以后要回味的东西，而且这个人物本身没有成长的。

比，像是加了许多的白色与墨色进去，灰得有些厚重，让人感觉喘不过气来。

这是焦卡第一次来到姚楠家，一栋老式的两层住宅楼，坐落在村子深处，看装修风格应是十几年前的，周遭是一些灰砖堆砌的矮平房，远远看去，倒是有些格格不入。出门迎接的是姚楠的母亲，一位胖胖的中年妇女，身穿一件宽松的肉色棉纱裙，面容慈祥，鼻梁直挺，鼻头有肉，嘴唇上薄下厚，耳垂长且厚，像壁画里走出来的人。

等姚楠安顿好后，焦卡去洗了一个澡，洗完才发现没有带浴巾，用皮筋扎起来的头发湿漉漉，水顺着发梢滴在背上，很快湿了一大片。她拿着唯一的毛巾擦拭了两遍，依旧湿漉漉，只好借助吹风机。姚楠家的吹风机是一款大红色的旧式机子，老旧的机器启动后发出孱弱的声音。微弱的热风呼呼地涌向焦卡的头发，她感觉头上的水变冷，再变热，接着变干。变干后的头发摸上去黏黏的，像沾了不知名的黏液。她想起了多年前的暑假，她与他窝在出租房里，头发也是这般黏稠，混杂着令人不安的情欲。

姚楠的母亲饭后拉着焦卡的手，嘴里一直说个不停。姚楠家是重组家庭，父亲在她十岁那年生病去世，母亲携她嫁给了现在的父亲，那边还带来一个姐姐。姚楠自尊心强，跟姐姐的关系不太好。陪姚楠母亲聊到十一点，焦卡困得不行，好不容易找个空歇道晚安，走到二楼客房很快睡着了。

第二天中午睡醒，姚楠母亲做了排骨汤和炖牛肉，说是姚楠最喜欢吃的。米姐打来电话，询问焦卡什么时候回去，虽然口头说没有催她的意思，但又暗示人齐可以开始了。焦卡只好道别提前离开白山。

焦卡再次来到别墅，时间比较早，米姐正在浇花，一边浇一边说："早上好！小可爱们，长得真棒！"她见到焦卡，连忙招呼她进去，不忘解释说："这花草呀跟人一样，喜欢夸，你越夸，它长得越好。"

米姐的屋内又多了几盆发财树，人一样高，分别立在屏风两侧。桌上还多了一座小假山，一溜段香倒挂在假山顶端，烟从顶端像水一样流下，笼罩着整座假山。米姐像往日一样摆弄茶具，一边捣鼓一边说："时间还早，喝喝我新买的茶叶。"焦卡掏出身份证递给米姐。米姐倒好茶，从包里掏出一张合同，焦卡看了看内容，也并无不妥之处，但她没有签。米姐笑了笑说："也是，这一张薄纸，也捆不住缘分，该来会来，该走的也会走。"说完，收起合同带着焦卡来到二楼的大房间。此时，里面已经来了几个人，米姐依次介绍了下。

米姐走后，里面的人开始各做各的，有的画素描，有的练毛笔字，有的画国画，有的画水彩。焦卡的工作就是陪同、指点，大多数时候她们不需要指点，即使画得很烂，也会坚持自己画，一边画一边聊天，画完标注好日期。焦卡享受这种状态，开始频繁进出别墅。

姚楠身体恢复得很好。这天，焦卡去火车站接姚楠，她从袋子里掏出一叠红薯片递给焦卡，说母亲自己擀的，特别好吃。焦卡离家一年，一次都未回去过，姚楠劝说她别太执拗，但焦卡一直沉默以对。

回去路上，她们遇见了米姐，她跟一个男人并排走着，焦卡礼貌地叫了一声，米姐拉着她的手说："我在这买了房，有空去坐坐。"说完，看了看旁边的男人。男人沉默不语。米姐靠近一点，拽了拽男人的右边衣角，介绍说："这是我老公。"男人身高一米八左右，约摸四十岁，长条脸，单眼皮，高鼻梁，上嘴唇很薄，右鼻翼下方有粒大黑痣，从头到脚穿着jeep。焦卡想如果将黑痣点掉，男人长得有点像张震，但那么大颗痣，可能需要动个小手术才能割掉。

回到公寓，烧水壶里的水跳停后，姚楠快步走过去端起水壶，往咖啡杯里倒了一些，杯子里的水即刻变成咖色，屋子里弥漫着一股烟屎的香味。她从新买的黄色荔枝纹皮包里掏出一只口红，递给焦卡说："新款色号，送你的。"焦卡接过口红，打开盖，将口红缓缓旋出，转到三分之二时上面出现英文Chanel，偏橘色的红，倒挺适合她的肤色。之后，姚楠绘声绘色地叙述了一则桃色绯闻：上次的人体课结束后，有人看见老闫将那个裸模带回了家，据说他俩在家待了三天，老间最终还是禁不住诱惑，被肉欲所困。

傍晚，焦卡站在楼顶，视线透过工作室顶端的透明玻璃望去。老间弓腰趴在画桌前，正在画那幅荷花，两只染色笔在他手中灵活的转换，黑色长衫套在他瘦弱的骨架上，人看起来异常单薄，"肉欲"一词在此处竟无迹可寻。焦卡用力推开一扇天窗，缕缕幽风瞬时朝屋内涌去，她望着沉浸在作画中的老间良久。

自从焦卡到别墅工作后，很少见到米姐，楼道里的花叶生出米黄色的斑纹，由内及外、由外及内，仿佛因为无人夸奖，渐渐凋零。

这天，焦卡刚走出别墅，看见米姐的白色保时捷停在门口，她摇下车窗，招手让焦卡坐进副驾驶位，跟着来到景明大厦22楼。电梯门一打开，一幅风景壁画的葱绿色彩，占满整个墙壁。

米姐和前台简单招呼后，将焦卡带至接待室。焦卡坐在靠窗的一张椅子上，透过全景玻璃望向窗外，远处蓝绿色的小山丘绵延起伏，青绿色的河流伏在山丘下面，近处金黄的油菜花填进格子似的土地上，像刚挑出来的颜料，十分妍丽。等候期间，焦卡翻看着桌上的一本小册子，关于这个画廊的宣传文案。不一会儿，米姐走了过来，带着她往画廊深处走去，里面大部分画作被长方形玻璃框包围，有些卷轴直接挂在上面，可以用手触摸，暖色灯光聚焦在画作上，像在美术馆。

米姐带焦卡围着画廊转了一圈，指着一幅作品说，这个画家的画前个月还卖得好，一幅转手能卖好几万，现在不行了，作品压在这里出不去。焦卡仔细看了看那幅画，值几万难免有些牵强，但有人买或许就值。米姐告诉焦卡，她在这里入了股，不在画室的时间基本都待在这里。之后她们回到接待室，米姐递给焦卡一个精美的礼品盒，说是过节礼。焦卡这才意识到快过端午了，接过米姐手中的礼盒，轻声说了句谢谢。

中午，米姐带着焦卡来到隔壁的西餐厅，坐在餐厅的中间位置。米姐翻看菜谱时，不时地撩一下落下来的长发。点好两份七分熟的美式牛排、一份清炒荷兰豆、一份开背虾、一份韩式拌饭，视线跟着服务员转了一会儿，然后她的单眼皮、柳叶眉、鹅蛋脸趋于静态，嘴角向下倾斜，整个面容有几分停滞的忧郁气质。待到上菜，米姐戴上一次性手套，剥好一只虾，沾酱递向焦卡的碟子，说："其实你很有天赋。"焦卡呆呆地看着她。米姐告诉焦卡，她计划再租一个场地，这个场地会渐渐脱手，她想把手上剩余的三个班交给焦卡来带，等下个场地走上正轨后，这边就交由焦卡管理。随即，她拿出一把钥匙，焦卡虽然心里有些不确定，但还是接过了钥匙。

回公寓时，米姐开车送焦卡，一路上放着古典音乐。在过红绿灯路口时，米姐猛地踩了一下刹车，用一贯轻柔细腻的声音说："我觉得生小孩是件可怕的事情。"焦卡对这个话题有些不知所措，思考一会后，她不太确定地吐出："可能吧。"

"想想就觉得可怕，你会生吗？"米姐偏头看向焦卡。

"女人都会生的吧，其实应该也没那么可怕。"焦卡犹豫不定地说。

她们陷入一阵沉默。

下车后，焦卡挥手告别，米姐突然将车停靠一旁，从车上缓缓下来，语调浮滑地对焦卡说："不请我进去喝点茶？"焦卡愣了一会儿，将米姐领进她和姚楠的公寓。焦卡翻箱倒柜，也没找出可待客的茶叶。

米姐上下打量了一番公寓，坐在沙发上轻声说："没事，有酒也行。"

焦卡没想到米姐会主动提及喝酒，幸而有老闫送的红酒，她找出开酒器，将红酒打开，倒上一杯递给米姐，扫视一圈公寓后说道："画室提供的住所，乱是乱了点，好在便宜也安全。"

米姐接过红酒，却没有喝，指着窗前的一幅工笔画问："这是你画的？"

焦卡转头望去，米姐所指的是她前段时间的画作，只因细节出现了问题，勾完线之后一直被搁置在那，发怔良久后，焦卡点了点头。

米姐起身走过去，将画板从窗户上拿下，倚靠在墙角时说："有时候尽力去完成一幅不完美的画作,你会从中得到意外的惊喜。"

焦卡跟着走了过去,蹲在地上盯着画作上那一根不太完美的线,正是这一根勾废掉的线,让她放弃了这一幅画。忽然之间,她觉得这根线也并没有那么丑陋。

"婚姻与小孩你会怎么选择?"米姐端起酒杯,闷声喝了一大口,随后用手挽了下耳边的碎发,露出好看的侧颜。

焦卡不知道该怎么回答米姐。她没结过婚,也没有小孩,不知道婚姻会是什么样,有了小孩又会变成什么样。长时间的沉寂后,焦卡说:"不知道怎么选时,顺其自然好了。"

老间从甘肃回来,整个人被晒得漆黑,人也沉默了许多。他简单收拾了下工作室角落的桌子,挪开背着墙角的画板,继续创作起来。焦卡忙于备课,也没太搭理他。

傍晚,老间叫住焦卡,说晚上去他家吃饭。还没等焦卡说话,老间毋庸置疑地说:"就这么说定了。"

"我打电话叫上姚楠吧。"焦卡边说边掏出手机。

"别叫了,她可能在忙。"老间似乎不太愿意的样子。

来到老间家,整个屋子布置得像红木家具市场,清一色的金丝楠木将两百多平的挑高层布置得满满当当。客厅与餐厅中间用一个超大鱼缸间隔起来,巨大的阳台将客厅与餐厅半包围住,此时橘红色的夕阳映射进来,光影尤为迷人。客厅的正中间放着一张两米长的书桌,背后是一个大型书柜。焦卡坐在椅子上,小心地翻阅着桌上的书。

"你还看《中国通史》啊。"

"最近对这方面比较感兴趣。"

"我感觉你们家好像跟别人家不一样。"

"每个人的家都不一样。"

"不是，我感觉跟正常人的家不一样，好像少了些什么。"

"少了什么，电视吗？我用不着，装电视的地方我用来挂画了。"

"对，就是电视！"

厨房离客厅有些远，但敞开式的厨房并不影响他俩对话。老闫在忙着切菜，焦卡不知道自己可以做什么，有些局促地坐在那。她不知道为什么会有这种感觉，一般在工作室两人待一块，氛围很轻松，可今天却感觉有些紧张，莫名的紧张。她想找点话题聊聊，却发现找不出合适的话题。

没过十分钟，老闫从厨房端来一盘削好的芒果。"我特意托人从海南捎回来的，你先吃着。待会给你榨点果汁喝。"焦卡小心地吃着盘里的芒果，味道确实不错，换做往日她肯定狼吞虎咽地消灭它们，可今天她是一口一口吃完的。姚楠打来电话，问她在哪里。她没有告诉姚楠在老闫家里。

"姚楠找你吗？"老闫端来刚榨好的橙汁，递给焦卡。

"问我在哪儿，想一起吃饭。"焦卡敷衍地回复着。

"她跟你不一样。她太现实，不纯粹。"老闫语气比较重。

焦卡没有说话。她感觉有层纸被捅破，浓稠的浆液往外流着，碰也不是，不碰也不是。

晚七点时，老闫做好满满一桌菜，取来高脚杯倒了点红酒，给焦卡也倒了点。焦卡没有喝红酒，喝了点酸奶，老闫又续添了两杯茶。餐桌的正后方墙上挂着一幅写意油画，亮绿色与深绿色混在一起，背景是墨绿，焦卡不禁觉着有些刺眼。老闫说这是他一个学生的毕业作品，临走时送他的，他很喜欢，特意挂在这个位置，每天看见这幅画食欲会变得很好。焦卡没有接话，她实在想不出可以用什么词夸一下这幅画。

整个晚餐吃得很好，焦卡连连打了几个饱嗝，除了饭前那盘芒果与果汁，她还吃了一整条清蒸鲈鱼。

饭后，老闫坚持步行送焦卡，说是消消食。晚上的玛瑙湖有些凉，月光照在湖面上，湖水泛着黑蓝色。他俩并肩走在桥上，边走边聊，走到桥中间时停了下来。

"晚上的玛瑙湖还挺漂亮的。"焦卡双手撑在桥墩上,任凭湖风往脸上吹着。

"可不是嘛,湖对面就是园区,从这边看过去,还真美。"老闫指着桥对面亮着灯的大型别墅区。

"哦,果真挺好看的。来了快两年了,居然都没发现。"焦卡怅然地说。

老闫望着远方,若有所思。

"你说人是不是都会变?"一阵沉默之后,焦卡转头望向老闫。

"其实不是人在变,而是你从未真正了解过那个人而已。"老闫的回复像位老者。

"多久才能真正了解一个人。七年够吗?"焦卡呆呆望着远方,幽怨地说道。老闫知道她又将进入那片迷雾深处,无限循环。他将她拉了一次又一次,而她总是往里钻。

快到公寓时,焦卡叫住老闫,鼓起勇气问他是不是跟裸模纠缠在一起了。老闫听出言外之意,叹了口气说:"这个世界上,看不见的要比看得见的多得多。"

米姐到工作室找焦卡时,她正在展览馆忙着结业展布展,老闫在旁有一搭没一搭指挥着,大家纷纷沉浸在搬画、移画、挂画的忙碌之中。听姚楠说,米姐早上七点就来了,要不是她大早上就在忙着修结业作品,还以为工作室进贼了。

"你哪得罪她了,她看起来很不开心的样子。"姚楠直直地说。

"前段时间跟她说要辞职。但不至于吧,她自己说想走时提前说。"焦卡有些疑惑。

"她不会是缠上你了吧。"姚楠戏笑道。

焦卡以为临近结业,米姐应该是能理解她的,但没想到她居然找到了工作室。

"原来老闰跟她认识啊。"见焦卡没回复，姚楠谨慎地说。

"哦，是吗？"焦卡的声音很低，低的只有自己听见。他们俩认识，她倒始料未及。不过，细想起来又很平常。偌大的城市，人跟人之间认识太正常了。

"挂完这些画，就要去聚餐了，真正意义上的告别就在今晚，"姚楠嘴里喃喃道，"你真打算回去？"

"嗯，父母年纪大了，也该回去了。"焦卡平静地说。

"其实你可以留下来。"姚楠试图劝说。

"我想回家。"焦卡望向远方，似乎这个决定已根深蒂固。

晚上，大家来到秋韵酒楼，齐刷刷地坐了一桌，隔壁的、隔壁的隔壁的、对面的、对面的对面的，叫得上名的、叫不上名的都来了。桌上，你敬我，我敬你，敬完纷纷留了电话，说以后要常联系。老闰坐在老师那一边，焦卡与姚楠走过去一起敬了一杯，他痛快地将高脚杯里的红酒喝完。等吃得差不多时，一位拿着支架与相机的男人走了进来，大家纷纷向主位靠拢，本应坐在椅子上的老闰，悄悄凑了过来，挤在焦卡旁边。随着相机咔咔咔的几声，大家定格在那一瞬间。

事后，意犹未尽的一拨人商量着聚第二回。一位老妇人手中拿着一串串用藤条编织好的挂饰在酒店门口叫卖。焦卡他们走过去，翻看着不同的动物挂件，她选了一只猴，姚楠选了一匹马，老闰选了一只羊。姚楠抢在焦卡前将一张百元钞票递向老妇人，并对她挥了挥手表示不用找了。随后焦卡向酒店一旁的KTV走去，在明暗不定的瞬间，她瞧见姚楠手里多了一只藤条挂件。

提前预订的包厢里，男人与女人的声音不断在耳旁鸣响，轮到老闰时，焦卡总希望时间能再久一点，并不是因为他唱得有多好听，而是他选的歌曲无人能与其引吭高歌。老闰在浅唱低吟，如同他们一起度过的这两年般令人沉醉。焦卡沉浸其中。

轮到姚楠时，屏幕上出现莫文蔚的《阴天》。"感情不就是你情我愿，最好爱恨扯平两不相欠，感情说穿了，一人挣脱的一人去捡……"她轻声低唱，两瓣厚厚的嘴唇上下闭合，淡淡的苦涩感油然而出。

"唱得真好。"焦卡扭头笑看着老间。

晦暗灯光下的老间似笑非笑，他盯着姚楠看了许久。

焦卡以为房间里的声音太过嘈杂，老间并未听见。"以前怎么没发觉姚楠唱歌这般好听。"她挑歌曲停歇的间隙朝老间继续说着。

灯光晃过老间脸颊，他嘴角微微上扬，焦卡从这一抹惝恍的笑意中感受到了寒意。她望向空调直立的方向，起身走过去，将温度调高了两度。

姚楠唱完，将话筒递给焦卡，此时屏幕上正出现焦卡今夜唯一点的那首《爱的代价》。整首歌曲她其实并不太会，唯一记得的曲调便是那句："走吧走吧，人总要学着自己长大，走吧走吧，人生难免经历苦痛挣扎。"她想邀姚楠一块唱，或者，老间也行，当她朝两人望去时，他们正朝房间门口走去。焦卡强撑着将歌曲唱完，一阵热气随着老间的进入吹向她的额间，紧接着姚楠也走了进来。

"去哪儿了那么久，我歌都唱完了。"焦卡朝两人说着。

二人并未说话，包厢里霎时一片静默。

第二天，焦卡去参加结业展的开幕式。台上她和姚楠还有隔壁工作室的几个人并排站着，下面的人围成几个圈，老师们一个接一个致辞。随着一声"展览开幕！"，大家纷纷鼓掌，然后一齐走下台。他们径直往展览馆走去。里面，精制的实木画框装裱着各色各样的作品。

待到人群逐渐散去，一位身着白色长裙、披着长发、挂着单肩布包的女人走了进来。姚楠扯了扯焦卡的衣角，两人对视几秒，将身体从柔软的沙发中抽出，气氛变得有些紧张。女人身形颀长，白色渔夫鞋里的脚看起来分外纤细，她默然地走向一组扇形画作前凝望许久。她原以为女人站的位置会在别处画作，因为她曾说自己很有天赋。

三人在画廊一方沉默良久，始终未说一句话。

警车是一周后到达公寓楼下。焦卡正在公寓里打包物件，面无表情的脸上透着憔悴，她撑起微微倾倒的身子，大口吸食着姚楠买来放在床边的奶茶，直至胃部变得饱和。

姚楠面色凝重地走进来说："外面有人找。"焦卡挪动身体，腿像灌了铅似的，沉重地向外走去。一位身穿制服的警察靠在一辆面包警车旁，微笑地看着她。

到达警局后，警察单独询问了焦卡一些问题，大致是跟米姐相关的，焦卡耐心地回答着警察的一个个问题，确定无误后在纸上签上了名字。从警察口中得知，米姐的公司其实在一个月前就已注销，前段时间说是给她们发的奖励金其实是最后的工资。由于画室里有些人员是全职，所以米姐每次都会扣百分之三十的工资放在年终发，这样可以有效防止她们跳槽。但米姐不欠焦卡的。临走时警察嘱咐焦卡，有米姐的消息要及时告知他们。焦卡配合地点点头。

离开留木市那天，天气很好，六点没到太阳蹦了出来，天空湛蓝湛蓝的，连云都很少。姚楠因为家里有急事提前回去，老闫一人来送的焦卡。

"以后来留木市记得找我，"他帮她提着沉重的行李，一边走一边说，"姚楠好像谈了个男朋友，我有几次在商场遇见，虽然他们刻意保持着距离，但能看出来，关系不太一般。"

"放心吧，来了一定找你。"焦卡拍了拍他的肩膀。

姚楠的事，要说不知也不太可能，从一周一次的进口零食与水果，到身上的新包新首饰，再到化妆品的频繁购入，她还是有所察觉的，只是她不说，她也不问。她一向认为，要想维护一段关系，该沉默时就要沉默，但也仅止于友谊。所以她去米姐那里工作，姚楠只字未提，直到米姐找上门来，她也未问她什么。但为什么不直接问老闫与米姐的关系，她自己也不清楚。可能是知道这对她来说无实际意义，也有可能是并不想知道他们的关系。就像绘画风格她一向追求的是印象派，若有若无，似是而非比较适合她。

　　回到老家后，焦卡找了一份人们口中的稳定工作，每天按时上下班。每次上班路上都要经过一条林荫小道，粉紫色的小花娇艳地盛开在路边，沿着绿化带一条都是。这天她依旧走在这条路上，姚楠打来电话，久违的北方口音，夹杂着鼻音，听起来比以前更为厚重。她说她结婚了。焦卡想象她嘴唇一张一合说话时高兴的样子。她一向认为她们之间的情谊还算深厚，但也未曾想到竟有一年多未联系，一联系便是结婚生子的大事。

　　挂完电话已是两小时后，焦卡的手机变得滚烫。她用最后一格电量打开微信，姚楠传来一张照片，里面的她穿着白衬衣，头发剪成齐肩、中分，淡妆，嘴角微微上扬，一排整齐的牙齿露在外面；旁边是一位身着白衬衫的男士，健硕的肩膀屹立在她旁边，五官俊朗，表情严肃，只是鼻子右边那一坨黑痣，特别扎眼。她好像在哪儿见过，不是好像，就是在哪儿见过。整个图片被修得非常完美，鲜红色的背景衬托着人物的和谐，看不出年龄，看不出肤色，更看不出意愿。姚楠说，他们没有婚礼，只领了证，不出意外，应该是个牛宝宝。她以为她的对象应该是个戴眼镜的理工男，斯斯文文，木讷呆板，据她以前的描述是这样的。

　　晚上，焦卡像往日一样在家研墨，磨条压着水在砚台上轻轻转动，一圈接着一圈，墨青色的汁液缓缓流进砚台周边的小漕。母亲在收拾她堆放在储藏室的旧物件，在清理行李箱内档时，从里摸出一个赭褐色正方形皮袋。上面印着一个半裸的西方女人，皮带里装着那块直径约5厘米的圆形镜子，镜子后背是与外皮袋同色的真皮，包裹着镜边，一直延伸到镜前。真皮上面印着一个全裸的小孩，背上长着翅膀。跟记忆中的并无差别。这是他送她的，独一无二的手工镜子，她很喜欢，上面印着的画作虽记不起名，但典型的巴洛克风格冲击着她的视觉，她叫它巴洛克。

母亲将镜子递给焦卡。她看着手中的巴洛克，失而复得并未使她感到开心。三年前，在青山市郊区的一所住宅里，坐了十个小时火车的她拖着行李，满怀欣喜地走进大门，客厅的沙发上垫着一块青绿色的床单，旁边的桌子上立着一副刚塑好的女性人体雕像。塑像矿泉水瓶般大小，人体双手交叉放在背后，一只脚往前，另一只脚在后微微弯曲，四肢细长，胸部圆润饱满，头部稍低，碎发将耳朵遮住，五官模糊并未细雕，铁架还未从雕像身体中抽出，软陶泥上留有些许细微的手指印。

透过浴室的玻璃门，她看见两具模糊身影在里面扭动，像极了席勒的速写。房间里的床单是新换好的，床头柜上干净得只剩下一张合影。她感到胃里一阵抽搐，抑制不住地吐了。她忘了是怎样走出房间，又是怎样回去的，她记得只带走了一样东西——巴洛克。

全国画院展结束那几天，焦卡来到青山市美术馆。她绕了场馆一圈才找到入口，里面的展览作品分门别类，布满了一楼到三楼的展厅。

第三展厅转过去便是第四展厅，转弯处，一个女性人体塑像立在高处，小且精致。焦卡端详着塑像，内心深处一个锁住的房间正在被打开，里面飘出许多零碎的东西，一阵肆意翻滚。她以为她会嫉恨、恼怒乃至忿然作色，但其实，她只是深深地吸了一口气然后平静地呼了出来，静默得如同熟睡的婴儿。

她站在雕塑旁的休息区，找寻着人群中的身影，她希望看见作者，又希望不看见。她知道内心深处一直有一个句号没有画上，她想知道那七年对于他究竟是怎样的存在，她一直在等待着真正的赎救。最终，她看见一个人向人群走去，美术馆消失在一片橘红色里。

十四、"钟求是—唐瑜"组授课实录

钟求是，男，浙江温州人，毕业于中央民族大学经济系。在《收获》《人民文学》《当代》《十月》等刊物发表小说多篇，作品获《小说月报》百花奖、《中篇小说月报》双年奖、《中篇小说选刊》优秀中篇小说奖、《十月》文学奖、浙江省优秀文学作品奖等。出版长篇小说《零年代》《等待呼吸》，小说集《街上的耳朵》《两个人的电影》《谢雨的大学》《昆城记》《给我一个借口》等多部。现为《江南》杂志主编，浙江省作家协会副主席。

钟求是： 温馨提示，我是一个比较严苛的编辑，遇到小说中存在的问题，我会直接讲出来，这一点也希望唐瑜有心理准备，我指出小说中的问题，是希望能够促进你在写作方面有所提高。这篇小说我看了两遍，我们依照惯例说完优点再谈缺点。

小说的整体方向是很明确的，一个女孩子心里总是感到不快乐，好像在内心深处潜藏着一团阴影，是由家庭的压抑和逼迫带来的，主因是男人造成的，男人没有责任感，不可信任，我在这里还隐隐感觉小说中有种女权主义发出的不满声音，甚至是呼喊。这是小说想要表达的主题，是比较明确的，尤其是在末尾部分监听内容之后的那段心理描写，在我看来就是在表达主题。

② 这段描写已经把主题的情绪表达推到了顶峰，而小说名的"裂痕"二字也由此而来。作为年轻的写作者，唐瑜有自己的思想，有明确的叙事立场，我能够看出她写作的主题很坚定，也很决绝，仿佛是作者的亲身感受一般。

我是六零后，六零后这代人成长起来的环境是比较

裂　痕

文 / 唐瑜

① 手机收到一条好友验证，是小学同学黄锐。前些天我找工作，刚好碰见他。省城真的不小了。我竭力回想他稚嫩时期的样子，但实在没法将两张毫不相干的脸重叠。他大约比我高十四厘米，身材发福严重，脸上有不少痘印。他问我这些年过得怎么样，想约我单独见面。我看着脏乱不堪的宿舍，先是客套地回绝，今天忙着办离寝。他紧接着问，东西多吗，有人来接你吗。屏上的手写了又删，删了又写，我犹豫该怎么回。他又说，你发个地址，我开车来帮你。思虑再三，我还是应下了。

戴上口罩，我把柜里的衣服都扒出来，飞扬的灰尘瞬间在空中浮动。衣服大小不一，每年的审美都在变。我把还想穿的挪进行李箱，一次都不想再穿的丢进麻袋里，收拾了近个把小时。最后掀开长久未动的窗帘时，一只蜘蛛赫然挂在眼前。刚入学时，我就因害怕虫子与人换了床铺。不知为何，我鼓足勇气想把它捅掉，结果它乍然向我爬来。我吃了一惊，着急忙慌用衣架遏制住它，打散网，毁

掉它栖息的家。有些东西没办法轻易丢掉，它会在临近忘怀的那一刻闯回来。我吃力地拖着杂物往一楼垃圾车走，却被挡在右楼梯口，眼前密匝匝堆积着一只被遗弃的巨兽。耳边传来宿管阿姨骂骂咧咧的声音，垃圾已经堆积到四楼。我把麻袋往边上一丢，给这只垃圾兽添上小尾巴。一切整理妥当后，开始捯饬自己。

黄锐那时是学校小有名气的混子，就在我隔壁班。我们在暑假游泳班里相识。他长得白净，五官棱角分明，透着股冷酷劲儿，特别招女孩喜爱。好在我长得黑干瘦，喜欢他的人并不觉得我有威胁力，甚至时常讨好我，让我投递情书。黄锐总是故意装得很凶，这让人觉得他不好接触，不过相比起那些爱耍小心思、偷偷打报告的人，我更乐意跟他玩。他知道我曾喜欢过他吗？即便他后来突然消失，我心里仍给他留位置。天气炎热的时候会想他，和别人恋爱时会想他，睡不着的时候也会想他。睹物思情总归都是借口。记得下课铃一响，他经常第一个冲出教室，杵在窗边等我。同学炽热的目光，班主任不愉快的深情，多少让我喜忧参半。但管他呢，我慢悠悠地收拾书包，享受着那一刻高度的存在感。

周五是我们固定的小赌日，放学后去仙人井捞硬币。从保卫处走到校门，要穿过一条长长的、椭圆形的、类似于隧道般的涵洞，墙面上挂着校领导和老师的照片，冗长的文字书写着他们光辉的教学

有压迫感的，是压抑的，我们遭受过比如由经济窘迫造成的心理挤压，是那种情感之外的痛。当然，我们成长中的少儿时期，对父母、对外界的情感是粗糙的，与现在的九零后完全不一样，你们面对的是越来越多的这种长辈之间的情感问题，或者你们面临的更多的是人性里丑陋的一面。

这篇小说里，文字带有作者的这种思考，并把作者的内心想法传达给读者，能够让读者体会并收取，同样感受到这种情绪，我认为这是优点，是一个年轻写作者应该有的勇敢，唐瑜能够做到这点，很不错。

现在，主题已经有了，方向很明确，那么缺点是什么呢？

作者塞到小说里的内容有点杂，她写了主人公父母的情感问题，写了家庭纠纷、男孩的父母的情感矛盾与纠葛，还有主人公与黄锐的情感问题，将三组关系进行对比，这个构想是很好的，对比的内容是很丰富的，但是如此丰富的内容如果没有编织好，那么每组关系的叙述就会显得很狭窄，内容就不会说得很细致，故事的深度也没有挖掘出来，没有什么比较精细的情节能让读者印象深刻，只有一种女孩子的情绪作为骨干贯穿始末，没有枝节。

比如，小说里的人物在回忆小学五六年级的时候，两个人去捉奸的情节，他们在路边等着，之后看到一辆熟悉的车，女孩子就跑了过去，看到车子副驾驶上坐着

一名年轻漂亮的女子，接着就是一段心理情绪的描写，没有提见到父亲，也没有提父亲不堪的举动，只有一段情绪的表达。

后面写到，车里的男人原来是外公，他要去工地，接下来就开始叙述外公的不好，原本是要谈论父亲，现在变成抨击外公，偏离了之前的主攻点。这么一个很重要的场景，没有出现父亲，也没有涉及父亲人品中可能存在的风险，这其实也没有关系，只是你必须有一个很有力量的情节，让读者能够感受到女孩子被一件很不堪的事件所深深刺激，但你这里没有写出来，仅仅是有一个年轻靓丽的女性坐在副驾驶上是不够的，你要有一个具体的更有力度的情节，让主人公震惊，让观众震惊。

主人公的情绪，我们是能够感受到的，但是支撑这种情绪的情节不够有力度，在整个小说推进的过程当中，也加了一些其他事情，比如父母的矛盾，也牵扯出不少事情，但是这些事情都不够透彻，比较粗枝大叶，冲击力不够。

走走：谢谢钟老师。我想先问一下唐瑜，你为什么会想到写这样一个牵涉两代人的，回忆一个童年的伤痛的事件，你创作的出发点是什么？

唐瑜：可能是我在与同龄人相处的过程当中，发现家庭对我们这代人的影响特别大，比如有些家长对待子女很严格，有些家长的管理

事业。沿着红旗路狭窄的小入口，往下走数百级阶梯，便能看到两口方井。泉水自石壁孔涌出，落入池中，常年叮咚作响，清澈透亮。饮水井里有许多硬币静静地躺着，承载着许愿人永不枯竭的希望。落阳斜照下来，井面上波光粼粼，空气里像是有薄薄的烟。作为散养的孩子，我们晚点回去父母根本不在意。黄锐脱掉蓝色短袖，趴在井边，让我紧紧扯住他的双脚，用双手在井底贪婪地捞捕。直到我快撑不住，他才会用力把身子往后一仰。伴随着巨大的出水声，他喘着粗气数着手里的硬币，碰到大的还送往嘴边亲。他湿漉漉的头发不断汇聚成小水滴，掉落在滚烫的石板地上，滴答，滴答。是彩色的，那些水滴。

约的五点，我已提前半小时画好精致的妆容，百般纠结后穿了一件蓝色连衣裙。黄锐发来信息，说已经开车到宿舍楼下，正站在门禁处等着。我拉着一大一小行李箱，上边还驮着两个中型被袋，刷卡出门，他赶忙接过手，说，外边晒，先上车。他以前的身形是修长的，如今长胖不少，想必这些年往身体里塞了大量食物。我们匆忙走过去，极力躲避烈阳，高跟鞋在水泥地上发出尖锐的声响。那是一台黑色的新能源越野车。我上到副驾驶座，扑鼻而来一股浓烈的车载香薰味，正极力掩盖弥漫在车内的出厂痕迹，类似于皮革味。车没有熄火，空调一直在运作，温度很舒适，后背上的汗正在徐徐挥发。他问我冷气还合适吗，我说挺好的。很久未

见，我们都有些局促。窗外遍布着背行李的异乡人。六月的毕业季，空气热度飞速爬升，太阳每天按时出勤，几乎是毫不吝啬地发散光芒，照射大地。如若不是省城那种特有的燃烧感，一种黑夜将至本应沉寂的街道，却仍吵闹着并散发出不同黄色火焰的感觉，我想，我也是一定要离开这的。

日料店的氛围很静谧，上菜也慢，以至于不得不说很多话缓解尴尬。他倒了杯玄米茶给我，说，我们应该十年没见了吧。我说，是十一年，升六年级的时候你转学了。他说，瞧我这记性。我说，所以你当初为什么突然转学，也没和我说一声。他说，嗨，我爸把我搞去寄宿学校，被关起来了。我哦了一声，略有所思，说，你和以前特别不一样。他认真思考了下，说，人总是会变，以前不想读书到处乱混，现在规矩不少。我说，难怪。然而这并不是我想得到的答案。我曾觉得这世上的大多数男人都比不上他，可这次重逢一定程度上打破了我的想象。时间流逝得很慢。服务员终于把菜端上来。简约的食材在寿喜锅里咕噜咕噜扑腾起来，浓郁的汤底散发出一股香甜。他帮我把生蛋液搅好，夹了片牛肉放我碗里。我些微沾了点，放入嘴里，感到腥，吃不惯，硬生生咽下去后，吞了好大一口茶。他问，还记得咱以前经常去井边玩吗。我说，当然，每次捞到后你就带我去玩老虎机。他说，我还老中不了大的，把钱输得精光。我说，你还好意思说，我有几次拿游戏币坐公交，被司机发现抓到

却很宽松，这对我们的性格乃至人生的影响是很大的，尤其是父母辈的情感，对我们这一代的情感选择影响也很大，我想要把这种感觉写出来。

走走： 那小说里的这些情节是你想象的，还是经历过的？

唐瑜： 有一些是身边人的经历。

钟求是： 我认为，小说的情节可以虚构和想象，但里面的这种情绪，还是需要有一种亲历的感觉，这样情绪也会更为真实，给读者的冲击才会更大。

唐瑜作为写作者能够想象到他们这一代人的心理中存在的阴影，或者受家庭的影响，还是很厉害的，确实他们这一代年轻人或多或少都会有这样的经历。那么，能够抓住这种痛感，并且很大胆地表达出来，这也显示了一个年轻写作者的一种姿态，写作的态度和利用文学来表达自己内心对世界的看法、对社会的认知，是很重要的。

我继续往下分析，接下来我要谈的是语言和叙述，小说的语言和叙述其实是不一样的。有些作者的写作语言很好，但是叙述不够到位，这是很常见的。只有同时具备了语言和叙述两种能力，才能干好写小说这件事情。我认为唐瑜是有写作天赋的，可能平时她看的书和作品不少。

唐瑜的语言比较成熟，

用词也到位，能够做到衬托情感的效果，这一点我是认可她的，但是叙述能力还有待于提高。

我从开头开始说起，这一段单刀直入，信息量很大，因而也就有了文笔不从容的感觉，韵味不是很好，这跟语言无关，跟叙述有关。小说的第一句或者第一段是很重要的，作为一名编辑，很看重作品第一段给他的感觉。我拿到一篇作品，如果第一段给我的感觉很一般，我会觉得这篇小说可能整体都很一般，虽然这不是绝对的。

这篇小说的第一段里，信息给了很多，他们以前是同学，很久不见了，女孩子现在大学毕业，马上要搬家，等等，我会猜想这两个人的关系到底是什么？现在看上去这种关系很模糊。如果我整篇看完再回头看第一段，是能够看明白的，但是在没看完全文的时候，这一段的信息量就显得多了。

①这句话的逻辑是什么，省城不小，两人却刚好相遇，这里面的推理关系不是很顺畅。再往下看，我会感觉这篇小说有问题，对小说情节迅速推进的把控力不够。

小说中有些情节之间的过渡处理显得比较青涩，里面那些回忆的穿插开始和结束，是需要作者把握好节奏的，这一点唐瑜处理得不够自然。

另外，唐瑜的叙述有点跳，有点飘。甚至有些文字像是自说自话。如果一段文字的表述不稳，那么文字里的逻辑就会脱节。这个问题对于唐瑜来说，是比较严重

骂。他举起杯说，哎呀都怪我，以茶代酒给你赔罪。我放低茶杯与他相碰，发出清脆一声。他见我不再那么沉默，话逐渐变多，说，这些年你谈过恋爱了没。我说，那肯定有呀。他说，几段。我说，你搁这查户口呢。

近些年我尝试过两段恋爱，但仅仅几月就都无疾而终。别人问我分手的原因是什么，我都说是不喜欢了。事实上，我可能根本就没喜欢过他们。爱情究竟是什么，是治愈孤独生活的灵药，还是生殖繁衍的驱动力。理不清楚。我心里多少背负些遗憾，为当年没能向黄锐表达我的心意倍感惋惜。我不间断感觉到，好像有些事没做完，但又觉得那是最好的离开。在回忆里留下最美好的青春轮廓，是难以通过人为去创造的。也许，我对他念念不忘有这个缘故吧。

他又接着说，跟你说个糗事，我上一个女朋友，分手的时候拿猪血吓唬我割腕，太他妈离谱了，搞得我心里有阴影，你说，谈恋爱到底为了啥。我说，我哪知道。我言语里透着股酸味，尽管黄锐没能保持梦中情人的模样，我却摆脱不了对他莫须有的占有欲。他接收到自讨没趣的信号，埋头吃下好几块寿司，才说，其实吧，我有些时候总是会想到你。这番话他一定是想了很久、费了很大劲才说出口，暗自较量的天平在这一刻终于偏向我。他看向我的目光蕴含期待，似乎是想要得到满意的回应。我说，我才不想你呢。我非常不适合撒娇，

发自心底觉得自己惺惺作态的样子令人作呕。他却对我的发嗲感到兴奋，说，你比以前漂亮了很多，真的，尤其是眼睛，特别迷人。我下意识地闪躲开他的注视，心里莫名的焦躁。我们似乎都无法忘记对方，这应当是好事，但人常常会被自己的心跳迷惑。我的内心泛起异样感，我一定是忘记了某些重要的事情。

饭后，黄锐送我回家。老楼没有电梯，他帮我把行李提到六楼，满头大汗。我觉得不好意思，便约他下回去游泳。他对我的邀约很是高兴，下楼时反复向我挥手告别。我从楼道口看着他驱车离开，才敲响了门。良久，门才开。

我爸穿着一件老旧的白色背心，眼里有点惊讶，问我怎么突然回来了。我说，毕业了，先回来住会儿。他哦了一声，帮我把门口的箱子提进来，语气有些责怪，说，怎么不提前打个电话，好给你铺床。我说，没事，我可以睡沙发。他有些懊恼，坐到沙发上。我把门捎上，问他，我妈睡了吗。他点头。空气里充溢着一股生疏。他用力地摆弄电视遥控器，调来调去只觉得乏味，便回了房。

是夜，我躺在沙发上，从睡梦中醒来。看向窗外，漆黑一片，唯有明黄色的路灯还在亮着，像是在审视着我。也许是刚刚的梦，脑袋清醒得很快，用一次性塑料杯接了水，一饮而尽，能清楚地感知到液体从嗓子慢慢流入到胃里，一阵清凉。没有开灯，我坐在沙发上，静静地听着我爸震耳的呼

的，以后你在写作时，要先琢磨一下怎么把你的想法适当地叙述出来。

关于叙述有些跳、有些飘的问题，我举一处例子，主人公与黄锐相遇后，多次怀疑过黄锐，可是前面已经说到两个人十一年没见过面，而且这一次相遇也是偶然性的，那么主人公为什么会联想到自己的父亲当年被举报下岗是眼前这个十一年没见过的人做的？这种多年以后偶然相遇就产生多次怀疑的逻辑是无法成立的。

噜声。

——睡了吗？

手机突然震动，吓我一跳，是黄锐。我回复他，刚醒，你呢。他说，半宿没睡着，想起以前很多事。我回，我也是。他说，我一直有个事想问你。我说，啥。他说，你爸妈后来怎么样了？我一下子精神了，泪水倏地从眼角流下。那些埋藏于尘灰下的、说不出口的阴事，被一针戳破，在脑内嘶鸣，迟迟不平。

黄锐其实中过老虎机的大奖。平日里无情的吞金兽，伴随着一串玩味的游戏声，开始如瀑布般往外吐钱。那理当是快乐满足的一天，却被我的哭丧脸破坏了。在黄锐的不断追问下，我说出家庭即将破裂的实情。他思考片刻，提出了神秘而伟大的想法，去捉奸。

我和黄锐来到我爸承包的工地门前，绿色竖网包裹的楼盘已经建成一半，高大威猛，外面杵着许多钢筋架，古铜色的工人们正在上面一木一石地修葺。我们藏匿在马路对面的树荫下，仔细盯着大门来往的人。黄锐学着电视剧里特种兵的模样，匍匐在地上。我懒得管他，嘴里骂他神经病。等待的时间很是漫长，久到黄锐好像睡着了。日光下，我瞪大眼睛，不想放过一个人。光芒汇聚进我的眼眸里，似乎是出现了幻觉，眼前的光圈愈发模糊，触觉神经也变得敏感起来，清晰地感受到后背上的汗，正在一滴，两滴，三滴……慢慢滑落，密密麻麻，变成了一团水。到底是酷热还是温暖呢，我蜷缩起自己，一个被包裹住的形态，以为回到了妈妈的子宫里。耳朵里发出咕噜响，应该是灌足了羊水，我像一条鱼在游动。虽然隔着肚皮，却能感受到妈妈在抚摸我的手掌。她浅浅哼着歌，我预感到，我快要出生了，快要抵达这个新世界。我的头移动到宫颈的位置，一种与地平线相反的角度。子宫里是红黄色的，正如落日的颜色，而我贪婪地吸食养分，在里面燃烧。杂草间的小蚊蝇降落在我的鼻尖，吸盘的重力使我即刻跌落在地上，有些虚脱，吓醒了半睡的黄锐。他慌忙起来，问我怎么了。我有些吃力，说，应该是中暑了。他帮我调整好坐姿，让我等着，然后快速跑去商店里买水。他走了没几步，我就看到了我爸的车。一辆银色的小轿车。缓缓斜停在门口。我向黄锐离开的方向叫喊，却只能发出干哑声，说不出话。干，太干了。我极力挣脱身体的麻木，站了起来，以一种诡异的步伐，往对面走去。我看到了，副驾驶上，坐着一个年轻靓丽的女人。

亲眼目睹与自我想象完全不同，那是一种怪异的、复杂的感觉。我感到呼吸急促，心脏怦怦地猛跳，身子颤抖得厉害。是愤懑，是背叛，是害怕，是受伤……我想起了我妈的悲恸。那些泪，重重地滴在了我的心坎上。我爸曾是我心中带有神性的权威，是我安全感的来源，和他站在一起，我总不自觉地感到骄傲。但他亲手打破了这一切，变成一个毫无诚信的出轨男人。

一辆车从左边呼啸而过，差点撞上鲁莽的我，那是一声尖锐的鸣笛。黄锐从侧后方拉过我，生气地对着车屁股大骂。我着急地扯住他，张牙舞爪地指着对面的车，怕错失了机会。我甚至不能大喊狗男女别跑，我不懂，为何在如此重要的时刻，我失语了。黄锐很快就接收到意思，搀扶着我过马路。就在同时，小轿车的后座门打开了。一双极其眼熟的鞋映入眼帘，就在昨晚，它还出现在家里的玄关处。那个人穿着朴素，黑色短袖皱巴巴的，能看得出它曾被多次清洗穿戴。他的头发黑白相间，常年做工皮肤晒得黝黑，个子矮小但富有肌肉。他与车里的人娴熟地打着招呼离开，向工地里走去。

那是我妈的父亲，我的外公。我停顿在路边，震惊、迷惑。那些破碎昏暗的争吵里，我妈的啜泣频繁在我脑海里徘徊。一句句带有压迫性的话语，占据了我每晚的记忆。外公总是把错误归结在我妈身上。他总说她打牌不顾家，说她孩子管不好，说她乱花钱，说她管不住男人，总之哪儿哪儿都不对。可眼前的这份包庇，究竟是为了什么。我没有再向前走。银色小轿车发动火，匀速地离开了工地。少焉，我小口小口地喝下水，恢复神智，拉着黄锐一同走到对面。这段路本是不远，但每一步走得额外艰辛，每跨一步，像是落在刀片上，鲜红的血留在了脐带里，我逐渐脱离母体，长成大人。

工地上的挖掘机正在轰隆作响。我指着那台黄色的大玩具说，就是它，自从我爸有了钱，就总不回家，那个东西象征着一切坏事的开始。黄锐没作声，只是专注地看着我所指的方向。我把手伸向他，说，借我几个硬币，我想许个愿。他从口袋里抓出一大把，问我，够吗。我紧紧地把它们攥在手心里，说，够了，愿望没那么容易实现，图个仪式。我曾无数次在井里偷走别人的梦，如今却狼狈地希望它能听见我的祷告。

　　又见深井。

　　水比以前更清了，烈阳穿透进去，让每一处暗点清晰可见。我把零碎的硬币包在手掌里，双手合十，虔诚地许愿。我和井仙说，希望那个坏女人能够消失，希望爸爸能够不要离婚，希望妈妈能够戒掉牌瘾，希望我的成绩能够高升，希望……贪心和欲望是什么都无法放弃的人才有的，它像是一汪水，漫过了我的家。

　　我不知是何时沉沉睡去的，醒来发现枕头上印有明显的泪痕。我打开手机查看，发现昨晚忘记回黄锐，便发去一个早安。一股蒸鱼豉油的味道袭来，太阳已经高高挂在天上，厨房传来切菜颠锅的声音。蓝黄色的火焰在灶台上熊熊燃烧着，极其温馨。我揉缓开微肿的眼皮，看到我妈端着餐盘从里面出来。她把围裙解下来，喊我吃饭。我起身简单洗漱了下，看到穿高跟鞋被磨破的脚踝处已贴上了创可贴。

　　我爸穿着白背心，坐在餐桌靠墙里边，起开大曲酒的盖子，倒上满杯，随即沿着快溢出的杯沿吸溜一口，发出满意的一声咂巴。那年我爸突然失业后，他们中止了离婚的办理。我爸零零碎碎找了许多工作，皆不长久，勉强维持生计。他的性格变了许多，与我妈的关系有所缓和，不再吵架，甚至不久后生下我弟。和解的产物，还特意查阅族谱的字辈取名。婚姻再往后走，进化成相互冷漠，视若不见。我爸总爱喝酒，屡屡喝得酩酊大醉、一身通红，控诉自己被小人作祟，幻想着有一天能从天而降一位法官为他主持主义。

　　我妈给我盛了一碗冬瓜排骨汤，我大口喝完，背后泌出大汗，清热解毒，浑身舒爽。我忍不住赞叹，这汤炖得比以前好。我妈满意地笑，让我多喝些。我把脑袋对准风扇吹，她又接了一句，外公最近来省城看病，你和妈暂时先睡一张床。我说，我弟的房间不能睡吗。她说，寄宿学校周末放假，他要回来，你又不是不知道他有洁癖。我说，哦。借着契机，我顺势又说，过些天我找到工作就搬出去住。我爸喝得微醺，哈着酒气说，你工作需不需要我找人帮忙。我说，不用。他对我的拒绝表示不悦，微微皱眉，说，你要学会人情世故，不要老是高不成低不就的，人家公司要你就不错了。我早已习惯他对我的否定，这些相似的训话时常左耳朵进右耳朵出。他依旧絮絮叨叨，这个社会很复杂，你不要随便听别人的忽悠，想当年要不是那些狗杂种背地里搞我，我至于这样吗。我妈见状抢过他的酒杯说，差不多了别喝了。我爸把筷子往桌上一甩，破口大骂，他奶奶的酒都不让老子喝，这日子没法过。

日子没法过也得过，我嘟囔着，你现在这条件还能再找？空气短暂凝滞。我爸涨红了脸，对往事羞愧难当，憋了好一会儿，才想到接着训，毛悦，你读了几个书就翅膀硬了是吧，想翻天还得看你老子。本应令人愉悦的孩子，现在却把他气得不轻。愤恨在这一刻爆发。他指着我说，你以后别伸手找我要钱。我口不择言，搞得好像你有几个钱似的。话刚说完，我就后悔了，脑子发嗡。然而这是必然发生却一直拖着的事。我爸的尊严受到重挫，他闷喝一杯酒，缓缓垂下了头，好久，才吐出一口浊气。我真的想哭，时间走得无影无踪，他是什么时候长出了密密匝匝的白发，大肚腩又是何时瘦下去的。他在我的定义里，是西装革履的样子，是意气风发的感觉。他比以前更老了。我实在不愿对他发脾气，只是心里的那道坎，始终过不去。我对他真是又爱又恨。

厨房里洗碗的水声断断续续，我爸躺在摇椅上，用蒲扇慵懒地扇着风，睡眼蒙眬。茶几上的手机震了又震，我想大约是找我妈有事，输入密码帮忙看一下。那人说，汤好喝吗，好的话再给你做。一股莫须有的好奇心驱使着我点进去。我妈唤他杰哥，每天聊些琐碎的日常生活，并没有强烈的触目惊心。双方不知何时建立的联系,看着好像很熟悉,但也没有越界,只是以老乡身份互诉苦楚。我抬头看向我爸,他已经张着口熟睡,打着颇有节奏的呼噜。我退出聊天框,标为未读,再把手机放回原处。回想起去上名牌大学那日,我开着玩笑说,终于不用听我爸打雷一样的呼噜了。我妈说,我都习惯了,哪天他不打呼噜我反倒睡不着。我说,我怎么也听不惯,实在太痛苦了。她说,生活中的苦痛多了去了,你适应下不就好了。我曾数次将自己困在污泥漩涡中,晦暗不明,盘旋挣扎,彷徨痛苦。可真相是,我的那份自以为是的亏欠,仅仅是自作多情。

黄锐说要给我介绍工作,我们约在游泳馆见面。红日照得人脑袋发昏,手机却收到雷暴预警。软绵绵的热浪吹过,落下几片叶,上绿下黄。味道在夏天格外浓郁,鼻腔充溢着树叶和浮尘味。我站在台阶上,向里望去,馆里没什么人,许是天气燥热,人们寸步都不想动。日光折射进明镜的水面上,池里是静谧的蓝。没有波纹,没有滚动。明明是沉寂的氛围,胸腔里却闷得很。走进去,池子里的水很干净,但隐隐约约还是能闻到漂白粉的味道。

换好泳衣,我跳进水中,如纵壑之鱼,尽情地在空旷的水里享受游动的、舒畅的快感。我想,如果能自在地生活在水里,那一定很愉悦。等游到疲惫后,我停下来,半伏在岸上。黄锐双手撑起身子坐到池边上,呼哧带喘,看着我,嘴巴在动。我朝着他大声比划,我耳朵堵了,你说什么。我使劲摇晃脑袋,垫脚单跳,直至打破耳内那层堵塞的膜,一股热流涌出来。他说,明天你能陪我去趟金水冲吗。我说,去那儿干吗。他说,搬个家。我说,行啊,听说那里很漂亮,正好我还没去过。他神色悲伤,说,那天的问题你还没回答我。我像是一条被搁浅的鱼,嘴巴不停地张合,想要说些什么,又不知怎么开口。抬头看,灰黑色的云正蔓延在省城上空,起风了。停顿了很久,我说,还在一起。其实我并不想提,那对洗心革面的父母。他满意地说,那挺好。我说,多亏当年你陪我去捉奸。这声自嘲在此并不合适。他听出不对,说,我不是那个意思。我像是被揭穿了伪装,甚至心里不由得生出自卑感,但仍假装不在意，严肃地说，请收回你的怜悯。他想法让我平复，说，转学后不久，我爸妈离婚了。显然这番话是有效的，偏差感往往是经过比较后才得到的。他好像很痛苦，说，我有些话想告诉你，但是怕你生气。我大抵猜到些，说，那就不要说。他没遵循我的建议，继续说，我曾经做了件错事，如今我后悔了。我说，后悔有用吗。他说，我想我早在几年前就得到了惩罚。我说，这关我什么事呢。

我深深吸一口气，张开双臂，埋着头奋力向前划。池水涌进了耳蜗，我再次被水包裹着，好熟悉的感觉，像是回到了某个地方。远处传来几声低沉的雷鸣，我睁开双眼，透明的水被蓝色的瓷砖反射着，窗边折射进水里的光很薄弱，比落日的黄更浅。

我想起了被我遗忘的事。我爸当年是被举报下岗的，租用占股的挖掘机在工地盈利，属于私用职权被公司开除。我曾傻傻地模仿电视机里大义灭亲的形式，写下我爸的罪状，妄想以此让他得到处罚。不过那封信被我妈发现了，她用衣架重重地抽我，拖着我在灶火台上把它烧成灰烬。后来我才明白，无论他们吵得多凶，在利益面前，他们是站在同一战线的。金钱能使任何人统一立场。那我爸究竟是被谁举报的呢？与黄锐相遇后，我多次怀疑过他。③<u>可我们当时还小，不至于有如此缜密的心思，不是吗。</u>我不愿意猜忌他，再续前缘并不容易，如

③主人公不愿意猜忌，又说再续前缘不容易，可是黄锐只要表白，主人公会立

马答应。这里的重逢也许是主人公恳切地盼望命运的转盘再一次驶向自己,自己以往的时光里一切都以自我为核心,却在这刻奇迹般相遇的瞬间,主人公毫不犹豫地愿意付出自己的全部,似乎内心隐藏着对黄锐很猛烈的情感。前边写到自己内心里多次怀疑过他,这里面的情感虽然表面上可以用人物的内心冲突与矛盾解释过去,但细致琢磨下来后你会发现这个逻辑其实是不连贯的。类似这样的例子在小说里还是有很多的。

我再举一个例子,比如末尾部分,两人乘坐的车子掉入了水中。之前两人坐在车上,这里有个伏笔——主人公的手腕上有处伤疤。

果他向我表白,我也许会立马答应他。重逢不是自动找上门的偶然,是恳切的盼望使命运的转盘再一次驶向我。过去的日子,时间仿佛是自己的。但在这奇迹般相逢的瞬间,我愿毫不迟疑、当机立断付出自己。

雷电发出最后一声轰隆鸣响,像是重重的叹息。外边的雨停了,大块的云往一个方向游走。太阳找准缝隙照射下来,天又呈现出淡淡的金黄色。光在水面上闪烁、飘浮,空气里泛着孤清,我躺在水面上,等待脸上的湿痕被晒干。回去的车上,黄锐递给我一个信封,说,你上次那个工作,我托人写了封介绍信。我接过来,向他道谢。他又说,里面还有张卡,密码是六个一,你去置办些上班的衣服吧,你平常穿的不大合适。我没回答,心里感到不舒服,隐隐中有张掌控的密网正朝我布来。

天刚亮我就醒了,看到我妈孤坐在窗台边,双手支在膝上,眼睛瞪大看着外边,像桩一般杵着。我假意咳嗽,她发现我醒了,问我想吃什么早饭。我说不用了,今天要去金水冲。她没追问去干吗,只是说,今天有雨,早去早回。如果可以,我再也不想回来。

等清好东西,黄锐已到楼下。他穿着一身黑色西装,眼袋很重,看起来很疲惫,可以说是一夜未睡。我提包坐上副驾,一股浓郁的花香袭来。后座上放着一束粉色康乃馨,但一半都是花苞的形状,还未完全绽放。我说,搬家还这么有仪式感。他发动车，说，给我妈的。我对他的先斩后奏感到惊讶，甚至有些生气。他赶紧解释道，我妈半年前走了，但墓地资源紧张，没排上号，前两天通知我有空位，就想给她搬过来，离我近点。我努力消化这突如其来的一切，说，这么大的事你应该提前告诉我。他没回应，只自顾自说自己的，那时候我妈胃癌晚期，我爸愣是没来瞧一眼。我不会安慰人，只能长叹一口气，说，心真够硬的。他说，当年我被判给我爸，他压根不管我，天天在外边花天酒地，所以毛悦，我真的羡慕你，真的。我频繁扣着指甲上的死皮缓解焦灼，说，为什么选择金水冲。他说，算命的说那里风水好，就买了套房子安置，但我从来不敢进去，我握住他的手背，想用温度去融化他的害怕。他说，我对不起她，每次想她了，就站在楼下说说话。我打开车窗，风迎面吹来，一股子腥味。我说，搬完房子怎么处置。他说，卖了，我不敢住。

车驶入石沙镇，山脉绵亘，金水冲越过青山，横贯于村镇，河道宽阔，正值六月主汛期，流淌的速度很快。如果在二三月，岸边的田埂会长出连片的油菜花，绵延数百里，令人沉醉。只可惜天公不作美，今天空气沉闷，路上布满淤泥，翻涌的呕吐感在我嗓眼徘徊。六十分钟后，终于抵达一座居民楼。我跟随他，脚步沉重，爬上六楼。门一打开，随即漂浮起厚厚的岁月尘灰。我站在门口，并没进去。黄锐跪在祭桌前，三跪九叩，咬紧牙，憋足劲，发出浑厚的喊叫，妈，跟着我，别走丢了。我听得心里一阵酸楚。

黄锐珍重地捧着盒子，放到后座，系上安全带。那是黑檀木做成的，上面雕着镂空的窗花，它的设计看上去花了不少心思。旁边那束康乃馨颠簸一路，这会儿醒得刚好。我问他要不要休息会儿，他悄然牵住我，拉进他的怀里，哽咽地说，就这么待一下。我抚上他的背，有节奏地拍打。他哭了，从隐忍含泪，到放声大哭，泪水浸湿了我的肩膀。良久，他松开我，恢复以往的状态，冷静得像是什么都没发生过。他盯着我看，似是想了很久，郑重地说，你能和我在一起吗。

天几乎是一瞬间黑的，暴雨猛烈地打在车身上。车窗渐进来雨水，冰凉的异感浇灭了燥热。夏季盛行太阳雨，转瞬即逝，如同感情。一切都太糟糕了，我是说我。这些年，我无法从周围女性的身上感受到婚姻幸福和家庭幸福的影子。我有些抱歉，并不是有意想拒绝他的。我曾试图冲破桎梏，往往收到的是家庭男性权威的谴责。我被规定不该有主见、不该强势、不该反抗，要懂事、贤惠、听话。黄锐也是否和他们一样，我猜，不会相差太大吧。毕竟，人不会永远定格在一个维度。如果没有那份莫须有的愧疚，没有曾经共情的记忆，我们是不会再会的。

　　片刻沉默。我说，回去再说吧，让我想一会儿。他拉住我的左腕，用指腹在上面摩擦，问道，这里怎么有个印子。我说，小时候被抓的。他说，可惜留疤了，不好看。④<u>我说，你真的什么都不记得了吗？他有些迟疑，说，有点眼熟，跟我有关吗。我抽出左手，说，没有。开车回城，入墓会有一大堆流程要办。随着湿气的密度增加，泥路变得更坑洼不平，我反复揪指甲缝里的那根倒刺。</u>车身的晃动使胃一阵绞动，每一秒都感到格外难熬。随着一声碰撞，那根倒刺被扯了出来，红色的血液从缝隙中汩汩渗出来。痛感让人清醒了很多。

　　我们掉进了金水冲。

　　耳边是浪涛猛烈拍打的声音。事故来得突然，我可以把错怪在电力车的刹车问题上，也可以把错怪在被风吹倒的大树上，但唯独没有把错怪在答应黄锐来这儿的决定上。水流很猛，车身随着浑浊的

④这里两人还处于有关伤疤的对话当中，紧接着下一句就是"开车回城，入墓会有一大堆流程要办。"这一句出现得太突然，转折十分快，没有任何过渡，读者的阅读语感在这里就会出现卡顿。这里应该有几句话把伤疤的事交代一下，顺着主人公抽出左手，过渡到后面的"有一大堆流程要办"。这之后"随着湿气的密度增加，泥路变得更坑洼不平，我反复揪指甲缝里的那根倒刺。"这里又和前一句之间没有过渡，所以总体下来，语感是有问题的，不通顺，也许唐瑜在写作越来越纯熟之后，不会再出现这样的情况。

　　以上就是我简要列举的例子，说明这篇小说中语言和叙述存在的问题。

激流飘荡。黄锐颤颤巍巍地解开安全带，言语被恐惧所吞噬，只能发出尖锐的叫喊，慌张而急促。河里的水位猛烈上涨，像放进了一只水狗，对着我们怒吠。阴黑的世界，车子正在迅速下沉，车门紧急锁止，见不到人可以求助。希望的光燃成了灰烬。我想，我们应该祷告，如同曾经我对着井仙许愿，只要足够虔诚，就会得到救赎。

翻滚的黄泥水从孔隙密密麻麻蔓延进来，水位线已抵达大腿位置。黄锐慌乱敲开了天窗的按钮，踩着座椅，迅速爬到车顶。瓢泼大雨浸透了身体，吸水的衣服此刻像水鬼拖拽着我。他向我伸出手，在拉出天窗的那一刻，不慎把我的左臂划破，流出一点血。这让我想到那个被遗漏的人，立即返回去捞它。盒子已经被浸透一半，我费了好些劲才把它扯出。狂风呼啸而过，黄锐脱下衣服扔进河里，眼神凝重，说，我们现在只能游过去。我抱着盒子说，你妈怎么办。肆虐的洪水夹杂着枯枝和碎石奔泻，有的打在岸上，发出剧烈的碰撞声，跳进河里存在受伤致死的可能，但躲在车顶是不可避免的溺亡。他面部逐渐被风撕扯得狰狞，说，我还不想死！我妈会原谅我的，就和以前一样。其实我骗了你，当年我是被判给我妈的，但是没钱的日子太苦了，我就跑到我爸那去了。②<u>翻腾的水流使车身猛烈地一阵晃动，他的脸色苍白，不再管我，看准时机，一跃而去，浑水里只留下若隐若现的脑袋。我的心脏隐隐作疼，胸腔充斥着无法言说的痛苦与窒</u>

走走：钟老师刚才提到的第一段中信息多以致叙述不从容，在我看来可能是唐瑜想要说明这两个人物是有缘分的，诺大的一个省城，竟然能够在十一年以后再次相遇。只是唐瑜在处理的时候，没有很好地显露信息，也没有很好地隐藏信息。钟老师，您觉得这种信息量多，不能慢慢交代一层层推进的内容，应该怎么训练写作叙述推进的把控力？

钟求是：其实，像这种开篇第一段想要写得好，只能看个人的语感，要靠自己多写多看，至少要看一些国内外的精良作品，去看看那些作家写作时的叙述调子，把那个风格吸收过来，落实到自己的作品之中，在之后长期的写作中，逐渐兼容吸收形成自己风格中的元素。在自己写作的过程当中，要多留意多发现问题，多去琢磨，多去回味，慢慢地才会有改善。

息。情感走到了临界点。

　　我抱着方盒，感受到一声千疮百孔的哀鸣。里面住着的女人，再一次被她的挚亲抛弃。我用手慢慢抚上她，想象着她的一生，也许和我妈一样，累没少挨，罪没少遭。我感到怅然若失，有个东西正在离我而去。水流愈发急速，我紧紧抱着黄锐的妈妈，等待命运的降临。此时左臂传来剧烈的疼痛，新伤打开旧疤，雨水正沿着它慢慢穿透进去。我抬起手臂，看着它被一点一点撕扯开，裂痕越来越大，里面的世界已经崩塌。

　　来年入春，金水冲又会迎来众多游客，遍地的油菜花下，他们是否会知道如蝼蚁般我们的存在呢。恍惚间，我看到河底里布满了银色硬币，它们正井然有序地融合成一艘银船。不远处的桥上站着一个女人朝我呼喊，像是营救的声音。

　　泳池的水面发出剧烈拍打的声音，有人在水里激烈地挣扎。我虽只有十岁，依旧赶忙游过去救人，想要竭力抓住溺水的黄锐。等抓到他时，心里的担忧减少一半。我浮上水面换了口气，又沉下去，想将他拉出水面，左臂却猛地传来剧痛。恐惧笼罩着他，使他慌了神。我感觉他的指甲在我的手臂上印下了深深的小槽。一股力量将我扯了下去，池水咕噜涌进了我的嘴巴和鼻子。他抵着我的身子往上蹿，一下，两下……我逐渐没了力气，放弃反抗，放松四肢，脑勺后仰，把脸朝上，保持漂浮状态，像是仰泳着的鲈鱼。

　　唐瑜：钟老师刚才提出的那些问题，确实是我写作中的弊端。老师提到我的语言比较成熟，可能是看过很多经典书目，这一点我愧不敢当，我之前没有写过多少小说，看的作品也不算多，这一篇小说也是找了很久的方向才开始动笔，我是那种在叙事情节上的想象力比较匮乏的一类人，能想到的精妙点子很少。我自己也是经过摸索，思考过要不要从情感这一点出发去创作，钟老师刚才说这篇小说里情感心理的描写特别多，这也是我在摸索的角度之一。

钟老师提到我的情感书写之中缺少一些强烈的情节支撑，这也正是我目前亟待解决的问题，我想请教钟老师，对于这类情节的设计或想象，我应该怎么去做对应的训练？

钟求是： 我看到你的介绍中写到你是中文系出身的，那么你应该接触过不少的经典作品，也许你都看了，但我还是建议你再细看几遍。你在学校的学习过程之中，与你现在作为一个写作者，阅读这些经典作品的角度是不一样的，你现在需要的是有深度的阅读，对自己内心喜欢的作家更要进行深度研究，这方面也许你做得还不够，所以情节设置对你来说就会很难，很多需要深度表达的地方不是你用一两句就能带过的。比如，主人公带人去捉奸，只有通过捉奸才能把家庭的矛盾以及父母对主人公的压迫写出来，这个想法是对的，但是这么重要的部分不是简单几笔就可以结束的，你要有一个复杂的事件，要写出冲击感。很多作家在写作的时候也会遇到你这样的困境，一时找不到贴切的情节，这些作家就会先停下来慢慢思考，有时甚至好几天不再继续写，直到有一天突然想出一个好的情节，才会继续创作。

有时候这些情节的出现，除了和你的阅读有关，还和生活阅历有关，只有感受生活，平时多注意生活当中听到看到的一些事情，在你创作中需要的时候，这些事件可能会自己出现，所以生活阅历的积累也很重要。

不过，你的书写感觉还是很正确的，小说进行到这一位置的时候，你会感觉到这里需要一个情节，你没有选择绕过去，而是努力地去想一个你认为很重要的情节去丰富它，这是写作者应有的写作态度。

接下来，我说一下你小说中的收尾问题。结尾部分，主人公跟黄锐去郊区将他母亲的骨灰取走，在返回的途中，突然就掉进了水里，河水泛滥，水流有很大的冲击力，一下子将汽车淹没，两人逃生的过程中，主人公对黄锐说还没拿他母亲的骨灰盒，黄锐说"我还不想死！我妈会原谅我的，就和以前一样"，那么，这就等于黄锐抛下了母亲，而后又不顾主人公的死活。

这一部分看上去太生硬，纯粹就是为了突出主题而设置的，是作者硬生生造出来的一个情节，没有内在的逻辑，这里的内容本该是一步一步推进的，故事进展到这里时需要把情绪推向顶峰，这种想法肯定是对的，但是不要用偶然性的事件，小说的写作中其实是很忌讳使用偶然性事件的，不管主人公是掉进水里还是被大火包围，都太过突然，完全没有说服力。小说不能有偶然性事件，但是可以有意料之外情理之中的事情，你可以想想怎么去塑造一个情理之中却又在意料之外的情节。

如果非要用现在的这个情节，让汽车掉进水里，那么你在前文中就需要做一些铺垫，我随便举一个例子，两人在来取骨灰的路上看见了一起车祸，男女主可能会发生一段对话，要千万注意行车安全，等等，结果返回的途中他们自己发生了车祸，这样至少也不会让读者觉得太过意外和突然。然后，你在写到汽车掉进水里的时候，多一些情景的细节描写，把过程描述得细致一点，也许能给读者一个缓冲适应的时间，不能像现在这样完全略过，读者会认为你就是生硬加入这段内容的。

还有，黄锐在这里表现得很自私，他不要母亲的骨灰，也不管主人公的死活，这样的人设不算多么夸张，但是你应该在前文中把他的这种自私做一些铺垫，我看完小说以后，觉得黄锐虽然存在一些问题，但远没有到达结尾的这种败坏程度，我看不出他性格中的这种阴暗程度，小说前面的情节和结尾中黄锐的行为没有建立起人设上的逻辑关系。

主人公的结局给读者的感觉像是开放式的，但在我看来其实是你没有处理好，写到这里就突然停住，并不是真正的给读者留下想象的空间。

小说的最后一段，又变成以往的回忆，黄锐对主人公的伤害不仅仅是身体上的，还有心灵上的，这一段放在这里很不自然，也许你是想用这一段和前面黄锐抓住主人公的手臂问伤疤的事情，但是这里对应的很突兀。

走走：我想补充一下，唐瑜你的设计是不是太繁杂了？能不能做一些减法？比如前面捉奸的部分，当主人公看到外公的出现时，她感到很愤怒，这里出现的不是父亲，而是外公，为什么你要加这个人物？

唐瑜：我想增加一些男性的权威对家庭妇女的压迫。

走走：其实你想说的是外公一直是责怪母亲的，对吧？事实上，外公应该是知道一些事情的，但你没有把这种内在逻辑表达好，你构想的层次很复杂，你的叙述能力又不足以完成你的构想，你没有做到用几句话就把隐情交待出来，我认为针对这一点不足之处你需要多看看西方小说。有很多布克奖得主，比如班维尔的《海》，就是讲成年之后回忆起童年的创伤隐痛，尘封已久已经被人遗忘的隐痛其实一直存在。你这篇小说里没有那种隐含的力量，所以你的叙述看上去就很突兀。

黄锐说对不起主人公的事情，到底是什么，可能你也没有想清楚。

唐瑜：这件事情我确实没有想清楚。

走走：我们来梳理一下故事的结构，这个故事中你想表达的是主人公和黄锐多年以后重逢，两人曾经有过一段友谊，却因为一件事情而终止，这件事情是什么？

再次相遇的时候，两人发现彼此的父母也有不同的命运，在这里面主人公对她的家庭做了什么，你也没有交代。

再到后面，主人公一定要把黄锐母亲的骨灰从水里带出去，为什么？仅仅出于友情，还是主人公曾经对黄锐的家庭做过什么？看到黄锐对他母亲的骨灰不管不顾，主人公为什么会有如此大的反应，并不是因为她也是女性，认为要安置好黄锐母亲的骨灰，没这么简单的。还有最后一段，你把结尾落在了黄锐将主人公抓伤这一点上，这和现在他抛弃母亲的骨灰独自游走没有并到一起，两个事情其实是没有建立起汇合点的。

唐瑜：我当时设想的是主人公和黄锐是有命运上的相似性的，主人公的父亲如果没下岗，她的父母可能会像黄锐的父母一样离婚，黄锐的家庭走向可能就是主人公的家庭走向。

走走：你这么设定太复杂了，目前来看，这篇小说中根本看不出来你设定的这种结构，你设定这么多的强情节，就一定要让这些强情节对应到每个任务身上，要落到具体的事情上，而不是你现在阐述的这样一种影像的投射，这种关系的投影肯定是虚妄的，你不能说主人公的父母如果离婚，会和黄锐的家庭一样，这种逻辑关系对主人公构成不了伤害，构成伤害的一定是事件本身，只有主人公对黄锐和他的家庭做了什么，在自己的内心留下了一个印记，她后面的情绪和行为才会这么激烈。你甚至可以设定外公其实是知道真相的，也许就是外公发现自己对不起女儿，所以他去举报，想要以此做弥补，这种设定都是有可能的，你一定要先梳理清楚再去落笔。

还有，小说里隐藏的事件有些多，在一个短篇小说里，主事件只能有一个，所有的人物都应该是被主事件所裹挟所影响的。

钟求是：没错，作为短篇小说，你的事件有一点多，所以内容就会显得杂乱，你得先把这些事件的逻辑关系梳理好。另外，我再指出一点，小说的标点也有问题，很多应该用问号的地方，你用的都是句号，我不大理解你这么做的原因。

走走：这可能是现在的一种风尚，很多西方小说不大使用问号，都用句号代替。我自己看一些翻译小说的时候注意到这个现象，尤其是一些西方短篇小说，确实很少出现问号。我的理解是，这些作家不想强调疑问本身，而是把疑问隐含在心中去打量世界，是一种比较平静的心态。

钟求是：确实是这样的，不过唐瑜的这篇小说里，有很多对话间的语句比如询问对方是否还记得某些事情的时候，是应该用到问号的。

走走：这类情况在国内是偏向于使用问号的，而国外的文本中多是句号代替，因为这些问题并不是说提问者真的要知道答案，只是用来引发一段回忆。

钟求是：面对双方都知道的事情时，可以用句号。但是像小说里黄锐问主人公谈过几次恋爱这类，我还是建议用问号。唐瑜，你的想法是什么？

唐瑜：这些对话是一些闲聊话题，你一言我一语，如果使用问号，可能会显得比较正式。

走走：同意。现在一些日本的剧本或小说对话也是这么写的，想突出一种生活的轻盈感，我随口一问，你认真回答或应付略过，或者干脆沉默，都是一种比较放松的对话状态。

钟求是：如果是这样理解的话，不使用问号就是可以的，也能表露出这类对话的随意性，对话气氛也随之显露。

今天我说了这么多，本意不是否认唐瑜的写作能力，恰恰相反，我希望能够通过这么一个文本的分析，让唐瑜能够在写作上的所缺之处获得生长和发展的力量。在这篇小说里，我看到了一个青年写作者端正的创作姿态，也看到了你的思考能力、你的语言能力，你用三组人物关系进行对照的架构能力，以及过去与现在的回忆穿插对比的设计，等等，这些都很优秀。现在，你只需要提高叙述的把控能力以及群体人物的构建能力，将来是非常有可能写出优秀作品的。

走走：谢谢钟老师的中肯评价。唐瑜接下来修改的时候，要先梳理好情节之间的逻辑，比如过去发生了什么事，对两个家庭和两个孩子的影响是什么，现在这两个人物又是因为什么原因重逢，重逢后发生的事件和过去的故事有没有勾连，没有的话就可以去掉。到时，你可以先画一个结构图出来。

唐瑜：谢谢两位老师今天对我的帮助，受益良多。

十五、"斯继东—何源"组授课实录

斯继东，1973年生，浙江嵊州人。中国作协会员。文学创作一级。小说散见《收获》《人民文学》《今天》《十月》及《小说选刊》《小说月报》等各类选刊选本，多次进入收获文学排行榜、中国小说学会排行榜及《北京文学》《扬子江评论》《羊城晚报》等年度文学榜单。曾获郁达夫小说奖、林斤澜短篇小说奖、十月文学奖、华语青年作家奖、浙江优秀文学作品奖。结集出版有《白牙》《你为何心虚》《今夜无人入眠》等。现为《野草》杂志主编，绍兴市作协主席。

斯继东： 何源的《雇乡独白》有许多出彩的地方，小说留给我三点比较深刻的印象，我分别用三个词汇来概括，第一个词是悬念，第二个词是留白，第三个词是氛围。

先说悬念。我们通篇读下来这篇小说，会知道它讲的是一个关于讨债的故事，那么这个讨债的故事跟其他讨债的故事有什么区别？应该就是作者把欠债人设置成主人公血缘上的祖父，这样一设定，读者更容易就会被吸引，从开头一直关注到结尾，看看主人公究竟能不能成功讨回欠债。作为一名编辑，我每天都在看小说，我认为一篇小说如果能做到吸引读者把小说读完，是非常关键的，并且这种悬念的设置也是推进小说情节向前发展的一种最可靠的方式。在这个层面上来说，作者设计得很好，在我看来他把一些诸如类型小说、影视的元素融入到小说创作里。

再说留白。小说中一直以主人公的视角进行阐述，对其他人物，我们读着能够了解到的信息很少，包括主人公自己，只有在情节开展的过程中，我们才会对他的

雇乡独白

文 / 何源

1

奶奶病入膏肓后，我回到了老家，不过我没有去看她，心里也没有太大波动。

返乡途中，我想起曾经有句俗语，"有的人，面相吓人，有的人，眼神吓人，有的人，声音吓人。"②我三样全占了，这才能干回替人讨债的老本行。

第一单生意就不小，雇主给了我订金后，我立马把我抵押给别人的SUV赎回了，不过我没想到，③老家的城市规划变化太大，开着车的我已经不认识路了。

奶奶在病房躺着，她早就意识模糊混沌，按照和我爸一起唱过卡拉OK的医院李主任的说法，现在的奶奶，除了能在冥冥中感受痛苦，她活着再不能干什么了，不能言语，不认识眼前人，不知道日子过到了哪一天。

所以奶奶也不会知道，我的雇主给我提的那个附加条件，如果那个人不肯把钱吐出来，就让我约

那个人到郊外的土鸡馆吃饭，然后弄死他。善后的事，雇主说他会安排人处理。如果弄死，这单生意的金额，再翻十倍。

我可能需要弄死的那个人，曾经是奶奶的学生。很多年以前，奶奶背着爷爷，暗地里和她的这个学生搞在一起，不声不响，竟然相恋了三年。

传闻都说，我爸可能是奶奶学生的种。

奶奶没有接触过我的内心，长辈与孙辈之间，总隔着一条大河，她不知道我的内心是多么冷血。如果真的走到那一步，那个人不肯还钱，我会毫不留情拿刀子去扎他、捅他。

"捅你屋娘。"我们老家骂人都是这样骂的。这句话同样扎根在我心里，估计我到时候也会情不自禁地说出来。

2

两年前，我也回过一次老家，是参加我爸的葬礼，那次我对所有亲戚都骂了"捅你屋娘"。我对着我爸的棺材默默流泪了两个钟头，心里五味杂陈，自从我25岁后，我和他就不再有过多的交流，可这次依然不禁流泪，甚至我都不知道这些苦咸的液体到底从何而来。

参加葬礼之前，我去看了一趟奶奶，也是从那时候开始，她的身体逐渐出现一些不可调和的毛病。听人说，她老是从医院逃出来，因为她觉得医院住院太烧钱了。我去看望她的那会儿，正是她从医院逃出来的其中一次，她躲在大女儿经营的杂货

过往有一定了解，至于主人公的童年，我们了解甚少，作者在小说里留下这么一句话，"①为什么我爸从来没有尽到一个父亲的责任"，人物童年的成长过程，没有任何呈现。

再看开篇部分，"②干回替人讨债的老本行"，通过这句话，我们隐约能够看出一点东西，就是主人公之前赖以生存的活计。还有主人公的雇主，基本算是一个隐形人物，出现的次数很少，并且和主人公相见的时候，我们无法描摹出他的人物形象，之后出现就是在结尾。而雇主为什么要弄死王闻章，还要指定在土鸡馆动手，都没有解释。这种整体留白的效果还是非常好的。

主人公的成长经历，雇主和王闻章之间的矛盾过往，在我看来都是可以留白的，交给读者自己去猜测去构思。

最后，就是小说的氛围感很强。局部上看，小说里有很多出彩的地方，比如主人公的奶奶一次次从医院逃走，比如堂弟来看奶奶，用手指戳奶奶肿胀的腹部，还有主人公拎着两条蛇去见王闻章，在王闻章里喝蛇汤，等等，这些情节都能够看出作者在有意营造一种氛围。小说里有几处能够看出是作者故意在强化，比如说主人公拿到定金后就把自己的SUV赎了回来，接下来一句就是"③老家的城市规划变化太大，开着车的我已经不认识路了"，第一次看到这句话的时候我还不大在意，但是后文中作者一直在不断强调主人公的这种感受，我们

就能够感觉到作者这么刻意强调背后的寓意所在。

下文中,主人公回到老家后,发现朋友都不见了,"④这让我感到一切熟悉的事物中,好像总有某种陌生"。还有作者到王闻章家中,"整间房子陈设整齐,家具摆放规矩,但我却感觉这个地方,没有一样东西是完整的"。结尾部分,"这座荒芜在深山里的奇怪村庄,给我的感觉,是那样陌生又熟悉"。作者有意识地不断在这种细节上营造出一种氛围感。

那么,小说有缺点吗?有的,读到后面你就会发现前面所营造的氛围和悬念,等等,似乎都落空了,这是小说存在的一个非常大的问题。在解释这点之前,我想先讲一下小说中的人物关系。

小说主要是围绕主人公、雇主、王闻章三个人展开故事,加上主人公的奶奶、父亲,等等,这些人物之间可以组成多个人物三角关系。第一组关系是主人公、王闻章、奶奶;第二组是小说的外壳部分,也就是主人公、雇主、欠债人王闻章;然后还有兄弟关系,主人公的父亲和他的大哥、二哥。

首先,短篇小说出现这么多人物,本身就有问题。一般来说,一万字的短篇小说里,我们要强化的人物能有三四个就已经到达极限了,可这篇小说里足有八九个之多。

我刚才列举的那几组三角关系,是相互独立的,相对主人公、王闻章、奶奶这一组来说,另外两组一个是外壳,还有一个是作为解释

店里,怕被其他儿女知道她的又一次出逃,也怕让我爸知道。嗯,她还不知道我爸被人一枪崩了的事。

我买了一些水果给奶奶,她握着我的手,夸我懂事了,询问的语气,像是很关心我的工作情况,其间她一直打嗝,衰老的气味从嘴里不断地涌出,源自她肿胀的腹部。我放学回来的堂弟看到我,都没认出我来,奶奶把他叫到跟前,一个劲地夸我,说我现在又懂事又有出息,让堂弟向我学习,还指着店外停在路边的一台车,告诉堂弟那是我的,有四个轮子。

我知道,堂弟一句也没听进去,他把玩着奶奶肿胀的腹部,不时地双手用力向下摁压,奶奶被他折腾得叫苦不迭。

我不会管教小孩,只能匆匆告辞。开车离开时,我看了一眼杂货店内仍在微笑目送我的奶奶,我也还以微笑,准备去城市另一边,参加她儿子的葬礼。

汽车发动后,我一时间精神没集中,不知道是在想没能见上最后一面的棺材里的父亲,还是奶奶越发肿胀的腹部,总而言之我分心了,汽车外传来一声响动,我撞到了街边的另一台车。

我转头与店里的奶奶对视,只见她面色瞬间凝固,嘴里骂道,"捅你屋娘"。我顿时错愕,方向盘再次打错,汽车往另一边猛然前进,将一个骑摩托车的男人,撞飞几米远。

后来送那个男人去医院检查并不严重，可当时我却慌了，因为我看到奶奶的嘴形一直在重复着几个字："蠢东西，真是个蠢东西……"

3

两年后，这次我再回到老家，从前共事的那些朋友早就不见踪影，一开始我以为他们是躲着我，后来才知道他们是犯事后被抓进去了。④ <u>这让我感到一切熟悉的事物中，好像总有某种陌生</u>，比如我的雇主，他身上就散发着这种矛盾的气息。"你不说话盯着人看的样子，真他妈像条狗。"这是雇主对我的评价，也是他对我说的第一句话。

我没法找从前的朋友讨生活，几乎无处投靠。赋闲几日后，我收到一封信。说是信，其实是快递信件。寄件地址是木材厂家属区，一个久违的地方。上个世纪，爷爷奶奶曾经住在离那里10里路的山里，但在我记忆里，没有哪个亲戚和朋友与木材厂有关系。而且，那里现在还有人住吗？这是我心中的疑问。

信中提到，让我前往木材厂家属区见一个人，有一份工作介绍给我，此外没有提到更多。

我按约定时间到达，来到家属区内一家破旧的房间，见到了一个男人。确切的说，是一个男人的背影。他倚窗而立，光线从他那边照射过来，我逆光，什么也看不清。

我觉得他背对着人讲话很没有礼貌，对他说，我还不知道你是谁，生意是这样谈的吗？

补充安插进来的，这两组关系并没有影响改变主体这一组的故事跟人物的走向。

小说的主体故事就是雇主雇主人公去向王闻章讨债。那么这个事件会直接导致结尾部分王闻章的结局吗？并不会，我们看完小说后就会知道，在奶奶说出死后要和她丈夫葬在一起时，王闻章最后的幻想也破灭了，即使没有讨债这件事，王闻章也一样可能走向自杀的结局。既然这组外壳关系对于王闻章的走向没有决定性作用，那么这一组人物关系的设置就是有问题的，即使这样看上去小说结构会显得很完整，但是里面的逻辑关系是经不起推敲的，为什么，因为缺少一个内容的核心，我们读者看不出来，作者自己可能也不清楚，信马由缰、似是而非地设置了一些人物，编造了一些故事，却不知道最终该把读者引向哪里。

前文中营造的氛围和悬念为什么会落空？就是因为设置了这么多无关紧要的人物关系，好像只是为了给我们讲一些故事，没有和真正核心的人物之间产生因果逻辑，这层外壳始终是外壳。

我想问一下何源，你为什么会想到要写这么一个故事？我看了一些你提交上来的小说，都是这种感觉，故事氛围感十足，内核都是空心的，人物关系也不扎实，那么你写这些故事的意义何在？

何源：我想写出主人公寻找身份认同的过程。

斯继东： 如果你想写出主人公寻求身份认同的过程，那么他在小说里有过什么主动性的努力行为吗？他一直处于一种被动的状态，一直是被其他人物和事件调动着走的。

走走： 如果一个人物没有主观能动性，是无法主动推进情节发展的。然后，你说的身份认同，是指主人公和王闻章之间的这种血缘关系吗？如果是，这种血缘关系又和他的讨债生活有什么联系呢？主人公的爷爷、父亲、父亲的几个兄弟，并没有与这种潜在的血缘关系发生矛盾冲突，他们的死也和这个完全没关系，这里面的逻辑很混乱，我不大理解你为什么会把一个寻求身份认同的故事和讨债夹杂到一起，这种情节上的设计是如何构造的？

何源： 归根到底，我还是想阐明一种身份的认同，以及对一个人来说什么才是真正的故乡。主人公回到长大的地方，这里也许是地理上的故乡，却不是主人公内心的故乡。

走走： 这两个话题都很大，我个人认为在一个短篇小说中无法承载这么大的话题，还是应该有所取舍，既然你想写出所谓的乡土陌生化，就应该有一些文字去给我们读者展现一下主人公回到故乡之前的生活状况，尤其是生活环境。还有主人公以前的朋友们，不应该仅仅一句话说这些人都不见了，

他没有任何反应。

半晌后，他说，你不说话盯着人看的样子，真他妈像条狗。窗户是碎裂的，陈旧的玻璃表面被糊上一层反光的涂层，我只能看见一个不成形状的影子代表着他，印在表面，他却似乎能通过那一处破碎，窥见我的面貌。

他说，我不是骂你的意思，只是觉得你有点吓人。你还是没变，面相很吓人，眼神很吓人，声音，也很吓人。我知道你最近想找点事做，我手里刚好有个活，很简单，是你的老本行，你干起来肯定得心应手。东西就在桌上，你留意一下。

他平和的语气中，带有一丝魄力，生生将我的目光推至眼前这张桌子上。

桌面积灰厚重，表面是一层玻璃，玻璃下压着一张照片，似乎已经放置多年。照片中是一个戴着墨镜的男人，经过辨认，我认出了他，在心里深深知晓，他与我那将死的奶奶之间的关系，还有与我的关系。

他说，就是他，王闻章，欠了我不少钱，我觉得你应该有办法帮我把钱要回来。

这就是我与雇主的第一次见面。

4

我一直称呼王闻章为王老师，但他不是我的老师，只是教过我爸而已，我上学时，他已经退休了。至今为止，我仅见过他一面，是我爸的葬礼上，在那之前，他的名字一直在我生活中出现，也

在我心中萦绕。我记得奶奶有张与他的合影，藏在衣柜的最底层，我偷看过无数遍，似乎已经默认了与他的关系。

直到葬礼上与他相见，我才意识到，眼前的这个沧桑普通的老人，和我绝没有半点关系。他语气中有一丝殷切，却被我完全忽略。那天他问我接下来打算怎么办。我很礼貌地尊称他为王老师，然后告诉他，不怎么办，接下来回去上班。

回忆这些时，我正从菜市场走出来，手上拎着一只小铁笼，里头是两条不大不小的菜花蛇。它们在笼中碰撞着，动作刚猛。我心想，它们可别把力气用完了。

我给王闻章打电话，他不认识我的号码，问是谁，我说，我是吴东，王老师，您应该记得。

他没有说话。

我继续说，您这两年欠了不少债吧，有人怕您忘了，让我来提醒一下。

他说，吴东，你回来了？怎么没见你去医院陪你奶奶，她这几个月情况很不好。

我说，我先来看您吧，顺手给您带了点礼物。

王闻章的家，我还是第一次来。听说他几十年单身至今，今日一见，果真和别的普通家庭不一样，整间房子陈设整齐，家具摆放规矩，但我却感觉这个地方，没有一样东西是完整的。同时，这种残缺，仿佛才是事物的真貌。

自从进门后，他就在等我开口说话，我环顾一

被抓走了，这不叫陌生化，你的这些设计很浮皮潦草。你设想中的概念很具体，意义很宏大，但这些都要依靠扎实具体的小说情节来落实。

斯继东： 没错，我在阅读的时候，也在拼命地寻找小说的意义，但是依然很迷茫，走走老师提到小说的概念和意义要依靠具体情节去落实，我很赞同。你没有把这些设想通过情节落实下去，小说的情节没有步步推进，过程显得很苍白。

另外，小说中的叙述视角也是有问题的，里面的叙述人的姿态是不统一的。小说的头尾部分，叙述人的整体感觉是冷血的，是隐藏感情的，也就是通常所说的客观叙述。但是小说中间部分，涉及主人公家庭内部的内容时，比如主人公父亲他兄弟之间的感情冲突，这时叙述人在讲述这些故事，突然变得有了温度，变得主观，和开篇、结尾的叙述语气一比较，整个风格就不统一了。

除了叙述人的姿态不同意，视角也存在不合理的地方。比如奶奶最后一次跑到王闻章家里。

她嘴上说着我的名字"吴东"，却没有顾及我血脉上的"爷爷"，就是她眼前这个男人。

王闻章骂起来，捅你屋娘！别乱说话，你会没事的，我送你去医院！

奶奶接下来说出来的话，令王闻章认识到，他这一生的执念，就此幻灭。

你的叙述视角一直没有切换过，那么为什么主人公

会知道王闻章的执念幻灭了，小说的叙述视角一直是单一的，这一刻却发生了游移，你在写作时不自觉地跳出了人物视角，变成了从作者的视角去交代一些事情，这里完全可以通过王闻章的一些肢体动作、对话、自言自语去展现，不需要作者亲自出来解释。

走走：斯继东老师，如果这篇小说要做修改，应该是需要做一些减法的，您觉得有哪些方法可以改进这篇小说？

斯继东：首先要从人物着手，比如主人公父亲的几位兄弟，跟故事主线没有多大的关联，就没有出现的必要性，而主人公的父亲，作为主人公与奶奶在人物关系上的连接点，父亲死后，奶奶突然觉得她和主人公之间是没有关系的，这一点在我看来应该是小说家去深挖的部分，其余像是讨债等事件，一直有些东拉西扯、故弄玄虚。

短篇小说其实是解决不了多少问题的，你不能在短篇小说里设置太多的意义，它承载不了的。如果你能从人性的一个小点切入，然后深挖里面的这种人性纠葛，整个小说还是成立的。

你的这篇小说，两个立意点都很大，又都是别人经常书写的，想要写出新意来是很难的。

走走：还有，雇主这条线似乎没有任何作用，王闻章自杀了，不是主人公杀的，

遍他的屋子，把左手提着的东西放在桌上，掀开布盖，一个装着蛇的铁笼，他瞬间被吓得退后两步，见他张嘴想说些什么，嘴里却只有支支吾吾。

我告诉王闻章不要惊慌，这只笼子只是带过来请他观赏一下，随后我将右手的保温盒拎到他眼前。

我说，今天请您喝蛇汤，我让郊外土鸡馆的大师傅亲自下厨做的。

说完，我去他的厨房里找来碗筷汤勺，给他盛上一碗。也给自己盛上一碗。

我和他对坐，一边喝汤一边端详他的面孔，确实和我死去的父亲有些相似，但这与我关系不大，尽管他的名字我从小听到大，终究也只会是故事里的人。

我喝完一碗汤后，凝视他，他盯着自己眼前的那碗汤，一口未动。我没有时间跟他瞎耗，今天只是来警告他的。

我一边起身，一边说，趁热喝，汤凉了就不鲜了。过一阵我再来看望您。

我没有给王闻章传达还款的明确时间，经过这次警告，他想还钱自然会还，如果中间出现什么情况，下次我再亲自来指导他还钱的步骤，至于第三次如果还没收到钱，当然就是约他去土鸡馆，让他用生命表现诚意。雇主说了，死也要让他死在那里，别的地方不行。

据说我爸上中学时，爷爷奶奶没时间管他，王

闻章就主动担起这项照顾我爸的任务，那会儿他们俩好像就经常一起去那家土鸡馆吃饭。

离开王闻章家后，我尽量让自己不去想他的事，但脑子里偏偏一直在想，为什么他会欠这么多钱，为什么他从前要带我爸去土鸡馆，①为什么我爸从来没有尽到一个父亲的责任，但又恰巧带我去过几次土鸡馆。这使得我们父子间的联系，在那间餐馆里开展，同时也在那停滞。

时间过去半个月，王闻章仍然没有还钱，我一点不意外，再次拎着装蛇的笼子到了他家，从我进门后，他就变得很紧张。我坐在他的沙发上抽烟，待会儿我不用多说什么，只需将笼子打开，让冷血动物去和他交涉一番即可。烟即将抽完时，我注意到一个细节，他家没有之前那么整齐了，多了一些生活用品之类的杂物，几件不像是男人的衣物。还有，他家玄关处摆着一双女人的鞋。

我摁灭烟，问他，王老师，家里来客人了？

他正要说什么，我已经走向他的卧室，开门后，竟然看见床上躺着一个极其衰老却很熟悉的老人，我的奶奶。

瞬间的静默，我听到奶奶在床上熟睡的奄息声。这是我回老家后第一次见她，没想到是在这里。她的身体无比干枯贫瘠，若不是那一丝微弱气息，我甚至怀疑面前的只是一具尸体。

我很惊讶，奶奶为什么会出现在这里，医生不是说她已经没有任何意识，不能言语，不认识眼前

也没有死在土鸡馆，我不清楚你设置雇主这条线的意义，难道仅仅是为了说明王闻章借了高利贷给奶奶交医药费？总的来看，故事现在是不成立的。

斯继东：我觉得你还是没有想明白自己到底想些什么，核心点不明晰，又怎么能够让情节去围绕它。

小说家在创作时，故事的核心点一定是很明确的，所有的人物设置、所有的情节安排，一定是会紧紧围绕核心点去展开的。

除了核心不清晰，小说的情节设置也有问题，这篇小说的情节安排非常随意，比如雇主明确要求主人公一定要在土鸡馆解决掉王闻章，为什么是土鸡馆？背后有什么寓意吗？

何源：土鸡馆没有什么深层的内涵寓意，还有雇主其实没有一个实体，也许他不是一个具体的人，而是一种指引。

走走：完全说不通，你所谓的这种符号化用在这个情节上无法成立，影视作品中经常会有一些神秘的声音去发出一些指令，但最终一定会有情感归属。短篇小说中，所有的细节，所有的意象，所有的道具，都应该是起作用的，而不是你想到什么就随手加一笔。

斯继东：你在小说里强调土鸡馆这个地方，那么它就应该有背后的深层含义，或在情感层面，或在人性层

面，让人物之间产生联系才可以，现在小说里的土鸡馆仅仅是作为一个外部人物连接的地点，没有跟内部人物关系建立联系，那么它就是空白无力的，是无意义的。

走走：目前看来，这篇小说最大的问题就是故事的情节是没有办法一步一步推导下去的，每一个情节都做得不够扎实，我建议何源先去写一个故事大纲，把人物关系和人物的行动线理清楚，而不是在没有全篇考虑清楚的时候就先动笔，然后在写作的过程中去思考，这样是有很大风险的。你的小说语言看似没有问题，但是它整体看上去是一个故事，不是一篇小说，小说里的故事情节一定是有内部逻辑的，作者也一定要把里面的人物之间的关系讲清楚，而不是简单地把这些人物之间奇妙的、神秘的、诡异的关系罗列出来，让读者自己去一一对应。

人了吗？

我回头，看向王老师，也看见了我带来的那只装蛇的笼子，却不敢再去看熟睡中的奶奶，她似乎真的干枯了，身体里的血液也好像流动得挺艰难，可她依然透着长辈的威严和力量，我仿佛又看见两年前那个凌厉的她。

我有种预感，如果刚才我真的把蛇放出来，让它们在这间屋子中游走，奶奶会直接从床上跳起来，指着我骂："捅你屋娘，你这个蠢东西"。

5

奶奶熟睡期间，王闻章告诉我，昨天夜里，下了一场持久的小雨，他不知为什么失眠了，始终睡不着，他心里知道，绝对不是因为欠账。可除此之外，他也想不出其他原因。直到奶奶敲响了他的门。他为奶奶从医院苏醒过来感到高兴之余，见到奶奶身上淋了些雨，马上将她迎进屋里。

他们几乎没有对话。奶奶只对他说了一句，闻章啊，我从医院逃出来的事，千万别告诉他们。

奶奶口中的他们，正是她的儿女子孙们。奶奶对他们说过，医院里的空气，有种让她窒息的感觉。她已经求过他们很多次，不要再送她进医院了。儿女们也做到了，没有再强迫。即便如此，奶奶还是高频次地以病危的方式拜访医院，然后又逃出来。

这回逃跑前，她就在医院昏迷了很久。

王闻章说完这些，还把他之所以欠债的原因告诉了我。

他说，这两年，你奶奶从医院逃出来，不再躲在大女儿经营的杂货店。因为有两次她病情严重，都是大女儿把她送去医院的。再后来，她就往我这儿逃，儿女们没一个人找得到她，所以她每次去医院的医药费都是我付，我心甘情愿，钱花完了就去借，现在每个月的退休工资都不够还利息的……

我不关心他到底为我奶奶付了多少医药费，反正雇主给了我两个解决方案，他欠债这件事躲不了。让我在意的是奶奶。据说奶奶在医院昏迷不醒的时候，旁边有一大堆监测身体数据的器械，在这里却什么也没有。如果突然出现什么情况，估计王闻章也没法应对。

果不其然，我们聊天的过程中，卧室突然传来奶奶的叫声，王闻章和我迅速来到床前，发现奶奶跌落在地板上，不断发出哎哟的声音，呼吸也变得急促。我询问她哪里不舒服，她只是瞪着两只无神的眼睛看着我，仿佛不认识我。她的呼吸越来越急，好像催促着时间，或是被时间催促，渐渐地，我瞧见她的瞳孔由无神变得空洞了。

王闻章打电话叫来了急救车。他说，今年以来，奶奶的眼神才变成这样。

当奶奶躺在医院病床上时，她的儿女们已闻讯赶来。没有其他亲戚，他们已经见怪不怪了，确实，奶奶现在进医院如同家常便饭。这次，又昏迷了。

我爸的哥姐妹们，也就是我的几位伯伯姑姑，他们讨论着，奶奶正躺着的病床，是我大伯曾经躺过的，不太吉利。大伯在这张床上躺了没几个月就死了。

这家医院是我们市里最好的医院，很多人的疾病在这里治愈，但也有很多人死在了这里。比如我外公，在我记事之前，他就在死在这家医院，我的爷爷也在这家医院紧随亲家的脚步而去。后来就是我得了骨癌的大伯，他是我爸关系最好的兄弟，曾经有一次，在一个堂姐的婚礼上，他给我玩他的手机，里面有很多色情小电影，那是我第一次知道世界上还有这么好看的东西，所以我对大伯很有好感。

我的家人们、至亲们，就在这样一家最好的医院里，前赴后继地迈入死亡,似乎是这家医院将亲人这种关系联系在一起,似乎疾病在我们家族的血管里流动,似乎冥冥中等待我的,也是如此。我看着躺在病床上的奶奶,即将又一次验证这个命题。

奶奶躺着,样子像极了大伯,我想到大伯患病时,我爸长久地陪伴在他身边,给他传递活下去的能量,两兄弟经常紧紧握着对方的手,说一些前半辈子没来得及说的话。大伯在得知自己患病之前,还在乡下亲自粉刷自家刚盖好的二层小楼,请工人太贵了,他是干这一行的,为什么要花这个钱呢。可干活总是干到一半,身体就累得不行,他以前不是这样的,一天能刷三个人的工作量,都不带歇一口气的。

大伯的房子粉饰完没多久,他就住院了。住院期间,他的儿子还在外面到处惹事,几次以照顾大伯的名义,到医院来要钱。

大伯死后,我爸负起照顾他儿子的责任,带他去了厦门。

6

我爸在厦门经营一间不小的饭店,堂哥来后,负责采购这一块,我爸一心待他,他却在采购账目上做手脚。事情暴露后,他放任账目上的窟窿,就此消失。奶奶几次病重他也没有出现过一次。

大伯死了,堂哥消失了,从此往后,我爸跟老家的联系便不再密切,尤其是二伯。一直以来,我爸和二伯的关系都很差。二伯从小就很会读书,我爸则一窍不通,他小学毕业后在家混了几年,二伯让他一起出去做事,我爸不去,反而去学了爷爷最讨厌的厨师。原因很简单,爷爷讨厌什么他就做什么,爷爷喜欢读书好的儿女,喜欢二伯,他就不读书,并且看不上二伯。

爷爷最爱的女人其实不是奶奶,而是一个被厨师骗走的女人,所以爷爷从来不下厨也对厨师厌恶至极。我爸从奶奶那里得知这个秘密后,马上去学了厨师,后来便在厦门开了一间饭店,他说他喜欢海,我却感觉他只是想逃离爷爷。

虽然我爸和二伯关系不好,他开饭店却是靠二伯支持的启动资金,起初在第一年亏了不少，春节期间，二伯来饭店吃年夜饭，席间，两人便吵了起来，听人说二伯拍桌子的样子比谁都凶，我爸更是怒不可遏，拿起一个玻璃杯，猛地扔向二伯，所幸只是擦伤。饭局不欢而散，二伯离开的情形我至今记忆犹新，那时正逢暖冬，我在店外晒太阳，他一脸阴沉地走过来，侧额有道伤口，血迹顺流而下淌至衣领处，我正想问他怎么了，他就狠狠瞪了我一眼，好像他被我捅了××一样。

那之后，我爸和二伯互不联系，多年没有见面。我偶尔会琢磨，我们家里这些关系为什么如此混乱，亲人和亲人之间为什么总是互相仇视，就像多年后我仍然搞不懂奶奶和王闻章之间到底有几分感情，这个问题很难得出答案，我唯独清楚的是，奶奶最爱的儿子是我爸，以至于我爸无论做什么决定，她都支持。甚至是加入社会上的帮派，她也溺爱到毫不干预。

⑤<u>我爸刚学厨不久那会儿，做学徒，薪水微薄。那年头又正逢社会动荡，道上不少帮派。我爸认识其中一个帮派的老大，姓刘。刘老大每次光顾我爸当学徒的饭店，我爸都给菜加量，偶尔还去献殷勤。</u>有时候深夜，刘老大会一个人来，厨师已经下班，我爸便亲自下厨，菜上桌后，两人一起喝酒，有一句没一句地聊。凡是我爸下厨，没有收过刘老大一分钱。时间久了，两人关系也就深了，我爸也在饭店里当上了主厨，但他似乎心思总不在这

斯继东：除了我刚才所讲的情节设置太过随意的问题，在语言层面上其实有也不少问题。比如，小说的中间部分有这样一段内容，"⑤我爸刚学厨不久那会儿，做学徒，薪水微薄。那年头又正逢社会动荡，道上不少帮派。我爸认识其中一个帮派的老大，姓刘。刘老大每次光顾我爸当学徒的饭店，我爸都给菜加量，偶尔还去献殷勤。"后来刘老大被杀了，"⑥刘老大以及他的马仔应声倒地，一动不动。趴在地上的刘老大，

睁着一双写满江湖故事的眼睛,正好盯着我爸的方向。"后来主人公的父亲也死了,"⑦二伯赶到时,只见我爸倒在血泊之中,周围满是路人的双眼,我爸的双眼则死死望着迟来的二伯的方向。"刘老大和主人公的父亲都是被枪打死的,死时眼睛都盯着一个方向,我不知道你是故意这样设置的,还是非常随意的一种情节处理,小说里有些内容或者情节当然是可以重复的,只是作者应该给这种重复赋予一定的意义,但这里看上去就是无意义的重复,我个人认为这是一种情节设置上的打滑。

再说回语言,这篇小说的语言应该是紧绷着的,我们从开头来看,"我可能需要弄死的那个人,曾经是奶奶的学生。很多年以前,奶奶背着爷爷,暗地里和她的这个学生搞在一起,不声不响,竟然相恋了三年。"这里面的"背着"、"暗地"、"不声不响",这三个词汇在这里的意思是相近的,没有出现这么多次的必要。而且,我发现你在写小说时,总是会把内心活动不自主地写出来,这篇小说里人物内心波动的情节很多,这些心中所想的内容有很多是可以省略不写的,人物心里怎么想直接说出来就好,没有必要反反复复描述人物的心理多么五味杂陈、多么冷血无情,完全没有必要。

还有主人公去王闻章家里讨债的部分,"自从进门后,他就在等我开口说话,我环顾一遍他的屋子,把左手提着的东西放在桌上,掀

儿,后来他跟刘老大提出来想跟着他混,三番五次请求,皆被拒绝。刘老大说,别学我,你看我现在风光,其实我已经泥足深陷,身不由己。

我爸不明白刘老大的话是什么意思,仍然痴迷于追随他。后来有一次深夜,他俩刚吃完饭,他送刘老大坐火车,眼看着刘老大和贴身马仔的背影走远后,突然出现一个和我爸年纪相仿的年轻人,那人拿着手枪对准刘老大和贴身马仔,几声枪响,⑥<u>刘老大以及他的马仔应声倒地,一动不动。趴在地上的刘老大,睁着一双写满江湖故事的眼睛,正好盯着我爸的方向。</u>

那之后,我爸继续做厨师,有一回他正在炒菜,听同事说那个开枪打死刘老大的年轻人,也被其他帮派的人弄死了。没过多久,我爸成为了大厨,又过去很多年,终于在厦门有了一间属于自己的饭店。

厦门饭店除了第一年亏损,后来年年赚钱,生意红红火火。我爸可能也是因为年纪大了,不知怎么,竟和他最讨厌的我二伯和好了,这是一种我无法理解的和解,仿佛过去的争执全被岁月稀释。手足兄弟再次联系,两人在电话中提到,来年要在厦门再开一间分店。

中秋节来临之际,二伯在福州,我爸决定和他见一面,两兄弟叙一回旧,这是两人和好后的第一回正式见面。我爸一下火车,就奔赴约定地点。据二伯回忆,当时我爸已经到了二伯工作地点附近,

一直在给他打电话，但是二伯手机信号不好，始终讲不清楚具体位置，二伯嘱咐让我爸站在门口不要走动，他出门去迎他。

我爸就站在那儿没有动，等着二伯，炎热的秋老虎晒着他的背，后来的监控显示，他本来大概是想走进街边一间小店避避毒辣的日头，却怕二伯手机信号不好，来了之后找不到他，便给二伯发了短信，"我在原地等你"，接着就继续在街边等着，恰巧这时，一个不知道从哪来的通缉犯正在被警察追捕，我爸大概挡住了他逃跑的路，他为了清除路障，一枪打死了我爸。

⑦<u>二伯赶到时，只见我爸倒在血泊之中，周围满是路人的双眼，我爸的双眼则死死望着迟来的二伯的方向。</u>他最终也没能迎到我爸，只能说送了半程。

7

有时候回忆起我爸，除了一些复杂的情绪，我总是会忍不住想到王闻章，我有段时间没去拜访这个人了。他的债跑不掉，我依然会收。不过雇主上次付的订金已经用得差不多了，我得去帮一个朋友收几笔小钱，赚点跑路费维持生活。

忙碌了几天，按照朋友给我的几个地址，还剩最后一笔账。地址在城南那一片，是我们家从乡下搬进城市后，落脚的第一个地方，在那儿一住就是很多年。我开车去收账的路上，原本很熟悉的城区，现在一条路都不认识了，路上几次停车问路，

开布盖，一个装着蛇的铁笼，他瞬间被吓得退后两步，见他张嘴想说些什么，嘴里却只有支支吾吾。"前面已经写到主人公在菜市场买了两条菜花蛇，用笼子装好，那么这里你就不需要再反复说一遍笼子里装的是什么，而且王闻章被吓得退后两步，这处描写也是多余的。

短篇小说的语言应该是简练且敏感的，读者在阅读短篇小说时是非常挑剔的，你应该让小说语言经得起推敲，变得更为精炼，这方面你要多花些心思，再加把劲儿。

走走：何源，如果你要对这篇小说加以修改，你会从哪些方面着手？

何源：首先，我需要把故事的内核提炼出来，围绕内核理清人物关系，再让小说的整体风格更加统一，语言也需要再做一些调整。

走走：内核这点你还是需要简化一下，你在描述的过程当中，一定会涉及一些风土人情，但是在短篇小说里，你很难做到把风土这部分的前后远近变化都展现出来，地理上的和心理上的两种故乡在这种有限的篇幅内很难写出来。

你确定好想写的究竟是一个什么故事？主人公究竟是一个探索者、发现者，还是一个寻找真相的人，抑或其他？人物的内心，有过愤怒，有过疑惑，最终是否要跟一切和解？如果和解，是跟主人公自己，还是和血缘关系混乱的家族，主人公最

终一定会有自己的态度，在前面的故事里他也会有自己人性上的弱点。解决这些问题之前，你先想好他回到家乡的出发点是什么，他踏上这段旅程的意义在哪里？最终，主人公最终又会有什么样的变化，是成长还是倒退？就像故乡一样，总会是有些改变的。你把这些都想清楚，画出一个故事的脉络图。

斯继东：我在阅读的时候，读完开篇之后首先想到的就是《局外人》，一种充满冷漠感的写作，但是再往下读发现这篇小说根本不是那种类型的文本。我建议何源改掉偏好这种适合影视化叙述的写作方式，在小说创作中，这种格调是需要警惕的，小说创作要求的是作者挖掘自己的内心，而你偏好的这种格调很容易诱导着你跟着它走，最终偏离你创作的初衷。

走走：没错，小说和剧本不同，剧本中也许他人已经把故事脉络搭好了，人物也设定完整，只需要你添加一些对话，把氛围感营造出来。小说中有一些很基础的工作，还是需要一步一步完成，虽然有些笨拙，但这是没有办法取巧的。

我想再问一下，你给小说起这样的名字是有什么寓意吗？

才清楚目的地在哪儿。

途中路过奶奶住院的医院时，刚好堵车。我徐徐开车前进，偶尔瞥一眼医院大门，恰好看到奶奶从医院大门走出，这是我回老家后，第一次看到她清醒时的样子。

她有点驼背，背着一个破旧的包袱。走起路来的她，除了看上去有点可怜，你想不到她的身体已经完全被疾病腐蚀。她走到一个公交车站等车。医院大门其他老人进出都有儿女搀扶，奶奶站在那儿，眼巴巴望着下一辆车来的方向，她少了一些虚弱，可终究看上去是孤零零的，像是要被风吹倒。旁人路过瞧见她，应该会认为她是一个被儿女抛弃的老人，不会知道她曾经卖力地生了七个。

我端详奶奶的同时，道路已经畅通不再堵车，后面的车辆鸣笛催促，我便没有停下，继续前往收账的地点。我晓得奶奶肯定又是逃出来的，我不晓得的是，这是她最后一次逃出来，也是我见她的最后一面。

顺利帮收到最后一笔钱，朋友为了感谢我，请我到一个没有听过的小镇泡温泉。我刚到小镇，手机就摔坏了，在镇上大约待了一星期，地道的温泉疗养，令我整个人身心舒畅。

我没有去想奶奶逃出医院后去了哪里，想必又是王闻章那吧，毕竟她也没有其他选择。

就在我享受温泉的时候，她来到王闻章家，两人见面时就像久别重逢，紧紧拥抱。奶奶这次留了一手，她逃出医院时带了大量的药物，只要按时吃药，她就能过正常生活。当然，这些只是她的个人看法。王闻章一看到她，就感觉她身上散发出来的虚弱和以前不太一样，他有种预感，他们会陪伴彼此走完生命的最后一程。

没过几天，能够预料到的事情就发生了，奶奶在王闻章家中再次病危，这一次病情极其严重，奶奶却异常清醒。她感受到了全身心的痛楚，撕裂感由内而外，令她面部扭曲，她的咽喉也似被人掐住，窒息的感觉每分每秒都占据她的呼吸道。

王闻章不忍心奶奶受此折腾，要送她去医院，奶奶执意不去，他也没有办法。

奶奶说，我感觉到了，吴东的爷爷来接我了，我时候到了。

她嘴上说着我的名字"吴东"，却没有顾及到我血脉上的"爷爷"，就是她眼前这个男人。

王闻章骂起来，捅你屋娘！别乱说话，你会没事的，我送你去医院！

奶奶接下来说出来的话，令王闻章认识到，他这一生的执念，就此幻灭。

奶奶不管不顾地喊着，我不去医院！不去！坚决不去！死都不会去！我要回老家，我要和吴东爷爷埋在一起，他来接我了，我不能死在别的地方……闻章，其实自从吴庆福在福州被人一枪打死后，这两年我的心越来越痛，每一天活着都是煎熬，我知道你对我好，但吴庆福死了，我们的儿子死了，我们之间断了，你知道吗？你对我再好也没用了，知道吗？

她喘着粗气说完这些话，就昏了过去。王闻章愣在原地，这两年来，奶奶头一次对他说这么多话。他本以为，他会迎来那么一天，两人陪伴彼此走完人生，奶奶或许本该他说上一段暮年情话。可是奶奶刚才所说的，却令王闻章认识到，他这一生的执念，就此幻灭。

他默默地，最后一次把自己一生的爱人送进了医院。

8

王闻章将奶奶送进医院安顿好，他就离开了。奶奶伴随着虚弱的气息苏醒后，根本没有注意到王闻章不在场，她只是在病床上使劲翻腾，大喊大叫，说要回到乡下，要死在爷爷身边。

我的姑姑伯伯们将她送回乡下，久未居住的老屋满是灰尘，稍微收拾屋子后，奶奶被置于一张简陋的床上，只有床板，连床垫都没有，她不再闹了，也没有力气闹了，只是躺在那张极其不舒适的床上，露出一副心满意足的表情。

其他亲戚也来了，他们搬来几张桌子，和我的姑姑伯伯打起了麻将，一旁的奶奶大口大口的呼吸，好像每一次吸气与呼气都用尽了一生的气力。而其他人，正打着麻将，名正言顺地照顾奶奶。

八个小时过后，麻将不知道打了几圈，奶奶彻底停止了艰难的呼吸。一场为期七天的葬礼，哭天嚎地。奶奶下葬时，我刚泡完温泉回到市里，在朋友的手机店里修手机。

9

手机修好后，雇主来电，他问我王闻章的账收得怎么样了，实在不行就把他弄死吧。我说，好，把他弄死。

这也正符合我的期待，弄死他可以得到雇主许诺的十倍佣金，何乐不为。

于是我约好王闻章到郊外的土鸡馆一起吃饭，那个他曾和儿子吴庆福经常去的地方，那个我爸吴庆福经常和我去的地方。这次，我要在这样一个富有意义的地方，将这一切，做个了结。

在和王闻章通话的过程中，他语气十分平静，嘴里还吃着东西，似乎是包子之类的，我知道他爱吃那东西。听说我要约他去土鸡馆，他甚至有点掩饰不住的兴奋。

我们就约定在当天晚上，我一走进土鸡馆，一个服务员便上前，对我说，王老师定了一桌，菜也点好了。她领我走进一个包厢，我坐下不久后，菜就上齐摆满桌面。王闻章还没来，我耐不住饥饿，边吃边等他，最后也没等到他。

饭后，我接到两个电话，第一个是警察打来的，他告诉我王闻章在家自杀了，手机里最后一个联系人是我，问我跟他说了什么。我说，约他吃饭，他爽约了。警察好像对这个回答不太满意，最后说后续再跟我聊一些细节，希望我到时候配合。

第二个电话打来，一接通我就收到了大联串质问和训斥，他们告诉我，奶奶刚下葬，我缺席了整个葬礼，没有给奶奶送终。接着，好像电话那头的人，一直在轮换。大概情形是，一个人对我训斥我几句，然后将电话递给下一个人，继续数落我的不孝行为。

我听了一会儿，语气平淡地回应，捅你屋娘。将电话挂断。

王闻章的账没能收到，人也没按照雇主要求的方式弄死，他曾经说过，在土鸡馆之外的任何地方弄死王闻章，是没有意义的。我不清楚他到底想要达到什么意义，难道土鸡馆、雇主、王闻章，这三件事物之间，也有某种我不知道的内在联系吗，我搞不清楚这一切。我只知道我的任务失败了，雇主会来找我，我便等着，这个麻烦我逃不掉，必须面对，就算我逃走了，他那种人，有的是办法找到我。

半个月后，雇主派出一个人来找我，说带我去一个地方。

我对那人说，直接在电话里告诉我地址不行吗？我绝不是那种把事办砸了一走了之的人。

那人说，没有人带领你去，你永远也找不到那个地方，那个地方没有地址。

10

雇主派来的人坐在副驾驶，指引着我前行。没出城之前，大体是往木材厂的方向行驶，出城之后我就搞不清方向了，那人领着我来到一片山峦起伏的区域。在我的记忆里，周边好像从来不存在这样的地方。

山林越来越茂密，路也越走越窄。最终我似乎来到一座秘境一般的深山里。我停好车下来，踏上厚实的土地，映入眼帘的是一座荒芜的村庄，在野草丛生的地方生长。一群人来到我的面前，将我团团围住。他们说着我听不懂的语言，每个人的穿着也像老照片里的人，是多年以前的装束。他们好像来自我无法触及的年代，是消失在我记忆里的。我脑子里突然想起，好像是我幼年的时候，我们全村在居住过的地方迁过一次村，大部分都迁离了原来的地方。不对……是我爸幼年的时候……也不对，是我大伯或者我爷爷幼年的时候。

我们一家也跟随大部分人，迁离了原来的居住地。听说，有一小部分人留在原地，没有离开，后来也没有人再见过他们。族谱里写着，"留下来的那些人，跟着人烟稀少的村庄和世界，化作荒芜的一部分"。

我耳边全是听不懂的语言，身边也都不是这个年代的人。这座荒芜在深山里的奇怪村庄，给我的感觉，是那样陌生又熟悉。此时，雇主走到我面前，作出邀请的手势，对我说，要留下来吗？

何源：我没有太深入的想过小说名字的问题。

走走：小说名和人物姓名都需要用心思考量的，我们之前的改稿课上也和田耳老师聊过这个话题，当我们拿到一篇小说，如果小说名和人物的姓名起得特别另类，那么这篇小说大概率好不到哪里去，因为它的整体气质太过文青。相反，人物称呼很大众化生活化的小说，往往都是从细小的生活切面爆发故事，这里面也会反映出作者的审美价值。故乡是小说名里的词汇，也是小说的主题，但是你的小说名用了"雇乡"，这个一看就是生造出来的，不是特别合适，如果你能把小说写成俄罗斯小说，或者是其他西方小说，有一种意识流的叙述，那么这个词汇也可以成立，这篇小说的叙述风格不是这样的。

何源：我想请教两位老师一个问题，这篇小说的确有一些内核的东西存在，但我没有搞清楚，我知道在写小说时是不能主题先行的，那么我现在先把要表达的内核想清楚，再往上套故事和人物关系，是不是可行？

斯继东：你所说的先想好主题，再去硬套一个故事和人物关系，我们是不提倡这种做法的。我之所以质疑你的人物关系不合理，是因为两组非主体人物关系不对主体的人物关系起作用，你在设置人物的时候，必须围绕内核，新加的人物能对故事进展起作用，这个人物才有存在的理由。比如雇主这个人物，与主人公、王闻章、主人公的奶奶这一组关系并没有直接关联，即使没有雇主雇人讨债，王闻章依然会死，他自杀和奶奶有直接关联，那么雇主就没有存在的意义。

还有，这篇小说有一种散文化的感觉，主人公对奶奶的感情，奶奶与王闻章的感情，加之小说里时间跨度非常大，一切都像散点一样散落在小说结构的各个部分，非常像是一个散文的叙事结构。你为了讲清楚一件事情，不断地在事件之外套上新的事件，最后什么都没讲清楚。

走走：每一个人物和每一个事件都是一枚棋子，背后的作者是上帝，作者必须想清楚，一枚棋子摆在那里，究竟有没有作用。

十六、"张菁—阿珂"组授课实录

张菁,《青年文学》主编。中国作家协会青年工作委员会委员。

张菁: 首先,看到这篇作品之后,我还是感到比较惊喜的,阿珂是一位年轻的作者,这篇作品一看就是青年人的习作,我能够在其中感受到一种日常文本阅读之外的惊喜感,因为它里面有一种陌生化和新鲜感。小说语言的语感特别好,玻璃本身也是一个很特殊的意象。

在小说里,作者阿珂把人与人之间的故事关系退到了文本的后面,这种退后其实很容易丧失叙事的动力,但阿珂依然有能力引导着我们继续读下去,这在于他有着较好的预感与叙述能力。小说中有这样一句话,"不如说是想要将这件离奇怪异之事探究到底的好奇心"。我也正是因为这句话,在阅读文本的时候多了一份好奇心理,一直跟随着人物想要一探究竟,这种让人猜谜有点游戏性的探寻路径,也是作者非常成功的一点。

在文本之中,我也感受到了一种虚无。我们在写作中常去设想的坍塌与建立的关系设定,作者也有自己的考量,也在做着同样的寻找,一方面人物披着孤独的外壳隔绝外界,另一方面人物又有内在的矛盾性。

玻 璃[*]

文 / 阿珂

有一段时间了,睡觉时总能听见窗户外有东西碎掉的声音,那声音大到可以把我吵醒。总是那声音来之前的几秒钟我醒来,好像声音真正出现在马路上以前,就已经出现过了。我是指雷声,比如闪电,从空间上来说,它和闪电一起来,但要等到被人听见,却还要一会儿。而我总在玻璃碎掉的那一刻醒来,在它还没有被其他人听见的那个时候。

我听见它开始碎掉,像玻璃或者大一点的瓷花瓶掉在地上的那种声音,不轻,却不会大到把人吵醒。因为夜的漫长和不确切,很难说它碎了多久,但在我的印象里,这个时间显得很悠闲,仿佛被谁抻长了。这个声音并不愤怒、迫切。不是玩笑,而是专注的一种完成。我不知道是不是也有别人听见过这个声音。

第一天的时候,我以为只是巧合。我倾向于觉得是刚好有人在窗外经过并摔碎了东西。那天我听

---

[*] 说话内容中出现的引号及冒号的使用,维持作品原貌,不作修改。

了一会儿，就接着睡觉。第二天醒来后，我把这件事忘得一干二净，我出门去倒垃圾，那是下午三点钟吧，我倒完垃圾还有一些别的事情要做。当我经过阳台对面的马路时，意识到了昨晚那个小小的插曲不是梦，而是真实发生过的事情。不过现在那条小路干干净净，没有半点垃圾。

我总共用了几秒钟的时间思索这件事，很快又被脑子里别的事吸引。我没有意识到它的严重性，甚至那个时候我还没有真正在意它。我做了一天自己的事情，工作、吃饭之类的。

第二天醒来，是工作日，我很早便出门，又发生了和昨天一模一样的情况：我站在那里，意识到昨晚发生的不是梦，而是现实。这次我稍微多停留了一下，站着想了想昨晚躺在床上的情景。当时，我醒了，应该是侧卧的姿势，几秒钟后传来了那个声音。有什么东西摔碎了。

奇怪的是，或许也不奇怪。我想是我讲述的口吻显得这件事有点奇怪。如果你是我，可能会毫不在意，毕竟它们融化在别的小事情里并不显眼。而且，事情刚开始的时候都会显得很像巧合。所以第二天，我仍然没有太在意。

接下来的一个星期，我总在凌晨的两点到四点这个时间段醒来，对于窗外的声音也感到越发清晰。我住八楼顶层，那声音离我不远，甚至在我听来刚好是从这个高度摔下去的东西的声音。由于我是边户的缘故，这声音不可能邻居制造的，而是另

接下来，我从三个方面来剖析小说。第一点，是小说的主旨。小说表达的似乎是人与世界的关系，叙述视角是向内的，通过人物内心或人物内在的感觉，甚至是人物的意念来呈现人与世界的一种远近关系。这种呈现带着作者个人强烈的架构与发明的意味。人和世界之间的隔膜、世界在人面前的一种虚幻之感，以及人物自我视角之下的一种世界观，这些因素在阅读的过程中一点点向前推进，一点点完整地呈现在读者面前，甚至令我觉得文本书写的过程，也是作者安放内心的过程，令作者的内心也逐渐安稳、沉静，让自己的一些彷徨、一些游移、一些质疑，甚至是一些强烈的情绪，慢慢变得内敛、舒缓，慢慢变得可表达。

所以，在小说中，作者一方面在寻找，另一方面也在倾听，其实倾听同时也是一种寻找的方式。

在寻找的过程中，我们可以看到、感知，现实并不是我们所想象的样子，它有着光怪陆离的表象，虽然依旧会让我们心生疑惑，但是真相的一种虚无感，让我们看到了作者只是在遵从内心，去寻找、去倾听，文本内也通过一个男人构建起来的诉说中的现实，给自己的内心找到一个相对合理并可承受的解释，最终我们看到了人物的放心和人物的释然。这种虚无感跟现实有着直接的联系，是一种现实中的植根，让人物终究获得内心的安托点。

即使这种现实可能是虚构的,是从一个男人的口中所讲出的让我们觉得符合逻辑的故事。我们在现实中或许找不到这种可以依靠、可以依托、可以去寻找笃定的点的时候,是通过这样的方式来建立的联系。

所以,在这样的一个认知里面,人物对世界的认知其实也充满了他自身的冲突和矛盾,这是从主题上来说的,文中的人物是被玻璃破碎的声音折磨的,然后他去寻找原因。他问了很多人,也设想了很多的情境,还通过自己的假设去判断,去做预设,直到最后他还是需要在夜晚亲自寻找真相,他从存疑到一步步印证,也意味着作者内心一直存在一个声音、一个疑问的声音、一个向世界发问的声音。

所以当最终所谓的真相被揭示的时候,它的情节其实也进入到了一个死胡同,到底该如何去解开他听到玻璃破碎的声音,其实没有任何事情发生。那么在这个过程中,如何让我们最终落脚到一个相对能够确定的点,这是特别考量作者解释能力的,作者必须能够自圆其说。

其实,直到人物摸索至湿地公园时,我依旧觉得这层意义是缺失的,那么如何进行下去,我们如何去面对这个问题、去解决这个问题?作者选择了用一个男人的出现,他在现实生活中很可能是比较出位的,但是在文本中、在叙事上又需要通过这样的一个方式、通过这样的一个安置、通过这样的一个角色来帮助解决作者遗

有其人。但奇怪的是,此高档小区楼间距较远,如果真来自另一楼栋的话,应该会引起大部分人的注意。白天的空闲时分,我也为这事儿腾出时间思索,但最后都不了了之。它更像一件生活中常遇的,重复率高的怪事,没有探寻的价值。

直到半个月以后,我才真正意识到这件事的严重,以及对我的影响。

首先引起注意的是我的睡眠。不知是否因为总在那个时间段醒来,白天我开始没有精力,疲于应付工作,午休睡过头,回家以后八九点钟就犯困。我从前的确有一些睡眠问题,不太严重,是那种谁都会经历的短暂失眠。这次不一样,回家后我感到疲劳,但躺在床上时却怎么也没办法睡着。我给自己换了枕头,买了蒸汽眼罩、耳塞,在睡前泡脚,我做了一切充足的准备,甚至每天都吃一根香蕉,因为听说这种水果助眠。但是,没有丝毫好转。

半个月以后,我变得不耐烦,希望寻求转变。那声音在我心里已经产生了一些变化,有时候我分不清是它打搅了我,还是我在为这声音感到焦虑。我开始怀疑影响我的究竟是什么。但不管怎么说,我没办法对那堆碎掉的垃圾熟视无睹,不管他们是什么,反正不能再这样就碎在我家门口了。决定这样做的第二天,我出门了。

那天是周六,我非常空闲,准备好了为这件事浪费自己的一个下午。我出门仔仔细细地检查了路面,但那里像处女膜一样完美无瑕,连块玻璃碎片

也没有。我查看了小区底商的铺面，询问了有关失窃的问题。我找到值夜班的保安，他们则表示根本没有听见任何可疑声音。我甚至敲门问同住一层的邻居，他们说晚上从未有过这类困扰，总是倒头就睡，醒来已是天亮。不仅如此，他们看我的眼神让人感觉十分不适，似乎我为此做的努力不过是小题大做，一切都没有必要。为了防止大家对我产生的偏见，我只好停止搜寻。但我必须说，我已经尝试了所有办法，甚至对物业编造理由，就为了看凌晨两点到四点的监控记录。因为声音总在那个时间段出现。

然而，监控里是出现过几个人，或许形迹可疑，但都不是我要找的那种人。拿着一大堆易碎物品，挨个摔在马路上的人。我记得自己从物业办公楼出来的时候极其沮丧，但并未放弃，我设想了其他的几种可能。

第一，并没有人拿着东西摔在地上，而是采用了某种巧妙的办法模拟这种声音。比如摔碎东西的音效。第二，这个人就混在物业公司里，这样就可以在监控死角里摔碎东西，并且串通保洁同事进行清理。第三，摔碎东西的声音不是小区传来的，而是别的地方。所以我在小区内的所有搜寻等同无效。

但是，有几个问题我却无法回答。第一，如果真的有人每天播放音效，暂且不说他的无聊行径，为什么其中几天的监控录音里会什么人也没有呢？

留的问题。

男人对于A的讲述以及A在生日现场的缺席，等同于男人对于A又有着一重寻找，与"我"对于玻璃破碎声音的寻找之间形成的是一种互文，他们在彼此映照，同时相互解释和证明，来体现出"我"在这个过程中其实也是得到了一种暗示，就是有些时候自己在这个世界上并不孤单。

当"我"觉得"我"的那种感受没有被周围人所感知，也不太能够为周围人所理解的时候，出现了这样的一个男人，他用他的讲述，他用他对玻璃的态度跟"我"之间达到了一种共通，所以，人和人之间依旧会有某些很微妙的、很复杂的、很奇妙的东西可以连接在一起。

每个人面对世界的时候，都有着那种无法确证的事实的发生。我们的一些感受有时候可能是飘渺的、可能是无法确定的，但是会有一个人或遥远或切近，会跟你有着相同的感知。在这个层面上来说，文中的"我"与男人、与A之间也构成了某种命运上的联系，叫命运共同体也好，或者说他们有一种认知上的共情也好，吾道不孤。文中的"我"觉得内心安稳了，内心的一些暗示也得到了疏解，失眠问题也解决了，跟世界的关系慢慢变得清晰起来。从叙事上来说，文中的"我"从很多的方面去寻找声音的来源，通过这个男人帮助"我"来完成这一场让人信以为真的叙述，这是一种方式，也可以说是作者在这过程中找到了一种方法，可以来解释或者说来舒缓文中的"我"对于不确定性的玻璃声音的一种探寻。

文本中的一些设计确实也有比较突兀的地方，比如夜间两点多出门怎么就恰巧没带手机，以及碰到一个男人时，预感他和我寻找的答案有关联，就直接上前询问，这里面也需要有一定的设计感，通过一些小设计达到作者之前的认知层面，看他究竟能不能给自己一些解释，自己的疑问与困惑，究竟会通过什么样的方式得到解答。

小说末尾给出的解疑也许并不十分符合现实生活逻辑，但是在文本叙事中，确实需要这样的叙述方式，这一点也体现了作者阿珂的文本设计性。当我们认为生活中的这些不合常理的事情发生的时候，转化到文本中的叙事情境之下，要以一种更为符合文本结构逻辑的方式表达和传代。这样设计，或者说这篇作品，我在其中看到了一种实验性，这一点很可贵，不过我也发现了两个可能存在的问题。第一，这样设计，作品可能写不长，为什么？因为叙事的动力不足，情节难以向前推进，直接影响了小说的体量。第二，同类型的作品也写不多，我们试想一下，如果一本书里全是类似这样的设计，文本风格几乎一致，会直接影响整本书多方位的阅读感受。

《玻璃》给了我们一定的审美感受，我们也应对它有更深入的小说探究。当我们有困惑也好，有迷惘也罢，在我们已有的认知基础之上，是否可以找到一个更有

第二，据我所知，本小区并没有监控死角，作为此片区内的高档小区，治安环境全市榜上有名。第三，如果声音并非来自本小区，能在什么地方？毕竟，我住的这里非常安静，位处郊区，附近两公里除了湿地公园外没有楼盘。

事情到了这一步，似乎被打上死结。我设想的那些可能，先是被我肯定，写在随身携带的备忘录里等待验证，随后立刻被抛弃。我会发现自己相当愚蠢，忽略了某个重要因素，导致执行的不可能。我开始每时每刻都在为心里的这件事而焦急，因为此事具有某种灵异气质，我也不便与人讨论和交流。谁会相信我呢？这样的声音只有我一个人听见。我进入了一种恍惚的状态之中，随着时间流逝，这个声音折磨着我，虽然，<u>与其说是声音，不如说是想要将这件离奇怪异之事探究到底的好奇心</u>。我向公司申请换岗，在上司惊讶的目光中调去了一个清闲的岗位，这里绝无迁升的机会，但好在能换取大把空闲时间来让我有机会解开谜题。

不过到现在，或许你隐隐发现了我的愚蠢，是的，关于这个方法我应该早做尝试，甚至第一天就该去验证一番，但很奇怪不是吗？我从未这样想过。我从未在声音出现后立刻下楼寻查。关于这个问题我想坦诚点说，一开始我的确因为陷入惊慌中而忽略了这一点，你知道，人在重压之下往往会忽略一个最简单又最精确的方法。但后来，大概是灵光一现，我想到过这个求证的方法。我可以穿上鞋

子，走去客厅打开门，然后下楼寻找这个声音的源头。可能会找到那个无聊至极的人，或者一切只是一个无意义的巧合。但我一直没有这么做。

很难说清为什么，但如果你经历过失眠，一定能懂得躺在床上那种烦恼的心情——既不能让自己躺在床上安生睡觉，但也绝不愿意下床走动。失眠会让你和自己较劲。就是这样一种情况让我不愿意也没办法离开自己的床。

但那天晚上，我还是出门了。

那天我整晚都没睡觉，这并非刻意为之，只是因工作缘故，熬到了凌晨两点左右。我已经十分困倦，到了挨着平坦之物就能酣畅入睡的程度。但不知为何，当我洗漱完毕后却全无困意，当然很快我就知道了原因。那个声音马上就要出现了。

果不其然，仅仅两分钟或者更短，在静谧的夜空中传来了玻璃碎掉的声音。先是小心的尝试，像五六只小杯子从高脚台上跌落，谁都会相信那是无意的。等那波高音的余波过去，马上像交响乐一样响起无数玻璃的里应外合。有那种盛酒的小杯，杯底厚实，跌在地上总是钝钝的，或许没碎，但会和马路产生一种摩擦效果。有半人高的玻璃花瓶，那东西碎起来很彻底，如果不是长久的烦扰，我或许愿意为这声音带来的纯粹破碎的美丽而叫好。也有一连串的高脚玻璃杯，像有人从一只宴会桌上用双手扫下，七零八落地跌在地上。它们总是一波未过，一波再起，像音乐里的和声自有节奏。

深意的点来加以书写和阐释。在探索的过程中，我们如果仅仅看到自身认知上的破碎是不够的，这些破碎、幻灭、无序，在书写时终究需要建立起逻辑与结构。建立时也许不会完美，甚至里面还有着荒谬，但只要逐步去做就好，这也是作为写作者的一种内在信心的培养过程。

作者通过这种叙事，把读者带入到这一隐秘的房间之内，以自我与世界相互隐喻、彼此对话，与我们一同分享和探寻世界之上的不确定性，我们做了什么，我们还可以做什么。

走走： 首先，我在作品中看到了作者的才气，但我也认同张菁老师的观点，这样写很难走远。现在文本里的妙处是这个男人的回答似是而非，而且我认为他就是A，他的回答非常巧妙，看似没有解决"我"的疑惑，但是他的回答方式能够高明地终止话题。不过这种写作方式只能用一次，之后再这么写可能就行不通了，这是一个很大的问题。

现在，我想问一下阿珂，你写下这篇小说的初衷是什么？以及你为什么会想到用这样的结尾，是想要逃避什么吗？

阿珂： 这篇小说是我在2019年的时候写的，我自己也是第一次尝试这种写作风格。小说之所以要这样处理结尾，有两个原因。第一，我不清楚应该给出一个怎样的正常结尾，这个男人在寻找他自己的答案时，解决了

"我"的问题，在"我"的心里面认为A应该是一个全知全能的存在，我们见不到A，但是我们每个人都对A心存敬畏，甚至是恐惧。玻璃对"我"来说是另一种形象，是一切碎碎之物的象征。

我之前的构思，"我"有一份很好的工作，但是因为心中的困惑，"我"无法再继续安心工作，只能把全部精力放在追寻问题的答案上。当这个男人对"我"说起A的故事时，"我"已经理解了A的象征意义，也明白了玻璃究竟代表着什么，但是"我"最终选择了逃避。"我"很害怕被玻璃打扰，却始终不敢面对。听了A的故事后，"我"认为真正面对它太可怕了，结尾时"我"依然困惑，第二天"我"再未听到任何碎裂的声音，"我"放弃了玻璃，放弃了一切破碎、敏感的东西，去过一种正常人的生活。而且，A也许就住在这个湿地公园，"我"住的是一个高档小区，这也是两人之间的一点区别。

走走： 你所说的这些在文本中似乎都没有呈现出来。玻璃是一种隐喻，是一种敏感的东西，你还是要有一种现实生活中的困扰，这样才会知道这种敏感是会刺伤你的，让你没有办法正常生活。结尾时，你发现很多问题没有答案时，放弃追寻也是一种选择，或者说人变得更愚钝也许更好，生活才能继续进行。你没有把这种感觉写出来。

张菁： 探寻问题答案的

时至今日，我已经能确认，那东西不是瓷器，不是瓷砖，而恰恰就是玻璃。那是我在摔碎了很多东西以后得到的肯定。只有玻璃的声音才会显得如此轻盈，只有玻璃制品才会碎得如此令人忧伤。那天，仿佛是被这种声音蛊惑，我未做思索便打开了家门。

情形是我从未料到的，但我早该明白事情就应如此。当我站在那时，发现地面上什么也没有，玻璃、玻璃渣、人，统统没有。黑夜里只有我穿着单薄的衣服被风揪起一点波澜。小区内的楼盘此刻没有一盏灯光，高耸的楼栋像某种静谧之物不可动摇地展示着权威。但我十分确信，声音还在，只是或许不在小区里。当时，我越走越远，走过那条路，走过小区，把成片的楼房甩在耳后，直走到了湿地公园。傍晚的湿地公园没有安保，乍看下不过是一团黑暗，我从栅栏的一个空隙里钻了进去。

我觉得疑惑，这种疑惑关于湿地公园，我对它所安排的铁质栅栏感到怀疑。在夜晚，这里看起来丝毫没有保护的价值，栅栏看起来像野兽身上的细绳索一样可笑。并且离开小区，外面看起来似乎一模一样，湿地和野路的区别到底在哪里？在一样的地方安排栅栏，用意何在呢？

青蛙的鸣叫几乎快要掩盖玻璃破裂的声音。焦灼侵蚀我，提醒我。我被迫又开始寻着，但是，与其说是寻找，不如说是指引，它指引我往更深的地方走去。

我从前只在白天来过这里，某种程度说，我只认识白天的湿地公园。这里没有路灯，没有画着卡通图案的指示牌，剩下无数叫不出名字的丛林和隐藏其中的动物。似乎我曾走过的任何一条路现在都是陌生的，而那些凉亭和石板凳，也消失不见了。如果不是声音，我曾经厌恶的东西此刻变幻了角色，我绝无意在此待下去。而随着声音逐渐稀薄，我也越发焦灼。没有这声音，我的举动就会像断线木偶那样失去根据，变成与幻想较劲的偏执狂。虽然公平来说，这声音已经足够久，甚至比往常任何一次都要久，它做出了极大让步，而我依旧无能。

我深陷于挫败中，对寻找已经不抱指望。如果说之前我还认为自己能抓住这场"恶作剧"的真凶，那么现在我仅仅是对那声音感到渴望。我想看见它，这真可笑，因为我想看见的是一个不可能被看见的东西。

湿地里的我像幽灵一样徘徊，很快，声音就细若蝇蚊，它的余波成了真正的幻觉，让人怀疑。这时候才发现自己已经走得太远了，我的面前是个堆满荷叶的池塘，蛙声从那传来，站处是片平地，空无一物，仅有的一条小路大概是我来此的唯一通道。前所未有的恐慌笼罩着我，现在我开始恨它。为了不至于崩溃，我不断回忆一些小事为自己鼓劲加油，一边转移注意力一边往唯一的一条路走去。

或许没那么困难，我只需要沿着记忆里的路径继续前行就好了。虽然说得如此轻松，但不知是恐

过程中，你是有过挣扎的，不被人理解，没有人与你共情，无法和这个世界进行有效的交流，对世界始终保持着一种远距离的观望，内心充盈着焦虑与挣扎，这些在文本中确实是看不到的。结尾，你放弃了继续寻求答案，宁愿选择相信一种比较有确定性的或者是更为明朗的正常生活，可是这种放弃里面，我们看不到你有什么更多的蕴意，反而是A的存在令我们觉得这是一个大人物，他从不出现，却总被别人提及，每个人都用自己的方式去解读A。

结尾，"我"放弃了对真相与真实的遵循，是否继续追寻下去真的会让"我"伤痕累累，这些你都没有在作品里清晰地表现出来。如果你把这些写出来，这篇作品会更好、更扎心，也更吸引人。

惧使然还是黑暗，来时的这条路竟十分曲折，每当走到一处，都刚好有几条岔路通向不同的地方，我决定不多做选择，而是全部沿着最右侧行走，相信只要一直往前走，总能走到另一个地方。

就是在这个时候，我遇到了那个人。

那时候，我已经走得足够久了，如果不是那个人突然变化坐姿，鞋底摩擦石板路的声音在安静的环境里过于显眼，我可能就这样走掉了。其中有一瞬间，我以为是"玻璃"回来了，猛然回头想要寻找，但发现石膏凳上坐着一个男人。他穿着条纹短袖，裤子看不出颜色，踏着一双夹指拖鞋，仿佛什么也不知道似的坐在那儿。我先是害怕，你知道，我穿得十分单薄，家居套装让人显得落魄，另外我没有武器，甚至在这一刻我才突然意识到，我没带手机。但经过快速观察，我倾向于觉得这人是无害的，他根本没有发现我，他甚至没发现这里有人经过。在这样纯然黑暗的环境里，另一个人的存在不得已被我误认为同类，我将可能存在的危险抛弃，把这人当成救命稻草，我这一夜唯一的心灵慰藉。我向他走去。

他依然没有发现我，直到我走到他身旁，才抬起眼睛瞄了一眼，很快低下头，仿佛我是他的幻觉。

"你好。"

他没说话。或者，他什么也没听见。

"你好？"

"你好。"他说。

他看起来十分友善，我放下防备，心里怀揣着碰见同胞的喜悦，仿佛这让我怪事频发的生活有了一点实质上的东西，可暂时脱离"玻璃"的困扰。我想和他聊一会儿，十分不好意思地说，我甚至希望向他倾诉。

"你喜欢玻璃吗？"真是不能想象，我竟然问出这样的问题。

"喜欢啊，"他笑了"我最喜欢的东西就是玻璃。"

我再次鼓足勇气。"那碎掉的玻璃呢？"

"喜欢的,"他郑重其事地说"我更喜欢碎掉的玻璃一些。玻璃,它们一旦被制造出来,就是为了要碎掉的呀!"

"这么说,"我长舒一口气"你也经常听见玻璃碎掉的声音咯?"

"声音?"黑暗里的他似乎被这问题困扰了"我从没听见过玻璃碎掉的声音啊?那是什么样子的?"

我在离他不远的一侧坐下来。

"是一种令人难过的声音,"我说"是一种令人困惑的声音。"

我意识到自己的失态。

"那么你为什么坐在这里呢,现在已经很晚了呀。"

他又花了很长时间理解我的话,有一瞬间我以为他已经不在这里了。他换了个坐姿,把一条腿搭在了另一条腿上说"我在想问题。"

"什么问题?"

他看着我,便和我说了那个问题。现在回忆起来,与其说是问题,不如说是个没头没尾的小故事。

他把手轻轻放在膝盖上。"问题是这样的",他说。

有一个人叫A。A受邀参加一场活动,那是一场不知名的庆典,啤酒和食物堆满餐桌,白色餐布如阳光圣洁,人人脸上堆挤着笑容,打成一片。草坪的中心,已有几对年轻男女翩翩起舞,沉浸于舞蹈的旋转动作中不知疲倦。A被气氛感染,也觉得十分快乐,平时羞涩的他,和大家畅所欲言,渐渐竟像他们中的一员。通过聊天,A得知今天是一个人的生日,但那人并不在场。A觉得十分疑惑,但众人的接纳为他增添勇气,随后他好奇地问大家,那人究竟是什么角色,竟引得所有人都为他庆生,如此欢乐,他却始终不在场。不知是问题过于冒犯抑或是A的自以为是,他发现大家对此有些许滞怠,甚至需要反应好一会儿,才能明白A的问题。但无一例外,所有人都对这问题的答案显示出不可质疑的态度,他们要么顾左右而言他,要么干脆直白地向大家宣称A是白痴。没人愿意回答A的问题,或者换句话说,没人觉得这是问题。

马上，A在庆典上被孤立起来，没有人再给他端来啤酒过问他的生活，给他递动物和字母式样的饼干，A重回羞涩的状态，在庆典一旁黑暗的角落里默默无言。这时，有个好心人前来帮助，称自己愿意带A了解有关于这人的一切信息，并保证A会得到满意的答案。A将信将疑地被这人带到一个秘密房间，在这里，好心人向A展示了有关这人的一切信息。包括出生地、姓名、喜好等一切生平。A了解到有关于这人的一切，甚至感到他从纸张背后透出的生命活力，他如何成长，又如何在生活里的细节中解释问题。由于诸多原因，他开始相信有这人的存在。

但是，好奇迫使着A继续提问。现在这人在哪里呢？他十分友善，甚至小心地问道。但好心人勃然大怒，A看见他尽量压抑着怒火，握紧了A的手腕。这么说，你还是不愿相信咯？A迫于压力，十分恳切地道歉，表明自己的真诚与对生日之人的尊重和敬佩。他再次礼貌地对好心人说。我相信你说的，我无比相信存在着这样一个人，但是，现在他在什么地方呢？好心人并未回答这个问题，而是久久凝视着A，一言不发，也不打算再说话。

"然后呢？"我打断他，焦急地提问，好快速知道好心人的反应以及A的命运。

然后，好心人将A赶出了秘密房间，赶出了庆典。

"他去了哪里？"

男人抬头看我，似乎对我不知问题的答案感到诧异，但很快那张脸又显露出理解的表情。"没有人知道他去了哪里，"男人重复道，"没有人在乎他会去哪里。"

"这真是个奇怪的故事。"我说。

"不，不是故事，"男人坚决地摇头"这是个问题。"

这时我仍然十分困惑，比起对故事的好奇心，此刻我更想了解困扰男人的究竟是什么问题。是A去了哪里吗？是A被孤立的原因吗？这些似乎都是问题，却又都不是问题。因为一夜未眠，我的思维难免有些迟钝，依靠自己可能无法得出结果，但我却无法向男人寻求帮助，自尊心使我紧闭双唇。我深知在此耽误的时间已经够多了，马上就会天亮，而我必须在天亮之前回到我的住所。

男人说完这些，就再也没有了说话的打算，仿佛嘴这一器官已被抛弃，任何语言都不再对他产生兴趣。我徒然站了一会儿，也离开了那里，通畅无阻地在夜色中潜行回了房间，比来时更加顺利。

果然第二天夜里，我没再听见任何碎裂的声音。不管怎么说，我觉得很幸运。

阿珂：这个可能是我的写作短板，我心里想的东西，没有办法用语言很精准地表达出来，一方面可能是没有能力，另外一方面可能是不愿意，也就是刻意回避。

张菁：这种感觉写出来应该还是比较疼痛的，并且想要写出来确实也有不小的难度。

走走：张菁老师觉得这篇小说在哪些地方做一些修改和调整，会令它的品质有明显提升呢？另外，我认为A和文中的"我"一个住在湿地公园，一个住在高档小区，这一点没有必要多做设计，对小说的情节和主旨没有什么影响。

你如何通过这个男人的讲述，意识到再探寻下去的话，碎玻璃会伤害到你。还有，这个男人纠结于A去了哪里，因而过得很糟糕。这些都应该有一个循序渐进的过程，从你被玻璃折磨开始，你就认识这个男人，观察到这个男人身上所发生的改变，他就像一个镜像，身上有一种孤绝和孤立感，你看到他所经历的改变后，自己终于有一天决定放弃继续探寻。

当你放弃以后发现活得更好的时候，小说不能到此为止，你确实不再听到玻璃的声音，但同时你应该会失去一些东西，这样小说的品质会提高很多。

你也许会变得不再敏感，身体方面随之发生了一些变化，陈词滥调就是变胖，心态放宽后不再困苦于玻璃的声音，但另一种变化是必然要出现的，比如身上会突然长出一些坚硬皮质的东西，总之要有一个很明显的外在变化。

你如果能想明白生活和哲学的隐喻和一些触觉、嗅觉这类敏感的伤害之间的一种平衡关系，那么这个系列还有可能会继续发展，城市中生活的人很有可能会被这些东西伤害的，比如某些噪声、某些气味。比如隔壁邻居夫妻二人训斥孩子的声音，你是可以听到的，会变得烦躁，你会意识到你生活的空间里，有些人是跟你不匹配的。

张菁老师觉得你的小说有某些城市文学的特质，那么我建议你下一部小说可以集中考虑一下城市中的一些生活问题，这一篇你可以改得更好，如果不想改，那么下一篇小说的结构和内容应该更完整一些。

阿珂： 我很渴望能写一些故事，跟阶级或者社会有关。我目前已经参加工作了，因为工作性质的原因，与社会人群接触的机会有限，我内心比较渴望能跟不同阶层的人多做接触。

张菁： 这篇小说挺让人兴奋的，我希望小说里的某些东西能够拓展开来。大家在生活中其实都会有一些捕捉不到的精神层面的东西特别需要被阐释，或者说用一种方式把它记录下来。生活中，很多方面特别实，这也意味着生活会减少很多的可能性。城市特有的生活空间就像一个个窗口一样，有一种相互的连接，也有一种相互的隔离，不像以前乡村那样大家彼此熟稔，虽然在城市空间里有隔离感，但是又无法不被身边的人所影响或干扰。在这种情境下，每个人如何自处，又如何与他人共处，这些都可以去阐释。

这篇小说里那种内心的挣扎、最终的逃避，以放弃的方式最终给自己一个答复，这一点确实还可以做得更深一点。包括结尾时需要放弃或者让渡一些东西，究竟是怎么让渡掉的？刚才举的例子是身体上的让渡，是不是还有其他层面的？周围的人是不是也会随着你的改变而发生改变，我觉得这些都是可以阐释的。

阿珂：其实《玻璃》这一篇是在我突生的写作冲动下完成的，我有一段时间躺在床上，总是能听到外面有巨大的玻璃碎掉的声音，但我第二天出门时地面上却很干净，我就想着下次再听到时就立刻出去看一下，后来由于种种原因一直没做到，这件事就一直萦绕在我心头，某一天我就想把它写成一篇小说。

走走：总之，今天张菁老师给你提出了一些完善的建议，你可以参考一下，把这篇做修改，或者干脆另写一篇。